Mein tapfres Herz

Buch

Sophie von La Roche, Sophie Mereau, Benedikte Naubert, Luise Adelgunde Gottsched – die Namen sind bekannt, Romanbiografien feiern die Schriftstellerinnen des 18. Jahrhunderts. Aber die Texte der Autorinnen sind größtenteils nicht mehr lieferbar. Anders als ihre männlichen Kollegen derselben Zeit, die nie in Vergessenheit geraten sind, werden die Schriftstellerinnen erst seit kurzer Zeit wieder entdeckt – und das, obwohl sie oftmals wegweisend waren. Sophie von La Roche hat mit der »Geschichte des Fräulein von Sternheim« nicht nur den ersten empfindsamen Roman in Deutschland geschrieben, ihr überaus erfolgreiches Buch hat auch Goethe zu seinen »Leiden des jungen Werthers« mit inspiriert. Benedikte Naubert war eine der Begründerinnen des historischen Romans, die unter anderem Sir Walter Scott beeinflusst hat; ihre »Neuen Volksmärchen der Deutschen« dienten überdies Wilhelm Grimm zum Vorbild, der bei ihr Rat suchte.

Die vorliegende Anthologie hat das Ziel, Texte deutschsprachiger Schriftstellerinnen des 18. Jahrhunderts und ihre besondere literarische Bedeutung wieder ins Bewusstsein zu rufen.

Herausgeberin

Christine Heinzius hat Anglistik, Romanistik und Skandinavistik in Saarbrücken, Paris, Leicester und Helsinki studiert und lebt als freie Übersetzerin und Lektorin in Saarbrücken.

Mein tapfres Herz

Texte deutschsprachiger Schriftstellerinnen des 18. Jahrhunderts

Ausgewählt und mit einem Nachwort,
Anmerkungen und
bibliographischen Hinweisen versehen
von Christine Heinzius

Goldmann

Umschlagbild:
Portrait de la Baronne de Crussol. Ölgemälde von
Elisabeth-Louise Vigée-Lebrun (1785)
Toulouse, Musée des Augustins

Umwelthinweis:
Alle bedruckten Materialien dieses Taschenbuches
sind chlorfrei und umweltschonend.

Der Goldmann Verlag
ist ein Unternehmen der Verlagsgruppe Bertelsmann.

1. Auflage 6/2001

Umschlaggestaltung: Design Team München
Umschlagmotiv: Bavaria/Giraudon
Satz: IBV Satz- und Datentechnik GmbH, Berlin
Druck: Presse-Druck Augsburg
Titelnummer: 07734
BH · Herstellung: Sebastian Strohmaier
Made in Germany
ISBN 3-442-07734-6
www.goldmann-verlag.de

1 3 5 7 9 10 8 6 4 2

Gegen Amor

Der kleine Wüterich mag mit den Pfeilen spielen
und tändeln, wie er will: er gewinnet mir nichts ab,
weil gegen seine Pfeil ein Demant* Herz ich hab.
Er machet mich nicht wund, ich darf nit Schmerzen fühlen.
Er mag mit tausend List auf meine Freyheit zielen.
Ihm ich, dem blinden Kind, ein Zucker-Zeltlein gab:
er meint', es wär mein Herz. O leicht-geteuschter Knab!
Ich will mein Mütlein noch an deiner Einfalt kühlen.
Schau, wie gefällt dir das! trotz, spräng mir diesen Stein
mit deinem goldnen Pfeil. Der Lorbeer** soll mich zieren,
nicht deine Dornen-Ros' und Myrten-Sträuchelein.
Du meinst es sey nur Scherz, ich wolle mich vexiren***.
Nein! nein! die süße Ruh soll mir das Liebste seyn,
mein dapfers Herz soll nichts als Ruh und Freyheit spüren.

Catharina Regina von Greiffenberg (1633–1694)

* aus Diamanten bestehend, d. h. undurchdringlich
** Zeichen des Ruhmes als Dichterin
*** sich lustig machen, necken

Inhalt

LUISE ADELGUNDE VIKTORIE GOTTSCHED

Der Witzling

Ein deutsches Nachspiel in einem Aufzuge

Personen dieses Lustspiels.

HERR REINHART, ein reicher Kaufmann in Leipzig.
JUNGFER LOTTCHEN, seine Unmündige.
DER JUNGE REINHART, sein Sohn, ein junger Advocat.
HERR VIELWITZ, ein junger Mensch, der nur unlängst Studierens wegen nach Leipzig gekommen, und bey dem Herrn Reinhart im Hause wohnet.
HERR SINNREICH, ein junger Gelehrter.
HERR JAMBUS, ein junger Dichter.
PAUL, ein Diener.

Der Schauplatz ist auf Jungfer Lottchens Zimmer. Die Handlung fängt gleich nach der Mittagsmahlzeit an, und endiget sich gegen 5 Uhr.

Erster Auftritt.

JUNGFER LOTTCHEN
sitzt auf einem Stuhle und macht Knötchen. Bald darauf kömmt HERR REINHART.

HERR REINHART. Nun, wie stehts, Jungfer Lottchen? Ich habe heute zu Mittage unmöglich zu Hause speisen können. Ich fand auf der Börse einen guten Freund aus Siebenbürgen, den ich mit in den blauen Engel nahm: denn ich bin meiner Frauen nicht gern mit unerwarteten Gästen beschwerlich. Ist Ihnen auch bey Tische die Zeit sehr lang geworden?

JUNGFER LOTTCHEN *lacht.* Ach nein! mir zum mindesten nicht! So lange wir ein so abgeschmacktes Thier am Tische haben, als der junge Vielwitz ist; so wird mir die Zeit wohl nicht leicht lang werden.

HERR REINHART. Ey, was sagt Sie, Jungfer Lottchen! Der junge Vielwitz sollte abgeschmackt seyn? Sein Vater ist ein so reicher Mann! Ich wollte ihm wohl mein ganzes Vermögen creditiren.

JUNGFER LOTTCHEN *lacht sehr.* Der Reichthum hilft so wenig für Thorheit, als das Alter. Sein Vater sey so reich als er wolle: sein Herr Sohn ist ein Geck.

HERR REINHART *sich verwundernd.* Ich weis doch nicht! mir kömmt es vor, daß der junge Mensch recht sehr klug thut.

JUNGFER LOTTCHEN. Eben darinn besteht seine Thorheit. Glauben Sie mirs nur, Herr Reinhart, nichts steht einem jungen Menschen närrischer, als wenn er klüger thun will, als alle andere. Er ist ein rechter großer Verehrer von seiner Wenigkeit; *sie lacht*, er ist aber, meines Wissens, auch der einzige.

HERR REINHART. Es ist wohl wahr, er redet immer von sich

selbst, und von seiner Gelehrsamkeit; und vergißt bey Tische fast das Essen darüber, daß er uns immer seine Verse herbethet, die er auf Schulen gemacht hat. Allein es ist die liebe Jugend; solche Fehler geben sich mit den Jahren.

JUNGFER LOTTCHEN. Nein, mein Herr Reinhart; dieser Fehler nimmt gewiß mit den Jahren nur noch mehr zu. Die Fehler, an denen die Jugend schuld ist, und die mit den Jahren vergehen, die bestehen gemeiniglich nur in einem gar zu großen Feuer der Leidenschaften. Bey ihm aber ist es ein Mangel der Vernunft, ein innerer Hochmuth des Herzens, eine närrische Selbstliebe: und die nimmt mit den Jahren immer mehr zu.

HERR REINHART. Glaube Sie das nicht, Jungfer Lottchen.

JUNGFER LOTTCHEN. Das glaube ich gewiß. Wer in seinem 20sten Jahre noch nicht so viel Urtheilskraft hat, daß er seine Selbstliebe verbergen kann: der bleibt sein Lebenlang ein Thor.

HERR REINHART *schüttelt den Kopf.* Es ist mir sehr leid, Jungfer Lottchen, daß Sie wider den jungen Menschen so sehr aufgebracht ist.

JUNGFER LOTTCHEN. Daran hat er selbst Schuld. Hätte er mir einen bessern Begriff von sich beygebracht: so würde ich ihn auch haben.

HERR REINHART. Der Mensch denket und saget doch aber alles Gutes von sich.

JUNGFER LOTTCHEN *lachend.* Eben darum glaube ich es nicht, weil er es selbst sagt.

HERR REINHART. Nun, nun, er ist nur erst vierzehn Tage hier: wenn Sie ihn länger kennen wird; so wird er Ihr schon noch gefallen.

JUNGFER LOTTCHEN *lächelnd.* Ich versichere Sie, daß er mir je länger je abgeschmackter vorkommen wird. Gewisse Leute haben nun einmal das Schicksal, je länger man sie sieht, desto verdrießlicher werden sie einem: und Herr Vielwitz ist gewiß von der Art.

HERR REINHART. Das sollte mir sehr leid seyn! Die Wahrheit zu sagen, Jungfer Lottchen, des Vielwitzes Vater, ist mein sehr guter Freund: es ist nunmehr länger als 20 Jahre, daß wir mit einander im Handel zu thun haben.

JUNGFER LOTTCHEN. Das kann wohl seyn. Muß denn deswegen sein Sohn klug seyn?

HERR REINHART. Höre Sie mich doch nur erst aus. Mit Ihr meyne ich es auch herzlich gut, mein liebes Lottchen.

JUNGFER LOTTCHEN. Das bin ich versichert, und werde es Lebenslang mit allem Danke erkennen.

HERR REINHART. Ihr Vater war ein braver ehrlicher, reicher Mann; und wußte, daß ich wohl mein Leben für ihn gelassen hätte: darum hat er mich auch zum Vormunde über Sie gesetzt, und zwar mit einer Bedingung, die sehr selten ist: daß nämlich, wofern Sie in Ihren unmündigen Jahren wider meinen Willen heirathet, ich Ihr von Ihrem Vermögen keinen Häller auszahlen darf. Weis Sie das, Jungfer Lottchen?

JUNGFER LOTTCHEN. O ja! und ich werde mein Vermögen gewiß ganz behalten.

HERR REINHART. Das soll mir sehr lieb seyn. Auf die Art aber muß der junge Vielwitz Ihr nicht so albern vorkommen.

JUNGFER LOTTCHEN. Wie so? Was geht den jungen Witzling meines Vaters letzte Verordnung an?

HERR REINHART *schüttelt den Kopf.* Sie ist sonst so klug, und kann oder will mich nun nicht verstehen!

JUNGFER LOTTCHEN. Nein, ich verstehe Sie nicht.

HERR REINHART. Ich habe aber im Sinne, aus Ihnen beyden ein Paar zu machen.

JUNGFER LOTTCHEN *erschrickt.* Aus uns? aus mir und aus dem Vielwitz?

HERR REINHART. Ja, ja. Er ist brav reich, und Sie ist auch brav reich. Sie liest und hört und redt gern was Kluges:

und er sagt auch, daß er sehr klug ist. So dünkt mich, Ihr schicktet Euch gut zusammen.

JUNGFER LOTTCHEN. Nichts minder, als das. Von allem Unglücke in der Welt, stelle ich mir das als das größte vor, einen solchen Mann zu haben, als der junge Vielwitz ist.

HERR REINHART. Was? einen so reichen Menschen?

JUNGFER LOTTCHEN. Ich habe Geld genug, auch einen Armen glücklich zu machen.

HERR REINHART. Den klügsten Menschen von der Welt?

JUNGFER LOTTCHEN. Der Himmel bewahre mich vor dem klügsten Menschen von der Welt; zumal, wenn er ein eingebildeter Thor ist.

HERR REINHART. Bedenke Sie nur die Macht, die mir Ihres Vaters Testament gegeben hat!

JUNGFER LOTTCHEN. Diese Vollmacht sieht einem vernünftigen Vater ähnlich. Er hat nur einer unbedachtsamen Thorheit der Jugend vorbeugen wollen. Er hat mich aber nicht zu einer Sklavinn eines fremden Eigensinnes auf Lebenslang gemacht. Wenn ich mündig, und hoffentlich vernünftig genug seyn werde: so kann ich mich nach eigenem Gefallen verheirathen. Mich dünkt dieß ist der Sinn des väterlichen Willens.

HERR REINHART *besinnt sich ein wenig.* Es ist endlich wohl wahr! Aber wird Sie wohl noch fünf Jahre Geduld haben?

JUNGFER LOTTCHEN. Ehe ich den Vielwitz nähme; so hätte ich gewiß noch funfzig Jahre Geduld.

HERR REINHART. Kränke Sie mich doch nicht so! Ich bin Ihr so gut, als wenn Sie mein eigenes Kind wäre! darum sollte Sie mir auch wohl wieder was zu Gefallen thun.

JUNGFER LOTTCHEN. Von Herzen gern, alles was Sie wollen. Nur daß ich den Vielwitz nicht für klug halten darf.

HERR REINHART. Der Mensch hat doch aber was gelernet!

JUNGFER LOTTCHEN. Das spreche ich ihm nicht ganz ab. Für einen jungen Menschen weis er schon etwas. Aber darum muß er so stolz und klug nicht thun, als wenn er allen großen Gelehrten in Deutschland die Wage halten könnte.

HERR REINHART. Das wird sich schon noch geben!

JUNGFER LOTTCHEN. Ich glaube gewiß, wenn er minder von sich hielte, so würde man ihn für einen geschickten jungen Menschen halten können: nun er aber sein Bißchen Vollkommenheiten durch ein Vergrößerungsglas ansieht, so wird er zu einem Gecken.

HERR REINHART. Nun, verspreche Sie mir zum mindesten, Jungfer Lottchen, daß Sie ihm einen freyen Zutritt des Nachmittags zum Caffee, wenn Sie doch ohnedem andere gute Freunde bey sich auf dieser Stube hat, verstatten will. Thue Sie mirs zu Liebe!

JUNGFER LOTTCHEN *zuckt die Achseln.* Was will ich machen?

HERR REINHART. Ich will meinem Sohne sagen, daß er ihm seinen Hochmuth ein wenig verweisen soll. Sie sind ja gute Freunde.

JUNGFER LOTTCHEN. Ihr Herr Sohn ist sein guter Freund, aus Ehrfurcht gegen Sie; weil Sie es ihm befohlen haben: sonst ist er viel zu vernünftig, als daß er ihn eine Stunde um sich leiden könnte.

HERR REINHART. Nun, nun! es wird sich schon noch geben. Mein Sohn liebt ja auch die schönen Wissenschaften: so kann er ihm desto dreister zureden. Wird Sie heute Besuch haben, zum Caffee?

JUNGFER LOTTCHEN. So viel ich weis, wird sonst niemand kommen, als der junge Vielwitz und Ihr Herr Sohn. Sie fiengen heute bey Tische einen Streit an, den sie hier auf meiner Stube enden wollen.

HERR REINHART. Wie? Was? einen Streit?

JUNGFER LOTTCHEN. Ja, sie redeten von der Gottschedischen Schaubühne. Da machte nun der Vielwitz alle Stücke darinnen herunter.

HERR REINHART *schüttelt den Kopf.* Nun! das wüßte ich doch nicht. Ich lese manchmal des Abends darinnen. Alle Stücke gefallen mir zwar auch nicht; aber einige sind doch recht hübsch, und ich denke immer: was mir nicht gefällt, das kann doch wohl einem andern gefallen.

JUNGFER LOTTCHEN. Das macht, Sie denken wie ein vernünftiger Mann; aber nicht wie ein junger Witzling.

HERR REINHART. Nein! so überhaupt muß man kein Buch verachten: so lange noch keines für einen Menschen allein geschrieben ist. *Er geht zum Tische und sieht einen versiegelten Brief liegen.*

JUNGFER LOTTCHEN. Das ist aber die Art dieser jungen Herren. Sie glauben, alle Schriftsteller sollen nur streben, die Ehre ihres Beyfalls allein zu erhalten. Ungeachtet dieser Lohn ein wenig klein wäre!

HERR REINHART. Was hat Sie denn da für einen Brief, Jungfer Lottchen?

JUNGFER LOTTCHEN. Ach! es sind Verse von dem jungen Vielwitz. Er hat sie mir heute früh herunter geschickt.

HERR REINHART *erfreut.* Ey! das ist mir lieb! Es wird wohl gar eine Liebeserklärung seyn. Warum hat Sie sie denn noch nicht aufgemacht?

JUNGFER LOTTCHEN. Weil ich heute keine Lust zu Kopfschmerzen habe.

HERR REINHART. Zu Kopfschmerzen? Wie so?

JUNGFER LOTTCHEN. Ich kenne seine Verse schon. Das Rechnen wird mir nicht so sauer, als die Gedichte zu verstehen, die er macht. Sie sind des Kopfbrechens schon bey Ihren Handelsbüchern gewohnet, Herr Reinhart, machen Sie den Brief nur auf, und lesen Sie ihn.

HERR REINHART. Ey! wenn ich in meinem Handelsbuche lese: so bringt mir das Geld ein, und hiervon hätte ich nichts. Nein, nein! es ist billig, daß Sie Ihre Liebesbriefe selber erbreche. *Er giebt ihr den Brief.* Da! lese Sie es nur selbst. Ich habe ohnedem nothwendig ein Paar Briefe zu schreiben. *Er geht ab.*

Zweyter Auftritt.

JUNGFER LOTTCHEN
wirft den Brief verächtlich auf den Tisch, indem kömmt der JUNGE REINHART.

JUNGFER LOTTCHEN. Ihre Dienerinn, mein Herr Reinhart.

HERR REINHART. Ergebenster Diener, ist der Herr Vielwitz noch nicht hier?

JUNGFER LOTTCHEN. Nein, aber Ihr Papa ist hier gewesen, und hat mich versichert, daß er Ihnen auftragen wollte, den jungen Vielwitz vernünftig zu machen.

HERR REINHART. Was? meynt mein Vater, daß ich unmögliche Dinge möglich machen kann?

JUNGFER LOTTCHEN *lacht.* So wie es scheint, traut er Ihnen das zu.

HERR REINHART. Wenn mein Vater nicht mein Vater wäre, so würden wir, der junge Herr Vielwitz und ich, uns gar selten sprechen.

JUNGFER LOTTCHEN *lächelnd.* Ey! seyn Sie immer so gut, und machen Sie ihn ein wenig gescheidt. Es ist zu meinem Besten.

HERR REINHART. Wie? zu Ihrem Besten?

JUNGFER LOTTCHEN *lachend.* Ja, Sie müssen wissen, daß ich im Sinne habe, einmal eine Frau Vielwitzinn zu werden.

HERR REINHART. Sie? Sie?

JUNGFER LOTTCHEN. Ja, ja! ich! Es giebt gute christliche Herzen, die mir dieß Glück wünschen.

HERR REINHART. Ich merke schon, was Sie damit meynen; darum mag ich meine Gedanken nicht sagen. Ich möchte auf eine Person treffen, der ich Ehrfurcht schuldig bin.

JUNGFER LOTTCHEN. Ach lieber Herr Reinhart, helfen Sie mir nur bey eben der Person, den Menschen verhaßt machen!

HERR REINHART. Ach! das wollen wir ihm selbst überlassen. Glauben Sie nur, er wird sich schon selbst bey meinem Vater, und allen andern so verhaßt machen, daß wir alle Mühe dabey werden ersparen können. Dergleichen hochmüthige und kützelhärige Leute machen ihr Glück in der Welt niemals. Das habe ich schon oft erlebet.

JUNGFER LOTTCHEN. Nun! mit mir ist er fertig. Ich weis schon, was ich von ihm halten soll.

HERR REINHART. Ich auch. Zum mindesten werde ich mich vor noch einer solchen schlaflosen Nacht hüten, als die vorige gewesen ist.

JUNGFER LOTTCHEN. Wie so? warum haben Sie nicht geschlafen?

HERR REINHART. Gestern Abends bath er mich, ich möchte doch noch zu ihm auf sein Zimmer kommen, weil er nicht so früh zu Bette gehen könnte. Ich saß zwar schon selber bey einem Buche, darinn ich viel lieber gelesen hätte: indessen gieng ich, theils aus Höflichkeit, theils meinem Vater zu gefallen, zu ihm. Allein! ein Schelm der ihm wieder kömmt! vor drey Uhren des Morgens bin ich nicht von seiner Stube gekommen.

JUNGFER LOTTCHEN. Wie so? Sie werden doch nicht mit einander noch poculirt haben?

HERR REINHART *lachend.* Ach nein! Es gieng ganz trocken zu! Zum mindesten floß nichts als die Hippokrene bey uns. Denn er empfing mich mit Versen, und unterhielt mich mit Versen. Was er seit 5 oder 6 Jahren gemacht hat, das sagte er mir erst alles auswendig her, bis er ganz blau im Gesichte ward, und der Schaum ihm vor dem Munde stand. Nachmals kam er auf seine Jugendgedichte, und da holte er einen großen Ballen Papier hervor, daß ich vor Schrecken bald des Todes war. Daran mußte ich nun meine Pein hören, bis die Glocke drey schlug.

JUNGFER LOTTCHEN *lacht sehr.* Warum schliefen Sie aber nicht ein dabey?

HERR REINHART. Ja! wenn das vor dem Geschrey angienge. Es ist nicht anders, als wenn die jungen Dichter eine quackerische Begeisterung überfällt, wann sie jemanden ihre Gedichte vorlesen, oder vorsagen. Sie sind alsdann ärgere Schreyer, als der Stentor.

JUNGFER LOTTCHEN *lacht.* Nun! das gefällt mir!

HERR REINHART. Ich weis aber wohl, was ich thun werde. Ich will ihm den jungen Sinnreich und Jambus einmal des Abends auf die Stube schicken. Das sind auch solche Herren, die sich auf ihre Gedichte was rechts einbilden, und sie gern alle Menschen auswendig lehren möchten. Da wird nun eine rechte Hetze angehen! Entweder sie werden alle drey zugleich schreyen; oder einer wird dem andern das Maul zuhalten müssen. *Er lacht.*

JUNGFER LOTTCHEN. O! da müssen Sie mir sagen, wenn Sie das thun wollen. Da will ich doch die schöne Comödie zum mindesten vor der Thüre anhören.

HERR REINHART. Ey, Sie sollen jetzo gleich einen schönen Vorschmack davon haben; denn die Wahrheit zu sagen, ich habe sie herbestellt. Sie werden mir das nicht übel nehmen.

JUNGFER LOTTCHEN. Ey was haben Sie gemacht? Sollt ich die poetische Cordegarde hier in meinem Zimmer haben?

HERR REINHART. Sie wird Ihnen tausend Lust machen! Und wer weis, wozu es gut seyn kann?

JUNGFER LOTTCHEN. Ich wollte mein Gehör gern bis an mein Ende behalten, und die – – –

Dritter Auftritt.

JUNGFER LOTTCHEN. HERR REINHART. HERR VIELWITZ *kömmt mit dem Hute auf dem Kopfe herein, und nimmt ihn erst ab, nachdem er die Thüre zugemacht hat.*

HERR VIELWITZ *sehr gravitätisch.* Ihr gehorsamer Diener meine liebe Demoiselle! Ihr ergebner Diener, Herr Reinhart!

JUNGFER LOTTCHEN. Ihre Dienerinn, Herr Vielwitz. Regnet es etwa draußen im Vorsaale?

HERR VIELWITZ *sich verwundernd und lächelnd.* Im Vorsaale? nein!

JUNGFER LOTTCHEN. Ich glaube es wohl. Aber ich vermuthete etwas dergleichen; weil Sie mit dem Hute auf dem Kopfe herein kamen.

HERR REINHART. Sein Herr Vater kömmt allezeit so auf seine Schreibstube.

JUNGFER LOTTCHEN *lächelnd.* Ja, da sitzen auch seine Kaufmannsdiener; aber hier nicht.

HERR VIELWITZ. Ländlich, sittlich. Bey mich kömmt niemand anders in einer Stube, als mit den Hut auf den Kopf.

JUNGFER LOTTCHEN. Ja, ja! grobe Moden, sind auch Moden. Setzen Sie sich doch. *Sie setzen sich, Jungfer Lottchen klingelt.*

HERR REINHART. Sind Sie etwa ausgegangen gewesen, mein Herr Vielwitz?

HERR VIELWITZ. Ja, heute Vormittage bin ich in etliche Collegia gewesen.

JUNGFER LOTTCHEN. Nun, wie haben Ihnen unsere Lehrer gefallen?

HERR VIELWITZ *zuckt die Achseln.* Was das für schlechte Leute sind! Wie werde ich noch meine Präceptores zu Hause bedauren! Nein! so was elendes hätte ich mich nicht vermuthet.

HERR REINHART *erstaunt.* Wie? bey wem sind Sie denn gewesen?

HERR VIELWITZ *verächtlich.* Ach! ich mag die lieben Leute nicht nennen! Sie stehn einmal in einem gewissen Ansehn bey der Welt. *Lächelnd.* Sie mögen ihren Ruhm genießen! ich will sie nicht zu Boden schlagen.

JUNGFER LOTTCHEN. Ihr Urtheil würde sie vielleicht auch wohl nicht gleich zu elenden Leuten machen: wenn es gleich Männer sind, die, wie Sie sagen, schon ein Ansehen in der Welt erhalten haben.

Vierter Auftritt.

DIE VORIGEN. PAUL.

PAUL *zu Jungfer Lottchen.* Was befehlen Sie?

JUNGFER LOTTCHEN. Bringt Caffee!

Der Diener geht ab.

HERR REINHART *lächelnd.* Sie werden also Ihren Zweck hier sehr schlecht erreichen, da Sie studierens wegen hergekommen sind?

HERR VIELWITZ. Studierenswegen bin ich eben nicht hergekommen. Ich habe nur im Sinne gehabt, das was ich zu Hause gehöret, nicht ganz und gar zu vergessen! Allein ehe ich das elende Zeug anhören wollte, ehe wollte ich in ein Jahr nicht aus meine Stube gehen.

JUNGFER LOTTCHEN. Ey: wenn ich an Ihrer Stelle wäre, so reisete ich gleich wieder nach Hause, und wiese den Leipzigern, auf was für Lehrer sie sich erst geschickt machen müßten, wenn ich bey ihnen studieren sollte.

HERR VIELWITZ. Es ist nun in meiner Vaterstadt der Schlendrian, daß wir erst drey oder vier Jahre auf die hohen Schulen das vergessen müssen, was wir zu Hause gelernet haben.

HERR REINHART. Das ist ja erbärmlich!

JUNGFER LOTTCHEN. Schade, um so viel treffliche Gelehrsamkeit!

HERR REINHART. Zum mindesten aber könnten Sie doch in dieser Zeit der Welt mit Schriften dienen. Es giebt ja mehr große Geister, die kaum von der Schule kommen, und auf der Akademie nichts zu thun wissen, als daß sie gleich Scribenten werden.

HERR VIELWITZ. Ich habe freylich an Leibnitzens seiner Infinitesimalrechnung und an des Aristoteles Poetik verschiedene wichtige Puncte auszusetzen gefunden. Vielleicht mache ich mir einmal darüber. Allein wie viel gute Namen wird das nicht kosten. Wie viel Stümper werden da nicht zum Vorscheine kommen! die man bisher für große Leute gehalten, und die doch diesen zween Leuten alles nur so treuherzig nachgebethet haben.

JUNGFER LOTTCHEN *lächelnd.* Ey! mit denen wollte ich gar kein Mitleiden haben. Wenn sie solche blinde Affen gewesen sind: so mögen sie sichs auch gefallen lassen, daß sie mit zu Schanden werden.

Her kömmt der Diener und bringt einen Caffeetisch mit dem Geräthe, Jungfer Lottchen schenkt ein.

HERR VIELWITZ. Es taugt hernach, wenn ich meine Anmerkungen über dem Aristoteles fertig habe, darinn ich seine Regeln widerlege, keine Poetik, weder bey die Franzosen, noch bei die Deutschen was.

HERR REINHART. Haben wir denn dieß Werk bald zu hoffen?

HERR VIELWITZ. Das kann ich nicht sagen. Es liegt zwar schon fertig: denn ich habe es, die Wahrheit zu sagen, gemacht, wie ich noch in die Schule auf Secunda war; allein wenn man doch schon eine gewisse Reputation für sich hat...

JUNGFER LOTTCHEN. Freylich! die darf man so nicht ins

Gelag hinein wagen. Zumal wenn sie noch so frisch ist. *Sie giebt ihm ein Schälchen Caffee, dem Reinhart auch.*

HERR VIELWITZ *trinkt.* Das ist ein schöner Caffee! Mademoiselle, was geben Sie davor.

JUNGFER LOTTCHEN. Ey! solche große Gelehrten, die müssen nicht wissen, was solche Kleinigkeiten in der Haushaltung kosten!

HERR VIELWITZ. Ja, das ist nun einmal meine Schwachheit, daß ich das alles wissen muß. Da kann ich nicht vor. Ich will es Ihnen sagen. Vor den Cafee haben Sie höchstens 20 Gr. gegeben: denn bey uns kostet er 16 Gr. schwer Geld.

HERR REINHART. Nun das ist wahr! Ich schmecke wohl, daß der Caffee sehr gut ist: aber zu schmecken: was er kostet, dazu ist meine Zunge zu dumm.

HERR VIELWITZ *nimmt ein Stück Zucker vom Schälchen.* Und vor den Zucker? *Er besieht ihn.* Wo Sie vor den Zucker mehr als 22 Rthlr. vor den Centner gegeben haben! so sind Sie betrogen.

HERR REINHART. Sie haben von Ihrem Herrn Vater die Preise besser gelernet, als ich von meinem.

JUNGFER LOTTCHEN. Nein, Herr Vielwitz, ich verliere alle Hochachtung gegen Ihre zukünftige gelehrte Schriften; wo Sie die Preise von mehrern Eßwaaren wissen.

Fünfter Auftritt.

DIE VORIGEN. HERR SINNREICH. HERR JAMBUS.
Sie kommen mit ungezogenen wilden Minen ins Zimmer. Reinhart empfängt sie.

HERR REINHART. Ihr Diener meine Herren. Hier sehen Sie den Herrn Vielwitz, einen jungen Menschen aus Niedersachsen, der unserer Universität die Ehre thun, und hier studieren will.

HERR SINNREICH. Ihr Diener, mein Herr, ich bin erfreut, Ihnen zu sehen.

HERR JAMBUS. Es ist mir ein Vergnügen, Ihnen kennen zu lernen.

HERR VIELWITZ. Es ist mich herzlich angenehm, ein Paar solche Männer hier zu sehen, von die der Herr Reinhart mich so viel Gutes gesagt hat.

HERR REINHART. Setzen Sie sich doch.

Sie laufen beide in eine Ecke des Zimmers und legen die Hüte und die Degen ab. Jungfer Lottchen will sich darüber aufhalten. Reinhart aber winkt ihr, sie soll es nur lassen gut seyn. Sie setzen sich zum Caffeetische. Jungfer Lottchen schenkt einem jeden Caffee ein.

HERR JAMBUS *der allemal sehr schreyet.* Ist es schon lange mein Herr Vielwitz, daß wir die Ehre haben, Ihnen hier zu sehen?

HERR VIELWITZ. Es ist erst vierzehn Tage.

HERR SINNREICH. Wo logieren Sie denn?

HERR VIELWITZ. Ich bin hier bey dem Herrn Reinhart ins Haus.

HERR JAMBUS. Haben Sie in Willens lange hier zu bleiben?

JUNGFER LOTTCHEN. Ey, was? meine Herren, Sie müssen mit dem Herrn Vielwitz solche gleichgültige Dinge, nicht reden. Er ist ein großer Poet.

HERR JAMBUS. Ein Poet?

HERR VIELWITZ. Zu dienen.

HERR REINHART. Und ein Mathematicus dazu!

HERR SINNREICH. Ein Mathematicus? Wie haben Sie sich denn bis zum Dichter erniedrigen können?

HERR JAMBUS. Ey, mein lieber Herr Sinnreich, es hat eher gescheide Poeten gegeben, als gescheide Mathematicos.

HERR SINNREICH. Ey, Herr Jambus, wir sind gute Freunde: aber in das Alter der Mathematik müssen Sie nicht pfuschen. Sie möchten sonst eine Sau machen.

HERR VIELWITZ. Es ist wahr, die Mathematik ist das Edelste, was ein denkendes Wesen lernen und wissen kann.

HERR SINNREICH. Sie ist die einzige Wissenschaft, die Wahrheiten aufzuweisen hat: mit allen andern ist es lauter Ungewißheit.

O Meßkunst! Zaum der Phantasie,
Wer dir nur folget, irret nie!
Wer ohne dich will gehn, der gleitet!

JUNGFER LOTTCHEN *spöttisch.* Es ist wohl wahr; daß 2 mal 2 4 ist, das ist eine viel gewissere Wahrheit, als daß die Sonne hell scheint!

HERR REINHART *lachend.* Ich möchte gleichwohl lieber ein Capitel von Leibnitzens Theodicee gemacht haben, als der Erfinder des Einmal Eins seyn: was für ewige Wahrheiten auch immer darinnen stehen. *Zu Jungfer Lottchen.* Ich bleibe mit Fleiß bey dem Gleichnisse, was Sie aus der Arithmetik genommen haben: ungeachtet sie nur ein Theil der Mathematik ist.

HERR SINNREICH. Ich streite Ihnen nicht, daß Leibnitz ein großer Mann gewesen! das macht aber, er war ein großer Mathematicus.

HERR REINHART *zeigt auf Vielwitzen.* Da sitzt aber ein Mann, der an der Leibnitzischen Infinitesimalrechnung sehr viel auszusetzen hat.

HERR SINNREICH *sieht ihn von oben bis unten an.* Sie? an Leibnitzens Infinitesimalrechnung?

HERR VIELWITZ *sieht ihn wieder so an.* Ja, mein Herr. Ich bin nicht gern ein blinder Verehrer von die großen Leute. Ich untersuche gern alles, und da finde ich, daß sie alle irrende Menschen gewesen.

HERR SINNREICH *voll Verwunderung.* Nun? z. E. was haben Sie denn daran auszusetzen?

HERR VIELWITZ *hochmüthig.* Das wird sich zeigen, wenn mein Werk herauskommen wird.

HERR REINHART. Sie müssen wissen, daß der Herr Vielwitz sein Werk schon auf der Schule, als ein Secundaner, geschrieben hat. Es ist also schon fertig.

HERR SINNREICH *sich verwundernd.* Auf der Schule? Sind Sie auf einer Schule gewesen?

HERR VIELWITZ. Ja, mein Herr. Meines wissens bringt man das Latein nicht mit auf die Welt. Sind Sie etwa auf keiner Schule gewesen?

HERR SINNREICH. Es wäre eben so gut, wann es unterblieben wäre! Ich habe doch von keinem Lehrer was gelernet, als von dem Mathematico: das ist noch der einzige, von dem ich was gelernet habe!

JUNGFER LOTTCHEN *lachend.* Haben Sie denn das Lesen und Schreiben schon die ersten acht Tage Ihres Lebens gekonnt?

HERR JAMBUS. Nun, das könnte wohl seyn! Wenigstens kann ich ihm das Zeugniß geben, daß er so schreibt, als ich in meinem ersten Jahre auch hätte schreiben wollen.

HERR REINHART *lachend.* Ja, Herr Sinnreich, Ihre Liebste wird sich erst einmal an D. Fausts Zauberzeichen üben müssen, ehe sie Ihre Hand wird lesen können.

HERR SINNREICH *stolz.* Docti male pingunt! Indessen, um wieder auf die Schulen zu kommen; so wird man da nur mit lauter Ungewißheiten gequälet. Mit der philosophischen Ungewißheit, mit der juristischen, medicinischen, oratorischen, historischen, poetischen und tausend andern Ungewißheiten: so daß noch das einzige Wahre, was man höret, die Mathematik ist.

HERR REINHART *lachend.* Also, mein Herr Sinnreich, alles was Sie außer der Mathematik gelernet haben, das ist erlogen?

HERR SINNREICH. Es giebt wohl einige Arten von halben Gewißheiten, oder Wahrscheinlichkeiten, in den andern Wissenschaften; allein auf die kann ein Kopf, der zu den ewigen Wahrheiten gebohren ist, allenfalls von sich selbst kommen. Dazu hätte ich keine Lehrer nöthig gehabt!

JUNGFER LOTTCHEN. Nun es ist mir lieb, daß ich keiner von Ihren Lehrern gewesen bin. Das würde mir ein wenig undankbar vorkommen!

HERR SINNREICH. Wenn Sie mir die Ehre thun, und meine Lehrmeisterinn werden wollen; so will ich Ihnen gern alle meine Wissenschaften verdanken.

HERR VIELWITZ. Sie werden also wohl schon etwas mathematisches geschrieben haben? Darf ich mich wohl etwas davon zu sehen ausbitten?

HERR SINNREICH. In etwa vierzehn Tagen, werde ich Sie mit einer Dissertation aufwarten können.

HERR VIELWITZ. Wovon wird sie handeln?

HERR SINNREICH. Von dem Maaße des Winkels der Abweichung derer Gesichtsstralen, womit ein Schielender einen Gegenstand ansieht.

HERR VIELWITZ. Das ist eine neue Materie!

HERR SINNREICH. Was ich davon sagen werde, das wird auch alles ganz neu seyn. Die Erfindungen gehören alle meine: und ich habe deswegen kein optisches Werk, ja nicht einmal den Newton nachgeschlagen: ungeachtet dieser noch das einzige Buch ist, das man sich nicht schämen darf, gelesen zu haben.

HERR VIELWITZ. Ich bin recht neugierig, das zu lesen.

HERR SINNREICH. Die Beweise schließe ich allemal mit einer oder zwey Zeilen aus einem mathematischen Poeten, als Pope, Gebhardi, oder dergleichen.

HERR JAMBUS. Nun, da sehen wirs! vorhin wollten Sie die Poesie herunter machen, und jetzt spicken Sie Ihre mathematischen Abhandlungen damit aus.

HERR SINNREICH. Ey Poesie und Poesie ist sehr unterschieden: Ich meyne nicht die Wiegenliederpoeten, wie Opitz, Canitz, Besser, Neukirch, Günther, und andere Dichter; sondern diejenigen, darinn man, das Wahre, das Schöne, das Hohe, das Tiefe, das Dunkele, das Gedachte, das Schalkhafte... kurz, alles, was man nur abstract nennen kann, antrifft.

JUNGFER LOTTCHEN *lachend.* Abstract? Könnte man das nicht das Abgezogene nennen?

HERR REINHART *lacht.* Ja ja! das Abgezogene in Gedichten. Das ist sehr schön und abgezogen gesagt!

HERR JAMBUS. Nun Herr Sinnreich, Sie haben anjetzt den Herren Vielwitz lange genug unterhalten; nunmehr lassen Sie mich auch einmal mit der Dichtkunst daran kommen. Es ist ganz unnatürlich, daß ein Poet so lange schweigen und zuhören soll.

HERR SINNREICH. Meinethalben! Ich werde zum mindesten von der Poesie auch mit reden können. Dahingegen Sie von der Mathematik schweigen, und uns allein reden lassen mußten.

HERR JAMBUS *zum Vielwitze.* Sie haben unfehlbar schon viel schönes drucken lassen?

HERR VIELWITZ. Nein, das eben nicht. Aber ich denke dennoch, daß meine Arbeiten hier nicht unbekannt seyn können.

HERR SINNREICH. Ich besinne mich nicht; etwas von Sie gelesen zu haben.

HERR VIELWITZ *erstaunt.* Haben Sie nicht vergangenen August die Cantate auf dem Schellhaferischen Saale gehört?

HERR JAMBUS. Nein. Haben Sie die etwa gemacht?

HERR VIELWITZ. Ja. Der Componist schrieb an mir und ersuchte mir, ich möchte ihm die Ehre thun und ihm eine Cantate machen.

HERR REINHART *zu den andern.* Ey! meine Herren, das sollten Sie dem Manne nicht für ungenossen ausgehen lassen! Was? Zween solche körnichte Dichter in der Stadt zu haben, und noch nach Niedersachsen zu gehen, wenn man was schönes haben will? Das litte ich nicht! *Sie schütteln die Köpfe. Lottchen lacht.*

HERR VIELWITZ. Ich mochte es ihm auch nicht abschlagen: denn ich dachte, es könnte des ehrlichen Mannes Glück seyn. Wenn er aber so dumm gewesen ist, und hat meinen Namen nicht darzu drucken lassen: Da habe ich nicht schuld an! Da kann ich nicht vor.

HERR SINNREICH. Nein, wir haben hier nichts davon gewußt.

HERR VIELWITZ. Das ist ein dummes Beest! Bey mich hat sich ein Componist Haus und Hof mit einer von meinen Cantaten verdient: sie war mich aber auch schön gerathen.

HERR REINHART. O! daran ist kein Zweifel.

HERR VIELWITZ. Indessen, die ich nach hier machte, war auch schön: denn ich dachte, du mußt doch die Leipziger was hermachen, das eine Art hat! In eine Arie hatte ich aus der Algebra was angebracht. Das war recht schön. Ich hatte mich aber auch viel Mühe gegeben ... kann ich mir nicht noch darauf besinnen? *Er sinnt nach.*

HERR JAMBUS. Bedienen Sie sich auch der Participiorum, Herr Vielwitz?

HERR VIELWITZ. Ey! die sind meine beste Zierde! Die Cantate war recht voll davon.

JUNGFER LOTTCHEN. Was sind das für Dinger, Herr Reinhart?

HERR REINHART *lächelnd.* Das ist eben das, als wenn ich Ihnen sagte: zu kalt zum Trinken, wird der Caffee wohl weggeräumt werden müssen.

JUNGFER LOTTCHEN *lacht.* So so! und: Nicht gebohren zum aufwarten, werde ich wohl den Diener rufen müssen. *Sie steht auf; die andern lachen und Jambus aus vollem Halse: so daß sich Lottchen die Ohren zuhält und abgeht.*

Sechster Auftritt.

HERR REINHART. HERR VIELWITZ.
HERR JAMBUS. HERR SINNREICH.

HERR JAMBUS. Das ist mir eine herzliche Freude, daß ich höre, daß Sie die Participia lieben.

HERR SINNREICH. Mir ebenfalls. Ohne Participia kann man gar nichts denken.

HERR VIELWITZ. Und für einem Verse, der nicht gedacht ist, da stehe ich nicht vor auf.

HERR REINHART *lachend.* O freylich! Und gedacht, das heißt wacker undeutsch geredet.

HERR VIELWITZ. Ey, das macht, Sie haben sich in der deutschen Schaubühne verliebt, drum finden Sie keinen Geschmack an klugen Versen.

HERR REINHART. So? das heißt, in der deutschen Schaubühne steht lauter dummes Zeug?

HERR SINNREICH. Nun, wer poetische Wassersuppen lesen will, der kann sie gewiß da finden.

HERR VIELWITZ. Ey meine Herren, es ist mich eine rechte Freude, daß Sie auch hierinnen meiner Meynung sind. Ein einzig Stück nehme ich aus; davon ist der Verfasser mein guter Freund. Aber die andern taugen alle nichts.

HERR JAMBUS. Sie meynen etwa das erste Stück in einem gewissen Bande? Ja, ja! Es heißt doch aber auch zuweilen: bonus dormitat Homerus.

HERR VIELWITZ. Alle Zeilen sind freylich nicht gedacht. Indessen ubi plura nitent in carmine etc. diese Regel brauche ich zwar sonst bey keinem Gedichte: aber weil dieß mein guter Freund ist!

HERR SINNREICH. Die andern sind alle unendlich unter dem!

HERR JAMBUS. Das Matte, das Kalte, das Unwahrscheinliche...

HERR REINHART *lächelnd.* Das sich nicht Lesenlassende? Nicht wahr?

HERR VIELWITZ. Freylich, ich weis nichts ungeschickters, als der Jean de France, der sich auf dem Theater das Kleid abzieht. *Er lacht hönisch.*

HERR JAMBUS. Und der dumme Schöps, der im Menschenfeinde die Participia lächerlich machen will!

HERR VIELWITZ. Nein! ich hätte mich in einem solchen Werke doch bessere Sachen vermuthet. Da wird unsere Zeit keine Ehre von haben.

HERR SINNREICH. Sollen das Meisterstücke seyn?

HERR REINHART. Wo hat denn der Herausgeber welche versprochen?

HERR JAMBUS *heftig.* Aber wir fordern welche!

HERR REINHART *lacht sehr.* Ganz gut. Wenn er einmal für Sie ganz allein eine Schaubühne herausgeben wird: so wird er sich vielleicht auf welche befleißigen, oder sich Ihre eigene Arbeiten ausbitten, die Sie doch wohl für Meisterstücke werden gelten lassen. *Es kömmt ein Diener und nimmt den Caffeetisch weg.* Anjetzt aber ist seine Absicht nur gewesen, Stücke zu liefern, die nicht so sehr wider die Regeln verstießen, und den Comödianten Sachen zu liefern, die viel gesitteter und gescheidter wären, als das elende Zeug, was sie bisher fast überall gespielt haben. Das werden Sie doch den Stücken in der Schaubühne nicht absprechen können.

HERR JAMBUS. *Sie lachen alle drey spöttisch.* Sie meynen doch auch die Banise?

HERR REINHART. Ja, ja, auch die! denn sie ist doch unendlich besser, als die alte prosaische Banise, die man gleichwohl noch immer spielt, so dumm als sie ist. Setzen Sie sich aber nur hin, und machen Sie eine bessere, wenn Ihnen diese nicht gefällt. Das wird den Herausgeber nicht verdrießen, sondern ihm eine wahre Freude seyn.

HERR JAMBUS *lacht sehr.*

HERR REINHART. O das ist eine kluge Antwort! mich dünkt doch, es giebt keine bessere Art zu beweisen, daß eine Sache schlecht sey, als wenn man sich geschwinde hinsetzt, und was bessers macht.

HERR VIELWITZ. Wir verstehn das Theater auch ein wenig, mein Herr Reinhart.

HERR REINHART. Nun gut. Wo sind denn die Meisterstücke, die Sie gemacht haben? Ich sehe sie doch noch nicht.

HERR VIELWITZ. So müssen Sie gewiß noch nicht das Päckchen gelesen haben, was ich Ihnen gestern Abends mit gab. Ich habe freylich einige gemacht.

HERR REINHART. Nein, ich bin heute Vormittags sehr beschäfftigt gewesen.

HERR JAMBUS. Und von meinen Sachen haben Sie genug gelesen?

HERR REINHART. Ja. Nur daß ich daran gewiß eben so viel auszusetzen hätte, als Sie an der deutschen Schaubühne auszusetzen finden.

HERR SINNREICH. Und was wollten Sie wohl an meinen Stücken aussetzen?

HERR REINHART. Fürs erste dieses, daß sie undeutsch sind.

HERR VIELWITZ. Ha! ha! ha! sind Sie auch einer von die Mückensäuger, die der Grammatik zu gefallen, einen schönen Gedanken ersticken?

HERR JAMBUS. Ich schreibe nicht für die Leute, die erst decliniren und conjugiren lernen wollen.

HERR REINHART. Sie schreiben aber für Ihre Leser, und denen gefällt man eben nicht mit Sprachschnitzern.

HERR SINNREICH. O ja, ich lese allemal lieber einen schönen Gedanken, als einen richtigen Ausdruck.

HERR VIELWITZ. Und mir dünkt, ein Gedanken kömmt mich noch einmal so schön vor, wenn der Ausdruck wider die Grammatik läuft.

HERR REINHART. Ich will Ihnen noch mehr sagen, der ganze Gedanke besteht oftmals nur im Schnitzer: wenn Sie die Worte recht zusammen setzen; so ist gewiß kein Gedanke mehr da.

HERR JAMBUS. Ach! das ist nur eine Erfindung der seichten Köpfe, die nicht die Fähigkeit haben zu denken.

HERR REINHART *lachend.* Je, meynen Sie denn, daß eine so große Kunst dazu gehöre, Sprachschnitzer zu machen? Das kann ich alle Augenblicke auch; wenn das anders Witz und Hexerey heißen soll. Aber warum machen Sie es in den lateinischen Versen nicht auch so? Warum binden Sie sich da an die Grammatik?

HERR VIELWITZ. O das ist was anders! Deutsch ist nicht lateinisch!

HERR REINHART. Ja, das höre ich heute nicht zum erstenmale.

HERR SINNREICH. Die lateinische Sprache hat nun einmal ihre Regeln. Allein man müßte sehr verblendet seyn, wenn man das auch von der deutschen sagen wollte.

HERR REINHART. Was? die deutsche Sprache hat also keine Regeln?

HERR JAMBUS. Nein. Man kann im Deutschen alles sagen, was man will.

HERR REINHART. Das bestreite ich nicht; aber man kann und muß es auch mit guten deutschen Ausdrücken sagen.

HERR VIELWITZ. Nein, über dem Zwange geht mancher schöne Gedanke verloren.

HERR REINHART. Ich wollte wohl wetten, daß sich dieß unter hundertmalen nicht zweymal zutrifft. Z. E. Ich las neulich in einem Gedichte, da ein Verliebter seine Schöne um Gegenliebe ersuchet, den Ausdruck; uns wird nicht immer Frühling seyn. Ist das nicht ein bloßer Latinismus?

HERR SINNREICH. Latinismus oder nicht! der Gedanken ist doch schön.

HERR VIELWITZ. Ja, er ist all artig.

HERR REINHART. Würde er aber nicht bleiben, was er ist, wenn ich ihn nun gleich so verdeutschete: Wir werden nicht immer jung seyn?

Sie schreyen alle drey. Nein! nein! nein! das ist kalt, matt, frostig!

HERR REINHART *zuckt die Achseln und lacht.* Da sehen Sies ja nun, daß Ihnen bloß der Sprachschnitzer gefällt; der Gedanke ist ja eben derselbe.

HERR JAMBUS. Bey Leibe nicht. Uns wird nicht immer Frühling seyn! das ist so malerisch, so körnicht geredet. Das andere ist lauter Wasser dagegen.

HERR REINHART. Wahrhaftig! Mir ist Frühling; das kömmt mir eben so vor, als wenn ich mit den Epistolis obscurorum virorum sagen sollte: Habemus valde calidam Aestatem. *Sie lachen alle.*

HERR SINNREICH. Nun es ist mir lieb, daß wir den Herrn Vielwitz hieher bekommen haben. Wissen Sie was, Herr Jambus, wir müssen eine Gesellschaft mit einander aufrichten.

HERR VIELWITZ. Von Herzen gern, da bin ich mit bey.

HERR JAMBUS. Und zwar eine Antigrammatikalische.

HERR VIELWITZ. Ja, ja! daß wir die Leute einmal das Vorurtheil aus den Kopf bringen, daß man denken und doch rein Deutsch schreiben müsse.

HERR SINNREICH. Sie haben es getroffen.

HERR REINHART *lachend.* O du arme deutsche Sprache! erzittere! dir wird nicht immer Schönheit seyn!

HERR JAMBUS. Nun, nun, spotten Sie nur nicht! Ihre Gedichte sollen brav herhalten, wenn Sie welche machen werden, die rein Deutsch sind.

HERR REINHART. O das Märtyrthum würde mir eine Ehre seyn! allein es hat keine Noth. Ich treibe jetzt mein Advocatenhandwerk; weil mir ein witziger Kopf, der kein Brod hat, ein sehr elendes Geschöpf zu seyn scheint. Ich werde deswegen doch wohl wegen alter Bekanntschaft den Musen gewogen bleiben. Allein meiner Muttersprache auch. Wenn ich schlechtes und verstümmeltes Deutsch lesen will: so lese ich meine Acten und die Zeitungen! und wenn ich mir über einem Gedichte den Kopf zerbrechen will, so lese ich den Pindar und Persius selbst: und nicht ihre neuern Nachäffer.

HERR VIELWITZ *zu den andern.* Lassen Sie ihm gehen. Den bekehren wir schon nicht! wie soll denn aber unsere neue Gesellschaft heißen?

HERR SINNREICH. Ja, einen Namen müssen wir doch haben. Wie wäre es, wenn wir uns die participialische Gesellschaft nennten?

HERR JAMBUS. Nein, nein! das würde nur eine einzige Eigenschaft ausdrücken: wir müssen aber auch zugleich andeuten, daß wir auf das Körnichte, und auf die Gedanken gehen.

HERR REINHART *lachend.* Ey! so nennen Sie sich die denkende undeutsche Gesellschaft, oder die undeutschdenkende Gesellschaft.

HERR VIELWITZ. Die Denkende? das gienge wohl hin; aber die Undeutsche, das ist nichts: denn damit gäben wir selbst zu, daß unsere Gedichte undeutsch wären.

HERR JAMBUS. Freylich. *Er besinnt sich.* Wissen Sie was, meine Herren? wir wollen uns die denkende Sprachschnitzer-Gesellschaft nennen.

HERR SINNREICH. Ja, ja: der grammatikalischen Zunft zu Trotze!

HERR VIELWITZ. Gut, gut! das drückt auch zugleich aus, daß wir nicht allein die Participia; sondern auch alle andere Schnitzer in der Sprache dulden.

HERR SINNREICH. Ja: nur daß der Poet auch denke! denn denken muß er! sonst ist alles nichts.

HERR JAMBUS. Nun also heißen wir: die denkende Sprachschnitzer-Gesellschaft. *Sie sagen alle.* Ja! ja! *und geben sich die Hände, umarmen sich auch. Ein jeder sagt* Ihr Diener, Herr College.

HERR REINHART *macht einen Reverenz an sie.* Ich gratulire von Herzen zu dieser neuen Societät, die den menschlichen Verstand wieder zu seiner alten Würde verhelfen wird; und empfehle mich Dero herzinniglichem Mitleiden, meine hochzuehrenden denkenden Herren Sprachschnitzler! *Sie schütteln die Köpfe.*

HERR SINNREICH. Bey wem versammlen wir uns denn künftig meine Herren?

HERR VIELWITZ. Wollen Sie zu mich auf meiner Stube kommen; so steht Ihnen allemal ein Glas Wein und ein Stück Hamburger Rauchfleisch zu Diensten.

HERR REINHART. Ey! die Anerbiethung nehmen Sie ja an, meine Herren. Es denkt sich noch einmal so gut, wenn man was zum Besten darbey hat.

HERR SINNREICH. Wenn es Sie so beliebt, so lasse ich mirs gefallen.

HERR JAMBUS. Wenn es Sie nur nicht zu beschwerlich fällt, mein Herr Vielwitz.

HERR VIELWITZ. Im geringsten nicht; es soll mich eine Freude seyn.

HERR JAMBUS. Und da wollen wir alles, was Neues herauskömmt, vornehmen, und das Seichte, das Matte, das Niedrige, das Kriechende, das unendlich drunter seyende, u. s. w. untersuchen.

HERR SINNREICH. Ja, ja. Damit wir uns aber nicht mit allem dem schlechten Zeuge, was die andern Scribenten schmieren, den Geschmack zu sehr verderben: so wollen wir jedesmal uns auch von unsern Arbeiten was vorlesen; und uns sonderlich bemühen, unsre Sprache mit den abgebrochenen Redensarten der Engländer zu bereichern; die von den wässerichten Dichtern insgemein Anglicismi und Barbarismi genennet werden.

HERR JAMBUS. Ja, und mit der Zeit können wir das, was wir uns denn vorgelesen und so gemustert und geändert haben, daß gar nichts mehr daran auszusetzen ist, als Muster der deutschen Dichtkunst in einem Bändchen drucken lassen.

HERR VIELWITZ. Noch zur Zeit sehe ich nicht, daß die Welt es werth wäre, etwas von mir zu lesen. Die Zeiten müßten sich noch sehr ändern!

HERR SINNREICH. Nun? wenn kommen wir zum erstenmale zusammen, meine Herren?

HERR JAMBUS. Wenn es Sie beliebt, Herr Vielwitz, so können wir morgendes Tages anfangen.

HERR VIELWITZ. Ja, meine Herren. Ich werde die Ehre haben Sie zu erwarten.

HERR REINHART. Darf denn ein so unwürdiger deutscher Michel, als ich bin, zuweilen auch das Glück haben, Ihren denkenden Versammlungen beyzuwohnen.

HERR SINNREICH. Ja, ja; aber nur als ein Zuhörer.

HERR JAMBUS. Ja, er muß weder richten, noch was wir verurtheilen, vertheidigen. Denn er versteht das nicht, was zu einem recht schweren Verse gehört.

HERR REINHART *lächelnd.* O das bescheide ich mich gar gerne! ich will mich nur ein wenig von der grammatikalischen Sucht, die mir anklebt, zu befreyen suchen.

HERR VIELWITZ. Wer soll denn zuerst lesen?

HERR SINNREICH. Ich habe eine mathematische Abhandlung von der Chloris Strickzeuge unter Händen; sie ist aber noch nicht fertig. Denn sie wird sehr ironisch, und sticht im vorbeygehen mehr als zwanzig von meinen guten Freunden und Lehrern an. Auch auf meine eigene Aeltern kommen ein Paar Püffe drinnen vor.

HERR REINHART. Ein feines Werkchen! eine mathematische Satire!

HERR SINNREICH. Ja, ein Philosoph ist mit niemanden verwandt, und niemanden verbunden. Er geht gerade durch, und sagt allen die Wahrheit. Haben Sie indessen was fertig, Herr Jambus; so können Sie anfangen.

HERR JAMBUS. Ja, ich habe eine Tragödie unter Händen, davon ist der erste Act fertig. Dergleichen muß noch nie gesehen seyn! sie besteht aus lauter epigrammatischen Gedanken, zwey und zwey Zeilen, oder selten vier Zeilen, machen allemal ein Sinngedicht aus. Jedes Stück davon hat mich wohl einen halben Tag Arbeit gekostet: und die trage ich nun zusammen, und schreibe nur die Namen drüber.

HERR VIELWITZ. Sie bringen mir da auf einen Einfall. Gienge es nicht an, daß man auf eben der Art, aus dem Martial oder Ovenus eine Comödie machte? An satirischen Einfällen würde es nicht da fehlen, wenn jede Person, so oft sie den Mund aufthäte, eine stachelichte Spitzfündigkeit vorbrächte.

HERR JAMBUS. Warum nicht? Sie werden nur hören, daß sich mein Stück vortrefflich ausnimmt. Einige Stellen sind mir ganz besonders glücklich gerathen. Sophokles und Euripides sind lauter kaltes Wasser dagegen.

HERR REINHART. Das glaube ich wohl! Aber welche Zuhörer werden ein so spitzfündiges Stück verstehen, wenn es aufgeführet wird?

HERR JAMBUS. Ich überlasse es dem poetischen Pöbel für den Pöbel zu schreiben: ich schreibe nur für die Weltweisen und Mathematicos.

HERR REINHART. Und ich versichere Sie, daß weder Wolf noch Bülfinger, noch Euler Ihre Tragödie lesen werden.

HERR JAMBUS. Man weis, was man von den neuen Propheten zu halten hat. Haben Sie nicht auch was schönes fertig, Herr Vielwitz?

HERR VIELWITZ. Ich habe ein Schäferspiel verfertiget, davon ich dem Herrn Reinhart gestern eine Abschrift gegeben habe. Darinn herrscht durchgehends das Schalkhafte. *Er lacht innerlich*. Es ist ein heilloses Ding!

HERR SINNREICH. Darf ich den Namen wissen?

HERR VIELWITZ. Es heißt die Nothzüchtigung. Ein vertraktes schalkhaftes Stück!

HERR REINHART *sieht ihn von Haupt zu Füßen an.* Die Nothzüchtigung? ein Schäferspiel?

HERR JAMBUS. Das bin ich neugierig zu hören.

HERR VIELWITZ. Sie werden Ihre Lust dran hören. Es hat mich auch manche sauere Stunde gemacht.

HERR SINNREICH. Aber, um unserer neuen Collegialischen Freundschaft willen! Herr Vielwitz, brauchen Sie doch das Mich und Mir nicht immer so falsch. Die Ohren thun mir schon ganz weh!

HERR JAMBUS. Ja, es ist entsetzlich, Ihnen so reden zu hören.

HERR VIELWITZ. Und es ist eben so entsetzlich, meine Herren, Ihr beständiges falsches Sie und Ihnen zu hören.

HERR SINNREICH *lacht spöttisch.* So? wir werden endlich noch von den Niedersachsen Deutsch lernen sollen!

HERR VIELWITZ. Warum nicht? das Deutsche wäre eben nicht die einzige gescheide Sache, die der Herr und sein College von uns Niedersachsen zu erlernen nöthig hätte.

HERR REINHART. Ey! meine Herren, wie ist es möglich, daß die Stifter der Sprachschnitzergesellschaft, sich über ihre Sprachschnitzer entzweyen können? Sie müssen ja zum besten der gemeinen Sache, ein jeder die Seinigen mit beytragen helfen.

HERR SINNREICH. Ich nehme mich der obersächsischen Sprachschnitzer nur an: die sollen hier allein gelten; in Niedersachsen mögen die niedersächsischen schön seyn!

HERR JAMBUS. Ja, aber die Niedersächsischen sind ja wider alle Vernunft.

HERR VIELWITZ. Ich habe obersächsische Leute gesehen, die eben so unvernünftig gewesen, als ihre Sprachschnitzer; und nöthig hätten, ein paar Jahre nach Niedersachsen zu ziehen, um gescheide Leute zu werden.

HERR SINNREICH. Wen meynen Sie damit, Herr Vielwitz?

HERR VIELWITZ. Ich nenne niemanden, und meyne mehr als einen.

HERR JAMBUS. Mein Herr Sie sind doch nicht etwa in die Hundstage gebohren?

HERR VIELWITZ. Nein: wahrhaftig nicht! denn es ist mich noch nie eingefallen, aus lauter Epigrammatibus ein Trauerspiel, oder eine Comödie zu machen.

HERR REINHART. Ey! meine Herren, Sie fangen an zu denken, wie ich sehe.

HERR SINNREICH. Sie haben ja wohl eine große mächtige Selbstliebe im Leibe!

HERR VIELWITZ. Ich habe aber noch nie auf meinen Ältern ein Pasquill gemachet.

HERR SINNREICH. Mein Herr, Ihr Beyfall wäre gerade der schlechteste Lohn für meine Schriften.

HERR VIELWITZ. Ich bedanke mich vor Ihrer Schnitzergesellschaft! Ich mag dar nicht ein!

HERR JAMBUS. Das erste Gedicht so ich darinnen vorlese, soll eine Satire auf Ihnen seyn.

HERR VIELWITZ. Und ich will eine Critik über Ihrer Tragödie machen, daß keiner sie mit Füssen wird treten wollen.

HERR SINNREICH. Herr! fangen Sie mit uns nicht an: wir sind fähig die größten Gelehrten lächerlich zu machen. Wir sind ohne dieß Willens, ein neues Wochenblatt anzufangen, das soll der Lustigmacher heißen: da könnten Sie eine Stelle darinnen bekommen.

HERR VIELWITZ. Es müßten sehr lächerliche Leute seyn, die sich auf solche lächerliche Criticos verließen.

HERR JAMBUS. Ey! warum sagen Sie nicht, auf solche Criticis, das wäre ja ein schöner Niedersaxonismus gewesen. *Sinnreich und Jambus lachen überlaut.*

HERR REINHART. Um des Himmels Willen! Meine Herren, hören Sie auf zu denken. Dort kömmt Jungfer Lottchen.

Siebenter Auftritt.

DIE VORIGEN. JUNGFER LOTTCHEN.

JUNGFER LOTTCHEN. Nun? Es geht fein burschikoos auf meiner Stube zu.

HERR VIELWITZ. Verzeihe Sie es Mademoiselle. Ich dachte ich wäre unter gelehrten Männern gekommen: so sehe ich wohl, daß es nichts mehr, als Studenten sind.

HERR JAMBUS. Ja, wir geben Lection im Lateinischen conjugiren und decliniren. Wenn Sie etwa auf der Schule damit nicht fertig geworden sind, Herr Vielwitz: so dörfen Sie es nur sagen.

JUNGFER LOTTCHEN. Ey meine Herren! In meiner Gegenwart bitte ich, sich entweder nicht zu zanken; oder einen andern Ort dazu zu erwählen, als mein Zimmer. Herr Vielwitz hat mir heute früh etwas von seinen Versen geschickt, das wollen wir durchlesen. Der Herr Jambus und Sinnreich verstehen die Poesie so wohl, daß sie entweder die Arbeit bewundern, oder tadeln können werden. *Sie nimmt den Brief vom Tische und erbricht ihn.*

HERR JAMBUS *schreyt sehr.* Was? ich sollte mich dahin setzen, und eines andern Dichters Arbeit anhören? Das ist mir unmöglich! Daß andere Leute mir meine Gedichte 6 Stunden lang zuhören müssen, das ist wohl meine Gewohnheit: allein so, scheide ich davon. *Er läuft in den Winkel, rafft seinen Degen und Stock auf, und läuft ungestüm ab.*

Achter Auftritt.

JUNGFER LOTTCHEN. HERR REINHART.
HERR SINNREICH. HERR VIELWITZ.

JUNGFER LOTTCHEN. Das ist ja ein ungezogener Mensch. Mich wundert, daß nicht alle seine gute Freunde taub sind. *Sie setzt sich und die andern setzen sich auch.*

HERR SINNREICH. Er fühlt sich freylich, daß er ein sehr witziger Kopf ist.

HERR REINHART. Er würde aber sehr wohl thun, wenn er nicht nur seine Stärke, sondern auch seine Schwäche fühlte.

JUNGFER LOTTCHEN *giebt Reinharten den Brief.* Da Herr Reinhart, thun Sie uns den Gefallen, und lesen Sie dieß laut. Ich werde wohl genug zu thun haben, daß ichs nur verstehe.

HERR REINHART *liest.* Werthgeschätzter liebster Herr Vater...

HERR VIELWITZ *springt erstaunt auf, und will ihm den Brief entreißen. Er aber versteckt ihn.* Um des Himmels Willen! was haben Sie da? Geben Sie mich den Brief, wofern Sie es ein Bißchen gut mit mich meynen.

JUNGFER LOTTCHEN. Bey Leibe nicht, Herr Reinhart! sonst verlieren Sie alle meine Gunst.

HERR REINHART *weigert sich gegen Vielwitzen.* Da sehen Sie es! das ist ja der ärgste Fluch den eine Schöne nur thun kann.

HERR VIELWITZ *ängstlich.* Es ist aber ein Brief an meinem Vater... Es stehen da Domestiksachen innen... Ich bitte Sie um alles, warum man in der Welt bitten kann.

JUNGFER LOTTCHEN. Nein, nein! ich muß durchaus wissen, was darinnen steht: es werden doch solche heimliche Sachen nicht seyn, die Sie ihm von hieraus schreiben können. Sie sind ja nicht verheirathet, Herr Vielwitz?

HERR VIELWITZ *fällt vor ihr auf die Knie.* Ach! Ach! ich

bitte Sie auf das inständigste, Mademoiselle, lassen Sie mich den Brief wiedergeben.

JUNGFER LOTTCHEN. Gelt! Sie haben eine Liebste zu Hause gelassen? Die muß ich erfahren! Lesen Sie nur Herr Reinhart.

HERR VIELWITZ *springt auf, und hält Reinharten, welcher lesen will, den Mund zu.* Ach allerliebstes, englisches Reinhartchen, ließ nicht!

JUNGFER LOTTCHEN. Nun so geben Sie mir den Brief wieder her. Ich will ihn sachte für mich lesen.

HERR VIELWITZ *sehr ängstlich.* Ach! ich bin des Todes, wo Sie ihn lesen, Mademoiselle. *Er windet die Hände.* Was habe ich in der Eile vor einen Irrthum begangen? Da habe ich die Verse an Sie, in meines Vaters Brief eingesiegelt, und den Brief an meinem Vater, bey Sie eingeschlagen. *Er wirft sich ganz matt auf den Stuhl und windet die Hände.*

JUNGFER LOTTCHEN. Wenn Sie nicht so ängstlich thäten: so wäre ich nicht halb so neugierig. Geben Sie mir nur den Brief, Herr Reinhart: ich will ihn zum mindesten für mich allein lesen. *Sie liest und sieht den Vielwitz dann und wann ernstlich an, und macht erstaunte Geberden. Vielwitz sitzt ganz ängstlich auf dem Stuhle. Reinhart zieht einen versiegelten Brief aus der Tasche und macht ihn auf.*

JUNGFER LOTTCHEN. Nun das hätte ich mir von Ihnen nicht vermuthet, Herr Vielwitz. Für alle Höflichkeit und Ehre, die Ihnen in unserm Hause wiederfahren ist; ja ich sage mehr: für alles das Gute, was der alte Herr Reinhart, wie ich gewisse Proben davon habe, mit Ihnen noch im Sinne gehabt hat, dafür schreiben Sie Ihrem Vater so verächtlich von ihm? Gesetzt, daß er auch so wenig Vernunft und Witz hätte, als Sie schreiben: so hat er doch ein redliches Herz, und dieß macht allemal ein besser Glück in der Welt, als der größte Witz; wenn er mit einem bösartigen, hochmüthigen und undankbaren Herzen verknüpft ist. Was meine Wenigkeit anlanget: so versichere ich Sie, daß, wenn ich Ihnen zu dumm bin, Sie mir hergegen so klug noch nicht sind, daß ichs nicht schon vor 14 Tagen gesehen hätte, daß Sie ein Geck sind. Was diesen jungen Herren Reinhart betrifft...

HERR REINHART. Wie? was? Stehe ich auch darinnen?

JUNGFER LOTTCHEN. O ja! der Herr Vater wird es Ihnen schon zu lesen geben. *Zum Vielwitz.* Was ihn belanget! so versichere ich Sie, daß seine empfindlichste Rache an Ihnen, der Verlust seiner Freundschaft ist, die er Ihnen bisher ohnedieß nur aus Ehrfurcht gegen seinen Vater bewiesen hat. Die witzigen Köpfe hier in der Stadt, von denen Sie, ehe Sie sie noch gekannt, so verächtlich geurtheilet haben, die werden sich unfehlbar selbst rächen, und Ihnen gleiches mit gleichem vergelten.

HERR SINNREICH *hitzig.* Was? was? hat er von den witzigen Köpfen allhier auch übels geredet?

JUNGFER LOTTCHEN. O ja! Er schildert sie so schön ab, daß er ihnen endlich keine bessre Benennung zu geben weis, als daß sie dumme Jungen sind.

HERR SINNREICH *zum Vielwitz.* Warten Sie, sind Sie der Haare? das will ich dem Jambus sagen! Wir wollen eine Satire auf Ihnen machen, die sich gewaschen haben soll. *Er läuft in die Ecke, nimmt seinen Hut und Degen und geht zornig ab.*

JUNGFER LOTTCHEN. Ich will hinunter gehen, und dem alten Herrn Reinhart doch zeigen, was für einen schönen Gast er hier im Hause hat. *Sie will gehen.*

HERR REINHART. Ey, warten Sie noch ein wenig. Hier ist noch ein andrer Misverstand vorgegangen. Die Verse die Sie haben kriegen sollen, die sind hier an mich eingesiegelt. Lesen Sie sie doch. *Er giebt sie ihr.*

JUNGFER LOTTCHEN. Ach! ich habe viel zu wenig Verstand dazu. *Sie schmeißt sie dem Vielwitz vor die Füße, und geht zornig ab.*

Neunter Auftritt.

Herr Vielwitz. Herr Reinhart.

Herr Vielwitz *sehr erschrocken.* Was? Sie haben die Verse an der Jungfer, in Ihrem Umschlage?

Herr Reinhart. Ja, da sind sie. *Er giebt sie ihm.*

Herr Vielwitz *schlägt die Hände zusammen.* Nun bin ich verlohren! das ist wieder ein neues Unglück vor mir.

Herr Reinhart. Wie so?

Herr Vielwitz. Ach! so habe ich meinem Vater das verwünschte Schäferspiel eingesiegelt! Was wird der Mann von mir denken? Er enterbt mich gewiß: denn er ist ein sehr hitziger Mann. Ich bin des Todes!

Herr Reinhart. Ich wollte gern ein Mitleiden mit Ihnen haben: allein es ist mir allemal eine Freude, wenn die Thorheit und Bosheit in ihre eigene Falle fällt.

Herr Vielwitz. Ich muß den Augenblick der Post eine Staffette nachschicken, und versuchen, ob ich meinen Brief wieder bekommen kann. Mein Diener aber soll mir noch heute die Post bestellen. Ich will stehendes Fußes von einer Akademie fort, wo mir alles so verkehrt geht. *Er geht ab.*

Herr Reinhart. Und ich will die schöne Lobschrift lesen, die Sie mir gemacht haben: damit ich Ihnen desto herzlicher zu Ihrer Abreise Glück wünschen könnte. *Er geht ab.*

1745

Sophie von La Roche

Miß Kery und Sophie Gallen

Herr Gallen, ein teutscher Gelehrter, hatte die einzige Schwester eines jungen Kaufmanns zu seiner Frau. Er wohnte in dem Haus seines Schwagers, welcher das Vermögen der Frau Gallen in seiner Handlung behielt, und reichliche Zinsen davon bezalte. Gallen und seine Gattin waren äusserst glücklich, da er durch das Vermögen seiner liebenswürdigen Frau in den Stand gesetzt wurde, armen Familien in ihren Rechtshändeln ohnentgeldlich zu dienen, und also mit seinem Geist und Herzen eine Wohlthätigkeit auszuüben, die er sich bey einer minder reichen Frau nicht hätte erlauben können, weil er alsdenn verpflichtet gewesen wäre, zuerst auf die Versorgung der Seinigen bedacht zu seyn. Frau Gallen freute sich über die Tugend ihres Mannes, und hörte ihm mit Vergnügen zu, wenn er ihr mit Entzücken von der gewonnenen Sache eines Armen erzälte, und der Segen, den ihr Mann von den dankbaren geretteten Leuten empfieng, schien ihr mehr werth zu seyn, als die Einkünfte von ihrem Vermögen. Sie hatten von etlichen gutartigen Kindern nur eines bey Leben erhalten, und dieß war eine Tochter, die Sophie genannt ward, welche ohne vorzügliche Schönheit als ein liebliches Mägdchen heranwuchs. Frau Gallen machte sich aus der Erziehung ihrer Tochter die Hauptbeschäftigung ihres Lebens, und da einst von mehrern Personen gesagt wurde, daß die kleine Sophie eine unbeschreibliche Ähnlichkeit der Gesichtszüge und Neigungen ihrer beyden Eltern in sich vereinigte, so sagte Frau Gallen ihrem Mann:

»Der Himmel hat mir in meinen Söhnen die Freude genommen, dich in ihnen erneuert aufwachsen zu sehen, aber jedermann sagt, unsere Sophie habe deinen Geist und deine Augen, so wie man zugleich behauptet, daß sie meinen Mund, meinen Wuchs, und meine Geberden hat. Jede Hofnung auf andere Kinder ist verlohren: – da möchte ich wohl, mein Bester! daß wir die Ähnlichkeit, welche dieses einzige Kind mit uns theilt, auf das vollkommenste machen. Gieb, mein Lieber! dem guten Mägdchen jeden Anbau deines Geists, denn es sollte mich sehr freuen, wenn ich einen Theil deines Verstands von Lippen wiedertönen hörte, die den meinigen gleichen. Ich will sie in allen weiblichen Arbeiten unterrichten: – Unsere Liebe aber soll sich in ihrem Herzen vereinen.«

Herr Gallen war es zufrieden, und sie erzogen Sophie nach diesem Plan zu einem schätzbaren, reizenden Mägdchen auf. Sie war mit siebzehn Jahren nicht nur in blühender Gesundheit mit einer anmuthigen Gestalt geschmückt, sondern mit jeder Tugend der Seele, einem feinen Geist, und allen schönen Talenten begabt. Der Oheim und Tante liebten das Mägdchen eben so sehr; und da sie keine Kinder hatten, so wurde Sophie als Erbin eines großen Vermögens betrachtet, geschmeichelt, gesucht, und in Puz und Bedienung daran gewohnt. Frau Gallen starb, eh ihre Tochter verheurathet war, und nun lebte Sophie unter der Aufsicht ihrer Tante fort, bis auch diese bald darauf in dem ersten Wochenbett mit ihrem kleinen Sohn in die andere Welt gieng. Beyde Schwäger blieben unzertrennlich, und es schiene, als ob ihr beyderseitiger Verlust ihre Freundschaft verstärkt habe.

Sophie bekam eine Gattung Hofmeisterin, oder vielmehr Gesellschafterin, weil sie über den Verlust ihrer zwey Mütter untröstlich war, und in eine stille Schwermuth versenkt wurde. Diese Frau, eine junge Wittwe, war munter, hübsch und listig. Sie bemächtigte sich nach und nach des Herrn Elbe, Sophiens Oheim. Dieser hatte seine Nichte die Englische Sprache gelernt; Madame Bach wollte nun auch mitlernen, und sie brachte nicht nur dieses, sondern viele andre Sachen in dem Haus nach ihrem Sinn, wohin sie es wollte. Man machte Reisen in Bäder und Gesundbrunnen; man gab Gesellschaften, und endlich wurde Mad. Bach – Frau Elbe. Die Handlung fieng an zu wanken – doch reißte man nach Frankreich, und nahm Sophien mit, die natürlicher Weise Vergnügen daran fand. Am allerliebsten aber hörte sie, daß es gar nach Engelland gehen sollte. Doch hatte sie keine Ruhe, bis ihr Vater auch dazu gebetten wurde. Der Brief, in welchen er einwilligte, kam noch nach Paris. Er sagte, daß er mit einem Holländischen Schiff überfahren, und vielleicht bälder als sie in Großbritannien landen würde. Sie schiften von Calais aus, kamen nach London, und fanden dort wirklich Herrn Gallen vor ihnen. Aber bald klagte Frau Elbe wegen ihrer Gesundheit, und man mußte in ein Bad. Alles dieß geschah mit einer Eile und Unruh, die endlich unserm Gallen bedenklich wurde, noch mehr aber, da Herr Elbe immer viele Briefe von Haus erhielt, aber Herr Gallen nicht einen. Er sprach mit seinem Schwager von der Sorge, die er wegen seiner Handlung fühle, und daß er ihm doch von seinen Briefen mittheilen möchte, indem er aus ihm unbegreiflichen Ursachen gar keinen erhielte. Elbe beruhigte ihn, und sagte, da sie gerad eine Lustreise machen wollten, solle er nur bis den andern Morgen Gedult tragen, wo er ihm dann alle nöthige Briefe zeigen würde. Sie reißten auch alle viere nach einem artigen kleinen Ort, wo ein schöner Park und Landhaus zu sehen war. Und da sie ein paar Tage dort bleiben wollten, so kam ein Koffer mit gemeinsamen Weißzeug und leichten Kleidern mit. Sie speißten Abends in dem Park, und blieben lang munter, mußten aber in zwey verschiedenen Häusern schlafen, weil in dem, wo Herr Gallen mit seiner Tochter eingezogen war, nur zwey kleine Betten in zwey eben so kleinen aber netten Zimmern neben dem Speißsaal waren, und Herr Elbe ohne anders wollte, daß Sophie und ihr Vater am besten besorgt seyn möchten. Gallen und seine Tochter schliefen recht wohl; besonders war Sophie sehr glüklich, eine so hübsche Stube, so nettes Weißzeug und einen Baumgarten vor ihrem Fenster zu haben, welches sie offen ließ, um den süssen Duft der blühenden Linden, und das sanfte Rauschen des kleinen, an des Wirths Garten vorbeyfliessenden Bachs zu geniessen. Denn ohngeachtet sie in einer grossen Stadt erzogen ward, und selten etwas anders, als man kann sagen, steife, gezierte Kunstgärten gesehen hatte, so war doch ihre Seele mit dem feinen Gefühl für Wahrheit und Natur durchdrungen; und wenn Herr und Frau Elbe ihre Reisen in England nach dem Sinn von Sophien eingerichtet hätten; so würde zuerst jede Gegend besucht worden seyn, die Thomson besungen hat: Denn würde sie Hagley als einen heiligen Grund und Boden durchgegangen haben, weil sie nichts ehrwürdigers kannte, als den Charakter des edlen Litleton. Aber Sophie sollte in Großbritannien noch manche Trauerstunde durchleben, ehe sie den gewünschten Anblick dieser schönen Anlage genoß.

Ihr guter würdiger Vater schlief sanft und lang den letzten sorgenfreyen Schlaf, und Sophie freute sich, daß sie vor ihm erwacht war, und sich leise angezogen hatte, um bey ihm, ihrem Oheim und Tante die Stelle der Wirthin bey dem Frühstück zu versehen. Es war alles in der Laube des Gartens bereitet. Herr Gallen kam munter und über seinen langen Schlaf scherzend zu Sophie in die grosse Stube, weil sie da an dem Fenster war, und nach dem Laden des Hauses umsah, wo Herr und Frau Elbe wohnten, um ihnen gleich einen guten Morgen zuzuwinken. Da es aber bald eilf Uhr wurde, und sich kein Fenster öfnete, oder jemand sehen ließ, so gieng sie, Thee mit ihrem Vater zu trinken, und schickte jemand aus dem Haus nach ihrem Oheim. Aber, wie staunte ihr Vater und sie, als die Antwort kam, der Herr und die Dame wären gestern Nachts abgereißt, und gar nicht in das Haus gekommen? Stumm und betäubt einander ansehend, giengen sie eilend in ihre Stube, wo der Koffer war, aus welchem Frau Elbe ihr und ihres Mannes Schlafzeug geholt, und er noch, ehe sie weggiengen, ein Buchfuteral hineinlegte, weil es ihn, wie er sagte, in seiner Tasche beschwerte. Sie fanden es noch, und alle ihre Kleidungsstücke. Gallen wollte aus Bescheidenheit das Futeral seines Schwagers nicht öfnen, weil er dachte, diese Abreise wäre nur eine jähe Caprice seiner Schwägerin, und sie würden Abends wieder eintreffen. Aber da auch die Nacht ohne die geringste Nachricht kam, und jemand von den Einwohnern sagte, sie wären in einer leichten Gutsche mit vieren, die auf der Landstrasse gehalten, abgefahren, so nahm er endlich das Futeral, und fand darinn eine Menge eröfneter Briefe an ihn, wo von dem vollkommenen Banquerout seines Schwagers geschrieben wurde, worinn nicht nur das ganze Vermögen von Sophiens Mutter zu Grund gegangen sey, sondern auch Herrn Gallens Ehre, weil man mit Recht vermuthete, er habe von allem gewußt, und deswegen die Reise nach England mitgemacht: daher auch seine Bibliothek und alles Geräthe mit dem Haus an die Gläubiger gefallen sey. Ein mit zitternder Hand geschriebener Zettel seines Schwagers lag dabey, worinn stunde:

»Verzeiht mir, daß ich alles verhehlte, und daß ich flieh. Die hundert Guineen werden euch wieder nach Haus bringen, wo Gallen als guter Advokat leben, und Sophie mit diesem Ring und ihrer liebenswerthen Person gewiß eine Heurath treffen wird. – Mich seht ihr nimmer. Adjeu.«

Ob ein feiner giftiger Dunst in diesem Futeral gewesen wäre, oder diese Papiere, so war die Würkung immer tödlich. Gallen blieb starr und unbeweglich sitzen, die Augen auf den Zettel geheftet, Thränen und Zurufen von seiner Tochter – alles war umsonst. Sie schrie um Hülfe. Die Wirthsleute kamen, und versuchten, was sie konnten. Endlich lief die Magd nach dem Pfarrer, der so gleich kam, und erweckenden Geist mitbrachte. Gallen kam zu sich, und konnte sagen, daß sein Herz gebrochen sey. Sophie aber glaubte ihn wieder ganz zu haben, da er wieder reden konnte, und sogar einige Schritte auf und ab gieng. Die Schwester des Pfarrers, welche von dem Zufall des Fremden gehört hatte, und dabey von dem Jammer seiner schönen Tochter gerührt wurde, kam auch in die Stube, um zu sehen, ob sie nicht dem jungen Frauenzimmer in etwas helfen könnte. Gallen stand gerad an dem offenen Fenster, und hatte beyde Arme gen Himmel erhoben. Sophie kniete zu seinen Füssen, und der gute Pfarrer durchlaß die Papiere. Die ehrwürdige Matrone gieng sachte mit einer Thräne im Aug zu ihrem Bruder, und fragte ihn leise, auf Sophie weisend:

Bester! kann ich hier etwas helfen?

Er drückte ihre Hand:

Ja – geh hin, und sey Mutter! ich möchte mit dem Manne allein reden.

Frau Sarah faßt Sophien bey der Hand, und der Pfarrer umfaßt Herrn Gallen:

Guter Mann! Sie glauben doch, daß Gott und die Tugend ewig sind?

O ja! aber der Bruder – von Sophiens Mutter – uns so elend machen – Mein Gott! wie littest du das? – sagte er mit Händeringen, und der Pfarrer antwortete freundlich, und eindringend – damit Ihre Tugend sichtbar werde –

Bey wem? – wer kennt mich hier?

Gott und Ihr Gewissen. Kommen Sie, sagte er, Gallen umarmend: – Kommen Sie, wir wollen über Ihre Umstände reden. – Meine Schwester bleibt bey Ihrer Tochter.

Hier sah Herr Gallen um sich, und betrachtete Frau Sarah, die auf einem Stuhl saß, und Sophiens Kopf auf ihrem Schoß liegen hatte, weil diese bey der Annäherung des Pfarrers ihre Arme von den Füssen des Vaters abzog, sie sinken ließ, und die gute Alte sie an sich bog. – Gallen schwieg einige Zeit, umarmte alsdann Frau Sarah:

Ach – ehrwürdige Frau! Werden Sie Mutter dieser Waise –

Gewiß, gewiß – antwortete sie, und Gallen ließ sich, nachdem er wieder in staunendes Schweigen gesunken war, von dem Pfarrherrn wegführen. Seine Schwester ermunterte Sophien, mit ihr in den Garten zu gehen, und Muth zu fassen, ihr Vater würde wieder gesund werden, denn ihr Bruder sey Medikus, so gut als er Seelsorger sey. Sophie gieng an ihrem Arm in die Laube. Die gute Frau bemerkte, daß die einfallende Sonnenstralen eine Bewegung in Sophiens Seele machten, und faltete fromm ihre welke Hände, gegen die nemliche Seite schauend:

Gott der Sonne! und der unsere! Du bestimmest das Weh, und die Freude der Tugend!

O gieb dieser meiner Tochter die Stärke, alles zu tragen, was du willt, das sie tragen soll!

Sie hatte bey dem Wort – Tochter – Sophien an ihre Brust gedrückt, und am End ihres Gebets küßte sie selbige.

O Religion! wie wohlthätig bist du in der Seele des Menschenfreunds, der nicht zufrieden, den Weg seiner ewigen Glückseligkeit in dir zu sehen, auch die thätige Menschenliebe auf Erden mit dir vereinigt! – ach dann bringst du einen Pfarrer Watson, und eine Matrone wie Sarah zum Trost der Leidenden hervor!

Gallen hatte indessen dem Pfarrherrn sein Herz geöfnet, und ihm alles gesagt. Seine jähe Ruhe ängstigte Herrn Watson sehr. Er hätte ihn lieber in Abwechslung gesehen. Am Ende, da Hr. Gallen den Ring für Sophien, die hundert Guineen und sein noch übriges Geld dem Pfarrer vorgelegt hatte, sagte er ihm:

Ich fühle, daß ich diesen Schlag nicht überlebe: Sagen Sie! was wollen Sie mit meiner Tochter thun! – die arme – hat von allen Menschen niemand als Sie – und von grossem Reichthum nichts als das – wobey er mit Schmerz auf das Geld und den Ring zeigte.

Theurer, rechtschaffener Mann! – sagte Watson – Sie sollen leben, und nach dem Wunsch eines Ihrer Freunde in Ihr Vaterland zurück, um Gerechtigkeit zu erhalten, wie Sie es verdienen. Gott und mein Zeugniß werden Sie unterstützen.

Gallen schüttelte den Kopf, wie jemand, der des Gegentheils von dem, was er hört, ganz sicher ist.

Ach – sagen Sie mir, was thun Sie mit meiner Sophie, wenn ich sterbe?

Sie soll meine Tochter und die Gespielin von Mis Kery seyn, die auch ohne Vater und Verwandte, aber mit einem schönen Vermögen unter meiner Sorge steht.

Gallen erhob seine Hände, und sprach mit erhabener Stimme:

Gott! du hast das Versprechen eines deiner Diener gehört! O gieb, daß er es erfülle!

Herr Watson wollte Gallen aus dem Gasthof weg in sein Haus nehmen, aber er sagte:

Nein, mein Freund! ich will hier endigen, damit Sophie in Ihrem Haus nichts, als die Spuren der göttlichen Güte in ihrem neugefundenen Vater Watson erblicken möge, und keine Stube mit dem geheimen Schauer öfnen sehe, wo ihr Herz sagte: – Ach! – hier starb – mein Vater.

Gallen machte einen Aufsatz der ganzen Geschichte seines Lebens, und der Ursache seines Todes, mit einer Eile, die den Herrn Watson zu Thränen brachte. Denn er sah, daß dieser Zustand von Gallens Seele, obschon alles in Ordnung zu seyn schien, der Vorgang einer Zerrüttung oder des Tods wäre. Er betete für ihn, und gieng einen Augenblick in den Garten, seiner Schwester zu sagen, Sophien zu Mis Kery zu führen, daß sie sich kennen lernten. Sophie wollte nicht fort, ehe sie ihren Vater gesehen hatte. Denn sie glaubte, Herr Watson wollte sie nur von seinem Sterbebette entfernen. Als sie ihn aber, wie sie glaubte, aufmerksam und ruhig schreiben sah, und Herr Watson bey ihm blieb, so kam sie gerne mit Frau Sarah nach ihrem Haus. Herr Watson hatte, während Sophie nach ihrem Vater sah, seiner Schwester geschwind gesagt, mit Sophien von Mis Kery recht zärtlich zu sprechen, daß die arme von ihrem vierten Jahr an die Mutter verlohren, und seit sechs Jahren nichts von dem Leben oder Tod ihres Vaters wüßte, welcher aus Traurigkeit über den Verlust seiner Gattin nach Indien gieng. Watson wollte dadurch Sophiens Schmerz über den bevorstehenden Verlust ihres Vaters eine Gefährthin geben, indem die Gemüthsart von Mis Kery ohnehin etwas sehr trauriges hatte. Frau Sarah faßte alles dieses sehr gut, und erzählte es Sophien unterwegs, nur als ob sie ihr die Geschichte von Mis Kery sagen wollte, und überließ es Sophien, eine Anwendung auf sich selbst davon zu machen. Diese Erzählung hatte auch so sehr gewürkt, daß, als Frau Sarah Sophien und Mis Kery einander vorstellte, Thränen aus Sophiens Augen strömten. Sie umarmte die Mis, wie eine Schwester die andre, wenn sie ein gemeinsames Unglück miteinander zu tragen haben. Dieser Ausdruck von Weh, und die von Trauer und Angst ganz verstellte Gesichtszüge unserer Sophie Gallen hatten einen sichtbaren Einfluß auf das Herz von Mis Kery, in welchem von Natur alles tief wurzelte. Und zu ihrem Unglück hatte ein mit Haß vermischter Gram diese Anlage ihres Charakters zuerst beschäftigt. Frau Sarah bemerkte, daß Mis Kery Sophiens Umarmung mit einer Art zärtlicher Bewegung erwiederte, sie dann mit Staunen ansah, und nach ihren Thränen fragte. Nun sagte Sophie:

Ach – Mis! ich bin ganz fremd, und mein Vater wird hier sterben. Dann habe ich nichts mehr auf Erden, als die Barmherzigkeit von Herrn Watson und Frau Sarah.

Wer kennt wohl alle die verschlungene Wege, durch welche Gutes und Böses in unsere Seele kommt? – wer hätte gedacht, daß, nachdem der vortrefliche Mann Watson und die so vollkommen gute Frau Sarah viele Jahre lang jedes Mittel vergeblich anwandten, um den Wachsthum des Neides und der Feindseligkeit in Mis Kery zu hindern, nun auf diesem schwarzen Grund die edelste Gesinnungen aufblühen sollten. Denn Mis Kery sagte sogleich:

Frau Sarah wird Ihnen gern zur Mutter dienen, wie sie es bey mir that, und ich will alles mit Ihnen theilen, was ich im Vermögen habe. – Bleiben Sie bey uns, Mis! – ich habe auch keinen Vater mehr. –

Sie faßte Sophien bey der Hand, und sah sie voll Mitleiden und Liebe an. Bald darauf kam eine Bottschaft aus dem Gasthof, die Frauenzimmer möchten doch miteinander hinkommen.

Ich will mit, sagte Mis Kery, ich will Ihren Vater sehen, und ihm sagen, daß wir Sie alle trösten wollen.

Sophie war sehr gerührt, und hielte die junge Mis, welche eben 15 Jahr alt war, für eines der besten Geschöpfe auf Erden. Herr Gallen saß ruhig neben Watson am Fenster. Sophie eilte zu ihm, hieng mit Freudenthränen an seinem Hals, weil sie ihn für ganz wohl hielt. Sie erzählte, wie viele Güte Frau Sarah und Mis Kery ihr bezeugt hätten: die liebe Mis Kery, fuhr sie fort, weiß schon so lange nichts von ihrem guten Vater, und ich – habe Sie noch! –

Ja, Sophie! – wir waren sehr glücklich, in das einsame Rosehill zu kommen, wo mich Rechtschaffenheit und Güte über Bosheit und Betrug trösten, und wo du eine Mutter und eine Schwester fandest. Vergieß nie, mein Kind! daß Geist und Tugend uns unterstüzten, und uns dieser Hülfe würdig machten.

Er zeigte ihr, daß noch ein Brief und ein Kasten von ihrem Oheim gekommen sey, worinn ihre Kleider und Weißzeug wären:

Es sind die Lappen, welche der Räuber uns noch zuwirft, unsere Blösse noch einige Zeit decken zu können.

Herr Watson gab ihm Medicin. Aber des Nachts wurde

Gallen sehr übel. Er redete viel mit dem ehrwürdigen Pfarrer, der ihn nicht verlassen wollte, und bey Tages Anbruch mußte Sophie ein Blat unterschreiben, in welchem Gallen seinem Schwager alles beleidigende vergab, und worinn auch sie versichern mußte, ihre Empfindlichkeit zu unterdrücken. Sie that es mit den Worten, die der Vater ihr vorschrieb, und Herr Gallen übergab das Papier dem Pfarrer, wobey er sagte:

Nun, meine Tochter! habe ich das letzte gute für dich gethan. – Ich lehrte dich dem vergeben, der uns elend machte. Die Dankbarkeit gegen den gefundenen Wohlthäter Watson wird dein Herz dich lehren, verlaß ihn nie, und mache keinen Schritt ohne seinen Rath!

Das arme Mädchen war wie betäubt, denn sie hatte sich um zwölf Uhr mit dem Glauben an ihres Vaters Leben und Ruhe schlafen gelegt, und jetzo hörte sie vom Tod und letzten Willen. Denn ihr Vater umarmte sie, und übergab eine ihrer Hände Herrn Watson.

Sie lehrten mich gelassen sterben. – Lehren Sie meine Sophie gedultig leiden und leben.

Um fünf Uhr kam Frau Sarah, nach dem Kranken und nach Sophie zu sehen. Herr Gallen sagte da seiner Tochter:

Du warest immer ein folgsames Kind, und nie hatte ich eine Klage über dein Leben. Gott wird dich erhalten und segnen! – gieb mir auch jetzo einen Beweis deines Gehorsams. – Geh mit Frau Sarah nach Haus, und bleibe bey ihr, bis ich dich wieder hieher rufen lasse. Es kommen zwey Ärzte, die für mich sorgen werden.

Er drückte sie noch an seine Brust, und Sophie gieng seinem Befehl nach, wurde aber nicht wieder gerufen, denn Gallen starb an einer Operation, die nothwendig an ihm gemacht werden mußte. Aber der Gram hatte sein Herz gebrochen, und sein Ringen nach Gelassenheit vermehrte das krampfige Zusammenziehen der Nerven, welches der Kurart völlig entgegen war. Er schrieb noch an Sophie:

Gott ruft mich – murre nicht – folge der Tugend und Watsons Rath – dann werden wir ewig uns glüklich sehen!

Es dauerte lange Zeit, ehe Sophie ruhig und heiter ward. Herbst und Winter giengen sanft traurend vorüber. Doch hatte Watson gleich von ihr erhalten, der jungen Mis Kery ein Beyspiel von gedultiger Unterwerfung ihres Willens nach dem Willen der Vorsicht zu geben. Er erzählte dann der Mis Sophiens Schicksal, und beobachtete dabey den Hauptzug von Mis Kerys Charakter, denn die fürchterliche Idee, welche sie von der Armuth hatte, brachte sie wechselsweise in Bewegung des Mitleidens und Wohlthuns, und gleich darauf in Angst des Geitzes, daß es ihr einst fehlen mögte. Ihr Wohlwollen für Sophie erhielt sich; sie wollte als Schwester mit ihr theilen, und sagte Herr Watson, daß er es gleich mit den Spielgeldern anfangen möchte. Er lobte sie über diese Grosmuth ihrer Seele, und setzte hinzu: dieß will ich Mis Gallen sagen, und da wollen wir sehen, was sie dagegen thun wird.

Sophie hatte während der Zeit, als Herr Watson mit Kery sprach, ihren grossen Koffer ausgepackt, und alles in Schränke geordnet, die ihr angewiesen wurden. Dieses Beschäftigung hatte ihr viele Freude gemacht, weil sie ihre Laute, ihre schöne Zeichnungen und Musik in dem Koffer fand. Denn es war ihr lieb, ihre Talente zu üben, und sie zu zeigen. – Eigenliebe – wird man sagen – Ach! möchte niemand keine andre haben, als Sophie in diesem Augenblick hatte, so würden die Pflichten der Nächstenliebe nie beleidigt! – Herr Watson kam in Sophiens Stube, als sie an ihrer Laute stimmte. Er sagte ihr, wie sehr es ihn freue, noch einmal den Ton einer Laute zu hören, indem der erste Begriff von Musik, und das erste Gefühl von Harmonie durch das Spiel einer Laute in seine Seele gekommen sey, und nie hätte ihm eine andre Gattung Instrument das nemliche Vergnügen gegeben. Sophie sagte ihm mit einer Thräne im Aug, und seine Hand küssend:

Auch diese Ähnlichkeit haben Sie mit meinem ersten Vater. O! hören Sie auch, was er so gern mich spielen hörte.

Es war ein schönes Andante. Watson dankte ihr, und sagte: – Ihre Laute wird den Abend meines Lebens doppelt verschönern, denn ich hoffe, sie soll den bittern Haß, der die junge Seele von Mis Kery vergält, völlig besiegen helfen. Sophie sah neugierig ihn an.

Ja – meine liebe Tochter! fuhr Watson fort, ich zähle auf Sie, als auf das letzte Hülfsmittel, durch welches die Liebe Gottes und des Nächsten in die Seele meiner Pflegtochter gebracht werden soll. Mis Kery ist das einzige Kind zweyer vortreflichen Eltern. Ihre Mutter starb, als sie vier Jahr alt war. Sir Kery wurde so traurig, daß er, um sich zu zerstreuen, eine Reise nach Indien vornahm. Aber noch vorher die Hälfte seines Vermögens auf Mis Kery versicherte, und sie seiner einzigen Schwester zur Erziehung und Vorsorge übergab. Da er wenig Zeit vorher Rosehill ausgebaut hatte, welches seiner Schwester Lady Brade wohl gefiel, so schenkte er dieser die Hälfte des Gebäudes mit der kostbaren Einrichtung zu ihrem Landhaus, und mich zog er hieher, um Mitvormünder über seine Tochter zu seyn. Sie wuchs mit Mis Brade recht artig heran, bis in ihr eilftes Jahr. Ich trug für den Unterricht der beyden Mis gleiche Sorgfalt. Lady Brade machte auch keinen Unterschied, den wir bemerken konnten. Sie wurde von Mis Kery Mutter genannt, wie von ihrer Tochter. Nur einmal zankten die Mädchen sich. Mis Kery hatte das Recht auf ihrer Seite, und drohte Mis Brade, alles der Mutter zu sagen. Diese antwortete, – das möge sie thun: ihre Mutter würde wegen einer Bruderstochter, die ihr so viele Mühe mache, ihrem eigenen Kind kein Misvergnügen geben. – Und würklich wußte sie die Sache der Mutter so vorzutragen, daß Mis Kery mit aller ihrer Versicherung, daß sie die Wahrheit sage, zurückgewiesen und gestraft wurde. Ich war den Tag abwesend. Die Leute im Haus wollten nicht gegen die Tochter der Lady reden. Sir Kery war schon sieben Jahr weg, und wir hatten seit zwey Jahren nichts mehr von ihm gehört. Mis Brade war auch einzige Tochter, sehr reich, und ein Jahr älter als unsere Kery, die bald nach diesem Vorgang noch einmal der Unwahrheit beschuldigt wurde, wo sie im Zorn sagte: – Leute, die in meinem Hause wohnen, sollten mir besser begegnen. – Da folgte wieder eine unvernünftige Strafe, und mitten in den Tagen, wo Mis Kery mit Vorwürfen geplagt wurde, brachen bey ihnen die Blattern aus. Es mag seyn, daß die heftige innerliche Verbitterung das Gift der Krankheit verstärkte, oder daß auch in der That die Leute weniger Sorge für Mis Kery, als für die Tochter der Lady hatten. Sie wurde so verstellt, daß man keinen einzigen Zug ihres Gesichts mehr erkennen konnte: es bliebe nichts ungekränkt, als ihr Auge, und ihr Wuchs. An Mis Brade aber hatte der Zufall, oder die Wartung alles artige erhalten, und von dem Augenblick der Genesung der beyden Mis wurde die Seele der Schönen mit Stolz, die von der armen Verunstalteten aber mit Haß und Neid erfüllt, der bey Miß Kery auf das höchste stieg, als ihre Tante von einer Reise nach London sprach, und die Unbesonnenheit hatte, erst lang von allen Ergözlichkeiten und Schönem der Stadt zu sprechen, und dann ihrer Nichte auf einmal anzukünden, daß sie hier bleiben müßte, weil ihr Gesicht gar nicht nach London tauge. Miß Kery wurde halb todt in mein Haus gebracht, weil sie über dieses Bezeugen erst in eine Art Wuth, und dann in Gichter fiel, die sich erneuerten, so oft sie einen Spiegel, eine schöne Person, oder nur ein Bild in dem Haus ansichtig wurde. Da ich nun dieses bemerkte, so bat ich, daß sie bey mir und meiner Schwester wohnen möchte, wo sie nur mich alten Mann, Frau Sarah mit ihren ehrwürdigen Runzeln, und unsere gute, aber auch alt aussehende Magd vor Augen haben würde. Es sind bald vier Jahre, und noch nie hat sie den Namen ihrer Tante ausgesprochen, noch nie einen Fus in das Haus von Rosehill gesetzt, und keine wohlgebildete Person als Sie mit Menschenfreundlichkeit angeblickt. Ich habe alle Beweggründe versucht, die mir für ihr Alter faßlich schienen: keiner däuchte mich gewürkt zu haben. – Nur das Mitleiden mit Ihnen war ein Strahl Hofnung zu moralischer Güte, der durch die finstere Gemüthsart von Miß Kery durchzudringen scheint. – Helfen Sie mir, Sophie! diese junge Seele mit dem Gefühl der Güte bekannt machen. - Sie hat nie Musik gehört, nie einen Bleystift zum Zeichnen in einer Hand gesehen. – Wenn ihr beydes gefiele, o! so sagen Sie gleich, daß Sie es sie lehren wollen. Sie liebt Vorzüge und haßt zugleich alle, die sie nicht besitzt. Sie hat viel Anlage zu Geist – helfen Sie mir alles das benützen, gute, theure Sophie! –

Herzlich gerne, bester Vater! Ach wenn der Verlust meines Glücks der Gewinst der Tugend für Miß Kery würde! – wenn Mitleiden ihr Herz öfnete!

Herr Watson betrachtete Sophien mit Bewegung: –

O meine Tochter! eine Seele, die auf meinen Vorschlag diese Antwort giebt, hat ihr Glück nicht verlohren. Es lebt in ihr, als eine lebendige Quelle. Sey heiter, edles Geschöpf Gottes! und glaube, du bist zu einer schönen Laufbahn berufen.

Sophie war gerührt, und weinte. Miß Kery kam in die Stube. Herr Watson drückte Sophiens Hand, und sagte:

Da ist Miß Kery selbst, dieser können Sie nun gleich für ihre Güte und Liebe danken.

Sophie bemerkte, was er wollte. Watson gieng nach seinen Geschäften, Sophie aber eilte gegen Miß Kery, und umarmte sie: –

Theure, gütige Miß Kery! nehmen Sie den ganzen Dank meines Herzens für alles das an, was Sie für mich thun wollen! – Herr Watson hat mir so eben Ihre großmüthige Gesinnungen entdeckt.

Miß Kery sah freundlich auf Sophie, und fragte:

Freut Sie es dann recht, daß ich Sie liebe?

Ja, beste Miß! es freut mich innig, daß mich Gott die Liebe einer so schönen Seele, wie die Ihrige ist, finden ließ.

Schöne Seele! wiederholte Miß Kery mit einer brennenden Röthe, und etwas Bitterkeit in ihren Zügen verbreitet. Sophie that nicht, als ob sie es sähe, und sagte ihr mit dem süssesten Ton der Liebe und Überzeugung:

Ja, mein Engel! Güte und Edelmüthigkeit sind die Eigenschaften einer schönen Seele vor Gott und Menschen, und jedermann, der hören wird, was Sie für mich thaten, wird mit Ehrfurcht sagen, daß die junge Miß Kery eine schöne edle Seele hat, und die Hochachtung und Liebe aller guten Menschen verdient.

Bey dem Ausdruck – Hochachtung und Liebe, sah Miß Kery ganz fest auf Sophien, mit dem artigen Lächeln, wie dieß, wenn man auf seinem Weg eine schöne Aussicht erblickt, welche man näher zu sehen hoft: Aber da indessen der Wagen weiter rollt, entzieht uns eine Krümme, durch welche ein Wald oder ein Berg vorkommt, diese Aussicht wieder, und nun ändert sich das Lächeln in halben Verdruß und halbe Trauer ab. – So war es mit Kery, die gleich wieder durch die Erinnerung der Vorwürfe von Häßlichkeit ihres Gesichts auch neuen Zweifel und Mißvergnügen in ihrem Auge zeigte. Sophiens Laute und alles lag noch auf dem Tisch.

Miß Kery sah neugierig hin, und fragte endlich, auf die Laute zeigend, was haben Sie da?

Meine Laute, die ich in freudigen Tagen spielte, und dazu sang. – Ich habe sie mit allem, was ich weiß, hervorgesucht, um zu sehen, liebe Miß! ob Sie nicht ein Verlangen zu etwas bekämen, was ich besitze weil ich es Ihnen so gern mittheilen wollte, wie Sie mir von Ihrem Golde geben.

Mis Kery sah auf die artige Zeichnung, auf die schöne Stickerey der grossen Tasche, worinn Sophie ihre Musikalien hatte, auf welcher der Schattenriß ihres Vaters und Mutter mit dem ihrigen, nebst den Noten der kleinen Lieblingsstücke von jedem recht nett gestickt war. – Mis Kery kam wieder zu der Laute zurück, befühlte sie sorgsam mit einem Finger.

Denn sie war schön mit Ebenholz und Elfenbein eingelegt. Sophie ergriff sie, und zeigte sie ihr von allen Seiten, legte sie an, und ließ nur äusserst sanfte harmonische Töne hören. Mis Kery staunte, aber die Begierde mehr zu hören, war in allen ihren Zügen. Sophie fragte:

Darf ich Ihnen etwas spielen? Mis? –

Kery sprach nicht. Sie nikte nur eifrig – ja. Nun hörte sie bald die rührendste, bald die stärkste, erhabenste Stimmung. Mis Kery betrachtete bald die eine, bald die andere Hand von Sophien – dann ihr Gesicht und ihre Stellung – dann horchte sie mit niedergeschlagenen Augen. Endlich weinte sie, und umarmte Sophien:

O Mis Gallen! wenn Sie mich dieses lehren könnten, wie würde es mich freuen, denn ich liebe die Musik gar sehr.

Haben Sie niemals Musik gelernt?

Kery sagte erröthend vor sich hinsehend:

Nein! Klavierspielen hätte ich lernen können, aber die Person, die es zuerst spielte, war mir zuwider, und da mochte ich nichts anrühren und nichts haben, was sie angieng.

Hier blickte sie seitwärts nach Sophien hin. Diese sagte ganz theilnehmend:

O das geschieht oft, daß böse Menschen uns auch das angenehme verdrießlich machen. Es ist mir um so viel mehr Freude, daß Sie meine Laute und mich lieben.

Kery sagte dann:

Es ist wohl sehr schwer zu lernen? –

Für Sie nicht, liebe Mis! denn Sie haben Geist, alles zu fassen, und die Begierde zu lernen dabey, da wird alles leicht. –

Nun hieng sie Mis Kery die Laute an, legte ihr die Finger, und machte sie durch alle Saiten rauschen. Kery bebte, fühlte aber, da sie würklich ein sehr feines Ohr hatte, daß sie lauter Einklang hervorgebracht habe, und von der Stunde an hörte sie nicht auf zu lernen, bis sie in der That eben so weit, ja bald geschickter als ihre Meisterin war.

Watson und seine Schwester wurden entzückt zu sehen, daß diese Beschäftigung Sophiens Traurigkeit verminderte, und etwas sehr sanftes und wahrhaft Gutes in Mis Kery hervorbrachte. Die Gemüthsruhe, welche Sophie genoß, da Herr Watson nicht nur alles gütige Bezeugen eines nahen Verwandten für sie hatte, sondern auch durch die Sorge, mit welcher er für den Verkauf des von ihrem Oheim zurückgelassenen schönen Rings, und einem Paar Ohrgehenke, nebst den Spitzen und andern in der Einsamkeit zu Rosehill unnöthigen Kostbarkeiten bedacht ware, hatte Sophie auch einige hundert Guineen erhalten. Denn das Taschengeld ihres Vaters war für die Kosten der Krankheit und des Begräbnisses hinreichend. Sie behielt also auch die hundert Guineen des Oheims für sich, und Herr Watson hatte dabey eine vollkommene Ehrenrettung für Herrn Gallen nach seiner Vaterstadt geschickt; und die Abschrift seines Testaments dabey gelegt. Die Antwort darauf war auch so befriedigend für unsere Sophie, daß sie von dem Tag an wieder heiterer wurde. Denn man hatte darinn ihre Eltern und sie gelobt. Durch alles dieß kam sie wieder in den früh gewöhnten Gang ihrer täglichen Beschäftigungen. Sie übte alle ihre Talente. Sie laß viel, besonders die Geschichte von England, und die Schriften der Poeten und Moralisten. Herr Watson verabredete mit ihr die völlige Heilung der Mis Kery, und bewunderte, daß Sophie den Weg zu diesem Herzen viel sicherer gefunden hatte, als er. Sophie sagte einst darüber:

Sie haben Mis Kery die Strahlen der Wahrheit zu früh ohne Schleyer gezeigt, ich aber habe ihr den Werth des Lichts zuerst in den Farben des Regenbogens an einem noch düsternen Himmel gewiesen. Ihr Verstand konnte nur durch ihre Empfindung erleuchtet werden, und ich war durch mein Geschlecht und Alter näher bey ihr, als der Geist eines Mannes sich herablassen kann.

Mis Kery war mit dem Wort Schönheit ausgesöhnt, und Sophie gab immer der Anmuth den Vorzug. Sie lehrte Kery auch tanzen, und konnte mit Recht von ihr sagen, daß jeder Schritt und jede Wendung, die sie machte, einer Grazie würdig seyen. Darüber entstand zwischen Sophie und Mis ein langes Gespräch, worinn die Gesinnungen von Mis Kery völlig geändert wurden. Denn Kery fragte einst: –

Wie ist es möglich, daß Sie mir so oft schon sagten: – dieß war schön?

Weil ich es so fand, liebe Mis! –

O, ich müßte mich sehr geändert haben, denn vor fünf Jahren wurde ich wegen dem Mangel der Schönheit gehaßt und verachtet, und das machte mich sehr unglüklich: – ich wünschte oft zu sterben.

Arme Kery! Sie dauren mich darüber.

Ach Sie wissen nichts von diesem Kummer, denn Sie sind schön –

Meine theure Mis Kery hat wohl noch nie eine wahre Schönheit gesehen, weil sie mich dafür hält.

Sophie holte das Miniaturgemälde von ihrer Mutter, welche eine der schönsten Frauen gewesen, und in Miniatur es also noch mehr schien. Sie zeigte es Kery:

Sehen Sie, Mis! – das ist Schönheit – nun vergleichen Sie mich damit.

Mis Kery betrachtete Sophien und das Bild Zug für Zug, und sagte freymüthig:

Das ist wahr – bey diesem Bild sind Sie gar nicht schön; aber Sie dünken doch mich und alle Leute hübsch, und gewiß sind Sie in Rosehill auch noch schöner geworden, als Sie anfangs nicht waren.

Sie haben Recht, liebes Kind! daß ich jetzo besser aussehe als damals. Ich war mürrisch gegen die Vorsehung, daß sie mich arm werden ließ, und mir meinen Vater nahm. Ich war voll Zorn und Haß gegen meinen Oheim, der uns in das Elend gestürzt hatte, und mich nun allein, von allen Verwandten entfernt, in dem einsamen Rosehill sah. Es schmerzte meinen Stolz, daß ich, die zu Reichthum geboren und erzogen war, nun froh seyn mußte, daß ein armer Pfarrer mich aufnahm, und ein anderes junges Frauenzimmer meine Wohlthäterin würde. Alle diese Fehler der Seele verstellten mich häßlich. Aber da ich nach und nach die Verfügung der Vorsicht mit kindlicher Gelassenheit ertrug, meinem Oheim alles von Herzen vergab, und meine Talente wieder vorsuchte, um dadurch Ihnen, liebe Mis! meine Dankbarkeit zu zeigen, und dem würdigen Herrn Watson und Frau Sarah meinen Umgang angenehm zu machen, so verschönerten diese gute Gesinnungen meines Herzens auch meine Gesichtszüge immer mehr und mehr. Denn in meiner Jugend wußte man auch nicht ganz, was aus mir werden sollte, und meine Mutter sah viel schönere Mädchen, als ich war. Ich bemerkte es auch, und wollte immer den Putz der schönern Mädchen haben. Da kam ein Freund, und sagte: Sophie, der Putz vom Krämer wird es nicht thun – aber lernen Sie viel schöne und gute Sachen, da werden Sie das schönste Mädchen von der Welt. – O wie fleißig lernte ich alles, was Sie sehen, daß ich weiß? wie gern laß ich gute Bücher, um so mehr, als ich bemerkte, daß ich würklich etwas angenehmes in mein Gesicht bekam, das vorher nicht darinnen war?

Noch nie hatte Mis Kery auf alles so eifrig gehorcht, was Sophie ihr sagte:

Liebe Mis Gallen! es ist sehr viel Ähnlichkeit in Ihrer Geschichte mit mir. Sie haßten Ihren Oheim, und ich meine Tante – Sie waren mit Gott unzufrieden, daß er Ihren Vater nahm – o ich war es auch oft. Es verdroß mich auch bey Herrn Watson zu bleiben, weil ich durch die Blattern häßlich geworden war, so wie es Sie wegen Ihrer Armuth verdroß – und hören Sie – auch ist es wahr, seitdem ich Sie liebte, und mein Vermögen mit Ihnen theilen wollte, da sagten Sie mir gleich etwas von meiner schönen Seele, – und wissen Sie! daß

Sie mir dieß auch öfters sagten, da ich die Laute gut spielen lernte, und dann das Französische leicht fort sprach. O Mis Gallen! – lehren Sie mich noch alles – alles was Sie wissen – daß ich Ihnen ganz ähnlich werde. Dann gehen wir einmal nach London, und ich zeige dann meiner Tante, daß ich eben so liebenswerth bin, als Mis Brade.

Frau Sarah, Sophie und Watson dankten Gott, daß das Gift von Haß endlich so weit aus Mis Kerys Seele vertilgt war; denn der kleine Entwurf von Rache und Eigenliebe bey der Reise nach London war ein natürlicher Nachhall aller widrigen Stimmung, die schon so viele Jahre in ihr wohnte.

Noch giengen zwey volle Jahre vorüber, und von Herrn Kery war nicht die mindeste Nachricht gekommen. Herr Watson wurde immer älter, seine Schwester kränklich, und die zwey Mädchen blühten an Geist, Liebenswürdigkeit und schönen Jahren fort. Denn wie bey dem Tod des Herrn Gallen angemerkt wurde, sproßte damals in dem garstigen Grund von Neid, der in Mis Kery lag, Tugend und Anmuth empor. Sie bekannte jezt frey, daß, wenn Mis Gallen an dem Tag ihres ersten Besuchs mit Frau Sarah so heiter und reizend ausgesehen hätte, als jezt, so würde sie eben so neidisch und gehäßig über sie geworden seyn, als sie es über andre war: – aber ihre dickgeweinte Augen und Lippen hätten Mis Gallen so verstellt, daß sie sich mit samt ihren Blatternarben für hübscher gehalten hätte, indem sie niemals über die Würkung der Thränen auf den Gesichtszügen nachgedacht habe: sie hätte Mitleiden gefühlt, weil Mis Gallen ihren Vater verlohr, und auch Freude, einmal eine jüngere Person als Frau Sarah, um sich zur Gesellschaft zu haben: deswegen hätte sie gleich ihr Vermögen mit Sophie theilen wollen. – Auch sezte sie mit Erröthen hinzu, weil sie ganz fremd war, und meiner Tante und Mis Brade nichts von mir schreiben konnte. Jetzo aber, meine Sophie! theile ich mit Ihnen aus Dankbarkeit, weil Sie mein Herz dem Glück der ausübenden Tugend geöfnet haben. Denn was wäre ich nun für ein elendes Geschöpf, wenn mit dem Wachsthum meines Körpers und meiner Jahre alle die widrige Gesinnungen meiner Seele, sich verstärkt hätten. – Sie wandte sich zum Pfarrer: – Ach lieber Herr Watson! wie viel Kummer muß ich Ihnen gemacht haben, da Sie mich so lange bösartig sahen? wie oft weinte meine gute Frau Sarah über mich. Frau Sarah, Sophie und Herr Watson umarmten hier Mis Kery auch mit Thränen: und zeigten ihr die zärtlichste Hochachtung für die edle Offenherzigkeit, mit welcher sie von den Quellen ihrer Fehler und ihrer Tugenden sprach. Herr Watson sagte:

Ich sah diese edle Grundlage immer in Ihrer Seele. Und da nur zufällige Umstände Sie erbittert hatten, so hofte ich, daß die Hand der Vorsehung diese einst wegräumen, und Sie in eine Lage bringen würde, wo Ihr Geist und Ihr Herz ihren ursprünglichen guten Gang nehmen können.

Mis Kery war gerührt, und fragte:

Ist es gewiß, daß Sie immer ein edles Herz in mir sahen?

Ja, theure Mis! denn ich sahe die Keime des Guten in Ihrem vierten Jahr, und ihr erster Unmuth entstand über ein starkes Gefühl von Unrecht, so Ihnen geschah, so wie Ihre Menschenliebe auch wieder bey der Überzeugung erwachte, daß Mis Gallen Ihrer Güte Gerechtigkeit erzeigte.

Nun breitete sich das angenehmste Lächeln über Mis Kerys Gesicht. Sie sah zugleich nach dem Fenster, und sagte dann:

Ich bin jetzo mit allen Menschen ausgesöhnt, und da will ich auch mit den leblosen Sachen wieder Freund werden. Es ist schön Wetter: wir könnten diesen Nachmittag meiner lieben Sophie mein Haus in Rosehill zeigen.

Dieser Vorschlag wurde mit Freuden bewilligt, und es war seit sechs Jahren das erstemal, daß Mis Kery ihr Haus nannte und zu sehen verlangte. Sie kleidete sich sorgfältig und äusserst artig dazu an. Niemand that, als ob man diese Sonderheit bemerkte, und sie begehrte, Herr Watson möchte den Weg durch das Stück des Gartens nehmen, das sie auch aus Eigensinn so lang nicht betretten hatte, weil es das vorzüglich geliebte Stück ihrer Tante war. Sophie, welche mit einer unendlichen Fühlbarkeit jede kleine, und jede grosse Schönheit der Natur betrachtete, wurde über diesen würklich schönen Theil des Gartens von Rosehill, da alles in Blüthe war, ganz entzückt. Mis Kery beobachtete es, und sagte ihr mit Trauer:

O vergeben Sie mir, liebe Gallen! daß ich Sie des Vergnügens, welches Sie wirklich empfinden, so lang beraubt habe, weil ich meinen unartigen Widerwillen erst jezt überwand.

Seyn Sie ruhig, liebe Mis! denn, wenn ich es nun schon so oft gesehen hätte, als die übrigen Stücke des Gartens, so würde mein Vergnügen nicht so neu, und nicht so stark seyn, wie es diesen Augenblick war.

Mis Kery fiel Sophien um den Hals, und sagte ihr zärtlich:

Geliebtes Vorbild jeder Tugend! wie werth machen Sie mir den Platz, da Sie mir zeigen, wie alles – alles zu unserer Ruhe in einem guten Sinn genommen werden kann?

Sie durchgiengen alle Zimmer des kostbaren edlen Gebäudes, das für Mis Kery eben so neu schien, als für Sophie selbst, welche diesen Flügel des Hauses nicht gesehen hatte. Da sie in dem grossen Saal waren, ließ Mis Kery alle Fenster aufmachen, und sagte dann zu Sophie:

Kommen Sie mit vor diesen Spiegel, den ich vor sechs Jahren mit einem Hammer zerschlagen wollte, nachdem mich meine Tante bey meinen anhaltenden Bitten nach London zu kommen, herführte, und mir alle Flecken und Masern meines Gesichts zeigte. Mis Brade stand neben mir, wie jezt Mis Gallen. Aber sie war bey dem Anblick ihrer Vorzüge nicht so bescheiden, als Sie es sind; denn sie sagte, was ich mit meinen Rissen und Flecken in Hydepark und Ranelagh thun wolle.

Nach diesem sah Mis Kery stillschweigend nach sich und Sophie in dem Spiegel, der so groß war, daß man die ganze Figur darinn sehen konnte. Herr Watson und Frau Sarah waren nun auch näher gekommen, Mis Kery küßte beyden die Hände, und umarmte Sophien:

Haben Sie Dank, alle drey! – für alles, was Sie an Gedult und Güte für mich gethan haben. – Ich bin in dem innersten meiner Seele mit allem zufrieden, was ich bin, und bekenne jetzo frey, daß ich mich heut wegen diesem Spiegel so hübsch kleidete, weil ich fürchtete, daß ich ohne sorgsamen Putz neben Mis Gallen zu tief herunter sinken würde. Aber Sie haben mich so umgebildet, daß ich nun meine Gestalt recht gerne behalten will.

Watson antwortete ihr: –

Sagten wir dann nicht immer, daß Sie Ihrem edlen schönen Vater ähnlich sind und artig aussehen?

Ja, aber ich fühlte dann auch immer mit meinen Fingern die Backengruben in meinem Gesicht. Deswegen mochte ich nie in einen Spiegel sehen. Nur gefiel mir mein Schatten im Teich, und dann auch im Gehen schien ich mir angenehm zu seyn, wie Mis Gallen es sagte. Dann ich habe oft, wenn wir gegen Abend auf dem breiten Gang spazieren giengen, Ihren Schatten und den meinigen gegen einander betrachtet, wie ich jetzo Ihr Gesicht und meines im Spiegel ansah. Ich machte mit kindischer Eigenliebe manche Bewegungen der Arme und des Kopfs, wenn ich allein gieng, um zu sehen, ob es mir gut stünde. Nach und nach wurde ich immer vergnügter, weil ich mir liebenswürdig schien, und Sie wurden mir alle lieber, weil ich überzeugt war, daß Sie mich in nichts betrogen hatten, und alles thaten, um mich zu verschönern: – denn – ich kann mir nicht helfen – ich wollte liebenswürdig seyn. –

Theure Mis Kery! sagte Watson, Sie zeigen uns heut eine so schöne Seele, welche die größte Zierde einer jeden Gestalt seyn würde. Bleiben Sie bey den jetzigen Gesinnungen, und – glauben Sie mir – jeder geistvolle Kenner des wahren Schönen wird Sie hochschätzen und lieben.

Mis Kery dankte mit vieler Anmuth durch eine Verbeugung voll edler Würde: –

Ich freue mich über diese Versicherung. Aber, lieber Vater! wie konnten Sie meinem unartigen Eigensinn, dieses Haus nie zu betretten - jede schöne Person, ja das Wort selbst zu hassen, so viel nachsehen?

Weil ich überzeugt war, daß Mis Kery einmal ein sehr kluges Frauenzimmer seyn, und sich in einer Stunde von allem diesem losmachen würde. Der Besuch in diesem Haus war nicht nöthig. Er hätte Sie auch durch den Anblick der Bildnisse Ihrer Eltern noch auf einer andern Seite betrüben können, wie der Spiegel mit Ihrem eigenen Wiederschein es that. Sie müssen selbst fühlen, ob irgend ein Zwangsmittel bey Ihnen gefruchtet hätte, und ich kannte die menschliche Seele zu wohl, um nicht überzeugt zu seyn, daß bey einem Kind von eilf und zwölf Jahren, in welchem Anlage zu Stärke der Seele ist, jeder gewaltsame Bug etwas verderbt. Ich sprach Ihnen von gelehrten Damen, und unterrichtete Sie im Lateinischen, um dem Stolz Ihrer Seele eine Aussicht auf edle Vorzüge zu öfnen. Ich wollte Sie auf den Weg der Wissenschaften führen. Die Geschichte und das Rechnen besonders freute Sie –

Hier fiel Mis Kery ein:

O Vater Watson! warum sagen Sie, daß das Rechnen mich besonders freute? – nicht wahr, weil ich immer mir Guineen rechnen wollte?

Watson lächelte, und sagte:

Ja, Mis! – es war eine schmerzliche Entdeckung für mich, in Ihrer Seele einen Hang zu Geiz zu sehen – in der Blüthe des Lebens, wo man sonst alles mit vollen Händen wegwirft.

Die Schuld lag nicht in mir, sondern in der Person, die meine Tante mir und Mis Brade zugegeben hatte. Diese erzählte uns immer von dem Glück und Vergnügen, welches schöne und reiche Ladies genössen. Mir waren beyde Erbinnen und hübsche Mädchen; und so jung wir waren, so machten wir doch Entwürfe zu prächtigen Kleidern, und

Aufzügen bey Ball und in Bädern. Die Blattern raubten mir jede Hofnung zu Schönheit: die Person suchte mich durch den Reichthum zu trösten, den mein Vater aus Indien bringen würde. Und da nach so vielen Jahren keine Nachricht von ihm kam, verlohr ich auch diesen Trost, und wollte also nichts mehr weggeben, um zu sparen, damit der Ruhm von Reichthum mir einmal ein Ansehen gebe.

Warum sagten Sie mir dieses nicht, Mis Kery? wie nützlich wäre es für Sie und mich gewesen, wenn ich die verkehrte Art gewußt hätte, womit diese unglückliche Person Ihnen und Mis Brade das Herz verdarb, und beunruhigte.

Sie wissen, lieber Vater! daß ich einigemal wegen Klagen über diese Person vielen Verdruß hatte. Ich wollte sie also nicht mehr nennen, um keines Hasses beschuldigt zu werden, und dann redeten Sie oft gegen die Belustigungen der Reichen, die mir doch so angenehm vorgestellt waren, daß ich sie immer wünschte. Da dachte ich nur reich und groß zu werden, wo ich thun könnte, was ich wollte, um mir Freunde zu machen.

Watson faltete die Hände:

O Gott! wie höchst wichtig ist das erste Bild des Glüks und Vergnügens für eine junge Seele! Möge es jeder Wärterin von einem Engel eingegeben werden, weil der verkehrte Begriff davon in dem ersten Umriß dieses Bildes besteht, den diese Leute den Kindern geben!

Sophien war der Gedanke des Lateins aufgefallen. Sie drohte Mis Kery mit dem Finger. –

Sie wissen das Lateinische? und haben mir nie etwas davon gesagt?

Mis Kery war würklich betretten, und sah, indem sie Sophiens Hand faßte, mit Verlegenheit nach Herrn Watson, der auch das Wort nahm und sagte:

Liebe Sophie! Sie müssen mir und Mis Kery vergeben, und die Ursache unseres Schweigens hören. Sie wissen, auf was für eine edle Art Sie unserer Kery alle Ihre schöne Kenntnisse mittheilten, und wie begierig sie alles faßte und trieb, weil sie an dem Ende die gewünschte Änderung ihrer Züge zu sehen hofte. Diese Aussicht konnte ich ihr bey meinem alten Latein nicht geben, und Sie hatten bey dem, was Sie von ihrer Erziehung sagten, nichts davon angemerkt, sondern nur bey einem Anlaß erhoben Sie die Kenntniß dieser Sprache, als einen Vorzug der Männer. – Mis Kery bat mich, Ihnen nichts davon zu sagen, weil sie keinen ausgezeichneten Vorzug vor Ihnen haben wollte, und ich schwieg auch aus der Ursache, weil würklich das Latein nichts zu der Liebenswürdigkeit und Sanftmuth des weiblichen Charakters beyträgt.

Sophie antwortete:

daß sie dieses gerne glaube. Denn sonst würde es mit ihrer und so viel tausend anderer Mädchen ihren Hofnungen auf Liebe und Achtung sehr übel aussehen. Mis Kery aber würde durch die Aufopferung eines schon erworbenen Talents zu viel thun. – Ich wüßte nicht, ob ich dieser Grösse der Seele zu Schonung der Eigenliebe eines andern fähig gewesen wäre. Mis Kery sollte doch das versäumte nachholen, und mir erlauben, daß ich ihr Gesellschaft leiste: es könnte eine schöne Winterarbeit werden.

Kery sagte: ja – dadurch theilen wir den Vorzug der Männer, auf den sie so stolz sind.

Würklich setzten sie dieses Vorhaben durch, und es gab Herrn Watson manchen angenehmen Tag. Bey Mis Kery aber entstunden zwey neue Bewegungen der Seele, von welchen sie durch keine Vorstellung abzubringen war. Die eine kam ihr bey Erklärung der so genannten Steinschrift, wo alle Grabmäler in der Westmünster Kirche durchgegangen wurden. Da mußte Watson ein Denkmal für Herrn Gallen ausarbeiten lassen, welches in einer Piramide bestund, mit der Aufschrift:

Dem Andenken eines edlen und rechtschaffenen Mannes,

Johann Gallen, aus Niederteutschland, dem unverdientes Unglück das Leben raubte – von der Freundin seiner Tochter Sophie, welche das Erbtheil seiner Tugend und Kenntniß mit mir theilte.

Anna Kery.

Es wurde in einem schönen Theil des Parks, welchen Sophie am meisten zu lieben schien, aufgestellt. Der ganze Gedanke war so edel, daß es Herr Watson gerne eingieng, und nur wünschte, daß jedes heftige Verlangen eines reichen Jünglings oder Mädchens auf Gegenstände gerichtet seyn möchte, die ihrem Geist und Herzen eben so viel Ehre und Vergnügen geben könnten, als dieser Wunsch für Mis Kery hervorbrachte. Sophie wurde von diesem Beweis der Liebe und Achtung ihrer Freundin äusserst gerührt, bat aber, daß man sie das erstemal allein hingehen lasse. Herr Watson fand es billig, weil die Ergiessung der innersten Gefühle unserer Seele ein Heiligthum ist, welches allein von dem Allerheiligsten gesehen werden solle.

Sophie gieng früh, da alles noch ruhte, hin. Aber Kery und Watson hatten der menschlichen Neugierde nachgegeben, und sich in das nahe zwischen den Bäumen versteckte Kabinet geschlichen, von wo sie unbemerkt alles sehen konnten. Sophie war in einem weissen Leibrok, ohne Hut, ihre braune Haare nachläßig geordnet, keine Handschuh, keinen Stock. – So gieng sie, erst eilend durch den verwundenen Gang, in den man aus dem Kabinet zwischen den Ästen der Bäume sehen konnte. Als sie aber aus diesem Gang heraus kam, und die Piramide erblickte, blieb sie mit Zusammenfaltung ihrer Hände stehen, und näherte sich dann langsam, bald nach dem Himmel, bald nach der Piramide sehend. Je näher sie aber dem Denkmal kam, je stärker flossen die Thränen über ihre Wangen herunter. Sie kniete auf der ersten Stufe nieder, betete leise mit gegen die Piramide ausgebreiteten Armen, stund auf, und wankte die vier Schritte, welche sie über die Platte des Fusgestells machen mußte, laß die Aufschrift, und heftete ihren Mund auf den Namen ihres Vaters, weilte lang mit vielen Thränen und geschlossenen Augen auf diesem Platz, laß dann weiter, und küßte innig den Namen Anna Kery mit vieler Zärtlichkeit, umfaßte dann, so weit ihre Arme reichten, den Stein, küßte Kerys Namen wieder: –

Gott segne dich! edle – edle Seele! – rief sie aus: – und auf ihre Knie sinkend, erhob sie ihre bittende Hände:

Ewiger Gott! lohne Kerys Güte durch das Wiedersehen ihres Vaters!

Dann gieng sie um das ganze Denkmal, betrachtete es, fühlte es an. Ein Zug Gefälligkeit und Vergnügen schimmerte in ihren Augen und Mienen. Sie berührte jeden Buchstaben, legte ihr Gesicht an die Aufschrift, küßte sie noch, und eilte hinweg. Mis Kery war froh, weil sie nun laut schluchzen konnte. Denn Sophiens Gebet für sie, ihre Küsse auf ihren Namen hatten sie unendlich gerührt. Aber es entstund auch eine neue Bildidee in ihr. Sie sagte Herrn Watson:

Wie schön würde dieser Platz, wenn Sophiens Gestalt so wie sie war, als sie die Piramide umfaßte, in weissem Marmor da stünde, und auf der Seite ein Altar, an dessen Stufen ich kniete, und die Aufschrift sagte, da meine Freundin mich, und ich sie anschaute. »Bey dem Denkmal deines verstorbenen Vaters bete ich um Erhaltung des meinigen.«

Watson versprach ihr, Erkundigung nach den Kosten und den Anstalten einzuziehen, die man machen müßte, um die Bilder ähnlich zu haben. Denn er hatte sich vorgenommen, in Kerys empfindlicher Seele keinen entstehenden Gedanken zu bestreiten, von dem ihr Verstand und Gefühl ihr sagte, daß er schön und gerecht sey, wie es in der That dieser Einfall war. Er dachte, »wenn ich ihr nun zu dem Ausmalen dieses Entwurfs helfe, so genießt sie die Schönheit der Blüthe eines Wunsches, dessen Erfüllung möglich ist, und den sie um so mehr liebt, weil die Hofnung auf den Beyfall jeder schönen Seele mit dabey ist. Der Zufall führte den Anlaß der Entstehung her, er kann auch ihrem Verstand die Hindernisse der Ausführung deutlich zeigen, und sie hat sich indessen an dem schönen Bild ergözt, und halb gesättigt.« Er urtheilte ferner, daß Miß Kery von diesem Entwurf eher abgehen würde, als sie von Gallens Denkmal zurück wäre, weil dieses vielmehr auf sie träfe, weil eine edle Seele immer eher einen Wunsch, der sie angeht, aufopfert, als das Verlangen, welches für das Wohl eines andern in ihr liegt.

Mis Kery heftete sich nun mehr an Sophie als vorher. Aber sie gieng nun auch beynah alle Tage in Rosenhills Zimmer, wo die Bildnisse ihrer Eltern waren, und sog gleichsam an dem Bild ihres Vaters neues Verlangen nach ihm, und nach ihrem gedachten Altar ein. Herr Watson mußte einmal mit ihr zu diesem Bild, und sagen, welche Züge ihr Vater wohl noch so ganz kenntbar mit zurückbringen würde; denn, daß seine Gesichtsfarbe braun seyn werde, sagte sie selbst. Herr Watson sagte ihr darüber alles, was muthmaßlich dreyzehn Jahre vermehrtes Alter, die Beschwerden der Seereisen, vielleicht auch Reisen zu Land in diesem Welttheil würken konnten. Wenige Tage nachher traf es sich, daß etwas in Ovids Elegien gelesen wurde, und gerad die Stelle vorkam, wo der Dichter die Beschreibung eines Schifs, und die Sorgen des Untergangs in einem Sturm malt. Herr Watson hatte es erst vorgelesen, und Mis Kery war so durchdrungen, daß der Gedanke, ihr Vater sey auf dem Meer umgekommen, sie nicht mehr verließ: sie wollte auch den Altar nicht mehr haben, sondern sagte zu Sophie:

Jetzo, Liebe! kannst du mich zu dem Denkmal deines Vaters mitnehmen. Ich bin eben so unglücklich als du.

Sie nahmen ihre Lauten mit, und Sophie mußte nach ihrer vorzüglichen Kenntniß in der Musik auf der Laute einen Gang finden, wozu Ovids Verse über den Schifbruch gesungen werden konnten. Sophie jammerte bey Herrn Watson darüber, daß sie an einem der schönsten Tage diese traurige

Stimmung in Mis Kery unterhalten müsse: Er sagte ihr eben so gerührt, aber ruhiger:

Gehen Sie immer mit hin, liebe Tochter! es wird aufhören, und gewiß kommen eben so glänzende Freudentage für Sie beyde. Lassen Sie Mis Kery alles sagen, alles thun, was in ihrem Herzen liegt. Nur singen Sie auch, wenn heut die Idee von Ovids Klaglied wieder mitgehen sollte, die Verse der Landung etwas munter nach, und sehen, was sie würken!

Sophie folgte Herrn Watsons Rath. Mis Kery horchte ihr zu, lächelte:

Ach Sophie! Landung – ja, was nüzt es mich, daß mein Vater in Indien landete, wie er uns schrieb? – mich dünkt, in Engelland landet er nimmer.

Liebe Kery! von den Todten ist wohl keine Wiederkehr. Aber so lange Gott den Körper und Seele vereinigt läßt, so muß Hofnung auf jedes Vergnügen beybehalten werden. Halten Sie Ihre Hofnungen wachsend und zunehmend, wie es die schöne Anlage des Parks vor uns ist.

Sophie zeigte ihr dann die schöne Aussicht, die man von den Stufen von Gallens Denkmal, auf denen sie sassen, von zwey Seiten hatte. Kery sah hin und sagte:

Ich fühle wohl, daß es schön ist – dieses abwechselnde Grün, und die Blüthe der mannigfaltigen Stauden und Bäume. – Ich sehe mit Theilnehmung die erneute Freude in der ganzen Natur. Aber bald, meine Sophie! geht es in meiner Seele, wie in der Seele des guten Amerikaners, der über den Verlust seines Sohnes die Sonne und das Grüne der Felder nicht mehr achtete. Die innere Trauer um meinen Vater sagte mir schon oft, wenn ich den Park ansahe: – »diese von ihm so sorgsam gepflanzte Bäume blühen nicht für ihn.« und wenn ich dieses denke, so verliehren die Blumen ihre Schönheit, und alle Anmuth des Gartens dünkt mich nichts, als die Verzierung seines Grabs zu seyn.

In dem nemlichen Augenblick hörten sie hinter der Pyramide gehen, und deutlich – Liebe Kery! ausrufen. Herr Watson kam mit drey Fremden hervor, wovon einer die Arme ausstreckte, und mit der nämlichen Stimme – Kery! rief. Die Mädchen waren gleich bey dem Geräusch aufgestanden, Mis Kery schaute schreckhaft nach dem Fremden hin, warf sogleich ihre Laute weg, und sank auf ihre Knie. – »Mein Vater! Er war es« – Herr Watson hatte ihn hingeführt, damit er die Liebe seiner Tochter sehen möge. Herr Kery warf sich zu ihr, umfaßte sie. Sophie gab ihr Geist zu riechen. Sie erholte sich, und hing dann sprachloß an seinem Hals. Sophie, Watson, und die zwey Fremde hatten Thränen in den Augen. Mis Kery bemerkte einen Blick, den Sophie auf die Pyramide heftete, und die von Natur höchst edle Seele von Mis Kery fühlte diesen Blick. Sie reichte mit einem Arm nach ihr: –

O Sophie! vergieb dem Schicksal, daß ich meinen Vater bey dem Denkmal des deinigen wieder finde. – Komm! – Er soll auch dein Vater seyn.

Theure Mis Sophie! sagte Herr Kery, da er ihre Hand nahm, welche seine Tochter ihm darbot – ich will alles für Sie seyn, was ich kann!

O mein Vater! ohne Mis Gallen verdiente ich nicht Ihr Kind zu seyn.

Mit unaussprechlichem Ausdruck bei Erhebung ihres Kopfs fuhr sie fort mit gefaltenen Händen zu sagen: –

Ewiger Vater! ewigen Dank für –

Sie konnte nicht ausreden, sondern umfaßte den Arm des Herrn Kery mit einem Gefühl, das man in ihrer ganzen Stellung laß. Endlich weinte sie, und wurde ruhiger, um Fragen zu machen, und zu beantworten. Ihre Laute war auf dem Stein in Stücke zerfallen. Sie sah bey dem Weggehen darauf, und sagte lächelnd:

Es ist recht – du sollt nicht mehr tönen – Trauerlaute!

Sie küßte auch Watsons Hände:

O Vater Watson! was Glück haben Sie mir gegeben! – Sie – Sie haben mein Leben für diese selige Stunde erhalten.

Bald darauf ertönte ganz Rosehill von der Freude der Einwohner, über die Wiederkunft des Herrn Kery. Alle Pächter, Weiber und Kinder liefen zu. Alle Gänge des Parks wimmelten von alten und jungen Leuten. Alle hatten ihre Arbeit und ihre Häuser verlassen, und liefen mit der Frage: – wo – wo ist er? – Segen, Freudenthränen, Willkomm rufen – Glück für Mis Kery, die an ihres Vaters Hand gieng, alles das war ein Schauspiel für Engel.

O Menschen, die ihr Herrn über andre Menschen seyd! – Ach! liebt eure Gewalt und euren Reichthum um des Wohlthuns willen, – um der Liebe willen, die der gemeine Mann so gern giebt, wenn er Güte sieht!

Herr Kery hatte bey seiner Abreise seinen Pächtern zu einem Andenken von ihm ein halbes Pachtjahr geschenkt, nachdem er immer sehr liebreich mit ihnen umgegangen war. Sie bekamen wieder das nemliche Geschenk bey der Ankunft. Sie sagten aber alle, »sie würden gerne die Abgaben zahlen, wenn er nur jetzo da bliebe.«

Frau Sarah war in Rosehill, und hatte schon angeordnet, wo die zwey Fremde wohnen sollten. Auch hatte sie das Abendessen besorgt. Herr Kery fragte seine Tochter, wie sie ihn denn gleich erkannt habe:

Ach! weil Sie das Kleid von Ihrem Bild, und die ganze Stellung davon hatten, und weil Herr Watson mir vor acht Tagen alles von Ihren veränderten Zügen so deutlich vorsagte.

Herr Kery umarmte sie, und erzählte nun, daß er denselben Nachmittag schon in Rosehill gewesen sey, und alles gehört habe:

O mein Vater! das sind ja schon so viele Tage – wie konnten Sie mich noch seufzen lassen?

Ich mußte meine zwey liebe Pflegsöhne abholen, und war mit der Freude zufrieden, dich vorbereiten zu lassen. Vater Watson und seine Tochter Sophie haben es gut gemacht, obschon Sophie nichts wußte. – Ich hatte in London von einem

Bedienten meiner Schwester, der mich nicht kannte, gehört, daß du in Rosehill geblieben, weil dich die Blattern so häßlich gemacht hätten. – Das schmerzte mich sehr – (sagte er, einen von den zwey Fremden ansehend) denn meine kleine Kery war ein so schönes Mädchen, als ich abreißte.

Mis Kery erröthete, und schien verlegen, aber ihr Vater fuhr fort: –

Sey zufrieden, Liebe! du bist mir das schönste Geschöpf, und hier mein Sohn Reland sagte mir, daß du mit Anmuth übergossen seyest.

Der junge Mann bückte sich mit dem edelsten Anstand gegen Mis Kery, die bescheiden ihre Augen niederschlug, und von ihrem Vater herzlich umarmt wurde.

Sie verschwazten mit unterbrochenen Fragen und Erzählungen die halbe Nacht, bis Herr Kery sagte: »Ich hoffe, meine Lieben! noch Jahre lang von meinen Reisen zu sprechen. – Ich will nun schlafen, und Morgenfrüh meines Watsons Tagbuch auslesen, damit ich meine Anna und ihre Freundin Sophie ganz kennen möge.« Die zwey Fremde begleiteten die Frauenzimmer nach Hause, die sich dann vieles zu sagen hatten von der Rückkunft des Herrn Kery, und von den zwey Fremden, die sie sehr artig fanden, ob sie schon nicht auf Europäischen Boden gewachsen wären.

Herr Kery kam mit ihnen zu frühstücken, und umarmte beyde mit gleicher Zärtlichkeit, indem er sagte: »Nun weiß ich und meine Söhne alles, was seit meiner Abreise hier vorgieng. Ihr habt beyde viel gelitten, und viel schönes gethan. Kery! dein Herz sagt dir selbst, wie viel du Mis Sophie schuldig bist. Ich möchte wohl, daß sie meine zweyte Tochter würde.« – Mis Kery faßte gleich Sophien bey der Hand:

Komm! Knie dich mit mir zu unserm Vater! – Laß dich von ihm segnen! – Sey gern meine Schwester, wie du meine Freundin warest!

Herr Kery segnete beyde herzlich, und nach dem Frühstück

erzählte er ihnen, Herrn Watson und Frau Sarah einen Auszug seiner Begebenheiten in Indien, besonders aber von der Freundschaft, welche er von den Eltern der zwey jungen Relande genossen hätte: »Wenn meine Briefe alle richtig eingekommen wären, so müßte euch diese Familie schon bekannt seyn. Ich habe dem redlichen Vater dieser zwey vortreflichen Jünglinge alle das große Glück zu danken, das ich mitgebracht habe. Er sorgte als Bruder für mich, und dem Himmel sey Dank! daß ich es ihm noch vergelten konnte.«

Herr Kery sagte dieses mit einer Rührung, die alle um so aufmerksamer machte, und er fuhr fort:

»Mich freut, meine Anna! daß du so ganz meine Tochter bist, daß alles so fest in dir haftet, wie in mir. Doch mein Kind! ist es Glück, daß dieses Festhalten auf lauter Gutes verwendet wurde, sonst könnten wir die Qual der besten Menschen geworden seyn. Die Trauer um deine Mutter riß mich aus meinem Vaterland. Ich mußte ein großes Gegengewicht haben, um den Schmerz zu überwiegen, den ich fühlte. Die Mühseligkeit und Gefahr der Seereise schien mir kaum so viel Stärke zu haben, als die Empfindungen, welche in meiner Seele waren. Aber endlich drangen so viel neue Gegenstände um mich, daß mein Geist erweckt wurde, und ich wollte nun das Land und die Leute nach meiner Art kennen lernen. Reland bot mir die Hände zu allem, was ich thun wollte, und gab mir zugleich jede Süßigkeit der Freundschaft zu geniessen. Vor fünf Jahren machte ich eine große Reise in das Innere des Lands, nachdem ich zwey von ihren Sprachen vollkommen gelernt hatte. Ich blieb beynah zwey Jahre aus, und war in meinen Bemerkungen und meinem Handel für mich und Herrn Reland sehr glücklich, freute mich ohnendlich, als ich sein Haus wieder erblickte. - Aber – wie erschrack ich, ihn und seine Frau elend aussehend, und in voller Verzweiflung zu finden. Vier Sklaven hatten ihre beyde Söhne entführt, und sie wußten seit einigen Monaten nicht, wo ihre liebe Kinder waren. Mein Herz zerriß auch um die Eltern und die holde gute Knaben. Ich wußte nichts als Thränen zu geben, aber der Entschluß folgte gleich nach: ›Ich will eure Söhne suchen. – Wir müssen doch wissen, ob sie todt oder lebend sind.‹ Sie wollten es nicht zugeben, ob es sie schon freute. Da gieng ich Nachts mit sechs der treuesten Leute fort, brauchte aber noch einige Monate, bis ich sie fand, und loskaufte. Sie waren von dem einen Bösewicht sehr mißhandelt, und noch dazu voneinander getrennt worden. Und kaum erkannte ich noch die Gestalt der Söhne meines Freunds, weil sie nur als Gerippe mit Narben bedeckt in meine Arme kamen. Richard der ältere hatte am meisten gelitten, weil er dem grausamsten der Entführer zu Theil geworden. Er wurde auf einer Matte zu mir getragen, denn er hatte den Morgen noch unmenschliche Schläge erhalten. O was litte ich bey dem Anblick der noch träufelnden Wunden des guten Jünglings, der sich kaum bewegen, kaum sprechen konnte, und nur mit einem sterbenden Aug seine staunende Freude und Hofnung ausdrückte, als ich zu ihm auf die Erde kniete, ihn küßte, und über ihn weinte.

Sein Bruder warf sich neben ihn, und schluchzend sagte, Richard! wir sind frey!«

Mis Kery und Sophie weinten bey dieser Erzählung, und küßten die Hände ihres Vaters. – O Gott! segne Sie ewig! sagte Sophie, edler, wahrer Freund! –

Herr Kery, der zwischen seinen Töchtern saß, lächelte sanft auf beyde, und küßte sie:

»Ich ließ, fuhr er fort – den armen Richard durch meinen Bedienten verbinden, und bat Gott, ihn zu erhalten, denn er war äusserst schwach und entkräftet. Der Vorgesetzte der Maratten, so bey der Verhandlung war, bot mir eine Strafe gegen den grausamen Sklaven an. Ich verwarf es, nachdem ich Richarden gefragt hatte, ob er sich zu rächen wünsche? Er sah gen Himmel, und sagte: ›Nein – nein – aber fort – in Sicherheit, bey meinem Vater sterben.‹«

Armer, guter Jüngling! – sagte Sophie.

Herr Kery drückte ihre Hand mit einem bedeutenden Blick auf sie, und endigte seine Erzählung:

»Ich gab meine Geschenke, und erhielt meine junge Freunde, die ich tragen ließ, und mit meinen Leuten abwechselte, als die acht Maratten den zweyten Tag von uns giengen, die der Vorgesetzte mir als Träger mitgegeben hatte. In der Nacht kam ein schöner junger Mann von ihnen zu uns, und rief nach John Reland, der schlief, aber geweckt wurde, und den Maratten umarmte, der ihn auf den Knien bat, ihn mitzunehmen, und mit ihm zu thun, was er wollte. John bat mich, es zu thun. Denn dieser Jüngling habe Sorge für ihn getragen, und ihn, nachdem er das viertemal grausam geschlagen wurde, loßgebeten, mit zerkauten Kräutern bedeckt, geheilt, und geschützt. Er kam mit, und wurde gut belohnt. Ihr werdet ihn sehen, denn er ist Johns Bedienter.«

O das freut mich! sagte Mis Kery.

»Denke dir, meine Tochter! die Freude der Eltern, und den Segen, den sie auf ihren Knien über mich ausschütteten, und lasse dir es lieb seyn, daß dein Vater diesen Segen erwarb.«

Mis Kery kniete sich, küßte seine Hände, und versicherte, daß sie sich glücklicher achtete, seine Tochter zu seyn, als die eines Fürsten.

Herr Watson freute sich, daß Gott des Herrn Kery Bemühung gesegnet habe, und Frau Sarah sagte: Sie wundere sich jetzo nicht über die Liebe, welche die zwey junge Männer für Herrn Kery hätten. Er wäre wohl mehr als Vater für sie gewesen. – Herr Kery erwiederte:

»Ach! ich wurde es nur zu bald. Die Mutter hatte sich so sehr gegrämt, daß die Freude, über das Wiedersehen ihrer Söhne nicht mehr hinreichte, ihre Gesundheit wieder herzustellen. Sie beschwor ihren Mann und mich, daß wir nach Europa zurück sollten, und ihre Kinder in England festsetzen möchten. Die Söhne mußten ihr versprechen, Indien nie wieder zu betretten. Mein Freund war es auch zufrieden, und wir machten alle Anstalten, uns und unser Vermögen glücklich überzubringen. Aber es verzog sich bis jetzo, weil Herr Reland bald krank bald gesund war, und endlich auf der Reise, die er ohne anders antretten wollte, starb, da er mich zum Vater und Vormund seiner Söhne machte. Ich erzählte ihnen unterwegs, daß ich hofte, ihnen in meiner einzigen Tochter eine liebenswerthe Schwester zu zeigen, ja, daß ich wünschte, zwey recht gute Töchter zu haben, die sie lieben könnten, so würde ich sie beyde recht gerne noch näher mit meinem Herzen verbinden.«

Beyde Mägdchen errötheten hier, weil Herr Kery auf beyde blickte, aber fortsprach:

»Richard sagte nichts, aber John wollte, daß ich ihm von meiner kleinen Anna erzähle. Ich that es als Vater. Er hörte mit Vergnügen zu, und zählte nach, wie alt meine Kery nun seyn müßte, – er wolle mich an mein Versprechen erinnern, wenn wir in England seyn würden. Denn gewiss werde Mis Kery liebenswürdig seyn, und er würde sich bemühen, ihr zu gefallen, um ganz mein Sohn zu werden. Er sah darüber seinen Bruder ernsthaft an, und sagte ihm: ›Richard! wenn du sie liebst, wenn du von ihr geliebt wirst, so mußt du der Glückliche seyn.‹ – Aber mein Richard wieß ihm die zwey starke Narben über seiner Stirne. – ›Ein artiges Mägdchen, sagte er mit trauriger Stimme, wird einem verunstalteten Gesicht nicht viele Achtung gönnen.‹ – John erwiederte gleich: ›Ja, wenn sie keinen Verstand hat.‹ So vergiengen die letzten Tage meiner Überfarth, und eh wir aus dem Schiff stiegen, begehrten beyde Brüder noch allein mit mir zu reden. Jeder faßte eine meiner Hände, und kniete sich. – Richard sagte: ›Vater Kery! eh wie unser neues Vaterland betretten, nehmen Sie noch unsern Dank für alles, was Sie für uns gethan haben! - Segnen Sie uns, und versprechen, unser Vater und Führer zu bleiben, und uns nie von sich zu entfernen!‹ Ich war sehr gerührt, und umarmte beyde, indem ich ihnen bey Gott schwur, in allen Fällen ihr treuer redlicher Pflegvater zu seyn.

Sie verdienen es, – sagte Sophie – die zwey gute Leute. Ich danke Gott, daß sie auf Englischen Boden, und bey Vater Kery sind. Er lächelte zufrieden nach Sophie hin:

»Ich bekenne, liebe Anna! daß ich in dem Augenblick, wo Richard sprach, herzlich wünschte, daß einer von den zwey Brüdern durch dich mein Sohn werden möchte. Denke aber, wie ich erschrack, als mir in ihrer Gegenwart von deinen verstellten Zügen gesprochen wurde. Ich war mein ganzes Leben der beste Bruder. Nun fühlte ich Haß gegen Frau Brade, und eilte hieher, wo Gott meiner Anna in Watson und Sophie mehr gab, als Frau Brade und ich nie hätten seyn können.«

Er endigte, und umarmte Herrn Watson und Frau Sarah mit Dank.

»Wir wollen jetzo, meine Freunde! unsere übrige Tage miteinander geniessen.«

Die zwey junge Frauenzimmer standen mit so viel Ausdruck eines gerührten Herzen neben ihm, daß er diesen Augenblick benützte, ihnen zu sagen: –

Meine würdige, edle Mägdchen! es freute mich, während meiner Erzählung zu bemerken, daß meine Söhne Reland euren Herzen theuer geworden sind. Ihr wißt, daß ich mir zwey Töchter wünschte, um das Glück dieser Söhne zu machen. – Anna! mein John wurde von deinem Anblick und von dem, was er in Watsons Tagbuch laß, ganz für dich eingenommen, wie es Richard für Sophie ist. Edlere Männer werdet ihr nie sehen. – Doch, meine Kinder! sollt ihr frey seyn. – Laßt nur meine theure Söhne mit euch reden, und hört sie selbst.

Nun gieng er mit Watson nach seinem Haus, und die zwey Mägdchen sahen sich an. Mis Kery redete zuerst:

Sophie! warum bist du so nachdenkend? möchtest du, daß John dich liebte? –

Nein, meine Liebe! nein – Richards Freundschaft ist mir

theurer, als mir Johns Liebe nie seyn würde. – Bedenke aber, wie jäh alles auf mich stürmte, ob es schon lauter Gutes ist – einen edlen Vater, einen würdigen, theuren jungen Mann zum Gemal, in einem Tag, und dieß durch meine Kery, die nun meine doppelte Schwester wird.

Sie umarmten sich, und sagten dann ihre Gesinnung der Frau Sarah, daß sie weder ihren guten Vater, noch seine Söhne lang auf ihre Entschliessung warten lassen wollten, sondern sie würden es freymüthig sagen, daß es sie freuen werde, die gute Brüder alles Weh vergessen zu machen. Frau Sarah lobte sie deswegen, und Herr Kery hatte ein großes Vergnügen, als die zwey Mägdchen Hand in Hand zu ihm kamen, und sagten:

Lieber Vater! bestimmen Sie, was wir thun sollen. – Ihre Söhne sind uns beyden sehr lieb, und wir wollen vereinigt den besten Vater unser ganzes Leben lieben und ehren.

Er dankte ihnen herzlich, verbot aber, daß sie noch nichts davon zeigen sollten. Nur, da man zu dem Essen in den Saal wollte, sagte er zu den Brüdern:

Da, meine Söhne! – sucht euch diesen liebenswerthen Schwestern angenehm zu machen.

Aber sein Aug und seine Stimme war so bewegt, daß die junge Leute fühlten, ihr Glück sey sicher, und daß sie also mit vieler Freudigkeit zu Tisch giengen. Nach dem Essen besuchten sie Gallens Denkmal. Richard blickte auf Sophien, und küßte den Namen ihres Vaters und den ihrigen. Herr Kery sagte: »Anna! ich werde deinen Altar bauen lassen, und er soll der Liebe geweiht werden.« Einige Wochen nachher stattete er seine Anna und Sophie als seine Töchter aus. Sir John mußte den Namen Kery annehmen, – und Herr Richard behielt den von Reland. Dieser kaufte ein Stück Land in der Nachbarschaft, baute sich ein schönes Haus, und nahm noch mehr Pächter an. Denn er wollte nur Feldbau und Viehzucht haben. Aber der artige Hügel ohnweit seinem Haus wurde angelegt, und dieses, um das Denkmal, welches er Herrn Kery errichtete, mit schönen Spaziergängen zu umgeben. Es stund auf der Höhe, in Gestalt des Tempels der Minerva; aber anstatt der Göttin war das Brustbild des Herrn Kery aus schönem Marmor auf einem erhöhten Altar. Eine Hand aus herrlich gearbeiteten Wolken hält den Sternenkranz über ihn: auf dem Altar steht: »Nur der Ewige kann dich lohnen.« Auf beyden Seiten sind vier Tafeln in halberhobener Arbeit, wo in einer Sklaven gebildet sind, die mit wilder Geberde zwey Knaben nach einem Gebürge schleppen; in der zweyten eine traurende Frau und Mann, die einen andern bey der Hand halten, und ihm die Gebürge weisen, auf der dritten der nemliche Mann, unter einem Haufen Wilden, denen er Geschenke giebt, und sie ihm die Knaben; auf der vierten das Gebürg in der Ferne, und der Mann, der den Eltern die Jünglinge zuführt: – überall eine simple Unterschrift, und über dem Eingang des Tempels: – »dem edlen Kery geweiht.« Von den Marmorbänken, die auf beyden Seiten dieses Tempels stehen, übersieht man eine große von Reland angebaute Strecke Lands, seine zwey Pachthöfe, und einen Flügel von Rosehill, den Herr Kery bewohnet. Er wurde gebetten, nicht zu dem Bau zu gehen, bis er geendigt seyn werde. Aber alsdann gab Reland ein Fest, und Herrn Kery bey der Hand fassend, sagte er: »nach sechs Jahren, die als Tage verflossen – was für eine glückliche Stunde! da ich an der Hand meines Erretters und Wohlthäters fruchtbare Gefilde voller Wohlthaten der Natur übersehe!« Als sie aber gegen den Tempel kamen, ertönte eine vortrefliche Musik, und verschiedene Kinder von den Pächtern des Herrn Reland, niedlich gekleidet, mit Blumen bekränzt, und schönen Körbchen voll Blumen, hüpften zwischen den Rosenhecken hervor, und streuten mit lieblicher Freude der Unschuld Blumen auf den Weg des Herrn Kery. Je näher dieser zum Tempel kam, je sanfter wurde die Musik, und endlich hörte man nur eine süß tönende Flöte, und das Spiel von zwey Lauten.

- Anna Kery und Sophie waren in dem Tempel als Priesterinnen gekleidet; – Sophie in einem weißseidenen Gewand, einen blaßgelben Schleyer von Flor halb zurückgeschlagen, und bis auf die Erde hängend, eine Krone von Rosen auf dem Kopf, ihr Kleid mit einem gelben Gürtel gebunden, mit ihrer völlig von Gold und Silberstreifen schimmernden Laute stand an dem Altar – Anna Kery in feinem roth, einen weißen Schleyer, und wie Sophie mit Rosen bekränzt, kniete auf einer Stufe des Altars auch mit ihrer Laute. Ihre zwey Knaben und Sophiens kleine Anna mit ihrem Bruder, in den Farben der Mütter gekleidet, eilten mit Händen voll Blumen Herrn Kery entgegen. – Sophie sang: »Vater! nur der Ewige kann dich belohnen.« – Dann fiel ein Chor viel schöner Stimmen ein, und wiederholte abändernd:

Ja, nur der Ewige kann Kerys Tugend lohnen,
Die er in entfernten Zonen
Als ein Menschenfreund geübt.

Beyde Brüder sangen dann, neben ihn trettend, ein jeder eine Hand von ihm fassend –

Edler! der für unser Leben
Gold und Ruhe hingegeben. –
Nimm was unser Dank dir giebt.

Der Chor sang wieder:

Allen Söhnen wahrer Britten,
In Pallästen und in Hütten
Soll der Tempel heilig seyn,
Den wir Kerys Tugend weihn.

Welche Feder sollte die Gefühle beschreiben, die des edlen Kery Seele durchdrangen? – und wer soll erzählen, was für eine Empfindung von Wahrheit und Schönheit der Tugend allen Zuschauern eine heilige Ehrfurcht einflößte? – Nicht ein Auge blieb ohne Thräne der Rührung, als Herr Kery seine Arme ausbreitete, und seine theuer erworbene geliebte Söhne an seine Brust drückte, und die edle junge Männer sich an ihn schmiegten. O! wie verschönerte das sympathetische Gefühl der Tugend jedes Menschengesicht? – Denn es war nicht eines von allen, in welchem nicht die Züge eines zur Seligkeit geschaffenen Wesens hervorglänzten. Alle wurden bewirthet, allen die Geschichte der Marmortafeln erklärt, und Abends baten auch alle um Erlaubniß, eine Blume von den Gewinden der Säulen und des Altars zum Andenken mitzunehmen. Herr Watson sagte:

Nehmt sie, meine Kinder! aber nehmt auch das Andenken des Bilds der Menschenliebe mit, die ihr hier sahet!

1789

Marianne Ehrmann

Die unglükliche Hanne

(Eine völlig wahre Geschichte)

Auf der Universität L... lebte vor mehreren Jahren ein Dienstmädchen, mit Hamlet zu sprechen, keusch wie Eis, rein wie Schnee, und schön wie der Tag! – Man kannte sie weit und breit nur unter dem Namen der schönen Hanne. Alles was man ihr etwa mit Recht vorwerfen konnte, war, daß sie sich, wie die meisten ungebildeten, aber schönen Mädchen ein bischen zu viel auf ihr Lärvchen einbildete. Übrigens hielt man sie für ein gutes, braves, artiges Mädchen. Das karge Schiksal hatte sie zum Dienen bestimmt, wenn schon ihre ziemlich gute Erziehung auf etwas Besseres Anspruch machen durfte! – Ihr Karakter war sanft, ihre Laune munter, ihr Herz bieder. Sie konnte sich zwar nicht, wie die übrigen feilen Mietlinge, in jede grillenhafte Laune ihrer Gebieterinn schmiegen, aber sie wußte zur rechten Zeit zu schweigen und zu dulden, wenn der Hochmuth die despotische Geißel über sie schwang. – Im Hause wurde sie geliebt, mit ihren Geschäften war man zufrieden, um ihrer Lebensart willen zog man sie öfter in Gesellschaft. Nur an vesten Grundsäzzen fehlte es ihr, an Grundsäzzen, die sie gegen die zudringliche Schmeichelei jener Insekten gesichert hätten, welche so ämsig der Schönheit huldigen, indem sie die Seelenruhe morden. – An Grundsäzzen, die ihr im rechten Zeitpunkt in die Ohren geflüstert hätten: Hanne, traue diesen Zukkerworten nicht, sie gelten nicht deinem Herzen, nicht deiner unbeflekten Seele, nur deiner Larve, nur deinem Körper gelten sie! –

Zutrauliche Unerfahrenheit, Mangel an Menschenkenntnis, gedankenloser Leichtsinn, eitles Wohlbehagen gesellen sich dann an die Seite aller jener schwachen Mädchen, die unserer Hanne gleichen, und sich aus Eitelkeit so gerne Weihrauch opfern lassen, ohne daß sie frühe genug einsehen, daß er nichts weiter seie, als Dampf.

O wenn es doch unsere deutschen Mädchen im Denken auch einmal so weit brächten, daß sie den elenden Schnikschnak auf das Empfindlichste rügten, den Jünglinge vom gewöhnlichen Schlag ihren äusseren Reizen huldigen. Wahre Beleidigungen sind im Grund solche Schmeicheleien für ein Mädchen, das edeln Stolz genug besizt, nach bessern Verdiensten zu streben, als blos nach einer glatten Haut, nach rothen Wangen und schwarzen Augen. Der kriechende Schmeichler giebt ihr dadurch stillschweigend zu verstehen, er bewundre nur das an ihr, was sie mit der feilsten Dirne gemein haben kann. Er selbst misbilligt im Stillen ihre elende Eitelkeit, womit sie so gerne diesen Unsinn duldet. Er entzieht ihr die Hochachtung, die er einem Mädchen mit gebildetem Geiste einräumen müßte, wenn sie ihn fühlen ließe, daß er über zufälligem Glanz ihr Herz, ihre Denkart vergässe. – Wenn sie ihn mit feuriger Beredsamkeit fühlen ließe, daß er gerade durch diesen, ihr so verächtlichen Weg, ihre Tugend zu untergraben suche! – Kurz, wenn sie ihn fühlen ließe, daß er bei diesen verworfenen Äusserungen, weder reine, noch edle Absichten haben könne; daß er nicht sie, nur sich selbst liebe. – Nein! wie würden die jungen Herrchen stuzzen, wenn unsere deutschen Biedermannstöchter diesen Ton gegen sie anstimmten? – Wie würden sie staunen, verstummen, und sich mit samt ihrer wohlklingenden Schmeichelei verkriechen!

Selbst unsere schöne Hanne würde gewiß diese offenherzige Sprache gegen ihre Anbeter gesprochen haben, hätte man ihr Anleitung dazu gegeben. Doch dies war bei ihr der

Fall nicht. Sie ließ sich gerne schmeicheln, blikte izt weit öfter in den Spiegel, als vorher, puzte sich um vieles sorgfältiger, gieng öfter in Gesellschaften; war sorgloser, gesprächiger; schäkerte, tändelte, und dies alles mit freiem Herzen, mit unbeflekter Unschuld, so sehr sich auch die schwazhafte Verläumdung bemühete, in dem Mund ihrer dienstfertigen Schwestern ihren guten Namen durchzuhecheln; der einen war Hanne zu unbesonnen, wenn sie schon blos lebhaft war; der andern zu eitel, wenn sie sich schon nie über ihren Stand kleidete; die dritte fand lange nicht die ausserordentliche, hochgerühmte Schönheit an ihr; die vierte meinte, es wäre wohl nicht der Mühe werth, über ein gemeines Mensch so viel Aufhebens zu machen; die fünfte zukte die Achseln, seufzte, und bestätigte mit frommer Wichtigkeit den Saz: der Krug gehe so lang zum Brunnen, bis er breche; die sechste sprach mit lauter Schadenfreude: »Recht so! warum nimmt sich die elende Dirne nicht besser in Acht!« u. s. w. u. s. w.

Da gab es nun in der Stadt, über die noch immer unschuldige Hanne, allerlei Gespräche und Auftritte. Die fleißigen Stadtfraubasen hatten alle Hände voll zu thun, sie konnten oft mit den Neuigkeiten ganz und gar nicht fertig werden, die sie einander über diesen Gegenstand geheimnißvoll in die Ohren raunten; sie riefen ihre Nichten, Schwägerinnen, Tanten, Freundinnen, Nachbarinnen, Gevatterinnen, Maklerinnen und Mägde zur Hülfe. Dies war aber noch lange nicht alles! – Hanne sezte sich zwar mit aller ihrer Lebhaftigkeit keinen unanständigen Zumuthungen aus, aber aus Unvorsichtigkeit desto öfter den feinern Schleichwegen, welche ihre Anbeter mit vereinten Kräften zu ihrem Verderben einschlugen. Es entspannen sich um ihrentwillen wechselseitige Bemühungen, tükkische Kabalen und Herausforderungen. Briefe wurden dem Duzend nach geschrieben, aber keiner angenommen; Geschenke von hohem Werth angeboten, aber ausgeschlagen; Kupplerinnen umsonst bestochen, Bälle,

Serenaden, Konzerte gegeben. Wie die Mükken im Sommer schwarmweis um unsere Ohren sumsen, eben so ämsig buhlten die Schmetterlinge um dieses Mädchens Besiz. Den näheren Beweis wird uns folgender Auftritt geben.

(Die Szene ist auf dem Kaffeehause)

A. Bruder, mein ganzes Vermögen will ich verwetten, die schöne Hanne kann mich besser leiden als dich! –

Sch. Hm! – Deine Eigenliebe kömmt um ein paar Tage zu spät, mein Trauter! – Hättest Du wohl Lust, einer gepflükten Blume dein Vermögen entgegen zu sezzen? –

B. (*springt auf*) Daß dich das Donnerwetter in Boden hineinschlage, pralerischer Windbeutel! – Nur noch den geringsten Laut, und wir brechen uns die Hälse! –

D. (*für sich*) Brecht euch nur die Hälse, ihr Narren! – Desto leichter rükken wir bei dem Mädchen vorwärts! – Doch ich mache meine Plane im Stillen, und komme gewiß weiter! –

F. Herr, keine Ausreden! – Gespielt muß es seyn, und sollten Sie, oder ich, darüber zum Bettler werden! –

E. Über den verdammten Korb, den wir gerade zu einer Zeit von ihr kriegen mußten! – Aber ist denn auch diese Kokette all das Geld werth, das wir da einander so in der Verzweiflung hinwerfen? –

M. Poz Bliz! Mit mehr Schonung von der schönen Hanne gesprochen, ihr Herren oder, hier sizt Einer, der sie zu vertheidigen weis! –

F. (*seufzt für sich hinter dem Ofen*) O Mond, du Freund der Liebenden! – O Hanne, du Dulderinn im Sterbegewand! –

H. Die wenigsten Weiber taugen was, aber um diese Bruder, lief' ich dir barfuß nach Rom! –

R. Ich auch! – Mein Seel, ich auch! –

O. (*für sich, schmachtend*) Ach, das süsse Mädchen! –

»Es brennt! – Es brennt!« – »Wo denn? – Wo denn?« – Schrieen alle, indem sie zur Thüre hinausstürzten! – »In euren Köpfen« antwortete der lustige Junge, der dies ganze Gespräch belauscht hatte, und verkroch sich im Gedränge! –

So spannte ein Anbether den andern, so ärgerte einer den andern, und so blieben sie bis izt alle von der schönen Hanne unerhört. Man müßte die weibliche Natur nicht kennen, wenn man läugnen wollte, daß alles dies dem Mädchen recht wohl gefiel, da es ihrer Eitelkeit zum Triumph, und ihrer Schönheit zum Zoll diente. Daß Hanne bis hieher für keinen unter allen Liebe fühlte, ist leicht zu begreifen. Eitle Mädchen sind meistens kälter als andere; über den Schwarm, der sie umringt, vergessen sie im einzelnen zu wählen; alles ist ihnen willkommen, alles neu, aber auch alles in so weit gleichgültig, bis es einst dem rechten gelingt, ihre Herzen zu rühren.

Hanne taumelte, von Schmeichlern vergöttert, von Wollüstlingen bestürmt, eine Zeitlang so fort, ohne sich über einen Zustand selbst Rechenschaft zu geben, der weder an Tugend noch an Laster gränzte. Ihr Herz blieb zwar unangetastet, aber ihre Seelenkräfte geriethen ins Stokken, ihr Verstand verdunkelte sich, ihr sittlicher Zustand war nicht verdorben, aber auch nicht ganz ohne Flekken. Sie lebte im Ganzen genommen ein sonderbares Leben, war vergnügt, so lange der Weihrauch dampfte, und fühlte Langeweile und Leere, wenn Pausen dazwischen kamen. Sie genoß keiner eigentlichen Seelenruhe, und doch war sie auch nicht mißvergnügt. Bekannte hatte sie in Menge, aber nicht einen vertrauten Freund. Sie sehnte sich nach keinem, und sah dennoch alle gerne kommen. Sie liebte, schäzte keinen, und doch vermißte sie ihre Gegenwart. Unter allen ihren Anbetern war ein Einziger, den sie am meisten floh, und ihm auf das kälteste begegnete, so feurig, so rastlos, so behend er sich auch an sie hin drängte. – Das schlaue Mädchen wußte ihm auszuweichen, wußte jede Unterredung zu vereiteln, jede Anspielung abzulehnen. Es war als ob sie vor dem Augenblik zurükschauderte, der sie einer beiderseitigen Erklärung hätte nähern können! – Sie zitterte vor der Entwiklung dieses Geheimnisses, und doch stach sie die Neugierde. Hundertmal wich sie seiner Zudringlichkeit aus, aber eben so oft schielte sie im Verborgenen nach ihm. Das schmachtende Aussehen, womit dieser Jüngling bloß um ihrentwillen zum Grabe hinzuwelken schien, rührte mehr ihre Eitelkeit, als ihr Mitleiden. Nur zuweilen stieg ihr plözlich der Gedanken auf: Es ist doch ewig Schade um den hübschen, in der ganzen Stadt angebeteten jungen Schwammer, daß er so anschaulich dahin welkt, ohne daß man weiß, warum? – Doch bald wurde dieser Gedanke wieder durch andere verdrängt; das leichtsinnige, eitle Mädchen dachte nur an die jezigen Zeiten, wo sich alles um ihre Liebe bemühte, und vergas dabei die Zukunft.

Der junge Schwammer, Sohn eines Hofraths aus dem Elsaß, ein junger Mann, dem es nicht an Kopf fehlte, häufte indessen Plane auf Plane um Hannchens Besiz. Seinen lokkern Kameraden blieben diese Absichten nicht lange verborgen, einige beneideten ihn, andere spornten ihn durch Widersprüche, und wieder andere halfen ihm selbst zu dieser schweren Eroberung, an deren glüklichen Ausführung seiner Eitelkeit nicht wenig gelegen war. Denn, im Vertrauen gesprochen, der Bursche war reizend, und gefiel den koketten Damen äußerst, so wenig er sich auch in diesem Zeitpunkt um jene Eroberungen kümmerte, die ihn gar keine Mühe kosteten, weil sie sich ihm selbst an den Hals warfen. Er wollte mit Ruhm siegen, und da, wo seine Kameraden abgewiesen wurden, und muthlos sich zurükzogen, wagte er sich hin. Kein Hindernis war ihm zu hoch, keines zu mächtig, das er nicht durch Kunst, Beharrlichkeit, und durch seine Reize zu ersteigen glaubte.

Er kannte Weiberschwäche aus Erfahrung, wußte, daß gerade die eitelsten in gewißen Zeitpunkten die schwächsten wären, und ließ sich durch nichts zurükschrökken. Zuerst suchte er durch allerlei kleine Kunstgriffe Hannchens Aufmerksamkeit rege zu machen; er kam nur selten in den Zirkel, den sie besuchte, aber desto feuriger, ehrerbietiger, bescheidener war er. Oft, wenn er so im stillen Nachdenken vertieft in einer Ekke saß, während Andere um sie herum sumsten, war ein halb unterdrükter Seufzer der einzige Laut, den er wagte. Plözlich wurde er in ihrer Gegenwart jezuweilen durch ein Briefchen unterbrochen, das er unwillig zusammen knikte, nachläßig in die Tasche schob, und dann aus Vorbedacht mit dem Schnupftuch wieder herauszog, um Hannchens Neugierde, und durch sie ihre Eifersucht zu reizen. Alle diese planmäßige Kunstgriffe gelangen ihm so gut, daß dadurch ihre Aufmerksamkeit aufs Äusserste gespannt wurde. Von dieser gieng das Mädchen zum Nachdenken über, sie machte Vergleichungen, die zu des Jünglings Vortheile ausfielen, untersuchte sein bescheidenes Betragen, und fand es gegen das übrige von ihren andern Anbethern sehr verschieden. Sie fieng so gar an Verdienste auf Rechnung seines Herzens zu schreiben, die er nicht besas, und die sie nur dem Schein nach kannte. Hinten drein kam gar noch die liebe, weibliche Eitelkeit, und spiegelte ihr die Vortheile vor, die sie durch diese köstliche Eroberung vor allen andern Frauenzimmern einärndten könnte, und wie sie dadurch den Neid der ganzen weiblichen Welt reizen würde. Endlich trat ein gewißes, bisher noch immer unentwikkeltes, banges, sehnsuchtvolles Gefühl aus dem verborgensten Winkel hervor, und Hannchens Herz befand sich in einem räthselhaften Zustande. Ihre Munterkeit war dahin, es ekkelte ihr vor dem Geräusch, sie floh den Schwarm, fand alle übrigen Anbether fad und unausstehlich. Auf dem holden Gesichtchen ruhte Schwermuth, in ihrem Betragen herrschte Schüchternheit und Mistrauen, in ihrer Kleidung lange nicht mehr jener um Beifall buhlende Glanz, aber Reinlichkeit und einfache Natur. Man sah sie izt nur selten in jenen Zirkeln, wo sie ehmalen als Huldgöttinn erschienen war. Nach und nach kühlte sich der Eifer ihrer Anbeter durch lange Entfernung in etwas ab, so wie Hannchen selbst die Neuheit verlor, und das Stadtmärchen durch andere verdrängt wurde. Einer nach dem andern flatterte weiter, nur Schwammer blieb wie eine Klette an ihren Reizen kleben, und jubelte im Stillen über den nahen entscheidenden Zeitpunkt. Recht bald wußte er sich an einem dritten Orte eine Unterredung zu verschaffen, und ... wir wollen ihn einmal belauschen! –

Hanne (*tritt ein*) Mein Herr! –
Schwammer. Mademoiselle! –
H. Ich dachte die Frau vom Hause zu treffen, und nicht Sie! –
Sch. Sie hat sich so eben in Geschäften entfernt und wird bald wieder hier seyn! Darf ich einstweilen ihre Stelle vertreten, und Sie unterhalten? –
H. (*verlegen*) O ich bitte – Sie sind zu gütig – ich werde mich wieder entfernen, es schikt sich nicht, daß ich ...
Sch. (*kalt*) Wie es Ihnen gefällt! – Aber die Frau vom Hause wird es übel nehmen, wenn Sie nicht bleiben.
H. (*für sich halb laut*) Was soll ich thun? –
Sch. Bleiben, schönes, holdes, englisches Mädchen! –
H. Ja, aber ...
Sch. (*mit dem Schein der Empfindlichkeit*) Für wen halten Sie mich? –
H. (*erschrokken*) Ich – ich – halte Sie für ...
Sch. Doch hoffentlich für einen ehrlichen Kerl, und für Ihren wärmsten Freund? – Gab ich Ihnen je Anlaß zu diesem Mistrauen? –
H. Das nicht, indessen bin ich izt nicht gesinnt die Sache näher zu untersuchen. –

Sch. (*spöttisch*) Sie finden es vielleicht nicht der Mühe werth? –

H. Hm! –

Sch. Warum wollten Sie mich denn fliehen? –

H. Weil es der Wohlstand gebot! –

Sch. Ich lobe Ihre Bescheidenheit! – Aber aus keiner andern Ursache? –

H. Über Ihre Fragen! –

Sch. (*mit dem Schein des Trozzes*) Wenn ich Ihnen damit zur Last bin, so kann ich auch schweigen! –

H. (*für sich*) Wie stolz! – Umsonst ist er nicht so schön! –

Sch. (*gleichgültig*) Wir haben heute artig Wetter! –

H. (*für sich*) O wie unerträglich ist mir dieser Ton! –

Sch. Warum so still?

H. Um Ihr interessantes Gespräch nicht zu unterbrechen! –

Sch. Ich verstehe! – Wenn man das Herz und den Kopf von einem gewißen Bilde so voll hat wie ich, dann ist man in der Gesellschaft nichts nüzze! –

H. (*für sich*) Was mag er wohl darunter verstehen? –

Sch. (*seufzt halb laut*) Ach! –

H. (*für sich*) Nun seufzt er gar! –

Sch. Hannchen, liebes, göttliches Mädchen! Sie müßten blind seyn, wenn…

Gerade izt trat die Hausfrau ins Zimmer, und das Gespräch ward für diesmal unterbrochen! –

Niemand ärgerte sich mehr darüber als Hannchen, sie glaubte da etwas zu hören, das ihr das Betragen des Jünglings, der ihr immer so nah und doch noch so fern war, entwikkelt hätte. Er begegnete ihr überall, wenn sie ihm schon auszuweichen schien. Oft faßte sie den Entschluß, nie wieder ein Haus zu betreten, in dem Er der erste und lezte Gegenstand war, der ihr aufsties, und blieb doch nicht weg! Ein unwiderstehlicher Hang riß sie dahin, ihr Herz pochte gewaltig, wenn sie sich der Thüre näherte, und schlug ängstlich, wenn sie wieder fortgieng. Überdies ward sie izt durch die unterbrochene Rede so gespannt worden, daß sie die ganze Zeit über nicht mit Zusammenhang sprechen konnte. Sie hoffte noch immer, daß Schwammer ihr beim Weggehen den Arm anbieten würde, aber sie hoffte umsonst, denn er verließ die Gesellschaft plözlich vor ihr.

Wieder ein Strich durch die Rechnung für das gute Mädchen! – Sie glaubte und wünschte Eindruk auf ihn gemacht zu haben, aber sein Betragen widersprach dieser Vermuthung. Sie durfte nicht selbst den Weg bahnen, wohin sie ihr Herz drängte, und doch schoben ihre Empfindungen sie vorwärts! – Sie wünschte, verlangte, empfand, aber alles bestand in noch unentwikkelten Gefühlen. Welche Marter für das unschuldige, gefühlvolle Hannchen, und welch' ein Triumph für Schwammer, der seinem Ziel immer näher rükte! – Es gab Augenblikke, wo Hannchen sich rasch aufs Bett warf, und bitterlich weinte, ohne daß sie wußte warum, es war ihr so wohl und so weh, so bang und so leicht, sie war so unruhig, und doch so selig, so vergnügt und doch so unglüklich, kurz sie wußte nicht, wie ihr war, aber so was fühlte sie doch noch nie! – Ganz sachte schlich sich zwar das Wörtchen Liebe in ihr Gedächtnis, sie erröthete darüber, verbarg das Gesicht, und schluchzte laut! – Das arme Mädchen hatte von dieser seligen Empfindung gerade den verkehrten Begrif, wie ihre meisten Schwestern, sie glaubte Liebe und Laster seien verschwistert. Sie hielt diese Menschenbeglükkerinn für das, wofür man sie gewöhnlich hält, für das blosse Spielwerk der Sinnen; da sie doch gerade in einem edlen Herzen diesen zu gebieten weiß, besonders wo es darauf ankömmt, der Unschuld zu schonen. Zerstreut und verwirrt verlebte sie ihre Tage, schlaflos und betäubt ihre Nächte, o es war des Kämpfens, des Ringens kein Ende! –

Indessen verstrichen Tage und Wochen, und sie sah ihn nicht, wenn sie schon jede Gelegenheit aufsuchte, ihn zu sehen. Es war als ob sich der schöne Flüchtling nur darum ihren Augen entzöge, um sich desto kostbarer zu machen. Sie wollte diese mächtige Sehnsucht durch Unwillen übertäuben, aber es gelang ihr nicht, denn immer entschuldigte ihn ihr Herz, so sehr sie auch seine Kälte in der ersten Hize sträflich fand. Weitere Schritte, nähere Untersuchungen wollte und durfte sie um ihrer Ehre willen nicht wagen, und doch war ihr diese Ungewißheit unerträglich! – Zwischen Kampf und Liebe, zwischen Entschluß und Ausführung verweinte sie manche traurige Stunde! – Einst saß sie spät in der Nacht auf ihrem einsamen Kämmerchen, dachte an nichts als an ihn, wußte von nichts als von ihm, sah nichts als nur ihn! – Die süsseste Schwärmerei übertäubte ihre Vernunft, der Name Karl drängte sich unwillkührlich und laut aus dem sehnsuchtsvollen Herzen hervor, und siehe da, Karl Schwammer lag zu ihren Füßen! –

Hanne (*springt auf*) Verweg'ner! Was ist dies?

Schwammer. Eine rasche That zum Leben, oder zum Tod!

H. Um Gottes willen stehen Sie auf! – Fort! – Man könnte – Gott, ich glaube gar wir werden belauscht? – O meine Angst ist unaussprechlich! –

Sch. Zittern Sie nicht, englisches Hannchen, niemand sieht, niemand hört uns. Verzeihung dem Kühnen, den Verzweiflung hieher trieb! –

H. (*verwirrt*) Ja doch – nein doch. – O ich gehe fort – hier bleib ich nicht, wenn Sie nicht gehen! –

Sch. (*drohend*) Mädchen, bedenke was du thust, es wird dich reuen! –

H. Gott, wie ist mir so bange! –

Sch. (*affektirt*) Kaltes, häuchlerisches Geschöpf, verbirg mir nur deine Gefühle, stoß mich von dir; aber zittere um deines Karls Leben! –

H. (*weint heftig*)

Sch. Hannchen; sieh' herab auf den Unglücklichen, der sich zu deinen Füßen krümmt! – Sieh' herab sanftes Mädchen, und lohne mich mit Gegenliebe! – Du erröthest? – Du wendest dich von mir? – Ha, Triumph, Triumph, ich werde geliebt! –

H. Zu meinem Unglük! –

Sch. Nein zu deinem Glükke! – Sprich Hannchen, was soll ich thun, um dich von meiner Liebe zu überzeugen, um dich zu beruhigen? –

H. Nichts, als meine Ehre schonen, und sich entfernen! –

Sch. Ist dies dein Ernst? – Sieh mich an! – Ist dies dein Ernst? –

H. (*für sich*) Wie mich der reizende Verräther in die Enge treibt! –

Sch. (*sanft kosend*) Keine Antwort? – Deinem Karl keinen Blik? –

H. Ach Gott! – Meine Gebieterinn klingelt; lassen Sie mich! – (*Läuft fort*)

Sch. Tod und Hölle! Schon wieder umsonst ein Narr gewesen? Ich muß fort; um sie desto kirrer zu machen! –

Als Hanne wieder zurükkehrte, fand sie ihren Liebling nicht mehr! »Ach, rief sie unwillig, er hätte doch wohl noch ein Weilchen harren können, da er nun einmal schon da war! Wir haben uns ja noch dieses und jenes zu sagen gehabt! Wenn er nur nicht böse ist, der Trozkopf!« – Mit diesen und ähnlichen Gedanken beschäftigte sie sich die ganze Nacht hindurch, und konnte kein Auge schließen! – Einer äußerst qualvollen Nacht folgte ein noch weit qualvollerer Tag! Die Sehnsucht wuchs mit jeder Minute, sie berechnete Stunden, Augenblikke, bis endlich jener wieder anlangte, in dem sie ihn erwartete. Nun gieng es bei dem verliebten Mädchen an ein Lauschen; das Öhrchen wurde gespizt, der Busen hob sich ängstlich, das Gemüth wurde immer unruhiger, die Liebe heftiger, die Erwartung gespannter, bis endlich die krachenden Wände seinen leisen Tritt ankündigten, und sie zitternd vom Gefühle übermannt an seinen Busen sank! –

Hanne. O mein Karl!

Schwammer. Laß mich ausruhen an deinem Busen, und mich erholen!

H. (*beschämt*) Ha, verberge mich vor mir selbst! –

Sch. Schwaches Geschöpf, wie, du schämst dich deiner Liebe? –

H. Nicht meiner Liebe, aber meiner Aufführung! –

Sch. Dieser hast du dich bis izt nicht zu schämen! Glaubst du, daß ich dich nicht zu schonen weiß, so schön du auch immer bist? –

H. (*schlägt die Augen nieder*)

Sch. Deine Reize übersteigen jeden Ausdruk! Ich wundere mich nicht, wenn meine Kameraden beinahe den Verstand darüber verloren! Hannchen du weißt es selbst nicht einmal wie schön du bist! –

H. Hm, als ob es Ihnen an Schönheit fehlte! –

Sch. Du Lose! Es giebt zwar hier Weiber und Mädchen, die thöricht genug sind, mir diesen Vorzug einzuräumen. Doch meine Hanne hält mich für alles schadlos, nicht wahr kleiner Engel? –

H. (*arglos*) Wenn ich es nur kann! Bei mir finden Sie kein Geld, kein Ansehen! –

Sch. Dies brauch ich alles nicht! – Mein Vater hat Geld genug! Er ist schon alt, und wird nicht mehr lange leben, wenn er stirbt, so trete ich sein Amt an, und die schöne Hanne wird dann mein Weibchen! –

H. Damit werde ich mir wohl nie schmeicheln dürfen! – Ein so armes Mädchen wie ich bin, hat nie auf was solches zu hoffen! Man hat ja hundert unglükliche Beispiele! –

Sch. Woher dies Mistrauen? –

H. Ach, ich weiß selbst nicht wie mir ist! Mir ahndet immer, mein Schiksal nähme noch einmal ein schrökliches Ende! – O hätte ich Sie nur nie kennen gelernt, und doch liebe ich Sie mehr als ich es ausdrükken kann!

Sch. Grillenfängerinn! – Dieser Kuß soll dich der Reue überheben! –

H. Und Ihr künftiges Betragen, wird mich dies auch nie keine Reue kosten? –

Sch. Wie kannst du nur so toll fragen? Laß uns die wenigen Augenblikke nicht mit milzsüchtiger Moral verbittern. Du liebst mich, ich liebe dich, und dies ist genug! – Ich freue mich wie ein Kind auf die Zukunft, wo ich dich einst als Weib, in den Zirkel meiner Bekannten führen kann, deren Neid über deine Schönheit mein größter Zeitvertreib seyn soll; denke dir einmal das Vergnügen, wenn du in meinem Vaterstädtchen als Frau Hofräthin, alle andern Weiber an Figur, Kleidung und Geschmak übertriffst! Wenn du an meinem Arme so elegant daher schlenderst, wie eine auserwählte Grazie, und aller Augen auf dich ziehst! –

H. Dies wäre freilich für ein armes Dienstmädchen ein großes Glük!

Sch. Das will ich hoffen! Und das übrige wird sich auch schon geben! – Meinthalb mögen dann die hiesigen galanten Damen ihre Nezze nach andern werfen, mich fangen sie nicht! –

H. Aber Sie haben sie schon gefangen, nicht wahr?

Sch. Seit ich dich sah gewiß nicht! –

H. Schmeichler! – Und ich weiß doch ganz sicher, daß man Ihnen nachschikt, und Sie mit Briefen bestürmt!

Sch. Es ist wahr, aber dafür kann ich nicht!

H. Wie leid thut es mir, daß ich das Mädchen nicht bin, die in diesen Künsten so erfahren ist; ich würde mein Heil auch versuchen.

Sch. Schäkerinn! –

H. Dann könnte ich mich doch wenigstens vor Untreue sichern! –

Sch. Dies bedarfst du nicht, deine Schönheit sichert dich! –

H. Wir wollen sehen!

Sch. Schon wieder Grillen! Komm, ich will dich so lange küssen, bis du kein solch dummes Zeug mehr schwazzest! –

H. Und ich will Sie so lange bitten, bis Sie endlich aufhören mit Ihrem wilden Feuer auf ein schwaches Mädchen loszustürmen!

Sch. Verzeihung! Du weißt was ich für dich fühle! Ich möchte den sehen, der an deiner Seite kalt bliebe?

H. Karl, nun ist es Zeit daß wir scheiden! –

Sch. Nicht doch; es ist so spät noch nicht als du meinst! –

H. Meinem Herzklopfen nach, muß es schon sehr spät seyn! –

Sch. O du Kindchen! Doch deine Winke sind mir Befehle! Ich gehe, und komme ein ander mal wieder! –

H. Bei Leibe nicht! Wenigstens nur nicht mehr bei der Nacht! –

Sch. Mädchen, du fantasierst! Wir dürfen uns ja beim Tage gar nicht sehen, hast du vergessen, daß deine Gebieterinn...

H. (*seufzend*) Ach ja, Sie haben recht! –

Sch. (*sich anschmiegend*) Hannchen darf ich bald wieder kommen? –

Hannchen war stumm.

Sch. (*dringend*) Darf ich bald wieder kommen?

H. Wie Sie mich nur so plagen können! –

Sch. Dieser Blik ist Antwort genug! Und dieser Kuß sei die Versicherung, daß ich in drei Tagen wieder bei dir bin! –

H. (*naif*) Erst in drei Tagen? –

Sch. (*etwas kalt*) Ja erst in drei Tagen! – Lebe wohl! Noch einen Kuß!

H. O und noch einen! – Und izt diesen ... und diesen... und nun gute Nacht!

Wer mahlt mir izt mit den Farben der Natur Hannchens Empfindungen? – Meine Feder ist zu schwach, meine Einbildungskraft zu stumpf! – Alles war stille um sie her, nur ihre gährenden Leidenschaften tobten! Alles schlief ruhig, nur sie träumte wachend! Alles war ungestört, nur sie wurde durch die lautesten Kämpfe ihrer Seele gefoltert; alle Herzen im ganzen Hause schlugen sanft und leise, nur das ihrige pochte wild und unbändig! —Jeder Busen ruhte fühllos, während der ihrige unbeschreibliche Qualen fühlte. Alle Augen waren trokken, nur die ihrigen schwammen in Thränen! – Unaussprechliches Entzükken durchirrte ihre glühende Fantasie, aber auch unerträgliche Bangigkeit schlug sie zu Boden! –

Bald trat ihre Ehre auf und drohte ihrem Leichtsinn, bald erschien die Religion und warnte sie vor dem Laster, dann kam die Überlegung und stellte ihr die Zukunft fürchterlich dar; endlich schlich sich die Liebe hervor und zauberte mit allgewaltiger Macht alle diese Gründe hinweg! Sie dachte, und dachte, und am Ende war Karl doch der einzige und lezte Gedanke, der alle übrigen verdrängte! Das Mädchen schlich im Hause herum wie der Schatten an der Wand, in ihren Geschäften war sie langsam, mißmuthig, zerstreut, und wurde sich selbst und andern zur Last! – Sie hatte weder Ruhe noch Rast, weder Kopf noch Gegenwart des Geistes, immer war ihre unglükliche Leidenschaft das große Triebrad, um das sie sich drehte. Sie seufzte, wünschte so oft und so lange, daß sich jeder hätte erbarmen müssen, wenn er diesen Zustand auch nicht ganz gekannt hätte! »Aber warum kömmt Karl erst in drei Tagen wieder! – Sollte vielleicht eine Andere...? – Ha, dann wäre mein Elend gränzenlos! – Ich kann ihn izt nicht mehr vergessen, und wenn es meine ganze Lebensglükseligkeit kostete!« – So sprach Hannchen oft Stundenlang mit sich selbst! – Und wer wird sie nicht bedauren, wer ihr nicht verzeihen? Das gute Mädchen hatte leider den rechten Zeitpunkt versäumt, diese Leidenschaft, von der sie bei ihrem Stand nie vortheilhafte Aussichten erwarten durfte, im ersten Keime zu erstikken. Es würde ihr Anfangs sehr leicht gewesen seyn, über eine Neigung zu siegen, die ihr endlich über den Kopf wuchs; nun war es zu späte, und sie war nicht Denkerinn genug, hatte zu wenig Erfahrung, zu seichte Grundsäzze, zu viel Eitelkeit und Leichtsinn, um izt noch Herr darüber zu werden! – Dieser Zustand mit allen seinen Unruhen gefiel ihr, sie hieng ihm so gar mit Behaglichkeit nach, die tödtlichste Langeweile würde ihr Loos geworden seyn, wenn sie sich ihm entrissen hätte! – Endlich schlichen die drei martervollen Tage vorüber, und der Zeitpunkt rükte wieder heran, der Karln zu Hannchen führen sollte! Ganz natürlich war das fühlende Mädchen durch drei Tage Entfernung noch feuriger geworden. Wie sehr der Schlaue seinen Vortheil verstand! – Möchten doch diese vielfältigen Kunstgriffe jungen Frauenzimmern zur Warnung, zum Beweis dienen, welche Schleichwege Jünglinge wählen, um ihre sträflichen Absichten zu erreichen! – Das gute Mädchen argwohnte freilich nichts böses; sie ruhte arglos und unschuldig in seinen Armen; nahm Küsse, gab Küsse, ohne etwas übles dabei zu denken, sprach immer noch von Ehre und Schonung, erwiederte nicht die geringste Vertraulichkeit, wies, so viel sie konnte, jede ab, die ihr zu gewissenlos schien; sträubte sich lange, lange mit unendlicher Fassung vor dem nahen Falle, und ihr ahndete nicht, daß ihre sterbende Tugend den lezten traurigen Kampf kämpfte! Ihr ahndete nicht, daß sie der Verführer mit frecher, vorsezlicher Zudringlichkeit immer mehr und mehr bestürmen, und daß sie selbst von Augenblik zu Augenblik schwächer werden würde! Ihr ahndete nicht, daß er ihre Sinnen blos zu diesem abscheulichen Zwekke mit Wein zu übertäuben suchte! Ihr ahndete nicht, daß er mit der ausgesonnensten

Beredsamkeit, jede ihrer schwachen Einwendungen durch Moral des Lasters, und spizfündigen Wortkram zu verdrehen wußte! Ihr ahndete im Taumel ihrer Leidenschaft nicht, daß sie so nahe beim Fall war! Ach sie erröthete, strauchelte, und fiel! –

Engel beweinten zwar ihre gemordete Unschuld, aber sie war unersezlich verloren! Verloren für izt, und vielleicht für eine Ewigkeit! – Verloren vor Gott und vor den Menschen! – Mit ihr floh das gute Gewissen, die Ruhe, die Seligkeit und ihr Glük! Ihr guter Name und ihre Heiterkeit! Das Zutrauen zur Religion, und die Hoffnung auf ein Glük jenseits. Das Bewußtsein, und die Fassung; alles war auf einmal für die Unglükliche dahin! – Karl hatte sich bald nach diesem Schritt unter kahlen Ausreden entfernt! –

Da lag es nun auf der Erde, das blutrothe, mit Angstschweiß bedekte, entehrte Mädchen, schluchzte, knirschte mit den Zähnen, fluchte sich und ihrem Verführer, rang mit Vorwürfen, mit Entsezzen, krümmte sich wie ein zertretener Wurm, aber zu spät, zu spät für die arme Sünderinn! – Ihr Zustand war schröklich! – Zu wenig mit dem Laster bekannt, trug sie Zentnerschwer an diesem einzigen ersten Fehltritte! - Zu sehr überzeugt, was sie verscherzt hatte, war Höllenqual ihre Gesellschaft! – Und die Folgen? – »Jesus Kristus die Folgen!« – rief sie mit halb erstikter Stimme. O wie bebte, wie schauderte es der Armen bei diesem Gedanken! »Ich bin gebrandmarkt, und mit mir vielleicht noch ein Geschöpf! – Ich bin abgerißen, ausgestoßen von der menschlichen Gesellschaft; tugendhafte Mädchen werden die leichtsinnige Verbrecherinn anspeien! – Der Neid wird die Zähne blökken, die Verläumdung mir jedes mitleidige Herz versperren, die Armuth mich unter ihr eisernes Joch drükken, und Karl? – Was wird der thun, für ein Mädchen, die er nicht mehr hochachten kann?« –

»Doch nein, dachte sie izt mit etwas mehr Ruhe, doch nein,

Karl ist kein Böswicht, leichtsinnig kann er wohl seyn, aber nicht Schurke! – Warum sollte er mich verachten, da Liebe mich dahin führte? – Wie könnte er ein Mädchen, die ihre ganze Hoffnung auf ihn sezte, verstossen, verlassen? – Nimmermehr wird er seine Hanne dem Elende Preis geben, das ohne ihn ihrer wartet! – Gott, der Allerbarmer, wird mich um dieses einzigen Fehltritts willen, für den ich diese heißbrennenden Thränen weine, nicht so hart strafen! – Meine Mutter sagte ja oft, ›Reue könnte den Allmächtigen versöhnen‹. Er wird auch mir verzeihen! – Aber wie ist mir? – Ich fühle mich so matt, so erschöpft, eine unbegreifliche Last drükt meine Augen – ich kann nicht mehr, ich muß mich aufs Bette legen!« – Mehr betäubt als schläfrig schlummerte die Unglükliche ein, die fürchterlichsten Träume kämpften mit ihrer gebeugten Seele! – Das Laster mit allen seinen scheußlichen Gestalten stand da vor ihren Augen! – Mit Wehmuth blikte sie auf ihre verscherzte Ehre, mit Entsezzen auf die verlorne Ruhe und Heiterkeit, die sie izt als das Eigenthum der Unschuld vermissen mußte! – Plözlich fuhr sie dann wieder aus dem Traume auf, und zitterte an Leib und Seele über die Zukunft! – Die Angst trieb sie aus dem Bette, sie trieb sie mit unbarmherzigen Geißelhieben rastlos hin und her! – Sie war in ihrer Gewissensunruhe vest überzeugt, aller Menschen Augen ruheten auf ihr, um das Geheimnis von ihrer Stirne zu lesen, das sie zu verbergen weder Muth noch Kraft hatte! – Zusammengedonnert schlug das entehrte Mädchen die Augen nieder, erröthete, wenn sie Jemand ansprach, fuhr zusammen, wenn man sie fragte, was ihr fehle? – Lange dauerte dieser schrökliche Zustand, bis sich endlich nach und nach die glühende Einbildungskraft etwas abkühlte, und sie ihn besser gewohnt wurde! –

Karl hatte sie indessen nie wieder besucht! – Sie wünschte es im Anfange auch gar nicht, weil ihr vor der Schande graute, die ihrer im ersten Anblik wartete. Erst nachdem sich das wallende Blut in etwas gelegt hatte, sehnte sie sich wieder nach ihm. Aber es war nicht mehr Sehnsucht der Liebe, es war Bedürfnis der Lage, in der ihr ein Vertrauter so nöthig war. Doch auch diese Art Sehnsucht wurde für sie zur Marter! – Sie konnte nicht begreifen, warum Karl sie floh; sie beurtheilte ihn nach sich, und schrieb dieses Betragen auf die Rechnung der Schamhaftigkeit, von der er vermuthlich auch hingerißen seyn würde. Gute Menschen sind in solchen Fällen immer unglaubig. – In dieser drükkenden Ungewißheit faßte sie oft den Entschluß an Karln zu schreiben, allein es blieb nur beim Willen, bis endlich der unglükselige, entscheidende Zeitpunkt heranrükte, in dem sie die Folgen ihres Vergehens fühlte! – O wie rang izt das Mädchen bei dieser Gewißheit mit der trostlosesten Verzweiflung! – Wie vest zielte ihre einzige, lezte Hoffnung auf Karln. Aber plözlich erhielt sie von ihm diesen Brief.

Meine Beste!
Sie werden sich über mein Ausbleiben nicht wenig wundern; aber wenn ich Ihnen die Gründe, die mich dazu verleiteten, anführe, mich dann gewiß entschuldigen. Es gab eine Zeit, wo ich Ihnen etwas von Liebe und Heurathen vorsagte; verzeihen Sie meiner wenigen Überlegung; ich versprach Ihnen etwas, was ich zu halten außer Stande bin. Mein Herz, das damalen anders fühlte als izt, läßt sich keine Gewalt anthun; ich würde Sie aus eben diesem Grunde nur unglüklich machen! Niemand ist Herr über seine Neigungen, sie kommen, und entfernen sich wieder, ohne daß man weiß, wie das Ding zugeht. Ein Gesicht das uns auffällt, eine neue Eroberung, die uns mehr Mühe kostet, Befriedigung des Ehrgeizes, belohnte Eitelkeit u. s. w. sind lauter Dinge, die der Zufall ins Spiel mischt, und die uns doch verleiten anders zu handeln, als die finstern, strengen Moralisten vorschreiben. Familien-Verhältniße rufen mich von hier weg, kann ich Ihnen in der

Entfernung in etwas dienen, so befehlen Sie Ihrem ergebenen Freund

Karl Schwammer.

»Ha, der Betrüger!« – Dies war der lezte dumpfe Laut, den das ohnmächtige Mädchen ausstieß! – Erst in wenigen Minuten kehrte sie wieder in ein Leben zurück, dem sie in der ersten Raserei fluchte! – Nun war sie erfüllt die dunkle Ahndung, die ihr oft selbst an Karls Busen die besten Freuden verbitterte! – »O ich bin verloren, ohne Rettung samt meinem Kinde verloren!« schluchzte das weinende Mädchen. – Der konvulsivische Schmerz gab ihr Stösse, daß ihr die Brust hätte zerspringen mögen! – Ihre Mine war verzerrt und starr ihre trüben Augen. Wehmüthig fieng sie dann wieder an: »Wer wird mich izt retten, wer mich vor Mangel schüzzen? – Keine Freunde, keine Verwandte, keinen Karl mehr, und doch so gränzenlos unglüklich? – (*Wild*) Keinen Karl mehr? – Ha, der Böswicht konnte mich so hinabstossen ins Elend! Konnte mich so hinwerfen der Schande und der Verachtung, der Armuth und dem Hohngelächter; konnte mich so hintergehen mit einem Herzen wie das meinige! – (*Dann griff sie entschlossen nach der Feder*) Ich will ihm antworten, er soll von mir Dinge hören, die er noch nie gehört hat! (*Izt springt sie auf*) Ohnmöglich! – Ich kann nichts zusammenbringen! – Es ist als ob mir der Kopf zerschlagen wäre! – Was soll ich ihm schreiben? – Wie soll ich ihm schreiben? – Warum soll ich ihm schreiben? – Vielleicht um sein Mitleiden zu erbetteln? – Nein, eher erwürge ich mich! – Um ihn zu seiner Pflicht zurük zu rufen? – Nicht doch; meine Mühe wird abprellen! – Um ihm Vorwürfe zu machen? – Richtig! – Das will ich, das verdient er! – Weg also Neigung auf einige Augenblikke; geraubte Ehre, mißbrauchte Güte kennen deine Stimme nicht mehr!«

Das unglükliche, auf den höchsten Gipfel des Grams gebrachte Mädchen, sezte sich aufs neue hin zum Schreiben.

Man verzeihe ihr den raschen Ton; beleidigte Liebe entflammt, und ist beredt! –

Ungeheuer!
Freilich wunderte ich mich eben so sehr über deine Entfernung, als du dich über diese Sprache wundern wirst! – Du kennst uns Weiber noch nicht genug; zügellose Wut bei Beleidigungen in der Liebe, ist uns eben so eigen, als sanfte Engelsgüte im Zutrauen, das mich ehmals an dich kettete! – Ja wohl, gab es eine Zeit, wo du mir von Liebe vorsagtest, nun ist aber auch die Zeit da, wo ich dir von Fluch vorsage! Verzeihen kann ich dir deine Verrätherei nicht, denn sie stürzt mich und noch ein schuldloses Geschöpf ins Elend! – Sie bringt mich und dein Kind vielleicht auf den Rabenstein! – Thue ja deinem Herzen keine Gewalt an, auch ich will das Meinige herausreißen, um die Gefühle mit Gewalt zu tödten, die darinnen noch für dich pochen könnten! – Weh uns allen; wenn wir da nicht Herr über unsere Neigungen seyn könnten, wo es darauf ankömmt, zwei Geschöpfe vor dem Fußtritt zu schonen, der ihnen nur von einem entehrten Böswichte zu Theil werden kann? – Von einem Böswichte, der, wie du sein Ohr mit falschen Grundsäzzen betäubt, sich leichtsinnig selbsten täuscht, um einen Meineid zu entschuldigen, den Gott mit all seiner Barmherzigkeit aus diesen selbstgemachten Grundsäzzen nicht entschuldigen kann! – Ich weis es, und andere unglükliche Mädchen wissen es mit mir, daß auf dieser Welt für unser Geschlecht keine Gerechtigkeit ist; wir müssen das Verbrechen, das ein anderer mit uns theilte, ganz und allein büßen! – Liebe immer deine neuen Gesichter, laufe jeder fremden Eroberung nach, befriedige deinen Ehrgeiz, sättige deine Eitelkeit, ich will indessen auf meine Kniee fallen, und Gott so lange bitten, bis sie wund werden, daß er nie wieder ein argloses Mädchen deiner Verführung überlasse, damit sie das unaussprechliche Schmerzgefühl nicht dulden möge, das ich

izt fühle! – O Karl, einst von mir so warm, so feurig geliebter Karl; du kannst dein Hannchen so mißhandeln? – Nimm mich an, rette mich vor Schande und Verachtung, ich will dir so lange als Magd dienen, bis deine Liebe wieder zurükkehrt! Erbarme dich deines Kindes, erbarme dich seiner Mutter! – Nimmermehr lasse ich dich von hier weg, ich klammere mich an dich an, ich walze mich deinen Pferden unter die Füße; du sollst es bluten sehen das Opfer deines Leichtsinns! – Jünglinge, die ihr Gewißen in ähnlichen Fällen mit deinen Grundsäzzen schweigen machen, sollen beben und staunen über die kühne Mörderinn, die vor einem doppelten Mord nicht zurükschauderte! – Nicht an dir will ich mich rächen, o dazu ist mein Herz noch zu Liebetrunken, aber an mir und an deinem Kinde, noch immer geliebter Verbrecher! – Spotte nicht über den Ausbruch meiner Leidenschaften, lächle nicht nach eurer löblichen Gewohnheit über meine Drohungen! – Stell dich hin Betrüger, fühle an dein Herz, denke nach über die weit heftigeren weiblichen Gefühle! Denke nach über die Schwäche eines Mädchens, die ihre Schande und deine Untreue zu überleben weder Muth noch Willen hat! – Denke nach über das Gericht Gottes, bei dem ich und dein Kind dich einst wieder sehen werden!...

Hanne.

Hannchen suchte izt Gelegenheit dem Treulosen diesen Brief in die Hände zu spielen, und fand sie, aber... zu spät! – Karl war schon nicht mehr in L... Dieser neue Donnerstreich schlug das ohnehin schwachnervichte Mädchen völlig zu Boden! – Er vollendete das Maas ihres Unglüks, sie sank entkräftet aufs Krankenbett, auf dem sie mehrere Wochen so gefährlich liegen blieb, daß Jedermann an ihrem Aufkommen zweifelte! – Ihre Gebieterinn war eines von jenen Geschöpfen, denen es an Bildung und Gefühl fehlt, ihre Dienstleute, da wo sie es am meisten bedürfen, in Krankheiten, menschlich zu behandeln. Sie war zwar nicht geradezu boshaft, aber kalt, ohne Kultur und hochmüthig. Das kranke Hannchen wurde kaum ihrer Sorgfalt gewürdigt; sie hatte so gar Lust das Mädchen, aus dessen Krankheit niemand klug werden konnte, zu verstossen und in den Spital zu liefern! – Vielleicht würde es geschehen seyn, wenn Hannchens jugendliche Kräfte nicht gesiegt hätten, so, daß sie bald nach diesem Entschluße wieder das Bette verlassen konnte.

Ihre Einbildungskraft hatte sich während dieser Krankheit etwas abgespannt, ihre Nerven waren erschlafft, ihr Geist trübe und unthätig. Der kranke Körper wirkte auf die kranke Seele, und diese wieder auf jenen. Jene Heftigkeit, die sonst in volle Flammen aufpraßelte, glimmte izt nur noch unter der Asche! – Geheilt war die tiefe Wunde zwar nicht, aber der mildere Schmerz hinderte Hannchen nicht mehr an der Überlegung. Erst izt fühlte sie sich fähig zu einem Entschluße zu schreiten und Karln aufzusuchen. Die Hoffnung, diese Erzbetrügerinn der Unglüklichen, schlich sich nach und nach wieder in ihr Herz. »Wer weiß«, dachte Hannchen ganz leise, »wer weiß, wenn mich Karl sieht, sprechen und weinen hört, ob er dann nicht seine Gesinnungen ändert? – Er ist ja blos leichtsinnig, und noch immer einer Besserung fähig!« Leider! er war mehr als leichtsinnig, wenn schon Hannchen den vesten Entschluß faßte dem Ausreißer nachzureisen. Aber mit was diese weite Reise beginnen? – Wie sie aushalten, und vollenden? – Dies waren die wichtigen Fragen, die sich ihr als neue Hinderniße in den Weg warfen! – »In Gottes Namen« rief das unglükliche Mädchen, »aus mehreren Übeln muß man das Beste wählen!« Und sie trat die Reise zu Fuß entschlossen an. Hannchen verschwand aus L..., ohne daß eine Seele wußte, was aus ihr geworden sei. – Man raunte sich zwar eine Zeitlang über ihre plözliche Entfernung dieses und jenes ins Ohr; aber kein Mensch errieth die Absicht davon, und ehe zwei Monate vorbei strichen, war sie vergessen.

Wir wollen nun der armen Pilgerinn nacheilen, und ihre Schritte beobachten! – Sie hatte nichts bei sich als die Kleider am Leibe, und eine ganz geringe Baarschaft, die sie nicht einmal vor Hunger sicherte! – Ärmer als eine Bettlerinn schlich das todtblaße, abgezehrte Mädchen schüchtern auf der Landstraße hin, jedem, dem sie begegnete, zum Gegenstand der Verachtung. – Sie traf manchen Reisewagen an, dessen Ansehen Reichthum und Überfluß prophezeihte, allein seine Besizzer gaben sich nicht die Mühe mit ihr zu sprechen! – Es giebt der aufmerksamen Reisenden so wenige, die mit denkendem Forscherblik da in die Schiksale der Unglüklichen eindringen, wo der eingeschränkte Seitenblik des Pöbels nicht hinreicht; man weiß es ja aus Erfahrung, daß große Herren meistens blos reisen um zu verdauen, und Kaufleute um ihre Börse zu füllen! – Doch all dies Ungemach ertrug unsere Dulderinn mit Gelassenheit; sie erröthete zwar, wenn solche glükliche Menschen aus ihren glänzenden Behältnißen sich brüstend auf sie herabblikten, aber so rasch als der Wagen vorbeirollte, eben so geschwind verlor sich wieder das empörte Gefühl des beschämten Mädchens.

Nur Eines schmerzte sie weit ärger als dies, weit ärger als Mangel und Unbequemlichkeit, es war jenes unbarmherzige Vorurtheil, das sie in jedem Wirthshause bewillkommte, und dem zu Folge man sie für eine Landstreicherinn ansah. – Fuhrknechte, Handwerksbursche, habsüchtige Wirthsleute, all' dies saubere Völkchen beklekste sie mit den gewöhnlichen zügellosen Beschimpfungen des Pöbels. Einige zeigten Lust sie zu verkuppeln, andere mißhandelten sie auf eine andere Weise, kurz unter unzähligen Thränen erreichte sie Karls Vaterstadt! – Die Dämmerung fieng so eben an, ihren Schleier auszubreiten, Hannchens Geld war bis auf den lezten Kreuzer aufgezehrt, sie wagte es eben darum nicht in einem Wirthshause einzukehren, und zog muthlos, müde von einer Gasse, in die andere, bis sie endlich vor einem armseligen Hüttchen eine Bank erblikte, auf die sie sich zum Ausruhen hinsezte. Eine Thräne schlug die andere, ein Seufzer trieb den andern! –

Szene in der Hütte

(Ein altes Mütterchen sizt schwermüthig am Tische)

Mein Beichtvater mag sagen was er will, aber ich kann eben meine Lene ewig nicht vergessen! – Gerade heute sind es zwei Monate, daß sie die Henkersknechte von meinem Herzen weggrißen, und auf den Rabenstein schleppten! – (*weint*) Ach Gott, wer hätte dies denken sollen! Sie war sonst immer ein so herzgutes, frommes Kind, hat Tag und Nacht gearbeitet, um mich zu ernähren, bis der Verführer kam, und sie zu Falle brachte! – Aber hätte sie doch nur den armen kleinen Wurm nicht erwürgt! – O die bösen Nachbarsleute, daß sie ihr auch in Kopf sezzen mußten, sie käme, wenn ihre Schwangerschaft kund würde, ins Zuchthauß! – (*weint heftiger*) Herr Jesus, ich darf gar nicht daran denken, wie mir war, als wir sie im Keller neben dem ermordeten Kinde fanden! O Lene, liebe Lene, wenns nur nicht wahr ist, was die Leute von dir sagen, wenn du nur auch selig bist! – Ich will ja gerne Tag und Nacht für dich beten, wenns nur nicht wahr ist, daß du alle Nacht seufzend um mein Hüttchen herum wandelst! (*Fährt auf*) Horch! – Ein dumpfer Seufzer! Von der Hausthüre her! Jesus Kristus, es ist wirklich wahr! ... Stille! ... Noch einer! ... Wieder einer! – (*Fällt auf die Kniee*) Barmherziger Gott im Himmel sei ihrer armen Seele gnädig! – Ha, wie ist mir? (*Weint laut*) Armes Kind, also hier und dort unglükselig! – Das ist schröklich! – (*Rafft sich auf*) Ich will sie sehen, ich muß sie sehen, vielleicht ... (*Schaudert zurük*) Hu, mich friert, ich kann nicht von der Stelle! Aber soll ich sie leiden lassen, und nicht wißen mit was ihr zu helfen ist? – Jesus! Jesus! Sie seufzt schon wieder! – (*Wankt gegen die Thüre*) Alle gute Geister ... hu, ich kann nicht!

... Bin ich aber nicht Mutter, habe ich sie nicht gebohren? Wer wird sie erlösen, wenn ich es nicht thue? – Allmächtiger Gott, nun spricht sie gar: »Mutter, erbarme dich meiner!« – Ja Lene, ich komme, ich komme! – (*Reißt die Thüre mit Gewalt auf*) Jesus Kristus, sie ists! (*Sinkt ohnmächtig zurük*)

Vor der Thüre

Hannchen (*springt zu ihr hin*) Um Gottes willen Frau, was ist Euch! – Erholt Euch doch! Kommt wieder zu Euch selbst!

Die Alte (*richtet sich ein bischen auf und fährt wieder zurük*) Hu, hu, wie der armen Seele ihre Hände brennen! –

Hannchen. Mir ist todtbang! – Liebe Frau wacht doch auf, Ihr seht mich für was Unrechtes an, ich bin kein Geist! –

D. A. (*Erholt sich*) Nicht? – Du bist also nicht meine verstorbene Lene? –

H. Nein, ich bin eine unglükliche Fremde! –

D. A. (*weint*) Unglüklich bist du? – O dann komm' in meine Arme, ich bin es auch! –

H. Ach seid barmherzig, nehmt mich auf, nur so lang bis sich mein Schiksal ändert! –

D. A. Ei warum denn nicht, wir sind ja einander Treue und Glauben schuldig! – Komm' in meine Hütte, ich brauche Erholung; der Athem wird mir schwer! –

In der Hütte

D. A. Sezzen Sie sich, Mamsell, und nehmen Sie mit meiner Armuth vorlieb! –

H. (*fällt ihr um den Hals*) O liebe Frau, nicht Sie will ich heissen! – Ich bitte Euch um das vertrauliche Du, wir sind ja, so viel ich höre, durch Unglük verwandt! –

D. A. Ach ja wohl sind wir es! – Ich möchte mich todt weinen, ist es mir doch gerade als ob mir meine Lene am Hals hienge! –

H. Ihr müßt Eure Lene recht lieb gehabt haben?

D. A. Das hatt' ich! Das hatt' ich! Und izt noch kann ich sie nicht vergessen! (*weint*)

H. Ich glaub' es Euch gerne! – Übrigens sind die Todten doch oft glüklicher, als die Lebendigen! –

D. A. Kind, wenn das wahr wäre, dann wollte ich mich gerne in den Willen Gottes schikken! – Aber sie ist als Kindsmörderinn gestorben!

H. (*fährt zusammen*) Kindsmörderinn? Das ist freilich ein gräßliches Verbrechen! – Und doch…

D. A. Und doch hat es meine Lene gewiß nicht mit Vorsaz gethan! – Wenn mir das Jemand behaupten wollte, ich könnte ihm ins Gesicht schlagen! Meine Lene hat von Jugend auf keiner Fliege was zu Leide gethan! – Aber da haben ihr unsere Nachbarn eine solche Angst eingejagt, daß sie in der Verzweiflung hergieng, und das Kind umbrachte! – Natürlich trieb der Böse auch sein Spiel dabei! –

H. (*ängstlich*) Werden hier schwangere Mädchen hart gestraft? –

D. A. Auf das allergeringste mit dem Zuchthaus! – Und die Strafe müssen sie noch obendrein bezahlen.*

H. Gott, ich bin verloren, wenn Karl sich meiner nicht annimmt!

* Heilige Gerechtigkeit, also auch in diesem Lande strafst du die erste Schwachheit eines Mädchens, um sie mit Gewalt zu größern Verbrechen hinzureißen? –

D. A. (*bedeutend*) Kind, Kind, mit dir ist es gewis auch nicht richtig! –

H. Ach!!! –

D. A. Nur heraus mit der Sprache! – Vor mir hast du dich nicht zu fürchten! – Bist du etwa ...?

H. Ja ich bins! – Bins, von einem hiesigen Betrüger! –

D. A. Von einem hiesigen? Ei! –

H. O laßt mich nur so lange bei Euch bleiben; bis ich weiß, wie er denkt! –

D. A. (*gerührt*) Nun ja, wer wollte dich denn verstossen armes Mädchen? – Ich würde mir wahrhaftig ein Gewißen daraus machen, mich deiner in diesen Umständen nicht anzunehmen. Die bösen Nachbarsmäuler werden zwar wieder allerlei schwazzen, aber der dort am Kreuz, wird sich deiner und meiner erbarmen! –

H. Das wird er! – Das wird er! –

D. A. Wieder auf das Vorige zu kommen, wie heißt denn dein Verführer? – Vielleicht kenn' ich ihn! –

H. Er heißt Karl Schwammer. Sein Vater ist hier Hofrath. –

D. A. Was, der vornehme junge Herr aus dem Hause, worinnen ich Wascherinn bin? Der noch nicht gar zu lange hier ist? –

H. Ich denke es ist allen Umständen nach der nämliche! –

D. A. O ganz gewiß! – Ganz gewiß! – Kind, dann bedaure ich Sie! – Er hat hier nicht das beste Lob, man hält ihn für einen Luftpassaschier! – Viele wollen gar behaupten, er hätte schon mehrere kleine Würmchen herumlaufen, die er weniger achte als seine Hunde! – Deswegen sei er auch das leztemal bei Nacht und Nebel fort! – Daran sind aber freilich – verzeih' mirs Gott – seine Ältern Schuld, sie haben ihm in der Jugend alles gethan, was er gewollt hat, und izt halten sie ihn strenge! –

H. (*für sich*) Daß doch auch die besten alten Weiber schwazzen müssen!

D. A. Liebes Mamsellchen, Sie darf deswegen nicht auf die Seite schauen, ich meine das Ding nicht so bös, als Sie vielleicht glaubt. Aber unser eins kennt die Welt, und hat auch ein bischen Erfahrung. Meiner Lene gieng es gerade so, sie hat sich auch mit einem Vornehmen eingelassen, der den Hut aufsezte, und mir und dir nichts davon gieng! – Es kehrt sich bei mir immer alles im Leibe um, wenn der Lumpenkerl mir begegnet, der hernach alles läugnete, und ... (*weint wieder laut*) mich arme Wittwe um mein einziges Kind brachte! – Sag mir nur Niemand nichts von vornehmen Leuten, unser eins zieht bei ihnen immer den Kürzern! –

H. Liebes Weib, Ihr macht mir äußerst bange!

D. A. Gott bewahre, das war meine Absicht nicht! Aber wovon das Herz voll ist, von dem spricht der Mund! Doch lassen wirs jezt gut seyn! Sie schreibt morgen ein paar Zeilen, und ich trage es ihm ins Haus! – Jezt komm, liebe Tochter, du bist matt und müde, da zieh' diese Pantoffeln an, und leg deine Füße zum Ausruhen auf die Bank! – Ich habe noch ein bischen warme Suppe beim Feuer, du sollst sie gleich haben, und dann legst du dich in meiner Lene Bett. Ach ich bin seit sie todt ist, gar nicht einmal mehr in ihrer Kammer gewesen!

H. Gott soll's Euch lohnen, liebes Weib! ich kanns nicht!

D. A. Schweig doch gutes Kind, dein Blik drükt mir's Herz ab! – Aber ich habe dich noch nicht einmal um deinen Namen gefragt? –

H. Ich heiße Hanne! –

D. A. So, so! – O Schade, daß du nicht Lene heißt! –

H. Ach, ich will Euch ja eben so treu lieben als Eure Lene! –

D. A. (*freudig*) Willst du das? – Willst du das? – Komm, laß dich küssen, du liebes Mädchen du! – Nun wollen wir noch mit einander beten, und dann zur Ruhe gehen!

Und sie giengen! – Aber Hannchen nicht um zu schlafen, sondern um sich unter der Last einer endlosen Gedankenreihe unruhig im Bette hin und her zu walzen! Bald erschien ihr Karl als Vater und Gatte, wie er reuvoll in ihre Arme stürzte! – Dann sah sie ihn wieder als ein Ungeheuer, wie er sie von sich stieß, und alles wegläugnete! – Trocken, starr und offen waren noch ihre Augen, als der Tag schon zu dämmern anfieng! In einer langen schlaflosen Nacht entschied sie nichts weiter, als daß die Alte jenen Brief mit einer kleinen hinzugefügten Anmerkung ihrem Karl hintragen müsse, der ihn in L ... verfehlt hatte! – Indessen schlich unser treuherziges Mütterchen auf den Zehen der Kammer zu, lauschte, und fand Hannchen wach! Dann wurde gefrühstükt, der Brief zu Karln getragen, und hier die Antwort: –

»Hannchen!
Unverzeihlich, ist die Tollheit, mir in fremde Länder nachzureisen! Wenn es je mit deiner Schwangerschaft Grund hat, so erlauben weder Umstände noch Lage, mich öffentlich als den Vater zu bekennen. Alles, was ich für dich thun kann, besteht darinnen, daß ich dir hiemit für alles und alles eine kleine Summe Geldes zu Bestreitung der nöthigsten Unkosten schikke. Damit dich aber ja nie wieder die Lust anwandle, meine Ohren mit Vorwürfen zu kränken, so wisse, daß ich in wenig Stunden von hier abreise.

Karl Schwammer.«

Die Hütte

Hannchen. Die Alte

D. A. (*keuchend*) Laß mich nur zuerst Athem schöpfen! Ich bin vor Freuden ausser mir! O der brafe, junge Herr, wie freundlich er war! Da sieh' einmal her, ein Brief mit Geld! –

H. (*ahndungsvoll*) Mit Geld?

D. A. Ja, ja, mit Geld!

H. (*liest*)

D. A. (*hastig*) Jesus, du wirst blaß! Um Gottes willen was steht in dem Wisch? Du zitterst! – Hannchen, was ist dir?

H. (*mit stumpfer Fühllosigkeit*) Nichts! Gar nichts! – (*bitter lächelnd*) Er hat mich ja grosmüthig abgefertigt, wie man jede feile Buhlerinn abfertigt! – (*Besieht das Geld*) Für dich also habe ich meine Ehre, meine Gesundheit, meinen guten Namen, meine Ruhe, meine Seligkeit verkauft? – Ein sparsamer Zehrpfenning in die Ewigkeit, man sagt die Reise sei weit! – Und doch ein großer Schaz; er kömmt aus Karls Händen! Aus den Händen Karls? – (*Wirft das Geld weg*) Pfui, ich will nichts von ihm, als meine Ehre, und meine Ruhe!... Ruhe? Ruhe haben nur die abgeschiedenen Seelen, das Laster hat sie von mir verdrängt! –

D. A. Herr Gott im Himmel; sie ist ausser sich! –

H. In jener Welt mags wohl besser gehen, wenn der Weg dahin schon mit Dornen besezt ist! Bluten ja doch meine Füße von der weiten Reise auch noch! – Auch mein Herz blutet; vielleicht auch einst noch, wenn die schöne Herrgottssonne wieder den Rabenstein vergoldet, mein Kopf!

D. A. (*äußerst ängstlich*) Jesus! – Sie spricht gerade so wie meine unglükselige Lene gesprochen hat! – Wenn ich nur wüßte, was ich mit ihr anfangen soll?

H. (*mit starrem Blikke*) Die Menschen verdammen leicht, aber sie wissen oft nicht wen? Sie verdammen gern, aber nur sich selbst nicht! Der Unschuldskranz hat schöne Rosen, wenn nur die Klauen nicht so häufig, und nicht so scharf wären, die ihn zu zerreißen drohen! – Einst war ich auch schuldlos, dachte weder an Raubvögel, noch an Schlangen, bis mir die einen die Augen aushakten, und die andern sich in mein offnes Herz schlichen! –

D. A. Nun ist es wahrhaftig Zeit, ich muß sie aufwekken! – Hannchen, Hannchen, komm doch wieder zu dir selbst! –

H. (*fährt auf*) Wer ruft? Seid Ihr es trautes Weib? – (*stürzt laut schluchzend an ihren Busen*) O laßt mich weinen, bis meine Augen vertroknen! –

D. A. (*wehmüthig*) Wein' immer, liebes Kind, ich will ja gerne mit dir weinen! Aber denk' auch an Gott, und an deine Seligkeit!

H. Mutter, ohne diesen Gedanken wäre ich lange nicht mehr! –

D. A. Der Allmächtige behüte dich ferner vor dergleichen sündhaften Anwandlungen! – Nimm dir ein Beispiel an meiner Lene! Wolltest du mich zum zweitenmal so unglüklich machen? –

H. Nein, das will ich nicht! Aber ich bitte Euch, weint izt nicht mehr, ich kanns nicht aushalten! –

D. A. (*gutherzig*) Ach ich will ja gerne ruhig seyn, sei du es nur auch! Sieh' es sind denn doch noch nicht alle Strikke zerrißen! Was schrieb er dir denn?

H. Was er schrieb? Hm, da leset den Brief selbst! –

D. A. (*geschäftig*) Den Augenblik! Den Augenblik, ich suche nur meine Brille! Ah, da ist sie! (*Liest*) Hm, hm, (*legt den Brief weg*) das ist nun freilich zu arg! – Aber doch noch lange nicht so arg, als es meiner Lene gekocht wurde! Sieh' Hannchen, du bekömmst doch immer so viel Geld um die Strafe zu bezahlen, und daß du nicht ins Zuchthaus darfst, dafür wird er um seiner Familie willen schon Sorge tragen, wenn du ihn bei der Geburt als Vater angiebst! –

H. (*feurig*) Nimmermehr! – Nie werde ich mich so rächen! Er würde durch mein Geständniß seinen Ältern noch verhaßter, und ich gewänne nichts dabei, als neue Verfolgungen! Meinem Kinde, dem er izt ohnehin schon jede Unterstüzzung versagt, kann es in der Zukunft gleichgültig seyn, wer sein Vater ist!

D. A. (zukt die Achseln) Wie du meinst! Aber das Gewißen? –

H. Ich gehe von meinem Entschluße nicht ab, ich will beßer handeln als er! –

D. A. Das ist in der That schön! Weißt du was Kind, du bleibst izt bis zu deiner Niederkunft bei mir, hilfst mir waschen, Gott wird uns durchhelfen, und dann auch für dein Kind sorgen!

Was blieb nun dem Mädchen übrig als diesen Vorschlag anzunehmen? Übrigens bestand ihre jezzige Lebensart darinnen, daß sie von der düstersten Schwermuth übermannt, sehr wenig sprach, selten unter die Leute gieng, Täge und Nächte hindurch weinte, arbeitete so viel es ihre Kräften erlaubten, und dies war alles, was sich von ihrem Betragen sagen läßt. Unser altes Mütterchen säumte indessen nicht sie zu kosen, zu streicheln, ihr Geisterhistörchen zu erzählen, und aus Furcht, sie möchte es etwa machen wie ihre Lene, sie recht sorgfältig zu bewachen. O sie meinte es so gut, so herzlich mit Hannchen, daß diese aus Dankbarkeit sich entschloß, die biedere Alte ewig nie wieder zu verlassen.

Schade nur, daß oft die besten Entschlüsse scheitern, ehe sie reif sind! Hannchens Aufenthalt und ihre Schwangerschaft wurde jezt immer lauter; schon fieng die Verläumdung an ihre Zähne zu blökken, schon nekten die Nachbarsleute die zwo guten Seelen, wo sie konnten, man schrie die Alte für eine Kupplerinn, Hannchen für eine feile Dirne aus! - So wird nur zu oft von den Menschen blos vom Hörensagen die reinste Tugend gelästert! – Unter hundert Zuhörern fällt es kaum Einem bei, an der Verläumdung zu zweifeln! Sie eilt dann wohlbehalten, mit Zusäzzen bereichert von Ohr zu Ohr, um die Unschuld zu begeifern! – Ha, wenn doch auch nur einmal dies so allgemeine Laster aus der menschlichen Gesellschaft gerottet würde!

Verläumdung, unbesonnene Weiberklatscherei war es, die endlich bis zu den Ohren der Polizei drang, welche dann ganz natürlich auf Hannchen aufmerksam wurde. Das Mädchen ward izt vor Gericht gefordert, ängstlich pochte ihr Herz, die Frucht im Leibe zitterte! – Man begegnete ihr wie man solchen Unglüklichen gewöhnlich begegnet, kalt und fühllos. Auf der Stelle mußte sie die Strafe bezahlen, mit dem Zuchthause wurde sie zwar verschont, doch nur mit dem ausdrüklichen Befehl, gleich nach dem Wochenbette diesen Winkelaufenthalt zu verlassen! –

Wer war trauriger hierüber als das gute alte Mütterchen! Es brach ihr beinahe das Herz! Endlich erschien die Stunde der Angst, in welcher Hannchen der Welt ein Mädchen schenkte, mit dem sie die Zahl der Unglüklichen vermehrte! Kindisch, und froh tändelte izt das alte Weib mit dem neugebohrnen Kinde, sorgfältig wurde es geschaukelt, gepflegt! – Selbst Hannchen vergaß über den Mutterfreuden Schande und Zukunft! – Das Vorurtheil mußte der Natur weichen! – Wie traurig war es für diese durch die engsten Seelenbande gekettete Familie, daß ihr eine so nahe Trennung bevorstand! – Thränend übergab Hannchen der Alten die kleine Lotte, und mit wehmüthigem Schluchzen empfieng sie die Pflegemutter. Mehr gezwungen als freiwillig trat die Unglükliche dann in einen bürgerlichen Dienst.

Doch unmöglich war es der guten Alten ihren Verlust zu ertragen! Sie schlich gebeugt herum, als ob sie in diesem freudenlosen Zustande den Tod suchte. Auch der drükkende Mangel fand sich durch Hannchens Abwesenheit bald wieder bei ihr ein. Zum Arbeiten zu entkräftet, zum Betteln zu honnet, darbte sie izt mehr als jemals. Indessen war sie edel genug, ihrem Liebling Hannchen nie etwas von allem diesem merken zu lassen, so sehr auch der Brodkummer endlich ihre Gesundheit untergrub! Lange konnte es mit dem geschwächten Körper nicht mehr dauren; der Druk des Schiksals beugte ihn dem Grabe zu, und in wenig Monaten eilte die Edle von Engeln begleitet in die Ewigkeit über! –

Was für neuer unaussprechlicher Kummer für Hannchen! – Wohin nun mit dem Kinde, wie das Geld zu seiner Verpflegung auftreiben? – Ehmals theilte das Weib den lezten Bissen mit der kleinen Lotte, und überhob sie dieser drükkenden Sorge: nun war sie gezwungen, fremde Leute zu suchen. Nach langem Suchen fand sie endlich welche, aber es waren elende Pöbelseelen, welche die Unglükliche blos darum drükten, weil sie wußten, daß sie ihr Kind sonst nirgends in die Kost bringen konnte, da die Sache eilte. Ein häßlicher, schmuzziger, niederträchtiger Beweggrund! Und doch giebt es Menschen, die sich nicht schämen aus diesem schändlichen Beweggrund den Unglüklichen da am meisten zu pressen, wo er am ersten Schonung bedürfte. O Pöbel, Pöbel! Du magst nun in Fezzen oder in Seide stekken, zu welcher Unmenschlichkeit bist du aus Eigennuz aufgelegt! – Nicht als ob es unter gemeinen Leuten nicht auch gute Menschen gäbe; das Gegentheil beweißt uns das verklärte alte Weib, aber sie ist auch eine Perle, die unter dem Morast stak, und die der Zufall ans Licht brachte. Ich heiße nur das gemein, was sich durch niedere Denkungsart gemein macht. Weder Geburt, noch Kleidung adelt, aber Herz, Kopf, und Denkungsart. –

Genug, Hannchen mußte und übergab ihr Kind diesen unverschämt eigennüzzigen Leuten, die Tag und Nacht an ihr sogen, denen sie den lezten Fezzen Kleidung, den lezten Pfenning, so gar den lezten Bissen Brod aus dem Munde aufopfern mußte. – Aber der gute Wille half nichts! Dies unersättliche Pöbelvolk wurde da, wo edle Menschen dankbar werden, immer frecher, zudringlicher und unverschämter. Da wo es was zu ertrozzen, zu zwakken giebt, verläugnet der Pöbel seine Natur nicht. Diese Elenden verlangten mit Ungestümm, wenn es sonst nicht gieng; drohten das Kind zu verstossen; kurz Hannchen wurde bis zur himmelschreienden Sünde geängstigt, gequält. Nun kam noch der Umstand hinzu, daß sie für einige Monate das Kostgeld schuldig war, daß sie keinen Freund, keine Verwandten, keine Seele hatte, der ihr diese kleine Summe vorstrekte. Welch' eine eiserne Nothwendigkeit peinigte diese Unglükliche! –

Doch dies war noch nicht die ganze Last ihres Unglüks. Die Leute, bei denen sie diente, behandelten sie eben so unmenschlich. – Sie mußte die niedrigste Magdarbeit verrichten, wurde gemartert, wie böse Menschen einen Hund martern, wenn ihn das Ungefähr in den Weg führt! – Das Mädchen glich keinem lebenden Menschen mehr, sie glich einem Gerippe! – Schröklich waren die mütterlichen Kämpfe, die bei dem Gedanken an das darbende Kind in ihrem Herzen tobten! Die lokkeren Pöbelseelen, bei welchen ihr Kind in der Kost war, verzehrten oft in einer Stunde, was für drei Tage hinlänglich gewesen wäre, und gaben der kleinen Lotte kaum so viel, um nicht Hungers zu sterben. Man ließ das Kind beinahe im Koth erstikken, benüzte die Leinwand, die Hannchen von ihren Hemden hergab, für sich, oder verkaufte sie zum lokkern Schmause. – Dies alles wußte Hannchen, aber o Gott, sie konnte es nicht ändern! –

Man denke sich lebhaft in die Gefühle einer Mutter hinein, die ihr innig geliebtes Kind, das Pfand ihrer Liebe so verderben sehen muß, ohne ihm helfen zu können. – Verzweiflung wütete in ihrem empörten Busen, Raserei übertäubte ihre Grundsäzze: Noth bricht Eisen, sprach sie, und mit wahnsinniger Gebärde, … o Leserinnen schaudern Sie! strekte sie ihre zitternde Hand aus, um einige Stükken Leinwand für ihr Kind zu entwenden. – Sie bebte ein… zwei… dreimal zurük – warf sich auf die Kniee, bat Gott um Verzeihung! ... Aber... ach, nakkend und hungrig sah sie in der Fantasie ihr Kind vor ihr liegen, sprang wieder auf, und wagte es endlich. – Es waren zwar nur Kleinigkeiten, die sie nach und nach in diesem Hause, wo der lebendige Geiz wohnte, unter den fürchterlichsten Kämpfen wegnahm; doch die Unglükliche wurde entdekt, ins Gefängniß geworfen und als Diebinn angeklagt. O die Unmenschen, bei denen sie diente; daß sie dies Mädchen voll herrlichen Gefühls um den Werth von zwanzig Gulden aufs Schaffot liefern konnten! Wer die strengen französischen Kriminalgesezze kennt, wo der geringste Hausdiebstahl mit dem Tode bestraft wird, der wird sich hierüber nicht wundern. – Und ihre Herrschaft wußte dies? – Wußte es, und konnte sich mit Hannchens Blute besudeln! So macht der Geiz Menschen zu Kannibalen! –

Das ganze Städtchen ertönte izt von dieser schröklichen Geschichte. – Der größte Theil brummte über die Abscheulichen, die sie angeben konnten. Hannchen war beim Publikum nicht verkannt, es schäzte und liebte sie, selbst die Lästerzungen mußten verstummen. – Beinahe Jedermann entschuldigte dies Verbrechen, so viel es Menschenfreunde entschuldigen können. – Mutterliebe und Noth waren die schroffen Felsen, an denen ihre Redlichkeit gescheitert war. – Auch die Richter untersuchten die Sache, Troz Hannchens Geständnis, mit der möglichsten Schonung.* Sie drangen, da sie von Karls Bekanntschaft Winke hatten, besonders auf diesen Umstand; in der Hoffnung, seine Familie würde ihr dann nach diesem Geständniße beim König Gnade erflehen. Umsonst, Hannchen läugnete den Vater des Kindes eben so standhaft als bei der Geburt. – Mädchen, Mädchen, was für ein Herz schlägt in dir! – Um Karln und seine Familie vor der Schande zu scho-

* Selten genug thun sie dies! Ihre Herzen sind oft eben so steif als ihre Perukken.

nen, wählte sie lieber den Tod. – Nur eine Bitte mußten ihr die Richter noch gewähren, sie wollte ihr Kind noch einmal sehen, noch einmal an ihr Herz drükken! –

Gefängniß

(Hannchen sizt in betäubter Ruhe)

Das war wieder eine lange Nacht! – Ob die Ewigkeit wohl auch so lang seyn wird? Nicht doch, für Reuvolle, die ihre Fehler hier schon abbüssen, kann sie ohnmöglich so lang seyn. Die Menschen mögen behaupten was sie wollen, dort ist gewiß besser leben, als hier! Gott richtet das Herz, und nicht wie die Menschen die Handlungen nach dem Schein. – Ha, wie ich mich freue, ich werde das gute alte Mütterchen jenseits wieder sehen! – Ich werde auch Karln wieder finden! – (*springt auf*) Den Bösewicht wieder finden, der mein Kind zur Waise, und mich zur Diebinn machte? – Wegen dessen ich unter Henkershänden bluten muß für das gemeinschaftliche Verbrechen? O Gott, strafe mich hier, nur dort nicht durch seinen Schlangenblik! –

Schwelge nur fort in den Armen einer Andern, verrätherischer Wüstling! Morde nur fort die Unschuld einer andern Bösewicht, bald werde ich vertilgt seyn aus der Liste der Lebendigen, um dich als Gespenst zu verfolgen! – Weh mir! Welch ein häßlicher Gedanke, meiner ganz unwürdig! – (*gerührt*) Ich konnte über seine Verrätherei schweigen – ich kann auch dulden! – Stille, bringt man mir meine Lotte noch nicht? – Lange habe ich sie nicht mehr gesehen, ich sehne mich nach ihr, um so mehr, da es in kurzer Zeit vielleicht mit mir enden wird. – Die Menschen sagen zwar, wenn es Ernst sei, so stürbe Niemand gern, dies mag nur die treffen, die noch was zu hoffen haben, mich nicht. – Nur die Todesangst! – Ha, wie wird mich die zermalmen! – O mein Kind! –

Mein Kind! – (*Reißt es dem Kerkermeister, der es bringt, aus den Armen*)

Kerkermeister. Nu, nu, nur nicht so rasch! – Thut Sie doch mein Seel so hastig als ob die Kinder in unsern Zeiten was rar's wären. Ho, ho, geh Sie fein hübsch glimpflich damit um, Sie erdrükts ja fast! – Die Leute haben hol mich Gott recht, wenn sie behaupten, dergleichen Kinder gerathen besser als andere! Das Kind ist zwar nicht wohl bei Leib, aber so gescheid wie 'n Advokat. – Wenns einmal reden kann, dann wird's erst seine schönen Gukkelchen herumwirbeln!

Hannchen (*mit freudigem Bewußtseyn*) Gottes Segen ruht auf ihm, sonst wäre es längst nicht mehr!

K. Mit dem Gottes Segen ists eben nicht so richtig, wie Sie meint. Dergleichen Kinder werden ja in der Sünde empfangen und gebohren!

H. (*vertieft*) Wenn ich dir nur die Züge deines Vaters aus deinem Gesicht tilgen könnte! Noch einmal so lieb hätt' ich dich!

K. Mit Verlaub, das wäre wohl nicht möglich, denn Sie küßts ja über und über.

H. (*hört ihn nicht*) Wenn du mich nur nicht überleben müßtest!

K. Hm, wird auch schon dafür gesorgt werden.

H. Was wird einst aus dir werden, auch eine Verbrecherinn, wie deine Mutter?

K. Das wollen wir nicht hoffen!

H. (*erwachend*) Was brummt Ihr da?

K. Nichts! – Ich sprach so für mich selbst in den Bart hinein.

H. (*wild*) Wie dieser Mann mit seinem vernagelten Herzen, kalt wie Eis, da steht, und meine Leiden angafft!

K. Hör' Sie, so darf Sie mir nicht kommen! – Ich bin, hol

mich dieser und jener zwanzig Jahr' auf diesem Posten, habe vornehme und gemeine Schelmen bedient, hab' manchen helfen, wie es recht und gerecht ist, aus der Welt liefern, aber so naseweis ist mir keiner begegnet wie Sie. – Mein'thalb kann Sie's den Herrn wieder sagen, ich fordere Respekt; unser eins läßt sich nicht auf der Nase herumtanzen. – Glaubt Sie denn daß ich...

Hannchen. Kerkermeister. Röschen seine Tochter (*ungefähr neun Jahr alt*)

Röschen (*eilig*). Vater! Vater! Kommt doch gleich hinunter, der Vetter vom Land hat ein ganzes Fäßchen voll Wein, und auch Kuchen geschikt.

Kerkermstr. Geschikt?

Röschen. Nun ja doch! – Aber geht nur geschwind, der Kerl verlangt ein Trinkgeld. –

Kerkerm. Ein Trinkgeld? – Daß ihn der Henker hol', ich habe je gerade keinen Pfenning!

Hannchen. Da nehmt hin! – Gestern gab mir die Dame etwas, die mich besuchte. Ich werde es wohl nicht mehr brauchen, und mein Kind auch nicht.

Kerkerm. (*für sich*) Es ist doch eine gute Närrinn! – (*laut*) Schön Dank, schön Dank, eine Hand wascht die andere! – Röschen, du bleibst hier, und wenn du mir von der Stelle gehst, dann sezt es was ab, hörst du?

Hannchen. Röschen

Hannchen (*für sich*). Daß doch der Eigennuz, diese mächtige Triebfeder, die meisten Menschenhandlungen leitet! – Was hab' ich nun diesem Manne gethan, daß er mich in der Stunde des Todes noch martert?

Röschen. Liebe Jungfer!

H. (*fährt auf*) Was giebts?
R. Ich möchte…
H. Was willst du Kleine?
R. Aber wenn es nur der Vater nicht erführe…
H. Nun?
R. Ein bischen auf die Gasse. – Meine Kameradinnen warten, und der Vater bleibt izt beim Tisch sizzen, bis er nichts mehr hört und sieht. – Ehe er zurükkehrt bin ich lange wieder da.
H. (*zerstreut*) Du willst fort? – Nun ja so gehe… Nein bleibe… (*Rasch*) Nicht doch gehe, du thust mir einen Gefallen! –
R. (*hüpft fort*) Ju he, auf die Gasse – Auf die Gasse!

(Hannchen mit ihrem Kind allein)

Ha, mir ists, deucht mich, doch leichter, daß die lästigen Zeugen fort sind! – Nun kann ich dich, Kind des Kummers freier an mein Herz drükken! – Lächle nur, lange wirst du deiner Mutter nicht mehr lächeln! – Zupfe nur zu, mit deinen kleinen Händen an einem Geschöpf herum, das aus Mutterliebe zur Diebinn ward! – Zur Diebinn? – Das ist entsezlich! – O wenn mir dein Vater in der Stunde der Liebe dies gesagt hätte, daß ich einst noch in Henkers Hände gerieth, mit Füßen hätte ich ihn von mir gestoßen! – (*mit steigender Wut*) Der Treulose, der Verführer, das Ungeheuer, war dein Vater! – Weg von mir kleiner Bastart, sein Blut rinnt in deinen Adern! (*Sezt das Kind auf die Erde*) Du weinst? – Du weinst? – (*Zärtlich*) O Kind, komm wieder an mein Herz! – (*Pause*) Nicht doch, weine fort, um die Verbrecherinn, die deine Mutter ist; um den Lotterbuben, der dein Vater ist. – Wir beede gaben dir das Leben zu gränzenloser, untilgbarer Schande. Wir gaben dir das Leben, um es vielleicht unter Mangel, Hunger, Kummer und Verbrechen auf dem Schaffot zu endigen. – (*Wild*)

Ha, werde ja nicht mein Ebenbild, oder ... (*Schaudert zurück*) Was wollt' ich thun? – Hm, ein überflüßiges Geschöpf glüklich machen! – (*Gerührt*) Gott im Himmel, erbarme dich der Frevlerinn; mein eignes Blut wollt' ich würgen! – O nein, ich kann nicht! Ich kann nicht! – (*Pause*) Und doch sollt' ich, sollte sie vertilgen diese Brut; sollte sie mit mir in die Ewigkeit hinüber schleudern, um dem Mitleiden die Mühe zu ersparen, sie einst zu beweinen. – (*immer wilder*) Ha, wie die Züge des Verführers aus diesem Gesichte heraus häucheln! – Wie sie mich anlokken zur Rache! – Wie mein Blut tobt, wallt! – (*Ausser sich*) Wie ich gezwungen werde, dich kleinen wehrlosen Warm der Verachtung, der Schande, der Armuth, der Verführung zu entreißen! – Ich will ... ich muß ... ich kann nicht anders! – (*Greift dem Kinde an den Hals und schaudert wieder zurük*) O Gott, ich bin Mutter! – (*Lange Pause*) Mutter bin ich? – Ja Mutter eines Kindes das nichts mehr als Schande zu hoffen hat; Mutter einer Tochter, die mir einst fluchen wird, wenn ich sie zur Reife kommen lasse! – (*Mit neuer Wut*) Ha, das sollst du nicht! - Hand in Hand wollen wir vor den Richterstuhl Gottes, und dort deinen meineidigen Vater anklagen! – (*Die Ketten klirren durch zufällige Bewegung*) Hu, hu, welch ein liebliches Todtenkonzert! - Horch! – Sie kommen! – Sie wollen mich von meinem Kinde wegreißen! – Klammere dich an! – Halte dich vest! – Ich will ... die Ketten ... um deinen Hals wikkeln! – Ha! – Ha! – So! – So! – Es ist geschehen! – Nun mögen sie kommen die Henkersknechte und die Mörderinn hinausschleppen, izt haben sie doch eine Ursache! – Horch! – Horch! – Das arme Sünderglökchen läutet! – Das Volk stürmt! – Die Nachteule gurgelt den Todtengesang! – Meines Kindes Herz schlägt nicht mehr! – Kalt ... todt ... Jesus sei meiner armen Seele gnädig, ich habe es erwürgt! – (*Sinkt ohnmächtig auf den Boden neben das erwürgte Kind hin*)

Noch lange würde Hannchen ihren Todesschlummer fortgeschlummert haben, wäre nicht plözlich der Kerkermeisterinn eine Ahndung durchs Herz gefahren, daß sie aufsprang und dem Gefängnis zueilte, während ihr Mann drauf los zechte. – Welch' ein Anblik für dieses Weib! – Das eiskalte, ermordete Kind auf der Erde, und die halbtodte Mutter ohnmächtig neben ihm! – Mit lautem Geschrei bebte sie vor dieser tragischen Gruppe zurük, und würde ihre Besinnungskraft verloren haben, wenn ihres Mannes Nachläßigkeit nicht aller Fassung bedurft hätte. Unwillig, und mit rohen Vorwürfen rief sie durch Rütteln und Schütteln die unglükselige Kindermörderinn ins Leben zurük. Aber was nun thun; ob die Sache anzeigen, oder vertuschen? – Dies waren die Fragen, womit sich izt dies Weib beschäftigte, indem sie vor der Strafe zitterte, der sie entgegen sah. Verheimlichen, dachte sie, ließe sich die Sache nicht, indem man das Kind vermissen würde. Endlich faßte sie einen Entschluß; sie gieng hin, fiel den Richtern zu Füssen, und zeigte es an.

Dies neue Verbrechen schärfte und beschleunigte Hannchens Urtheil. Sie ward ohne Gnad' und Barmherzigkeit zum Schwerde verdammt. Die Zubereitungen waren schauervoll, fürchterlich. Mit jeder kommenden Minute vergrößerte sich ihre Todesangst, mit jedem Augenblik die Furcht vor der Ewigkeit. – Da die weibliche Einbildungskraft weit lebhafter ist, als die männliche, so läßt sich leicht schließen, was sie litt, bis der Augenblik erschien, wo ein lautes Gerassel die Henkersknechte und ihre Helfershelfer enkündigte, die sie zum Schaffot begleiten mußten.

Der Zug begann langsam, traurig, fürchterlich! Die arme Sünderinn wankte bebend mit Strikken gebunden, Schritt für Schritt daher, und sank öfters ohnmächtig auf die Kniee nieder. – Auf ihrer blaßen Stirne ruhte der Angstschweiß in großen Perlentropfen, auf ihren schneeweisen Lippen der Tod, in ihren starren Augen finstere Verzweiflung. Vor den

Ohren der Unglüklichen schwirrte das unruhige Volk mit dumpfem Gemurmel. Rükwärts, vorwärts, auf der Seite, überall drängte sich der neugierige Pöbel unter lauten Zänkereien an die Büßerinn hin. Das verdunkelte Auge fand kein Pläzchen mehr, auf dem es ohne Schande hätte ruhen können. Auf den wenigsten Gesichtern ruhte Mitleiden, auf den meisten Behaglichkeit am Sonderbaren, stumpfe Gedankenlosigkeit, und Mangel an Gefühl. Der Lärm wurde immer lauter, Hannchens Herz immer gepreßter, ihre Seele ängstlicher, ihr Gefühl kälter, kurz der Körper war völlig zerknikt, zerrüttet, eh' er beim Richtplaz anlangte. Noch immer hoffte das Volk Gnade, und selbst die lebenssatte Unglükliche hoffte sie, ohne es zu wollen, aber umsonst. Gott sei ihrer armen Seele gnädig, sie mußte sterben! – Und starb, als reuige Sünderinn, zum abschrökkenden, herzdurchdringenden Beispiele, für junge, unerfahrne, leichtglaubige Frauenzimmer.

Ich könnte vielleicht hier noch manche treffende Anmerkung hinzufügen, aber wen diese äußerst traurige Geschichte an sich selbst nicht rührt, wer aus Hannchens schröklichem Schiksale nicht Vorsichtigkeit in der Liebe lernt, für den sind alle weitere Anmerkungen überflüßig.

Anmerkung

Karl Schwammers Geschichte – von Hannchens Tode an – so viel noch davon zu erfahren war, soll im nächstfolgenden Hefte dieser Monatsschrift geliefert werden. Sie ist zu eng mit Hannchens traurigen Schiksalen verknüpft, als daß sie nicht auch meinen werthesten Leserinnen interessant seyn sollte, und ich hoffe, sie werde auch nicht minder lehrreich seyn; vermöchte ich's nur, sie recht anschaulich darzustellen!

M. A. E.

1790

Benedikte Naubert

Die weiße Frau

Auf dem Schlosse Neuhaus in Böhmen lebte zu Ende des sechzehenden Jahrhunderts, oder zu Anfange des siebzehenden, ein alter reicher Baron, dermahlen einiger Besitzer der rosenbergischen Güter, in welche sich nach seinem Tode eine Menge von Enkeln und Urenkeln, Vettern und Schwägern theilen sollten, die zum Theil nicht sonders bemittelt waren. Dem ungeachtet rechnete ihrer keiner auf das Ableben des alten Herrn, denn der Baron liebte die ganze Sippschaft, als wenn sie alle seine Kinder gewesen wären, und ward hinwiederum von ihnen wie ein Vater geliebt. – Es war seit zwanzig Jahren, so lang er Wittwer war, Herkommens bey ihm, daß allemal um Osterzeit sich alle Neuhause und Rosenberge mit ihren Kindern auf seinem Schlosse versammelten, um daselbst drey bis vier fröhliche Wochen zu verleben und denn wohl beschenkt von dannen zu ziehn. Die alte Burg war weit genug sie zu fassen, und Baron Mathias reich genug sie zu bewirthen und zu begaben.

Herr Mathias war ein munterer jovialischer Herr, der noch in den achtzigen die Freude liebte, und sie gern an seinen Kindern sah, das wußten sie, und jedes fröhliche Fest, das in der Familie vorfiel, wurde auf die Osterzeit verspart, um zu Schloß Neuhaus, unter den Augen des gemeinschaftlichen Vaters gefeyert zu werden. Binnen dieser Zeit geborne Kinder wurden bey dem grossen Familienbesuch dem guten Greis zuerst vorgestellt. Jünglinge, die vom Heer kamen oder zum

Heer zogen (– denn alles trug Waffen, was unter den Männern den Familiennamen führte) – wurden unter des Barons Augen feyerlich bewillkommt und entlassen, auch manche Verlobung und Hochzeitfest wurde gefeyert, denn unter den jungen Vettern und Muhmen gab es immer Liebesbündnisse, und viele derselben schrieben sich eben von dem Osterbesuch her, da oft Jünglinge und Mädchen von der Familie sich zu sehen bekamen, die einander sonst nirgend unter so günstigen Umständen getroffen haben würden.

Der alte Herr sah es ungemein gern, wenn die jungen Zweige seines Stammes sich wieder mit einander verflochten, doch war er auch kein Feind anderweitiger Verbindungen. Trug ein Männlein oder Fräulein seines Hauses Neigung zu einem würdigen Gegenstand, ausser den Gränzen der Familie, so war der fremde Einkömmling herzlich willkommen; er brauchte weder grosse Güter zu haben, noch hatte er eine allzustrenge Ahnenprobe auszustehen. Bey den Frauen war Sittsamkeit und Tugend, und bey den Männern Edelmuth und Tapferkeit hinlängliche Empfehlung in den Augen des Barons, und oft, gar oft wurde von dem Gericht der strengern Väter und Mütter an ihn appellirt, ein Schritt, der nie ohne gute Folgen war.

Ein junges Fräulein, Namens Bertha von Neuhaus, befand sich diesesmal in einem solchen Falle. Sie war dem alten Herrn nur im dritten Grade verwandt, aber ihm wohl so lieb als seine leiblichen Enkel und Urenkel. Nicht sowohl persönliche Vorzüge gaben der blonden Bertha diesen Vorzug, ungeachtet sie ein recht gutes schönes Mädchen war, sondern ein ganz kleiner Umstand, zu dem sie eigentlich nichts beygetragen, für welchen sie nur ihrem Glück zu danken hatte.

Ihre Mutter hatte vor siebzehn Jahren den klugen Einfall gehabt, ihr Wochenbette gerade um Osterzeit, in den Tagen des Familienbesuchs, zu Schloß Neuhaus aufzuschlagen. Ein solches Fest war in den Mauern des alten Herrn seit der Geburt seiner eigenen Kinder nicht erhört werden. Nichts war mit seiner Freude und Geschäftigkeit zu vergleichen, er setzte sich in seine bessern Jahre zurück, wollte, da er des Kindleins Vater nicht war, wenigstens seine Pathe werden und schwur, wenn es ein Knabe wär, es den Kindern seiner Söhne gleich zu erziehen. – Leider war es nur ein Fräulein, und der vortheilhafte Schwur ging verloren, doch war auch sie ihm lieb und werth, das zeigte schon der Name Bertha, den er ihr gab; eine Benennung, die in dieser Familie von Alters her eine sonderbar heilige Deutung gehabt hatte.

Diese kleine Bertha, Baron Mathias' Pathe und Liebling, war jezt, wie gesagt, siebzehn Jahr, und wollte sich verheyrathen; ihre Wahl – doch ein Fräulein ohne Mittel und ohne mächtig hervorstechende Reize, hat nicht viel zu wählen, also, ihre Liebe war gefallen auf Herr Petern von Wock, einen ganz neuen Edelmann, der sich seinen Adel erst in dem kürzlich geendigten Religionskriege erkämpft hatte, und der von Seiten des Vermögens so sehr hinter den Wünschen der Eltern Berthens zurückstand, als von Seiten der Herkunft. Der junge Offizier, der seine Gewählte innig liebte, besaß nichts als ein kleines Gut an der böhmischen Gränze, das ihn allenfalls fähig machte, seine Bertha standesmäßig zu unterhalten, wenn sie ihre Wünsche so einschränkte, wie er die seinigen, und fortfuhr Wirthlichkeit und Stille zu lieben.

Sie mögen sich heyrathen, in Gottes Namen! sagte der alte Herr, als ihm die Sache von den zweifelnden Eltern zur Entscheidung vorgelegt wurde, sie mögen sich heyrathen, und künftige Ostern ist die Hochzeit auf meiner Burg.

Diese erwünschten Ostern waren erschienen. Fräulein Bertha und ihr Bräutigam hielten ihren Einzug auf dem Schlosse; der Vermählungstag ward auf übermorgen angesetzt, aber die erste Nacht, da der junge Held hier zur Ruhe ging, ward er von einer Krankheit befallen, die seinem Leben ein schnelles Ende machte. An eben dem Tage, der zur Vollendung seines

Glücks angesetzt war, schloß er seine Augen auf ewig, und Bertha weinte verzweifelnd an seiner Baare. Sie verlor mit ihm alles; die Liebe ihrer Verwandten hatte sie durch ihre standswidrige Wahl verscherzt, und es war wenig Hofnung übrig, daß sie dieselbe, obgleich der unglückliche Gegenstand des Zwists nun nicht mehr war, wieder erlangen würde. Machte man ihr doch schon ihre Thränen um denn Verblichenen zur Sünde, und höhnete sie, daß sie sich als Braut in den Wittwenschleyer verhüllte.

Baron Mathias hatte Mitleid mit der unglücklichen Bertha, er sah, wie elend sie in Zukunft im Kreis ihrer Verwandten seyn würde, und beschloß, sie bey sich zu behalten. Ich werde alt, sagte er, Gäste sieht mein Schloß nicht immer, und brauche ich gleich keine Haushälterin, da mein Hauswesen gar wohl versorgt wird, so brauche ich doch eine gute Gesellschafterin, die mir die Zeit mit Gesprächen kürze, mir den Wein in meinen Becher schenke, mich in Krankheit pflege, und geht es mit mir zum Tode, mit mir bete und um mich weine; Bertha wird sich zu dem allen recht wohl schicken, und so sie will, bleibt sie bey mir.

Unter den Verwandtinnen des alten Herrn waren auf diese Äusserung wohl zwanzig, die sich zu den nehmlichen Diensten erboten, aber es blieb bey der Wahl, und Bertha blieb gern auf dem Schlosse; seine Einsamkeit war ihr lieb, ihr Kummer suchte Raum, sich in heilenden Thränen zu ergiessen, und wo hätte sie diesen besser finden können als hier, wo niemand ihre Klagen höhnte, wo Flur und Hain, Wald und Gebürg sie aufnahmen, wenn das melancholische Schloß ihr zu enge ward. Hier mußte sich, wenn alles den gewöhnlichen Gang ging, ihr Gram bald in jene süsse wohlthuende Schwermuth verwandeln, welche ein fühlendes Herz für keine Freude tauscht.

Als man sahe, wie wohl sich das Fräulein in den Wunsch des Barons schickte, so versammelten sich einige Basen und

Schwägerinnen um sie, um ihr zum Abschied noch allerley – vielleicht Verhaltungsregeln für die Zukunft – ins Ohr zu raunen, aber der alte Herr hinderte das; – was sie nicht weiß, sagte er deutungsvoll, das ist ihr auch nicht noth zu wissen, vielleicht, daß sie nie, oder erst bey meinem Tode in den Fall kommt, es zu erfahren.

Bertha verstand oder hörte dieses nicht, und an spizfündiges Grübeln war bey ihrer frommen truglosen Seele nicht zu denken. Sie begann ihren einförmigen Lebenslauf, den sie größtentheils auf ihrem Zimmer führte, ausser des Mittags und des Abends, wenn sie an der Tafel des guten Barons präsidierte, und mit Hintansetzung ihres eigenen Kummers strebte, durch gute Laune seinen Wein zu würzen. – Um die Wirthschaft hatte sie sich nicht zu bekümmern, denn diese war, wie der Baron ja selbst sagte, gar wohl versorgt; sie kannte kaum die Hälfte seines Schloßgesindes, das sehr zahlreich war, und seine Besucher vollends gar nicht.

Es geschah zuweilen, daß der muntere Greis, der in den Achtzigen erst zu merken begann, daß er alt werde, grosse Gesellschaft bey sich sah. Er und seine Tafel waren sehr beliebt bey dem benachbarten Adel, auch machte der Stand und das Ansehen, das er im Königreich behauptete, daß er oft Besuch aus Prag erhielt, und daß wohl fürstliche Personen bey ihm einsprachen; aber denn hatte die sittsame Bertha allemahl Vergunst auf ihren Zimmern zu bleiben, wo der Spinnrocken und die Sticknadel, die wenigen Bücher, die damals ein Fräulein zu lesen pflegte, und ihre Laute ihr die Stunden geschwind genug vertrieben.

Bertha war eine Meisterin auf diesem Instrument, sie nützte es oft den bösen Geist zu vertreiben, wenn er in den Schmerzen des Podagras über den Baron kam, und eben so oft brauchte sie es zu ähnlichem Entzweck, wenn ihr in der Einsamkeit der Gram zu mächtig ward, und das Bild des verlornen Geliebten zu lebhaft vor ihrer Seele emporstieg.

Eines Abends, als beym Baron wieder grosse Gesellschaft war, und Bertha auf ihrem einsamen Zimmer wechselsweise weinte und lautenirte, klopfte ein leiser Finger an die Thür; sie stand auf zu öffnen, und siehe, eine feine ältliche Frau stand draussen, die sie mit ihrer gewohnten Freundlichkeit hereinnöthigte; sie sahe sie heute nicht zum erstenmale, oft bey ihren einsamen Spaziergängen durch den Schloßgarten, oder wenn sie in den weiten Gallerien der Burg umher ging, war sie der Matrone begegnet, und hatte sie, wegen des reinlichen weißen Anzugs, und des grossen Bunds Schlüssel an der Seite, für die Oberaufseherin der wohlbestellten Wirthschaft des Barons gehalten; eine gegenseitige höfliche Verbeugung erfolgte denn allemal, aber gesprochen hatte man sich noch nie.

Die Matrone hatte in ihrem Gesicht für Berthen etwas gefälliges. Die Züge des Alters und einer sanften Schwermuth hatten Reste ehemaliger Schönheit nicht ganz verwischen können; ihre Kleidung war äußerst simpel, und, wie gesagt, ganz weiß, aber der Schnitt derselben, und die Art, womit sie getragen wurde, zeigte doch, ob beydes gleich ein wenig altmodisch war, nicht von gemeinem Stande, auch ließ es sich denken, daß ein Mann, wie der Baron, keine geringe Frau zur Haushofmeisterin würde gewählt haben, und dies mußte nach Berthens Vorstellung die Unbekannte nun einmal seyn, die jezt an ihrer Thür stand, und von ihr herein genöthigt wurde.

Die Fremde weigerte sich ein wenig, bis Bertha ihre Hand ergriff, und sie über die Schwelle zog.

O keine Umstände, rief sie, keine Umstände, liebe Frau – wie nennt Ihr Euch? –

Bertha, Fräulein!

Liebe Frau Bertha, also! – Eure Hände sind kalt; hat mein Spiel, wie ich hoffe, Euch herbey gezogen, so müßt ihr es nicht vor der Thür, sondern in meinem Zimmer hören.

Wer klopft, begehrt Einlaß! antwortete sie lächelnd.

Recht wohl! also ein zugedachter Besuch! Ihr seyd mir willkommen! Ich hoffe Euch öfter zu sehen, ich bin gern einsam, aber die Gesellschaft einer guten Matrone, wie Ihr, wird mir immer erwünscht seyn.

Frau Bertha lächelte, stellte sich hinter einen Stuhl, und deutete auf die Laute, welche das Fräulein von neuem ergriff und zu spielen begann, aber das Stück war noch nicht halb geendigt, so bewegte sich die Besucherin nach der Thür, machte gegen ihre junge Namensschwester eine verbindliche Bewegung mit der Hand, und verließ das Zimmer.

Dergleichen abgebrochene Besuche bekam das Fräulein sehr fleißig, aber zu ihrem größten Kummer wurde wenig, oft auch gar nichts dabey gesprochen, und die Laute, welche die Matrone gern zu hören schien, ob sie gleich selten ein ganzes Stück auswartete, mußte immer die Hauptrolle spielen. Die junge Bertha sprach gern, und hätte wohl der geglaubten Wirthschafterin ihres Verwandten etwas mehr Redseligkeit gewünscht; doch das geschäftige Klirren mit den Schlüsseln, das allemal ihre Ankunft verkündigte, und wenn sie schied, allemal noch lang hinter ihr hörbar war, überredete das Fräulein, sie habe zu viel zu thun, um die Geschwätzige zu machen, auch war es ja vielleicht möglich, daß der alte Herr, der auch seine Eigenheiten hatte, das Verkehr seiner Leute mit seiner Verwandtin nicht gern sah, und daß diese Besuche im eigentlichen Verstande nur heimlich abgestohlen wurden; eine Ursach, warum Bertha nie ein Wort von demselben gegen ihn oder irgend jemand erwehnte.

Die Matrone ward dem Fräulein nach und nach so lieb, daß sie sie oft mit ihrer Laute herbeyzulocken suchte, und mißmuthig ward, wenn sie, wie oft geschah, nicht erschien; kam sie denn und stellte sich hinter den Stuhl an der Wand – sie setzte sich nie – so unterbrach die junge Bertha ihr Spiel oft, um die oder jene Frage an sie zu thun, welche meistens blos durch Pantomime beantwortet wurden. Zum Beyspiel:

Es ist doch artig, Frau Bertha, daß ich mit Euch einerley Namen führe.

Eine Bewegung mit der Hand, als wollte sie sagen, die Ähnlichkeit ist nach meinem Geschmack.

Eure Geschäfte sind groß! Ihr seht mich so selten.

Ein leises Klirren mit den Schlüsseln, als Bejahung der Sache.

Es läßt fast, als sollten Eure Besuche eine Heimlichkeit seyn? –

Der auf den Mund gelegte Zeigefinger, bejahte die Vermuthung. –

Ihr habt so eine schwermuthsvolle Miene, Eure Farbe ist so blaß, Ihr seyd wohl nicht glücklich!

Ein tiefer Seufzer, und ein Blick nach dem Himmel.

Einsmals fragte das Fräulein mehr, als sie bisher noch gethan hatte. Liebe Frau Bertha, sagte sie, Ihr habt einen so edeln Anstand, Ihr könnt unmöglich eine gemeine Person seyn.

Ich bin eine geborne von Rosenberg.

O, dies ahndete mein Herz! schrie Bertha feurig, erlaubt, daß ich meine Verwandtin umarme!

Die Matrone trat zurück.

O Ihr zürnt mit mir! Ihr entzieht euch meiner Vertraulichkeit, die ich nun, da ich Euch kenne, Euch so gern ganz schenken möchte! Wie viel hätte ich Euch zum Beyspiel nur zu fragen, da ich weiß, daß Ihr zu unserm Hause gehört? Die Geschichte der alten Herrn von Rosenberg soll so seltsam seyn, wie viel könnte ich durch Euch erfahren!

Frau Bertha zog sich hier nach der Thür, und winkte dem Fräulein, ihr zu folgen.

Der Weg ging durch eine Menge schallender Gallerien in einen Flügel des Schlosses, der der jungen Bertha ganz unbekannt war. Sie standen an einer grossen doppelten Flügelthür. Die Matrone suchte in dem Bund an ihrer Seite nach dem Schlüssel, der hier öfnen sollte; er war gefunden. Schon drehte er sich dreymal im Schloß, da schlug es zwölf Uhr, die Kerze in der Hand des Fräuleins verlosch, und es war rund um dicke Finsterniß.

Welcher verdrüßliche Zufall! rief sie, was sollen wir nun beginnen? Eure Hand, Frau von Rosenberg! ohne Zweifel seyd Ihr hier besser bekannt als ich! – Aber es streckte sich keine leitende Hand nach der Hand der armen Bertha aus, und das entfernte Klirren der Schlüssel sagte ihr, daß sich die Matrone entfernt habe.

Bertha war nicht ohne Unwissen gegen ihre Verwandtin, doch enthielt sie sich lauter Äusserung desselben. Unhöflich, sagte sie bey sich selbst, indem sie im Dunkeln nach dem Rückweg tappte, unhöflich ists doch in der That, mich hier in der Finsterniß zu verlassen; doch vielleicht ist sie nach Licht gegangen. Frau Bertha! Frau Bertha! soll ich hier Eurer warten?

Nichts antwortete als der Wiederhall! Das Fräulein harrte ein wenig, ließ noch einigemal den Namen der Matrone ertönen, ward denn ungeduldig, und half sich, weil sie ein kleiner Schauer überfiel, am Ende so gut sie vermochte, auf ihr Zimmer zurück. Es schlug Eins, da sie es endlich erreichte, die zurückgelassene Kerze war im Verlöschen, sie warf eilig ihre Kleider von sich und ging zu Bette.

Und was sie nur mit dem ganzen Spaziergange haben wollte? fragte sie sich nach einer Weile, als das Pochen ihres Herzens ein wenig nachließ. Doch halt! ich fragte nach den alten rosenbergischen Geschichten, ich habe viel von einer Bibliotheck, von einem Archiv im südlichen Flügel des Schlosses gehört, ohne Zweifel hat sie auch dazu den Schlüssel, und wenn der fatale Umstand mit dem verloschenen Licht nicht gewesen wär, so könnte ich mich jezt in voller Befriedigung meiner Neugier befinden – Nun was heute nicht glückte, geschieht ein andermal. Wenn sie wiederkommt, werde ich meine Bitte erneuern, und ihr nichts von meinen Unwillen merken lassen, damit ich sie nicht erzürne.

Bertha schlief ein, und verträumte eine ganze Nacht unter Bildern von alten Manuscripten, und Vorstellungen von seltenen unerhörten Geschichten, davon sie eine besondere Freundin war. Des andern Tages harrte sie bis zur Abendstunde, da die Matrone immer zu erscheinen pflegte, sie nahm die Laute, sie sang, sie psalmodirte auf das künstlichste; kein leises Klopfen wurde gehört, kein Besuch ließ sich sehen.

Am andern und dritten Tage, und in sechs drauf folgenden, ward jeder Winkel des Gartens, jeder Theil des Schlosses durchstrichen, wo ihr sonst die rosenbergische Frau Muhme begegnet war; niemand ließ sich sehen, und sie würde gedacht haben, der Baron hätte seinem Hauswesen eine andere Aufseherin gegeben, wenn sie nicht gewußt hätte, daß dergleichen Änderungen hier nie gemacht wurden, und daß Herr und Diener auf Schloß Neuhaus sich nie anders, als durch den Tod trennten.

Auf einmal kam ihr der Gedanke, die Matrone könne wohl krank seyn, und wie gern hätte sie gefragt, wenn sie nur gewußt hätte, ob sie die Bekanntschaft mit einer Person dürfte merken lassen, deren Besuche, sie mochte sie beherzigen wie sie wollte, so viel Verstohlnes und Geheimnißvolles hatten. Sie begnügte sich am Ende mit der allgemeinen Frage, ob jemand auf der Burg krank sey, und fühlte sich durch die Antwort, Nein! befriedigt.

Ein anderer Wunsch beunruhigte sie jetzt mit gedoppelter Stärke, die Begierde nach dem Innersten jenes Saals, an dessen Thür sie die Matrone vor neun Nächten geführt hatte. Sie kommt nicht, sagte sie zu sich selbst, ihr angefangenes Werk auszuführen, und ich sehe nicht was mich abhält, die Befriedigung meines Verlangens vom Baron zu erbitten.

Mein Oheim, sagte sie Tags drauf zu ihm, als nach der Mahlzeit ihn der Wein fröhlich machte. Solltet Ihr wohl glauben, daß Eure Bertha zu Zeiten lange Weile hat?

Gar gern, mein Kind! In deinen Jahren keinen andern Zeitvertreib, als den Spinnrocken, die Nadel und einige Bücher? – Du bist ein Phönix, wenn du dich lang bey denselben erhalten kannst.

Ich werde es können; nur jetzt giebt es eine kleine Lücke in meinen Beschäftigungen. All mein Flachs ist versponnen, all meine Tapetenarbeit geendigt, all meine Bücher zum zehnten mahl hindurch gelesen –

Gedulde dich, es ist ein grosses Fest vor der Thür, bey welchem du diesmal nicht fehlen darfst, weil du, als die einige gegenwärtige Dame von unserm Hause, hier schlechterdings die Wirthin machen mußt! dies wird eine kleine Abänderung in die Einförmigkeit deines Lebens bringen, und –

Ach nein, mein Oheim, ich hasse die Gesellschaft, ich mag niemand sehen!

Die Gäste werden dir gefallen, es sind deine alten Freunde, die Armen!

Bertha wußte wohl, daß ihr ehrwürdiger Verwandter den Armen alle Jahr eine grosse Mahlzeit gab, bey welcher jedesmal eine rosenbergische Dame als Wirthin präsidirte; die Sache gefiel ihr, sie hatte sich immer diese Rolle gewünscht, und sie dankte ihrem Oheim mit einer tiefen Verbeugung für die zugedachte Ehre, aber dies war doch eigentlich der Punkt nicht, wohin sich ihre Gedanken jetzt am meisten lenkten. Sie wünschte zu Vertreibung der vorgeschützten Langeweile Zutritt in dem rosenbergischen Archiv, und wagte es endlich kühnlich, darum zu bitten, da es das Ansehen hatte, als wenn die Hüterin der Schlüssel sie, und die in ihr erregte Neugier ganz vergessen hätte.

Der Baron lachte ihres Begehrens. Schade, sagte er, daß du kein Knabe bist! ein Mönch ist an dir verdorben, weil du so gern in dem Staube von alten Manuscripten wühlest! Hier ist der Schlüssel, warum sollte ich dir die Freude versagen, das Haus zu kennen, aus dem du entsprossen bist! du wirst alles in einiger Verwirrung finden, weil ich das letzte mahl, da ich dort nach einigen Familiennachrichten suchte, durch ein kleines Schrecken aufgejagt wurde; könntest du den Geist der Ordnung, der dir eigen ist, in meine Pergamente übertragen, so würde ich dir danken; doch thue mir den Gefallen, und arbeite nie in der Mittagsstunde; du weißt, daß ich meine Mahlzeit nicht gern verschieben lasse, noch des Nachts; es ist wegen Feuersgefahr! Die übrigen Stunden sind sicher, thue in denselben was dir gefällt.

Bertha verstand nicht die Hälfte von dem, was ihr Oheim sagte, auch war es vermuthlich eben seine Meynung nicht, daß sie ihn ganz verstehen sollte, sonst würde er deutlicher gesprochen haben. Sie nahm den Schlüssel, küßte die Hand des Greises, und hüpfte davon.

Sachte, sachte, Bertha! rief er ihr nach, du wirst dich nicht zurecht finden, der Büchersaal ist in einer Gegend der Burg, da du noch gar nicht gewesen bist. Nimm einen von den Leuten mit dir, und noch eins, gehe nicht in das südliche Nebenkabinet, wenn ich nicht selbst dabey bin, ich will schon einmal Gelegenheit nehmen, dich bey deinen gelehrten Arbeiten zu besuchen.

Bertha, die stehen geblieben war, antwortete mit noch einer Verbeugung und verschwand. Von den Leuten nahm sie niemand mit sich, sie konnte sich schon allein an dem Ort zurecht finden, den sie nicht, wie ihr Oheim meynte, heute zum erstenmal betrat.

Ein wenig wunderte sie sich, als sie die äussersten Thüren zu den Sälen und Gallerien, durch die man gehen mußte, und die in jener Nacht alle offen waren, verschlossen fand; doch der Schlüssel eröfnete jedes Schloß, und jetzt stand sie vor der doppelten Flügelthür, wo vor neun Tagen beym zwölften Glockenschall die Kerze verlosch, die rosenbergische

Matrone ihr von Handen kam, und ihre Neugier getäuscht ward.

Sie schloß auf; ein grosser Saal öfnete sich ihr, viel zu geräumig für die kleine Anzahl Bücher, die an den Wänden aufgestellt waren, und ihm den Namen der Bibliothek, oder sich des Ausdrucks jener Zeiten zu bedienen, der Librarey gaben; doch einige hundert Bände waren in den damaligen Zeiten schon eine grosse Sammlung für einen Edelmann, mancher Abt würde damit zufrieden gewesen seyn. Die neugierige Bertha warf jetzt ihre Augen nicht auf diese Vehikel der Weisheit und Thorheit ihres Jahrhunderts, sondern eilte nach dem grossen Tisch von Eibenholz mit gedrehten Säulen, der in der Mitte stand, und auf welchem sie, wie ihr der Baron gesagt hatte, alles aufgethürmt finden sollte, was zur Familienkunde gehörte, und was sie, das war der Wille des Greises, fein ordentlich wieder in das vergoldete Wandschränkgen legen sollte, dessen beyde Thüren offen standen, und aus welchen es genommen war.

Der Oheim muß sehr eilig gewesen seyn, als er dieses Zimmer zuletzt verließ, sagte Bertha, indem sie einen grossen silbernen Leuchter von der Erde aufhob, über den sie bald gefallen wär. Welche Unordnung! welcher Staub! hier scheint in Jahren niemand gewesen zu seyn! Und die Haushälterin hatte doch den Schlüssel, und er ging ihr so leicht in dem Schlosse herum, da ich es vor Rost kaum zu öfnen vermochte!

Bertha begann in den Pergamenten zu wühlen; eine endlose Arbeit, die ihr noch dazu wenig Vergnügen gewährte, denn sie stieß zu Anfangs auf nichts als alte Stammbäume, Schenkungsbriefe, Verträge, Kontrakte, und eine Menge andre Dinge, die zwar sichere Belege von dem Reichthum und dem Adel ihres Hauses waren, sie aber nicht sonderlich interessirten. Nahrung für ihre Neugier suchte sie, sie hatte schon auf dem Schoos ihrer Amme so viel von den sonderbaren Geschichten der alten Herrn von Rosenberg gehört, daß sie gern hier mehr erfahren hätte; sie sah sich getäuscht, und hätte vielleicht das ihr übertragene Amt, als rosenbergische Archivarin augenblicklich aufgegeben, wenn sie sich nicht des vor ihrem Oheim, der ohne dem ihres Einfalls spottete, geschämt hätte. – Sie faßte endlich den Entschluß, alles Stück vor Stück zu mustern und zu ordnen, und ging rüstig ans Werk. Sieben Tage dauerte die Arbeit, denn sie übernahm sich nicht in derselben; der Baron war sicher, daß keine der verbotenen Stunden sie in seiner Librarey fand. Sie fand zu wenig von dem, was sie suchte, als daß sie hätte emsig seyn sollen. Der Baron fragte oft nach dem Fortgang ihrer Geschäfte, und lachte herzlich, wenn er ihre Unzufriedenheit merkte.

Für den achten Tag war es aufbehalten, ihr bessere Genüge zu leisten. Sie hatte den ganzen Vormittag gearbeitet, um endlich der verdrüßlichen Arbeit quitt zu werden. Das goldene Wandschränkgen füllte sich mit wohlgeordneten Urkunden, der Tisch ward leer, da stieß sie auf einige dicht beschriebene Blätter, die nichts minders enthielten, als jene berufene Mähr, die vor kurzem der heutigen Welt unter dem Namen einer Geschichte der Grafen von Rosenberg ist ans Licht gestellt worden; sie erzählten umständlich die Abentheuer eines alten Familienschlosses im Böhmerwalde, und fesselten die aufgeregte Phantasie des Fräuleins so sehr, daß sie zum erstenmal vergaß, daß es Mittag war, und man bey der Tafel auf sie wartete.

Es schlug zwölf, die Thür, durch welche sie hereingekommen war, ging auf, die emsige Geschichtforscherin sah in die Höhe, die rosenbergische Haushälterin, welche eben eingetreten war, strich eilig durch den Saal bey ihr vorbey nach dem südlichen Kabinet.

O Frau Bertha! schrie das Fräulein, indem sie aufsprang, auf sie zuzugehen, sehe ich endlich Euch wieder? Fürwahr ich glaubte –

Die Matrone ließ sie nicht ausreden. Es hat zwölf geschlagen! sagte sie, indem sie auf die Thüre deutete.

Es war so etwas gebietendes in dem Winke, daß die junge Bertha augenblicklich gehorchte; sie machte eine Verbeugung, und ging in dem nehmlichen Augenblick zur äussern Thür hinaus, da die Frau Base durch die innere verschwand. Ein Zugwind pfiff ihr nach, der ihr die Thür aus den Händen riß, und sie krachend zuschloß.

Ein wenig bestürzt, sie wußte selbst nicht warum, langte sie im Tafelzimmer an. Der Baron, der bereits hinter seinem Stuhl stand, und den dampfenden Schüsseln entgegen sah, drohte mit aufgehobenem Finger, und sagte, sie habe lang auf sich warten lassen. Ist dir niemand von den Leuten begegnet? fuhr er fort, ich hatte bereits nach dir geschickt.

Ich sah niemand als die Haushälterin, mein Oheim!

Die Haushälterin? was meynst du?

Die ansehnliche ehrbare Frau mit den Schlüsseln, sie soll, glaub' ich, eine von Rosenberg seyn.

Der Baron ward bleich, und klirrte mit dem Löffel auf den Teller.

Eine so nahe Base! fuhr das Fräulein fort, und nichts weiter, als Ausgeberin! Es bekümmerte mich heute ordentlich, an die Tafel zu gehen, wo ihr so wohl eine Stelle als mir gebührte!

Bertha, hast du noch nicht gehört, daß man von Dingen nicht urtheilen muß, die man nicht versteht?

Bertha schwieg und erröthete – auch der Baron sprach die ganze Mahlzeit über kein Wort, er war still und nachdenkend. Als man sich erhub, forderte er von dem Fräulein den Schlüssel zur Bibliothek zurück.

Nur noch einige Tage, mein Oheim, bat sie, und ich hoffe ganz fertig zu seyn!

Mädchen! Mädchen! erwiederte er, du wirst das Ding noch so lang treiben, bis dir etwas begegnet, das ich dir nicht gönnen wollte! Hüte dich vor allen vor der Nacht! Du kannst dir ja, was deine Neugier so lebhaft reizt, auf dein Zimmer nehmen.

Bertha gehorchte. Sie nahm die furchtbare Geschichte von dem abentheuerlichen Schlosse mit sich in den Garten, und las den ganzen Nachmittag bis zur Abendmahlzeit, die sie diesesmahl, weil Gäste vorhanden waren, auf ihrem Zimmer hielt. Als auch der Rest geendigt war, machte sie sich auf, das Manuscript wieder an Ort und Stelle zu bringen.

Es war zur Zeit der schönsten und längsten Tage, das Licht in ihrer Hand war ihr bey der hellen Dämmerung fast unnöthig, dennoch ließ sie es brennen, setzte es auf den grossen Tisch in der Bibliothek, und nützte es, als sie unter dem Hin- und Herwerfen der übrigen Papiere noch etwas fand, das sie aufmerksam machte, die beyden grossen Wachskerzen, deren eine sie beym ersten Eintritt in diesen Saal auf dem Boden gefunden hatte, anzuzünden; und sich bey der zunehmenden Finsterniß helleres Licht zu machen.

Das was sie jetzt vor sich hatte, fesselte ihre Aufmerksamkeit ganz; erst hatte sie stehend gelesen, mit dem Entschluß, sich gleich nach Endigung des nächsten Abschnitts zu entfernen, jetzt machte sie sich es bequem, setzte sich in den grossen Armstuhl, schnäutzte die sämmtlichen Kerzen, und las und las ohne Aufhören, bis ein Gestirn nach dem andern über den Horizont herauf kam, und die Nähe der Mitternacht verkündigte. Bertha fand hier mehr Nahrung für den Geist als in der Fabel, mit welcher sie sich diesen Nachmittag beschäftigt hatte. Sie hatte von Kindheit auf, ihrem abergläubigen Zeitalter zum Trotz, nicht viel von Mährchen gehört, daher ihre gänzliche Unbekanntschaft mit der Ideenwelt, daher ihre gänzliche Furchtlosigkeit bey Ereignissen, die sie schon belebt hatte, und die einer andern als ihr, wohl einiges Nachdenken, wohl einigen Schauer hätten erregen können.

Was zu sehr das Gepräg der Fabel trug, das behagte ihr nicht ganz, wenn es auch ihre Phantasie auf einige Stunden fesseln konnte. Hier fand sie Wahrheit. Die Blätter, die sie vor sich hatte, enthielten die Geschichte eines alten Herrn von Rosenberg, welche wir genöthigt sind, dem Leser um der Folge willen hier *in nuce* mitzutheilen, freylich nicht in der kraftvollen Sprache des Chronikons, das die junge Bertha vor sich hatte; aber würden wir auch in unsern Zeiten im Stande seyn, sie zu verstehen, oder ihre Schönheiten so zu schätzen, wie das Fräulein sie schätzte, die einmal über das andere zu sich selbst sagte, wie sie nie etwas körnigteres und rührenderes gelesen habe als diese Seiten.

Wilhelm Ulrich von Rosenberg, war laut der Legende, zu Zeiten Kaiser Wenzels, Ruprechts und Siegmunds, ein Mann, der im Königreich Böhmen Aufsehen machte, sein Reichthum, seine Weisheit, und seine Tapferkeit machte ihn all diesen dreyen Beherrschern des deutschen Reichs zum lieben Diener. Dem ersten schenkte und borgte er so viel er wollte, dem zweyten half er die Gerechtigkeit reformiren, und mit dem dritten zog er mehr als einmal wider den Erbfeind, den Türken. Herr Ulrich war ein wackerer, weidlicher Mann, er gefiel durch seine schöne Aussenseite den Damen seiner Zeit so wohl, als den Männern durch sein tadelloses Innres. Die schönsten und vornehmsten Jungfrauen hingen an seinen Blicken, und hoften von ihm gewählt zu werden, ob gleich eine jede bey dem Wunsch, Frau von Rosenberg zu heissen, ein kleines Zittern fühlte, denn Ulrichen waren viel Gemahlinnen geweissagt worden, und keine von seinen Bewunderinnen trug sonderliches Verlangen, die erste zu seyn.

Wilhelm Ulrich war durch seinen hohen Adel, und durch den fürstlichen Reichthum, den er besaß, ein wenig stolz, und durch Fürstengunst und Kriegsglück ziemlich kühn gemacht worden. Er dachte nicht seine Augen auf eine gemeine Person zu werfen; ausgezeichnete Schönheit war ihm nicht genug, ihn zur Liebe zu wecken; Hoheit und fürstlicher Rang waren es, was er an seiner künftigen Gemahlin wünschte, und so geschahe es, daß er nach und nach der Gemahl von vier Prinzessinnen ward. Die Liebe der schönen Oligarde von

Braunschweig, seiner ersten Gemahlin, das Glück, das er an ihrer Seite genossen hatte, berechtigte ihn nach ihrem Tode, der in wenig Jahren erfolgte, nicht niedriger zu wählen. Ein Brandenburgisches, ein Baadensches und ein Bernstädtisches Fräulein waren ihre Nachfolgerinnen, denn der Tod brach die lieblichen Blumen alle frisch nach einander hinweg, und Herr Ulrich ward des Weibernehmens endlich so gewohnt, daß ihm die Wahl einer neuen Gemahlin schier nicht mehr Sorge machte, als die Wahl einer neuen Rüstung.

Seine letzte Wahl war die kühnste und glücklichste von allen. Fräulein Mathilde von Bernstädt, war eine Enkelin Kaiser Siegmunds, ein Engel an Schönheit und Tugend, und dabey für den alternden Herrn von Rosenberg fast zu jung. Sie trat an ihrem Hochzeitstage das siebzehnte Jahr an, und man konnte freylich mit ziemlicher Wahrscheinlichkeit muthmaßen, daß sie die letzte seyn würde, die Herrn Ulrichen zum Altar begleitete, daß sie einst als Wittwe an seinem Grabe weinen würde.

Die Wahrscheinlichkeit täuschte; nach einem vierjährigen nicht ganz glücklichen Ehestande ward sie ein Opfer des Todes, sie starb, indem sie einer Tochter das Leben gab, die durch ihren Verlust, den sie noch nicht fühlen konnte, doppelt verwaist wurde. Der Herr von Rosenberg hielt es nicht für gut, zum fünftenmale zu freyen, aber ewiger Trauer um seine reizvolle Gemahlin ergab er sich darum nicht. Ehrgeiz nicht Liebe war es gewesen, was ihn an sie verband, das zerrissene Band schmerzte ihn nur aus einer Ursach: Die kaiserliche Verwandtschaft hatte ihm Hofnung gemacht, sich zum Fürstenstand empor zu schwingen, sie war nun abgestorben, und er mußte sich mit der Ehre begnügen, kaiserlicher Feldherr und Oberburggraf von Böhmen zu seyn und zu bleiben. Unmuth, daß er in der Mitte seiner Laufbahn stehen bleiben solle, ward von nun an der Satansengel, der nicht allein ihn, sondern alle, die um ihn waren, mit Scorpionen geisselte.

Seine Burg ward ihm zur Hölle, er mußte hinaus ins Feld, um unter dem Geräusch der Waffen seine gescheiterten Entwürfe, und sich selbst zu vergessen.

Die kleine Bertha, Mathildens trauriges Vermächtniß, hielt ihn nicht in seinen Landen zurück; er liebte sie so wenig als er ihre Mutter geliebt hatte. Er hätte das zarte Fräulein ohne Bedenken den Händen seines Burgvoigts überlassen, und es dem Gerathewohl anheim gestellt, was unter vernachläßigter Zucht aus ihr werden würde, wenn nicht ihre ältern Geschwister, die schier ihre Väter und Mütter hätten seyn können, es über sich genommen hätten, die hülflose Waise in Schutz zu nehmen. Eine vermählte Schwester von ihr, und Herr Heinrich von Rosenberg, ihr ältester Bruder, theilten die Sorge um sie, und unter ihrem Schutz wuchs sie zu der Vollkommenheit heran, mit welcher sie in der Folge jedermanns Bewunderung auf sich zog, so wie ihr unglückliches Schicksal sie bald zum Gegenstand des allgemeinen Mitleids machte.

So weit hatte Fräulein Bertha gelesen, als sie inne wurde, daß die Schrift sich änderte, und die Erzählung in der ersten Person fortgesetzt ward. Die Schriftzüge waren schön, aber ungemein klein, sie schnäutzte die Lichter, um heller zu sehen. Da sie umher schaute, ward sie gewahr, daß draussen die dickste Nacht den Rabenfittig ausgebreitet hatte, die Schloßuhr schlug halb eilf, ein Gedanke an die Warnung des Barons, hier nicht zu übernachten, flog ihr durch den Sinn, aber sie faßte die Deutung nicht ganz, dachte blos auf Feuersgefahr, und traf alle nöthige Vorkehrung, um selbst auf den Fall, daß sie über dem Lesen entschlummern könnte, nichts zu besorgen zu haben. Doch war für sie wohl an Schlaf zu denken, da die Heldin einer Geschichte, die sie so sehr interessirte, jetzt selbst die Feder ergriff, und in dem rührendsten Ton von Leiden sprach, die sie einst erduldete, die nun seit mehr als einem Jahrhundert überstanden waren, und der stillen Denkerin Stoff zu Gefühlen und Betrachtungen gaben, die sich nicht beschreiben lassen?

Was der Schwärmerin Bertha vor fast zweyhundert Jahren rührend vorkam, was ihr gefühlvolle Thränen entlockte, gleitet vielleicht in veränderten Ausdrücken über das Herz des heutigen Lesers, wie kühlendes Wasser dahin; es sey so! Die Ansprüche des Mährchenerzählers sind zu klein, als daß ihn dieses befremden dürfte!

Die Tochter des Oberburggrafen von Böhmen knüpfte den Faden ihrer Erzählung folgendermaßen an die Stelle an, wo ihr Vorgänger geendigt hatte.

Ein Gegenstand des Mitleidens? – Trauriger Vorzug für die, welche nach der Anlage, die das Glück bey ihrer Geburt gemacht hatte, hätte hoffen können, ganz entgegengesetzte Empfindungen zu erregen. Die Urenkelin eines Kaisers, die Tochter solcher Eltern, die Schwester solcher Geschwister als die meinigen, hatte Aussichten vor sich, wie sie wenige haben, und wenige wurden getäuscht wie ich getäuscht ward. Mein Vater fiel vor dem Feinde, ehe ich nur ein mahl das Glück gehabt hatte, seine Knie zu umarmen. Die Kinder, welche er hinterließ, waren zahlreich, das Vermögen, das auf uns fiel, nach Verhältniß unsers Standes nur mittelmäßig; die zahlreichen fürstlichen Heyrathen, der Aufwand bey Hofe und im Felde hatte es geschwächt. Mein Eltervater der Kaiser war tod, meine andern mütterlichen Verwandten, nie mit der rosenbergischen Heyrath zufrieden, achteten mich nicht, so ward ich statt der Stelle bey Hofe, die mir gebührt hätte, auf die Dunkelheit eines düstern Waldschlosses eingeschränkt, wo man mir täglich vorsagte, ich sey ein armes Fräulein, und habe keine Wahl als das Kloster.

Ich muß in meinen Frühlingstagen schön gewesen seyn, erst jetzt, in den Jahren, da diese traurigen Reste ehemaliger Reize mir gleichgültig sind, erst jetzt werde ich es gewahr. Anlagen zu hohem Muth und Frohsinn waren in meiner Seele wohl auch vorhanden; all diese Vorzüge verheerte die Hand des Unglücks, ehe sie zu voller Blüthe kamen. Der

Trübsinn derer, die mich umgaben, das traurige Licht, in welchem man mir unabläßig mein Schicksal vorstellt, raubte mir den Hang zu jeder Freude, und machte mich zur schwermüthigen Träumerin. Mich von meinem Gram loszureissen, beschäftigte ich mich mit Studien, die für mein Geschlecht nicht gemacht sind, die finstere Mystick, die Erlernung der todten Sprachen, waren der Zeitvertreib meiner Einsamkeit, und brachten mich vollends ganz von meiner Bestimmung ab. Ich taugte zu nichts als zum Kloster, und war würklich im Begriff, den Schleyer zu nehmen, als man mich wider meinen Dank und Willen zur Gemahlin des Freyherrn von Lichtenstein machte. Er war ein reicher Herr, den meine hohe Abkunft, und vielleicht einiger Schimmer von Schönheit, den ich wirklich in meinem sechs und zwanzigsten Jahr noch besaß, zu seiner Wahl bestimmt hatte. Eine glänzende Sphäre öfnete sich mir, deren Vorzüge und Freuden zu geniessen, ich nicht mehr fähig war. Ich wär glücklich gewesen, hätte mir das Glück, das mir jetzt begegnete, um zehn Jahre eher betroffen, oder hätte man mich in der Erwartung erzogen, daß ich einst ein solches machen könnte. O Gott! ich hätte noch vielleicht glücklich seyn können, hätte ich den klösterlichen Eigensinn, den ich mir in der Einsamkeit angewöhnt hatte, abzulegen vermocht. Mein Gemahl war liebenswürdig, warum liebte ich ihn nicht? oder vielmehr, warum nahm ich meiner Zuneigung für ihn, die er sich endlich ersiegte, nicht die düstre Hülle, welche alles umgab, was mich anging?

Was ich hätte thun können, um ihn und mich glücklich zu machen, das leuchtete mir erst denn ein, als es zu spät war! Er verließ mich und liebte andre. Ich zürnte, zürnte so unversöhnlich, daß, als er wiederkehrte, als er zu meinen Füssen um Vergebung flehte, ich ihn stolz verließ, und Zuflucht in den Armen meines Bruders suchte. – O Gott! Richter zwischen ihm und mir! wie wirst du richten?

Er starb! mein Gemahl starb! die ganze Welt fluchte seinem

Andenken, weil er sich an mir vergangen hatte. Ich fluchte ihm nicht! ich wußte, wie weit ich schuldig an seinen Vergehungen war! Reue, die bittersten Selbstvorwürfe, halbe Verzweiflung war mein Loos von seinem Tode an, bis an den Tag des meinigen.

Die Leserin ward hier von ihren Thränen übermocht, sie vermochte die kleine Schrift nicht mehr zu lesen, und richtete sich auf, die Lichter heller brennen zu machen.

Da stand ihr gegenüber die rosenbergische Matrone mit in einander geschlagenen Armen, und starr auf sie geheftetem Blick. Das Fräulein, ohne Schrecken sich auf einmal in ihrer Gesellschaft zu sehen, streckte den Arm aus, ihre Hand zu fassen, und schluchzte:

Ach meine Base! Was lese ich hier für Dinge!

Was ist dein Urtheil? antwortete sie.

Mein Urtheil? – Ach, diese Geschichte ist mir nicht neu, ich weiß sie viel anders, als sie hier die unschuldigste Büsserin, die es je gegeben, hat aufgezeichnet. Lichtenberg war ein Böswicht, Bertha von Rosenberg eine duldende Heilige, ihr, nicht ihm, fliessen meine Thränen.*

Mit einem unaussprechlichen Blick schlug die Matrone die Augen gen Himmel. Du wirst kommen, sagte sie leise, du wirst kommen, die Todten und die Lebendigen zu richten, auch weiß ich, daß *mir* noch ein Gericht bevorsteht!

Ein gnädiges Gericht, sagte Bertha, wenn Ihr so gut und schuldlos seyd, als Eure und meine Namensschwester, deren Geschichte ich lese. Laßt mich sie laut vollenden, der Worte sind noch wenig, ich denke, sie werden Euch so wichtig seyn als mir!

Es erfolgte keine Antwort, die Leserin fuhr fort. –

Was bleibt einem gebeugten von Gewissensbissen zernag-

* Die nehmlichen Worte, welche die Sage der rosenbergischen Matrone nur in lateinischer Sprache, in den Mund legt, in welcher sie geübter gewesen seyn soll, als in der Sprache ihres Landes.

ten Herzen für Linderung übrig, als Wohlthun? Ich war jetzt reich, ich konnte jenem Hang zu geben und zu beglücken, dem ich immer Fesseln anlegen mußte, freyen Lauf lassen! Doch dem Herzen, das keine Reichthümer achtet, ist Geben allzu leicht; ich fühlte es, daß ich schwerere Pflichten auf mir hatte. Die unmündigen Kinder meiner Schwester wurden von mir erzogen; ihr schönes Heranwachsen zu Tugend und Glück, war die erste, die einzige Freude, die ich in meinem thränenvollen Leben hatte. Ich baute ihnen dieses Schloß. Die Umwohner, meine Unterthanen, dienten mir gern, bey dem schweren Bau, denn sie liebten mich; ich denke, ich habe sie nicht gedrückt, bin ihnen nie hart gewesen. An dem Feste, das ich ihnen zum Andenken der geendeten Arbeit stiftete, und das ihre Nachkommen von den meinigen auf ewige Zeiten zu geniessen haben sollen, hörte ich keinen Fluch über mich, hörte ich nur Seegen aus ihrem Munde ertönen. Die guten Leute baten, ich sollte mich zum Andenken dieses Tages so abbilden lassen, wie ich in meiner halben Wittwentracht, die meine beständige Kleidung ist, unter ihnen umherging, und ihnen das Brod austheilte. Ich habe ihnen gewillfahrt, ich hoffe, es ist keine Eitelkeit darin; irrte ich, so wird auch diese Spreu von dem Waizen gesondert werden. – Mein Bild findet sich auf dem grossen südlichen Saal an der Morgenseite.

Ihr Bild? schrie hier Bertha. Wie? ihr Bild? – und ich habe es noch nicht gesehen? O, meine Base, ohne Zweifel könnt Ihr mir sagen – Aber wie? ich bin allein? Wie konnte sich meine Zuhörerin so leise entfernen.

Bertha rief noch einige mahl den Nahmen ihrer Namensschwester, und erhub sich denn, als keine Antwort erfolgte, mit dem einen Lichte, die andern waren bereits ausgegangen, um sich nach dem umzusehen, was jetzt ihre ganze Neugier rege machte, nach dem Kontrefey ihrer Heiligen. Wenn dieses der große südliche Saal ist, sagte sie zu sich selbst, so muß ich es hier finden. Der Tag bricht bereits durch die Fenster! Hinweg mit der Kerze, sie nützt mir nicht!

Die Zeit, wenn Tag und Nacht sich scheiden, ist, laut alter Sagen, Geistererscheinungen so günstig als die schwarze Mitternachtstunde. Die furchtlose Bertha, die sich in jener Nacht nicht gescheut hatte, fühlte auch kein Grauen in dieser, und wie hätte sie auch gesollt, da in ihrer Phantasie keine Gespensterideen einheimisch waren, und sie zur Zeit noch nichts erfahren zu haben glaubte, das die gemeinen Sagen von solchen Dingen begünstigen könnte.

Bertha mochte die Fenstergardinen zurückziehen wie sie wollte, mochte im röthlichen Morgenlichte die Wände des Saals noch so genau betrachten, sie sah nichts, das einem Bilde ähnlich war, sie stand jetzt an der Thür des südlichen Kabinets, und ohne Rückerinnerung, daß ihr der Eintritt in dasselbe von ihrem Oheim verboten war, öfnete sie es, und ging hinein. Ein schnell umher geworfner Blick zeigte ihr, wie sie meynte, in der Tiefe des Zimmers ihre gute Freundin, die Matrone.

Freudig auf sie zueilen, und im Näherkommen sich durch ein Bild in Lebensgrösse, das Frau Berthens volle Ähnlichkeit trug, getäuscht sehen war eins. Das Fräulein fühlte, sie wußte noch nicht ganz warum, bey diesem Anblick einen kleinen Schauer. Es giebt Augenblicke, da uns nach langer Unwissenheit die Wahrheit auf einmal mit vollem Lichte in die Seele strahlt; der gegenwärtige war einer von diesen. Berthens Zittern vermehrte sich von Sekunde zu Sekunde, doch hatte sie noch Muth, dem grossen Bilde der weißen Frau, das man noch zu Schloß Neuhaus sehen kann, zu nähern. Vielleicht wär alles, was sie jetzt empfand, für ein so vorurtheilfreyes Gemüth, als das ihrige, durch ein klein wenig Fassung, oder durch Vorstellung von allerley Möglichkeiten schnell hinweg zu hauchen gewesen, aber als jetzt Frau Bertha in Person, doch schattenartiger als je vor ihr überglitt, als eine hohle unartikulirte Geisterstimme ihr zutönte: Bertha, kennst du mich nun? da mußten wohl alle Zweifel schwinden, sie sah auf einmal hell, wogegen sie so lang blind gewesen war. Das schreckensvollste Gefühl, das sich denken läßt, übermochte sie, sie sank empfindungslos vor dem Bilde der weißen Frau zu Boden.

Die Sonne ging völlig herauf, der Mittag kam heran, das Fräulein ward im Schlosse vermißt. Der Baron ward äusserst unruhig, denn er liebte die sanfte Bertha vollkommen, so sehr als sie verdiente. Man sagte ihm, man habe bereits alles nach ihr durchsucht, um ihn durch die Nachricht von ihrem Verlust nicht zu zeitig zu schrecken. Was sollte man denken? Flucht oder Entführung aufs Tapet zu bringen, würde Unsinn gewesen seyn, wer sollte die eingezogene Bertha, die fast niemand kannte, entführen? und warum hätte sie aus den Armen ihres Vaters fliehen sollen?

Hastig fragte der alte Herr, ob man in der Librarey gewesen sey? – Wie konnte man? Der heilig bewahrte Schlüssel zu diesem Orte war in seinen Händen, auch wagte sich niemand von dem Schloßgesinde, dem bekannt war, daß die weiße Frau dort hauptsächlich ihren Aus- und Eingang zu haben pflegte, gern in diese Gegend!

Dem Baron stellte sich auf einmal die schreckensvolle Möglichkeit vor, das Fräulein könne sich des Verbots ungeachtet dort verspätigt haben, es könne ihr dort irgend etwas zugestossen seyn, das hier schon mehrern den Tod gebracht hatte. Daß sie das Schloßgespenst gesehen habe, ohne es zu kennen, konnte er schon aus ihren gestrigen Reden muthmassen, und was konnte dieses für Folgen gehabt haben? – Mehrere die hier der ätherischen Dame unversehens begegneten, und aus Unwissenheit oder Muthwillen das geringste gegen sie versahen, hatten bereits ihre Rache empfunden. Herr Peter von Wocken, Berthens verblichener Bräutigam, sollte, das wußte das ganze Schloß, obgleich niemand ihr davon sagte, von einem Anblick der weißen Frau, den Tod genommen haben; war es nicht möglich, daß seiner Hinterlassenen das nehmliche begegnet sey?

Der alte Herr rang die Hände, und weinte wie ein Kind ob dem muthmaßlichen Schicksal seiner liebenswürdigen Nichte. Sich Gewißheit zu verschaffen, oder der Verunglückten vielleicht noch Hülfe zu leisten, brauchte man nur, sich an den verdächtigen Ort zu verfügen, aber wie viel Überwindung gehörte hiezu! Das Schloßgesinde schauderte vor dem blossen Gedanken zurück, und fürwahr, der Herr fühlte eben so wenig Lust, den Ort noch einmal zu sehen, wohin er vor einigen Jahren, weil er in seinem ganzen Leben das Schloßgespenst noch nie gesehen hatte, sich muthig verfügte, und wo ihn der unvermuthete Anblick desselben mit einem Schrecken und einer Eil zurück scheuchte, davon Bertha noch die Spuren gesehen hatte.

Liebe zu dem guten Fräulein überwand indessen jede Bedenklichkeit. Der Schloßkappellan mit dem Kreuz trat vor, ihm folgte der Baron, und nach ihm ging die ganze Dienerschaft mit allerley Wehr und Waffen auf besorglichen Angriff versehen.

Ach hätten sie sie dahinten gelassen! Frau Bertha war jetzt auf einer Laune, da sich wenig von ihr befürchten ließ. Weit nöthiger als Weihwedel und Reliquien wären den Nachsuchern der armen Bertha einige Flaschen mit starkriechenden Essenzen, einige angebrannte Federn, oder die Lanzette des Wundarztes gewesen, sie wieder ins Leben zurück zu rufen!

Man fand sie in einem Zustande, der sie mehr einer Todten als einer Ohnmächtigen ähnlich machte, vor dem furchtbaren Bilde ausgestreckt. Man denke, wie lang sie hier ohne Hülfe gelegen hatte! – Ob sie sich in Zwischenräumen erholt haben mochte, um wieder in ihre schreckliche Bewußtlosigkeit zurück zu sinken, weiß ich nicht; gnug, man brachte sie ohne alles Zeichen des Lebens auf ihr Zimmer und es war ziemlich spät gegen den Abend, da die Kunst der Ärzte und Wundärzte sie so weit gebracht hatte, daß der Baron sich ein wenig beruhigen konnte. – Sie war jetzt würklich wieder bey sich selbst, aber zu matt zu sprechen, oder die mindeste Bewegung zu machen. Dieser Schwäche folgten Anfälle von Phantasien, in welchen sie mehr von den Vorgängen vergangener Nacht ausredete, als sich vielleicht mit der hergebrachten Sitte der Geisterseher vertrug; doch was man in der Hitze thut, wird einem nicht zugerechnet, und dieser Fehler ging also der in solchen Dingen ganz unerfahrnen Bertha auch ungestraft hin.

Der Oheim saß an ihrem Bette, und bewachte jeden Anschein von Besserung mit der zärtlichsten Ängstlichkeit, aber auch denn, als sie schon völlig gerettet hieß, hütete er sich wohl, kühne Fragen an sie zu thun, oder ähnliche, die er von ihr gewärtig war, zu begünstigen.

In der ersten Nacht, da Bertha die Rechte einer Wiedergenesenen, unbewacht zu schlafen, genoß, hatte sie ein Gesicht, davon die neben ihr schlummernde Zofe, deren Gesellschaft sie jetzt für nöthig hielt, nichts vernahm, und das sie erst nach vielen Jahren ihren Freunden mittheilte –

Die rosenbergische Matrone stand vor ihr, ganz so, wie sie sie gesehen hatte, als sie sie noch für eine Sterbliche hielt. Bertha, sagte sie, ich habe dich geschreckt, das wollte ich nicht! Wie wars möglich, daß du, bereits so vertraut mit mir, dergestalt durch meine völlige Kenntniß erschüttert wurdest? Doch du bist eine Sterbliche, und ich verzeihe dir. Du wirst mich wachend nie wieder sehen; ich liebe dich zu sehr, als daß ich durch meinen Anblick dein Leben in Gefahr setzen sollte; aber um dich zu seyn, und für dich zu wachen, werde ich nie aufhören. Vielleicht hast du einst durch mich dein Liebstes verloren; wohl gut, ich bin dir Vergütung schuldig, und du sollst sie haben! Feyre jetzt mein nahbevorstehendes Gedächtnißfest, die Stiftung des süssen Brey's, mit der Würde, die einer rosenbergischen Dame und meiner Namensschwester zukommt, zähle von demselben funfzehn Tage, und du wirst den zu sehen bekommen, der dir den Verlust deines Bräutigams ersetzen soll.

Bertha erwachte, und fühlte sich merklich gestärkt, besonders durch das Versprechen der weißen Frau, ihr nie wieder wachend zu erscheinen. Der blosse Gedanke ein übermenschliches Wesen, mit welchem sie sich so gemein gemacht hatte, als ob es ihres Gleichen wär, wieder zu sehen, hatte ihr bisher ein Grauen verursacht und ihre Genesung verzögert, sie sah sich als eine unglückseelige Person an, die sich unter ihren Zeitgenossen bald durch den Namen einer Träumerin auszeichnen, bald dahin gebracht werden könnte, bey gehäuften Abentheuern aus der Geisterwelt, an ihrem eigenen Verstande zu zweifeln, oder ihn würklich zu verlieren. Jetzt war sie durch das Ehrenwort der gespenstischen Dame gesichert; sie konnte ruhig in die Zukunft blicken, riß sich mit Gewalt von dem Andenken ans Vergangene los, und genas zusehens.

Mit Entzücken schloß sie ihr Oheim wieder frisch und blühend in die Arme, machte mit doppelter Munterkeit die gewöhnlichen Anstalten zu dem alten rosenbergischen Stiftungsfeste und Bertha ihrer Seits, rüstete sich auch, die ihr bey demselben übertragene Ehrenrolle mit Anstand zu spielen. Wir haben dem Leser schon etwas von der Entstehungsart dieses Festes gesagt, nun auch ein Wort von seiner Benennung, wiewohl es uns schier Unmöglichkeit dünkt, daß ein Mährchenfreund deutscher Nation die Mahlzeit des süssen Breyes nicht so gut zu beschreiben wissen sollte als wir.

Die rosenbergische Dame, welche ihr Schicksal, oder irgend eine ungebüßte Schuld nach ihrem Tode zum Gespenst machte, hatte den Armen, die ihr bey Erbauung des Schlosses Neuhaus geholfen hatten, am Ende zur Ergötzung ein Gastmahl geordnet, in welchem die Hauptschüssel ein süsser Milchbrey war. Ein Gericht gute Fische. Ein Laib Brod mit Honig, ein Krüglein Wein, und ein Silbergroschen machten die übrigen Theile der köstlichen Bewirthung aus, deren Wiederholung in der Folgezeit für die Enkel der weißen Frau keine so kleine Sache war, als sie zu ihren Zeiten geglaubt haben mochte; die Zahl der Armen nahm mit jedem Jahre zu, und man mußte so reich und so großmüthig seyn, als Baron Mathias, die Stiftung eher zu vermehren als zu schmälern.

Der Genesung der geliebten Bertha zu Ehren wurde das Fest diesesmal verschwenderischer gefeyert als je. Das Fräulein ging wie ein Engel unter ihren Gästen umher, die sich auf der grünen Matte vor der Burg gelagert hatten, und theilte ihnen das Bestimmte aus, das sie, von der Freygebigkeit des Barons bereichert, auch durch manche heimliche Gabe vermehrte. Ihr tönten laute Seegenswünsche, aber um die Verfertigung ihres Konterfeys sprach sie doch niemand an, ungeachtet der Nachwelt mit demselben mehr gedient gewesen seyn würde, als mit dem Bilde der weißgeschleyerten rosenbergischen Wittfrau in deren Anblick wohl niemand etwas gefälliges finden konnte, als eine gutherzige Bertha, die Mitleid für Wohlbehagen annahm.

Die Geschichte von dem Abentheuer des Fräuleins hatte sich, obgleich wenige die rechte Beschaffenheit desselben vollkommen wußten, doch weit ausgebreitet, und die junge Person, welche die Hauptrolle in derselben spielte, war ein allgemeiner Gegenstand der Neugier und Bewunderung geworden. Es gab einige rosenbergische Vettern, welche die schöne Muhme noch gar nicht kannten, oder sie bisher auf dem österlichen Familienbesuch unter den schönern und reichergekleideten Basen und Bäslein gern übersehen hatten; einer oder zwey derselben konnten der Osterzeit, die ohnedem noch fern war, nicht erwarten, um das Fräulein nach Bequemlichkeit auf dem Schlosse des alten Oheims beäugeln zu können, sondern sie faßten lieber den romantischen Entschluß, sich unter die Armen zu mischen, die Berthens Milde speisen sollte, und daselbst die erste Gabe aus ihren Händen zu erhalten.

Bertha ging unbefangen in ihrer Unschuld zwischen den dichten Reihen ihrer Gäste einher, theilte rechts und links aus, ohne drauf acht zu haben, dass hier und da ein vollwangichter krauslockichter Bube, das lebendige Gegenbild der Dürftigkeit sich zu ihrer Milde drängte. Einer von ihnen war kühn genug, die weiße wohlthätige Hand, die ihm das Laiblein Brod darreichte, zu fassen und sie an seine Lippen zu ziehen. Das Fräulein ward nicht beleidigt; der Armuth konnte sie wohl eine Freyheit verzeihen, die sie nach damaliger strenger Jungfernsitte, keinem Fürsten würde gestattet haben.

Was fehlt Euch, guter Mann? fragte sie mit mitleidigem Blick, ohne zu bedenken, daß dem Inhaber dieses Gesichts gar nichts fehlen konnte, Ihr habt wohl ein besonderes Anliegen?

O ja, gnädiges Fräulein! rief der unbekannte Vetter, dem Bertha in diesem Augenblick durch Tugendübung verschönert, wie ein Engel vorkam, o ja, und ich wollte die Welt drum geben, es Euch entdecken zu dürfen.

Ihr seht wohl, antwortete sie freundlich, daß ich mich jetzt nicht lang bey Euch aufhalten kann, aber sucht Gelegenheit, mich auf dem Schlosse zu sprechen, und so ich das, was Ihr begehrt, durch Vorbitte bey meinem Oheim erhalten kann, so solls Euch werden. Drauf zog sie ein ziemliches Silberstück aus dem Seckel und gab es ihm, der von seinen lauschenden Gesellen ob der milden Gabe wacker gehöhnt, und den ganzen Tag der Jungfernsöldner genennt wurde.

Spottet wie ihr wollt, sagte er, die erste Spende der liebenswürdigen Bertha ist mir Unterpfand noch weit grösserer Milde, und die Bestellung aufs Schloß? Das Erbieten zur Vorbitte bey dem Oheim? – Was sagt ihr dazu? – kann wohl ein Liebhaber sich bey dem ersten Gespräch grösserer Gunst von seiner Dame rühmen, als ich?

Die Sache ward belacht und commentirt; man weiß wie junge Gesellen es machen, dieses Geschlecht war sich in allen Jahrhunderten gleich. Aber der Begabte, dem würklich das Fräulein im Herzen wohlgefallen hatte, nahm die Sache ernstlicher als die andern, und bekannte ihnen frey daß er Eil habe, die schöne Bertha wieder zu sehen und mit ihr zur Richtigkeit zu kommen; aber, fuhr er fort, wie ist das zu machen? Die österliche Besuchzeit bey dem Baron ist noch fern, zudem haben wir uns unter dem andern Haufen von Vettern und Muhmen so selten bey ihm eingefunden, daß er uns kaum kennen, daß er uns vielleicht als Fremde behandeln würde, wenn wir es wagten, ihn ausser der Zeit heimzusuchen. Das Fräulein bekommt man übrigens, wie ich höre, kaum zu sehen, wenn man bey ihm einspricht; sagt selbst, welcher Mann wird wichtig genug seyn, uns freundliche Aufnahme, und Berthens Anblick zu verschaffen?

Es ward viel Rath über diese Dinge gepflogen, und daß die Jünglinge zum Besten ihres verliebten Gefärthen, endlich einen Ausweg fanden, das wird man ihrem Scharfsinn, denke ich, wohl zutrauen.

Das Fest des süssen Breys war noch nicht vierzehn Tage vorüber, so erhielt Baron Mathias Botschaft von dem Prinzen von B... der so wie mehrere Fürsten seinem Hause verwandt war, so es ihm gefällig wär, wollte er mit einem kleinen Gefolge in den nächsten Tagen auf seiner Burg einsprechen.

Das Fräulein nahm dies als Losung an, sich wieder auf ihr Zimmer zurück zu ziehen, und der Einsamkeit zu pflegen, die sie so ungestört, wie immer, bey solchen Gelegenheiten zu geniessen hoffte. – Hätte sie dem, was ihr die weiße Frau bey der letzten Erscheinung sagte, mehr Aufmerksamkeit geliehen, hätte sie nachgerechnet, daß es gerade der funfzehende Tag nach der rosenbergischen Spende war, da die fremden Herrn auf der Burg einritten, so würde sie vielleicht gemuthmaßt haben, daß sie dieses mahl wohl auch mit zur Gesellschaft gehören mußte, wenn sie heute den sehen sollte, der bestimmt war, ihr die Stelle ihres verblichenen Bräutigams zu ersetzen.

Bertha beweinte ihren ersten Geliebten noch zu redlich, um einen solchen Ersatz nur zu wünschen, auch schien sie diesen Theil ihres Traumgesichts ganz vergessen zu haben, wie sie denn überhaupt gern ihre Gedanken von allem losriß, was Beziehung auf die gespenstische Matrone hatte.

Sie machte diesesmal ihre Toilette so nachläßig als möglich, und setzte sich an ihren Spinnrocken, den sie bis zur Mittagszeit ohne Ruhe umtrieb, da die Dirne, die ihr zu Tische diente, hereintrat, und indem sie die Tafel bereitete, viel Erzählens von dem lieben jungen schönen Prinzen von B... und den drey wackern Rittern machte, die ihn begleiteten.

Bertha antwortete hierauf wenig, und wollte sich eben von ihrer Arbeit zu Tische sezzen, als sie den podagrischen Schritt des Barons auf der Gallerie hörte, und ihn bald darauf hereintreten sah.

Heilige Maria, mein Oheim! schrie Bertha, indem sie ihm entgegen trat, was kann Euch bewegen, jetzt Eure Gäste zu verlassen?

Die höchste Nothwendigkeit, mein Kind! Du mußt dich entschliessen, unten bey der Tafel zu erscheinen; ich wollte dir es selbst ankündigen; denn mir, denke ich, wirst du doch keine abschlägige Antwort geben!

Aber Himmel, mein Anzug! rief Bertha, indem sie in den Spiegel sah. Dieses weiße häusliche Gewand! Diese ungeflochtenen Locken!

Ließ sich das nicht in der Eil ändern?

Unmöglich, mein Oheim! Dies brauchte wenigstens eine Viertelstunde Zeit, indessen erkaltet das erste Gericht!

Nun so komm wie du bist! Du findest lauter Familie, der Prinz von B... ist unser Verwandter, und seine Begleiter, drey Herrn von Rosenberg, sind auch unsre Vettern.

Aber mein Gott! welch eine Forderung!

Komm nur, sie baten so sehr um Vergunst, ihre Muhme zu sehen, ich konnte unmöglich Nein sagen!

Glühend vor Scham über die vernachläßigte Toilette, und unaussprechlich liebenswürdig in ihrer Verlegenheit, trat Bertha an der Seite ihres Oheims in das Tafelzimmer; vielleicht würde sie durch den vollkommensten Modeputz ihrer Zeit kaum so sehr verschönert worden seyn, als durch die kunstlose Tracht, in welcher sie sich den Augen ihrer Vettern darstellte. Die Mode ihres Jahrzehends war ein wenig steif, auch giebt es Gesichter, die im höchsten Staate nie zu ihrem Vortheil erscheinen, zu welcher Klasse Berthens unschuldige wenig hervorstechende Züge gehörten.

Man bewillkommte sich nach damaliger Sitte, man setzte sich zur Tafel, Bertha war Wirthin; sie sprach wenig, aber das wenige gut. Ihr Auge war überall, daß nichts zum Wohlseyn der Gäste vernachläßigt wurde, und sie bemerkte bey dieser Beschäftigung nicht, daß diese Gäste, besonders der Eine, keine Augen hatten, als für sie.

Nach der Tafel ging man spazieren. Bertha mußte bey dieser Gesellschaft bleiben, und einer der vier Vettern war immer an ihrer Seite, daher sich unter dem Schloßgesinde, dem das etwas ungewohntes war, die Sage erhub: Der Brautkranz schwebe über dem Haupte des Fräuleins, und einer der vier Ritter werde sie sicher heimführen; welcher? das war eine grosse Frage, doch weil jedermann der guten Bertha das höchste Glück, die höchste Ehre gönnte, so fiel die Stimme einhellig auf den Prinzen.

Es war nicht ohne Grund der Wahrheit, daß die stille Bertha an diesem Tage mehr von Liebe hörte, als vielleicht in ihrem ganzen Leben. Denn der verblichene Bräutigam, Herr Peter von Wocken, war zu seiner Zeit ein schlichter geradsinniger Kempe, der seyn Liebchen von Herzen meynte, ohne es ihm in jeder Minute auf zehnerley Art zu verstehen zu geben.

Die Höflinge, mit welchen Berthen das Glück, oder ihre gespenstische Namensschwester heute in Gesellschaft gebracht hatte, wußten die Kunst der Minne auf gar feinere Art zu treiben, und das Herz des jungen Fräuleins wär verloren gewesen, wenn es zu den gewöhnlichen Alltagsherzen gehört hätte, an welche man nur anklopfen darf um eingelassen zu werden.

Berthens Herzensthür hatte an dem Andenken des verstorbenen Geliebten einen Hüter, der nicht so leicht zu bestechen war, sie verschloß sich um so fester, je heftiger man sie bestürmte. – Der Abend kam heran, und das Fräulein war froh, daß die Gäste, von denen sie sich solcher Überlast nicht versehen hatte, ihren Abschied nahmen, und sie sich in ihr Kämmerlein zurückziehen konnte. Doch hatte sie, ehe dieses geschehen durfte, noch eine ernste Vorhaltung von ihrem Oheim auszuhalten, wegen ihrer Hartherzigkeit, in welcher erwiesen wurde, daß man die Toden vergessen, und auf das Glück der Lebendigen denken müsse.

Wer von den vier Vettern, der Prinz oder einer seiner Ritter, den Baron dergestalt in seinen Vortheil gezogen hatte, wußte zur Zeit noch niemand als die dabey interessirten Personen, wir aber können es dem Leser wohl ins Ohr sagen, daß es der ältere Herr von Rosenberg war, ein stattlicher Ritter, der die Welt gesehen, und sich durchs Schwerd schon viel Ruhm und Ehre erworben hatte, also auf alle Weise ein liebens- und wählenswürdigerer Gegenstand, als der blonde funfzehnjährige Fürstensohn, ein junger Herr, bey welchem zur Zeit noch jugendlicher Leichtsinn die Hauptrolle spielte, indeß alles übrige, das Gute und das Böse, nur Anlage war.

Dieser Jüngling hätte sich zu der ernsten stillen Bertha geschickt, wie ein Trinklied zur hohen Messe, auch dachte er nicht an sie; er hatte den Besuch bey seinem alten Vetter, nur seinem Freunde, Herrn Heinrichen von Rosenberg, zu liebe veranstaltet, um ihm Gelegenheit zu dem Rendezvous zu geben, zu welchem er von der unschuldigen Bertha beym Feste des süssen Breyes beschieden worden war, und davon sie nun, da er sich ihr entdeckt hatte, so wenig als von der versprochenen Vorbitte beym Oheim etwas hören wollte.

Da die weiße Frau Wort hielt, und sich nicht wieder vor Berthens Augen sehen ließ, auch ihr im Traume nichts von ihrer Meynung über diese Dinge zuflüsterte, so können wir nicht genau sagen, welches dieselbe war, und müssen uns begnügen, dem Leser das mitzutheilen, was die Sage ihr zur Last legte, ungeachtet wir es mit dem Vorurtheil, das wir zu ihrer Klugheit und Gutmüthigkeit haben, nicht recht zusammen zu räumen wissen.

Die rosenbergische Matrone, so lautet die Tradition, hatte Fräulein Bertha von Neuhaus dermaßen in Affektion genommen, daß sie wünschte, sie aus ihrer Niedrigkeit auf die höchste ihr allenfalls erreichbare Staffel der Ehre zu erheben. Eine fürstliche Heyrath war ihr nicht zu hoch für ihre Favorittin, und sie dachte in allem Ernste darauf, ihr den jungen Prinzen von B ... zum Gemahl zu geben. Die bejahrten Heyrathsstifterinnen ziehen selten den Geschmack ober das wahre Wohl beyder Theile, immer nur ihren wahnvollen Eigensinn zu Rathe, so auch hier: Bertha und der fürstliche Jüngling paßten nicht für einander, und keinem kam ein Gedanke von Liebe in den Sinn, welches letztere die geschäftige Frau Base bald gewahr ward, es sehr hoch empfand, aber es doch nur an einem Theile zu rächen trachtete. Bertha war der Liebling der gespenstischen Matrone, sie sollte leer ausgehen, denn die weiße Frau, der Sitte ihres Geschlechts noch so ziemlich kundig, urtheilte weislich, daß ein Fräulein nicht lieben kann, wenn sie nicht zur Liebe aufgefordert wird, und daß die Verschmähte sehr billig Kaltsinn mit Kaltsinn belohnt.

Ein desto strengeres Gericht erging über den armen Prinzen. Warnende Träume machten den Anfang, um ihn zu dem anzumahnen, was man ihm aufbürden wollte. Sinnbildlich waren sie und für ihn schwer zu deuten. Prinz Erdmann verstand nicht, warum ihn der Traumgott unaufhörlich nach Schloß Neuhaus versetzte, und ihm aus der Hand seiner Muhme Bertha bald Kränze bald Ringe nehmen ließ. Er fand das junge Fräulein recht schön und liebenswürdig, aber wie er dazu kam, sie jede Nacht im Traume zu sehen, das konnte er nicht begreifen; wachend dachte er wenig an sie, als wenn der Herr von Rosenberg ihm etwa von dem schläfrigen Fortgang seiner Liebe unterhielt. Diese Lamenten hörte er noch dazu höchst ungern, weil er noch schlechterdings gar nichts von dem zarten Minnetrieb erfahren hatte, und also auch unmöglich Mitleiden mit einem verliebten Dulder haben konnte. Ritter, sagte er eines Tages zu dem traurenden Jünglinge, zur Linderung Eurer Quaal wollte ich Euch wohl meine Träume gönnen; sie mahlen mir jede Nacht Eure Bertha so schön und freundlich, als ich wünschen wollte, daß sie Euch erschien. Ach, mein Prinz, antwortete Herr Heinrich von Rosenberg, daß nur nicht etwa meine Gefühle in Eure Brust übergehen! Welch einen gefährlichen Mitbuhler würde ich an Euch haben!

Der übermütige Jüngling beantwortete dies mit Lachen, und eilte zu seinen Pferden, die, nebst der Jagd, vor der Hand noch das einzige waren, was er mit Leidenschaft und Beständigkeit liebte. Berthens ungebetene Versprecherin sahe, daß sie dem Widerspenstischen näher treten mußte, sie hatte ohnedem die Art kleinstädtischer Frau Basen, welche den kleinsten Grad von Verwandschaft zum Vorwand machen, sich in grossen Häusern zuzudringen. Brandenburg, Baaden, Hanover und andere ihrer Familie verwandte Häuser, genossen schon längst der Ehre, sie zuweilen zu sehen, und dem Hause von B... ward jetzt diese Erscheinung öfter als je zu Theil. Sie rumorte auf den Vorratsböden, strich mit ihrem Schlüsselbund durch die weiten Säle und ließ sich oft so gar bis zu dem Pferdestall herab. Am öftersten ließ sie sich in dem Zimmer des Prinzen sehn, zwar für ihn noch immer unsichtbar, aber desto fürchterlicher für seine Kammerbedienten, welche oft nicht wußten, wie sie sich geberden sollten, um die Äusserungen von Furcht und Entsetzen mit der Hofetikette zu vereinigen.

Das Anregen zur Reise nach Neuhaus, um die schöne Bertha zu sehen, ward immer deutlicher. Voll Unmuth riß sich der gequälte Jüngling einst um Mitternacht aus solchen Träumen empor, und eilte ans Fenster, da sah er ganz deutlich die weiße Frau, wie sie ihm oft beschrieben worden war, sein Leibroß aus dem Stalle, in den mondbeglänzten Hof leiten, bis sie in einer Ecke verschwand, da denn das zaum- und zügellose Thier mit unerhörtem Toben den Rückweg nach dem Stalle nahm.

Der Prinz weckte seine Leute, sie fanden den Stall verschlossen, aber das Pferd sehr unruhig. Die Klügsten unter ihnen schüttelten den Kopf und meynten, die Sache sey nicht auf die leichte Achsel zu nehmen, es sey hier ohne Zweifel ein Unglück im Anzug. Die Erscheinung der weißen Frau, die sich jetzt so oft blicken lasse, deute nie auf etwas gutes, und es werde dem Prinzen zu rathen seyn, den morgenden Tag nicht auszugehen, noch weniger das Roß zu besteigen, das bey dem nächtlichen Abentheuer irgend etwas von dem Gifte könnte bekommen haben, das ein böser Geist schon mehrmals den Rossen unter den Hafer gesprützt, und dadurch das Verderben ihrer Herrn bewürkt hätte.

Das Schrecken des Prinzen über den Anblick des Schloßgespensts war noch zu neu, als daß er wider das, was seine Diener sagten, etwas hätte einwenden sollen; er legte sich mit dem Entschluß, ihrem Rathe Folge zu leisten, wieder zu Bette, wo ihn bald der Schlaf überfiel; ein fester traumleerer Schlaf, der alle Schreckbilder verwischte, die sich seiner Seele eingeprägt hatten. Sie dünkten ihm, da er erwachte, nur ein Nachtgespenst zu seyn, und er erhub sich nach Gewohnheit, um auszureiten. Man stellte ihm vor, was er diese Nacht selbst gesehen und stillschweigend eingestanden hatte; umsonst, er bestand auf seinem Sinne. Er bestieg das Roß, das sich vor wenig Stunden an der Hand der weißen Frau gebäumt hatte, und das nun geduldig wie ein Lamm dastand; aber so bald es die Schloßbrücke hinter sich hatte, nicht mehr zu zähmen war, und mit verhängtem Zügel einen Weg nahm, dahin der Prinz gar nicht gedachte.

Es ist der Weg nach Schloß Neuhaus, sagte der muthwillige Reuter, als sein Gefärthe Herr Heinrich von Rosenberg ihm endlich behülflich war, das unbändige Thier ein wenig zur Räson zu bringen. Es ist der Weg zu deiner Bertha; setze dich auf, mein Freund, die weiße Frau hat diesem Rosse diese Nacht ein Wort ins Ohr gesagt, das seinen Reuter in wenig Minuten nach dem Orte bringen wird, wo ich nichts zu thun habe.

Der Herr von Rosenberg antwortete hierauf nichts, sondern rieth dem jungen Übermüthigen, für heute lieber den Rückweg nach Hause zu nehmen, da ja ohnedem heute das Wetter weder Jagd noch Spazierritt begünstigte. – Der Vorwand that seine Würkung; unter einem andern würde der störrige Jüngling schwerlich zum Heimzuge zu bereden gewesen seyn.

Man sagt, kein feindseliges Wesen habe Macht an dem Menschen, so lange er sich nicht durch irgend einen Frevel des schirmenden Schilds seines Schutzengels beraubt habe. Prinz Erdmann hatte schon manches gesagt und gethan, das sich vor dem strengen Gericht der Geister nicht ganz entschuldigen ließ, und ehe eine Stunde verging, sollte er sich noch mehr vergangen, und dadurch seinen Untergang unvermeidlich gemacht haben.

In dem fürstlichen Hause von B… lebte die alte Markgräfin von … eine venerable Matrone von drey und neunzig Jahren, Grosmutter oder Grostante des damals lebenden Geschlechts; sie war noch munter für ihr hohes Alter, und dasbey so gut und gefällig, daß nur ein junger Hitzkopf, wie ihr Urenkel, mehr besagter Prinz, ihr Liebe und Achtung versagen, und sich dann und wann durch ihre Weisungen beleidigt finden konnte.

Als er diesesmahl mit dem Herrn von Rosenberg von dem kurzen Spazierritt zurück kam, war es eben Zeit zum Frühstück, und die jungen Ritter gingen, so wie sie von den Pferden stiegen, in den grossen Gesellschaftssaal, wo die sämmtlichen Damen des Hauses bey der Morgensuppe versammelt waren. O, mein Kind! rief die alte Dame dem Prinzen entgegen, Gott sey Dank, daß wir dich wieder sehen! Todesangst haben wir deinetwegen ausgestanden. Ein Unglück steht unserm Hause bevor! wir werden nächsten Tages eine Leiche sehen! Würde ich es ausgehalten haben, deinen Tod erleben zu müssen?

Und warum den meinigen, gnädige Frau? fragte der Jüngling ziemlich übereilt.

Du meynst, erwiederte die Matrone, die, welche dich warnt, sey zum Sterben reifer als du? – O, mein Kind, wenn wirst du lernen, daß das Alter im Lehnstuhl sicherer vor dem Tode ist, als die unvorsichtige Jugend auf ihren Lustwegen? – Wilder Pferdebändiger!! dein Rasen kann dir über kurz oder lang den Untergang bringen!

Kann ich erfahren, fragte der Prinz eine seiner Schwestern leise, wie ich zu dieser Predigt komme?

Das Fräulein weinte. Unserm Hause, schluchzte sie endlich, steht allerdings ein Unglück bevor. Jener Mann im schwarzen Rocke bringt Post, daß der Tod weissagende Leichenstein unsers Uranherrn, in der Kirche zu *** stark geschwitzt habe! Du weißt, was dieses zu bedeuten hat.

Nun, erwiederte der Tollkühne, so will ich hin, will ein Tuch mit diesem vordeutenden Todesschweiße netzen, und es der Markgräfin bringen, daß sie sterben lerne.

Kaum hatte er ausgeredet, so verschwand er aus dem Zimmer, flog die Stiege hinab, und warf sich auf das noch gesattelte Roß, das man im Hofe auf und abführte, damit es sich von der vorigen Erhitzung erholen möchte. Es dampfte und lechzte noch, der Stallmeister bat, des schönen Thiers zu schonen, aber es war, als wenn der nehmliche Dämon, der in voriger Nacht dem Rosse Gift in den Hafer gesprützt haben sollte, auch das Hirn seines Eigenthümers ein wenig verrückt hätte! Er nahm keine Warnung an, und wie ein Pfeil von der Sehne, flog er auf dem Thiere, das mit ihm gleichen Trieb zum Verderben fühlte, davon, nach der zwey kleine Meilen entlegenen Kirche, wo sich bereits die ganze Gegend versammelt hatte, um den fürstlichen Leichenstein schwitzen zu sehen, und die Deutung dieses Wunders auf die alte Markgräfin zu machen.

Der Herr von Rosenberg war dem Prinzen so eilig als möglich gefolgt; das Verlangen der fürstlichen Damen, und seine eigenen Besorgnisse um den jungen Unvorsichtigen nöthigten ihn, denselben seinem Schicksale nicht allein zu überlassen; er langte wenig Minuten nach ihm an, stieg ab, und fand ihn unter dem dichten Haufen, bey dem schwarzen marmornen Denkmahl stehen. Ein Gelehrter aus der nahgelegenen grossen Stadt, den das Gerücht von dem Mirakel auch herbey gezogen hatte, hatte sich zu ihm gesellt, und erklärte ihm weitläuftig, daß die Feuchtigkeit, welche von den weinenden Steinen herabtroff, keinesweges etwas Übernatürliches sey, und sich sehr leicht aus diesen und diesen Ursachen herleiten lasse.

Demonstrationen dieser Art, sagt der erste Erzähler dieses Mährchens, sind der ungläubigen Jugend jederzeit willkommen. Der Prinz horchte, und lachte dazwischen über die Hirngespinste, die sich seine Urahnfrau machte. Auch der Herr von Rosenberg war unaufmerksam, doch enthielt er sich jeder unvorsichtiger Äusserung, wie er denn überhaupt ein edler bescheidner Mann war, der auch aus diesem Grunde die Hand der stillen Bertha verdiente. Als der Demonstrator nichts mehr zu sagen hatte, und man doch hier nichts weiter sah, als eine gaffende Menge und herabfallende Tropfen eines feuchten Gewölbes, da entschloß man sich zurück zu reuten. Herr Heinrich schlug dem Prinzen vor, die Pferde zu wechseln, aber dieser nahm das als Beschimpfung an. Er gestand ein, daß ihm das tolle Thier im Herüberreuten viel Noth gemacht und mehrmals mit dem Sturze bedroht habe, aber daß die starken nervigten Arme des Ritters Rosenberg es besser würden zu regieren wissen als die seinigen, das wollte er nicht erkennen. Er ließ sein Taschentuch ein gutes Theil von dem sogenannten Todesschweiß des Leichensteins einfangen, und steckte es zu obgemeldeten Vorhaben zu sich, verließ dann mit seinem Gefärthen die Kirche, und schwang sich auf das Roß, das bisher geduldig unter der Hut einiger Bauern vor der Pforte gestanden hatte, aber nun, so wie es seine Last fühlte, sein Rasen von neuem begann, so daß dem, der es sahe, wie vielmehr dem Reuter, die Haare zu Berge standen, und jedem der Sturz unvermeidlich schien.

Der Herr von Rosenberg verlor den unglücklichen Jüngling, so schnell er ihm auch folgte, bald aus den Augen. Mit Gefahr selbst zu stürzen, stieß er sein eignes Roß unaufhörlich an, um dem unsinnigen Fluge so nah als möglich zu bleiben. Auf Augenblicke sahe er den Prinzen in der Ferne wieder, der immer im nächsten wieder am Horizonte verschwand. – Die fürstliche Burg war jetzt nahe, Rosenberg sah den Prinzen nicht mehr, eine Viertelstunde vor ihm, war er bereits bügellos in den Schloßhof gejagt gekommen, der Zügel war nicht mehr in seinen Händen: er hielt sich nur noch an der Mähne fest. Man sah seine Gefahr und eilte ihm zu Hülfe zu kommen, aber ach, zu spät! Ehe man sich ihm nur zu nähern vermochte, hatte ihn schon das Unglücksroß, das bald darauf zu Boden fiel, und den letzten Hauch ausbließ, abgeworfen: Der Unfall geschahe dicht an der grossen Stiege. Man hub den armen Jüngling auf, der, so erschüttert er auch war, doch noch begehrte hinauf geleitet zu werden. Es war Unmöglichkeit; ein

Strom von Blut stürzte aus seinem Munde. Rosenberg kam zu diesem kläglichen Schauspiele. Er faßte seinen fürstlichen Freund in seine Arme, der sich schwächlich an ihn lehnte, und ihn versicherte, es habe nichts zu bedeuten, und werde bald vorüber seyn. Leite mich nur hinauf, setzte er lallend hinzu, denn ich werde nicht sterben, man soll nicht sagen, daß der Schweiß des Leichensteines auf mich gedeutet habe!

Man sagt, der unglückliche junge Prinz habe würklich noch Kraft gehabt, diesen Weg an Rosenbergs Arme zurückzulegen, aber Kraft die vereinten Folgen von tödlicher Erhitzung und dem gewaltsamen Sturz zu überstehen, hatte er nicht. Er starb noch am nehmlichen Tage in den Armen einer verzweifelnden Familie, die den jungen Wüstling liebte wie er war, und mit ihm alles verloren zu haben glaubte.

Dieses war die tragische Geschichte, die man, ob sie gleich vielleicht blos die Folge jugendlicher Unbesonnenheit war, auf die Rechnung der rosenbergischen Matrone schrieb; was pflegt man nicht alles herbeyzuziehen, um die Fehler der Fürsten zu entschuldigen! In wie weit Berthens Name mit hinein verflochten war, das war damals niemand bekannt als dem Herrn von Rosenberg, dem der verstorbene Prinz zuweilen etwas von seinen Träumen gesagt hatte; erst lang nachher ist diese Sage ausgekommen, und man hat sie genutzt, der weißen Frau, unter andern gehäßigen Namen, den Namen einer unglücklichen Heyrathsstifterin zu geben. Wir unsers Theils, die diese Dame am liebsten nach ihren eigenen schriftlich von sich hinterlassenen Zeugnissen, die wir dem Leser mitgetheilt haben, zu beurtheilen pflegen, erklären, daß wir sie solcher Tücke für unfähig halten, und wenden uns wieder zu ihrer Favorittin, dem Fräulein von Neuhaus, das auf dem Schlosse des alten Barons das gewohnte stille Leben fortsetzte, ohne sich durch etwas beunruhigen zu lassen, als durch die daurenden Liebesverfolgungen des Herrn von Rosenberg, der sich bald schriftlich bald durch den Mund des Oheims an sie wandte, um sie von der endlosen Trauer um den Verblichenen, zu einer neuen Verbindung zu bereden.

Es war in der That schon bald jährig, daß sie ihren Geliebten verlor, und der Ausdruck, endlose Trauer war also würklich recht wohl angebracht. Ach, die treue Bertha würde ihren Bräutigam wohl bis ans Ende ihres Lebens beweint haben, hätte man ihr Freyheit dazu gönnen wollen, und hätte sich nicht das Schicksal eingemischt und ihrem Herzen anfangs Mitleid, und denn bald eine noch zärtlichere Empfindung aufgenöthigt, die so gern aus inniger Theilnehmung an des Andern Kummer erwächst.

Der Prinz von B... war tod, und wurde als ein vornehmer Verwandter, wie sichs geziemt, von dem rosenbergischen Hause betrauert; aber es ließ sich an, als sollte man bald noch eine Trauer bekommen. Herr Heinrich von Rosenberg hatte in den beyden forcirten Märschen, die er wenig Stunden hinter einander, seinem fürstlichen Freunde zu Liebe unternahm, seine eigene Gesundheit wenig in acht genommen. Die Ritter konnten damals schon weniger ausstehen, als die Helden einiger frühern Jahrhunderte und Rosenberg lag sehr gefährlich an den Folgen der tödlichen Erhitzung. Fräulein Bertha erhielt die Nachricht von seiner Krankheit, aber die Ursachen derselben erfuhr sie nicht; da sie nun kurz zuvor, ein höchst lamentables Schreiben von ihm erhalten hatte, in welchem die Worte, Grab und Tod, nicht gespart waren, so glaubte sie aufrichtig – wie denn die Mädchen in solchen Stücken starkgläubig sind, – sollte Herr Heinrich sterben, so sey sie seine Mörderin. In dem Schmerz und den Gewissensbissen, die ihr dieser Wahn verursachte, that sie das Gelübde auf den Fall seiner Genesung, die sie inbrünstig vom Himmel erflehte, nicht ferner die Grausame zu spielen, sondern zu dem, was er wünschte, und der Oheim befahl, ja zu sagen. –

Sie hatte dieses Gelübde so laut gethan, daß man sie beym Worte halten konnte, und es war um die Zeit des österlichen Familienbesuchs, da Herr Heinrich von Rosenberg, völlig wiederhergestellt, eintraf, ihre Hand aus der Hand des Barons zu empfangen.

Das fehlte noch, sie der alten Einwohnerin dieser Mauern, der weißen Frau, lieb und theuer zu machen! Auf Schloß Neuhaus war sie geboren, hier hatte sie den deutungsvollen Namen Bertha empfangen, hier hatte sie den größten Verlust eines zärtlichen Mädchens, den Verlust ihres Bräutigams erlitten, das wichtigste Jahr ihres jungfräulichen Lebens verlebt, nun sollte sie auch hier ein Bündniß treffen, das – es mochte nun mit dem Prinzen von B... auch Bewandnisse gehabt haben, welche es wollte – doch wenigstens jetzt mit dem vollen Beyfall ihrer geistigen Patronin beehrt ward.

Sie gab sichtliche Zeichen ihres Wohlgefallens von sich. Es ist bekannt, daß dieses gute hauswirthliche Gespenst, seine Geschäftigkeit nicht blos bey bevorstehenden Trauerfällen zeigt, um etwa die Leichentücher aus den verschlossenen Truhen zu holen, oder die Lichter beym Sarge im Voraus zu ordnen; nein, ist in den ihnen verwandten Häusern Hochzeit oder Kindtaufen vor der Thür, so giebt es den nehmlichen Lärmen mit Schlössern und Schlüsseln. Die fleissige Hausfrau hat mächtig zu thun, das silberne Tafelgeschirr herauszugeben, und das köstliche Leinengeräth auszubreiten. Findet sich denn etwa eine vorwitzige Wirthschafterin im Schlosse, die für die ihrer Hut anbefohlnen Kostbarkeiten unnöthig besorgt, der rosenbergischen Matrone Hinderniß in ihre Geschäfte bringen will, so kommt es nicht selten zu Thätigkeiten, da freylich die Sterbliche allemal die Schwächere ist, und wohl gar mit dem Leben bezahlen muß.

Wie Frau Bertha es allemal zu treiben pflegt, wenn Hochzeit in der Familie ist, so auch hier; nur machte sie das Ding so arg, daß man fast keinen Schritt auf Treppen oder Sälen thun konnte, ohne Furcht ihr zu begegnen. Nur der jungen Braut begegnete sie nie; das war die Folge ihres gethanen Versprechens, dem sie als eine wahre alte Edeldame treu blieb.

Es gab Personen, welche dem Fräulein rathen wollten, ihr gutwillig zu gefallen zu gehen, und dieses aus folgender Ursach:

Ausser den bekannten goldnen und silbernen Pokalen, Schüsseln und Kannen des Schlosses, sahe man auch oft, daß sie sich mit Gefässen von ungeheurer Grösse und seltner Kostbarkeit trug, die niemand je zuvor gesehen hatte, und deren einige sogar mit alten Thalern gefüllt waren bis oben an; man urtheilte nicht uneben, dies könnten Hochzeitgeschenke für die Braut seyn, wenn sie nur gleich bey der Hand wär, sie aus den Händen ihrer Patronin zu empfangen; aber Bertha hätte nicht aller Welt Gut um den Preis genommen, ihre ehemahlige Gesellschafterin nur noch einmal zu sehen, auch war ihr Bräutigam, der so wenig als sie einen Hang zum Geitz hatte, sehr wider eine solche Wagniß um schnöden Gewinsts willen. Indessen schreibt sich von diesen Zeiten noch die Sage von einem grossen Schatze her, der zu Schloß Neuhaus dem glücklichen Finder aufbehalten wird, und dessen Hüterin die weiße Frau ist. Wer sie in der Abend- und Morgendämmerung auf den verfallenen Thürmen der alten Burg, wie ein wachsendes Gespenst hervorkommen sieht, und Muth genug hat, hineinzugehen, und ihr auf den morschen Treppen nachzusteigen, der wird mit einigen möglichen Bedingungen die Schätze heben, die damals vielleicht der geliebten Bertha zugedacht waren.

Sie erhielt nichts davon, weil sie nicht so viel Herz besaß, es aus der Hand der gespenstischen Matrone zu nehmen; nicht einmal ein Pathengeschenk bekam sie, als sie auf Schloß Neuhaus, wo sie mit ihrem Gemahl dem alten Baron zu liebe ein ganzes Jahr haußte, ihr erstes Herrlein gebar. Aber sehr geschäftig war die weiße Frau in der Wochenstube, wenn die Kindbetterin schlief. – Den kleinen Peter von Rosenberg – so nannte ihn Bertha nach ihrem ersten Geliebten, – sahe man mehrmal auf ihren Armen, auch wußte sie das Recht der Verwandschaft an das Kind sehr nachdrücklich zu vertheidigen, als ihr einst die Wärterin dasselbe kühnlich entreissen wollte; doch fühlte sie sich durch diese Unhöflichkeit so beleidigt, daß sie nachher nicht wieder erschien, und sich begnügte, ihre Geliebten unsichtbarer Weise in Obacht zu halten. Heut zu Tage sind obbenannte neuhausischen Thürme, das Schloß zu Hanover, und die Zimmer des königlichen Schlosses hinter dem Rittersaal die Hauptgegenden, wo sie sich eignet; die Verbindungen mit andern Häusern sind nach und nach zu zahlreich geworden, als daß sie sich, so wie sie sonst gewohnt war, überall zeigen könnte, wo sie verschwägert ist.

1792

SOPHIE ALBRECHT

Das höfliche Gespenst

Vorrede

Für Seelen, die irgend ein Verhältniß in ihrer irrdischen Laufbahn in die Vorzeit zurückzieht, die nicht ganz dem Loose entsprechen können, welches ihnen hier zu Theile wurde, ist dieses geschrieben.

Wenn der Kunstrichter, wenn der aufgeklärtere Freygeist es Schwärmerey nennt, so bedenke er, daß unter den Millionen, die um ihn weben, Millionen eben so freye Wesen sind, die ein selbstständiges Ich eben so gut wie er ausmachen, und deren Meynung, deren innere Gefühle er weder zu beurtheilen noch zu lenken berechtiget ist. Mit mir Fühlende werden es nicht so finden, werden den Geist, der in diesen Blättern liegt, entdecken, und Nahrung für Gefühle darin finden, die, wenn andre sie nicht kennen, gerade den größten Werth für den besitzen, dem sie Bedürfniß sind.

Die Verfasserin

Das höfliche Gespenst

Wenn wir die Zeiten der Vergangenheit überdenken, und uns ihre blutigen Schlachten, ihre fürchterlichen Kriege Schaudern erregen, so verweilt unsere bebende Fantasie mehrentheils bey brennenden Städten, öden Landstrichen, und unter der grauenvollen Stille todtenreicher Gefilde. – Ach! schrecklich ist dieses Gemählde, und ganz des Schmerzes werth, den gewiß jedes Menschen Herz dabey empfindet. Wir vergessen unter dem schrecklichen Geräusch der Waffen; wir hören vor dem Röcheln der Sterbenden nicht das doppelte Sterben derer, die um die lieben nie Wiederkehrenden jammern, fern von der Erde, die ihr Blut trank – ach! wie viel glücklicher sind sie zu nennen, die im Getümmel des donnernden Geschützes sanken, gegen die, welche zwischen Furcht und Hoffnung mit schmerzlichem Herzklopfen die Todespost tausendmahl hören – die sie, wenn sie nun endlich kömmt, doch so ganz unerwartet niederwirft!

Wie viel unaussprechlich heiße Thränen netzten die Wahlstatt des dreißigjährigen Krieges? Wie viel Söhne, die letzte Stütze sinkender Mütter – wie viel Gatten der liebenden Weiber – wie viel Väter derer ohne sie dem Hunger und Verderben überlassenen Kinder würgte das fürchterliche Schwerd, welches so viele Jahre wüthete? Wir lesen die Gräuel dieses Kriegs, staunen den großen blutigen Umriß an, den sein Elend zog – aber wir sehen nur Leichen und Verhehrung – die Thränen, den Jammer der Unglücklichen, die die Gefallenen überleben mußten, wo das kalte Schwerd des Feindes die schönsten Bänder von Lieb und Freundschaft, Dankbarkeit und süßer Anhänglichkeit zerschnitt – die Klagen derer werden für der lauten Wuth des Ungeheuers nicht gehört – hier und da trägt die Sage wohl noch einen Nahmen der überbliebenen Bedaurungswürdigen; aber erst dann fing man an, in ihre Leiden zu weinen, wann ihre Thränen schon lange von der Hand des Todes getrocknet waren, sie in der kühlen Erde ihren heisen Jammer vergessen hatten; und oft muß noch dieses Andenken durch jene oder diese Sage, weit ferner unserm Herzen liegend, aus der dunkeln Vergangenheit gerufen werden. Auch diese kleine Geschichte, welche wir heute unsern Lesern erzählen wollen, ist ein Beweis, daß die herzlichsten Gefühle, die Nahmen der weichgeschaffnen Menschen oft nur darum nach Jahrhunderten genannt werden, weil sie sich an eine wundervolle Legende schmiegen, die mehr unsere Fantasie als unser Herz beschäftigt.

Katharina von Hartig, eine Anverwandte des großen Grafen von Turn, verlor ihren Verlobten, einen Freyherrn von Lichten, in jenen blutigen Tagen, die Prag sah; er starb unter den Fahnen des alten Turns, und dieser große Mann, gewohnt an Tod und Thränen der Überbliebenen, mußte selbst sich vorbereiten, um die schonendsten Worte zu wählen, seiner Verwandten den Tod, den rühmlichen Tod für Freyheit ihres Verlobten, zu verkünden. Er wußte, so wie der ganze große Cirkel, in dem sie ihrem Range gemäß lebte, daß Katharina nur in Lichten athmete, und sein letztes Gebet nannte Katharina. Schwerer war es dem liebenden Helden, von ihr zu scheiden, als von einer Welt, die ihm alle ihre Freuden bot. – Wie lange die Bedauernswürdige im dumpfen Bewußtseyn brütete, welche Tröstungen stark genug waren, ein längeres Leben zu ertragen, ist uns unbekannt: ihr Entschluß zeigt, daß die liebe Trauernde ihren Schmerz liebgewann, daß vermuthlich der Gedanke einer endlichen Wiedervereinigung in Fluren voll Ruhe, wo kein Blut, keine Thräne mehr fließt, ihr schönster Tröster ward.

Vielleicht vermuthen manche meiner Leser, wenn sie an diese Stelle kommen, daß Katharina den Schleyer wählte, weil ein Kloster zu damaligen Zeiten gewöhnlich der Zufluchtsort so mancher Leidenden wurde, aber Katharinens Schmerz, sagt unsere Urkunde, war nicht von jener stillen Art, der sich im Kloster verweint. Die einzige Linderung ihrer Leiden gab ihr der Gedanke an ermüdende Spaziergänge – ihr war das große Prag zu enge, wie hätte sie in einem Kloster ausdauern können? Als Nonne war es Pflicht, ihre irrdische Liebe Gott zu opfern, und eben das Lieben dieser Liebe war ihr mehr, als der Gedanke des ewigen Himmels. Ihre kranke Seele suchte

Mitgefühl – heischte Thränen – wollte hören, daß alles, was um sie athmete, ihren Verlust empfinden sollte. Wie hätte sie sich in kalte Mauern verschließen können, wo so selten warme Herzen schlagen? Ihre liebende Fantasie hörte in den Wellen der Moldau Klage um ihren Verlust – die Abendlüfte in den Wäldern nannten ihr den lieben Verstorbenen – jede Grille war ihr verwaist, wie sie – trauerte, wie sie – und das melancholische Lied des kleinsten Vogels sang das Grablied ihrer Liebe. Katharina warf sich an den Busen der immer gütigen tröstenden Natur. – In ihrem stillen Schoß, in ihrem freyen Heiligthum fand auch sie eine Art wehmüthiger Ruhe. Längst moderte Lichten, längst waren viele von seinen Nachfolgern ein Raub der Verwesung – viel Wittwen weinten – viel Wittwen trösteten sich am Arm neuer Geliebten – und wir finden unsere Heldin eben erst stark genug, ihren Freunden den Entschluß, Prag auf lange zu verlassen, bekannt zu machen. Nur wenig fühlende dieser Freunde waren klug genug, ihren Entschluß zu billigen – die größere Anzahl nannte ihn überspannt – Schwärmerey – und es wurde mancher Gemeinspruch, als: sie ist nicht die erste, und nicht die letzte, welche einen Todten beweint; oder: man muß nicht muthwillig die lindernde Zerstreuung von sich stoßen – die Lebendigen sind besser, als die Todten – hin ist hin – und was dergleichen liebe anwendbare Sprüchleins sind, abgehandelt. Am meisten war Katharina dem Achselzucken und Spötteln derer ausgesetzt, die sich in weit kürzerer Zeit, als sie, über den blutigen Tod ihrer Männer und Geliebten getröstet, ob sie gleich in den ersten Tagen ihres Verlustes lauter geweint und betheuert hatten, daß für sie Himmel und Erde keinen Trost hätte. Die stille, kluge, wirklich Betrübte, ließ sie reden, und ihr Spott fand keinen Eingang in ihr Herz, das ganz mit ihrer Trauer erfüllt war, sie dankte ihren bessern Freunden für den Beifall, welchen sie ihrem Plane gaben, verkaufte alles, was sie in Prag besaß, und entließ ihre Dienerschaft, bis auf einige wenige, mit reichen Geschenken, weil sie keine in ihre Einsamkeit mitnehmen wollte, die nicht für Mitleid und Stille geschaffen schienen. Einige Stunden vor ihrer Abreise nahm sie Abschied von wenigen Freunden, und trug ihrem gewesenen Haushofmeister auf, sein letztes Amt zu verrichten, welches darin bestand, daß er einige Stunden nach ihrer Abreise allen Bekannten ihren Abschied mit dem gewöhnlichen Wörterschmuck der Höflichkeit melden sollte.

Katharine schien freyer zu athmen, als sie die hohen dumpfen Mauern des unruhigen, seit kurzem mit so viel vergoßnem Blut befleckten Prags verlies. – Sie sah die grüne Saat, und ein Blick voll Hoffnung hing an dem blauen wolkenlosen Himmel; dort fand sie ihn wieder – sie hörte süße Ahndung des baldigen Wiedersehns in den wehenden Zweigen – jede schmeichelnde Luft, die ihren verweinten Augen wohl that, war ihr das Schweben ihres Geschiedenen. So mischte die sanfte Schwärmerin Zukunft und Gegenwart, Jenseits und Hier, geistiges und Körpergefühl, so fein, so lieblich, daß ihr Zustand erträglich wurde, und ihr wieder Augenblicke ließ, wo sie auch diese blumigten Erdenfluren schön nannte. Freylich waren es nur Augenblicke, und selten waren auch diese, denn bey jeder Blüthe preste ihr das Bewußtseyn Thränen aus: er gab mir einst schönere Blumen, denn er pflückte sie für mich; jede romantische Stelle wurde ihr durch das Gefühl melancholisch: Wie wären wir hier glücklich gewesen! Die junge Sonne erinnerte sie an die schönen Morgen, mit ihm bewundert, und in der Abendröthe dachte sie oft an das blutige Bett, auf dem er starb, der ihr sonst die Natur verschönte.

Wenige Meilen von Prag, in einer stillen, waldigen Gegend am Ufer der Moldau, lag ein kleines Landhaus, welches in den glücklichen Tagen unserer Katharine selten besucht wurde; eine alte freudenlose Tante hatte es ihr nach ihrem Tode geschenkt, weil das gute theilnehmende Mädchen oft Monate ihrer jugendlichen Freuden, die grämlichen Tage der alten Kranken zu erheitern, verschwendete. – Sie starb, und kaum wußte sie ihre Nichte im Schooß der ruhigen Erde, so übergab sie ihr kleines Eigenthum dem ersten besten Pachter, und eilte von einem Orte, der ihr von nichts als tiefer unangenehmer Stille und Langeweile sprach. – Ach! sie wußte nicht, daß sie einstens so sehr elend werden könnte, daß ihr von der ganzen lachenden Welt nichts übrig bleiben sollte, als dieser öde Winkel, wo sie ungestört weinen dürfte: – hier wußte sie gewiß, kömmt kein Glücklicher hin – und hier spricht keine Stelle von einer lächelnden Zeit. – Ihre Tage gingen ihr ziemlich ruhig dahin, denn die Scenen der Natur wurden ihre sanften Tröster. Ihre Harfe, ihre Bücher, Besuche in der nahen Kapelle, und die wenigen Briefe, welche sie ihren Freunden beantworten mußte, füllten ihre Stunden.

Wurde es ihr zu enge in ihren Mauern, da nahm sie ihren Schleyer, und machte oft stundenlange Spaziergänge, um ihren Schmerz durch Müdigkeit abzustumpfen. In diesem Mittel lag ihr fast immer Heilung. – Die Wolken flohen vorüber, und lichte Sterne kündigten ihr die Heimath ihres Lieben an – die Moldau wallte Wellen auf Wellen, und sie fühlte: auch deine Tage gehen schnell vorüber! Die Blumen welkten, um jungen Knospen Platz zu machen, und sie rief sich auch zu: wir werden auferstehen in junger Schöne! Selten kam Katharine ungetröstet zurück von ihren Wallfahrten, und nach einigen Monaten trug ihr Schmerz das milde Gewand einer sanften Schwermuth, einer lieben Sehnsucht, die nicht ohne Hoffnung weinte.

Die herbstliche Sonne machte schon kurze Tagereisen, und Katharinens Einsamkeit wurde durch nichts unterbrochen, als zuweilen durch einen Besuch in einigen benachbarten Frauenklöstern, wohin sie ging, theils um ihre Andacht zu pflegen, oder auch Verwandte heimzusuchen, die ihr diese Besuche zur Pflicht machten, weil sie glaubten, ihre Schwermuth durch heilige Gespräche zu zerstreuen; doch auch ihr

Herz hatte einigen Theil daran. In dem alten berühmten Klarenkloster, von welchem wir jetzt nur noch die Stätte nennen können, lebte eine schon bejahrte Nonne, Fräulein Walburgis von Hartig, Tante unserer Einsiedlerin, ein fühlendes Weib, edel und gut, ganz zur Trösterin für Leidende geschaffen. – Katharine weinte gern an ihrem Busen, denn auch Walburgis hatte der Liebe heiße Thränen gezollt – auch ihr war das Grab ihres Bräutigams die Scheidewand zwischen ihr und der Welt geworden. Menschen, die nach dem gewöhnlichen Tone zu trösten suchten, und nebenbey in diesem Trost ihre eigennützigen Absichten befriedigten, brachten sie in den Stunden gänzlicher Bewußtloßigkeit ins Kloster, und als sie Stärke genug wieder fühlte, einen Entschluß zu fassen, wie Katharine, war es zu spät. Gewohnheit und das nahende Alter machten ihr jetzt das Kloster lieb, und nur Katharinens Bitte, sie zuweilen zu besuchen, konnte sie vermögen, die Erlaubniß ihrer Oberin anzunehmen, ihre schöne Muhme zuweilen auch außer dem Kloster zu sehn. – Doch wurden in den Tagen ihre Spaziergänge nicht so oft besucht, als wenn sie allein war, Walburgis schien an den stillen dunkeln Waldungen – an dem einsamen Uferwege wenig oder gar keinen Geschmack zu finden; – und sonderlich eilte sie mit Ängstlichkeit dem Hause zu, sobald die Dämmerung die Gegend nach Katharinens Gefühl erst traulich und anziehend werden ließ. Selbst Mondnächte, die lieblichsten für süße Schwermuth, konnte sie in Walburgis' Gesellschaft nur von dem hohen Altan genießen. – Katharine schrieb diese scheue Bangigkeit, mit der ihre Freundin nach dem geselligen Hause eilte, klösterlicher Furchtsamkeit zu, und versicherte ihr oft, daß hier seit Menschen Besinnen keine Räuber gesehn, und daß die übrige Männerwelt für diese Stille verbannt wäre. – Walburgis fragte sie mehr als einmahl mit ängstlichen Blicken, die bey jedem Geräusch umher irrten: ob sie sich wirklich so ganz allein in dieser Gegend glaubte? ob sie keine Spur von Nachbarschaft hätte?

»Keine, liebe Tante!« erwiederte Katharine. – »Du kennst ja so gut wie ich die wenigen Klöster und die wenigen Bewohner. Diese ausgenommen, besucht kein Wesen außer mir diese tiefe Stille – es müßten denn die Geister derer seyn, die sie einstens, wie ich, zum Schauplatz ihrer Thränen machten.«

Wie verstehst du das, Kätgen? rief Walburgis, bleich wie ihr Schleyer, und bebend an allen Gliedern: Hast du etwas bemerkt? Komm, laß uns eilen! Hier, just hier ist nicht gut weilen. Sieh, der Abend grenzt schon an die Nacht.

Katharine drang vergebens in die Nonne, ihr zu sagen, was sie veranlaßt hätte, ihr jene liebliche Krümmung der Moldau, wo sie so gern unter den dichten Schatten der hohen Eichen weilte, verdächtig zu machen? Walburgis fragte nur, und beantwortete keine ihrer Fragen.

Du bist also oft dort, wenn die Sonne untergeht? Sehr oft, und allein?

»Ganz allein, doch zuweilen begleitet mich auch meine Oda, aber dann bleib ich gewiß, bis es tief Nacht wird.«

Und du hattest nie Schreck?

»Nie! – Was sollte mich denn dort schrecken, wo alles so freundlich ist?«

Nun ich meine nur, wenn dir dort jemand begegnete – etwa im ungewissen Mondlicht; da, du weißt ja, hilft unsre Fantasie oft etwas fürchterlich mahlen, was bey traulichem hellen Tageslicht nur Bäume und Felsen sind – ich rieth dir doch, deine Abendgänge einzustellen, besonders die ganz allein; deine Nerven hat der Kummer geschwächt, wie leicht könnte dir etwas zustoßen.

»Und was sollte das seyn? Wie gesagt, wilde Thiere giebt's nicht, und Menschen sah ich nicht hier.«

Liebe! du kennst vielleicht deine ganze Nachbarschaft noch nicht – und so eine unvermuthete Bekanntschaft würde dir auf alle Fälle nicht angenehm seyn.

»Aber wo sollte sich diese Nachbarschaft wohl aufhalten?

ich kenne ja die kleinste Jägerhütte; und wenn sie nicht in der Marien-Kapelle wohnte, wüßte ich ihr kein Obdach zu denken.«

In der Marien-Kapelle? schrie die Nonne schaudernd: welche Bewohnerin meinst du? Ist dir etwas kund worden?

»Nichts, gar nichts, Liebe! Heilge Clara, wie kann dir dieses so auffallen?«

Vergieb mir, Liebe, es ist das erstemahl nach vielen Monden, daß mir eine Art Scherz entschlüpfte, der mir ja fremd seyn sollte, und ich sehe meinen Leichtsinn durch deinen Schreck bestraft; nichts, gar nichts ist mir kund, was könnte mir denn kund seyn, was?

Walburgis brach kurz dieses und jedes ähnliche Gespräch ab, und zeigte nach einigen Tagen so viel Mißbehagen an der ganzen Gegend, daß Katharine ihrem Abschied weniger ängstlich entgegen sah, denn sie verlor durch sie alle ihre nächtlichen lieben Spaziergänge. Nach ihrer Abreise war die Furcht der Klosterfrau, für die Dämmerung und den einsamen Wallfahrten, oft der Inhalt des Gesprächs der furchtlosen Katharine und ihrer Oda. Erstre schrieb all ihr ängstliches Wesen dem scheuen Klosterzwang zu, aber Oda wollte mehr dem Hang der Nonnen zu Sagen und Mährgens von Räubern und Geistern, die vielleicht nach den Grillen der Klöster hier hauseten, ihr ganzes räthselvolles Benehmen zuschreiben. Die Gegend, welche Walburgis am meisten floh, wurde aufmerksamer von unsern Einsiedlerinnen betrachtet – bey jeder neuen Untersuchung fanden sie neue Reize, und eh der Wind des späten Herbstes wehte, hatte diese stille, sanfte, Melancholie gebende Stelle so viel Interesse für unsere Trauernde, daß beschlossen wurde, sie durch ein kleines Monument zu ehren, welches sie dem Andenken ihres Lichten in dieser Gegend versprochen hatte. – Die immer rauhere Witterung hielt sie nicht ab, noch vor dem völlig eintretenden Winter den Grundstein mit thränenvoller Andacht zu legen – Geld und guter Wille macht alles möglich. Katharine konnte hoffen, schon am Weihnachtsvorabend ihr erstes Thränenopfer bey der theuren Urne zu bringen; dieses war der Jahrestag ihres unersetzlichen Verlustes, und wurde von ihr allemal einsam gefeyert. – Einfach und edel wie ihr Gefühl, war das Denkmahl ihrer Liebe, ein Hügel, den tausend süßduftende Blumen bedeckten, beschattet von den hohen schaudererregenden Eichen, die durch ihre Hand sich jetzt mit hangenden Trauerweiden und immer grünenden Tannen, ein Bild ihrer Hoffnung, vermischten, umschlossen die heilige Stille, die kein Geräusch unterbrach, als das ernste Wogen der Moldau, und ihr Gebet. – Den Hügel zierte eine Urne von schwarzem Marmor; im Arm der Hoffnung, die sich an die Urne lehnte, lag der Genius des Todes, dem Katharine die sanften schönen Züge ihres Lichten hatte geben lassen; ein Blick der lächelnden Hoffnung in das Gewölke des Himmels, war das, was Katharine dachte, und ihr den Weg der einsamen Gänge des Lebens ebnete. Diese bittersüße Beschäftigung nahm ihr manche Stunde, denn bey jedem Baum, der gepflanzt wurde, bey jedem Rasenstück, welches den Hügel wölbte, mußte sie ja ihre Hand anlegen. – Hier wurde in den mildern Tagen durch Wind und Schnee gegangen, um ihr Gebet zu halten; waren die Werkleute in der Nähe, so geschah dieses in der nahen Marien-Kapelle, denn Katharine wollte nicht gestört seyn – sie ging nicht zum Beten, weil sie beten mußte, oder es eine feine äußerliche Zucht sey, mit gefalteten Händen und frommen Augenaufschlagen, daß uns die Leute sehn, und sprechen: sieh da, eine fromme Jungfrau! – sondern sie betete aus wahrem Herzen, das sich glücklicher fühlte, wenn sie es an heiliger Stätte Gott sagen konnte, daß sie sein Kind sey. – Auch hier in der fast zerstörten Marienkapelle hatte sie Augenblicke, die sie nicht alle dem Gebet weihte – andere Betrachtung führte ihre Fantasie vor ihre Seele; Gedanken der Vergangenheit wurden hier lebhafter – und das Bewußtseyn der Ruhe um die modernden Gebeine, die hier schliefen – und das Gefühl, auch die weinen längst nicht mehr, deren Thränen um diese Toden flossen – diese Gedanken führten auch ihr den Tag, den gewissen endlichen Tag, wo auch sie keinen Verstorbenen mehr betrauern würde, vor den Blick ihres Geistes.

Die kleine Kirche, von der wir reden, lag nahe am Walde, und wurde wenig besucht. Sie gehörte der alten böhmischen Familie derer von Duba, ihr Stammhaus lag etwa eine Stunde davon, hinterm Walde, wurde jetzt schon seit funfzig Jahren nur vom Beamten bewohnt, und auf dessen Unterhaltung so wenig, als auf diese Kapelle, verwendet, die das Familienbegräbniß derer von Duba enthielt. – Katharine, die gern unter Trümmern der Vorzeit ging, und gelehrt genug war, alte Inschriften zu entziffern, las viele Nahmen, und ein mitleidiges Lächeln schimmerte manchmahl durch ihre Thränen, wenn ihr die hochtönenden Titel sagten, wie man einstens die bleiche Asche nannte, die diese oder jene halb verfallne Gruft umschloß. – Ein Schwibbogen an der linken Seite, der einzeln stand, und dessen fester, künstlicher in einander greifender Stein fast noch unversehrt war, reizte Katharinens Neugier mehr, als die andern Gewölbe – nicht seiner Verzierung wegen, womit er überladen war; auf allen möglich anzubringenden Stellen hob sich das gräfliche Wappen; Engel weinten und hüllten sich in Flor, doch war recht ängstlich gesorgt, daß kein Schnörkel des stolzen Wappens oder der prahlenden Inschriften verdeckt wurde. Diese Inschriften, viele von der Hand der nichtsschonenden Zeit verwischt, sagten dem Leser, daß hier ein Urbild der Schönheit, daß hier der Stolz der ganzen Landschaft, der Wunsch aller Ritter, daß die reichste Erbin, die Braut eines Fürsten, im Arm des Todes schliefe, der dem Leben seinen schönsten Reiz raubte, um die Verwesung reizender als das Leben selbst zu machen. – Fürstenhüte, Diademe und traurende Genien des Talents, der Jugend und

Größe umkränzten diese Schmeicheleyen. Die Hand der Unsterblichkeit hielt endlich die Tafel, welche den stolzen Nahmen Ida von Duba trug.

Katharine, die für einfache Schönheit so viel Empfindung hatte, würde sich bey diesem Grabe wenig aufgehalten haben, wenn sie nicht die Betrachtung oft dorthin geführt hätte: wer wohl diese Schmeicheleyen, kälter, als der Marmor, der sie trug, der Todten eingegraben hätte? – Da war keiner und keine genannt – von keinen Thränen – von keiner Klage liebender Ältern – eines traurenden Geliebten – oder verlaßner Freunde. – Die Gruft war nur für eine Leiche gebaut, und wenn dieses auch nicht die Bauart verrathen, so zeigte es ein lateinischer Vers, welcher sich an der Kuppel befand, und dessen Inhalt war, daß sich die Verstorbene durch ein nahmhaftes Kapital das Recht erkauft hätte, hier ewig allein zu liegen. – Katharine wandte sich unwillig von dem Denkmal des Hochmuths, oder der Schlafstätte der jungen Menschenhasserin – und doch hatte diese Gruft so viel Anziehendes für unsre Heldin, daß, ob sie sich gleich vornahm, das prahlende Grab nicht mehr zu besuchen, sie bey dem nächsten Besuch in der Kapelle wieder an seiner Marmorpforte stand. Sie kannte in kurzem die ganze Sippschaft Duba; in einiger Entfernung lagen ihre Ältern; auf der Tafel, welche das Grab der Mutter deckte, gaben die Worte: Marie, Gräfin von Duba, die unglücklichste Mutter! Katharinen neue Betrachtung. Unglücklichste Mutter! rief sie mit einem Seitenblick nach Ida's Gruft, und doch steht hier kein Wort ihrer Trauer über der Leiche ihrer Tochter, die, wie diese Steine erzählen, die ganze Welt beweinte. Doch, wie konnte sie das? Die Jahrzahl nennt ihren Tod früher, als dieses Grab seinen Schmuck erhielt. – Unglücklichste Mutter! ihre geliebten Kinder gingen ihr ins Land der Ruhe voran, sie verließ nur kalte Herzen. Diese Zeilen, welche halb zerbrochen eine Säule umwanden, die die einzige Zierde dieses Grabes war, gaben Katharinens Neugier neuen

Stoff, mehr von dieser Familie zu wissen. – Doch die eingestürzten Grüfte, Trümmern der Monumente, nicht von so theurem Stein, wie die drey näher liegenden Gräber von Vater, Mutter und Tochter, ließen ihr kaum noch so viel wissen, daß die Bewohnerin der prächtigen Gruft noch einige Schwestern und Brüder gehabt habe, die alle vor ihrer Mutter gestorben, weil eben dieser Mutter Nahme mit einigen rührenden Worten Abschied von diesen ihren lieben Kindern nahm. Noch einige Trümmern mit halben und einzelnen Worten gaben unserer Forscherin die Muthmaßung, daß diese Mutter, eine geborne von Mersi, zwey Männer gehabt habe, die aber beyde Grafen von Duba waren, und mit dem letzten nur Ida gezeugt hatte, als die übrigen hier liegenden Grafen und Gräfinnen schon erwachsen waren.

Katharine erkundigte sich oft in Stunden, wo sie sich weniger mit ihrem Herzen beschäftigte, nach der dort ruhenden Familie – aber alles, was sie und ihre Oda erfahren konnte, war fast nicht mehr, als sie schon wußte; die einfältigen Dorfbewohner hatten sich schon seit vielen Jahren eine andre Kapelle zu ihrer Andacht gewählt, und ihnen war die einst so reiche Marien-Kapelle ganz fremd worden. Die Klöster, welche Katharine zuweilen besuchte, schienen eben so wenig davon zu wissen, und es war, als wenn alle Klosterfrauen, die Katharine um die ihr interessant gewordene Kirche fragte, absichtlich, so wie einst ihre Walburgis, das Gespräch, was sich auf jene Kapelle bezog, abbrachen. Alles, was Katharine durch mühsames zehnmal angeknüpftes Gespräch erfahren konnte, war, daß die Einkünfte dieser kleinen Kirche, die sich fast alle von der hier ruhenden Familie herschrieben, schon seit vielen Jahren dem neu erbauten Claren-Kloster zugewendet wären, wo auch jetzt das gräfliche Begräbniß sich befinde. Die Grüfte wären vermauert, und man würde vielleicht schon das Ganze niedergerissen haben, wenn nicht ein ewiges Gestifte, welches keine Macht lösen könnte, die Chor-Herren in dem Franziskaner-Kloster vom Berge verpflichtete, am ersten Osterfeyertage Messe an dem reichen Grabe zu halten.

»Eben dieses reiche Grab«, fiel Katharine der erzählenden Nonne ein – »zu welchem vermuthlich mein Marmorschwibbogen führt, ist es, was meine Wißbegierde reizt – warum dieses Fräulein so prächtig begraben, warum mit dem wunderbaren Rechte, hier bis am letzten Tag der Welt allein zu liegen? – O! ehrwürdige Frau, Ihr würdet mich sehr verbinden, wenn Ihr mir nähere Auskunft geben könntet. – Dieses Grab ist mir zuwider, denn es sucht selbst der alles gleichmachenden Verwesung noch einen abgeschmackten Stempel von Vorzug aufzudrücken, der so widrig läßt, wie die Schminke an einer Leiche – und doch hat es ein unnennbares Interesse für meine Forschbegierde.«

Die Nonne schwieg mit dem gewöhnlichen bedenklichen Blick, welchen alle bey dieser von Katharina oft wiederholten Frage hatten, und meinte, die Geheimnisse der Toden wären oft nicht ohne Gefahr zu verrathen, auch wenn sie was wüßte, so würde und dürfte sie hier nicht reden, was ja ohnedem nichts hülfe – also die gewöhnlichen Ausreden. Das Gespräch nahm die Wendung wie allemal. Die Nonne fragte, ob sie wirklich nichts wisse? ob, und um welche Zeit sie diese öde Gegend heimsuchte, und endlich der Rath, lieber in einer mehr besuchten Kapelle zu beten, als hier, wo uns Tod und Verwesung zu gräßlich begegnete, als daß man seine Nähe wünschen könnte, welches ja doch jedem Christen obliege. – Alles, was Katharine durch ähnliche Fragen gewinnen konnte, waren einzelne Bruchstücke von Sagen, daß jenes Fräulein, die Bewohnerin des sogenannten reichen Grabes, so reich und stolz gewesen wäre, daß sie sich mit vollem Schmuck beerdigen lassen, und es von Rom aus erkauft hätte, daß selbst ihr Staub noch mit den Edelsteinen vermischt liegen dürfte. Bann und eine undurchdringliche Wache von mächtigen Geistern halte jeden Räuber zurück, sich der hier liegenden Schätze zu bemächtigen, und seit undenklichen Jahren wären nur zwey Frevler so kühn gewesen, sich an die Arbeit zu wagen, hier zu stehlen, wären aber gelähmt den andern Morgen an der Pforte gefunden worden, und hätten kaum noch so lange gelebt, ihren Vorsatz zu beichten.

Katharine, die aufgeklärte Katharine, lächelte zu den Künsten der sich sogar der Todten versichernden Priester, und wähnte, daß auf jeden Fall jene Gruft mehr decken möchte, als eine wunderliche Todte; es war ja schon mehr geschehen, daß Thüren, von Geistern bewacht, wie die Sage erzählte, und die Priester am eifrigsten verbreiteten, zu Gemächern führten, die Geheimnisse verschlossen, die die armen geängstigten Laien nicht sehen sollten.

Diese Vermuthung wurde in Katharinens Seele so lebhaft, so wahrscheinlich, daß sie wenigstens die späten Besuche bey den dortigen Gräbern einstellte: sie fürchtete, daß auch ihr Besuch, den, wie sie wußte, schon die Klöster umher sträfliche Kühnheit nannten, den Herren, die Bann und Geister rufen, verdächtig dünken möchte, und sie vielleicht auch auf diese oder jene Art verscheuchen könnten, welches ja für die armen Landleute auch auf Rechnung der Geister leicht geschehen könnte. Auch war ihr Denkmahl der Liebe vollendet, die Werkleute hatten es verlassen, und die sanfteste Stille umwehte das Heiligthum der Thränen wieder – sie ging fast täglich hin durch Schnee und Wind – und die ersten Halmen, welche das Auferstehn des Frühlings verkündeten, wurden über den Hügel, als ein Opfer der ewig grünenden Hoffnung des baldigen Wiedersehens in Fluren, wo der Frühling nie verblüht, gestreut. – Die Moldau wogte sanfter – der Wind fuhr milder über die Gebirge, die Bäume keimten – der Gang kleidete sich in Grün, und Blumen blühten am Hügel – ein Rasensitz unter den hohen Bäumen wurde weicher, und Katharine schenkte der auflebenden Natur einen süßeren Gruß des schwermüthigen Gefühles; alles kam wieder – die immer wärmer scheinende Sonne rief jeden Keim aus seinem Grabe, aber ihre Liebe schlief in eisernen Fesseln des Todes; diese Sonne kann sie nicht schmelzen. Ein Weg, unbekannt und grauenvoll, der Weg durch die Verwesung, brachte sie erst ans gegenseitige Ufer, wo ihr treue Liebe die Hand reichte, zum ewigen Bunde; süße Schwermuth umwehte die schönen Tage des kommenden Mayes – das Osterfest war noch die einzige Zeit, wo es wegen der Messe in der Marienkapelle in dieser Gegend lebhaft wurde. – Katharine trug keine Andacht zum reichen Grabe, und beschloß, ihre Osterfeyer an Lichtens Urne zu halten; ihre immer reiche Fantasie hatte sich in der Nacht der Auferstehung unter dem prachtvollen Himmel ihre Kirchenfeyer ausgedacht, und beschloß, nur von Oda begleitet, die Sonne aufgehen zu sehn; – mit heiliger Erhebung wollte sie ihre ganze Seele aufschwingen, mit dem ersten Strahl der Morgenröthe, die ihr Denkmahl vergolden würde. – Sonnenaufgang am Auferstehungstage, Sonnenaufgang am Grabe der Liebe, welche Gefühle kann ein solcher Tag einer weichen Seele geben! – Die Vorempfindung wirkte schon so erschütternd auf unsere liebe Schwärmerin, daß Oda'n bange für der merkwürdigen Nacht wurde. Der Mond schwebte glühend herauf, und wogte seinen Feuerstrahl auf den rollenden Wellen der ernsten Moldau; leise flüsterte der Abendwind in jungen Blättern – die einsame Nachtigall begann ihr erstes Lied. – Katharine nahm ihren Schleyer, und trug ein Körbchen der schönsten Blumen, deren Wachsthum sie durch viele Monate gepflegt hatte, zum Grabe – ihre Harfe tönte der einsamen Gegend ein Lied der Sehnsucht, von ihr gesungen und tief gefühlt. Der Wiederhall klagte mit ihr – und von jedem funkelnden Stern glaubte sie ihren Geliebten zu sehn, der ihr danke für das Andenken ihrer Treue. – Die Harfe schwieg, – die Nachtigall sang nicht mehr, und in den Bäumen wiegten sich die Käfer zum Schlummer. Die Mitternacht war nah, – ihre Oda schlief an ihrer Seite ein. – Katharine lehnte die Harfe an die Urne, und ging den schmalen Ufergang, um sich ganz im Anschauen der wunderschönen Mondnacht unterzutauchen. Der Gedanke der allgemeinen Ruhe, der allgemeinen Stille, goß auch in ihr Herz nahmenlosen Frieden – sie war so ganz in andern Regionen, daß sie erst ein nahes Geräusch wieder zu sich selbst brachte – sie blickte auf, und sah, was sie in dieser Stunde, die sie nur für sich empfunden dachte, nicht vermuthet hatte. Quer über die grüne Saat kam eine junge Dame, die sie für irgend ein Fest geschmückt glauben mußte, wenn es nicht Mitternacht war – ihr blondes langes in einen Zopf geschlagenes Haar war mit einem reichen Bande blitzender Juwelen zurück gebunden – ihr tausend Falten werfendes Gewand, von blendend weißem Atlas, rauschte wie ein Waldstrohm ihr nach – eine Menge Diener folgten ihr in scheuer Ehrfurcht. Die junge Dame beschäftigte nichts, als ein Strauß von theuren Steinen, der an ihrer hohen Brust glänzte, und der reiche Schleier, der von ihrer Schulter wehte, – der hellen lieblichen Mondnacht gönnte ihr stolzeres Auge keinen Blick. Ihr Weg ging nahe an der Stelle vorüber, wo Katharine stand, wo sie sich so viel als möglich hinter das Gesträuch zurückzog, um nicht von der glänzenden Dame gesehn zu werden; sie kam ihr so nah, daß Katharine jeden Zug ihres Gesichts sehen konnte, das eins der schönsten gewesen wäre, wenn nicht der übermüthigste Stolz über dasselbe verbreitet gewesen; ihre funkelnden Augen schienen die ganze Schöpfung aufzufordern, ihr zu dienen; ihr stolzer kalter Blick verlangte die Herrschaft der Welt. Katharine wandte ihren Blick von der Übermüthigen, und ihre Augen fielen auf eine ehrwürdige Frau in tiefer Trauer, die die Schleppe ihrer Dame trug – es war so eine hinreißende Duldung über ihr sanftes Gesicht verbreitet – die volle Thräne, welche in ihrem himmelaufblickenden Auge glänzte, war so unaussprechlich redend, daß Katharine ihre Herrschaft eine Tyrannin schalt, denn der bebende Gang der alten Frau zeigte deutlich, daß sie ihr gezwungen diente.

Während dieser Betrachtung war der Zug bis an einen kleinen Steg gekommen, welcher das Eigenthum derer von Duba und die Besitzungen der andern Gutsherrn schied. Dort stand er still. Katharine sah ganz deutlich, daß sich die Dame von ihrer Dienerschaft trennte – sah, daß sie die alte Frau in Trauer umarmte, ja es war ihr sogar, als wenn sie ihr die Hände küßte, und sich nun ganz allein in den Wald verlor, der von einer andern Seite zur Marienkapelle führte. Das Gefolg zerstreute sich ins Gebüsch so schnell, daß Katharine, wie sie wollte, keine nähere Bekanntschaft mit der ehrwürdigen Dienerin machen konnte. Sie stand noch lange auf ihrer Stelle, und dachte der überraschenden Erscheinung nach, und alles, was sie sich möglich denken konnte, war, daß vielleicht das stolze Fräulein ein demüthiges Gelübte zur Marienkapelle führte, wo sie Ablaß für neue Thorheiten holen wollte. Die Umarmung der leidenden Dienerin ist wohl die Buße, welche ihr ein erkaufter Beichtiger auflegte – die Unverschämte glaubt Gott durch das elende Gaukelspiel zu betrügen – ihr Herz fühlte nichts von dem, was ihre Lippe sagte, wie hätte sie sonst in diesem Glanze selbst vor dem Auge Gottes erscheinen können? Alles war ruhig um sie her – die Stille der Nacht, die jedes ungerechte Gefühl lauter reden läßt – weckte ihr Gewissen nicht – sie tändelte mit ihren Juwelen, und war unbesorgt, was das Herz ihrer unglücklichen Dienerin fühlte, die sie nun bald durch eine heuchlerische Umarmung noch tiefer kränken wollte. Nun geht sie hin, fuhr Katharine in ihrem Selbstgespräch fort, und wirft sich vielleicht mit einem Herzen voll Falschheit vor den Thron dessen, der den kleinsten Gedanken unsrer Seele durchschauet; ein erkaufter Priester legt seine Segen verkündigende Hand auf ihre stolze Stirn, und sagt Amen zu ihrer Frechheit. Heiliger Gott! wenn wirst du endlich den Übermüthigen, die sich deine geweihten Priester nennen, zeigen, daß du ein Gott bist, den nur Tugend, nicht Opfer versöhnen kann, denn sonst wäre ja der reiche Sünder nur Erbe deines Himmels.

Katharinens Unwille über die Misbräuche ihrer Religion wurde durch ihre Oda unterbrochen, die ihr entgegen kam. Katharine erzählte ihr, was sie gesehn, und der Rest der Nacht ging unter den Wünschen der klugen Mädchen hin, daß es doch besser werden möchte, denn Gelübde der Art, wie sie Katharine von der nächtlichen Dame vermuthete, waren nicht selten in damaligen Zeiten, selbst in Katharinens aufgeklärt seyn wollender Familie konnte sie welche zählen. Die ersten Strahlen des kommenden Morgens wandten ihre Betrachtung auf höhere Gegenstände – schön, prachtvoll und groß trat die Sonne auf der blauen Bahn hervor, und führte den höchsten Tag der Christen, den Tag der Auferstehung, an ihrer Stralenhand hervor. Nichts von dem, was Katharine empfand, uns sey es genug, zu sagen: sie ging gestärkt von dem Denkmahle ihres größten, schmerzlichsten Verlustes.

Die Tage wurden länger, die Luft wurde lauer; auf jeder Stelle drängten sich Blumen hervor – heilender Balsam wehte von Baum und Sträuchen. Die Spaziergänge unserer Einsiedlerin wurden zahlreicher und länger. – Um die Marienkapelle war es längst wieder still, denn nur drey Tage wurde dort öffentliche Andacht gepflegt, und die Reisenden, welche Gelübde oder Freundschaft her riefen, hatten schon Wochen lang Abschied aus den Klöstern genommen, die sie beherbergt hatten. Katharine, die keine neuen Bekanntschaften wünschte, und die alten nicht gerne erneuern wollte, war schon lange in keins der Klöster gekommen, aus Furcht, sie möchte Fremde finden; jetzt, da alles wieder heimkehrte, beschloß sie, in den ersten Tagen ihre Walburgis zu sehen, deren liebevolle Briefe sie schon längst um die Freude gebeten hatten, sie zu umarmen. – Doch eh dieses geschah, sollte unsere Einsame noch eine Bekanntschaft machen, die ihr, ohne sie zu scheuen oder zu wünschen, in der Zukunft so höchst interessant werden sollte.

Verschiedene Mahle schon hatte Katharine bemerkt, daß sie

nach der Osterfeyer in ihrer Einsamkeit nicht mehr so allein war, als sonst. Sie hörte in dem nahen Gesträuch Geräusch; es war nicht das Rascheln des hier hausenden Wildes, nicht das Flattern der Nachtvögel, oder das Flüstern der Abendwinde in den schon belaubten Zweigen; alles dieses dachte Katharina bey dem ersten Geräusch, welches ihr hörbar wurde; sie lauschte beym zweyten und dritten Mahl – es war leichter Schritt eines Menschen – es war sanfte Gewalt eines sich durchs Gesträuch dringenden Wesens, dessen ungeduldiges Seufzen sie bey dem widerstrebenden Gehölz, durch welches es sich einen Weg bahnen wollte, einige Mahl zu hören glaubte; jetzt ging es leise – jetzt rauschte ganz vernehmlich ein Gewand; jetzt hörte sie es noch weiter durch die Saaten schweben. Sie trat halb furchtsam aus ihren Bäumen, denn es war Mitternacht, mit dem Gedanken, es könnten wohl Menschen seyn, die sich der Kapelle nahen wollten, um nach Schätzen zu spähen, deren Daseyn die wieder gehaltenen Messen am reichen Grabe erneuert hätten; – und was konnte nicht Katharine, so allein, wie sie war, von Dieben zu fürchten haben, die sich selbst, trotz der Furcht vor Geisterwache und Bannfluch, an Gräber wagten? – Der leise ängstliche Schritt hätte sie freylich beruhigen können; selbst das Seufzen des Wanderers war das Seufzen eines Weibes – aber wer denkt an dieses alles in Augenblicken der Überraschung? – Sie sah nichts, als das Bewegen der Bäume im Schimmer des eben aufgehenden Mondes; das Geräusch wand sich tiefer in den Wald, und verschwand gänzlich.

Katharine erzählte ihrer Dienerin, was sie zeitiger, als sie gewollt, nach Hause trieb, und gab ihr Befehl, sich am Morgen zu erkundigen, ob alles noch beym alten an der Marienkapelle wäre. Die Marienschätze lagen noch sicher, kein Mensch wollte verdächtige Leute in der Gegend gesehen haben, und nach einigen Tagen fand die erste schöne Mondnacht Katharinen wieder auf ihrer gewöhnlichen Wallfahrt.

Doch ließ sie sich auf Bitten ihrer Oda von derselben begleiten. Auch jetzt hörten sie das Geräusch wieder. Der leise Schritt durch die schon höhere Saat wurde beyden deutlich, sie gingen ohne Furcht dem Kommenden entgegen, da es nur der Gang einer einzelnen Person war – aber der Wandler schien durch einen Nebenpfad sich wieder von ihnen zu wenden, und alles, was sie von ihrer Mühe gewannen, war, daß sie von einer kleinen Anhöhe, wo sie auf eine lichte Stelle des Gesträuches sehen konnten, in schon ziemlicher Entfernung zwey Gestalten erblickten, aus denen sie, wegen des ungewissen Mondlichtes, nicht recht wußten, was sie machen sollten – doch jetzt schlüpften sie durch eine ganz vom Mond bestrahlte Stelle. Katharine wollte ihre weißen Gewänder flattern sehn, und Oda, die ein etwas weniger fernes Auge hatte, gab ihr zwar zu, daß es weiß gekleidete Menschen gewesen, aber sie bestritt ihr, daß es Mädchen wären. Können es nicht Prämonstratenser seyn? können es nicht junge Bursche aus dem nächsten Dorfe seyn, die vielleicht Aberglaube oder der Himmel weiß, welche verbotene Absicht, durch diese Mitternacht führt? und dieses letzte zu glauben bestärkt mich noch ihre Flucht, – ganz sicher haben sie uns bemerkt, und vielleicht sind es gar Bursche von unserm eignen Hofe. Katharine bestritt diese Meinung ihrer Oda zwar noch eine Weile; wollte langes flatterndes Haar bemerkt haben; nannte die Gestalten zu zierlich, um Bauern oder Mönchen zu gehören. Oda nannte das flatternde Haar Zweige, die die heute stark wehenden Winde bewegt hätten, und wollte Mönche kennen, die in noch kürzerer Entfernung zarten Jungfrauen glichen. – Die sanften Betrachtungen unserer Traurenden waren für diesesmahl zerstöhrt; man ging nach Hause, und in einigen Wochen war das nächtliche Abentheuer so gut wie vergessen. Die Nächte wurden lau; das Abendroth weilte länger am westlichen Himmel, und die sich immer mehr nähernde Sonne machte selbst die Mitternacht weniger grausend, als sonst. Katharine kannte beym Morgenroth und Sonnenschein die kleinsten Hügel, die dunkelsten Stellen einige Meilen umher, – wir wissen ja, daß oft ihre einzige Ruhe in der größten Ermüdung lag. Mehrentheils begleitete sie Oda, manchmahl auch noch ein Diener, wenn sich ihre Wanderungen bis jenseits der Gebürge, welche ihre Gränze umschlossen, erstreckten; an der kleinen steinernen Brücke, welche das Gebiete der Grafen von Duba von dem ihrigen schied, setzten sich die Zurückkommenden jedesmahl auf den Rosensitz, welchen einige Linden umschatteten, und öfters beurlaubte Katharine hier ihre Begleiter, um den kurzen Weg bis zum Denkmahl unter den Eichen allein zu machen. Die sanfte gutmüthige Katharine suchte ihre Thränen oft selbst für ihrer Dienerin zu verbergen, denn sie wußte, daß das gute Mädchen mit ihr litt. Oda ließ sie ungern allein, so sehr müde sie auch oft war, und nur der Befehl ihres Fräuleins, dieses oder jenes Geschäft noch vor ihrer Ankunft auf dem Schloß zu besorgen, konnte sie bestimmen, sie zu verlassen, – doch küßte sie ihrer Gebieterin noch allemahl mit der dringenden Bitte die Hand, ja nicht mehr über das Brückgen zu gehen, denn sie traute nicht, wir wissen nicht recht, ob aus Furcht für Räuber, oder der dort hausen sollenden Geister. Katharine versprachs, und hielt es redlich.

Einstens in einer halb vom Mond erhellten Nacht kam Katharine später, als gewöhnlich, nach Hause. Sie traf ihre Oda schon unterwegs an, die ihr voll Bangigkeit entgegen kam. Gutes Mädchen, du hast dich über mein langes Ausbleiben geängstigt! Daß du auch heute just nicht bey mir seyn mußtest.

Gewiß, liebes Fräulein, ich wünscht' es auch; denn aus Eurem heitern Blick läßt sichs schließen, daß meine Gebieterin frohe Stunden durchlebt hat, und Eure arme Oda hat noch so wenig Euch frohe Augenblicke durchleben sehn, daß sie es wohl wünschen darf, in den seltenen heitern Stunden bey Euch zu seyn.

»Je nun, liebe Oda, was nicht war, kann ja ein ander Mahl geschehen. Du mußt wissen, liebes Mädchen, ich habe eine Bekanntschaft gemacht. –«

Eine Bekanntschaft, in dieser Mitternacht?

»Recht! Eben wie der Mondesstand die Mitternacht verkündete, grüßten wir uns zuerst.«

Aber wer grüßte Euch in dieser ungelegenen Stunde?

»Ungelegen? Nein, Oda, es war und ist mir eine liebe Morgenstunde voll schönen Gefühls, dem Gefühl, eine Seele mehr gefunden zu haben, die, wie du, gern meine Klagen hört, und mich wegen der Dauer meines Schmerzes liebt; die meine Trauer Ehre nennt; kurz, Mädchen – unser letztes Geräusch, ich hatte doch recht – es waren Mädchen, und keine Mönche.«

Oda konnte erst, als sie aufs Schloß kamen, vollständig von ihrer Dame hören, was sie so zu entzücken schien. Sie hatte das schon einige Mahl vernommene Geräusch wieder, und zwar näher und deutlicher, als sonst, gehört. Ich ging ihm, wie neulich, fuhr Katharine fort, entgegen, und nicht lange darauf trat aus dem kleinen Erlen-Gehölz ein Mädchen hervor, so freundlich und hold, daß ich ihr näher trat, um von ihr nicht übersehen zu werden. – Wir grüßten uns als alte Bekannte, doch schien sie eine scheue Ehrfurcht zu haben; ich fühlte nur Drang, die liebenswürdige Fremde näher zu kennen. Wir sind weit, sehr weit mit einander gegangen, sie scheint so viel Gefühl für alles, was groß und schön in der Natur, zu haben – Ihr Blick ist so redend; jede ihrer Bewegungen so deutungsvoll; sie hat an meiner Urne geweint, und ich habe sie bis weit über die kleine Brücke geleitet –«

Wie? bis zur Marienkapelle, mein Fräulein? fiel ihr hier Oda ein.

»Vergieb mir, gutes Mädchen, ja! – Diese Nacht habe ich das Wort, welches ich dir gab, vergessen. Aber was hätte ich nicht in ihrer Gesellschaft vergessen? – In der That, erst die alten Mauern der Kapelle sagten mir, wo wir waren. – Du wirst dieses alles sehr natürlich finden, liebes Kind, wenn du sie erst selbst siehst, selbst sprichst, denn sie ist so schwesterlich gut, selbst gegen ihre Dienerin, wie ich es noch bey keiner fand, deren edle Gestalt, vorzügliche Kleidung und jede Bewegung uns gleich beym ersten Anblick zuruft, ihr Stand ist der edelste! und doch so gütig, so demüthig, möchte ich fast sagen – fast zu höflich; dieses einzige könnte ich an ihr aussetzen, – auf jedem kleinen Pfade mußte ich voraus gehen; kam ich durch Zufall, welches ich gar nicht bemerkte, ihr zur rechten Hand, so wand sie sich gleich mit ängstlicher Eile zur linken. Ich bat sie, freundschaftlicher mit mir umzugehen, und diese lästigen Ängstlichkeiten den Stadtdamen zu überlassen; aber da half kein Bitten – selbst meine kleinen Spöttereyen blieben fruchtlos. Ich mußte ihr endlich nachgeben, denn dieses Nichterfüllen der pünktlichsten Höflichkeit schien ihr schmerzlich zu werden. Als ich bey den Mauern der Kapelle Abschied nahm, schien sie noch blässer zu werden, als ihr schönes Gesicht ohnedem war. Sie schien so herzlich, mich so ungerne zu verlassen, und ihr unaufhörliches tiefes Knicksen abgerechnet, war unser beyder Abschied sehr innig.«

Oda und ihr Fräulein konnten kaum den künftigen Abend erwarten, um der schönen Fremden entgegen zu gehen, aber der östliche Himmel wurde schon von der nähernden Sonne geröthet, und kein Flüstern in der jungen Saat, kein leiser Gang über den schwellenden Rasen verrieth das Kommen der sehnlichst Erwarteten.

Unsere Wanderinnen kamen müde und verdrießlich durch die getäuschte Erwartung nach Hause. So hatte man also wieder viel lange Stunden zu zählen, ehe der liebe Besuch erwartet werden konnte. Doch auch der künftige Abend blieb unbegrüßt von der nächtlichen Dame. – Katharine, deren Herz so empfänglich für Freundschaft war, die so viel Sympathie in jedem Wort der schönen Nachbarin gefunden, fühlte eine schmerzliche Leere, seitdem ihr Herz auf diese Gefährtin ihrer Einsamkeit gerechnet. Tausendmahl wiederholte sie sich alles, was sie mit ihr gesprochen; sah jeden ihrer schönen Züge schimmern; auf jedes Blättgen versuchte die liebe Schwärmerin die sanfte Erscheinung zu mahlen – aber so, wie sie sie ganz ohne Tadel dachte, nicht in dem schweren Kleide, nicht behangen mit reichen Steinen – ein Blumenkranz hielt ihre blonden Locken, und gab ihr das, was ihr nur zur Bewohnerin des Himmels fehlte.

Vierzehn Tage waren seit der ersten und letzten Bekanntschaft verflossen, und kein Abend erschien, an dem Oda und ihre Dame nicht alle Gänge durchstrichen – der Mond war längst verbleicht, aber auch die sternlosen Nächte, wenn kältere Winde die Wellen der Moldau schlugen, wurden der Hoffnung, die Fremde zu finden, geweiht. Eben so fruchtloß, als die nächtlichen Wanderungen, waren ihre Nachforschungen der letztvergangenen Tage; niemand wollte von einer so auffallenden Fremden etwas wissen, und Katharine erhielt auf alle ihre Fragen nichts, als die Nennung ihr schon längst bekannter Nahmen ihrer Nachbarn rings umher. Einige von den einfältigen Einwohnern ihres Waldschlosses, die sich einige Meilen weiter umgesehen hatten, als ihre Verwandten, wollten zwar von Familien reden, die große Güter jenseits der Gebürge besäßen, aber sie gaben diese Rittersitze viel zu weit entfernt an, als daß Katharine dort ihre nächtliche Freundin hätte suchen können. Sie gab allmählich die Hoffnung auf, sie je zu finden, und kaum konnte sie die umständlichste Beschreibung der nächtlichen Begebenheit bey ihrer Oda und ihrem übrigen Frauenzimmer von dem Verdacht retten, daß das ganze nicht ein Traum sey. Ihr ganzer Trost war, daß sie sie doch einst an einem der wenigen Festtage der Marienkapelle dort wieder finden würde, denn es schien ihr nun ausgemacht, daß es eine Fremde sey, die nur ein Gelübde auf kurze Zeit hieher geführt hätte. Mehrere Monate waren bis zu einem dieser Festtage zu durchleben, und die bange Sehnsucht nach der Zukunft fing an, jeden Schritt der schönen Frühlingstage mit Bley zu belasten. – Der Mond füllte sich wieder, und Katharine, da sich der Abendhimmel mit lieblicher Gluth in der Moldau spiegelte, entschloß sich, ihre Walburgis einmal wieder zu besuchen. Dort wollte sie Wochen lang weilen, um sich zu zerstreuen, denn ihr war es peinlich, täglich getäuscht zu werden; vielleicht wußte auch Walburgis mehr von ihrer Freundin, als sie, kannte sie vielleicht gar: genug, morgen sollte gereist werden. Oda blieb auf alle Fälle zurück, hatte Befehl, jeden Abend an der geweihten Stelle zu seyn, um sie ja nicht zu versäumen, und ihr sogleich einen Eilbothen zu senden; jedes Gesträuch, jedes Hügelchen wurde ihr diesen Abend zehnmahl bezeichnet, wo ihr Gewand flatterte, wo ihr Schritt rauschte – Horch! da flüstert's leise – da schwebt eine weise schlanke Gestalt durch die dichten Gänge – und ehe noch Katharine ihre frohe Hoffnung ihrer Oda nennen konnte, stand die längst Erwartete vor ihr. Man grüßte sich als alte Bekannte. Katharine war entzückt, und tausend freundliche Fragen, was sie so lange hätte trennen können – tausend liebevolle Vorwürfe, daß ihr ihr Herz nicht gesagt hätte, wie sehr man sie hier erwartete? waren schon vorgebracht, ohne daß die Fremde ein einzig Wort einschieben konnte. – Überhaupt vertrat mehr ihr Blick, als Worte, den Dienst ihres Herzens, denn ihrer Rede war, wie das erste Mahl, äußerst wenig, und die Art, sich auszudrücken, so übertrieben höflich, fast möcht ich sagen, demüthig, daß wirklich ihr schönes, redend thränenvolles Auge nöthig war, um zu wissen, daß vielleicht nur schiefe Erziehung, nicht ihr wahres Selbst, sie so Komplimenten voll machte. Dieses war der einzige Tadel, welcher Katharinen möglich war, aber Oda, die nicht so leidenschaftlich für die neue Bekanntschaft eingenommen war, als ihre Gebieterin, wollte auch, trotz der Komplimentensucht, dann und wann Stolz an ihr bemerkt haben, und meinte, ihre sanfte Zofe, deren stiller Blick in den ersten Minuten ihre Freundschaft gewann, sollte ihr bald nähere Kenntniß geben. Saht Ihr nicht, liebes Fräulein, fuhr Oda fort, wie das arme Mädchen traurig wurde, als sich ihre Gebieterin beym Abschied so tief neigte? Hörtet Ihr nicht, wie sie seufzte, als sie uns verließ? Gewiß, ganz gewiß ist die Arme nicht glücklich. –

Katharine hieß sie schweigen, und fand es unmöglich, daß ein solches Auge lügen könnte.

Von diesem Abend an sahen sich unsere Freundinnen oft, doch selten länger als eine Stunde, öfterer nur Minuten. Die Fremde blieb sich immer gleich, doch schien sie herzlicher zu werden – aber offen, so wie es Katharine gegen sie war, wie sie wünschte, daß es die nächtliche Freundin gegen sie werden möchte, wurde sie nie; der schöne Plan wechselseitiger Traulichkeit scheiterte bald. Die Fremde blieb zurückhaltend, einsilbig, drückend höflich, und Katharine erhielt in den rührendsten Augenblicken, die ihre Ida kannte, (so nannte sich die Fremde) auf alle ihre Bitten, freundschaftlicher zu werden, und besonders das ängstliche Ceremoniel abzulegen, nichts als einen Seufzer, höchstens die Gegenbitte, nichts Unmögliches zu verlangen.

Zwey volle Monate sah Katharine ihre Ida, zu der sie mit unbeschreiblicher Gewalt hingezogen wurde, fast alle Abend. Ida wußte alles, was ihr je theuer war, kannte alle ihre Lieben, hatte oft ihren Leiden eine volle Zähre gezollt, oft der Freude ihrer Vergangenheit ein Lächeln geschenkt; durfte das Fest der Erinnerung am Grabe der Liebe mit ihr feyern, und jeden Winkel des Herzens der offenen Katharine kannte Ida, aber sie selbst, diese geliebte Ida, war ihr noch eine Fremde. Katharine wußte nur ihren Nahmen und den Nahmen ihrer Familie, sie war aus dem gräflichen Hause derer von Duba, sonst wußte Katharine nichts, nicht einmahl, wo sie wohnte. Sie nahm die Begleitung ihrer Freundin kaum bis zur Marienkapelle an, und ihr bittendes Auge war zu unwiderstehlich, welches flehete, ihr nicht weiter zu folgen, als daß Katharine es hätte wagen können, sich ihr aufzudringen. Ein dankender unaussprechlich süßer Blick, eine herzliche Umarmung war dann allemahl der Lohn ihrer Nachgiebigkeit, und jeder Abend voll unbefriedigter Wünsche endigte sich bey Katharinen mit heißerer Freundschaft, mit größerem Verlangen, die Unerforschliche näher zu kennen; tausend Anschläge wurden den Tag über mit Oda ausgedacht, um zu ihrem Zweck zu gelangen: denn auch Oda wußte von ihrer nächtlichen Gesellschafterin wenig oder nichts. Alle ihre Fragen, sogar ihre Bitten, fanden kein Gehör.

»Warum, liebe Agnes«, fragte einst Oda, »treibt dein Fräulein den Eigensinn so gar weit, nicht einmahl unsere Burg zu besuchen?«

Ein Achselzucken.

»Oder warum ladet ihr uns nicht ein, euch heimzusuchen? Ich denke, meine Dame hat es der deinigen schon oft nahe gelegt, diese Einladung von ihr zu hören.«

Behüte Gott!

»Warum denn das?«

Keine Antwort.

»Es scheint fast, als wenn die Freundschaft deiner Dame das Licht scheute; immer nur des Nachts müssen wir euch aufsuchen, wie irrende Geister.«

Ein starrer, fragender Blick.

»Nun, nun, es ist so böse nicht gemeint! – Aber sonderbar ists doch, daß wir euch noch nicht einmahl am Tage sahn. Ich will doch nicht glauben, daß die hochgräfliche Familie gegen den Umgang ihrer vornehmen Tochter mit einer simplen Ritterstochter etwas einzuwenden hat?«

Im Gegentheil!

»Und doch könnte ichs mir nur als die einzige Entschuldigung denken, dieses verstohlne Kommen, dieses ängstliche Bemühen, uns nicht beym hellen Tageslicht zu sehn.«

Gott bewahre!

»Ihr habt also doch Familie?«

Ja!

»Sind die übrigen auch so komplimentenreich, wie Ida?«

Ein starrer Blick.

»Ey so seyd doch nicht so stumm! Wer ist denn diese geheimnißvolle Familie? – Warum schweift ihr so allein umher? – Wo wohnt ihr?«

Ein Finger auf den Mund und ein ängstlicher Blick auf ihr Fräulein sagte Oda, daß sie nicht reden dürfte.

»Ja, ja! ich merk es wohl, und hab es schon lange gedacht, daß eure Herrschaft nicht so sanft ist, als sie scheint; aber ich werde es ihr nicht wieder sagen, was du mir vertraust; auch ist es nicht sträfliche Neugier, was mich treibt, dich, wie ich wohl sehe, mit meinen Fragen zu ängstigen, aber es kann mir, die ich meine Gebieterin liebe, nicht gleichgültig seyn, zu sehn, daß sie ihr Herz, ihr ganzes Vertrauen an eine Unbekannte schenkte, die sich so geflissentlich vor ihr verbirgt. Ich bitte dich also, liebe Agnes, rede endlich; du kennst mich ja lange genug, um zu wissen, daß ich weder eine Plauderin, noch eine Leichtsinnige bin, bey mir ist selbst euer Geheimniß, wenn ihr eins habt, gut aufgehoben.«

Liebe, liebe Oda, ich darf nicht reden! Auch ist es gut für dich, wenn ich schweige.

Dieses war die längste Rede seit langer Zeit, die Oda von ihrer stillen Gefährtin hörte. – Auch schien sie selbst für ihrer Redseligkeit zu erschrecken, und Oda's dringende Bitten, selbst ihr glühender Unwille, brachte kein Wort weiter, sowohl diesen als manchen folgenden Abend aus Agnes.

So waren alle Gespräche, die unsere Zofen hatten, und erst lange nach der längsten Unterhaltung, die wir dir, lieber Leser erzählt haben, lockte Oda durch zehn geschlungene Fragen den Nahmen Hohenbühl, als den Stammsitz ihrer Gräfin, heraus; sie nannte ihn Oda bebend ins Ohr, und ihre furchtsamen Augen starrten nach der in ziemlicher Weite vor ihr gehenden Ida, die sehr aufmerksam Katharinen ein Stück ihres schmerzvollen Lebens erzählen hörte; aber kaum war der Nahme Hohenbühl über die bleichen Lippen des armen Mädchens, als ein wüthender Blick, den man Ida's Augen gar nicht zutrauen konnte, sie zum Bild des Schreckens machte. – Agnes riß sich von Oda's Arm, und floh nach der kleinen Brücke, die immer die Grenze ihres Abschiedes war. – Ida neigte sich tief, tiefer, als je, sogar für Oda, und ging mit aufgehobnen Händen, in der bittendsten Stellung, ihrer Zofe nach. Unsere Wanderinnen standen und sahen staunend diese Scene.

Das erste, was Katharine fragen konnte, war: was brachte meine Freundin so auf? Denn in der wirklich weiten Entfernung hatte sie nicht hören können, was Agnes ihrer Oda sagte. Oda nannte ihr den Nahmen der Stammveste ihrer Freundin, und Katharine fing an, ein zweydeutiges Geschöpf unter der Fremden zu suchen, denn der letzte Ausbruch ihres Zorns war zu auffallend, als daß Katharine nicht überzeugt werden mußte, es wäre der feste Vorsatz Ida's ihr unbekannt zu bleiben. Warum dieses? Sie mußte doch fürchten, bey dieser Kenntniß zu verlieren?

Gott weiß, wer diese Eure Ida ist! rief Oda; ich muß es Euch gestehn, daß ich schon längst das muthmaßte, was wir nun bald gewiß wissen werden, nur gut, daß keines Eurer stolzen Verwandten, keine Eurer heiligen Tanten und Großtanten von diesen nächtlichen Visiten wissen – wer weiß, wie ihre strenge Tugend richten würde; Ihr rißt Euch aus ihrem ehrbaren Cirkel, weil es Euch selbst dort noch zu weltlich schien, um hier in Ruhe weinen zu können, und macht Bekanntschaft, sogar herzliche Freundschaft mit einer vom Himmel gefallnen Dame, die kein Mensch kennt, oder kennen will, die uns nur im dichten Mantel der Nacht besucht, recht als wenn sie es wüßte, daß ihr das Tageslicht nicht zuträglich ist.

Aber Oda, wie kannst du so lieblos urtheilen? Es ist ja das erstemahl, daß sie sich wenigstens gegen mich nicht ganz so zeigte, wie sie sollte; aber wer weiß, was sie für Gründe hat, so und nicht anders zu handeln? Vielleicht lebt sie wo allein, ist vielleicht strenger Vormundschaft entflohen, liebt unglücklich, und erwartet in der Dunkelheit einer armen Hütte die helle Zukunft. – Sieh, so wäre ja selbst ihre Zurückhaltung gegen uns Tugend? – Die Arme fürchtet vielleicht von meiner Strenge, was sie von meiner Freundschaft nicht gern hört. – Sie liebt mich, das sagte mir oft, selbst diesen Abend, ihr gefühlvolles Auge, und eben ihre Liebe schließt ihr den Mund; oder, wie wir schon oft wähnten, hält sie ein Gelübde zu schweigen; du kennst ja die abentheuerlichen Meynungen so mancher Männer unserer Tage, daß wir sie wohl einem Mädchen vergeben können. Geduld, Oda! Nun wissen wir ja den Nahmen ihrer Burg, es kann uns nicht fehlen, wir werden sie nun bald kennen, und ich hoffe, du, gute Seele, wirst ihr es herzlich abbitten, sie so beurtheilt zu haben.«

Recht gern, liebes Fräulein! erwiederte Oda. Nur fürcht ich, leider! das Abbitten möchte auf Ida's Seite seyn. Vielleicht ist sie nicht so gar unbekannt in dieser Gegend, als sie glaubt und wünscht; vielleicht scheut man sich nur, Euch die Freude ihres Umgangs zu rauben, und schweigt nur darum, wenn wir fragen: wer ist sie, woher ist sie?

»Oda, ich kenne dich zu gut, als daß du dieses alles ohne Grund sagen könntest – ich bitte dich, Liebe, sag es mir, was weißt du mehr, als ich, von Ida?«

Meine Gebieterin, ich weiß wirklich nicht viel mehr, als Ihr; aber dieses Wenige habe ich von einer unbefangneren Seele, als Ihr seyd, deren Blick Liebe zu der reizenden Ida blendet, und dieses macht mich dreust, so bestimmt zu sprechen. –

»Und dieses Wenige, liebe Oda – Du schweigst? Du weißt es selbst, wie sehr ich mich an Ida gefesselt fühle, wenn sie wirklich nicht das edle Mädchen wäre – wenn sie wirklich strafbare Ursachen hätte, sich für uns zu verbergen, was doch nicht auf immer möglich ist – ist es da nicht deine Pflicht, mein Herz, je eher, je lieber, von dem gefährlichen Mädchen loszureißen? Du weißt ja, ich habe schon so viel geweint, soll ich auch über Ida weinen! Jetzt fühl ich mich noch stark, sie zu meiden, wenn es seyn muß – also – Oda, nicht wahr, du nennst meine Gründe wichtig genug, um zu reden?« –

Ja, ich will reden, aber mein Fräulein wird mir das gütige Versprechen thun, nichts von dem, was ich jetzt sage, dem alten Pater Ignazius zu sagen – er ist es, der mich zuerst aufmerksam machte. Zu Euch sagte er immer, daß er Ida nicht kennte, aber doch mit so geschraubten Worten, daß nur Eure arglose Seele nichts weiter in seiner Erklärung tadelte, als überflüßigen Wörterschmuck – ich hörte mehr: er durfte oder wollte die Wahrheit nicht sagen, und scheute sich doch zu lügen. Ich war einst vor wenig Wochen mit ihm allein, nach einem Gespräch mit Euch, das, wie immer, von dem Entzücken sagte, welches Euch Ida's Bekanntschaft gab. Ich hatte bemerkt, daß der gute Alte bei seiner Prunkrede einigemal den Kopf schüttelte, und nahm Gelegenheit, ihn zu fragen, ob er, wie es schien, nicht mit Ida von ** zufrieden wäre, da er sie doch nur aus dem Bilde, das die wärmste Freundschaft mahlte, kennte, und das eben deswegen seines Beifalls gewiß seyn müsse? – Er sah mich lange bedenklich an, und rief endlich nach einem tiefen Seufzer: »Wollte Gott, Ihr wärt noch so einsam, als im Anfang Eurer Herkunft! Ich denke, dieses Wesen, was Katharine so reizend schildert, wird nicht lange bleiben wie sie ist.«

Wie so, ehrwürdiger Herr? – Habt Ihr, wie es mir fast scheint, nähere Kunde von ihr? Ich denke, die Familie derer von *** ist so ehrenvoll als möglich, und der Anstand des jungen Fräuleins verräth eine edle Seele.

Ach, Oda! – sprach der gute Pater mit einem unaussprechlichen Blick zum Himmel – ich fürchte, diese Ida wird unserm guten Fräulein viel Thränen kosten! Ich will Euch nicht verhehlen, daß ich mehr von ihr ahnde, als Ihr wißt; möcht es Euch doch auf ewig verborgen bleiben, was Ihr vielleicht bald erfahren werdet! –

Aber um aller Heiligen willen, ehrwürdiger Mann, so sagt doch, was könnten wir denn hören? was beweinen?

Ich darf nicht reden – nur warnen! Nur so viel zur Nachricht für Euch, aber auch nur für Euch allein: das Geschlecht derer von ** ist längst ausgestorben, und diese Ida ist eine Gräfin von **.

Also meint Ihr, sie nennt einen Namen, der ihr nicht gehört? Und also –

Und also – fiel er mir unwillig ins Wort – und also ist es Eure Pflicht, Eure Dame sobald als möglich von einem Umgang zu entfernen, der ihr nicht frommt, aber, wie ich Euch schon bat, ohne mich in den Handel zu ziehen. –

Er gieng, und seit diesem Gespräch ist es uns nur auf kurze Augenblicke gelungen, ihn auf diesem Schlosse zu sehn; er scheint sogar die Gegend zu scheuen, die Ida betritt. – Ich hab es an Winken und Ermahnungen bei Euch, liebes Fräulein, nicht fehlen lassen, aber die schöne Ida hatte alle Eure Sinne gefesselt, und ich mußte endlich schweigen, um nicht den Verdacht der Neidsucht auf mich zu laden – aber ich hoffe, nun werdet Ihr endlich aufmerksam werden. –

Das gewiß, liebe Oda; morgen schick ich Boten rings um an alle meine Nachbarn, einer wird doch die Burg *** kennen? in einigen Tagen muß Pater Ignazius hier seyn, – ich erzähle ihm wieder von Ida, und nenne ihm Hohenbühl; ist diese Veste eben so wenig bekannt, als sie – nun dann, so muß sie mir bei der ersten Zusammenkunft Rede stehn; ich breche unsern Vertrag, und nehme dann den Pater Ignazius oder einen anderen von unserer Bekanntschaft mit, vielleicht kennt er sie.

Pater Ignazius wurde vergebens erwartet – tausend Ausflüchte, deren gesuchten Wendungen man es ansah, daß sie gesucht waren. Mancher Mond verbleichte seit der letzten Zusammenkunft der zweifelhaften Ida. Die Tage wurden merklich kürzer, und das Dünnwerden der Laube deckte nur mühsam das Denkmahl der Liebe. Katharine hatte seit dieser langen Zeit einige mahl Walburgis besucht, aber seitdem sie anfangen mußte, nicht mehr so vortheilhaft von ihrer neuen Freundschaft zu denken, wie sonst, hielt ein feines Schaamgefühl sie zurück, von Ida zu sprechen; und daß Walburgis das Gespräch von ihr gern unterließ, wissen meine Leser schon. – Alles, was einigermaaßen auf sie Beziehung haben konnte, waren die flüchtigen Fragen, ob sie sich noch in ihrem einsamen Aufenthalt gefiel? oder ob er ihr nicht mehr so einsam wäre, wie sonst? und da diese beiden Fragen mit Ja beantwortet wurden, so nahm das Gespräch sogleich eine andre Wendung, und nur beim Abschiede des letzten Besuches aus dem Claren-Kloster, drückte Walburgis ihre schöne Muhme mit ängstlicher Bitte an ihr Herz – »Liebe, liebe Katharine! Sieh, die Nächte werden grauenvoll; alles was fürchterlich für dich werden könnte, nimmt mit den abnehmenden Tagen für mich zu – Bleib diesen Winter bei mir in diesen sichern Mauern.« – Doch Katharine fühlte sich sicher, und scherzte über der Nonne Sorge.

Abt Erhardt, ein Mann von großem Verstande und edlem Herzen, ein alter Freund der Nonne Walburgis, welchen Katharine in ihrer Zelle oft gesprochen, und schätzen gelernt hatte, erschien kurz vor der heiligen Zeit als längst erbetener Gast auf Katharinens einsamer Burg. Er, fühlend wie sie, für jedes Schöne der Natur, bewunderte an ihrer Hand jede sanfte Stelle, deren Betrachtung ihr stille Stunden gab, und lobte ihren Entschluß, ganz gegen die Art gewöhnlicher Mädchen diese reizende Einsamkeit dem Kloster vorzuziehen.

Wie freu ich mich, mein Vater! rief Katharine, und küßte mit kindlichen Thränen dem alten Priester die bleiche Hand – Wie freu ich mich, daß ich und meine Einsamkeit Euren Segen haben! – O, söhnt doch unsere theure Walburgis mit meinem Entschluß aus, hier zu leben und zu sterben.

Eure Walburgis, liebes Kind – erwiederte Erhardt – würde sich, wie Ihr, glücklich nennen, wenn sie Euch noch einsamer wüßte, als sie Euch weiß. – Nicht die tiefe menschenlose Stille scheint ihr gefährlich, nur fürchtet sie, wie ich, daß sich vielleicht Wesen zu Euch drängten, die Eurer Ruhe schädlich werden könnten.

Ach! – rief KatharineIda mit einem kleinen Lächeln – mein Vater, Ihr führt mich durch Eure liebevolle Sorge schneller zu der Frage, die ich Euch durch Wendungen thun wollte, denn ich bin durch die besten Menschen furchtsam gemacht worden, von einer Sache zu reden, die mir, ach! so schwer auf dem Herzen liegt; denn eben diese Sache trägt so viel von meinen Freuden für die kommende Zeit, und ich fürchte immer das zu hören, was mir eine Seele verdächtig macht, an der meine ganze Liebe so fest hängt, und ich gestehe Euch, ehrwürdiger Vater, die Ursache meiner dringenden Bitten, Euch hier zu sehen, war, Euch die Frage zu thun, zu welcher mich Eure Vorbereitung von meiner Walburgis führt, denn nur sie konnte Euch meine Ida verdächtig schildern. – O, mein Vater! Eure Kenntniß der Burgen durch ganz Böhmen, und jeder Familie rings umher, wird meine so lang unerfüllten Wünsche befriedigen. Ihr kennt gewiß die alte Familie der Grafen von **, deren uralte Erbgruft die Marien-Kapelle umschließt, da die Franziskaner vom Berge verbunden sind, jährlich eine Messe am sogenannten reichen Grabe einer Gräfin Ida von *** zu halten. Ihr, mein Vater, könnt mir Unwissenden kund thun, ob eine Veste Hohenbühl sich in dieser Gegend befindet, und ob irgend ein Zweig dieser erst gedachten Familie das Licht zu scheuen hat, oder ob nur Strenge die Schönste des Landes zwingt, bei mir und meinen sorgsamen Freunden ein zweideutiges Ansehen zu tragen? – Ihr werdet aus meiner Rede schließen, daß ichs vermuthe; meine Walburgis hat Euch gewiß alles erzählt, was sie vermuthlich durch meine Oda erfahren, die meinen Umgang mit Ida aus dem Geschlecht der Grafen von ** auf Hohenbühl mit verdächtigen Augen sieht – O! mein Vater, Euer Gewissen wird es Euch sagen, daß es Pflicht des Christen ist, einen guten Namen zu retten, besonders wenn gute Menschen, wie Oda und Walburgis, ihn verkennen könnten. –

Dieser Eifer, meine Katharine – erwiederte Pater Erhardt – ist so edel, daß ich das äußerste wage, Euch aus einem Irrthum zu ziehen, der Eurer gefühlvollen Seele je länger je gefährlicher werden könnte. Ja, mein Fräulein, Walburgis, Oda und Pater Ignaz haben mir jeden Umstand Eures Umgangs mit Ida aus dem Geschlecht der von ** erzählt, und ich bin, ohne auf meine Krankheit, die mich seit lange auf meinem Lager gefangen hielt, Rücksicht zu nehmen, zu Euch geeilt, um Euch zu retten –

Mich zu retten! – rief Katharine erstaunt. – So wäre Ida eine Verworfene, die mich beschimpfte durch ihre Freundschaft?

So wäre sie vielleicht nichts von alle dem, was Ihr muthmaßt, wie ich an Euren Ausrufungen höre. – Kommt, der Abend bricht ein, – wir wollen nach Hause eilen, Eure Dienerinnen werden Euch erwarten! –

Ach, mein Vater! – bat Katharine, könntet Ihr mir die Bitte abschlagen, hier mit mir Ida zu erwarten, und ihr selbst Vorwürfe über das zu machen, was sie an diesem wunden Herzen verbrach, das sie leider! selbst alsdann noch lieben wird, wenn es sie auch nicht mehr achten könnte. – O! mein Vater, führt sie wieder auf den Weg der Ehre, von dem sie gewiß nur jugendlicher Leichtsinn geführt hat.

Ich sehe, – rief Erhardt seufzend – daß ich, um Euer verwundetes Herz zu heilen, Euch noch mehr erschüttern muß – doch nur noch kurze Zeit, und eine fürchterlichere Überraschung nähm Euch Euren Irrthum, jetzt geschieht es nie von Eurem Freunde – jetzt geschähe es in geheiligten Mauern. –

Die Nacht kömmt näher – morgen um diese Stunde werdet Ihr wissen, daß ich Eure Ida weder sehen noch sprechen konnte. Kommt, ich führe Euch zu Euren Dienerinnen – meine Pflicht ruft mich zu dem Krankenbett eines meiner sterbenden Freunde. – Schlaft im Namen aller Heiligen ein, und denkt diese Nacht so wenig als möglich an Ida! – Im Namen der Religion gebiete ich Euch, sprecht mit keinem Menschen von unserm heutigen Gespräch bis morgen um diese Stunde – schlaft ruhig – Gottes Engel der Sicherheit wache um Euer Lager! Sobald die Morgenröthe die Nacht verdrängt, fahrt in das Franziskaner-Kloster am Berge, laßt Euch beim Prior melden, und übergebt ihm diesen lateinischen Brief: vorbereitet auf den Ausgang des heutigen Tages, schrieb ich ihn, um ihn Euch zu geben. Bittet ihn auch um das, was meine Bitte ist; verlangt ers, so erzählt ihm Eure Bekanntschaft mit Ida so umständlich, als möglich – er wird Euch eine Schrift geben, die den Titel führt: *Das höfliche Gespenst*; lest sie, und lernt Eure Ida kennen. – Hier reichte der Abt Katharinen den Arm, und eilte mit ihr in das nahliegende Schloß. Auf dem Hofe war, seinem Befehl zufolge, schon sein wartender Wagen; er gab Katharinen, die voll Nachdenken an seiner Seite stand, seinen Segen, und als er schon in den Wagen steigen wollte, bat er sie, nicht allein nach dem Franziskaner-Kloster zu fahren, sondern einige ihrer Dienerinnen mitzunehmen, auch ihnen Befehl zu geben, sich in ihrer Nähe aufzuhalten, wenn sie die bewußte Schrift lesen würde, weil man für keinen Zufall von leiblicher Schwachheit stehen könnte. Auch bat er sie, sich auf außerordentliche Dinge gefaßt zu machen, die sie lesen würde. – Katharine küßte stumm seine dargebotene Hand, und ging, von tausend Gedanken bestürmt, in ihr Gemach – Sie hielt Wort, sprach mit niemand von dem, was sie erwarten sollte, gab Befehl zur morgenden Reise nach dem Franziskaner-Kloster, betete zerstreuter als je – dachte an Ida mit Gluth und grauenvoller Hoffnung, endlich sie zu kennen, und legte sich zu Bette, nicht um zu schlafen, sondern in Fieberangst dem Tage entgegen zu harren – Er erschien, oder vielmehr, die Morgenröthe lies ihn erst hoffen, als schon alles in Katharinens kleinem Schloß geschäftig war, den Reisewagen ihrer ungeduldigen Gebieterin zu rüsten. – Er fuhr vor; sie und drei ihrer Dienerinnen warfen sich hinein, und in wenig Stunden hielt er vor der Pforte des Franziskaner-Klosters. Katharine schien bei dem Abte schon gemeldet, er empfing sie als eine Erwartete. Das Herz schlug der Armen lauter, als sie den Mann sah, der ihr Ida nehmen oder geben sollte. Bebend reichte sie ihm den Brief Erhardts; zitternd vereinte sie ihre Bitte mit der ihres Freundes. Der Prior, ein langer bleicher Mann, voll Würde und sanfter Huld, legte seine Hand auf der Bittenden Stirn, und wünschte ihr Muth, das zu hören, was sie, setzte er seufzend hinzu, hier zu wissen wünschte. Er führte sie in ein kleines dicht vergittertes Zimmer, und holte aus einer dreifach verschlossenen Drute eine Pergamentrolle, die er ihr mit den Worten überreichte: Vergebt der Armen, was sie Euch gezwungen zu leiden giebt, und betet für ihre Ruhe. Amen!

Katharinens Erwartung war aufs höchste gespannt; sie sank, sobald sie allein war, vor dem Bild Mariens, das einen kleinen Altar des Zimmers zierte, nieder, erbat sich Stärke, alles zu hören, rollte die Schriften auf, und las:

»So gewiß ich Frieden wünsche meinem beängstigten Geiste, und diesem müden Leibe eine fröhliche Auferstehung, will ich wahr reden, ohne Furcht für denen, die Gewalt tragen, wie ich einstens reden will vor dem Stuhl der ewigen Wahrheit, Amen! – Graf *** herrschte einstens über die Landschaft rings umher, so weit unser Auge reicht, wenn wir auf jenem Felsen stehen, an dessen Fuß meine einsame Zelle ruht. Er war reich; seine Festen thürmten sich auf allen Gebürgen, von reich befrachteten Schiffen im Ost und Norden wehten seine Flaggen. Hundert geschäftige Hände durchwühlten die Schachte, um ihr Gold für ihn ans Licht zu bringen. Der reiche Graf wurde er genannt, von allen, die seine Erblande kannten; der Reichste war er unter den Reichen, der Vornehmste unter den Großen – sein Geiz übertraf seinen Reichthum, sein Stolz den hohen Rang, welchen er bekleidete; aber beide Riesenleidenschaften, die ihn aus dem sanften Kreise der Freundschaft und Gefälligkeit stießen, zerschmolzen wie junger Schnee im Strahl der hohen Sonne; man gedachte ihrer Gewalt nicht mehr, wenn man sich sagte, wie sehr er seine Tochter Ida liebte. Ausgeschlossen von seiner Theilnahme war das ganze Menschengeschlecht, denn Ida nur erfüllte sein Wesen; er kannte kein Glück außer ihr, um ihrentwillen liebte er Rang und Gold. Ida war nicht seine einzige Tochter, nicht sein einziges Kind, denn zwei edle Söhne und Rosa, die sanfte Beterin im Clarenkloster, nannten ihn Vater! Aber sein Herz nannte nur Ida Tochter. Ihr gehörten seine Schätze – ihr die Huldigungen seiner Unterthanen – für sie zersplitterte jeder Ritter, der genannt werden wollte, seine Lanze; nur ihre Farbe durfte siegen, ihr gehörte des Vaters stolze Werbung um Gewalt und Fürstenhuth – aber auch nur ihr gehörten des Vaters Ungerechtigkeiten und Sünden. – Ida war schön, wie man Engel mahlt, im Anschauen des Ewigen entzückt! Ihre goldnen Zöpfe waren lang und weich; ihr großes Auge milderte mit Freundlichkeit eines Kindes am Busen der Mutter den Herrscherblick einer Königin, für den ersten Thron gebohren. Wie Schnee auf den nie berührten Gebürgen war ihre Farbe, und selbst der Zorn verschönerte sie. Künstler kamen und gingen, denn der Einklang ihrer Glieder war für Pinsel und Meisel unerreichbar; jede ihrer Bewegungen sprach von Hoheit, jede kleine Bewegung umschwebte namenloser Reiz – war sie heiter, war Freude die Loosung um sie her; ein schwermüthiger Zug um ihre schöne Lippe warf Trauer über die Welt – sie trug Glück und Elend in ihrem kleinsten Wollen für den, welchem sie theuer war –

ach! und der ganzen Welt war sie theuer! Ich mühe mich umsonst, das zu sagen, was Ida war, was jedes für sie empfand, die Jugend wie das Alter; über ihr ganzes Wesen strahlte Vollendung. Klug war Ida, wie schön! Feinheit des Weibes, Stärke des Mannes war lieblich verschmolzen in ihrer Seele. Ihre Fantasie war süße und kühn, sie stieg mit dem Helden über blutige Höhen, die noch kein Fuß betrat, und ihre Rede von Freundschaft und Liebe war ein Kranz von sanftfarbigen Blüthen; ihre kluge Rede war so schön, war so lockend, daß der Zuhörer oft den Sinn gut und edel glaubte, weil seine Worthülle so reizend war. Selbst der Fromme fand Andacht in ihrem Leichtsinn, der Gute in ihrem Spott herzliche Güte, denn Ida täuschte wen sie wollte. Laut jauchzte der stolze Vater über die allgemeine Verehrung seiner Lieblingin, und nichts war ihm zu theuer, sie noch höher – immer höher zu erheben, aber ihre sanfte Mutter trauerte, ihre Schwester weinte – und Tausende, die zu klein in Ida's Augen schienen, um sich ihretwegen zu verstellen, verfluchten die stolze Ida. Ach! sie war falsch, treulos, boshaft, eines Teufels werth – sie brachte ihre Brüder um die väterliche Liebe, um die väterlichen Güter ihre höllische List. Um sie wahrscheinlicher zu machen, verstrickte sie selbst ihre ehrwürdige Mutter in den Verdacht des Einverständnisses mit ihren Söhnen, edel und fromm wie ihre Mutter, den alten Grafen zu morden. Er glaubte ihr – und da er ihr glaubte, war es mehr als Menschengüte, nur seine Söhne enterbt in entfernte Lande zu treiben, nur sein Weib als Gefangene zu halten. Auch diese Güte und Milde war Ida's Werk, nicht weil sich für Brüder und Mutter eine Stimme in ihrem Gewissen, in ihrem Herzen regte, nein! dieses war bei Ida nicht möglich! aber die Schlaue fürchtete bei härterer Strafe eine genauere Untersuchung. – So erreichte sie ihren Zweck, ohne selbst von Brüdern oder Mutter angeklagt werden zu können, und ihr Vater sank fast nieder, wenn er sich seine Ida als bittenden Engel seiner Familie dachte – sie gewann was sie wollte, und verlor nichts. Die Güter ihrer Brüder wurden bis auf einen geringen Theil, zu ihrer Morgengabe geschlagen – und die Einzige, welche sie durchsah, und ihr vielleicht bei ihrem Vater schaden konnte, ihre Mutter, beweinte in dem einsamsten Flügel des weitläuftigen Schlosses die Stunde, wo sie Ida gebohren. Denn auch der Ehrfurcht gebietende Muttername hielt die Frevlerin nicht ab, die zu kränken, welcher die Welt keinen Vorwurf machen konnte, als daß sie Ida das Leben gab. Ihre prunklose Tugend paßte nicht in den glänzenden Cirkel, welcher den Grafen und seine Tochter umschloß, und ihr mißbilligender Blick, konnte er nicht einmahl von ihren Bewunderern belauscht werden, wenn er mit schmerzlicher Wehmuth auf der stolzen Tochter weilte? Ida gieng so weit, daß sie sich ihrer Mutter schämte – daß sie es gern sah, wenn man ihr zu gefallen glaubte, daß ihre kluge achtungswerthe Mutter nicht zu allen Zeiten ihrer Sinne mächtig sey. So lange die alte Dienerschaft sie umgab, war dieses nicht möglich; ein Wort, und ihr Vater verwies seine treuen Diener theils mit, theils ohne Gehalt, je nachdem sie sich viel oder wenig mit Wahrheit gegen Ida vergangen, aus seinem Hause, in welchem viele den Tag feyerten, wo er gebohren wurde. Ein feiles Schmeichlerheer kroch jetzt zu Ida's Füßen, und sprach mit bedaurendem Achselzucken von der Krankheit der armen Gräfin – so wie es ihre unnatürliche Tochter wollte. – Es gehörte alle die Sanftmuth, alle die Erhabenheit der Seele dazu, welche die Dulderin besaß, um nicht nicht würklich das zu werden, was man wünschte, daß es die Welt glauben sollte. Aber dieses mit einer Frömmigkeit verbunden, die nicht verzweifelt, wenn das Heute trübe ist, weil ein lichter Blick jenseits des Grabes den kommenden Tag heiter sieht, stärkte sie, und selbst in ihren schmerzlichen Thränen war sanfter Trost. Sie war, so wie es Gatte und Tochter wünschte, für alle ihre Verwandten gestorben, jeder Bote ihrer Kinder, ihrer Freunde wurde auf

Irrwege geleitet, oder die Antworten auf ihre Sendschreiben waren so, daß sie endlich mit tiefer Trauer dem allgemeinen Gerücht glauben mußten, die klügste Frau auf viele Meilen umher sey wahnsinnig.

Denkt euch, lieben Leser, was sie fühlen mußte, wenn man es ihr selbst sagte, daß dieses Gerücht ihre Freunde glaubten, und sie ihm nicht widersprechen konnte! – Freylich im Anfang ihrer Leidensperiode, da sie die schwache Seele Ida's, und die sündige Schwäche ihres Gattens für seine Tochter noch nicht so ganz kannte – freylich wagte sie da einigemal die Bitte, ihr Leben in einem ihr verwandten, oder auch in einem ihr ganz fremden Kloster zubringen zu dürfen; aber konnte die Gräfin wohl in ganz Böhmen unbekannt seyn? und wenn man sie kannte, würden ihre Thränen nicht die Frage: warum reißt Ihr Euch aus dem Schoose Eurer Familie, und verbergt Euch im Schatten des Klosters, da nur hoher Rang Euch die glänzendsten Titel anweist? würden ihre Thränen alsdann diese Fragen nicht zur Schande ihrer nächsten Anverwandten beantworten? Die fromme Gräfin sahe sich in ihrem väterlichen Erbe gefangen, und ihre Thränen suchte die lindernde Hand Gewohnheit zu trocknen, als sich der Morgen röthete, der Ida's Frevel vollendete, und ihrer Mutter das Herz brach. – Ein reicher Fürst warb um Ida's Hand, er kannte nur ihr Gold, ihre Schönheit; in fernen Landen, wo seine Güter lagen, konnte er nicht auch ihr Herz kennen. Ihr Vater gab ihm sein Ja voll Entzücken, denn seine Tochter wurde ja Fürstin; Ida war wonnetrunken, als ihr ihr Vater den vornehmen Freyer nannte, – nicht seine Reitze, nicht sein edles Herz, denn das kannte sie nicht, seyn Fürstenhut erhielt ihr Ja.

Die ganze Gegend schmückte sich zu hochzeitlichen Festen, alles, was die Erscheinung der stolzen Braut verherrlichen konnte, wurde aufgeboten, um den glänzenden Tag ihrer Verlobung zu erheben, von Juwelen glühten die bräutlichen

Gewänder, wie der nächtliche Himmel in einer wolklosen Nacht. Die hohen Schenktische waren mit goldnen und silbernen Geschirren belastet, die zahlreiche Dienerschaft prangte in reichen Kleidern, und selbst einige der edlen Dirnen ließen sich erkaufen, die Reihen ihrer Sklaven zu führen, die sie zum Traualtar geleiten sollten; eine einzige war im ganzen Schloß, welche es wagte, die ungeheuren Prunkanstalten zu tadeln – es war die alte ehrwürdige Erzieherin in Ida's ersten Jugend, da sie noch nicht glaubte, daß ihr der Liebling ihres Herzens diesen Kummer machen würde, wie es in der Folgezeit geschah. Bey näherer Kenntniß von Ida's Herzen, da die gute Alte mit tiefem Schmerz sahe, daß alle ihre Gebete um Ida's Besserung nicht erhört wurden, hatte sie längst schon um eine Stelle im Kloster gebeten; aber wir wissen ja, was Ida und ihr Vater für Gründe hatten, dergleichen Bitten abzuschlagen, und Frau Agnes blieb, und weil sie nicht so wichtig war als die unglückliche Gräfin, so verlebte sie ihre Tage ziemlich ruhig in einem abgelegnen Gemach des großen stolzen Gebäudes, wo so oft lärmende Freude rauschte, und hatte es fast vergessen, daß sie so glänzende Nachbarschaft hatte, als ihr Botschaft von ihrem Herrn kam, ihn mit ihrem Besuch zu erfreuen.

Die gute Matrone wußte nicht wie ihr geschahe, als ihr Fräulein Ida so gar freundlich entgegen kam, und ihrer lieben Mutter, wie sie ihre Erzieherin herablassend nannte, liebevoll die Hände drückte. Doch Frau Agnes kannte die schlaue Ida zu gut, als daß sie diese Scheingüte für mehr als was sie war hätte nehmen sollen; mißtrauisch frug sie, welchen Dienst ihr Herr von ihr verlangte, und Ida fand es langweilig, lange für ihre alte Dienerin eine beschwerliche Maske zu tragen, die ihr hier wenig Vortheil brachte; ihr Stolz rufte ihr zu: hier darfst du nur befehlen! Mit einem Ton, der es sagte, daß sie beleidigt war, daß sich Agnes unterstanden, sie für das zu halten, was sie war, that sie ihr kund, wen sie künftig in ihr zu ehren hätte: zugleich wurde ihr befohlen, die Ehre, der hohen Braut am Verlobungstage die Schleppe zu tragen, mit gebührender Ehrfurcht anzunehmen.

Agnes würde sich gefreuet haben, wenn ihr ihre Freundschaft für ihren Zögling diese Stelle angeboten hätte; ob sie wohl darauf hätte rechnen können, der fürstlichen Braut zur Seite zu gehen, denn war sie ihr nicht Mutterehre schuldig? machte nicht selbst ihr Rang (sie war eine Edle) sie dieser Stelle würdig? und nun wurde ihr befohlen, nun wurde zu ihr gesprochen wie zu der niedrigsten Dienerinnen einer. Es schmerzte der guten Alten, eine schwere Thräne rollte den bleichen Wangen herab, an welchen sonst Ida's schuldlose Kindheit oft sanft schlummerte. Aber weder ihre Seufzer noch die sie anklagende Thräne bemerkte Ida, ihr stolzer Blick weilte nur auf prunkvollen Gegenständen.

Ihr Brauttag kam immer näher, mit jeder Stunde wurden die zerstreuenden Geschäfte mannichfaltiger. Ida hatte der rührenden Scene mit der guten Agnes schon längst vergessen, als man ihr meldete, daß ihre bestimmte Schleppenträgerin, denn nur als diese hatte die gute Frau Werth für die undankbare, von einem tödtlichen Fieber aufs Krankenlager geworfen sey, und unmöglich der Ehre werde theilhaftig werden können, die man ihr zugedacht hätte. Ida fühlte so ganz, wie wenig Agnes diese zugedachte Ehre für Ehre gehalten hatte, daß sie an der Heftigkeit des schnellen Fiebers so lange zweifelte, bis sie mit dem Hauspfaffen Rücksprache gehalten.

Dieser unselige Mensch, dessen Gewissen jedem Käufer feil war, war oft der vertraute Rathgeber Ida's; diese sah seine elende Denkungsart ein, und verabscheute sie, denn sie war reich, und nannte ihren Stolz, ihre Eitelkeit und alle jene unzähligen Laster edel, weil sie nur sie selbst betrafen, und nicht kaltes Geld; aber er war ihr oft behülflich, für Geld das auszuführen, was jener ihre Leidenschaften gern ausgeführt haben wollten. Jetzt war die wichtige Frage: wer soll Agnes' Stelle, die, ehe sich der Tag neigte, nur noch Stunden zu leben hatte, ersetzen?

Der Zug ihrer übrigen Dienerinnen war geordnet, keine war zuviel, und ihr Stolz litt unaussprechlich, daß sie jetzt eine zu wenig haben sollte – und noch dazu, die vorzüglichste sollte fehlen! Das Gemälde war zu reizend, wenn die graue Würde der jugendlichen Schönheit nachtrat, als daß es Ida so leicht hätte verwischen können. Man sann hin und her – sogar der alte Graf machte sich diese Sache so höchst wichtig, daß alles darüber in Bewegung kam. Wo sollte man jetzt in der nöthigen Eile eine Dame finden, deren tugendhaftes Alter gleichsam dem jungen Ehemann Bürgschaft stellte, für seiner Vermählten tadellose Erziehung? jeder schickliche Vorschlag wurde verworfen, um den teufelischsten zu genehmigen.

Ida stand in Gedanken; eine glühende Röthe stieg auf ihre Wangen, ihr Auge funkelte, senkte sich zur Erde, als wenn sich selbst ihr körperliches Auge für den Vorschlag ihrer Seele schämte. – Doch eben kömmt der erste Bote, um die nur noch um einige Meilen weite Anwesenheit des fürstlichen Bräutigams zu verkündigen. Sie unterdrückte schnell das letzte gute menschliche Gefühl, und lispelte den verworfnen Pfaffen zu: ich wüßte wohl noch eine, die Agnes' Stelle auf die festliche Stunde leidlich ersetzen könnte, – Vorurtheil, mir von der frömmelnden Agnes an meiner Wiege gesungen, macht mich schwach genug, zu wünschen, daß Ihr, mein ehrwürdiger Freund, ihren Namen zuerst meinem Vater nennen möchtet. Ich bin von der Klugheit meines Vaters überzeugt, daß er nach dem ersten Augenblick das vernünftig nennen wird, was ihm erst unbillig scheinen könnte, zumal wenn ich es verlangte; besser ist es, er bietet mir an, und ich scheine ihm mein Ja als Gehorsam zu opfern.

Gleichgestimmte Seelen hallen einen Ton, sie verstehn sich in jeder kleinsten Wendung – oder vielmehr der Heuchler Satan im Gewand der Kirche dachte das, was Ida empfand, schon ehe ihre Gefühle sich in Worte kleideten. Ohne nur einen Augenblick zu brauchen, um zu wissen, welches Geschöpf ausersehen war, die leere Rolle zu füllen, bückte sich der elende Schmeichler, und nannte das recht und billig, was sich selbst die gottlose Ida nicht zu sagen getrauete.

In einer Stunde eilte schon der alte Graf zu Ida, und bat sie, ihrer Mutter zu erlauben, ihr die Schleppe nachzutragen. »Aber mein Vater, denken auch alle so klug wie Ihr? sind alle, die uns sehen werden, von Vorurtheil frey wie wir?« Ohne Sorge, mein Tochter! wer kennt hier die alte Frau? sie ist trübe und still, und sollte sie es wagen, laut zu werden, so heißt sie wahnsinnig, und ihr wahrer Stand bleibt ein tiefes Geheimniß; Pater Felix ist schon zu ihr, um ihr meinen Befehl zu überbringen. – Pater Felix war gegangen, der Gräfin den Willen ihrer Tochter, den Befehl ihres Mannes zu bringen. Diese Botschaft war zu unvermuthet, als daß die gebeugte Frau ihren Schmerz hätte durch Klagen erleichtern können; sie drückte ihre gefalteten Hände schrecklich zusammen, in ihrem empor gerichteten Auge flammte der mütterliche Fluch; keine Thräne rollte über ihre Wangen, kein Seufzer entschlüpfte ihrer wogenden Brust. Mit kalter schrecklicher Ruhe im starren Blick trat sie in langem schwarzen Gewand und fliegendem Haar an der Hand des Pfaffen in den bunten Reihen, der die schöne Braut erwartete. Jedermann wich der fremden Matrone aus. Ihr Ehrfurcht gebietender Blick, der hohe Anstand räumte ihr ungefordert die erste Stelle ein; alles zog sich mit innerlichem Schauder zurück, um der hohen Dulderin Platz zu machen, die die Sünden eines ganzen Geschlechts zu tragen schien; jeder Blick hing an dem thränenvollen Auge der Fremden. Nur Ida hatte keinen Blick für ihre Mutter, sie hatte ihren Ursprung vergessen, und hoffte, ihn hätte jedes vergessen.

Die Erscheinung der Gräfin hatte eine lange Pause verursacht. Schon sah man die ersten Boten, die den kommenden

Bräutigam verkündigten, und noch schien ein wunderbares Grauen den ganzen Zug zu fesseln; aber Felix kam jetzt, dessen Gefühl für jeden Schauder vor Freude und Entsetzen unempfindlich war. Er war's, der der alten Gräfin den Befehl ihres Herrn noch einmal zurief, und ihr Glück zu der Ehre wünschte, die sie heute genießen sollte. Die Arme sah ihn starr ohne Thränen an, aber ihr Blick machte aller Blicke zur Erde sinkend, – nur Felix und Ida sahen ruhig umher, und der erste gab der Mutter die Schleppe der Tochter in ihre kalte bebende Hand.

Still von dem Gefühl der Mutter! still von dem teufelischen Triumph der unnatürlichen Tochter! Der Zug begann – da zog sich ein schweres Gewitter von Osten herauf, und verhüllte den Tag! Fürchterlich brüllte der Donner, siebenfach schleuderte ihn das Echo der bebenden Felsen an das Ohr der zitternden Hochzeiter; ein Sturm wild und schrecklich, wie die Gegend noch nie schüttelte, zerriß die schwarzen Wolken und zerbrach die Bäume, wirbelte alles in erstickenden Staub, und jagte alles in namenloser Furcht vor sich her; die fliegenden Fahnen des Brautzugs waren schon längst sein Raub, die Schleyer der Jungfrauen wogten von dem Wipfel der Eichen, die alten keuchten am Boden und Ida's Brautkranz, trotz der Juwelenschwere, flatterte dem nahen Beinhause zu an der Kirchmauer, in der sie als Fürstin getrauet werden sollte. Voll Wuth, daß sie den Elementen nicht gebieten konnte, wie ihren Dienern, von dem allgemeinen Schauder ergriffen, der sich ahndungsvoll über alle Wesen ergoß, vom nahen Untergang stand Ida, und ihre Zähne schlugen mit innerer Verwünschung zusammen; da schien die ganze Gegend in dem blauen Lichte des Blitzes zu zerschmelzen, da fuhr sein feuriger Strahl herab, und als sich der alte Graf von der todtenähnlichen Betäubung, in welcher er viele Stunden lang die Bemühungen seiner Freunde vereitelte, erholte, zeigte man ihm den zerschmetterten Leichnam seiner Tochter. – Er sank zurück in kalte Fühllosigkeit, erwachte zu neuem Schreck, der ihn wieder in die Arme des Todes zu werfen schien, und erwachte wieder, um gränzenloses Leid zu tragen bis an seinen Tod.

Ida war das einzige Wesen, an welchem seyn Herz hing; mit Ida wurde sein Stolz, seine Liebe zum Leben begraben, – er behing diese Leiche seines Alles mit allem was ihm theuer, oder vielmehr er behing die Leiche mit allem, was ihm eigentlich um Ida's Willen theuer gewesen war; gestorben war sein Stolz, sein Geitz, seine Prachtliebe, alles dieses besaß er nur noch, um ihr Grab zu schmücken. Er ließ vor ewigen Zeiten die reiche Gruft bey der Marien-Capelle bauen, und die berufnen Künstler aus fernen Landen bemüheten sich, das stolze Verlangen des untröstlichen Vaters, Ida zu Ehren für Jahrhunderte zu erfüllen.

Zwölf Tage stand Ida's Leiche zur Schau für Spötter und Neider. Sie lag da in ihrem reichsten Brautkleide, ihre Haare durchflochten Juwelen, ihre Hände, ihren Hals umwanden die reinsten Perlen, – die Armen seufzten nicht über den Verlust der jungen Verstorbenen, nicht über den Schmerz des grauen Vaters, der an ihrem Sarge verzweifelte. Ach! riefen sie, eine der köstlichen Spangen könnte uns und unsere Kinder beglücken, und das kalte Grab soll das in seinen Abgrund reißen, was auch von unserm Schweiß und Thränen so bunte Farben spielt! – War es der Stolzen, riefen ihre Gespielinnen, nicht genug, uns im Leben durch ihre beispiellose Pracht in allen Kreisen zu verdrängen, glaubt sie die Verwesung selbst neidisch zu machen? – Ihre ehemaligen Buhler schlichen sich fort, denn ihr zerschlagener und entstellter Körper trug nicht mehr das Bild ihrer eitlen Anbetung. Freunde hatte sie nicht, denn selbst die Thräne ihrer Mutter floß nicht auf ihrer Leiche; bezahlte Gebete murmelten die geistlichen Lippen, von welchen das Herz nichts wußte, und die schlechtesten der Miethlinge wachten an ihrem köstlichen Sarge, und selbst diese flohen nach der ersten Nacht, und warfen das Gold, das sie lohnte, weit von sich, – es kamen andre, und machten es eben so, denen wieder andre folgten, so daß man endlich doch sich entschließen mußte, dem alten Grafen begreiflich zu machen, daß ein längerer Aufenthalt unter den Lebendigen die geliebte Leiche vielleicht noch dahin bringen könnte, daß man ihr ein Grab in geweihter Erde mit Recht versagte. Ein nahmenloses Etwas, ein grauenvolles Gemisch von kaltem Schreck, banger Furcht und Entsetzen hielt sich um Ida's Sarg auf, und verjagte ihre Wächter, so geldgeitzig sie auch der alte Vater wählte. Schon einige Mal riefen die Wächter: sie lebt! sie lebt! aber es war nicht der Ton der Freude. Auch selbst ihr Vater bebete bey diesem Geschrey: denn Ida's Herz stand ja in demselben Augenblick, als man ihr Erwachen rief, auf seinem Betpulte, und der erschütternde schreckliche Augenblick, wo ihr zerschmetterter Leichnam vor seinen Füßen lag, stand mit allen gräßlichen Gefühlen vor ihm da. Er wankte bebend in den schwarz ausgeschlagenen Saal, und wagte es kaum, nach dem Sarge zu blicken, weil er ein namenloses Etwas zu fühlen anfing, das ihm noch schrecklicher als Ida's Verlust war. Die Leiche lag noch da in ihrer traurigen Pracht, und der Graf ermannte sich, das Traum zu nennen, welchem sein inneres Gefühl einen andern Namen gab. Aber die bleichen Diener erzählten den ersten Tag wie am letzten, den sie durchlebten, daß ihr Fräulein, ob sie gleich ihr Herz in ihres Herrn Betzimmer wüßten, ängstlich Odem geholt, gräßliche Töne innerer Qual hören lassen – daß sie am andern Morgen jederzeit anders gelegen, als in der ruhigen Lage, wie man eine Leiche zu legen pflegte – ja daß sie sich endlich gar in der letzten schrecklichen Nacht, als ihre Kammerfrauen sichs zugeflüstert hätten, daß jene unbekannte Matrone, jene ehrwürdige Schleppenträgerin an dem unglücklichen Brauttage, die gekommen und verschwunden sey, ohne daß man wisse woher und wohin – gar die Mutter der Verstorbenen gewesen seyn sollte, wie die Sage unter den ältesten der Unterthanen ihres Herrn ging; und daß wenn diese Sage Wahrheit sey, die Vorgänge dieser Tage sehr natürlich, und Gott gerecht wären, der der armen Seele gnädig seyn möchte, wie ja die fromme Matrone es selbst gebeten hätte, als man sie das letztemal bey Ida's Leiche gesehen, – sich zu ihrer aller Entsetzen die Leiche schnell aufgerichtet, als wenn sie von unsichtbaren Händen gewaltsam empor gerissen worden. Ihre langen Haare drehten sich um ihr blasses Gesicht im Winkel – ihre leblosen Augen starrten auf, – ihre Hände schlugen sich krampfhaft zusammen, und Wehe! Wehe! welches das innerste Mark erschütterte, rief ihr bebender Mund. Ein blaues Licht, welches die bleichen Gesichter der bis zum Tode erschrockenen Diener noch schrecklicher bleichte, flammte um den Sarg, und schlängelte sich von ihm bis zum Eingang, und ein pestartiger Rauch umzog sich wie Gewitterwolken bis an das Gewölbe des Saales. – Den Abend nach dieser Erscheinung wurden alle Glocken geläutet, um Ida's Beysetzung in der reichen Kapelle zu feyern. Am Eingang derselben wurde auf Befehl ihres Vaters der Sarg noch einmahl vor allem Volk, was in zahlloser Menge sich versammelt hatte, geöffnet, um die üblen Sagen zu mildern, die sich unter den Leuten viele Meilen umher verbreitet hatten; aber der goldne Deckel flog schnell wieder nieder – denn Ida's Gesicht zeigte die Qual der Verdammten. Mit kaltem Schauder floh alles von dem Grabe und betete: Laß unser Ende nicht seyn wie das Ende dieser!

Ich lag auf meinem einsamen Lager, und hatte Gedanken des Wandels aller Dinge hienieden, und mein Gebet um Wahrheit des Rechts und Unrechts war heiß; da tönte Mitternacht vom grauen Thurm unsers Klosters; nie erschütterte mich dieser Ruf der ernsten Stunde so wie jetzt! Ein leiser fröstelnder Schauder floh über mich hin, wie die kalte Hand des Todes! Sturm erhob sich fürchterlich, trillte die Fähnleins, schüttelte die hohen Bäume, schlug ihre ängstlich rauschende Zweige an die Fenster meiner Zelle, und kräuselte das rasselnde Laub um die Gräber am Fuße unsrer Mauern. Ich hatte oft Sturm gehört – er hatte schon in meinen Locken gewühlt, wie jetzt in Bäumen und dürren Blättern, ich war auch alsdann allein auf meinem Lager wie jetzt; aber die tausendfachen Schrecken fühlte ich nur in dieser entsetzlichen Nacht! Plötzlich flogen die Thüren meiner Zelle ächzend auf; ein Licht wie Schwefel umgaukelte jeden Gegenstand meines Gemachs; nur mein kleiner Altar stand dunkel – da säuselte es wie ängstliches Gestöhne zu mir herauf, da wirbelte der Sturm stärker – da flatterte die Schwefelflamme höher, und Ida, schrecklich in das blaue Licht verhüllt, stand mit gräßlicher Gestalt vor meinen starren Augen. Wehe! Wehe! rief sie mit einem Tone, der jedes Ohr von Fleisch verschonen möge – mir schüttelte er mein Mark in den Gebeinen: »Ich bin gerichtet! rastlose Wanderung, bis ich eine finde, boshafter und stolzer als ich. Setze auf, Alter! meine Geschichte, schreib nach der reinsten Wahrheit! Ich muß dir es heißen, es ist die erste Stunde meiner Demuth! Wehe! wehe! mein geistiges Auge erreicht nicht ihr Ende!«

Als ich mich wieder fand in dieser Hülle von Staub, dämmerte ein stiller Morgen vom Hügel, und ich befolgte den Befehl der armen Sünderin, raffte mich auf von meinem Lager, und schrieb, wie die Wahrheit wollte, ihre Geschichte. Jeden Abend umzischte mich das blaue Feuer, welches mir damahls in jener schrecklichen Nacht ihr Daseyn kund that, und einige Mal erhob sich auch ihre bleiche Gestalt, wie in Spinngewebe verhüllt, aus den Flammen, als ich auf Ausdrücke sann, die ihr Verbrechen mildern könnten – ich verstand ihre bittende Miene, und ließ strenge Wahrheit reden. Seit der Vollendung dieser Schrift, welche ich dem Claren-Kloster bestimmte, welches die reichen Spenden von Idas Vater genießt, sah ich Idas Schatten nicht wieder. Nur den Befehl flüsterte sie mir in einer stürmenden Nacht von schwebenden Träumen umgaukelt, zu: Jeder, und jedem, den irgend ein Zufall dazu veranlasse, nach ihr zu fragen, in diesem oder kommenden Jahrhunderten, dieses ihr Leben zur heißen Warnung für Frevlerinnen, die es vergessen wollen, daß sie ihren Müttern die tiefste Ehrfurcht schuldig sind, mitzutheilen. Ich habe gethan was recht ist, und bete zu dem strengen Richter: Vergieb der Büsenden! schwer ist ihr Leiden! – Frommer Leser, fromme Leserin! bete für die modernden Gebeine im reichen Grabe, daß die arme gequälte Seele endlich Ruhe findet, Amen!

Grausen sträubte Katharinens Haar aufwärts, als sie das Amen des alten Schreibers las; sie gab das Manuscript noch denselben Tag zurück, bezahlte viel Seelenmessen zum reichen Grabe, eilte auf ihr kleines Gütgen, aber die heitere Ruhe war aus ihrer Einsamkeit geflohen – sie konnte in der Gegend, wo ihr Ida so oft als liebe Gespielin, als hoffende Freundin war sichtbar geworden, nicht einen Augenblick allein seyn; überall sah sie Ida; Ida die Mutterverächterin, die Frevlerin, die Gerichtete, das Gespenst Ida: sie wagte es nicht noch einmahl, selbst am lichten Mittag ihr Denkmahl der Liebe zu besuchen. Alle die sanften Gänge, sonst so traulich durch Einsamkeit und himmlische Stille, umschwebte Grausen, welches ihr Blut erstarrte, und sie weit von der lieben Gegend trieb, die ihr einstens ihres Herzens tiefste Wunden verband. Sie ließ, zum Erstaunen aller ihrer Leute, die mehr als tausendmahl von ihr die Versicherung gehört hatten, hier wollte sie ihr Leben endigen, eilig einpacken, und so ganz alles, daß man wohl sahe, daß es keine Reise für Monate nach Prag war, wie man erst glaubte. Die letzte Nacht, welche sie auf ihrem kleinen Gute schlafen sollte, beschloß sie, im Zirkel ihrer Dienerinnen zu durchwachen, und da sie mit allen ihren Geschäften fertig war, als die Mitternacht ihre tiefe Stille über die vom schönsten Mondenschein umfloßnen Fluren goß, so glaubte Oda, daß diese letzte Nacht noch der schönen Ida bestimmt sey. Sie suchte Schleyer und Handschuh für sich und ihre Dame, und machte die Bemerkung, daß da in diesen Sommertagen die Nächte so kurz, ihr Fräulein wohl würde eilen müssen, um ihre Entschuldigung wegen der Flucht von diesen Gegenden zu endigen. Bey wem soll ich mich denn entschuldigen? und noch diese Nacht? frug Katharine verwundert. – Wie? rief Oda, wollt Ihr nicht Abschied nehmen von der reizenden Ida? – Kalter Schrecken floß bey diesem Nahmen über die bebende Katharine: schweig! rief sie; schweig, Oda, von dieser auf ewig, und wenn dir mein Friede lieb ist, wenn du mich nicht sterben sehn willst, verwische jedes Wort der Frage über diese Ida. Kein Augenblick der Erinnerung von den Tagen seit ihrer ersten Bekanntschaft gewinne Raum in deinem Gedächtniß, und wenn du dein Fräulein liebst, so laß alles, alles, alles was uns mit ihr begegnet ist, wo, wenn, wie wir sie gesehen haben, was wir mit ihr gesprochen haben, selbst jede Muthmaßung über sie und ihr Geheimniß für einen schweren Traum gelten. – Oda schwieg, und folgte ihrem Fräulein nach einem kurzen Aufenthalt in Prag nach Sachsen, wo sie in einer sanften aber sehr lebhaften Gegend dem Andenken ihrer treuen Liebe lebte, und nach wenig Jahren starb. Oda, durch das Vermächtniß ihrer Dame Besitzerin des Gutes in Sachsen, glaubte sich nach dem Tode ihrer Herrschaft nicht länger verbunden, die Geschichte von dem Wesen Ida's, die sie unter den Papieren Katharinens aufgezeichnet fand, geheim zu halten.

1797

Therese Huber

Sophie

Im Dezember 1789 verließ ich mein stilles Landstädtchen, um nach einer Trennung von zehn Jahren meinen Universitätsfreund P. zu besuchen, der in seiner Vaterstadt ***g von seinen Einkünften lebte. Nach der ersten Bewillkommung fiel mir an meinem redlichen P. eine sichtbare Zerstreuung auf. Ich hatte bey ihm auf eine der meinigen gleiche Freude gerechnet, und diese Erscheinung machte mich etwas betroffen. Der Stillstand, welcher dadurch in unserem Gespräch erfolgte, ließ mich ein feyerliches GlockenGeläute vernehmen, das mir vorher entgangen war. Vielleicht, dachte ich, ist es ein Leichenbegängniß, an dem er besonders Theil nimmt. Ich that deshalb einige Fragen an ihn, die er ausweichend beantwortete. Er trat an das Fenster, um den vorbeykommenden Trauerzug zu sehen. Unter den Leidtragenden zeichneten sich zwey noch ziemlich junge Männer aus, deren völlig zerstörte Gesichter mich veranlaßten zu fragen, was ihnen der Todte denn gewesen wäre? P. war aber durch das Schauspiel in solche Verwirrung gebracht, daß ich seine Antwort durchaus nicht verstehen konnte. Ich ließ es dabey; aber es ward mir unheimlich, und unser Gespräch stokte sehr, bis wir durch die Rükkehr des Zuges wieder an das Fenster gerufen wurden: sie schien mit unordentlicher Eile begleitet, von den beyden Leidtragenden fehlte jezt einer, der andre stand vor der Thüre unseres Hauses einen Augenblik still, und schlüpfte dann schnell hinein. Er trat in das Zimmer,

P. war ihm entgegen geeilt. Erschöpft, stumm, todtenbleich warf er sich in einen Stuhl, und bedekte sein Gesicht mit beyden Händen. Er zitterte konvulsivisch. Mein Freund gieng schweigend an einen Schrank, und langte ein Fläschchen hervor, woraus er einige Tropfen in ein Glas Wasser goß. Er reichte es ihm hin, und sagte, fast unsanft: Ermannen Sie sich, das ganze Publikum muß ja aufmerksam werden. – Der Mann zog die Hände vom Gesicht, warf einen durchdringend verachtenden Blik auf P., schob das Glas zurük, und gieng mit fest untergeschlagenen Armen in der heftigsten Bewegung im Zimmer umher. Er wollte endlich hinaus – Wohin? in diesem Zustand, wohin? rief mein Freund, und hielt ihn zurük – Zu Schellberg! Er wurde ohnmächtig vom Grabe fortgetragen – Bey dem Worte Grab schien sein Herz zu zerreissen; es war sichtbar, daß er gewaltsam einen Schrey unterdrükte. Er wandte sich von der Thüre weg, und schwankte matt das Zimmer hinauf. Freundlicher als vorher trat P. vor ihn: Sie liebten sie also wirklich! O Lehrbach, so ist dieser Schmerz gewiß bitter, sehr bitter durch Reue – Reue! rief jener mit erstikter Stimme; daß ich sie wieder erwecken, und noch einmal – tödten könnte! unterbrach ihn mein Freund.

So sehr diese Scene auch meine Neugierde spannte, so überflüßig fühlte ich mich doch dabey; jezt da die Beyden in ein Gespräch zu gerathen schienen, eilte ich, sie allein zu lassen. Ich brauchte etwas Erholung von dem Eindruk, den alle die unverständlichen Erscheinungen auf mich gemacht hatten. Um den Nachmittag nunmehr nicht ganz zu verlieren, wollte ich einige Briefe abgeben; erst aber gieng ich auf ein Kaffeehaus, wo ich mich zu zerstreuen hoffte. Indem ich bey einem Glas Wein über P.'s Betragen gegen den Unbekannten nachdachte, wurde an einem Tisch neben mir laut gesprochen; ein junger Mann, der vom Mittelstande zu seyn schien, erregte meine Aufmerksamkeit durch die folgenden Worte, die er mit einem Tone aussprach, als wäre er sich bewußt, ein entscheidendes Argument vorzubringen: Kurz, wenn ein Mann wie Schellberg durch den Tod seines Weibes in einen solchen Zustand versezt wird, so muß ihr Andenken vor allen übeln Nachreden gesichert sein.

Ein Offizierchen, das an dem nämlichen Tische saß, und in seinem Stuhl zurükgelehnt, sich die Zähne stocherte, lachte hier laut auf. Der andere blikte ihm starr in's Gesicht, als fordere er Rechenschaft. Der Offizier sagte mit frostiger Höflichkeit: Ich lache wahrhaftig nicht über Ihre Bemerkung, die sehr wahr seyn kann; aber ich lache über den ehrlichen Ehemann, der so artig ist, das Andenken seiner Hälfte sicher zu stellen – man muß hoffen, daß beyde Theile, der eine hier, der andre dort, durch den Glauben selig sind.

Kannten Sie Madame Schellberg? fragte ein ältlicher Mann mit runden Haaren und einem sehr ausdruksvollen Gesicht, das hinter einer leichten Rinde von Rauhheit oder Verdrießlichkeit Güte und Verstand bliken ließ – kannten Sie Madame Schellberg? fragte er, indem er den Kopf von seinem spanischen Rohre, worauf er mit dem Kinne gestüzt war, erhob, und den Offizier mit ruhigen, klaren Augen ansah.

Wie wenn ein Schulknabe unerwartet vom Rektor angeredet wird, richtete sich dieser auf, zog den Zahnstocher aus dem Munde, und sagte: Das eben nicht – etwa blos wie wir jungen Leute Weiber zu kennen pflegen, die uns in Gesellschaften vorkommen, und schon *sur le retour* sind. Übrigens hatte die Dame etwas so Zurükstossendes in ihrem Wesen, daß man nicht in Versuchung gerieth, ihr Alter zu vergessen –

Nun mein Herr, da haben Sie sich also nicht mehr herausgenommen, als Ihnen zukam – Ich bin ihr Arzt gewesen, sezte der ältliche Mann hinzu, aber gegen den gekehrt, welcher zuerst gesprochen hatte; und wir Ärzte sind, selbst wider den Willen unsrer Kranken, oft Vertraute ihrer Seele; wahrlich in meiner ganzen dreißigjährigen Praxis bot ich noch nie so ängstlich meine Kräfte auf, um die edelste Seele in der zartesten Hülle zu erhalten. Es war umsonst! Sie starb an dem Bemühen, glüklich zu machen – Er sagte das ohne allen Pathos, und lief nun mit dem hellen Blik die ganze Gruppe durch, indem er auf eine originelle Art, gleichsam um seine Versicherung zu bekräftigen, ein paarmal mit dem Kopf nikte.

Das Offizierchen stand auf, zog trällernd die Hosen in die Höhe, schnallte seinen Pallasch um, und gieng. Die übrigen verloren sich auch; der Arzt war noch geblieben. Ich machte mich an ihn: Die Dame, welche heute begraben ward, scheint allgemeines Interesse zu erregen?

Wie alles nicht Alltägliche – geschwazt muß werden; aus der sumpfigen Stille, in der sich die Menschen mit ihrem Gefühl zu halten pflegen, auf einen Augenblik herauszukommen, ist so wohlthätig, daß man alles Neue, ein bischen Traurige oder Schrekliche, mit Eifer ergreift. Eine Tragödie, ein Brand, eine Misgeburt, eine schöne Frau, die stirbt, wenn sie nach der Meynung der Leute eben so gut noch hätte leben können: das nuzt alles zum Zwek – Gehorsamer Diener! – Er hatte im Sprechen seinen Hut mit dem Arme gepuzt, und gieng nun brummig aus dem Saal.

Das erste Haus, für welches ich Briefe hatte, war in einem ganz andern Winkel der Stadt. Ich gerieth hier in eine zahlreiche Assemblee. Man nahm mich sehr artig auf: die Frau vom Hause zog mich in einen kleinen Zirkel, der das Gespräch dem Spiele vorgezogen hatte. Eben, sagte sie, waren wir mit einem Gegenstand beschäftigt, von welchem gewiß auch bey Ihrem Freunde P. die Rede gewesen ist; der Tod hat unsrer Stadt eine interessante Frau entrissen, die heute begraben wurde; es muß ein rührender Auftritt gewesen sein, die Frau schien von ihren Freunden ausserordentlich geliebt. –

Das allgemeine Aufsehen, erwiederte ich, das ihr Verlust in einer so großen Stadt macht, beweist, daß sie seltene Verdienste gehabt haben muß. Sie war Ihnen also auch bekannt?

Kaum! ihr Mann ist erst seit zwey Jahren in hiesigen

Diensten; ich sah sie nur ein paarmal bey unserm Kommandanten, wo mir ihr ungezwungenes Wesen, die artige Weise, mit welcher sie die Galanterie dieses eisgrauen Kriegers aufnahm, die Klugheit ihres Betragens als Fremde sehr gefiel –

Ich habe sie öfters auf öffentlichen Spaziergängen gesehen, sagte eine andre, jüngere Person; sie war immer mit ihren Kindern umgeben, und schien sich nur mit ihnen zu beschäftigen –

Und mit Herrn von Lehrbach, der wenigstens eben so oft wie ihre Kinder in ihrer Gesellschaft war – fiel eine brillante Dame ein, die am nächsten Tisch spielte.

Nun, ich habe sie nie ohne ihren Mann gesehen – sagte ein alter Herr, der kaum von den Karten aufblikte, und phlegmatisch fortspielte.

Die schöne Dame antwortete mit der nöthigen Unverschämtheit: Das wissen kluge Weiber zu kombiniren, wenn der Mann etwas gutherzig ist!

Ei gnädige Frau, sagte ein junger Herr am Spieltisch, Sie lassen sich ja unverzeihlich in die Karte sehen!

Dawider werden Sie doch nichts haben, so lange die Rolle der Gutherzigkeit nicht an Ihnen ist?

Gemach, gemach, gnädige Frau! Wenn Sie bedächten, daß heute über acht Tage ein ähnliches Gericht über Sie gehalten werden kann, so würden Sie wohl christlicher seyn – Dieses Memento mori rief eine rauhe Stimme von einem ziemlich fernen Spieltisch herüber. Wir alle blikten hin, und ich erkannte meinen Doktor vom Kaffeehaus, der sehr eifrig L'Hombre spielte.

Die Dame lispelte: wenigstens befinde ich mich jezt so wohl, daß ich Ihre unartige Ermahnung eine ganze Weile übel nehmen könnte, bis ich Ihre Hülfe nöthig genug hätte, um zu Kreuze zu kriechen.

Hm! antwortete jener, ohne sich im Spiele irre machen zu lassen – Ich sah Rosenknospen verbleichen, und reife Früchte vom Baume fallen. Das muß Sie nicht zu sicher machen, meine schöne Dame; Freund Hain ist noch ein gutes Theil unhöflicher als ich.

Man lächelte über diese Freymüthigkeit; die Dame, der es galt, that als ob sie nicht gehört hätte. Eine bejahrte Frau, die in unserm Zirkel saß, fieng nun an: Ich habe die Selige meinen Töchtern schon oft zur Warnung aufgestellt. Das war nun so eine gelehrte, aufgeklärte Frau! Es sah sie niemand in der Kirche. Meiner Kammerjungfer ihre Cousine hat eine Bekannte, die bey Schellbergs Gesinde aus und eingeht – sie hat mir gesagt, daß Frau von Schellberg ihre Kindermagd lesen und schreiben lehrte, und ihre eigenen Töchter, große Mädchen von zwölf bis vierzehn Jahr, haben noch keinen Katechismus gelernt! Ich sagte es schon heute zu meinen Töchtern: erst eine schlechte Ehe, dann ein früher Tod!

Schlechte Ehe! rief die Frau vom Hause; nun wenigstens scheint der Schmerz des armen Mannes bey ihrem Grabe etwas anderes zu beweisen –

Ein schon verblühtes Frauenzimmer – wie es sich zeigte, eine Tochter der alten Dame, sagte erröthend und mit ängstlich zitternder Stimme: Aber liebe Mama, Sie erinnern sich doch auch, wie uns die alte Marthe erzählte, daß Frau von Schellberg bey der kranken Köchin gebetet, und sie so getröstet und ihr so zugesprochen hätte, daß der Pater Franziskan, wie er hinzukam, sagte, der frömmste Geistliche hätte die arme Kranke nicht besser beruhigen können.

Die Alte sah aus, als würde das gute Mädchen ohne unsre Anwesenheit dieses ihr Zeugniß schwer haben entgelten müssen. Nun, sagte sie, da du einmal so unvorsichtig bist – ich wollte einer Todten nichts Übels nachsagen; aber es ist wirklich so: sie war protestantisch, und hat mit dem Mönch gebetet.

Sie schwieg, wie ein Inquisitor thun mag, wenn er etwas vorgebracht hat, das den Ketzer unwiederbringlich auf den

Scheiterhaufen bringt. Wir schwiegen alle, denn die Bosheit war zu ekelhaft, und jener Gegenstand ward nun auch nicht wieder berührt.

Das Rätselhafte so verschiedener Urtheile blieb für mich nicht lange unaufgelöst. Ich lernte Lehrbach bey meinem Freunde kennen, ich ward mit ihm, und späterhin auch mit dem unglüklichen, achtungswürdigen Schellberg vertraut. Ihre Gespräche, und manche Papiere, die sie mich sammeln ließen, haben mir Sophien so lebendig dargestellt, als hätte sie vor meinen Augen gewandelt und gelitten. Mehrere von den interessirten Personen sind ihr seitdem dahin gefolgt, wo keine Misverständnisse die edelsten Seelen zerrütten. Ihr Verschwinden läßt mir Freyheit, diese belehrende Geschichte bekannt zu machen. Die Ihr die folgenden Blätter lesen werdet, besinnet Euch, ob Euch nie ähnliche Räthsel aufstiessen, ob Ihr nie zu bewundern gehabt hättet, wo Ihr kaum zu dulden wußtet. Besonders aber fraget Euch, ob Ihr nie einer feinen und hohen Seele durch Eure Behandlung Verirrungen und unschuldig verdiente Leiden zubereitetet. Lenket ein, wenn es noch Zeit ist, oder spricht Euer Bewußtseyn Euch frey, so schwöret bey Sophiens Andenken, sorgsam wachen zu wollen, daß nie ein solcher Vorwurf Euch belaste. Eure Opfer würden freylich sich selbst eher anklagen als Euch – wartet aber nicht, bis Ihr allein zurükbliebet, und die endlose Rechnung in Euerm Innern begönne.

Sophiens Vater war Kommandant der ansehnlichen Festung *burg. Er verdankte diesen Posten der ausgezeichneten Tapferkeit und den Talenten, die sein Fürst den siebenjährigen Krieg hindurch an ihm bemerkt hatte. Er hatte sich während des Krieges mit einer Bürgerlichen verheirathet, die er seit mehreren Jahren liebte. Diese Frau soll viel Geist und Originalität, aber wenig Annehmlichkeit besessen haben. Wirthschafterin war sie gar nicht, sondern sie beschäftigte sich, ohne eben Gelehrte zu seyn noch seyn zu wollen, wenn sie ihrem

Geschmak folgte – und das that sie oft – blos mit Büchern und gelehrten Männern. Ihr Gemahl, einer der gründlichsten Ingenieurs im *schen Dienst, zog alle Hülfswissenschaften, Geschichte, Geographie u. s. w. mit in sein Metier, ohne sich um das Hauswesen zu bekümmern. Dieses gieng also ziemlich schief; zwar erhielt man sich unverschuldet, weil der Mann alle Genügsamkeit eines Soldaten hatte, und unter manchen Weiblichkeiten, die der Frau fehlten, auch diejenigen waren, welche Aufwand verursachen; aber die Wirthschaft war unter diesem Regiment dennoch so beschaffen, daß der Tod von Sophiens Mutter keine Lücke darin machte, ohngeachtet Sophie selbst erst dreyzehn Jahre war, und noch drey, viel jüngere Geschwister hatte.

Wie Sophie zu ihrer geistvollen Selbstständigkeit und Originalität kam, läßt sich leicht begreifen, da ihre Eltern diese Vorzüge wirklich besassen, da immer ein Zirkel von besonders unterrichteten Menschen in ihrem Hause versammelt war, und da man sie fast ohne alle Erziehung, mithin ohne allen Zwang, und besonders ohne aufgedrungene Begriffe aufwachsen ließ. Woher sie aber ihre OrdnungsLiebe, ihre Sparsamkeit, ihre Gabe, alle persönlichen Bedürfnisse aufzuopfern, und dabey ihre Grazie, die Kunst sich zu kleiden, das feine Gefühl für Schiklichkeit im Kleinsten wie im Größten, die Zartheit des Geschmaks, die das ächte Weib so liebenswürdig, und oft so beschränkt, und gerade in dieser Beschränktheit für die Männer so räthselhaft macht – woher sie dieses alles nahm, da sie es um sich her nie gesehen hatte, würde schwerer zu erklären seyn. Ein solches Phänomen macht manches schöne BildungsSystem zu Schanden, und führt gerade auf SeelenAristokratie, die dann freylich, und am meisten Leuten, die sonst am wenigsten auf Gleichheit halten, mit Recht äusserst verhaßt ist. Sie wußte selbst davon keine Rechenschaft zu geben: vieles schien mit ihr geboren. Als Kind fühlte sie Beschämung bey der Unordentlichkeit ihres Anzugs, den die Mutter völlig vernachläßigte. Das Unelegante in der Sprache und dem Wesen dieser Mutter entfernte sie von ihr. Die nationelle Steifheit und Frostigkeit, mit welcher sie von Jugend auf umgeben war, erregte in ihr einen dunkeln Widerwillen, lange bevor sie etwas anderes kannte.

Unter diesen Umständen bekam aber ihr Wesen auch eine weniger reizende Seite. Allein sich entwickelnd, war sie ganz unfähig, irgend eine Idee, irgend einen Grundsaz auf Treu und Glauben anzunehmen. Ehe sie sich etwas aneignete, mußte es durch den Distillirkolben ihrer Ansichtsweise gegangen seyn, von welcher eine unendlich lebhafte Imagination einen wesentlichen Bestandtheil ausmachte; dann war es aber auch fest in ihrer Seele gewurzelt. Hieraus entstand Eigensinn sowohl als Einseitigkeit. Zwischen ihrer Mutter und ihr war nun einmal völlige Unähnlichkeit: man gestattete ihr auch keinen Umgang mit Gespielinnen, und wenn sie ihn zuweilen forderte, so geschah es mehr aus dem Gefühl, daß sie gerechten Anspruch darauf hätte, als aus Bedürfniß: Das gab ihr Abgesondertheit des Geistes, Ungewohnheit sich mitzutheilen, Verschlossenheit, sobald man sie nicht verstand.

Dies alles erfolgt an sich schon zu leicht aus den gewöhnlichen Verhältnissen zwischen Eltern und Kindern, und daß es sich in den meisten Menschen wieder zu vermischen scheint, hat selten einen andern Grund als Karakterlosigkeit. Das Gefühl empört sich nicht sowohl vor Tadel als vor Autorität. Wie herablassend und weise sich Eltern auch nehmen, sie haben immer ein leztes Mittel im Hinterhalt: Zwang – und schon aus Instinkt kann das Kind dieses nicht wohl vergessen. Um Vertraute unsrer Kinder zu seyn, um die Kraft der Überzeugung bey ihnen anwenden zu können, sollten wir also nie ein Machtwort zu ihnen sprechen, oder es eben so gut von ihnen anhören. Wir sollten nie untrüglich, nie tadellos, nie von ihnen verschieden seyn wollen – wir sollten auch uns vor ihren Augen zu besseren Menschen bilden, indem wir sie, ihnen fühlbar, zu besseren Menschen machten.

Wo nun aber Karakter ist, da pflanzt sich das empörte Gefühl leicht aus jenen frühen Verhältnissen in die folgenden fort; und weiblicher Karakter besonders findet in seinen sittlich natürlichen Berührungen mit dem andern Geschlecht leicht einen, von der Wiege bis an das Grab sich erstreckenden Fluch von Ungerechtigkeit und Verkennung.

Durch den Tod seiner Frau ward der gute Schönfeld über seine und seiner Kinder Lage etwas aufgeschrekt. Er schlug indessen einen sonderbaren Weg ein: anstatt dem Rath seiner Freunde zu folgen und wieder zu heirathen, übergab er Sophien die Wirthschaft nebst der Sorge für ihre Geschwister, wobey er sich eine Art von Oberaufsicht vorbehielt. Sophie war seitdem der Meynung, daß er sie vielleicht besser gekannt haben mochte, als man ihm, der seine Landkarten und seine mathematischen Instrumente nur nothgedrungen, wenn die Pflichten seines Standes es durchaus forderten, zu verlassen pflegte, wohl zugetraut hätte. Er mochte also den rastlosen Geist, das glühende Herz des jungen Mädchens entdekt haben, und ihr bey Zeiten so viel in der Wirklichkeit zu thun geben wollen, daß sie im Gebiete der Fantasie nicht umherschweifen könnte. So übel auch anfangs das Wirthschaften gieng, so bald fand sie sich doch hinein, zumal da sie glüklich genug war, gutes Gesinde zu haben, Leute die anstatt Sophiens Jugend zu misbrauchen, einen Stolz darein sezten, daß ihr Fräulein in Jahren, wo andre Mädchen fast noch mit der Puppe spielen, schon den Haushalt führte. Neben dieser Beschäftigung erzog Sophie ihre Geschwister; ihre Zeit wäre also ausgefüllt gewesen, wie es in ihrem Alter sonst nicht leicht der Fall ist. Das genügte ihr aber noch nicht. Sie sah ihren Vater nach angestrengter Arbeit am Schluß des Tages abgespannt, und gleichsam schwermüthig bey seinen Kindern sitzen: Gesellschaft sah er höchst selten. Nun suchte sie ihn zu unterhalten, zu zerstreuen; instinktmäßig zog sie die ihm geläufigen Ideen hervor, und um Abends etwas fragen oder schwatzen zu können, das ihn interessirte, las sie den Tag über in freyen Augenbliken Bücher, die ihr den Stoff dazu gaben. Schönfeld ergriff ohne weitere Aufmerksamkeit, was ihm das liebende Herz des Mädchens darbot. Diese Abendstunden wurden ihr durch Gespräch, durch Auswechselung und Entwickelung von Ideen eine reiche Quelle von Unterricht; ihr Geist bildete sich ungemein, aber es entstand daraus ein unvorhergesehenes Übel. Sie hatte ihre Lektüren aus kindlicher Gefälligkeit unternommen; doch bald faßte sie verschiedne Gegenstände derselben mit dem ganzen ihr eigenthümlichen Feuer auf. Der Vater ward oft von der Glut, von dem Schwung ihres Gefühls auf eine befremdende Weise überrascht. Besorgt für das künftige Wohl seines Kindes, wollte er das auflodernde Feuer dämpfen, schalt es Schwärmerey, Überspannung: das furchtsame, stolze Mädchen verschloß es, und so brannte es tiefer in das Herz hinein.

Sie war jezt funfzehn Jahre, vollkommen erwachsen, sehr angenehm gebildet, und noch ganz unbekannt mit der Welt. Ihr Vater fühlte die Nothwendigkeit, sie nunmehr in diese einzuführen. Er vertraute sie einer Freundin ihrer verstorbenen Mutter an, unter deren Schuz und Geleit sie von Zeit zu Zeit an den Vergnügungen ihres Alters und den Gesellschaften ihres Standes theilnehmen sollte. Zugleich aber wegen der Gefahren besorgt, die ihr bevorstünden, glaubte er ihren Geschmak an diesen Ergözlichkeiten vermindern zu müssen, und verfiel hiezu auf kein besseres Mittel, als ihr deren Genuß zu verleiden. So erlaubte er sie ihr einerseits nur als Belohnung ihres guten Betragens, und befliß sich andrerseits, sie als Narrheiten, als Eitelkeiten herabzusetzen und zu tadeln. Von ihrem Verstand und ihrem Gefühl verbreitete sich nun dieselbe Verschlossenheit auch über ihren Geschmak: sie fühlte sich beeinträchtigt, genoß kein Vergnügen in seiner natürlichen Reinheit, und mit Verheimlichung mischte sich Heftigkeit in ihren Genuß.

Bey ihrer Erscheinung ward ihr allgemeine Bewunderung zu Theil. Ihre Empfindung war schon sehr reich, ihr Geist weit über ihre Jahre – nicht gebildet, sondern gefüllt. Sie hatte viel gelesen, viel Romane, viel Geschichte, und wissenschaftliche, obwohl nicht gelehrte Bücher, keine moralischen und keine frommen Schriften. Mit ihrem Stolz und ihrer Verschlossenheit verband sie eine unendliche Herzlichkeit, und viel Mistrauen in Ansehung der Wirkung, die sie auf andre machte. Sie wußte, daß ihr Vater ihr kein Vermögen geben konnte, und daß in ihrer Vaterstadt, unter dem sie umgebenden Militair, von den Männern, deren Bewunderung sie an sich zog, keiner je ihre Hand fordern würde, weil keinen seine Lage dazu fähig machte. Sie empfand das Demüthigende eines Liebeshandels ohne Heirath, das Traurige eines langen Harrens auf Aussichten, das Thörige einer hohen Leidenschaft unter tausenderley – schlimmer als unglüklichen – widrigen Umständen. Nicht urplözlich bildete sich aus allem diesem in ihrem Kopfe der Entschluß nie zu lieben, aber er ward nach und nach zum tiefen Gefühl, und sie blieb ihm um so treuer, als sie ihn mit unendlicher Liebe ausführte.

Wer den Reichthum des weiblichen Wesens nicht kennt, wer von den Weibern glaubt, sie können nur kokett, oder verliebt, oder eben so uninteressant als uninteressirt sein, der wird hier ungläubig lächeln. Desto schlimmer für ihn. Sophie war zart, thätig, unschuldig und streng keusch. Ihre Sinne schliefen völlig: die übergroße Regsamkeit ihres Gefühls und ihrer Fantasie, die beständige Anstrengung ihrer Kräfte mochte vielen Theil daran haben. Zugleich war ihr Umgang mit Männern sehr entfernt, den Sitten ihrer Vaterstadt, und der Achtung angemessen, die man für den Obristen hatte. In diesen Verhältnissen erregte sie große Leidenschaften, für welche sie sich herzlich interessirte, ohne sie zu erwiedern.

Jedem solchen Interesse überließ sie sich desto lebhafter, je unbefangener sie sich dabey fühlte. Sie war ein Wesen höherer Art, dem sich auch keine gemeinen Männer nahten. Mancher edle Jüngling hätte sich ihr gänzlich geweiht: sie behandelte seine Liebe offenherzig, achtungsvoll, erwies ihm deren Unstatthaftigkeit – der Liebhaber blieb gefesselt, und sie frey.

Indessen war das keine heilsame Diät für Sophiens Herz. Durch eine höchst romantische Spannung allen Romangrillen feind, nahm sie in ihrem neunzehnten Jahr die Hand an, die ein schon ältlicher, sehr geschäzter Mann ihr anbot. Sie würde, so rechnete sie, Gattin, wahrscheinlich Mutter werden; sie würde beglücken, also glüklich seyn können. Herr von Z., ihr Verlobter, mußte vor seiner Heirath eine lange Reise unternehmen: sie sah ihn mit dem ruhigsten, unbesorgtesten Herzen fortgehen, er ließ sie mit der zuversichtvollsten Achtung gegen ihren Karakter zurük.

Kurz nach dieser Abreise kam Schellberg nach *burg, wohin auch Fremde, die sich dem Kriegsdienst widmeten, durch verschiedene öffentliche Anstalten gezogen wurden. Ein völlig vorurtheilsfreyer Geist, ein sehr richtiger Verstand, ein gänzlicher Mangel an Erfahrung, aber nicht weil der Anlaß, sondern weil durch eine ausserordentliche Güte die Fähigkeit zur Erfahrung gefehlt hatte; ein Äusseres, das immer der ungetrübte Spiegel einer einfachen, redlichen Seele war, ohne allen Anspruch auf Zierlichkeit; im Thun und Denken die Einfalt eines Kindes bey der Kraft eines Mannes: so war Schellberg, als ihn das Studium seiner Wissenschaft, die er leidenschaftlich und in ihrem weitesten Umfang betrieb, in des Obristen Haus führte. Er hatte kein weibliches Ideal in seinem Kopfe. Er hatte geliebt, er hatte gelebt, er hatte gute – er hatte auch schlimme Weiber gesehen, und dabey war ihm bis zu diesem Zeitpunkt nicht eingefallen, was das Schönste, Höchste von Weiblichkeit wohl seyn möchte. Je länger er

Sophien sah, je reifer ward die Überzeugung in ihm, daß bey keinem Weibe die Fähigkeiten und Reize ihres Geschlechtes zu so vollkommner Entwickelung gediehen wären. Sie nahm den unverhohlnen Ausdruck seines Gefühls bald wahr; hatte sie sich aber vorher durch ihre Überzeugung, daß sie unter den Männern, die sie umgäben, keinen Gatten wählen könnte, schon hinlänglich verwahrt geglaubt, so machte nun ihre Verpflichtung gegen einen achtungswürdigen Mann sie vollends unachtsam auf ihr Herz. Schellberg war mit dem ganzen Publikum über jene Verbindung in Unwissenheit. Kindlich bescheiden, machte er keinen Anspruch auf Sophiens Liebe; kindlich zutraunsvoll überließ er sich der seinigen. Die beyden jungen Leute näherten sich täglich mehr einander. Es war Sommer, man sah wenig Gesellschaft, Sophie brachte ihre meiste Zeit mit ihren Geschwistern im Garten zu: wenn Schellberg ihren Vater verließ, gieng er zu ihr herunter; man pflanzte, begoß, rottete Unkraut aus, gab den Kleinen eine Lektion, las etwas, stritt sich – dem jungen Mann war das wechselnde Gemisch von Geist, Güte, Herrschsucht, Ernst, nie vorgekommen: er schmiegte sich linkisch und selig unter Sophiens Zepter, und dachte nie an den folgenden Tag.

Nach manchen kleinen Beweisen von Zutrauen entdekte ihm Sophie endlich auch ihr Verhältniß mit Herrn von Z. Schellberg ward blaß, schien zerstreut, und verließ sie. Sie fand das ganz natürlich, und war froh, sich mit einem Manne, der ihr täglich lieber ward, erklärt, und dadurch ihre Treue gegen ihr gegebenes Wort ausser Gefahr gesezt zu haben. Den folgenden Morgen erhielt sie ein Billet von Schellberg:

»Ich wußte das nicht. Ich wußte auch nicht, was in meinem Innern vorgieng, und ungeachtet es Ihnen, bey der Arglosigkeit, mit welcher ich mein Herz sprechen ließ, nicht hat verborgen bleiben können. Nicht zu lieben, kann – und will ich mir nicht gebieten. Ich fordre nichts, also beleidige ich niemand. Doch Sie können von mir fordern, daß ich mich entferne – aber auch das scheint mir unmöglich; denn geboten es Ihre Grundsätze, so hätten Sie es früher thun müssen – Willig anerkannte Gottheit meines Herzens, was soll ich zu Ihrem Wohle thun? – Zu dem meinigen brauche ich nichts, seit ich liebe.«

Sophie antwortete:

»Gewiß wußte ich, was in Ihnen vorgieng – daß Ihnen aber meine Lage unbekannt wäre, hätte ich nicht geglaubt, weil ich Ihnen vormals Dinge gesagt hatte, aus denen Sie das Geheimniß errathen sollten. Volles Vertrauen von Anfang an wäre also besser gewesen. Ich gab halb und halb dem Dekorum nach, das man unserm Geschlecht vorschreibt, und dadurch ist ein Misverhältniß unter uns entstanden. Wir wollen wieder gut machen durch doppelte Aufrichtigkeit. Ich finde für mich keine Ursache uns zu trennen: wäre ich noch frey, so würde ich auch in diesem Augenblike noch wählen, wie ich wählte. Denn ob ich gleich wohl glaube, daß Liebe etwas sehr Reizendes ist, so bin ich doch überzeugt, daß sie die Hochzeit nicht überlebt, und daß es also besser ist, ohne sie anzufangen: man vermeidet immer einen gefährlichen Vergleichungspunkt. Sie sagen, daß Sie keine Ansprüche machen. Das ist das Einzige, was Noth thut; alles andre verhindert uns nicht, gut und glüklich zusammen zu seyn, wie wir es bisher waren. Mich dünkt, Z.'s Braut ist für jeden andern Mann ein abgeschiedner Schatten – Warum sollte ich mir die Freude mit Ihnen umzugehen versagen, da mir nichts fehlt, als meinen künftigen Gatten zum Zeugen dieser Freude zu haben? Fühlen Sie es anders, so handeln Sie, wie Sie fühlen.«

Schellberg faßte die Unschuld, welche diese Zeilen eingegeben hatte. Er ehrte sie, und glaubte sich stark genug, um sie nie in Gefahr zu setzen. Redlichkeit machte ihn dieses beschließen, und Liebe gab ihm die Hoffnung, es auszuführen. Man sah sich wie zuvor, eben so unverholen und sorglos, ja von Sophiens Seite hingegebner: sie hielt Schellbergs Versprechen, keine Ansprüche zu machen, für ihre Ägide; sie glaubte unbedingtes Vertrauen dafür schuldig zu seyn. Ohne Rückhalt überließ sie sich dem süssen Gefühl, von der edelsten und reinsten Seele, die sie je kannte, geliebt zu seyn. Sie wünschte kein andres Glück, als was sie jezt besaß; diesem stand keine ihrer Pflichten im Wege, also wandelte sie sicher fort. In welche Lage sie durch ihre reizende Sittsamkeit, ihre kindliche Vertraulichkeit, ihre schwärmerische Anhänglichkeit für ihr gegebnes Wort, ihren jungen Freund sezte, das fiel ihr nie ein. Dieser fühlte täglich lebhafter die Unzulänglichkeit seiner Vernunft und Ehre. Ansprüche machte er nicht, er fürchtete keine Beleidigung der Tugend; aber das Glük seines Lebens, die heitere Ruhe, die einen so wesentlichen Bestandtheil seines Karakters machte, war dahin; die Zukunft war dahin für ihn. So lange er beschäftigt war, gewann er Kräfte zum Streit; dann aber drangen die Wünsche, die Bedürfnisse seiner Liebe ungestüm auf ihn ein. In Sophiens Gegenwart wirkte der Zauber ihrer Unschuld auf ihn, und er war glüklich, aber gespannt, aber wehmüthig, bis er von ihr gieng.

Ein Zufall, den ein Spiel mit den Kindern hervorbrachte, fügte es einmal, daß Schellberg – nicht aus Taumel, sondern aus keckem Vertrauen auf seine Kraft – Sophien einen Kuß raubte. Das sonderbare Mädchen war sehr unzufrieden; sie bat ihn, ihr Vertrauen nicht zu zerstören durch eine Art zu handeln, zu welcher kein andrer Mann Anlaß von ihr bekommen könnte: die Sache selbst sey gleichgültig; hätte er sie um einen Kuß gebeten, so würde er ihn freywillig erhalten haben; denn so wie sie ihn liebe, sey er ihr Schuz, und sie würde glauben, ihn zu beleidigen, wenn sie ihm abschlüge, was sie einem Bruder, wenn sie einen hätte, zugestehen würde. Schellberg schraubte sich auf, log gegen sich selbst, und bat nun Sophien um den Kuß zum Versöhnungszeichen. Das Mädchen von glühendem Herzen und kalten Sinnen gab den Kuß, und trieb ihr

Spiel oder ihr Geschäft sorglos fort. Schellberg gieng vergiftet nach Hause; er überlegte, ob es nicht Pflicht wäre, Sophiens Verbindung zu zerreissen, und ihr über den Selbstbetrug, in welchem sie lebte, die Augen zu öfnen. Konnte er ihr aber darum seine Hand anbieten? Er war ohne alles Vermögen, und in einem Dienst, wo man nicht sparen konnte. So blieb er in trauriger Spannung. Als er Sophien wiedersah, gewann er es über sich, auch ihre Hand nicht zu berühren. Sie bemerkte diese Vorsicht – Ihr seyd arme Geschöpfe, sagte sie mit einem offenen, engelreinen Blik in sein trübes, erhiztes Auge, Ihr wißt nicht zu lieben; aber es ist recht, daß Ihr Euch nach Eurem Gewissen behandelt. – Sie schien darauf traurig zu seyn.

Nach wenigen Tagen kam Schellberg hastig mit Briefen in der Hand zu ihr – Schicken Sie die Kleinen fort, ich muß Sie sprechen – Ich erwartete Sie, erwiederte Sophie, ich habe Ihnen etwas zu sagen. – Sie deutete hiebey auf Papiere, die neben ihr lagen. Die Kleinen giengen. – Sophie, mein Regiment ist an England verkauft, ich soll nach Amerika – Er stand schwer athmend. – Sie war blaß geworden, sie senkte den Blik. Schellberg kniete vor ihr, und faßte ihre Hand; sie ließ ihn in dieser Stellung, die sie ihm ehemals verboten hatte, sie streichelte mit der Hand, die sie frey hatte, seine Stirne, und schien noch nicht sprechen zu können. Endlich sagte sie leise und mit unleidenschaftlichem Tone: Z. kommt über vierzehn Tage, und die Heirath wird sogleich vollzogen – Schellberg sprang auf, und stellte sich mit gewaltsam unterdrükter Heftigkeit an das Fenster. Sie schwiegen beyde – So ist's, glaube ich, am besten, sprach jezt Sophie leise, nahte sich ihrem Freund, legte ihre kalte, zitternde Hand auf seine Schulter – wir konnten uns nicht betrügen: wir lieben uns, und wir müssen uns trennen. Reisen Sie bald – Ich werde nie eine Andere lieben, werde nie glüklich seyn. – Z. weiß, daß ich nicht aus Liebe heirathe; ich habe nie auf ein anderes Glük gerechnet, als das ich andern geben könnte.

Nun überließ sie sich der ganzen Innigkeit ihres Herzens. Die nahe Ankunft ihres Bräutigams, Schellbergs naher ewiger Abschied, schienen alle Verantwortlichkeit ihrer Handlungen der Zukunft anvertraut zu haben. Sie zerriß jede Faser an des jungen Mannes Herz, indem sie ihm einen Schaz von Liebe offenbarte, dem er jezt auf immer entsagte. Ihr Lebewohl war sehr ruhig, ihre Seele hatte einen unglaublich hohen Schwung genommen; er hielt sich mit eiserner Gewalt. Als Z. anlangte, war er schon abgereist. Sophie empfieng ihren Bräutigam frölich, achtungvoll; sie erzählte ihm viel von ihrem fernen Freund. Z. war sehr zufrieden mit der Grazie, mit dem Werthe seiner Braut; von ihrer Schwärmerey begriff er sehr wenig, und rechnete das zu ihrem Geschmak für Poesie, Mahlerey, und dergleichen, woran er nicht Theil nahm, was er aber gern an ihr bewundern hörte. In dem Grad, wie sie ihn unzugänglich fand, mäßigte sie furchtsam ihre Äusserungen. Sie hatte ihm vertrauen wollen, er hatte überbefriedigt geschienen: Sophie beschied sich, und ihm fiel es nicht ein, daß diese Augenblike noch über den Hochzeittag hinaus Folgen haben könnten. Dieser ward gefeyert, und es war eben der Tag, da Schellberg in Bremerlehe zu Schiffe gieng.

Sophie nahm ihre sonderbare kalte Exaltation mit in ihre Ehe. Sie wußte nun, was Liebe war; sie liebte auf's reinste, innigste, und eben so ward sie geliebt; mit der gänzlichen, aber freywilligen Hoffnungslosigkeit ihrer Liebe glaubte sie sich völlig zufrieden. Ihr hätte jede Reue, jeder Wunsch romanhaft geschienen: zu lieben verhinderte sie ja nichts, Schellberg war die Gottheit ihres Herzens, sie lebte durch ihn und in seinem Andenken, und das erste Opfer, das sie auf seinem Altar niederlegte, war die Erfüllung ihrer Pflichten. Manchem andern Ehemann hätte dieser Bewegungsgrund wohl nicht entgehen – und schwerlich gefallen können. Z. schrieb die Verdienste und Tugenden seines neunzehnjährigen Weibes, die er ohnehin nur in Pausch und Bogen zu schätzen wußte, ganz auf Rechnung ihrer Vernunft.

An einer so künstlichen Existenz mußte nach und nach bald dieses bald jenes Gerüste abbrechen. Doch hielt Sophie ihr Loos nur für das allgemeine Loos ihres Geschlechts, das sie nur etwa bitterer fühlen möchte. So bildete sich ihr Wesen immer fester aus Resignation und Exaltation; einige Wunden zwar schlug ihr ein härteres Schiksal: Ereignisse, die wohl auch anders hätten kommen können – sollte sie aber ein besonderes Verhängniß anklagen, da es im gewöhnlichen Alltagsgang ihres Lebens, unter Menschen, die es vielleicht zur unverdienten Ehre der Menschheit gereichte, Alltagsmenschen zu nennen, für das glühende, liebevolle Herz so manche nicht weniger tiefe Wunden absezte?

Sie hatte in den ersten Jahren eine Freundin – keine Vertraute, die hatte sie nie, aber ein edles weibliches Geschöpf, dem sie oft wohlthat, von dem auch sie empfing, und bey welchem sie über ihre Grundsätze raisonnirte: eine Gewohnheit, die bey ihrer Lage und Stimmung oft ein heilsamer Ableiter war. Diese Freundin entriß ihr der Tod. Sie war zweymal Mutter, die Kinder starben beyde im ersten Jahr. Sie hatte sie unendlich geliebt; so wie sie aber ihr Daseyn mit stetem Mißtrauen in die Dauer dieses Glüks genossen hatte, so ertrug sie den Verlust mit starrer Ergebung. Es ist das Loos der Menschheit, sagte sie gefaßt: aber ihr irrendes Auge, ihre ängstliche Geschäftigkeit, ihre wankende Gesundheit verriethen, wie unzulänglich dieser künstliche Stoizismus war.

Schellberg schrieb, der Abrede gemäß, nur selten, nur nach jeder überstandenen Gefahr, daß er noch lebe, noch liebe. Die ersten Briefe zeigte Sophie ihrem Gemahl; er gab wenig darauf Acht, machte ein und das anderemal einen gleichgültigen Scherz. Sophie hatte die Briefe zitternd empfangen; sie hatte die wenigen Worte, welche nöthig waren, um sie ihrem Mann zu überreichen, kaum aussprechen können: sie fühlte, daß sie ihm den Pfandschein ihrer Treue und Ehre in die Hände gäbe; aber Z. wußte von dem allen nichts – und Sophie zeigte ihm keinen Brief mehr. Wenn einer gekommen war, so ließ sie ihn offen auf dem Tische liegen, bewachte ihn mit ihrem blizzenden Blick, that gleichgültig, und nach ein paar Tagen, wenn keine Neugierde ihren Mann angetrieben hatte, ihn zu lesen, verschloß sie ihn in ihr Pult.

Noch als Weib so ganz glühendes Mädchen in ihrem Innern, sagte sie wohl bisweilen mit falscher Matronenweisheit zu jüngern Bekanntinnen, die von Herzensangelegenheiten überströmten: die Wirklichkeit ist immer kahl gegen unsre Schwärmereyen, und wir thäten den Menschen um uns sehr Unrecht, wenn wir ihr Gefühl nach unsrer Fieberhitze abmessen wollten. – Dieses that sie freylich nicht, aber sie entfremdete sich von den Menschen; sie forderte nichts von ihnen, sie duldete sie aber auch nur.

Wie es auf diese Weise um die Erfüllung ihres edeln Traumes, Glük zu verleihen, das sie selbst entbehrte, aussehen mochte, wird man leicht ermessen können. Es giebt einen Egoismus von Aufopferung, dessen Berechnungen eben so trüglich, und bey aller Großmuth der Absicht, im Grunde nicht weniger ungerecht sind, als die Berechnungen eines jeden andern Egoismus. Sie machte ihren Mann nicht glüklich, ob sie gleich unaufhörlich darnach strebte. Wenn ein ungewöhnlicher Karakter wohlthätig auf einen gewöhnlichen wirken sollte, mit dem er in steter Berührung wäre, so würde in jenem eine gewisse abstrakte Überlegenheit seyn müssen, die doch eher darauf aus seyn würde, Menschen zu gebrauchen oder zu beherrschen, als sie zu beglücken. Hier liegt ein Hauptgrund, warum Mädchen von schöneren Anlagen, wenn ihre Geistesblüthe nicht verwittert, so oft verkehrte Weiber werden. Z. war zwar des Grübelns zu wenig gewohnt, um eigentlich unglüklich zu seyn; aber selbst wenn er Mangel gefühlt hätte (ein Gefühl, das schon Reichthum voraussetzt), würde er zu gutherzig gewesen seyn, um es mit seinem Willen Sophien entgelten zu lassen. Aber ohne seinen Willen, ohne sein Bewußtseyn, und meistens wohl, weil Sophie des lezteren zu viel hatte, mußte zwischen diesen beyden Menschen manches, gleichsam von selbst so kommen, daß auch das sanfte stille Bild einer guten Ehe sich nie zwischen Sophiens leicht verwundbarem Gewissen, und ihren hohen unerfüllten Bedürfnissen so recht tröstend stellen konnte.

So waren vier Jahre verflossen, als Herr von Z. plözlich am Schlagfluß starb. Er hinterließ seine Gattin im Anfang einer Schwangerschaft. Sie wurde durch seinen Tod auf mehr als eine Weise erschüttert. Zum Theil hatte sie eine lange Zeit alle ihre Pflichten in ihm vereinigt, hatte sein vieles Gute studirt, ihr reicher Geist hatte den trefflichen und redlichen Geschäftsmann in ihm schätzen gelernt; vorzüglich aber wirkte auf sie die Neuheit ihrer Lage, die Freyheit ihres Willens bey einem immer gleichen Widerstreben der Umstände. Sie hatte sich fast besser, und gewiß leichter befunden bey der absoluten Unmöglichkeit, Schellberg anzugehören. Jezt war er fern, war so arm wie ehemals; sie hatte sich überredet, durch ihre vierjährige Ehe fast veraltet zu seyn, sie war in Begriff, Mutter zu werden – Durch diesen lezten Umstand bekam ihr Gefühl einen neuen Schwung; ihres Gatten Andenken hatte für ihr Herz etwas Feyerliches durch diese Fortsetzung des Bandes, das ihn im Leben mit ihr zusammenknüpfte. Sie war inniger eins mit ihrem Kinde, um seiner verlassenen Lage willen, die sie mit tiefer Wehmuth empfand; ihm war sie sich ganz schuldig – und seinetwegen wäre ihr doch Schellbergs Schutz so werth gewesen!

In diesem Streit der lebhaftesten Gefühle giengen einige Monate hin, während deren sie nichts von ihrem Freund vernahm; nur aus öffentlichen Nachrichten wußte sie, daß verschiedene Regimenter zurükkehrten. Jetzt ward ihr Vater von einer langwierigen Krankheit befallen. Das älteste ihrer Geschwister, ein Knabe, machte ihm vielen Kummer; sie tröstete und pflegte ihn, hielt sein mattes Haupt, wie er zum lezten langen Schlummer entschlief. Sie schmekte die reinste Befriedigung eines weichen Herzens, einem fühlenden Geschöpf die letzte wohlthätige Empfindung gegeben zu haben – diese ganz reine Befriedigung, weil kein Dank, keine Rükkehr in das gleichgültige Leben sie entstellt oder sich mit ihr vermischt. Aber ihre Gesundheit hatte in ihren Umständen dabey gelitten; sie glaubte sich in Gefahr, und wie sie eben damals einen Brief von Schellberg erhielt, der ihr aus England seine nahe Rükkehr meldete, fand sie es ganz natürlich, daß sie bald sterben würde. So glüklich zu werden, in diesem sonderbaren Augenblik den Mann wieder zu sehen, für den sie allein gelebt, wenigstens das Leben ihres Herzens gelebt hatte, ihm angehören zu können: das war alles so romantisch, daß sie auch nur so unglaubig wie über eine schöne Romanenunwahrscheinlichkeit darüber lächeln konnte; ihr Tod schien ihr weit mehr in den gemeinen Gang der Dinge zu gehören. An die Möglichkeit, daß ihr Freund kommen könnte, ehe sie die Augen geschlossen hätte, dachte sie mit herzlicher, dankbarer Freude. Dieser fest gefaßte Gedanke bewog sie zu einer angestrengten Thätigkeit. Sie brachte ihres Vaters Geschäfte auf das Pünktlichste in Ordnung; sie vermochte ihre älteste Schwester, ein Mädchen von achtzehn Jahren, zu einer sehr vernünftigen Heirath; sie empfahl ihr, ob sie gleich an dessen Leben zweifelte, doch auf den Fall, daß es lebte, ihr künftiges Kind; sie ließ sich von ihr versprechen, daß sie seine Erziehung bis zu einem gewissen Alter auf sich nehmen würde – Dann ziehest du einen Freund seiner Mutter zu Rathe, dem ich diesen Beweis meines Zutrauens schuldig bin. So sagte sie und verwies die Schwester auf ihren lezten Willen, den sie ihr versiegelt einhändigte.

Vierzehn Tage vor ihrer Niederkunft kam Schellberg in *burg an. Er nahm sich nicht die Zeit, Erkundigungen einzuziehen. Da er die Wohnung der Frau von Z. nicht kannte, eilte er in ihres Vaters Haus. Er wußte nichts von dem Tod seines alten Freundes; bey seiner Ankunft auf dem festen Lande hatte er durch einen Brief von seiner Geliebten erfahren, daß er sie als Wittwe wiederfinden würde: von ihrem Zustand hatte sie aus Wehmuth und Sittsamkeit nichts geschrieben. Er kam mit dem festen Entschluß, Z.'s Wittwe zu seiner Gattin zu machen. Zwar kehrte er, nachdem er in fünf Feldzügen mit Ehren gedient, während des Krieges eine sehr starke Gage genossen hatte, und nun zum Major avancirt war, dennoch so arm als da er abreiste, wieder zurük, weil ihm sein kindlich edler Karakter jede Spekulation auf den morgenden Tag unmöglich machte. Allein er hatte bey dieser fünfjährigen Erfahrung ein wichtiges, und in seinem reinen Verstande unerschütterliches Resultat gewonnen: daß unser Bewußtseyn der sichre Grund unsres Glüks ist, und daß Armuth nur in der Unmöglichkeit andern zu helfen besteht. Mit dieser Überzeugung konnte ihn nichts mehr abhalten, zu thun, was er ohnehin der Konvenienz schuldig seyn würde, und was ihm fünf Jahre lang in allen Gefahren des Kriegs als Ziel seiner Wünsche vorgeschwebt hatte, ob er gleich bisher nie die Hoffnung, es zu erreichen, genährt hatte; – denn sich mit einer Aussicht zu schmeicheln, die auf dem Tod eines Menschen beruhte: dazu war sein Herz zu gut und zu weich gewesen. Einst, wenn die wohlthätig erkältende Hand des Alters das Feuer seiner Wünsche gelöscht haben würde, zu ihr zurükzukehren, und neben ihr alt zu seyn: das war alle Hoffnung, die er sich in seinen Briefen aus jenem fernen Welttheile zuweilen erlaubte.

Jetzt kehrte er zurük, aber mit den Ansprüchen der Jugend, und der Festigkeit eines Mannes. Er fragte bey seinem Eintritt in das Haus nach dem Obristen – Ach Gott, der ist todt, und des gnädigen Herrn Schwiegersohn auch! antwortete ihm der alte Bediente, der ihn nicht sogleich erkannte. Indeß war das jüngste von Sophiens Geschwistern herausgetreten, seine ehemalige Spielkameradin jezt ein großes Mädchen. Sie erblikte ihn, staunte, öfnete die nächste Thüre, und rief: Sophie, der alte Freund!

Er hielt – zum erstenmal hielt er das geliebte Weib in seinen Armen. Sogleich mußte er an ihrer Gestalt ihren Zustand wahrnehmen. Es war ein unaussprechliches Gemisch von Entzücken und innigem Mitleid und eigenem Schmerz. Er weinte auf ihren Händen – Mein Weib – darum zwiefach mein Weib! sagte er heftig bewegt. Sie verstand ihn und antwortete mit sanfter Ruhe: dein Weib! und ihr Kind ihr heiligstes Vermächtniß! – Dieses lezte Wort machte ihn aufmerksam, die Stimmung ihres Gemüths ward ihm bald deutlich: er war zu männlich, um sich von Besorgnissen anstecken zu lassen, die einem Weibe unter solchen Umständen so natürlich sind; er widerlegte sie, und wunderte sich nicht, daß er nichts damit ausrichtete. Doch theilte ihm ihre traurige Fantasie eine gewisse Spannung mit: dieses Kind, von dem sie ihren Tod erwartete, dem sie sich im Voraus mit so inniger Liebe opferte, kam ihm wie ein fremdes, ja wie ein feindseliges Wesen vor, das die Blüthe seines Glüks zerstörte. Aber einem Herzen wie das seinige mußte die treue Bemühung, ein solches Gefühl zu bekämpfen, bald gelingen. Er söhnte sich mit dem unschuldigen Geschöpf aus, indem er, jener Blüthe entsagend, den Besiz der gereiften Frucht unverzüglich festzuhalten beschloß. Als er am folgenden Morgen Sophien wiedersah, forderte er sie mit allem Ernst der Liebe auf, ihm in diesem nämlichen Augenblik, wo sie nächstens ihre Niederkunft erwartete, ihre Hand zu geben, und ihm so alle Rechte wie alle Pflichten des Vaters gegen ihr künftiges Kind zu übertragen. Sie küßte mit sanftem Dank die Hände des edeln Freundes, und ihr Todesglaube machte die Freude doppelt lebendig, mit welcher sie seinen Vorschlag annahm; über den Traualtar weg jenseit des Grabes hinblikend, strömte ihr Auge von Liebe über, und das Weib und die Mutter schmolzen gegenseitig in ihr zusammen.

Schellberg machte alle nöthigen Anstalten. Sie ward die Seinige, eben da sie unter den heftigsten Schmerzen ihrem Tod entgegensah. Seine frohere Hoffnung siegte; Sophie gab einem gesunden Mädchen das Leben, sie lebte selbst; Liebe und Aussicht auf glükliche Tage stellten ihre Jugend und ihre Kräfte wieder her. Was sie noch nie kannte, Genuß des Daseyns, empfieng sie mit dankbarer Rührung aus den Händen des Geliebten, dem sie sich wie einer wohlthätigen Gottheit dafür verpflichtet hielt. Er verließ sie bis zu ihrer völligen Genesung keinen Augenblik, den er nicht der Sorge für seine künftige Einrichtung widmen mußte. Seine Lage war wunderbar und reizend; ohne Noviziat und Weihe fand er sich Priester im Heiligthum der Ehe. Er hoffte noch auf Freuden, indeß er alle Pflichten erfüllte, und ihren Lohn genoß.

Sobald Sophie hergestellt war, reiste er nach seinem Vaterland, um ihr dort ihre Wohnung zu bereiten. Ihr Briefwechsel während dieser Trennung war der Vorschmak des reinsten Glüks, war schon selbst Glük wie es selten Liebenden zu Theil wird. Von zärtlicher Sehnsucht gewürzt, knüpften hier Achtung, Dankbarkeit, Vertrauen einen Bund, in welchem Arbeitsamkeit, Genügsamkeit, Wohlthätigkeit leichte Tugenden wurden. Nach einigen Monaten kam Schellberg zurük, und führte seine Gattin nach P., einem schönen Flecken, wo sein Regiment in Quartier lag.

Es wird mir so schwer, von dieser ersten – und einzigen lichten Stelle in Sophiens Leben zu scheiden! Und was wäre dennoch mehr davon zu sagen? Jedem menschlichen Wesen, dessen Empfindungsweise es hier der Unsterblichkeit nähert, gewährt auch schon sein Erdenleben einen solchen – nur zu flüchtigen Augenblik. Und kann das Schiksal dann mehr gewähren? Hat es nicht ewige Gesetze, die ihm verbieten, ein ganzes Erdenleben zu gewähren, das wie ein solcher Augenblik wäre? Diesen in der Vernunft als Bürgschaft der Unsterblichkeit noch festzuhalten, wenn ihn die wechselnden Wogen des menschlichen Daseyns schon längst mit sich fortrissen: das ist freylich sehr viel weiser, als darüber hinaus bis an das Grab sich aufreiben in eitler Trauer um verschwundene Träume, in schmerzlich scheinenden Ahndungen ihrer Wiederkehr jenseit der ewigen Ruhe. Wollen wir aber unsre Sophie verdammen, daß sie so weise nicht war?

An unbefangne Freyheit des Gefühls wenig gewöhnt, baute Sophie furchtsam und mistrauisch an ihrem häuslichen Glük – ihr fehlte der Glaube daran; alles was ihr Freude machte, schien ihr nur dem heutigen Tage zu gehören, und für den morgenden hatte sie, statt Hoffnung, nur Ergebung. Ihre äussere Lage ward bald sehr angenehm. Einfach, thätig, mitleidig, ward sie die Pflegerin der Armen und Kranken in ihrem Dorfe. Sie hatte ihre jüngste Schwester bey sich; in der Erziehung dieses Mädchens gab sie der Gegend ein Beyspiel von Liebe, Sanftheit und Sorgfalt. Ein anderes Beyspiel, von Muth und Ergebung, gab sie durch die Art, wie sie eine grausame Probe bestand, die ihr das Schiksal in dieser Zeit auflegte. Ihr Kind, das sich die ersten Monate sehr wohl befunden hatte, bekam die Blattern; der Arzt behandelte es schlecht, es behielt ein offenes Geschwür, und starb nach langem schmerzlichem Kränkeln. Das traurige Bild, das sie vor Augen hatte, wirkte um so heftiger auf Sophien, als sie die Aussicht hatte, von neuem Mutter zu werden. Sie kämpfte heldenmüthig gegen diese widerwärtigen Eindrücke, und wenn die Farben ihrer Fantasie dadurch finsterer wurden, so fühlte sie sich doch in ihrem Gatten unendlich glüklich: welches andre Weib, fragte sie sich oft, hat für ihren Kummer ein solches Herz, einen solchen Geist zum Ersaz?

Schellberg war nun im Hafen; seine Bestimmung war erreicht, nach der er heftig und hartnäckig gestrebt hatte, und mit heiterer Ruhe stand er am Ziele. Der unstäte Jüngling, der hoffnungslose Liebhaber war Gatte, war Vater geworden – was hätte seinen Blik trüben können, da hinter ihm sein gutes Gewissen, und vor ihm sein guter Wille lag? Er erfüllte die Pflichten seines Standes; sobald diese abgethan waren, beschäftigte er sich leidenschaftlich mit militärischer Geschichte, mit den Wissenschaften seines Gewerbes; seine Sophie war seine einzig liebe Gesellschaft: ihrer Theilnahme an allem was ihn interessirte versichert, trieb er seine Arbeiten und seine Lektüren gemeinschaftlich mit ihr. Ihr lebhafter und schon sehr gebildeter Geist hatte noch dazu die ganze ihrem Geschlecht eigne Biegsamkeit: sie las mit heroischem Schwung die Geschichte der alten Kriege; und da zwey Kinder, die sie nach einander zur Welt brachte, ihre Zeit sehr beschränkten, so saß sie nicht selten spät in die Nacht, und arbeitete mit Zirkel und Reisbley an taktischen Planen. Diese machten oft die ganze Unterhaltung auf ihren Spaziergängen mit ihrem Mann; er erzählte von seinen Feldzügen, er machte Dispositionen auf jenem Hügel, auf dieser Ebene – doch auf einmal stand Sophiens Auge voll Thränen: sie sah im Geist die blühenden Saaten gestampft, die Hütten in Flammen; mit gutmüthigem Verdruß, theils daß er in seiner militärischen Begeisterung gestört wurde, theils daß sie weinte, drohte ihr Schellberg, nicht wieder mit ihr zu sprechen; sie schwieg, und verschlukte ihre Thränen, weil sie fühlte, sie habe Unrecht, aber auch aus falscher Resignation in fremdes Unrecht, das sie durch anmaßliche Beschränkung der unabänderlichen Formen ihres Empfindens und Denkens zu leiden meynte.

Die Verhältnisse, welche die natürliche Beschaffenheit beyder Geschlechter stiftet, bringen überhaupt allzuleicht diesen Kontrast hervor: daß die Eigenschaft als Gatte und Vater des Mannes heftige Gefühle in einen sanfteren, beschränkteren Kanal leitet, während das Weib oft erst als Frau und Mutter den höchsten Grad alles Affekts, dessen sie fähig ist, erreicht. Bey ihr wetteifern Gefühl und Erfüllung der Pflicht; bey dem Manne dämpft Befriedigung das erste, und dieser lohnt unleidenschaftlicher Genuß. Oft freylich giebt sich das wie es soll;

trift es sich aber, wie es bey Sophien und Schellberg der Fall ist, daß in den Karaktern schon viel natürlicher Kontrast liegt, so kann eben dieser, welcher die Liebe gründete, in der Ehe trauriges Unheil stiften – die am innigsten vereinigten Herzen können sich von einander abwenden: unauflöslich eins, trennen sie sich nicht, aber sie reissen gegenseitig an einander, und fühlen ihre Unzertrennlichkeit nur in ihrem Schmerz, der dann das zarteste zuerst zerstört.

Ein einzigesmal hatte Schellberg Leidenschaft und Unglück gekannt: das war als er hoffnungslos liebte. Dafür hatte er sich nun Entschädigung erkämpft, und der nämliche Muth, mit welchem er dieses zu Stande gebracht hatte, äusserte sich jezt ohne Kampf in froher Thätigkeit, in heiterm Ertragen vorübergehender Unfälle, in ungestörter, aller Fantasie entbehrender Zufriedenheit mit der Wirklichkeit. Nie tief aufsuchend, aber leicht empfangend und mittheilend, nie mistrauend, nie beym gegenwärtigen Guten das nahe Übel und stets bey gegenwärtigem Übel fernes Gutes berechnend – und im täglichen Leben paßte sich das alles der einfachen, manchmal fast unzierlichen Form des leichtherzigen Soldaten an. Aber in Sophiens ewig reger Einbildungskraft und unendlich weichem Herzen vermischte sich jeder Genuß, zu welchem der Augenblik sie einlud, mit Erinnerung an vergangene Leiden und Ahndung künftiger: sie hätte desto inniger genossen, wenn sie fähig gewesen wäre, neben einem Wesen, das sie liebte, allein zu geniessen; das Streben nach Gemeinschaft zog gegenseitige Misverständnisse, und von ihrer Seite heftige Aufwallungen die für den guten Schellberg unerklärlich waren, oder verschlossenen Unmuth nach sich. Zudem hatte sich ihr Geschmak an eine Eleganz gewöhnt, die nicht von dieser oder jener bürgerlichen Lage abhieng, die sich in jeder Lage zu erhalten wußte, die in jeder Bedürfniß für sie war. So war sie auch in ihrem häuslichen Umgang immer gleich gefällig, gleich aufmerksam, und ihre Liebe blieb immer Leidenschaft, immer Bewerbung; da aber diese Stimmung nur in ihr war, und sie, wo sie bey dem Weibe allein ist, etwas Unnatürliches und Demüthigendes hat, so mischte sie einige Bitterkeit in ihr Wesen. Ihre Vernunft belehrte sie über ihr Unrecht gegen ihren braven Freund, allein ihr Gefühl blieb dasselbe; unterdrückt oder ausbrechend, blieb es mit einem unendlich lebhaften, der schnellsten Übergänge gewohnten Karakter gepaart, und so ward ihr Betragen sehr ungleich, ja nicht selten gerade in dem Verhältniß ungleicher, in welchem Schellberg, wohlmeynend überzeugt, daß dieses Mittel anschlagen müsse, und sich bewußt, welchen Schaz von treuer, redlicher und ewig bewährter, jeder Probe gewachsener Liebe er ihr damit darböte, seine ganze Gleichmüthigkeit entgegenstellte.

Nach und nach ordnete sie diese oft sehr störenden Bedingungen ihres Glüks in ihrer übrigen Denkart. So unvollkommen, sagte sie zu sich selbst, ist also selbst das Höchste, Schönste, was dem Menschen beschieden ist! Mußte sie aber darum in ihren Ansprüchen bey einem andern nachlassen, so gehörte ja doch, daß sie solche Ansprüche zu machen wie zu erfüllen organisirt war, auch in die Wirklichkeit. Da grübelte sie dann viel über die Fähigkeiten ihres und des andern Geschlechts, und aus ihren Erfahrungen und Beobachtungen glaubte sie das sichere Resultat zu ziehen: die Weiber stünden eine Stufe höher unter den empfindenden Wesen, die Verbindung der Materie mit dem Geiste wäre bey ihnen zarter und loser; deswegen paßte das Glük, was den Menschen bestimmt wäre, weniger für sie, und die Natur hätte ihr Daseyn aus Entsagung gewoben und aus Leiden und Freuden, für welche sie die reine Sympathie, nach der sie stets trachteten, nie finden könnten, indeß das Daseyn der Männer, auch wo es am vollendetsten schiene, ewig nur im Wechsel von Arbeit, Genuß und Ruhe fortgienge. Zufrieden konnte, bey ihrer innigen unbegränzten Liebe für Schellberg, bey ihrer Anerkennung seines Werthes, dem in ihren Augen keines andern

Mannes Werth beykam, ein solches Resultat sie nicht stellen. Sie hätte ihn so gern neben sich, über sich, auf der Leiter der Wesen erblikt! Da unternahm sie es dann wohl in der Fülle ihrer Liebe, ja um ihres Gewissens willen, ihn auf das allzu Irrdische, allzu Seelenlose seines Betragens aufmerksam zu machen. Bey seinem Engelherzen, oder – weil wir uns doch Engel nur als Kinder vorzustellen wissen – bey seinem Kinderherzen wäre eine heitere Aufstellung von Thatsachen wohl das Beste gewesen; aber von ihrem allzufeinen Gefühl, und ihrer Verwöhnung überrascht, war sie selten dazu fähig. Auch konnte sie mit vernünftiger Überlegung keine Klage vorbringen, die gegen ihre Achtung für ihren Mann, gegen ihr Vertrauen auf seine Liebe hätte aufkommen können, und dieser Widerspruch mischte meistens Heftigkeit und Schmerz in solche Erörterungen. Freylich war Sophiens Zwek zu sichtbar edel, ihr Liebe zu unverkennbar, Schellberg selbst zu zärtlich und brav, als daß durch solche Auftritte nicht wirklich auf einige Zeit Sophiens Absicht erreicht worden wäre; allein dies geschah nur indem Sophie, schwärmend vor Reue, dem über alles geehrten Mann wehgethan zu haben, sich gegen die störenden Kleinigkeiten unempfindlicher machte: sie hatte sich darum nicht deutlich erklärt, Schellberg hatte in seiner unbefangenen Einfachheit sie nur halb verstanden – sah er sie nicht mehr unglüklich, so ließ er sich sorglos wieder zu seinen kleinen Nachläßigkeiten hingehen; ja zuweilen fühlte er sich wohl in seiner Freyheit beeinträchtigt, wenn man ihn sein häusliches Wesen nicht ungestört treiben ließ. Ihm fiel es nicht ein, daß an dieser oder jener Art, die Pfeife auszuklopfen, an dieser oder jener Gewohnheit bey'm Essen, bey'm Ankleiden, Leiden oder Genüsse der Liebe hängen könnten; er ahndete nicht, daß solche Dinge in Sophiens Augen die Liebe zu einem dürftigen Geripp entstellen konnten. Wenn er sich dann einmal zum Unwillen hinreissen ließ, daß solche unbegreifliche Grillen gewaltsam die arglose Harmonie seines Daseyns unterbrächen, so widerstand Sophie nicht: sie fühlte ihren Irrthum, ihr Unrecht, sie nahm ihre Forderungen zurük – und überzeugte sich immer fester, daß den Männern das Kleinod der Liebe, um welches sie, Wilden gleich, auf Leben und Tod kämpften, wenn sie es errungen hätten, zum alltäglichen, nur noch nüzlichen Hausrath würde.

Zeigt sich dieses – so dachte sie oft – auch an einem solchen Manne bewährt, schmachtet auch eine Liebe wie die meinige unter jenem allgemeinen Gesez des Schiksals, zahlt auch eine Ehe wie die unsrige, wo Achtung und Zärtlichkeit nie erkalteten, der menschlichen Gebrechlichkeit diesen Zoll: wie könnte es je anders seyn? – Dann verlor sie sich in ihren Betrachtungen über das Loos des Weibes. Sie suchte den Sinn jenes auffallenden Kontrastes zwischen dem geistigeren Schwung in der Natur des Weibes, und einem Gesetze, das sie unaufhörlich und demüthigend an ihr Geschlecht, an Materie, an Thierheit mahnt. Durch dieses Gesez, das sie den Pforten des Todes – aber auch der Unsterblichkeit immer nahe erhält, ist ihr die untergeordnete Stelle in der Gesellschaft offenbar angewiesen, während ihr als Mutter, als Erzieherin das Wohl des künftigen Geschlechts, als Geliebte, als Gattin, der Werth des Mannes überantwortet ist. In ewige Harmonie löste sich dann bey ihr der ewige Streit, und Stolz über die wunderbar schöne Bestimmung war es, was ihre Augen mit Thränen füllte: wie kann, rief sie, und Schellberg, der ihre schwärmerische Ergiessung liebevoll anhörte, gab ihr Recht – wie kann es Weiber geben, die ihr Loos als Sklaverey fühlen?

Aber nur zu oft verfolgte ihr ewig reger Geist auch andere Vorstellungen, und dann hatte Schellberg viel zu ertragen. Ihre Meynung, daß das Unglük der meisten Ehen keine andere Quelle hätte, als die Vernachläßigung des Betragens im täglichen häuslichen Leben, war so eingewurzelt, daß sie nicht zweifelte, auch ein durch Widerspruch der Karaktere und Neigungen sonst unglükliches Ehepaar könne immer noch Ehre und Selbstachtung, also Muth zu den schwersten Pflichten erhalten, wenn es sich nur nie gesellschaftliche Vernachläßigung erlaubte. Sie gieng dem Ursprung der Untreue manches Weibes nach; sie dachte sich so manches, von ihrem Geliebten und Bräutigam verwöhntes, unschuldiges Mädchen, wie es nun Gattin würde – für ein zartfühlendes Weib ist der sinnliche Genuß nur höchster Beweiß ihrer Liebe; nicht um der Wollust willen, sondern für den Dank ihres Geliebten ergiebt sie sich, und ihr Herz hat so wenig mit den Sinnen zu thun, daß sie seufzt, indeß der Geliebte schwelgt, und erst, wenn er ihre Thränen aufküßt, genießt. Aber von dem allen weiß der Ehemann bald nichts mehr; er besizt; er liebt sein Hausweib, die Mutter und Wärterin seiner Kinder, seine Köchin, seine Gesellschafterin – was aber, von dem Bräutigam zur Braut, Liebe geschienen hatte, die innigen oder stürmischen Gefühle, die Liebkosungen, die Verherrlichung der Geliebten: das war nur die Bewerbung des Menschenmännchens, wie das Windspielmännchen nach seiner Art auch um sein Weibchen buhlt. Unverändert bleibt unterdessen bey der Frau die Stimmung ihres Geistes, das Bedürfniß ihres Herzens: doch geschieht es oft, daß ihre Lage, die Pflichten, die Freuden und die Leiden ihrer Existenz als Mutter, sie ruhiges Entbehren lehren, bis bleyerne Gewohnheit ihr Wesen ihrem Verhängniß gleichstellt, oder die Hand des Alters sie fühlloser macht. Wenn aber ein anderer Mann erschien, und aus seinem Munde wieder jene Sprache in ihre Ohren tönte, die sie sonst mit solchem Entzücken vernommen hatte, wenn er ihr die Achtsamkeit, die sanfte Beschützung weiblicher Schüchternheit wieder darbot, der sie sich einst so gern hingegeben hatte, wenn er wieder fand, und indem er es fand, wieder erschuf, was sie schon mit den entflohenen Jugendträumen beweinte: Reiz und Liebenswürdigkeit, wenn – wenn sich nun die Arme zum zweytenmal betrügen ließ, o dann falle der Fluch auf den selbstsüchtigen, stumpfsinnigen Ehemann, nicht auf die Unglükliche, der das Grab allein jezt einen treuen Freund gewähren wird!

Diese Ideen pflegten so lange in Sophiens Kopf zu gähren, bis irgend ein Zufall ihnen einen bittern Ausbruch gab. Oft wandte ihn die Liebe der beyden Menschen schnell zum Besten; oft fiel dann von Schellbergs Seite ein Wort, welches den schönen Bund zwischen dem treflichsten Herzen und dem hellsten Verstand so wohlthuend ankündigte, er zeigte bey so vielem Mitgefühl für das Unglük, welches von Pflicht und Tugend abführte, eine so einfache, so vorurtheilsfreye, und doch so unerschütterliche Achtung für Tugend und Pflicht und Recht, daß Sophie mit einer Art Anbetung gegen ihren Mann, blos noch ihr unendlich verlezbares Herz anklagte, dem sie jedoch in solchen Augenblicken unnennbare Seligkeit verdankte. Fügte sich's aber unglüklicher Weise, daß Schellberg nicht in ihre Ideen eingieng, ihrer flammenden Empfindung seine heitere Beschäftigung des gegenwärtigen Moments entgegenstellte, so schoß Unwillen aus ihrem Blik, ihr Gefühl war fast Rachgier, bis sie sich sammelte, wehmüthig spielend ihren Gatten küßte, und den Schaz von Zärtlichkeit und Fantasie, mit dem er nichts anzufangen wußte, wieder in ihr Innerstes verschloß.

Ihre ländliche, einsame Lage, die ohnehin so viel Reizendes für sie hatte, schien ihr zuweilen auch im Zusammenhang mit dieser Stimmung ein besonderes Glük. Keine ihrer gesellschaftlichen Verbindungen sezte sie hier der Gefahr aus, in einem Augenblik gereizter Eitelkeit, bedürftiger Weichheit, von irgend einem Manne zu empfangen, wonach sie bey Schellberg oft vergeblich sich sehnte. Ihr ganzer Umgang beschränkte sich auf höchst alltägliche Menschen, auf einige Amtleute und LandAdliche, auf die Offiziere von Schellbergs Korps, die in den umliegenden Dörfern zerstreut lagen, und sämtlich viel zu einfache, zu ungebildete, in jedem Sinn des Worts zu subordinirte Menschen waren, um mit ihr in andre

Berührungen zu kommen, als daß sie allenfalls sich verwunderten, eine so gescheute Frau so höflich zu finden. Sophie war lieber mit ihren Bäurinnen als mit allen den Leuten; am liebsten arbeitete sie unter ihren Kindern, und für sie. Wenn ihr Mann zuweilen von Fremden, mit denen er in Konnexionen stand, besucht wurde, fühlte sie eine Art Überraschung, sich noch gefallend und geistreich zu finden. Dann hätte sie sich gern der Freude überlassen, daß Schellbergs Frau für liebenswürdig erkannt würde, daß sie ihm wirklich viel seyn, viel Entschädigung geben könnte. Allein auch hier mußte ihre Empfindung zu kurz kommen. Ihr gesellschaftliches Talent, der Zoll von Bewunderung, den ihre Liebenswürdigkeit von Menschen, die er schäzte, erhielt, machten eben keinen besondern Eindruk auf ihn, der alle ihre Verdienste einen Tag wie den andern kannte und liebte. Kurz sein Karakter war ein ganzes festes Wesen – wie eine ägyptische Pyramide die vollkommenste Form der Dauerhaftigkeit, der Vollendung von Arbeit; Sophie schäzte sie nach ihrem unverkennbaren, unvergleichlichen Werth, und vermißte doch ewig die schöne korinthische SäulenGestalt, oder das kühne, fantastische, maurische Gewölbe.

Ihre Ehe hatte nun fünf Jahre gedauert, zwar nicht vollkommen glüklich, aber doch eine der edelsten, schönsten, durch welche je ein Weib mit einem Manne verbunden ward. Sophie war über ihr acht und zwanzigstes Jahr hinaus, und noch immer schön, oder vielmehr reizend. Die Eingeschränktheit ihrer häuslichen Lage that in mancher Rüksicht beyden wohl. Als indessen Schellberg unter sehr vortheilhaften Bedingungen nach ***g berufen ward, wo der Fürst eine Ingenieur-Schule angelegt hatte, nahm er, Vater von drey Kindern und ohne alles eigene Vermögen, diese neue Bestimmung, die seinem Geschmak so angemessen war, freudig an. Doch Sophie verließ ihr stilles Dorf mit Widerwillen, mit erneutem Mistrauen in die Zukunft. Sie fürchtete ihr durch Einsamkeit und gleichförmige Beschäftigung noch zarter und höher gewordenes Gefühl. Hier war sie ihrem Manne alles gewesen, und das nicht blos weil er nichts anderes hatte – nein, sie ließ sich Gerechtigkeit widerfahren, sie wußte, er würde sie vor allen gewählt haben zu seiner Gesellschafterin. Aber seine Lage in der Stadt versprach ihm andre Verbindungen, deren Benutzung sie selbst ihm würde anrathen müssen; seinem für alles empfänglichen Sinn würden die Vergnügungen einer großen Stadt, vor denen Sophien ekelte, und für welche ihre Gesundheit auch gar nicht mehr gemacht war, willkommen seyn, und er würde sie, im Gefühl seiner Unzertrennlichkeit von seiner lieben Sophie, ohne Arg geniessen, entweder mit ihr, oder kindlich froh um sie dabey zu entbehren, und dann zu Hause traulich davon zu plaudern. Sie aber, das empfand sie, im Voraus schon unzufrieden über sich, würde dadurch verstimmt seyn, und die Verschiedenheit ihrer Lebensart würde Diskordanzen unter ihnen hervorbringen. Sie nahm sich fest vor, sie war sicher, ihn nie von etwas abhalten zu wollen, nie einigen Mismuth gegen ihn zu äussern; aber das Recht, in ihr Herz zu bliken, konnte sie ihm so wenig je absprechen, als sich die Lieblosigkeit zwekmäßiger Verstellung zutrauen.

Zu diesem allen mischte sich das fremdartige Gefühl, die große Welt in blühender Jugend verlassen zu haben, und nun im Herbst der Jahre wieder darin zu erscheinen. Eitelkeit war dies nicht, eben so wenig Fortdauer der Ansprüche ihrer ehemaligen Rolle in der Gesellschaft; auch hatte sie an dem Orte, wo sich Schellberg niederließ, vorher nie gelebt – aber es war ihr, als würde ihre Fantasie, ihre Art zu sehen, zu empfinden, in ihren künftigen Verhältnissen greller gegen ihre Jahre abstechen. Sie fühlte sich noch eben so kindlich gegen alte Leute, noch eben so weich unter Menschen, noch eben so scheu, stolz, und frey unter Männern, noch eben so liebetrunken gegen ihren Gemahl – bisher konnte sie das alles gehen lassen; Schellberg verstand sie, oder verzieh ihr: andre ahndeten nichts Böses noch Gutes bey ihr; man beschuldigte sie wohl der Sonderbarkeit, oder des Stolzes, man schob wohl dies oder jenes auf die Falschheit der Weltleute; aber man vergab ihr alles, weil sie Gutes that, und niemanden im Wege war.

Sie blieb sich indessen bewußt, daß diese widrigen oder schwermüthigen Empfindungen, mit denen sie sich zu ihrer Abreise bereitete, so ganz blos in ihr lägen, daß es auch von ihr selbst und ihrer Vernunft abhängen würde, die Übel, deren Voraussetzung sie quälte, zu verhüten. Die Mühseligkeiten des Wegziehens und der neuen Einrichtung, die Reise in einer unangenehmen Jahreszeit griffen ihre Gesundheit an; ihre Brust schien den Gefahren, die nach dem Tode des Herrn von Z. sie bedroht hatten, von neuem ausgesezt, und nöthigte sie, die ersten Monate ihres Aufenthalts in ***g beständig zu Hause zu bleiben. Schellbergs Verdienste wurden erkannt, die Anspruchlosigkeit seines edeln Karakters gewann ihm allgemeinen Beyfall; er würde sich vollkommen glüklich befunden haben, wenn er nicht für die Gesundheit seiner Frau zu zittern gehabt hätte. Sie genoß ihrerseits der innigsten Zufriedenheit. In großen Städten finden sich solche Bekannte, denen man den Zutritt in seinem häuslichen Zirkel gestatten mag, erst spät; so lebte sie ganz allein mit ihren Kindern, ließ ihren Mann seinen Geschäften nachgehen, oder Gesellschaften besuchen, erwartete und empfieng ihn mit unbefangener Heiterkeit. Ihre physische Schwäche milderte ihr Feuer, und brachte eine angenehme, stille Stimmung in ihr hervor, in welche sich nur zuweilen etwas Wehmuth mischte, daß sie in einem kränkelnden Zustand verblühte, während Schellberg durch seine beglückende Thätigkeit recht in das Leben hereinzutreten schien.

Doch das Frühjahr kam, und Sophiens Brust stärkte sich wieder. Sie genoß täglich der lauer werdenden Luft, immer in Gesellschaft ihrer Kinder, seltener mit ihrem Manne, weil die Stunden, die sie im Freyen zubringen durfte, meistens mit seinen Amtsgeschäften besezt waren. Sie bemerkte zuweilen wohl, daß sie die Augen der Spaziergänger auf sich zog, und fand das ganz natürlich, da sich in ihr ein fremdes Gesicht den Leuten präsentirte; auch ihre schönen Kinder trugen dazu bey, die durch ihre freundliche Lebhaftigkeit jeden aufmerksam machen mußten, der die Augen auf sie warf. Einst sah sie einen Mann, dessen Züge sie nicht unterscheiden konnte, ein paarmal bey ihr vorbeygehen, und endlich bey ihrer kleinen Schwester und den Kindern, die einige Schritte weiter im Grase spielten, stillstehen, um mit ihnen zu sprechen. Nach einer Weile gieng er nochmals bey ihr vorbey, und grüßte sie mit einer durchaus sich auszeichnenden Art. Sein Gesicht hatte sie noch immer nicht unterschieden; aber er schien ihr etwas Bekanntes und ein sehr feines Ansehen zu haben. Was sprach der fremde Mann mit Euch? – fragte sie die Kinder auf dem Rükwege. Die Kleinen flikten eine drollige Erzählung zusammen, aus welcher erhellte, daß er sie gefragt hatte, wer ihre Mutter wäre, worauf die Schwester geantwortet hätte: Sophie Schellberg; das jüngste Kind hatte mit dem Finger auf die Mutter gezeigt, der Fremde hatte zur Schwester gesagt: sind Sie denn die Tochter der jungen Dame? – Nicht recht, hatte sie geantwortet, sie ist meine Schwester – und da, sezte das Mädchen hinzu, ward er ganz roth, und gieng.

Das kleine Räthsel beschäftigte Sophien nicht unangenehm, und sie erzählte es am Abend mit vieler Lustigkeit ihrem Manne, der etwas abgespannt aus einer Gesellschaft kam. Er hörte sie kaum an; hingegen theilte er ihr Verschiednes mit von einer neuen Bekanntschaft die er heute gemacht hatte: ein Herr von Lehrbach, ein Mann von Geist, der aus bloßer Liebe für die Sache, La Fayette nach Amerika gefolgt war, u. s. w. Schellberg war mit seinen Bemerkungen, seinen Ansichten, so zufrieden gewesen, daß er troz seiner

Schläfrigkeit lange von diesem Lehrbach schwazte, den sie nächstens auch sehen würde, indem er einen baldigen Besuch versprochen hätte. Sophie nahm das alles freundlich und theilnehmend an, konnte sich aber eines Rükbliks auf die Gleichgültigkeit, mit welcher er ihr kleines Abentheuer vernommen hatte, nicht erwehren. Freylich war sie es gewohnt, daß er nicht leicht zwey Eindrücke auf einmal beherbergte, und zu gerade seinen Weg fortging, um sich aus Gefälligkeit von einem ersten Eindruk loszureissen, und einen fremden dagegen aufzunehmen. Aber sie erinnerte sich einer ähnlich unbedeutenden Geschichte, die einst seiner Liebe die lebhafteste Beschäftigung gegeben hatte; sie erinnerte sich, wie sie in den Zeiten, die ihrer ersten Heirath vorhergiengen, oft bey ähnlichen Veranlassungen vor seiner Eifersucht gezittert hatte. Sie war damals sein wie jezt, konnte damals wie jezt nur ihn lieben – welches war denn nun der Unterschied? Blos die vorübergeflohnen Jahre? Warum wirkten aber diese blos auf ihn, während sie jede kleine Aufmerksamkeit, die er ihr vor Menschen bezeugte, noch immer so süß empfand, wie damals, da seine Liebe das heiligste Geheimniß war, während es sie, wenn er ihr verstohlen – vielleicht, ach! sich selbst kaum dessen bewußt – die Hand drückte, noch immer mit unnennbarem Schauder durchdrang, gerade wie damals, wenn er furchtsam ihren Finger berührte? Wie damals fühlte sie noch Eifersucht, aus Eifersucht Haß, und gieng zur weichsten, kindlichsten, vertrauungsvollsten Liebe über, wenn er von seinen ehemaligen Verbindungen sprach, oder treuherzig seiner Sophie vergessend, sich mit einem andern Weibe beschäftigte. Hatte sie also, in ihrem Innern ganz dieselbe, nur für ihn sich verändert? – Der demüthigende Verdacht hielt sie nicht lange auf; er führte sie aber auf ihren gewöhnlichen Ideengang zurük: unterdessen schlief Schellberg schon lange, sanft wie das reine Gewissen – sie sah ihm in das männlich offne und ruhige Gesicht; sie gedachte dankbar, wie herzlich er sich freute, ihr seinen neuen Bekannten zuzuführen, wie er dessen interessante Unterhaltung gleichsam in ihrer Seele genossen hatte, und erst ihren Mitgenuß zu erwarten schien, um sich diesem Vergnügen ganz hinzugeben. O hätte ich doch, was mir fehlt, oder könnte ich los werden, was ich zu viel habe, daß ich mich dieser Güte nur immer rein erfreute! Mit diesem sanfteren Gefühl schlief Sophie ein.

Den andern Tag trat Schellberg mit dem verheissenen Fremden in ihr Zimmer. Sie ließ eben ihre zwey ältesten Kinder bey sich arbeiten; ihre Schwester las. Das ist der gestrige Mann, flüsterte diese. Sophie erkannte ihn, und wie er näher trat und zu reden anfieng, erwachte auch die ältere Erinnerung wieder in ihr. Sie besann sich ganz, als Schellberg zu ihr sagte, er habe eben erfahren, daß er ihr keinen neuen Bekannten zuführe; Herr von Lehrbach habe sie vor mehreren Jahren als Frau von Z. öfters gesehen. Sophie erröthete lebhaft; da aber die unendliche Regsamkeit ihres Gefühls ihr diesen mädchenhaften Reiz noch in seiner ersten Blüthe aufbewahrt hatte, und die geringste Überraschung hinreichte, ihre Wangen zu färben, so ward Schellberg weiter nicht aufmerksam darauf. Sie hatte ehemals den Fremden unter einem andern Namen gekannt; diese Veränderung wurde erörtert: mein jeziger Name, sagte Lehrbach, schreibt sich von einem Gute her, das ich seitdem erbte; man legte mir ihn bey, um mich von meinen vielen Vettern zu unterscheiden, und in dieser rangsichtigen Stadt glaubt man mir die Höflichkeit schuldig zu seyn, ihn meinem Familiennamen vorzuziehen.

Die Unterredung ward lebhaft und angenehm. Von ihren Kindern umgeben, erschien Sophie in einem holden Lichte; dies, mit den Umständen ihrer frühern Bekanntschaft mit Lehrbach verbunden, gab ihr ein eigenes Bewußtseyn, das sie doppelt liebenswürdig machte. Schellberg wurde auf einen Augenblik abgerufen; indem Sophie im Gespräch fortfahren wollte, unterbrach sie Lehrbach mit einer ungezwungenen

Lebhaftigkeit: Bey den Waffen, die Sie damals schüzten, sagte er, hätte freylich ein weit größeres Verdienst als das meine alle Ansprüche aufgeben müssen – Schellberg ist ein vortreflicher Mann – er ist ein glüklicher Mann, sezte er zögernd hinzu, und blikte Sophien, die von neuem erröthete, in die Augen – mir kommt es unglaublich vor, daß schon acht Jahre verflossen sind, seitdem ich zum erstenmal von diesem glüklichen Manne hörte – Acht Jahre! wiederholte Sophie lächelnd, und faßte die Hand ihres Mannes, der wieder hereingekommen war; ja es scheint mir auch oft unbegreiflich – Ihre Augen, die auf Schellbergs Gesicht ruhten, glänzten von der reinsten Zärtlichkeit; sie drückte seine Hand leise an ihren Mund, und neigte sich zu ihrem jüngsten Kinde, um ihre Rührung zu verbergen. Sie geben einen in unsern Tagen nicht gemeinen Anblik, sagte Lehrbach schmeichelnd zu Schellberg – einen gefährlichen Anblik, der alle Männer zur Reue und alle Weiber zum Haß reizen muß. – Voll Freude und Dank betrachtete Schellberg den Ausdruk begeisterter Liebe, der Sophiens Züge verklärte, und kam heiter auf die Stadt, auf die Klasse ihrer Einwohner, mit welcher er lebte, zu sprechen. Ehe der kleine Zirkel auseinander gegangen war, hatte Lehrbach nicht unterlassen, im Vorbeygehen mit vieler Unbefangenheit den Umstand zu berühren, daß er sie gestern auf dem Spaziergang erkannt hätte, aber durch den Namen ihres jetzigen Mannes, den ihm ihre Schwester genannt hätte, wieder irre gemacht worden wäre.

Zur Erklärung dieses Auftritts ist ein Rükblik auf die Zeiten von Sophiens erster Ehe nothwendig. Da sie schon als Mädchen mit vielem Glanz in der Gesellschaft erschienen war, so hätte ihre Verbindung mit einem viel älteren, durch keine Eigenschaft sich besonders auszeichnenden Manne, an einem Orte, wo die strengen Grundsätze unsrer Väter schon eine Weile her von platter Verderbniß verdrängt waren, sie manchen Bewerbungen aussezen müssen, wenn ihr edelstolzes Wesen, und der Tribut von Geist und Bildung den sie von allem, was sich ihr nahete, unwillkührlich forderte, nicht schon von Haus aus den Troß der feinen Welt in gebührender Entfernung gehalten hätten. Einzelne wußten sie entweder richtig zu schätzen, oder fanden sich bey einer jungen und schönen Frau, die in ihren Mann offenbar nicht verliebt war, und doch keinen Liebhaber hatte, völlig deroutirt. Sie war etwa seit einem Jahre Frau von Z., als Lehrbach in den *burger Zirkeln eine Erscheinung machte. Mit den schönsten Anlagen geboren, hatte Lehrbach das Schiksal eines großen Theils der ausgezeichnetsten jungen Männer unsers Zeitalters, und auf dem nämlichen Wege wie sie, erfahren – das Schiksal, gleich dem ersten MenschenPaare, auf Kosten der Unschuld die Erkenntniß zu erwerben. Diese war ihm zu Theil worden, aber das Paradies war für ihn verschlossen. Wer, mit einem gewissen Grad von Verstand und Seele begabt, sich dem Irrlauf der großen Welt überläßt, der kann wohl Tugend schätzen, und Unschuld ehren, und Gutes thun; aber er weiß nichts von dem glänzenden Ziele, nach welchem der brave Bürger, der edle Mensch, wie ein jauchzender Streiter, täglich trachtet. Es ist bey ihm meistens nur kalte Berechnung des Werthes dieser Ingredienzen in der Masse des Lebens. Zuweilen wohl fühlt er bitter die verlornen Rechte auf den Lohn der Reinheit, ringt nach einer neuen Blüthezeit, pflegt Gefühle, die er wie nachgeworfene Schatten der entwichenen Seligkeit in seinem Herzen entdekt – So findet es sich oft, daß solche Menschen gern mit Kindern umgehen, mit einem nachdenkend weichen Ausdruk sich mit ihnen beschäftigen. So fühlte sich Lovelace bey seinem Rosenknöspchen entsühnt, und mancher, der zum Lebensgenuß reich ausgestattet, früh verschwendete und verarmte, zieht, ohne alle Ansprüche, die Gesellschaft einer tugendhaften jungen Frau jeder andern vor. In diesem Falle befand sich anfangs Lehrbach gegen Sophien, allein es währte nicht lange, so erwekte sie in ihm den lange entbehrten

Glauben an ein heftiges allbelebendes Gefühl. Ein Mensch seiner Art konnte von keiner Leidenschaft eigentlich überrascht werden; er ließ die seinige aufkommen, weil er sicher war, hier keine glükliche Ehe zu stören. Je öfter er Sophien sah, desto mehr bewunderte er sie; sie wirkte auf sein Wesen, wie gewisse Mittel bey Krankheiten, wo es darauf ankommt, durch einen heftigen Reiz die stockenden Räder der Maschine wieder in Bewegung zu sezen. Die Welt gewann ein neues Interesse für ihn, weil er nach einem noch nie gekannten Gute strebte: eine solche sanfte, schwärmende, starke Seele liebend, und ihn liebend, zu erbliken. Sophie ließ ihn seinen Gang gehen, bis sie mehr als Galanterie wahrnahm; da sezte sie ihm Ernst und Achtung entgegen. Er gebrauchte nun Geist und Überredung: Beides vereitelte sie durch Würde und Wiz. In einem Augenblik, wo er ohne Zeugen war, riß ihn die natürliche Heftigkeit seines Karakters hin, und er lag mit einem Ungestüm, dessen Genuß er noch nicht gekannt hatte, zu ihren Füssen. Sophie drükte sanft und ruhig seine Brust von ihren Knien weg, die er umfaßt hielt: Glauben Sie nicht, nur Pflichten bey mir zu bekämpfen zu haben – ich liebe, ewig, und nicht glüklich – ich fordere Schonung gegen mein Herz, dem dieses weh thut – es entweiht meine Liebe!

Stille Thränen rollten aus ihrem reinen Auge. Lehrbach sprang heftig auf. Finster sagte er: Sie hätten die Bestimmung meines Lebens verändert; aber ich darf nicht mehr wünschen – ich ehre den Mann Ihrer Wahl. – Er genoß noch eine Zeitlang Sophiens Umgang, scherzte zuweilen halb gefühlvoll, halb bitter über seine unglükliche Liebe, und verließ sie bald mit der Versicherung, daß er nun keine Ansprüche mehr auf irgend eine Befriedigung seines Herzens mache. In ihr Geheimniß war er nicht tiefer eingedrungen.

Sophie hatte nach einem einfachen und kühnen Instinkt gehandelt. Der Mann war sehr liebenswürdig; der Ausdruk seiner Leidenschaft hatte sie erschütternd an Schellberg erinnert, und ihr eine Weichheit gegeben, die ihr zartes Gefühl beleidigte: so kam sie auf den schnellen Entschluß, sich durch ein freyes Geständniß zu schützen. So wie sie diesen ausgeführt hatte, war sie beruhigt, und es blieb ihr auch nach Lehrbachs Abreise ein angenehmes Bild von seiner Bekanntschaft zurük. In den ersten Wochen ihrer Wiedervereinigung mit Schellberg, da der kleine Umstand der Vergangenheit zu einer süssen, lebensvollen Erzählung ward, hatte sie bey der gleichförmigen Geschichte ihrer unwandelbaren Liebe auch jene vorübergehende Erscheinung, jenen stürmischen Auftritt nicht verschwiegen. Unersättlich und allentbehrend zugleich wie seine Leidenschaft gewesen war, hätte Schellberg als Liebhaber natürlicherweise sehr eifersüchtig seyn müssen. Seine ganz besondere Lage in der Zeit, welche sonst für die Honigmonde der Ehe gilt, war sehr dazu gemacht, Empfindung und Fantasie zu schärfen; das kleine Geständniß erwekte jene Schwäche von neuem in ihm, und veranlaßte einen von den heftigen, kindischen, beglükenden Auftritten, wo sich für Liebende in Eine kurze Stunde die ganze unendliche Mannigfaltigkeit ihrer Gefühle zusammendrängt. Es war der einzige dieser Art, den sie nach ihrer Wiedervereinigung hatten; Sophie verdankte ihn Lehrbach, der dadurch ein Interesse für sie bekam, das er an sich wirklich nicht gehabt hatte. Seine Person kam bey dem Eindruk, den die Sache in ihrer Einbildungskraft zurükgelassen hatte, ganz aus dem Spiel. Daher erkannte sie ihn auch auf dem Spaziergang nicht wieder; die nachherige Bekanntschafts-Erneuerung war für sie von einer Seite nur belustigend, von der andern rief sie geistig und erhaben ihre ganze innige Liebe für ihren Gemahl hervor: mit zarter Weiblichkeit fühlte sie einen gewissen Stolz, daß Lehrbach nun den Mann gesehen hatte, den sie ihm damals nicht nannte, daß sie dem jezt gehörte, um dessentwillen sie ihn abgewiesen hatte.

Hiezu gesellte sich, nachdem Lehrbach sich entfernt hatte,

eine süsse Unruhe wie Schellberg wohl die Entdekung aufnehmen würde, daß er seiner Sophie einen ehemaligen Liebhaber zugeführt hätte. Dies gab ihr alles Schwärmende, Schmeichelnde der ersten Jugend. Aber Schellberg balgte sich lustig mit einem seiner Kinder, und schien sich auf nichts zu besinnen. Er entschlüpfte ihren zarten Liebkosungen, um seine kleine Spielkameradin schäkernd an den Tisch zu sezen, der zum Mittagmahl einlud. Sophie ward etwas bitter; er fragte sie theilnehmend, aber ohne ein anderes Gefühl, als daß sie mit seiner Fröhlichkeit nicht harmonirte, ob sie krank wär? – Nein – Gewiß nicht? – Gewiß nicht – Nun ließ er sich's herzlich wohl schmecken. Nach Tisch suchte Sophie noch einmahl, ihm ihre Stimmung mitzutheilen; wie es wieder nicht gelang, hüllte sie sich in ihre stolze Ergebung, und ließ ihn, halb lesend halb schlummernd, auf dem Kanapee zurükgelehnt liegen; während sie mit strengem Eifer ein Dutzend Hausgeschäfte abthat.

Diese Wendung war vielleicht entscheidend, und sie hätte nicht schlimmer seyn können. Der Besuch des Vormittags hatte ihr ihre frühere Jugend in ihrem lebhaftesten Glanze und mit dem süssen Kolorit der Liebe vor die Seele gezaubert – und Schellbergs unbefangen geniessendes Wesen, sein Vergessen oder Nichtachten jenes Umstandes, stellte sie so kahl in die Klasse der gewöhnlichsten Eheweiber zurük! Sie fühlte es bitter und zerstörend; sie nahm sich vor, das Bedürfniß ihres Herzens nach dem Ausdruk der Liebe ewig zu unterdrüken; sie fand sich bedroht, zu werden was die Welt eine alte verliebte Närrin nennt! Den Rest des Tages war sie ernst und troken. Schellberg fragte: wie kannst du so ungleich seyn? Heute früh so heiter und mittheilend – Warte, mein Freund! wenn dir das gefiel, da kann ich wieder hineinkommen. – Sie fühlte einen Dolchstich, indem sie diese Antwort gab. Ihm that sie sehr weh, und er eilte, die Lustigkeit, zu welcher sie sich zwang, zu unterbrechen, indem er mit freundlichem Ernst ihr vorzulesen anfieng. Sie ward ruhiger, betete innerlich seine Güte an, und der Tag gieng zu Ende.

Lehrbach wiederholte seine Besuche oft. Sophie sah ihn mit Vergnügen, und ohne die geringste Besorgniß: sein Betragen kündigte, bey der schmeichelhaftesten Aufmerksamkeit, nicht die mindeste Beziehung an, und Sophie war zu einer solchen Aufmerksamkeit berechtigt genug, um ihr keinen fremden Werth beyzulegen; das neue Verhältniß war sogar wohlthätig für sie, denn es verdrängte das hypochondrische Gefühl, welches Schellbergs häuslichem Wesen in ihren Augen eine so bittere Deutung gab, das Gefühl, nur noch zu ihrem und anderer Unglück sie selbst zu bleiben, während die unaufhaltsame Zeit, von Einsamkeit und Kummer unterstüzt, ihr längst schon andere Gesetze des Seyns vorgeschrieben hätte. Ihr Leben erhielt wieder eine Art von kunstmäßigem Gehalt, den sie verloren geglaubt hatte, und sie fand sich oft zu einer gesellschaftlichen Heiterkeit gestimmt, die ihrem Manne freylich nicht entgieng – die er aber unglüklicherweise nur dankbar zu seinem Genusse hinnahm, ohne von den vielen Veranlassungen, die ihm Sophie gab, in ihren Zusammenhang mit dem liebevollsten, sonderbarsten Herzen einzudringen, je eine einzige zu ahnden.

Lehrbach war ein zu feiner Kenner, als daß ihm das Verhältniß dieser beyden Menschen nicht ziemlich früh anschaulich geworden wäre. Sophie mußte dadurch, zu allem Anziehenden dieses wunderbaren Geschöpfs, noch einen neuen Reiz erhalten. Der Plan, sie zu verführen, war für's erste nicht in ihm: nur der sie zu ergründen, – und während jeder Fortschritt in diesem Plan ihn fester an sie knüpfte, konnte er immer nur sie bewundern, ihre Schwärmerey als eine schöne Erscheinung lieben, wie eines seltenen Schauspiels ihrer geniessen. Dabey hätte er allerdings, wenn ihn das gerade am meisten interessirt hätte, schwerlich ermangelt, nach eigennützigern Absichten zu handeln. Nur hätte er dann nach seinen Begriffen von Pflicht, gerechten Anlaß zu Klagen gegen Schellberg finden müssen, und er sah vielmehr sehr gut, daß dieser sein Weib über alles liebte, hielt ihn auch gewiß als Ehemann nicht für verpflichtet, die Bedürfnisse von Sophiens Schwärmerey zu erfüllen. Wenn er sie aber mit ihrer Weichheit, ihrer Heftigkeit, ihrer Innigkeit, tändeln, aufbrausen, und sich wieder in sich selbst zurükziehen sah, so konnte er nachmals auf den Menschen zürnen, der einen solchen Schaz nicht zu gebrauchen wußte.

Bey diesen mannigfaltigen Eindrücken, die er von ihr empfing, rief er ihr wiederum Schellbergs Bild aus den ersten Zeiten seiner Liebe oft genug zurük. Sie wollte dann wohl in die Arme des theuren Mannes fliegen, mit überströmendem Herzen zu ihm sagen: Ach ich liebe dich noch wie damals, da du so warest! Aber Schellberg war dieser Heftigkeiten gewöhnt, und hatte einmal seinen ruhigen gleichen Weg neben hin genommen.

Zuweilen auch konnte Sophie sich vergessen, und mit dem ganzen Ausdruk der Liebe in wehmüthiger Erinnerung ihren Blik auf Lehrbach ruhen lassen, wenn er mit ihren Kindern spielte, oder sonst, wirklich hingerissen von der Empfindung eines ganz neuen Genusses, als guter, liebender und gebildeter Mann um sie war. Solche Momente verwirrten seine Beobachtungen und Berechnungen, und durchdrangen ihn mit wahrer Leidenschaft.

Sophie fing an zu glauben, daß ihre allzu eingezogene Lebensart nicht gut wäre, indem Lehrbach dadurch mehr an sie gefesselt würde, als wenn er sie an dritten Orten sähe, wo die Artigkeit des Weltmanns ihn zerstreute, und ihre Ansprüche, je gültiger sie seyn konnten, desto bescheidener waren. In ihrer Häuslichkeit, in ihrer Existenz als Mutter, in den genialischen Ergiessungen ihres Geistes und Herzens, die nur diese Art von Umgang möglich machte, thaten sich – das fühlte sie wohl – ihre unwiderstehlichsten Reize kund. Auch waren hier Schellbergs kleine Vernachläßigungen, während daß Lehrbach jeden ihrer Blike bewachte, doppelt peinlich für sie: in fremden Gesellschaften hingegen konnte nichts schiklicher seyn, als daß ihr Gemahl ihr nicht den Hof machte. Sie entschloß sich also, ohngeachtet die dauernde Spannung, in welcher sie lebte, ihre Gesundheit wieder angegriffen hatte, viel aus dem Hause zu gehen. Lehrbach bemerkte, daß ihr dieses augenscheinlich schadete. Als er ihr einmal mit inniger Rührung zuredete, sich zu schonen, theilte sich die Rührung Sophien mit. Sie fühlte sich wirklich krank sie dachte an ihren Tod, an ihren Gatten, ihre Kinder: ihre Thränen flossen – Lehrbach faßte ihre Hand, und hielt sie nachdenkend und tief durchdrungen an seine Lippen. Sie erwachte, sie hatte keine Fassung: Stolz war das erste ihrer Gefühle, das sie an den Tag legen konnte, um die übrigen zu verschließen. Sie zog ihre Hand zurük, und bat um Freyheit in der Wahl ihrer Beschäftigungen – Sophie, Sie misverstehen mich sehr! Diese Härte ist gefährlicher, als Sie wissen, und ich verdiene sie nicht – Mehr sagte Lehrbach nicht, aber er hatte nie so viel gesagt. Auch jezt hatte er sich nur vergessen, und war betroffen über sich, daß er bis zum Vergessen seiner selbst fühlte.

Der Auftritt that auf alle Weise vielen Schaden. Mit jedem Schritt gerieth Sophie tiefer in ein schmerzliches Labyrinth. Ihre Kränklichkeit trug dazu bey, ihre Gefühle zu verwirren, und nahm durch diese Verwirrung zu. Öfter als je schwoll ihr Herz zu Aufwallungen der Liebe gegen ihren Mann; er blieb der Alte, und mehr oder weniger in irgend einer Rüksicht, war es doch immer Lehrbach, der diese Aufwallungen veranlaßte. Wie ist es einem Weibe möglich, gegen Anerkennung ihres eigenthümlichen Werthes völlig gleichgültig zu seyn? Auch entgieng ihrem zarten Gefühl sein immer unanmassendes Betragen nicht, mit welchem er aus Zärtlichkeit, aus Ehrliebe, aus Bosheit, von seinem Freunde jeden Schatten von Vorwurf abwälzte. Weit entfernt von Leichtsinn oder Mangel an Aufrichtigkeit gegen sich selbst, war vielmehr der entgegengesezte Fehler der ihrige. Sie bereute jezt, nicht bey Lehrbachs erstem Besuch zu ihrem Manne gesagt zu haben: er war mir gefährlich, er kann es noch seyn – entferne ihn. Sollte sie jezt noch eine solche Erklärung wagen? Aber natürlich und von selbst konnte sich bey Schellbergs Art zu seyn ein solcher Schritt nicht geben. Sie haßte Theaterstreich, sie scheute eine unwürdige, romanhafte Wendung der Sache: ihr Entschluß blieb also aufgeschoben, und sie nahm sich für's erste nur vor, alle Rührung und Weichheit gegen Lehrbach zu vermeiden.

Dieser seinerseits hatte nun nach und nach mehrere Entdeckungen gemacht, die ihn nach seinen Grundsätzen berechtigten, das Herz zu gewinnen, das er bisher nur bewunderte. Vorher war ihm Sophiens schwärmende Liebe für ihren Gatten, glüklich oder nicht, doch als das unverrükte Ziel ihres Lebens vorgekommen; alle seine Beobachtungen, mehrere Proben, auf welche er sie gesezt hatte, ließen ihn lange glauben, daß sie keiner andern Empfindung fähig wäre. Da er bey ihren Leiden nichts zu gewinnen hatte, da er sie liebte, und wo Selbstsucht ihn nicht bestimmte, auch großmüthig war, hatte er oft in der aufrichtigen Absicht, ihr Schmerz zu ersparen, gehandelt. Wenn er sich aber zuweilen bemühte, Schellbergs Stimmung mit Sophiens Bedürfnissen in größere Harmonie zu bringen, so fand er bey jenem immer eine so heitere Anerkennung ihrer Vortreflichkeit, eine solche überlegene Nachsicht gegen das Störende was zu große Reizbarkeit ihrem Karakter gab, daß er ihm durchaus keinen Vorwurf machen, und blos das bizarre Schiksal verfluchen konnte, welches diese beiden Menschen nöthigte, sich gerade durch ihre schönsten Vorzüge das Leben schwer zu machen. So lange sich Sophie der Äusserung ihres Gefühls frey überließ, hatte er sie also für unangreifbar gehalten. Allein, wie er bemerkte, daß sie Stolz und Behutsamkeit als Waffen gegen ihn gebrauchte, ahndete er, sie traue ihrer Stärke nicht, und dieses Mistrauen schien ihm, wohl benuzt, endlich seine Liebe krönen zu müssen. Er hatte ja bisher keinen Plan gegen sie gefolgt; hatte er dessen ungeachtet Eindruk auf sie gemacht, so war das die Schuld ihres Mannes, der sie davor nicht zu verwahren wußte, und er nahm ihm nichts, wenn er ein Herz gewann, das ihm nicht mehr gehörte. Unbarmherzig aber wäre es gewesen, ein Herz, das so glühender Liebe fähig war, beglücken zu können, und es nicht zu thun.

Er war also entschieden; um so weniger aber ließ er sich durch die neue Schattirung in Sophiens Betragen zu Übereilungen verleiten. Sie war kalt und behutsam: er ward behutsamer und zärtlicher. Er vermied jeden Anlaß, ihrem Mann in irgend einer Aufmerksamkeit vorzugreifen; so wie er aber sah, daß Sophie sie von Schellberg vergeblich erwartet hatte, fand er Mittel, sie ihr zu erweisen, und schien dann, gegen die Wehmuth in ihrem Dank ganz unempfindlich, nur die That zu genießen. Oft kam es auf Bücher an, die sie zu lesen wünschte; wenn Schellberg ihre Bitte zehnmal vergessen hatte, brachte Lehrbach die Bücher – nicht Sophien, sondern ihm. Sie liebte nur das Spazierengehen, jedes andre Vergnügen erhizte und ermüdete sie, aber Schellberg hatte gerade gegen das Spazierengehen eine große Abneigung. Er fand immer Ausflüchte, wenn ihn Sophie dazu bereden wollte. Da legte sich Lehrbach in's Mittel, bot sich mit unbefangenem Scherze an, ihr Ritter zu seyn, eben so unbefangen raffte Schellberg sich lachend auf, schlenderte mit, und Lehrbach machte ihm den Spaziergang durch seine Unterhaltung angenehm. Den andern Tag traf er sich eben so, nur daß Lehrbach nicht da war, und Sophie gieng, nicht ohne Bitterkeit in ihrem Herzen, allein mit ihren Kindern. Da begegnete ihr Lehrbach, gedachte mit keinem Worte des gestrigen Tages, genoß der liebenswürdigen Gesellschaft, wußte tausend weiche Gefühle in ihr aufzurufen, schien die Ungleichheiten in ihrem Ton, die er dadurch veranlaßte, nicht zu bemerken, und verließ sie unter einem natürlichen Vorwand, noch auf dem Spaziergang, aber mit der Bitte, ihr einen Bedienten entgegen schicken zu dürfen, weil es sie ermüden müßte, die Kinder allein nach Hause zu führen.

Schellbergs Geschäfte vermehrten sich; er trieb sie mit Freude und Eifer: wenn er aber nach Hause kam, war er selten zu etwas anderm fähig, als für sich zu lesen, oder ein Spiel zu machen. Sophie suchte seinen Geschmak zu befriedigen, aber nicht mit theilnehmender Zufriedenheit, sondern aus trokner, und nicht selten mit Erbitterung vermischter Pflichtmäßigkeit. Wenn er dann mit ein Paar Bekannten am Hombretisch saß, kam Lehrbach; Sophie arbeitete im Nebenzimmer bey ihren Kindern, denn wenn sie die Wahl hatte, spielte sie nie: Lehrbach unterhielt sie, aber abgebrochen, weil er oft zu den Männern trat, meist spielend, sich mit den Kindern abgebend; nur sein Blik drükte fortwährend heilige Liebe aus – heilig wie ihr Gegenstand, troz des Schalks in seinem Herzen. Wenn die Kinder zur Ruhe giengen, oder sich sonst entfernten, gieng er von ihr, und nur unwillkührlich bezeugte sein Wesen, wie schwer ihm das Opfer wurde, oder er zog sie in das Spielzimmer. Spielte er selbst, so wußte er sie zu bereden, daß sie auf einen Augenblik seine Karten nahm; denn er hatte sich ein für allemal dafür bekannt gemacht, nicht lange stillsitzen zu können. Nun saß sie ihrem Gemahl gegen über: ein kleiner Scherz, eine zufällige Berührung machte sie auf einmal zum schüchternen liebenden Mädchen im Angesicht des Geliebten – und zu einer noch schlechteren Spielerin, als sie von Natur schon war. Mit dem Spiele zu spielen, war aber Schellbergs Sache nicht; ihre Ungeschiklichkeiten machten ihn ungeduldig; verlegen rief sie Lehrbach zu Hülfe, dem nunmehr Stellung, Stimme, Blik zu Statten kamen, um gegen sie in dem Verhältniß zu erscheinen, in welchem sie nur eben vergeblich gegen ihren

Mann erschienen war. Ihr Herz war zerrissen, sie gab ihm heftig die Karten zurük, und eilte aus dem Zimmer. Lehrbach triumphirte innerlich, und spielte ohne einen Schatten von Zerstreuung fort.

Hätte – so dachte sie in ihrer Einsamkeit – hätte ein anderes Weib nicht besser zu Schellbergs Karakter gepaßt, und ihn wohlthätiger entwickelt, als sie mit ihrem kranken Gemüth? In dem hofnungslosen Gefühl, die Bestimmung ihres Lebens zu verfehlen, wünschte sie dann den Tod. Bey dem nächsten glüklichen Augenblik an Schellbergs Seite gestand sie ihm unter tausend Thränen diesen schwarzen Gedanken. Er schauderte, und stellte ihr vor, wie sehr sein ganzes Thun, seine Arbeiten wie seine Erholungen, ihr für sein Vertrauen auf sie, für sein Glük an ihrer Seite bürgen müßten; die Hirngespinste, mit denen sie sich quälte, schrieb er ihrer zu großen Einsamkeit zu: er rieth ihr Zerstreuungen, Besuche an – sie lächelte über die Heilmittel, die man ihr vorschlug, lächelte zweydeutig über den wohlmeynenden ungeschikten Arzt, und schwieg.

Gegen den Herbst, nachdem er nahe an ein Jahr in ***g gewesen war, hatte er eine Geschäftsreise zu machen; er mußte mehrere Wochen abwesend seyn, konnte aber aus vielen Gründen Sophien nicht mit sich nehmen. Sie sah ihn mit einer Art von Schauder von ihr gehen, und sie nahm sich vor, jezt wirklich seinem Rathe zu folgen, und in den Stunden, wo sie sonst zu Hause Gesellschaft sah, oft auszugehen. Von ihren Gründen gab sie sich freymüthig Rechenschaft: Das Gefühl, das Lehrbachs Liebe in ihr erregte, schrekte sie – sie war sich der Treue, aber auch der Weichheit ihres Herzens bewußt; sie fühlte die Gefahr des Selbstbetrugs, der sie jeden Augenblik überraschen konnte, und sie schämte sich ihrer Schwachheit, Freude an einem Betragen finden zu können, das vor ihrer Vernunft keinen Werth hatte, denn es mochte allen Männern in einer gewissen Lage so gut eigen seyn wie diesem, und Schellberg war in einer ähnlichen noch weit liebenswürdiger gewesen.

Sophie sah in den ersten Tagen Lehrbach fast nie anders als in Gesellschaft außer dem Hause. Ihre Vorsicht verdroß ihn; indessen bestärkte sie ihn in seinen Berechnungen und Planen. Er unterhielt sie viel, und bey dem Widerwillen, mit welchem sie sich in großen Zirkeln befand, fand sie blos Vergnügen an seiner Unterhaltung. In ihren abgebrochenen Gesprächen gerieth Sophie eines Abends unvermerkt auf einen Gegenstand, der sie hinriß; es war von ihrem Mann die Rede, sie sprach von ihm mit überfliessendem Herzen. Lehrbach war zu klug, um sich bey dem Gefühl von Eifersucht, das sie dadurch bey ihm erregte, lange aufzuhalten. Daß sie einmal wieder ihr Herz vor ihm reden ließ, sah er als einen lange entbehrten Vortheil an, den er festhalten müsse. Das gute Weib ahndete die Gefahr dieser Ergiessungen nicht, die er mehrmals wieder herbeyzuführen wußte; sie glaubte vielmehr ihre Ruhe zu befestigen, und weil ihr Lehrbach edler schien, hielt sie es für weniger nöthig, sich von ihm zu entfremden. Einer von den Briefen, die sie in dieser Zeit an ihren Mann schrieb, schilderte am besten ihre Stimmung.

»Ich folge deinem Rath, mein einziger Freund; ich gehe mehr aus. Es wird mir auch leichter, da mich die Kleinen in diesen Abendstunden wohl entbehren können. Ach mein Freund, daß mir die sogenannten Zerstreuungen die Zeit nicht verkürzen würden, konntest Du wohl voraussehen! Mit Arbeit und Unterrichten der Kleinen verfliegt mir der Tag wie ein Augenblik, aber vom frühen Morgen fürchte ich mich vor dem bleyernen Beschluß – da war unser Dorf doch besser! Die Frau Amtmännin, die Frau Pastorin, und alle die ehrlichen Basen, vergaßen über die Theilnahme, mit welcher ich von ihren Hühnern und Gänsen, von ihrer Magd Grethe und ihrem Knecht Michel, mit ihnen sprach, daß ich etwas anders als sie dabey aussah; es schmeichelte und kirrte sie daß ich insoweit doch wie sie that, und was ich Eigenes hatte, kam ihnen doch nicht wie Eingriff oder Anmaßung vor. So sagte mir einmal die Frau Gerichtshalterin recht aus Herzensgrund, ich könnte alle Tage Professor werden, weil ich ihr eine neumodige Haube fabrizirt, Kalbswürstchen von ihr machen gelernt, und einem französischen Invaliden in seiner Muttersprache den Weg, nach dem er fragte, erklärt hatte. Aber diesen Menschen hier kann man es auf keine Weise recht machen. Bin ich unmodig und einfältig, so möchte ihre gefühllose Impertinenz sich an mir reiben, und an ihrem guten Willen fehlt es nicht, wenn sie mir nicht mit den nämlichen albern beleidigenden Manieren begegnen, wie wenn ein armes Dämchen vom Lande in vermeyntlich zierlicher Tracht unter ihnen erscheint. Überlasse ich sie ihrer Herrlichkeit, und geniesse in meinem friedlichen Hause meiner selbst, so läuten sie Sturm über meine Unhöflichkeit, meine Anmaßungen, meine Sonderbarkeiten. Bin ich aber nun gar nach meiner Art elegant, modig, witzig – hilf Himmel, da ist vollends alles verloren! Mich umgiebt dann lauter Haß, und je besser mir etwa meine Rolle gelingt, desto übler bin ich daran.

Sonst, mein Freund, wie Du unter diesen Menschen standest, und Dein Blik Liebe und Bewunderung sprach, und sie darum giftiger wurden – wenn ich mich im Konzert niedersezte, und in der Erwartung, von Dir angeredet zu werden, nicht athmen konnte – wenn ich im Gespräch mit Mehreren über meine Stimme erschrak, daß sie gegen Dich Melodie der Liebe wurde, während ich gegen andre meinen gewöhnlichen Ton behielt – wenn bey'm Kartengeben Deine Hand die meinige berührte, und unsre Blike sich da trafen, und ich die Karten sinken ließ, bis die Mitspieler erstaunt fragten, was ich ausrechnete, und ich mir mit einem tollen Einfall heraushalf, und zur Buße mein Geld an die alten Damen verlor – Du denkst wohl nicht mehr daran, mein Freund?

Nun sieh, um Dir eine Ausrufung über meine Inkonsequenz abzunöthigen – und ich glaube wirklich, diesen Fehler hast Du noch nicht an mir gerügt – muß ich Dir sagen, daß ich zwey Abende, den einen in der Assemblee bey dem Kommandanten, und den andern bey der alten Geheimeräthin, sehr angenehm und interessant zugebracht habe. Ich hatte meine Spielpartie mit der Kammerherrin *** verabredet; sie kam aber sehr spät, und unterdessen kam ich mit Lehrbach, der immer wie ein gebannter Geist umherirrt, wenn die andern spielen, auf Dich zu sprechen – ich weiß nicht recht wie – eigentlich über meinen Knaben, der bis in's siebente Jahr weder lesen noch schreiben lernen soll, und der schon anfängt mit Zirkel und Reißbley umzugehen. Lehrbach zog mich auf; ich wurde ungeduldig – kurz, sagte ich, er soll im dreyßigsten Jahre nicht fertig mit dem Leben seyn wie unsre Salomone; er soll im achtzigsten noch auf einen Übergang in den Mond studieren, und bey einem Pfannkuchen und einem Glas Wein lachen können – Das wäre wirklich ein seltener Mensch! – Es wäre seines Vaters Sohn – Lehrbach machte ein närrisches Gesicht, aber mir war die Seele aufgegangen; ich schwazte von Dir, wie Dich nicht Menschen erzogen, wie Engel um Dich gewacht hätten, um Dich so einzig gut zu lassen wie Du wärest. Ich hatte so fortgesprochen, ohne auf sonst jemanden zu merken. Als meine Partnerin endlich gekommen war, rief eine dürre knöcherne Dame, die nahe bey mir gesessen hatte: ewig Schade daß man die Frau Obristin unterbricht, man meynte einen Roman mit anzuhören – Da fiel eine trockene Stimme ein: Ich wünschte, daß alle unsre junge Damen bey diesem Roman, wie Sie es zu nennen belieben, zugehört hätten; sie hätten mehr daraus lernen können als aus manchen Weisheitslehren ihrer Mütter – Ich sah mich um, und erblikte einen ältlichen Mann, der rundes Haar trug wie unsre Bauern, einen sehr kahlen Scheitel, schöne, freundliche, ruhige Augen, ein festes, einfaches Äusseres hatte, und hinter, oder vielmehr neben mir stand. Ich dankte ihm für seine

Güte, sezte aber hinzu, daß sie meine Unhöflichkeit gegen meine Nachbarin, so lebhaft von einem für sie gleichgültigen Gegenstand gesprochen zu haben, nicht entschuldigte – Das geht auf, sagte er spöttisch lächelnd, denn gegen das einemal wo Sie eine Ihrer LieblingsMaterien berühren, haben Sie sich gewiß schon zehnmal darein ergeben, die LieblingsMaterien dieser, und mancher andern schönen Dame bis auf die lezte Faser abhandeln zu hören – Der Mann war mir schon vorgekommen, aber mit meinen schlechten Augen hatte ich sein sehr interessantes Gesicht nicht unterschieden. Bey einer Pause im Spiel sezte er sich neben mich, und nahm zu meiner großen Verwunderung meine Hand, deren Puls er untersuchte. Er sah mich dann ernsthaft an: Wissen Sie aber wohl – er nannte mich bey meinem Namen – daß Sie, um noch oft so herzlich von Ihrem lieben Manne zu sprechen, etwas ruhiger, etwas gemäßigter sprechen müssen? – Nun fiel mir auf einmal ein, daß es der Doktor Ernst war. Er hielt mir eine lange Predigt, in welche Herr von Lehrbach sehr eifrig einstimmte, und Dich als Autorität anführte. Der Doktor behauptet, daß die grossen Gesellschaften für mich nichts taugen, die vielen Menschen und Lichter, und – denn er ist ein galanter Doktor – der viele Verstand. Was bleibt mir denn endlich übrig? Du, dem ich so viel mehr glaube als dem Doktor, Du hast mir oft um meiner Gesundheit willen gerathen, weniger Gefühl zu haben; der Doktor retranchirt mir den Verstand – wäre es denn besser für Dich und mich? wäre es? – Medea mit ihrem Zauberkessel löste dieses allein. Und hätte ich endlich auch Aesons Schiksal, es wäre mir vielleicht das Beste – das Sicherste wäre es gewiß.«

Schellberg gieng in seiner Antwort mit dem ruhigsten Vertrauen in eine umständliche Beschreibung seiner Geschäfte ein, bat seine Frau, ihm einige Risse zu kopiren, die er ihr schikte, bezeichnete ihr verschiedene Papiere in seinem Schreibschrank, die er zu haben wünschte, und kam dann mit folgenden Worten auf ihren Brief:

»Deine Fantasie ist sehr schwarz, meine Sophie, Deine Anwendung von Medeens Geschichte nicht wohlthätig. Jedes Alter hat seine Glükseligkeit; Du, die als Mutter so viel Freude erlebt, die alle Gaben ihren Gatten zu beglücken, in einem so hohen Grade besizt, Du solltest eine Jugend, die Dir in Deiner Erinnerung, die Dir in der Wirklichkeit noch so nahe ist, nie vermissen.

Es ist mir lieb, daß Du den Doktor Ernst kennen lerntest. Lehrbach hatte mir ihn schon ein Paarmal als einen Mann von seltenen Kenntnissen gerühmt; zieh ihn wegen Deiner Gesundheit zu Rathe, folge ihm, schone Dich – erhalte mir in Dir die Grundlage meines Glüks, an dem ich sorglos fortarbeite, so lange ich Dich habe, während ohne Dich Verzweiflung und Elend mein Loos würden.«

Sophie war gar nicht wohl, als sie den Brief erhielt, der sehr gütig, sehr ehrend war, der ihr aber nicht gab, was ihr einmal verwirrtes Herz verlangte. Sie suchte die Briefe wieder hervor, die Schellberg ihr ehemals geschrieben hatte. Sie las, weinte, weinte über das Unglük und über die Seligkeit jener Zeiten. Sie war finster und gespannt, als Lehrbach, der übrigens seit Schellbergs Abreise sich selten in ihrem Hause sehen ließ, zufällig kam, um sich nach ihrer Gesundheit zu erkundigen. Er erschrak um so mehr über ihr Aussehen, als ihm der Doktor Ernst in einem abgesonderten Gespräch erklärt hatte, ohne die vorsichtigste Behandlung könne ihr Zustand, bey der ausserordentlichen Reizbarkeit ihres Wesens, leicht unheilbar werden. Sein Ausdruk war zu ungekünstelt, um Sophien nicht wohlzuthun; sie gestand aufrichtig, sie hätte sich durch eine Beschäftigung angegriffen. Unterdessen kam ihre Schwester mit den Kindern, die spazieren gehen wollten. Sie machte etwas am Anzug der Kleinen zurechte, umarmte sie, und als Lehrbach, nachdem die Kinder fort waren, das Gespräch fortsetzen wollte, sah er sie von dem kleinen Geschäft auf das Äusserste ermattet. Athemlos saß sie auf dem Kanapee zurükgelehnt; Heiliger Gott! rief er, und stand mit gefalteten Händen vor ihr, bey diesem Zustande setzen Sie Ihre gewöhnliche Lebensweise fort? – Sie wischte sich den Schweiß von der Stirne: das ist zufällig, sagte sie, und geschieht nur manchmal des Morgens. Abends habe ich mehr Kräfte; Sie sollen sehen, was für eine artige Dame ich diesen Abend seyn werde.

Lehrbach sprach heftig und innig von ihrer Gefahr, von ihrer Pflicht; seine Plane vergessend, mahlte er ihr Schellbergs und seine Verzweiflung. Sie war gerührt, sanft, suchte ihn zu beruhigen, zog mit edler Freymüthigkeit seine Theilnehmung mit in Betracht, und forderte seine kühlere Vernunft auf, solcher Hirngespinste nicht zu achten. Hieraus entspann sich ein sonderbares, spizfindiges Gespräch, in das sich Sophie unbedachtsam verwickelte, während Lehrbach nunmehr halb aus List es fortsezte. Es war von der Nothwendigkeit, die Vernunft herrschen zu lassen, die Rede; Sophie war von der Gefahr, in welcher sie seyn sollte, ausgegangen, und wollte diese Beziehung nicht fahren lassen; allein Lehrbach brachte sie durch Sophismen und doppelsinnige Reden in Verlegenheit. Welche weise Vorsorge! sagte sie endlich; man will mich von der einen Seite in Baumwolle einwickeln, und von der andern läßt man mich peroriren, daß ich nicht mehr athmen kann. Still! Lesen Sie mir lieber vor – Lehrbach bereuete wirklich seine Unvorsichtigkeit; er legte sich den Finger auf den Mund, und nahm ihr mit einem Blike, dessen Ausdruk sie nur zu tief fühlte, das Buch aus der Hand.

Es war Raynals philosophisch-politische Geschichte. Er las wo sie ihm aufgeschlagen hatte. Nach wenigen Seiten kam die bekannte Stelle über Elisa Draper. Tief traf sie Lehrbachs Herz; er las mit leiser, zitternder Stimme. Sophie weinte sanft, suchte es zu verbergen, und hatte vom ersten Augenblik, aus Furcht vor einem lauten Ausbruch ihrer Rührung, nicht Fassung genug, um das Lesen zu unterbrechen. Lehrbach kam bis an den folgenden Absaz.

Lorsque je vis Elisa, j'éprouvai un sentiment qui m'était inconnu; il était trop vif pour n'être que de l'amitié, il était trop pur pour être de l'amour. Si c'eût été une passion, Elisa m'aurait plaint: elle aurait essayé de me ramener à la raison, et j'aurais achevé de la perdre.

Er hielt hier inne, richtete seinen Blik, der nichts als heitere Rührung sprach, auf Sophien, die ihrer selbst kaum bewußt auf ihrem Plaz geheftet blieb, legte das Buch auf den Tisch, nahm ihre Hände sanft und ehrerbietig in die seinen, und sagte mit bittendem Tone in französischer Sprache: Lassen Sie mich also, aus Vorsicht, auf meinem Wege; es soll Sie nie gereuen – nie! – Er drükte nun ihre Hände, leise, als fürchte er ihre Gemüthsbewegung, an seinen Mund, ließ sie dann sehr gefaßt los, und las heiter in dem Buche fort. Unvermerkt unterbrach er sich, und sprach allerley über das Gelesene. Sophie, der es anfangs an der Stärke, streng zu seyn, gefehlt hatte, hielt es jezt für klüger, den Auftritt in poetischem Sinne zu nehmen. Die Kinder kamen nun zurük; Sophie, innerlich beschämt daß die Zeit so schnell verflossen war, befahl Lehrbach mit leichter Lustigkeit, sich endlich zu beurlauben. Er bat sie ernstlich, den Abend zu Hause zu bleiben. Sie wollte ihm deshalb nicht Rede stehen, holte den Kindern ihre Bücher und Schreibmaterialien herbey, und machte nun Lehrbach, eine von ihren Kleinen an der Hand haltend, mit komischer Höflichkeit AbschiedsReverenzen. Er war bezaubert; er wollte nicht wagen, so vieles was er an diesem Morgen gewonnen zu haben hoffte, wieder in die Schanze zu schlagen, und er verließ sie.

Im folgenden Fragment eines Briefes von Sophien an ihren Mann erwähnt sie eines Vorfalls, der am nämlichen Tage erfolgte, und der alsdann näher beschrieben werden muß.

»Die Leute werden Dir sagen, ich sey krank – bey meiner Liebe, ich bin es nicht mehr und nicht weniger als da Du mich verliessest. Ach Du solltest mich nie verlassen! Mit Dir verschwindet meine Sonne, und mein Pfad wird dunkel ohne

Dich. Ja gewiß, ich habe Dich schon eher der Sonne verglichen. Wenn die Erde zu lange ohne dieses wohlthätige Gestirn bliebe, würde sie auf ewig erstarren. O meine Sonne, ohne deine Gegenwart –

Aber das wollte ich Dir nicht schreiben. Ich wollte Dir sagen, daß ein Luftstoß, dem ich mich unvorsichtig aussezte, mir einen Krampf in der Brust zugezogen, und Deinem neuen Bundsgenossen, dem Doktor Ernst, der zufälliger Weise dabey gegenwärtig war, eine vortrefliche Gelegenheit verschaft hat, mich unter seine Zuchtruthe zu nehmen. Nun bin ich in seiner Gewalt, und kann zusehen, wie ich wieder herauskomme. Doch hat er noch so viel Gewissen, mir ausdrüklich aufzutragen, daß ich Dir versichern soll, mein Zufall sey ganz gleichgültig.

Ich hatte viel in Deinen lieben Briefen von ehemals gelesen; sie hatten mir sehr lebhaft die ewig theure, ewig vergangene Zeit zurükgerufen, in der ich mir so froh bewußt war, Dich glüklich zu machen. Herr von Lehrbach kam zu mir. Die Kinder giengen allein spazieren, weil der Wind für mich zu stark war. Er las mir im Raynal vor – Man sollte sich nie ein Buch vorlesen lassen, das man nicht kennt. Wir fielen gerade auf die Stelle von Elisa Draper – die hättest nur Du mir vorlesen sollen; so that sie mir nicht gut, und bewegte mich sehr heftig.* Ich war also schon nicht recht gestimmt, als ich vor

* Wehe, wenn man hier Falschheit zu sehen glaubte! Sophie strebte danach, ein Geständniß zu thun. Sie war gerettet, wenn ihr Mann Eifersucht zeigte, oder als Rathgeber sie vermochte, Lehrbach zu entfernen. Im ersten Fall hätte Leidenschaft, im andern das Gefühl, sich auf den Stärkeren zu stützen, ihr alle Furcht, alle Beschämung, alle Bedenklichkeiten erspart, und sie hätte gelebt, oder wäre glüklich entschlummert. Sie sagte so viel, daß Schellberg ohne seine unbegreifliche Verdachtlosigkeit, ohne seine Gewohnheit, sich nur mit den ihm zunächst liegenden Gegenständen zu beschäftigen, ohne sein unglükliches System, ihrer Schwärmereyen nicht zu achten, nothwendig auf die Spur hätte kommen müssen.

der Assemblee zu K.'s fuhr, um mich eines längst schuldigen Besuchs zu entledigen. Man empfängt mich mit einer Art von Prunk, dankt mir für meine Aufmerksamkeit: ich verstehe die Leute nicht, sehe aber den jungen Regierungsrath S. in einer HauptakteursStellung neben der artigen Agathe K. stehen – Da gieng mir ein Licht auf, und ich begriff, daß hier Glükwünsche angenommen würden, weil die Beyden Braut und Bräutigam wären. Ich wußte, daß sie sich liebten – die Kleine wenigstens von Herzen, der junge Mann scheint mir egoistisch, weichlich – Ich bin nun so kindisch! Und doch ist's natürlich – Wir lasen lezthin in der Zeitung von La Peyrouse's Abfahrt. Sah man wohl das Schiff seine Segel spannen, ohne eine gewisse Beklemmung zu empfinden? Eine so weite Reise, so vielfache Gefahren, ein so unbekanntes Ziel! Hätte sich wohl jemand wundern können, wenn La Peyrouse's Freunde mit nassen Augen vom Hafen zurükkehrten? – Ich umarmte Agathen, und fühlte daß meine Thränen ihre Wangen benezten. In dieser Manier war der werthen Familie wohl noch keine Gratulation vorgekommen. Sie stunden verwundert: die Mama wurde angestekt, sie weinte hell laut, die Schwestern mußten die Taschentücher hervorholen, der alte K. gieng an ein Fenster – ich konnte nun vollends nicht sprechen; nur der Bräutigam hatte Besinnung, denn er klopfte mit der einen Hand den Puder von seiner Schulter, auf welche Agathe, im Kostüme des Augenbliks recht niedlich, ihr Köpfchen gelehnt hatte. Wie wir wieder zum Wort kommen konnten, entschuldigte ich meine Rührung durch die Theilnahme, die jedes junge Frauenzimmer in diesem entscheidenden Augenblik mir einflößte, und die mich bey Agathen doppelt hinrisse, weil ich sie herzlich lieb hätte. Man fand sich geschmeichelt, und die Visite war nun allerseitig eine wahre Herzensergiessung und Auferbauung.

O wie unbegreiflich sorglos thun wir Weiber diesen großen Schritt! Von der ungeheuern Verantwortung, die wir auf uns laden, ahnden wir nichts, ahnden nicht wie wir von diesem Augenblike auf das Schiksal künftiger Geschlechter einwirken, nicht daß wir uns selbst veräussern, und zugleich die Bestimmung unsers Gatten, unsrer Kinder von uns, die wir uns nicht mehr besitzen, abhängig machen. Wenn nun der erste Taumel vorbey ist, wenn die Maske, welche Sitte und Sinnlichkeit dem Bräutigam anlegten, treuherzig weggeworfen ist, wenn er sich redlich – oder vielmehr zuversichtlich zeigt wie er ist: wie bestürzt wird dann die arme Agathe da stehen! Ewig der Liebe und ihres süssen Trugs bedürftig, hofft sie nun als Mutter Entschädigung zu finden für alles was ihre verrätherische Fantasie ihr versprach. Nach langen Schmerzen, langem Harren hält sie endlich diese Frucht – den ersten Vorboten ihres Verwelkens – in ihren Armen, und erkennt täglich neue Ketten, die sie auf dem Wege nach einem unsichern Ziele belasten. Es schwindet die Hoffnung, es schwindet der Muth, das zu erlangen was sie erwartete. Um nicht über die Kälte, die Plattheit, die Animalität der Ehe zu verzweifeln, bequemt sie sich nach und nach zu aller Mittelmäßigkeit, die zu gewöhnlichem Glüke erfordert wird. Wohl ihr! Sie fühlt bald nicht mehr, daß zwischen ihrem Zustand und dem Zustand der Thiere, die sie auf ihrer Meyerey mästet, nicht viel mehr Unterschied ist, als daß ihr Leben ihre Bestimmung zerstört, während das Thier durch sein Leben die seinige vollkommen erreicht. Die Kinder wachsen auf, die gütige Natur entwickelt das Geschöpf bis zum Zeitpunkt der Blüthe: es kommt ein Augenblik des Gefühls, ein Augenblik von Ahndung des Vortreflichen, von Glauben an ein geistiges Daseyn; aber die Blüthe wird von Geschlecht zu Geschlecht erstikt – erstikt, daß ein menschliches Wesen, welches einmal seine Bestimmung verfolgt, welches einmal wird was alle werden können, uns staunen macht, uns schrekt, uns lästig wird, wie ein Gespenst oder ein Bewohner fremder Welten.

O La Peyrouse! Magst Du Dein Grab in den Wellen finden,

magst Du unter der Axt eines Wilden fallen, oder auf dürren unbewohnten Ufern dem Tode entgegen schmachten – so kanntest Du doch Dein Ziel! so können selbst die Trümmer Deines Schiffs zur Wohlthat werden, und den Piloten vor der Stelle warnen, wo Du Deinen Untergang fandest!«

Als sich Sophie nach Lehrbachs Entfernung wieder allein gefunden hatte, gieng sie die Geschichte des Vormittags durch, und konnte Lehrbachs Betragen unmöglich tadelnswert finden; denn das Unrecht, gegen ein Weib in ihrer Lage Leidenschaft zu äussern, brachte sie nicht in Anschlag, wie man in der Gesellschaft überhaupt dagegen unachtsam geworden ist. Vielleicht sieht es darum mit der Sittlichkeit nicht viel schlimmer aus, als ehemals, und die Verderbniß, oder vielmehr die menschliche Schwäche zeigt sich vielleicht nur anders: wenigstens müßte die Reform sicherlich auf alle Theile sich erstrecken. Sophie hielt für das Beste, des Vorgangs nicht mehr zu erwähnen; um aber nicht in Verlegenheit zu kommen, wenn ihre Gesundheit Lehrbach veranlaßt hätte, seinen Besuch am nämlichen Tage zu wiederholen, kleidete sie sich an, und gieng zu K.s. Von da fuhr sie, schon sehr erhizt, in die Assemblee. Es war sehr heiß im Saale; Sophie, die schon Fieber hatte, schwazte lebhaft: auf einmal eilte alles an die Fenster, um ein zufälliges Zusammenlaufen von Volk zu sehen – Der Abendwind war schneidend, Sophie fühlte plözlich eine fürchterliche Zusammenziehung der Lunge; sie verließ das Fenster, und sezte sich fast erstickend nieder. Gerade in diesem Augenblik trat Lehrbach mit dem Doktor Ernst herein. Er hatte sicher gehofft, daß Sophie nicht ausgehen würde, und um so mehr, als seit dem Nachmittag eine strenge Kälte eingetreten war. Die beyden Männer eilten zu Sophien; sie fragten: ohne antworten zu können, abwechselnd bleich und roth, legte sie die eine Hand auf die Brust, und die andre auf des Doktors Arm. Lehrbach that einen Ausruf des Entsetzens; Sophie mußte nun einen Auftritt befürchten, der ihrem Ruf schaden, der ihren Gemahl kränken konnte – sie faltete ihre Hände, und stammelte gegen Lehrbach: schonen Sie mich, fassen Sie sich – Er überwand sich; der Doktor hatte unterdessen die Frau vom Hause herbeygeholt, die so gut wie die übrige Gesellschaft durch den Vorgang auf der Strasse verhindert worden war, Sophiens Zustand wahrzunehmen; man führte Sophien in ein Nebenzimmer, leistete ihr alle Hülfe, und brachte sie in einer Sänfte nach Haus. Troz aller Bemühungen des Arztes, dauerte der Krampf bis nach Mitternacht. Lehrbach hatte Sophiens Wink streng und treu befolgt: alle seine Plane waren in diesem Augenblik fern von seiner Seele, er wollte nichts als ihr Leben, ihre Ruhe. Sobald er sie mit dem Doktor in das Nebenzimmer gebracht hatte, gieng er zur Gesellschaft zurük, und zwang sich, noch eine gute Weile da auszuhalten. Drey Männer, mit denen Sophie gespielt hatte, waren jezt müßig; er lud sie zu einem Hazardspiele ein, gewann erstaunlich, und flog, sobald es möglich war mit Anstand wegzugehen, nach Schellbergs Wohnung. Es war nach neun Uhr, Sophie litt noch heftig: Lehrbach ließ den Arzt herausrufen, dessen Bericht nichts weniger als beruhigend war. Damit konnte er sich für heute nicht begnügen; er kam jede Stunde wieder, bis er nach Mitternacht vernahm, daß der Arzt so eben fortgegangen wäre, und daß Sophie schlummerte. Er war nur in das Gesindezimmer getreten; Sophiens Knabe, der sonst bey ihr schlief, war hier auf ein Bett gelegt worden, und Lehrbach fand sich eine Weile bey dem Kinde allein, da die Leute alle um die Kranke beschäftigt waren. Der Knabe wachte auf: er weinte, sich verlassen auf dem ungewohnten Lager zu sehen; Lehrbach suchte ihn zu trösten, das Kind stieg im Bette auf, strekte seine Arme nach ihm; er nahm es, erzählte ihm von der Mutter, beruhigte es, und es schlief auf seinem Schooß wieder ein. Dieser Augenblik war der erste, der einzige der Art in Lehrbachs Leben. Was ihn hier auf diesem Platze festhielt, war ein ungetheiltes

Gefühl: Liebe, Bewunderung des besten, edelsten Wesens, das er in Gefahr wußte; des Kindes sanfter Athem, der sein Gesicht anwehte, schien ihn zum Freund, zum Bruder einzuweihen – dann aber sah er Sophien unbefriedigt, unglüklich in ihrer Ehe, halb schon für ihn gewonnen, dachte sich die Wollust, mehr als Freund, mehr als Bruder zu seyn – und den Frieden dieses Hauses zerstört durch ihn! Dieses Kind mutterlos durch ihn! Denn wie würde jenes weiche Herz Daseyn und Schuld je vereinen? Noch nie war ein solcher Gedanke deutlich in ihm geworden: er fühlte sich so heftig bewegt, daß er den Kleinen fast aufwekte. Jezt kam das Kindermädchen, und wie Lehrbach erfuhr, daß der Arzt aus dem Hause gienge, eilte er ihm nach, um genaue Erkundigung über Sophiens Zustand einzuziehen.

Sophie war den folgenden Morgen weit besser; der Krampf hatte eine große Schwäche bey ihr zurükgelassen, und der Arzt verbot ihr zu reden. Die Kinder, befremdet, ihre Mutter so blaß, so stumm, so leblos zu sehen, standen traurig von fern, sprachen leise bey ihrem Spiele, und verlangten bald aus ihrem Zimmer heraus. Sophien kam es vor, als wäre sie schon abgeschieden, und sähe von ihrem Sarge aus, wie sie ihre unschuldigen, unwissenden Lieben verscheuchte. Sie sehnte sich nach ihrem Gatten, und trauerte über ihr hinwelkendes Leben. Das Kindermädchen erzählte ihr, wie sie diese Nacht den Knaben angetroffen hätte – gewiß, sagte sie, der gnädige Herr hätte selbst nicht freundlicher mit dem Kind umgehen können, wie Herr von Lehrbach – Sophie erröthete. Sie erinnerte sich, wie Schellberg während ihres Kindbetts nach ihrer Trauung neben ihr gewacht, für sie und für ihr Kind gesorgt hatte; dann erinnerte sie sich auch ähnlicher, seitdem vorgefallener Gelegenheiten, wo sein ruhig fliessendes Blut, wenn ihm seine Gegenwart nicht gerade nothwendig geschienen hatte, ohngeachtet ihrer oder ihrer Kinder Lage, ihn bewog zu seiner gewöhnlichen Zeit sein Lager zu suchen. Sie weinte viel, aus Schwäche, aus schmerzlichem Nachdenken. Der Doktor fand sie zweymal weinend. Liebe Frau Obristin, sagte er den zweyten Tag zu ihr, Sie haben keinen vertrauten Weiberumgang, und da wüßte ich just auch keine Erholung für Sie – aber Sie dürfen jezt schon wieder ein Wörtchen sprechen; wenn Sie also meinem Rathe folgen wollen, so lassen Sie Ihren HausFreunden freyen Zutritt. Herr von Lehrbach durfte noch nicht kommen; ausser ihm, denke ich, lassen Sie niemanden vor – aber zerstreuen müssen Sie sich, das Denken taugt nichts, und der alte Herr da – (sie hatte sich von ihrer Schwester aus dem Plutarch vorlesen lassen) – kann Sie eben nicht erheitern. Doch gilt mein Rath nur, insofern Sie mit Ihrem Herrn Gemahl – den ich noch nicht die Ehre habe zu kennen – einverstanden sind.

Dieser Zusaz jagte eine lebhafte Röthe in Sophiens Wangen. Sie hustete in ihr Schnupftuch, um sich vor dem wohlmeynenden Mann zu verbergen. Der Gedanke, als könnte man Schellberg für eifersüchtig, und Lehrbach für einen Gegenstand seiner Eifersucht halten, brachte sie auf. Ihr geheimer Wunsch ihn zu sehen, der Dank den sie ihm, auch vor dem Arzt, auch vor ihren Leuten, für seine Theilnahme schuldig war, bestimmte sie: sie gab dem Doktor Recht, und befahl, wenn Herr von Lehrbach, oder sonst ein Besuch käme, sollte er angenommen werden.

Lehrbach seinerseits wußte, daß sie nicht zu Bette läge, und doch waren nun schon drey Tage verflossen, ohne daß sie ihm erlaubt hatte sie zu sehen. Er hielt dies für Entschluß, und für einen ungerechten, unvorsichtigen, undankbaren Entschluß: er hatte nichts gethan, ja seit ihrer Gefahr nichts gedacht, was ein solches Verfahren verdiente. Er fand sie weniger ehrwürdig in dieser Strenge, und sann mit leichterem Gewissen auf seine Entwürfe. Desto überraschter war er, als er wie gewöhnlich in das Haus kam, um sich zu erkundigen wie sie sich befände, und man ihm die von ihr gegebene Weisung ankündigte. Da er durch seine bescheidene Beharrlichkeit, nur nach ihrer Gesundheit zu fragen, sich gleichsam das Recht, Unrecht zu leiden, hatte verschaffen wollen, so war er jezt auf die Zusammenkunft nicht vorbereitet. Sophie war allein, ihr blasses Gesicht färbte sich, ihre matte Stimme ward noch leiser indem sie ihm für seine Theilnahme dankte – Sie mir danken? rief er, ich muß danken, dem Himmel danken, daß Sie leben, Ihnen danken, daß ich Sie wieder sehe, diese arme süße Stimme wieder höre – Er kniete auf einem Kissen, worauf ihre Füße standen. Sophie war sehr bewegt, sehr betroffen. Sie zog ihre Hände zurük – Das war nicht des Arztes Absicht, sagte sie mit einer leichten Wendung, als er Sie mir vorschrieb. Sie sollten mich nicht weinen machen, Sie sollten mich zerstreuen – Lehrbach fühlte an ihren Knien, die seine Brust berührten, daß sie vor Erschütterung zitterte; er stand erschrocken auf – Sehen Sie wohl? sagte sie; lassen Sie uns vernünftige Leute seyn – Er gehorchte, suchte sie mit gleichgültigen Dingen zu unterhalten, bewachte ihre Bewegungen mit ängstlich zärtlichem Blik; anfangs war sie zerstreut, aber sie beruhigte sich zusehends, und ein heiterer, würdiger Ernst verbreitete sich über ihr ganzes Wesen. Ihr Gespräch ward sehr angenehm, Lehrbach hatte alle Eigenschaften es in diesem Ton zu erhalten; wie er aber sah, daß ihre Lebhaftigkeit sich ihrer zu bemächtigen anfieng, brach er selbst ab: bin ich nun vernünftig, fragte er, wenn ich so meinem schönen Glük entsage? Sie dürfen nicht länger reden; erlauben Sie mir aber, morgen zuzusehen, ob Sie schon zu viel redeten? – Sie verbeugte sich verbindlich; er fragte, ob er ihr ihre Kinder schicken sollte, und auf ihre verneinende Antwort stellte er ein Tischchen mit einer Schelle und ihrem Getränke neben ihren Siz, und verließ leise das Zimmer.

Sophie hatte seit jener Vorlesung aus dem Raynal einen Gedanken gehabt, nicht als Vorsaz, aber als Folge der Umstände unter gewissen Bedingungen: Lehrbachs edles Benehmen bey ihrem Zufall und während ihrer Krankheit, dann der Ausbruch seiner Leidenschaft bey diesem Wiedersehen, bestimmten sie nunmehr wirklich, ohne Streit, im arglosen Bewußtseyn ihrer Absicht, ihm bey seinem nächsten Besuch, sobald sie seine angelegentlichen Fragen wegen ihrer Gesundheit beantwortet hatte, das folgende Blatt in die Hand zu geben.

»Meine Freymüthigkeit gegen Sie ist mir einmal geglükt. Das ist schon lange her, und es hat etwas Abentheuerliches, daß ich mich nach mehreren Jahren wiederum fast in einem ähnlichen Falle mit Ihnen befinde. Als Sie mir damals sagten, daß Sie mich liebten, war ich jung, geliebt, liebend, und sehr unglüklich. Die äusserste Spannung aller meiner Kräfte hielt mich allein aufrecht bey einem mit jedem Tag sich erneuernden widerwärtigen Schiksal. Ich fürchtete mich vor meinem Bedürfniß nach Trost; denn ich wollte von niemanden Trost, da mein abwesender Freund mir ihn nicht geben konnte. Sie erfuhren die Lage meines Herzens, Sie hatten Ehre und Menschlichkeit: Sie verließen mich.

Ich bin jezt Weib des besten Mannes, bin Mutter liebenswürdiger Kinder – wie damals Furcht, Verstellung, Widerwillen, so umgeben mich jezt Vertrauen, Wahrheit, und Liebe. Aber mit der Veränderung meiner äusseren Lage hat sich auch mein Inneres verwandelt. Verblüht, krank, kämpfe ich in meinem müden Herzen mit Sehnsucht nach dem Tode und der Pflicht zu leben. Das erhebende Zutrauen, beglücken zu können, weicht der vernichtenden Furcht, unglücklich zu machen. Ich bin gemüthskrank: das weiß ich in Stunden wie die jetzige, wo meine Vernunft freundlich einem zu zarten Herzen die Hand bietet – Und diesem halb unglüklichen, halb tadelnswürdigen Weibe sagen Sie wieder, daß Sie sie lieben.

Jetzt ohne Hoffnung, ohne Wünsche – warum also?

Für meine Ehre, für mein Gewissen, im gewöhnlichen Sinne, können Sie mir nie gefährlich seyn. Aber ich bin sehr weich und sehr heftig; die Gefühle des einfachen Wohlwollens nehmen bey mir leicht den Ausdruk der Leidenschaft. Ihre Liebe beunruhigt mich, so lange ich sie mit der Maske der Konvenienz bedecken muß. Es sind schon Augenblike gewesen, wo ich das Erniedrigende des Geheimnisses und der Verstellung zwischen uns fühlte: meine Alles überflügelnde Fantasie könnte Sie sehr irre an mir machen. Ich reisse den Schleyer also nieder zwischen uns, und rede.

Vor acht Jahren hätten Sie wünschen können, meine Sinne zu verführen. Das können Sie jezt nicht mehr wünschen, und vor acht Jahren und jezt war es unmöglich.

Also mein Herz?

Ich bedarf Liebe, einen Schaz von Liebe in Ausdruk, Worten, Thaten; ich wollte, ich fände volle Befriedigung – insofern könnten Sie mir gefährlich werden, nie aber Gegenliebe erhalten; denn ich ziehe Schellberg Ihnen vor. Gefährlich würden Sie mir, wenn Sie mich durch meine Heftigkeit von meinem stillen Leben in meiner Pflicht abzögen. Ich würde Sie leiden sehen, und Theil an Ihnen nehmen: dann wäre meines Mannes häuslicher Friede, meiner Kinder Erziehung gestört, und meine GewissensRuhe dahin.

Lassen Sie also das nicht Ihr Wille seyn.

Ich weiß, Freundschaft zwischen Mann und Weib behält immer eine Schattirung von Liebe, durch die Innigkeit unsrer Fantasie, durch den Reiz der Zurükhaltung, der Ihr euch nur aus Zwang unterwerft. Das fürchte ich aber nicht: ich werde ohne Furcht und Zweifel Ihre Freundin seyn.

Der ganze Schritt, den ich hier thue, ist nicht romanhaft. Ich habe von Ihnen keine Begriffe, die man überspannt nennen könnte. Ich weiß, wie die Welt Sie berurtheilt; ich weiß, wie Sie wohl über meine Verhältnisse und über Ihr Herz denken mögen. Aber ich kenne auch die Allmacht reiner Weiblichkeit über den Mann – selbst den verdorbenen Mann: einen Weichling, einen weinenden Liebhaber hätte ich nicht so behandelt.«

Lehrbach erschrak, als sie ihm das Blatt gab. Während er las, kam ein Besuch, der Lehrbach alle nöthige Zeit ließ. Er hatte gelesen, faßte sich, und hoffte, wieder mit Sophien allein zu seyn. Daraus wurde aber nichts; Sophie sah seine Heftigkeit in seinen Bliken, und ihre Lage war dabey peinlich: sie richtete die ihrigen mit einem gütig bittenden Ausdruk auf ihn, ihre Stimme war sehr melodisch, ihre Miene sehr offen, und durch das Bewußtseyn der Wahrhaftigkeit ihres Thuns verklärt. Lehrbachs Heftigkeit ward dadurch zur Rührung: er verließ das Haus. Noch an demselben Tag erhielt Sophie diese Zeilen:

»Ich erkenne den ganzen Edelmuth Ihres Betragens; aber Sie messen die Gefahr nicht, der Sie einen Mann aussetzen, welcher fähig ist Sie zu schätzen. Man liebt Sie nicht ohne Wünsche: wäre es möglich, Sie zu verführen, ich mahlte Ihnen die rasende Heftigkeit der meinigen, ich beleidigte Gastrecht, Tugend, Menschlichkeit, und jauchzte selig, selig, in Ihrem Falle. Aber Hoffnung hatte ich nie, und nach Ihrem edeln, grausamen Briefe sehe ich die Unmöglichkeit völlig ein. Ich weiß den Augenblik wo Sie der Reue vergessen würden, wo ich nur glüklich seyn würde; aber es wäre nur ein Augenblik – Ihr Leben würde dann langsam verschmachten, und Ihr Leben ist die erste Bedingung meines Daseyns. Also nicht aus Tugend, sondern aus Eigennuz entsage ich meinen Wünschen – Sähen Sie mich dieses schreiben, so würde Ihre engelgleiche Güte mir einen jener beseligenden Augenblike gewähren, die mich schon einigemal fast von Sinnen brachten. Sie würden Ihre sanfte Hand auf meinen Arm legen der konvulsivisch zukt – Sie würden mit dem HimmelsGesang Ihrer Stimme zu mir sagen: Lehrbach, schonen Sie sich –

Dies sey meine Rache gegen Sie, weil Sie mich zwingen zu entsagen, daß Sie es von mir hören, daß meine Liebe wünscht, begehrt, daß ich Haß, Verbrechen, Tod denken kann in dieser Liebe – aber nun haben Sie gebüßt, und ich entsage meinen Wünschen, und was dann bleibt, ist Freundschaft. Sie sind jezt sicher, Sophie. Sie sollen mich nie mehr leiden sehen, ich werde nicht mehr leiden; aber streng fordre ich nun auch die Erfüllung Ihres freywilligen Versprechens, fordre Vertrauen, Duldung, Theilnahme.

Leben Sie Ihrer Pflicht. Ich verstehe Sie ganz, verstehe dieses himmlische Herz das niemand versteht, würde es ewig verstehen – und bin nicht so gut als Schellberg: die ganze Weite der Himmel ist zwischen uns – und dennoch verstehe ich Sie ganz. Adieu meine Freundin Sophie. Sie sind das Edelste was ich kenne. Sie werden bey diesen Zeilen weinen, Sie werden sich beruhigen, und Ihr reines, allreines Gemüth wird Sie der Nothwendigkeit, das Blatt zu vernichten, überheben. Wird Ihre Tochter nicht einst würdig seyn, daß ich sie mit ihrer Mutter bekannt mache, daß ich ihr sage: Fordre den Brief von deiner Mutter, damit du sie kennen lernest?«

Sophie konnte mit diesem Briefe nicht zufrieden seyn. Sie war äusserst bewegt; sie grübelte bis spät in die Nacht über ihr Schiksal, und über die Seiten ihres Herzens die dieses Schiksal bestimmten – Aber wie hätte er mir denn schreiben sollen? fragte sie sich endlich, und nun mußte sie lächeln. Sie sah, in einem so gewagten Verhältniß konnte kein Brief ihr völlig genügen, und in diesem fand sie eine so freche Wahrheit, daß sie allen ihren Stolz, alle ihre Weiblichkeit dagegen stellen konnte. Sie war nun ruhig, und schlummerte ein.

Es verdrießt mich, den Gang dieses unseligen Schiksals zu unterbrechen, um auf einige Fragen zu antworten, die ich von allen Seiten höre. Wenn aber ihr Andenken im Herzen ihrer Freunde auch sicher ist vor allem beschränkten Tadel, so muß sie, die im Leben selbst von guten Menschen nicht ganz verstanden ward, doch hier, in dieser sie feyernden Darstellung, für gute Menschen nichts Dunkles mehr behalten.

Warum nahm Sophie nicht den sichersten Weg, den ihr die Pflicht anwies, und bannte Lehrbach aus ihrer Gegenwart? –

Weil sie reinen Herzens und reinen Sinnes war. Sie kannte nur eine Gefahr: Selbstbetrug, und den hob ihre Erklärung; weiter fürchtete und vermied sie nichts. Ich muß mir übrigens gefallen lassen, daß vielleicht nur wenige Weiber dies verstehen, wenige Männer es glauben, und ich gebe zu, daß es als Grundsaz nicht taugt.

Warum entdekte Sophie ihrem Manne nicht ihre Lage? War dazu mehr Freymüthigkeit nöthig, als zu jenem Schritt? – Mehr Freymüthigkeit nicht, aber mehr Glaube an das Glük ihres Herzens; und darin lag ihr Unrecht. Sie hatte nur die Gleichgültigkeit vor Augen, mit welcher ihr Mann alles, was aus ihrem Herzen kam, als Schwärmerey behandelte. Lehrbachs Liebe zu ihr war durch eine Verwechselung, die das Gewebe ihres Schiksals ausmachte, mit ihrer Liebe für Schellberg zusammengeschmolzen; sie konnte jene nicht berühren, ohne diese einer schmerzlichen Verletzung auszusetzen; weibliche Furchtsamkeit, weibliche Weichheit, die gegen einen Mann, der von Liebe spricht, nicht leicht ausbleibt, mochten auch mitwirken. Verbergen wollte übrigens Sophie nichts, sie wollte den ersten Augenblik nutzen um alles zu entdecken, und als sie jenen Brief schrieb, war sie entschlossen, mit Schellberg davon zu sprechen sobald er zurükkäme. In dieser Rüksicht schmerzte sie Lehrbachs Antwort; denn jede Pflicht verbot ihr, diese ihrem Gemahl zu zeigen, und sie war dadurch zu der Nothwendigkeit verurtheilt, einen Theil dieser Geschichte für's erste zu verschweigen.

Ihre nächste Zusammenkunft mit Lehrbach war heiter. Es traf sich einige Tage hintereinander, daß sie nicht allein beysammen waren, und er betrug sich ganz wie sie es wünschte. Das erstemal als er sie ohne Zeugen sprach, sagte er leichtherzig: Sie werden zufrieden mit mir seyn, ich vergesse kein Versprechen – Sie ließ ihm Gerechtigkeit widerfahren; sie gestand ihm aber ihren Schmerz, daß sie ihrem Gemahl seinen Brief nicht mittheilen könnte: das stört mein Bewußtseyn, sezte sie hinzu – Lehrbach erröthete: soll ich einen andern schreiben, den Sie zeigen können? fragte er boshaft. – Es ist nicht edel, sagte Sophie sanft, aber stolz, daß Sie die erste Sorge, die ich Ihnen anvertraue, so aufnehmen. Nein ich werde warten, und die Zeit wird doch kommen, wo ich den Brief sicher in seine Hände geben kann –

Lehrbach sah sie betroffen und fragend an.

Wenn Ihre Freundschaft uns bewiesen hat, daß er die erste und lezte Raserey des Liebhabers war, – oder –

Nein, kein Oder! unterbrach er sie; Verzeihung dem Neuling in der Freundschaft! Er ist schwer bestraft, das Glük dieses Augenbliks verscherzt zu haben –

Sophie gieng unbefangen zu einem andern Gespräch über, und es fiel weiter nichts vor, das ihr Gefühl hätte stören können. Es folgte nun ein Zeitpunkt von innerem Glüke: sie blikte fest auf einen hellen Punkt von Wahrheit – und erbaute ein fantastisches Gebäude, an dessen Unhaltbarkeit sie lange nichts erinnerte. Schellbergs Abwesenheit ersparte ihr den schmerzlichen Vergleich zwischen jezt und ehemals, zwischen ihm und Lehrbach. Ihre Liebe wusch nach und nach die bitteren Erinnerungen weg, und sein Betragen stand nur noch als Eigenheit, nicht mehr als Unrecht vor ihr. Was Lehrbach anbetrift, so hatte Sophiens Brief, dieser kühne reine Schritt, ihn wirklich gerührt. Zufälliger Weise hatte er kurz vorher ein ausführliches Gespräch mit dem Arzt gehabt, der ihm sagte, den Grund von Sophiens – wie er fürchte – schon sehr weit gekommenem Übel könne er, da sie versichre, keinen Kummer zu haben, zugleich aber sich selbst beschuldige, alles zu heftig zu empfinden, auch nirgends anders suchen; wenn man ihr also die äusseren Veranlassungen nicht aus dem Wege räumen, wenn man sie nicht lehren könne, sich zu mäßigen, so müsse sie in beständiger Spannung aller ihrer Kräfte sich bald aufreiben. Zudem sah Lehrbach wohl, daß ein solches Weib nicht von ihren Grundsätzen abzuleiten war: wer seinem Feinde so kek in das Gesicht schaut, kann sich schwerlich gegen die Gefahr verblenden lassen, und es giebt kein Mittel, ihn zu besiegen, als den Gedanken, daß ein Feind zu bekämpfen sey, zu vertilgen. Von dieser Seite paßte also Sophiens Vorschlag zu Lehrbachs Wünschen. Er fühlte zwar über seine erzwungene Resignation einen gewissen Grimm, der aber nur in seiner Antwort auf Sophiens Brief die Oberhand behielt: ihr Umgang entwaffnete ihn.

Das arme Weib ward täglich vertrauender. Sie überließ sich dem Schwung ihres Geistes, dem Reichthum ihres Herzens: Wiz, Wehmuth, Heroismus, Kinderey, wechselten unabläßig mit einfacher treuer Erfüllung ihrer häuslichen Pflichten ab. Auch von ihrem Manne sprach sie mit Lehrbach, von ihrem Glüke an seiner Seite, von der einzigen Störung, die es durch ihre kränkliche Reizbarkeit litt, von dem Kampf zwischen ihrer Liebe; ihrer Billigkeit, und ihrem unbesiegbaren Hange zur Schwärmerey. Alle diese Gegenstände behandelte sie mit leichtem Muthe: denn die Ruhe die sie schmekte, gab ihr Vertrauen auf sich, schuf die Hoffnung, daß sie sich bessern könnte, in ihr, ließ sie die Heiterkeit, nicht mehr Unrecht zu thun, schon im voraus empfinden. Lehrbach suchte in solchen Gesprächen alles, was sie auf sich selbst zu aufmerksam machen konnte, zu entfernen. Er tadelte sie, wegen ihrer Forderungen an ihren Mann, noch strenger als sie es selbst that, und doch auf eine Weise, die ihre heitere Stimmung nährte; er stellte ihr vor, ob es nicht die höchste Liebe wäre, durch und für das Glük seines Weibes zu leben, wie Schellberg thäte, ob sie seine Sprache, weil es nicht ganz die ihrige wäre, nicht vernehmen wollte, ob sich der fromme Christ etwa dächte, daß das VaterUnser, in den zischenden Tönen eines Britten gebetet, Gott weniger wohlgefällig wäre, als in der bezaubernden Sprache einer Toskanerin – und unter Scherz und Ernst schmeichelte er ihr die Überzeugung, es sollte nun alles besser gehen, immer mehr in das Herz.

Zuweilen sprach er von sich, und von seinem vergangenen Leben, das ihn für wahren Genuß verstümmelt, abgestumpft hätte. Ich fühlte längst, sagte er einmal, was allein mich retten, mir neue Ansprüche auf bürgerliche Thätigkeit, Glük, Ehre, geben konnte: eine heftige Leidenschaft allein. Doch lachte ich über diesen Gedanken, so oft er mir beyfiel, bis ich vor acht Jahren Sie erblikte. Da ward mir klar, daß ich recht gefühlt hatte. Ich sann auf Mittel, Nation und Vaterland zu vertauschen, und unter Ihren Augen eine neue Laufbahn anzufangen. Es konnte mir nicht entgehen, daß Ihr Blik anders auf mir ruhte, wenn mich meine unbändige Heftigkeit zu einer Unvorsichtigkeit hinriß, als auf Ihren bescheidnen Landsleuten, die Ihnen so ergeben ihren Weihrauch streuten. Ihren Gatten fürchtete ich nicht: wonach ich trachtete, das konnte er nie besitzen – und so überwältigte mich ein Augenblik, wo Sie mich verführten – ja Sie, Sophie, Sie, durch diese Blike voll Güte, voll Seele, durch diese Stimme – ja Sie verführen, Sie locken die Liebe in Herz und Hirn und in alle Sinne –

Lehrbach! rief Sophie sanft, und legte ihre Arbeit hin; das ist wider unsern Vertrag, das reißt mein Vertrauen wieder nieder –

Von der Vergangenheit zu sprechen? Soll der Gestrandete sich nicht erinnern, wie sein Schiff einst mit stolzen Segeln auf den Hafen zu eilte?

Er soll seinen Schiffbruch dem gutherzigen Landmann, der ihn in seiner Hütte aufnahm, der ihn aus seiner Schaale essen, aus seinem Becher trinken ließ, nicht vorwerfen –

Lehrbach, der seit einigen Sekunden mit der heftigsten Deklamation redend vor ihr gestanden hatte, gieng, die Hand vor der Stirn, das Zimmer hinab – Sophie, Sophie! wäre dieses nicht Unschuld –

Nun? – Sophie sah ihn groß an.

Können Sie dieses alles sagen, um mir wohlzuthun? fragte Lehrbach, und faßte ihre Hand.

Um Ihnen wohlzuthun! erwiederte Sophie feyerlich, und legte ihre andre Hand auf ihr Herz.

Nun so soll es das auch – so sollen Sie auf Ihrem schönen, gefährlichen Wege ungestört fortgehen –

Ich verstehe Sie nicht recht, Lehrbach.

Sie brauchen es nicht. Lassen Sie mich immer einmal den Geheimnißvollen spielen – Sophie, wenn es in meiner Gewalt stünde, Schellberg einzuhauchen, was ich mit Riesenkräften in mir niederzuhalten suchte, ich thäte es, und gienge morgen nach Amerika!

Kindskopf! ... Ich möchte nicht, daß Schellberg ein Haar Ihres Hauptes, einen Gedanken Ihres Kopfes hätte –

Schön! wahrlich schön! So wird Grosmuth belohnt, und dann schreyen die Leute über Verderbniß –

Bitte, Herr von Lehrbach, keine *querelle d'allemand*! Ist es nicht Ihr Wunsch, daß ich schwatzen soll, wie ein Kind, daß ich hier auf meinem Zimmer ganz ich seyn soll, um es dann, wo es nichts taugt, desto weniger zu seyn? –

Bey einiger Scharfsichtigkeit, bey einiger Achtsamkeit, müßte Schellberg in den Briefen, die Sophie ihm damals schrieb, etwas, das unberührt blieb, und doch auf sie einwirkte, bemerkt haben. Sie erwähnte jezt der Disharmonien in ihrem Wesen mit der heitersten Zuversicht, daß sie nicht mehr zum Vorschein kommen sollten; sie sprach nur von ihrem Unrecht, und gar nicht mehr von ihren Wünschen. Sie nannte Lehrbach oft, und mit scheinbarer Unbefangenheit. So schrieb sie einmal:

»Ich habe viel mit Lehrbach über seine Tagdieberey gesprochen. Ich sagte ihm frey heraus, daß ich wegen eines Tages, der keine Spur von irgend einigem zwekmäßigen Thun zurükließe, mit meinem Gewissen nie würde auskommen können. Gott behüte Dich – denn wir Weiber finden zu unserm Glüke doch immer zwekmäßige Arbeit – Gott behüte Dich vor großen Renten! Lehrbach hat mir wirklich vordemonstrirt, daß er nichts zu thun hat. Das kam mir so entsezlich vor, daß ich ihm sagte, ein StaatsBankerott allein könne seine Seele noch retten. Nachher grübelte ich aus, er sollte seine Leibrenten verkaufen, und sich dafür Landgüter anschaffen. Da lachte er, und sagte, die würden ihm nur vier Procent eintragen, während ihm jene zehn abwärfen – Nun, rief ich, da wären Sie ja eben geborgen, da müßten Sie Ihr Feld selbst bauen, und hätten nicht mehr Zeit, in die Kaffeehäuser, die Schauspiele, die Redouten, zu laufen – Er wollte immer noch scherzen, und sagte: *croyez moi, – le diable n'y perdrait rien!* Aber ich behielt doch Recht, denn ich war von dem Kontrast begeistert, den ich vor mir hatte: ich dachte dein zwek- und genußvolles Leben, gegen seine unstäte, übersatte Existenz. Ich glaube, wir könnten ihn noch bereden, sich mit etwas Ordentlichem abzugeben – Freylich, für wen? Du hattest gut heroisch seyn, dich sprach der Lohn, für Weib und Kind gearbeitet zu haben, allgegenwärtig an – wie das traurig ist, einen Menschen das Gute nur so historisch kennen, und es nur aus Leidenschaft thun zu sehen! Aber Du bist darin nicht ganz mit mir einig, das weiß ich wohl: Du brachtest mich oft auf, wenn Du etwas Gutes nur um meinetwillen thun wolltest: da verschmähte ich bösartig das liebe Opfer, und wollte es um der Pflicht willen vollbracht sehen. Ach ich war oft nicht wie ich sollte! – Du, der Du immer das Beste thust, thu es um meinetwillen, thu es um der Pflicht willen, thu es warum du willst: nur sey glüklich, und laß mich dich glüklich machen –«

Schellberg kam zurük. Er brachte einen alten Kriegskameraden mit, der vor kurzem höchst unerwartet eine reiche Erbschaft gethan hatte; der erste Gebrauch, den er von seinem Gelde zu machen sich anschikte, war, über ***g, wo er zuförderst seinen Freund Schellberg besuchen wollte, nach Paris zu gehen, um dann nach und nach einen lange gehegten Durst nach Reisen zu befriedigen. Ganz unvermuthet traf er unterwegs Schellberg in K. auf dem ParadePlaz; sie reisten zusammen nach ***g, wo er einige Tage in seines Freundes Haus zuzubringen gedachte. Der Major König war ein rechtschaffener, heiterer Mensch, der den sehr beschränkten Kreis seines Denkens und Thuns stets mit dem reinsten Gewissen durchlaufen hatte. Er hatte in allem den besten Willen von der Welt, und wenn er mit diesem etwas Schlimmes bewirkte, haderte er nie mit seiner falschen Ansicht der Dinge, sondern immer nur mit dem Zufall, und fügte sich endlich, als ein frommer Kriegsmann geruhig in eine höhere Schickung. Vom weiblichen Geschlecht hatte er eine, nichts weniger, als weltumfassende, aber sehr vorteilhafte Meynung: er hatte sein Lebelang niemanden dieses Geschlechts gekannt, als seine Mutter, die ihn und sieben Geschwister nach dem Tode ihres Mannes bey'm Schweiß ihres Angesichts groß gezogen hatte, einige eben so brave und streng arbeitsame Weiber seiner Kameraden, und hie und da Subjekte aus einer andern Klasse, in welcher schon mehrere Beobachter eine, alle andern Tugenden überlebende Gutherzigkeit wahrgenommen haben. Die Art, wie Schellberg mit ihm von seinem häuslichen Glük, von den Verdiensten seiner Sophie gesprochen hatte, spannte seine Neugierde bis zur Unruhe. Im Augenblik der Ankunft stand er verlegen von fern, und schien zu lauschen, als ob er seines alten Freundes seliges Loos mit den Gehörwerkzeugen begreifen sollte.

Sophie stürzte ihrem Gemahl mit aller Lebhaftigkeit ihres Gefühls entgegen. Er nahm sie voll Herzlichkeit auf, fragte gleich nach den Kleinen, gab sich mit diesen ab, und jezt zog ihn Sophie wieder an sich – er aber mußte nach seinem Gepäcke sehen; dann kleidete er sich um: Sophie spielte noch kindlich um ihn her, ob sie gleich gewünscht hätte, daß er mit allen diesen Geschäften weniger eilig gewesen wäre. Sie sprach von ihrer Sehnsucht, fragte nach hunderterley Kleinigkeiten, ob er ihr jenen Kupferstich mitgebracht, dieses Buch verschaft hätte – Schellberg klagte über eine kleine Verrenkung am Fuß, wusch sich mit Branntewein, hatte ihre Aufträge gröstentheils vergessen, erkundigte sich, ob sein Schreiber mit gewissen Abschriften fertig geworden wäre, u. s. w. Sophie ward stiller. Das Abendessen war aufgetragen: der Major tafelte gern, man hatte auf die Reise guten Appetit, man aß, trank, wurde schläfrig, trennte sich – nun legte Sophie zärtlich ihren Kopf auf Schellbergs Schulter: Ach wie oft verlangte mich nach diesem Platze! – Und mich nach meinem besten Weibe, und den Kleinen, und meinem guten Bette – ich bin herzlich müde! – Hier säumte er nicht, den Bedienten um sein Nachtzeug zu rufen.

Ein Skelet ist diese Wirklichkeit! – so dachte sie dunkel. Und was nun? dachte sie weiter: das ist wahres menschliches Leben; so hätte ich seyn sollen, und was ich bin, ist Thorheit, unseelige Thorheit! Ich bin nicht glüklich; und mache nicht glüklich; ich habe Fieberträume und FieberErmattung; in jenen quäle ich andre, in dieser verletzen sie mich – O wenn er wenigstens einst sähe, begriffe, wie ich lebte, liebte, litt; einst, wenn diese Hülle abgeworfen ist, die uns niederdrükt in den Staub! – Bey dieser Vorstellung blieb sie stehen, und weinte in schmerzlichem Entzücken, einst von ihrem Manne beklagt, und frey zu seyn von diesem Leibe des Todes.

Sie war den andern Morgen matt. Schellberg fragte besorgt nach ihrer Gesundheit, sie gab ihm, theils aus Schonung gegen ihn, theils aus Härte gegen sich, leichtsinnigen Bescheid. Er suchte noch am nämlichen Tage den Doktor Ernst auf, um ihm für seinen freundschaftlichen Beystand zu danken. Die beyden Männer sprachen ausführlich mit einander, und gefielen sich gegenseitig sehr. Des Doktors Ansicht von Sophiens Organisation war ihrem Manne nicht neu; sein sorglicher Rath bestärkte Schellberg in dem Vorhaben, sie – so nannten sie es – vor aller Gemüthsbewegung zu hüten. Die Guten meynten es so treu, und ihre männliche Wehmuth bey der Vorstellung von Sophiens Gefahr zeugte von so vieler Liebe!

Und dennoch, was war ein solcher Vorsaz, als der Vorsaz, immerfort dem Herzen auszuweichen, das ein einziger, voller gleicher Akkord mit dem Herzen des Geliebten – jezt freylich nur vielleicht – doch aber vielleicht noch retten konnte?

An eben diesem Tage kam Lehrbach, um den Wiedergekommenen zu sehen. Er fand ihn nicht, und fragte mit ungezwungener Theilnahme nach seiner Gesundheit, nach hundert Umständen, die ihn betrafen. Er schien nur von Schellberg zu sprechen, und was er fragte, hatte doch auf Sophien die nächste Beziehung. Sie antwortete wenig. Lehrbachs Anwesenheit erinnerte sie an den Gang, den die Dinge nach ihrer Fantasie hatten nehmen sollen; seine Fragen waren meistens von der Art, daß sie wenig darauf zu antworten wußte, da sie ihres Mannes Rükkehr, ausser in einigen Haussorgen, kaum gespürt hatte. Sie sind nicht heiter, meine Freundin, sagte Lehrbach; Sie sprechen so oft davon, wie ruhig Sie seyn würden, wenn erst alles wieder in seinem alten Geleise wäre – warum ist die liebe Stirne nun trüb?

Sie ist es nicht, antwortete sie, und zog ihre Hand störrisch aus Lehrbachs Händen; ich bitte Sie, lassen Sie mir Freyheit, lustig oder mürrisch zu seyn.

Wollte ich je Ihre Freyheit beschränken? Habe ich etwas anderes gewollt, als mich meines schönen heiligen Rechts bedienen, das Sie mir zugestanden haben, als Sie mir die Nichtigkeit jedes andern Anspruchs bewiesen? Kann ich etwas anders wollen, als Ihren Unmuth theilen – oder ihn tragen, wenn Sie es so wollen?

Seine Stimme war so schmeichelnd, sein trotziges Wesen so in zärtliche Ergebung verwandelt, daß er Sophien rührte. Sie sah ihn wehmüthig an, und wollte antworten, als ihr Mann mit dem Major hereintrat. Es schien zwischen Schellberg und Lehrbach sehr gut zu gehen. Freundschaftliche Erkundigungen wechselten mit freundschaftlicher Auskunft ab. Bald kam man auf Sophiens Gesundheit zu sprechen; Lehrbach behandelte sie mit der Autorität eines Krankenwärters, und verklagte sie mit lustigen Wendungen wegen kleiner Vernachläßigungen, Heftigkeiten, und dergleichen, bey ihrem Manne. Dieser war noch voll von dem Gespräch, das er mit dem Doktor gehabt hatte; er ließ sich eifrig, und da Sophie widersprach, endlich heftig über ihre zu große Reizbarkeit aus. Er sagte einige herzlich gut gemeynte Dinge, deren Wirkung aber nicht berechnet war. Sophie wollte nicht empfindlich werden, und ward betrübt. Lehrbach stimmte mit Wiz und schmeichelhaft mildernd in ihres Mannes Ideen ein, und lenkte das Gespräch anders, wie er sah, daß es unangenehm wurde.

Der Major König hatte hiebey sehr neugierig, und endlich verdrießlich ausgesehen. Er kannte seinen Freund gar nicht von der Seite seines feineren gesellschaftlichen Talents; Geschmak im Leben und Umgang war Schellberg immer natürlich, aber seinem glüklichen Gemüth nie unentbehrlich gewesen, und wo ein Zirkel fröhlicher Menschen beysammen war, öfnete sich sein Herz, ohne es mit dem Übrigen genau zu nehmen, leicht dem Wohlwollen und der Freude. So hatte ihn König in kleinen Garnisonen und in Feldlagern gesehen; nun er ihn in einem witzigen, launigen, hüpfenden Gespräch figuriren sah, wußte er nicht, was er daraus machen sollte. Sophie hatte ihm mit dem stürmisch zärtlichen und wehmüthig weichen Empfang ihres Gatten, mit ihrer zarten Gesundheit, mit der einfachen Zierlichkeit ihres Anzugs und Wesens, das Zutrauen nicht eingeflößt, das ihre gütevolle Höflichkeit verdient hätte. Auf dem Wachthaus, in der verworrenen Lieutenantswirtschaft, war ihm Schellberg weit glüklicher und natürlicher vorgekommen, als jezt Sophiens Gemahl in seiner eleganten, obgleich beschränkten Häuslichkeit. Und Lehrbach misfiel ihm nun vollends; er faßte den Widerwillen gegen ihn, dessen auch die bravsten Deutschen aus den mittleren Klassen gegen Menschen von gallischer Mischung sich nicht leicht erwehren können. Der gerade Mann äusserte nachher seine Verlegenheit, oder sein Misbehagen durch einige Scherze, in welche Schellberg lustig eingieng, dabey aber von Lehrbach, als von einem schätzenswerthen Manne, dessen Umgang ihm sehr angenehm sey, sprach. Der Major vergaß die Klugheit so sehr, daß er mit einer undelikaten Anspielung auf Lehrbachs Landsleute herausfuhr; und sagte, wer eine hübsche Frau habe, müßte gerade nur die langweiligen und häßlichsten unter ihnen in seinem Hause aufnehmen. Sophie erröthete, mehr unwillig als betroffen; mein Herr Major, fiel sie rasch ein, wir machen das ganz anders; wo wir den Vergleich nicht zu fürchten haben, vermeiden wir nicht, uns neben andre zu stellen, und so hat Schellberg noch niemanden sein Haus zu verschließen gebraucht; das ist ja eine Poltrons-Kriegslist! – Den Major beleidigte das Ende der Phrase, und den Anfang verstand er nicht recht; Schellberg that es leid seinen wohlmeynenden alten Kameraden so hart angreifen zu sehen: Sophie fühlte ihre Übereilung, und eilte, da eben das Mittagessen angekündigt wurde, mit einem Gläschen *eau de noyaux* ihren Gast zu versöhnen.

Aber schmerzlich empfand sie, daß ihre Einbildungskraft sich das Beysammenseyn ihres Mannes mit Lehrbach, nach dem, was unterdessen vorgefallen war, nicht deutlich, und von der Wirklichkeit sehr verschieden vorgestellt hatte. Schellbergs Gleichgültigkeit in Ansehung eines Mannes, für den sie ihm so viel Theilnehmung hatte bliken lassen, war ihr unbegreiflich. Irgend etwas entschiedenes, Neigung oder Widerwillen, hätte er um ihrentwillen gegen Lehrbach empfinden sollen. An dem Betragen des Lezteren hatte sie nichts auszusetzen, und eben darum dünkte ihr, daß es nur an ihrem Manne lag, entweder durch etwas Herzlichkeit alles auf den rechten Fuß zu setzen, oder durch Unzufriedenheit ihr Anlaß zu geben, ihn zum Vertrauten des Verhältnisses zu machen, in das sie mit Lehrbach gerathen war.

Schellberg hatte bey seiner Zurükkunft viele Geschäfte vorgefunden. Die Zeit, die ihm diese frey ließen, brachte er in der Gesellschaft seines alten Freundes zu. Hier war jede liebliche, wohlthätige Annäherung, von Herz zu Herz, von Geist zu Geist, zwischen den beyden Eheleuten unmöglich. Der Major konnte zwar in der Länge Sophiens natürlichem Zauber nicht widerstehen, er mußte ihr wie einem Wesen höherer Art huldigen. Wo aber der Verstand so weit hinter dem Herzen zurük ist, geht der Mensch sehr bald irre. Es war Bedürfniß für den Major, zur Entsühnung einer für ihn fremden Vortreflichkeit, einen Fehler darin zu entdecken – und am nächsten lag ihm dieser in dem Verhältniß mit Lehrbach, dem er um so weniger gewogen werden konnte, als Lehrbach ihm die herzlichste Antipathie getreulich zurükgab, und es ungeduldig genug ertrug, daß dieses Menschen Gegenwart Sophiens Gemahl in einen Ton, in einen Zug brachte, der das geliebte Weib schmerzte, alle früheren Berechnungen störte, und bey dem küzlichen Verhältniß aller Theile gegen einander zu gefährlichen Verlegenheiten Anlaß gab.

Jedes solches Zusammentreffen war unter diesen Umständen für Sophien äusserst peinlich, wiewohl Billigkeit und Stolz den Gedanken von ihr entfernten, es absichtlich zu vermeiden. Endlich glaubte sie sich Erleichterung zu verschaffen, indem sie Lehrbach bäte, so viel möglich in des Majors Art zu seyn einzugehen. Allein aufgebracht gegen den ungeschikten Alten, ermahnte sie Lehrbach, sich keiner Sklaverey zu unterwerfen; er ehre, sagte er, Schellbergs dankbare Erinnerung an vergangene Jahre, an verflossene frohe Stunden, aber er würde es ihm nicht bergen, daß keine Gewissenhaftigkeit, keine Rüksicht auf ehemalige Verhältnisse ihn verbände, durch diesen kleinlichen Menschen, ohne ihn froher zu machen, sein Weib in ihrer häuslichen Stille zu stören. Er war so heftig, erklärte sich so entschieden, dem Major auch nicht das Mindeste zu Gefallen thun zu wollen, daß Sophie in ihrer Muthlosigkeit die traurige Schwachheit hatte, Lehrbach die Bemerkung zu entdecken, die der Major nach ihrem ersten Zusammentreffen über ihn gemacht hatte. Sie hatte kaum ausgeredet, so rief sie wieder, erröthend und mit Thränen: Still, o still! Ich weiß, es ist kindisch, es ist beschämend kindisch, daß ich diesen Menschen schonen will – aber ich fürchte mich vor der Zukunft – ich bin krank, ich bin nicht, wie ich sollte, nicht, was ich sollte! Ich war glüklicher –

Lehrbach war bey ihrer Erzählung, von Zorn glühend, aufgefahren; doch dieser erste Eindruk, der ihm die Indelikatesse des Majors zu einer Ehrensache machte, war zu kindisch, um von Dauer zu seyn, und Sophiens Bewegung mußte ihn im jetzigen Augenblik auf allen Fall verdrängen. Er sah von allen Seiten Gefahren, für die Gesundheit des theuren Weibes, für seine Liebe – jede Verwickelung konnte Sophie ihrem Gatten in die Arme führen, und ohne etwas zu bessern, ohne etwas zu ändern, ihm sie ganz entreissen. Als Freund, als glüklicher, oder als unerhörter Liebhaber: das war ihm gleich, wenn er nur Rechte auf sie behielte. Er traf vor sie: wann – wann waren Sie glüklicher?

Sie sah ihn finster mit thränenschweren Augen an: Ja wohl, wann! Nie, und immer! Immer – ehe ich Sie kannte, ehe ich verschweigen und mich scheuen lernte, sezte sie mit stolzer Härte hinzu.

Das ist ungrosmüthig hart, Sophie! – Bin ich denn so glüklich, daß ich eine solche Härte verdiente? Ist der Mann so glüklich, der nach acht Tagen kalter, steifer Entfernung, diesen Augenblik von bitterm, demüthigendem Schmerz für seine höchste Seligkeit erkennt? Verschweigen, Scheuen? Warum das? Sprechen Sie, führen Sie mich vor den glüklichen Schellberg; ich will ihm alle meine Gefühle, alle meine Hoffnungslosigkeit, alle Ihre unendliche Güte offenbaren – ich wünsche dieses, ich bitte darum, aber nicht wegen des plumpen Eingriffs, den dieser fremde Mensch in unsere heiligsten Gefühle wagt – nicht darum, nur um Schellbergs Ehre und

Ihrer Ruhe willen – Sein Ausdruk ward gesezter Ernst, indem er sprach. Er besänftigte Sophien, die ihn nun, im Gefühl des falschen Schrittes, zu welchem sie sich hatte hinreissen lassen, freundlich beschämt bat, alles zu vergessen, nur ihre Ruhe vor Augen zu haben – sie sehne sich, diesen Menschen abreisen zu sehen; Schellberg werde dann gesammelter seyn, mehr ihre – mehr unser seyn, sezte sie schmeichelnd hinzu, und reichte Lehrbach die Hand. Er sah sie nachdenkend, und mit einem halb finstern Blike an; denn jedes Wort, das ihre Sehnsucht nach ihrem Gatten ausdrükte, rief den Wunsch, Schellberg sein Weib zu entreissen, in sein Herz zurük, und stellte der Selbstsucht trübe Wolken vor den lichten Zauber der Liebe.

Es kam unglüklicher Weise alles zusammen, um Schellberg in seiner unachtsamen Ruhe zu bestärken; denn selbst des Arztes Vorschrift, die Sophien alle Gemüthsbewegung verbot, glaubte er damit auf das Beste zu erfüllen. Sie litt oft unendliche Qualen, wenn er so jeder Innigkeit auswich; er sah es, und war immer nur blinder.

Lehrbach traf sie einst in einem ihrer düstersten Augenblike. Anfangs suchte er sie zu zerstreuen, aber vergebens, und nun berührte er kühn den wunden Flek ihres Herzens. Sie ließ sich überraschen, ließ ihn eine sanfte Vernunft predigen, die ihr wohl that; er wurde unterbrochen – bey'm nächsten Besuch fand er sich nur einen Augenblik mit ihr allein, und benuzte diesen, um ihr einen Brief zu reichen. Ich sagte Ihnen, sprach er, neulich nicht alles, was mir am Herzen lag; wollen Sie es schriftlich von Ihrem Freunde vernehmen? – Sophie war verlegen, aber sie fühlte nichts, das sie ohne Prüderie hätte bewegen können, den Brief zurükzuweisen; sie nahm ihn an, und hielt ihn noch in der Hand, als Schellberg hereintrat. Hast du Briefe? fragte er hastig. Er hatte viel Correspondenz, besonders wissenschaftliche, an der er sich sehr ergözte; er fragte aus Gewohnheit, ganz treuherzig und gleichgültig. Sophie hatte aber in diesem Stük die Zartheit eines Weibes, den Puntiglio des feinen Tons, und eine früh angewöhnte Zurükhaltung in ihren Geschäften. Sie las ihre Briefe, verbrannte sie sogleich, und mochte, die sie empfieng, wie die sie schrieb, nie mittheilen. Hierüber waren schon öfter kleine Fehden zwischen ihr und ihrem Manne entstanden. Bey seiner jezigen Nachfrage war sie mehr verdrießlich, als bestürzt: er ist an mich, antwortete sie trocken, und gieng aus dem Zimmer.

Lehrbach schrieb ihr Folgendes:

»Es ist nicht genug, daß ich Sie einmal tröstete, meine Freundin – ich wäre eigennützig, wenn ich es bey dem Genuß, diese kostbaren Thränen vor mir geweint zu sehen, bewenden ließe, und nicht lieber suchte, ihre Quelle aufzutroknen. Sophie, ich muß jede Tugend von Ihnen lernen: lernen Sie von dem umgetriebnen Sohn der Erde, wie Sie mich nennen, und Sie mich nicht nennen sollten, da Sie wohl wissen, warum mir kein Hafen mehr offen steht – lernen Sie von mir, sich gefaßt vor der Nothwendigkeit beugen. Sie kennen den ganzen Werth Ihres Gatten, und weinen, weil ein Talent, ein Ausdruk des Gefühls, ihm nicht gegeben ist. Ist das nicht Unersättlichkeit? Wenn er nun diese Weichheit, diese Theilnahme hätte, deren Mangel Sie betrübt, ohngeachtet dieser Mangel bey ihm vielleicht die nothwendige Bedingung glüklicher, befriedigter Liebe war, wenn er sie aber hätte, und Sie dabey die Musik leidenschaftlich liebten, während er Abneigung dagegen hätte – würde es Sie nach Jahren noch unglüklich machen, daß er etwa das Zimmer verließe, so oft Sie an das Klavier giengen? Sie würden über ihn lächeln, spielen, wenn Sie allein wären, wenn Ihre Freunde Sie umgäben, und in seiner Gegenwart an keine Musik denken. Sie sagen, Sie fühlen, daß dieser Mann sonst jedem Wunsche Ihres Herzens entspricht – wohl dann, so verscherzen Sie den Genuß eines solchen Glüks nicht, um der einzigen kleinen

Befriedigung willen, die Ihnen fehlt. Ich weiß, ich fordre viel von einem so weichen Herzen, von einem Herzen, das ganz in Liebe, in dem Ausdruk der Liebe lebt – O meine Freundin, ich fordre Sie auf, gegen das Schönste, für mich Beglückendste Ihres Karakters streng zu seyn! Nehmen Sie der ärmlichen Freundschaft, mit der ich mich begnügen muß, die mein überschwenglicher Reichthum ist, nehmen Sie ihr diesen Ausdruk weicher Güte, und mir bleibt nichts mehr, um meine hoffnungslose Liebe zu täuschen – Doch nein! das mußte ich Ihnen nicht schreiben. Sehen Sie die Sache aus dem rechten Gesichtspunkt: Sie fehlen – nicht Schellberg – der feste Mann soll sich nicht ändern, das Weib soll es. Und es wird gelingen! Weinen Sie vor mir, klagen Sie sich bey mir Ihrer Schwäche an, bis Sie gelernt haben, nicht Unmöglichkeit zu wollen, bis Sie gelernt haben, einem glüklichen Sterblichen einen Schaz nicht aufzudringen, den er – nicht verwirft, den aber zu erkennen, die Natur ihm versagte.«

Diesen Brief hätte ein feurig- und reinliebender Jüngling nicht schreiben können. Eben so wenig hätte ihn ein Valmont, ein Verführer, hätte ihn Lehrbach, wenn er nicht geliebt, sondern blos zu verführen getrachtet hätte, schreiben können. Der Schmerz, zu dessen Linderung er bestimmt war, den Sophie gegen Lehrbach ergossen hatte, war nicht der bitterste für das unglükliche Weib; dieser hatte ihr Leben schon lange getrübt, und sie doch die reichste Bestimmung finden lassen. Aber zum erstenmal drükte Unrecht, das nicht in ihrem Karakter, sondern in ihrem Thun lag, ihr Gewissen. Sie seufzte nach dem Augenblik, es zu entdecken, und so zu versühnen. Ängstlich ergriff es sie oft in Schellbergs Gegenwart; sie drükte ihn heftig an sich – O mein Freund, rief sie einmal, laß mich meinem Gefühl nachgehen! Wo soll es sich ausschütten, wohin sich wenden, wenn Du es in mich zurükdrängst? – Schellberg führte sie freundlich zu den Kindern: laß uns, sagte er, die wenigen Augenblike, die meine Geschäfte mir übrig lassen, nicht mit leidenschaftlichem Ungestüm verderben! Komm! Du bist mein gutes, süsses Weib – sei auch wie dieser eines! – Er zeigte lächelnd auf die schäkernden Kleinen. Sophie richtete fast verzweifelnd einen starken finstern Blik auf ihn; es schien ihr Schiksal im Spiele zu seyn.

Schellbergs Stimmung fieng nach gerade an, gegen sein Weib ungünstig zu werden. Seine Geschäfte forderten Heiterkeit, die ihm Sophie jezt weniger, wie ehemals gab. Er fühlte zu wahr, um sich durch ihre gespannte Theilnahme täuschen zu lassen. Sein Bedürfniß nach Erholung trieb ihn an, diese ausser dem Haus zu suchen. Hatte er sie gefunden, so begleitete ihn wohl auf dem Heimweg ein wehmütiges Gefühl, ohne Sophien, die theure einzige Gefährtin seines Lebens, froh gewesen zu seyn, und er drükte sie dann bey'm Eintritt zärtlicher an sich, und neue Hofnung belebte ihr Herz, die aber durch irgend einen Umstand, ausser ihm oder in ihm, bald wieder verscheucht wurde.

Der Major reiste endlich ab. Vorher aber glaubte er, nach der Art dieses Schlags von guten Menschen, es seinem Freunde schuldig zu seyn, ihn noch einmal ausdrüklich vor Lehrbach zu warnen. Er traf einen unglüklichen Augenblik. Schellberg hatte vor einer Stunde seiner Frau Göthe's *Egmont*, den er auf der Reise gelesen hatte, als eine litterarische Neuigkeit nach Hause gebracht; Lehrbach war zugegen; hier, sagte Schellberg freundlich, laß dir vorlesen, indeß ich den Major begleite; es wird dich freuen – aber zu sehr rühren muß es dich nicht: das versprich mir. – Sie nahm das Buch, blätterte, fiel gerade auf die zärtlichsten Stellen, und sagte erröthend: nein, das hebe ich mir auf, bis du mir es lesen kannst; das ist nichts für diesen Profanen – Wie so? rief Lehrbach, und grif lebhaft nach dem Buch; der erste Blik auf die aufgeschlagene Seite ließ ihn sogleich Sophiens Meinung errathen, und sein Gesicht drükte etwas Überraschung aus. Durch eine sonderbare Ideenverbindung erinnerte sich Schellberg in diesem Augenblik zum erstenmal an jene ganz vergessene Geschichte, die ihm Sophie von ihrer ersten Bekanntschaft mit Lehrbach erzählt hatte. Er stand betroffen, er sah beyde an: alle drei schwiegen. Lehrbach nahm sich zusammen: das ist wirklich schmeichelhaft, sagte er; gestern waren Sie philosophisch genug, um sich aus dem *Crebillon* von mir vorlesen zu lassen, und heute bin ich zu profan, um ein Werk des Gefühls zu lesen. Demnach wäre ich eben so unbedeutend, als unsentimentalisch! Herr von Schellberg, Ihre Frau Gemahlin könnte den ärgsten Roué für den schiklichsten Gesellschafter für eine Beate erklären.

Die Diversion that für den Augenblik ihre Wirkung. Allein nun sezte der unselige Major eine Natter an Schellbergs Herz. Er überrechnete das Betragen seiner Frau seit der Erneuerung ihrer Bekanntschaft mit Lehrbach, und fand es unbegreiflich, daß er an jenen Umstand nicht früher zurükgedacht hatte. Warum hatte Sophie geschwiegen? das fragte er sich unaufhörlich; doch treu und redlich erinnerte er sich auch, wie oft ihr Herz hatte überfliessen wollen, ohne daß er es je dazu kommen ließ. Weniger eifersüchtig war er zwar darum nicht; wäre er aber in diesem Augenblike in den Händen eines fein und richtig fühlenden Mannes gewesen, so konnte der Frieden dieser Ehe und Sophiens Leben gerettet werden. Den Major reizte die Unruhe, die Bestürzung seines Freundes, sich mit seinen Vermuthungen noch mehr auszulassen. Er beschmuzte die ganze Vorstellung in Schellbergs Gehirn, und mischte die kleinliche, schimpfliche Rüksicht des Bemerktseyns hinein. Sophiens Einfluß war freylich zu sehr auf Wahrheit gegründet, um so plözlich verdrängt zu werden. Obschon mit sehr verstörtem Herzen, wies er dennoch den wohlmeinenden Freund zurecht; nie, sagte er, habe seine Frau ihm Mißtrauen eingeflößt, aber es komme ihm ganz begreiflich vor, daß ein Geschöpf, welches seinen eignen Weg so ungestört fortzugehen gewöhnt sei, nach so kurzer Bekanntschaft von einem guten rauhen Kriegsmann nicht verstanden würde.

Er eilte, sich von dem Major zu trennen. Je näher er seiner Wohnung kam, desto leichter wurde sein edles gutes Herz. Er war sicher, daß ein offenes Gespräch mit Sophien alles aufklären, alles gut machen würde. So that es ihm freylich weh, wie er sie nicht zu Hause fand: sie war im Schauspiel. Er gieng, sie da aufzusuchen; das Haus war sehr voll, man führte ein neues, ein wirklich rührendes Stük auf. Er sah sich vergebens nach ihr um. Endlich zeigte ihm ein Bekannter vom Parterre aus eine Loge, in welcher man sie mit Herrn von Lehrbach gesehen hätte. Oft hatte er seine Frau beredet, mit Lehrbach in das Schauspiel zu gehen, oft hatte er sie mit ihm da getroffen: heute war es ihm ein Stich in das Herz. Die Fronte der Loge war mit andern Gesichtern besezt; er gieng indessen hinauf, und fand Sophien im Hintergrund, in aufmerksamer Rührung über das Schauspiel verloren. Lehrbach stand bey ihrem Stuhl, nur mit ihr beschäftigt, so daß er erst bei'm Zufallen der Logenthüre sich umkehrte und Schellberg erblikte. Er grüßte ihn unbefangen freundlich, und beugte sich über Sophiens Stuhl, um ihr die Ankunft ihres Mannes zu melden. Auch ihr Empfang war so herzlich und froh, er wurde so erwartet aufgenommen, daß er ganz erheitert sich neben sie stellte, um das Ende des Stüks abzuwarten.

Als es vorbei war, mußten sie lange warten, ehe sie herausgehen konnten. Schellberg war ungeduldig, nach Haus zu kommen: er wollte zweimal aus der Loge, wogegen ihm aber Lehrbach vorstellte, daß die Zugluft im Korridor Sophien schaden würde. Als sie endlich unten waren, ließ sich Lehrbachs Bedienter, der für Sophien eine Sänfte hatte bestellen sollen, nirgends blikken. Schellberg führte seine Frau, und meinte, mit der Kappe über dem Kopf könnte sie wohl zu Fuß gehen. Lehrbach stritt lebhaft dagegen, suchte die Sänfte, kam zurük, ohne sie gefunden zu haben, bat Sophien dringend, sich zu gedulden – War etwas in seinem Ausdruk, das seine Gefühle zu deutlich verrieth, verdroß es Schellberg, daß seine Frau jezt die Aufmerksamkeit einiger umstehenden Gekken auf sich zog: Genug, er sagte zweideutig: wirklich braucht es Geduld, und Sie werden mir erlauben, für meine Frau zu sorgen. – Gegen sie sezte er gebieterisch hinzu, sie möchte nur mit ihm kommen. In der ersten Bewegung warf Lehrbach einen trotzigen Blik auf ihn. Sophie, die schon zitterte, aus Frost in dem kalten Durchgang, aus Angst, aus Schrecken, bemerkte den Blik, legte ihre Hand auf Lehrbachs Arm, und sagte mit der wehmüthigsten Sanftheit: die Nachtluft wird mir nicht schaden – In dem Ton war etwas, welches deutlich sagte: O sucht doch da nicht die Ursache meines Todes – So vernahm es Lehrbach, indem er die bebende, sanft aufruhende Hand führte, und sie mit seinem Arm an sich drükte; schweigend grüßte er Sophien, und eilte an Schellbergs Seite, mit den leisen Worten: Sie tödten sie! – zur Thüre hinaus.

Die beyden gingen schweigend nach Haus, Schellberg voll Wuth und Bitterkeit, Sophie mit lauter schmerzhaften Empfindungen kämpfend. Schellberg war unfein gewesen, und so stand er im Unrecht. Von Schellberg, ihrem Ideal der Güte und Liebe, wäre sie sicher gewesen, Verzeihung zu erhalten; dem alltäglichen Ehemanne hatte sie nichts zu entdekken, über nichts sich gegen ihn zu rechtfertigen, nur es ihm trocken zu überlassen, daß er eine Bekanntschaft, die ihm misfiele, entfernte – und in dieses Verhältniß, in dieses für ihr Herz so drückende Verhältniß hatte sich der Mann ihrer innigsten Liebe gestellt!

Sie fanden zu Hause den Tisch gedekt und ein Kouvert mehr, als nöthig war. Für wen ist das? fragte Schellberg unbedacht. Der Diener antwortete, er hätte gehört, daß Herr von Lehrbach mitspeisen würde – So trug jeder kleine Umstand dazu bey, Schellbergs Gleichgewicht vollends zu zerstören. Sobald sie allein waren, fieng er die Unterredung mit der ungütigen Frage an: Warum verschwiegst Du mir, daß Lehrbach derselbe war, von welchem Du mir einst erzählt hattest? – Ich verschwieg nicht, ich fand nicht Gelegenheit es zu sagen. – Sophie fühlte sich kalt, wie das Grab; ihr Unrecht und ihr Leiden verschwanden vor dem Stolz ihres wirklich reinen Bewußtseyns – Warum mußten Fremde mich auf ein Verhältniß aufmerksam machen, das von dir auseinander gesezt, mich wenigstens des Lächerlichwerdens überhoben hätte? – Sie wollte antworten; aber der gewaltsame Schmerz ihrer Seele, der Unwille drükte ihren Hals krampfhaft zusammen; ein Glas eiskaltes Wasser stand vor ihr: sie trank es schnell – ja, sie hat es reuig selbst gestanden, sie trank mit der Hofnung, den Tod zu trinken, es schnell hinunter, und antwortete: Weil Du Fremde ihre Gedanken leichter äußern lässest, als dein Weib –

Doch genug von dem schreklichen Auftritt, wo zwei vortrefliche Herzen alle Liebe in Gift und Eis verwandelt zu haben schienen, und sich mit unmenschlicher Besonnenheit, Faser auf Faser, zerrissen. Sophie sagte ihm, daß Lehrbach sie liebte, daß sie die Sache ohne Zweifel sehr schwärmerisch behandelt, und sehr unrecht gehabt hätte, ihn nicht am Tage seiner Zurükkunft zu bitten, Lehrbach zu entfernen; nun aber würde er ihr Freude machen, wenn er es morgen thäte, oder ihr erlaubte, es zu thun. Schellbergs Heftigkeit nahm mit ihrer Kälte zu. Er riß an ihrem Herzen mit Gewalt, um die Eisrinde, die es umgab, zu durchbrechen; er sprach von seinem Glük, von seinem Frieden – Du hast Recht, den habe ich zerstört, und das ist mein Verbrechen; ich kann es heute nicht wieder gut machen, also habe Schonung, und laß mich nun frey – Sie klingelte der Magd; Schellberg sah sie schwankend hinausgehen: ein Theil seiner Wuth legte sich bei diesem Anblik – er gieng in der unberathensten Spannung im Zimmer umher; er fühlte nun, daß er als gemeiner Ehemann mit einer Heftigkeit, welche nur der Liebe und von der Liebe verziehen werden kann, gehandelt hatte, und als gemeinem Ehemann hatte ihm Sophie zu solcher Heftigkeit keinen Anlaß gegeben. Endlich begab er sich in das Schlafzimmer. Er hörte Sophien schnell und schwer athmen; er trat vor ihr Bett – sie saß, ihr Blik flammte, ihre Brust hob sich, vergeblich Luft suchend. Er faßte ihre Hand, sie glühte trokken und steif – Sophie, Du bist krank, sagte er erschüttert – Das wird auch vorübergehen, antwortete sie gleichgültig – Er fragte nach diesem, nach jenem Mittel; die Magd brachte eine Tasse; Sophie zeigte schweigend, was sie brauchte, und bat ihn dann, sie ruhen zu lassen. Schellbergs glükliches Temperament begrub seinen Schmerz in Schlummer. Bei'm Erwachen fand er Sophien in schmerzhafter Spannung von heftigen Bruststichen; er bat sie, nach dem Arzt schikken zu dürfen, sie willigte ohne Theilnahme ein.

Der Doktor Ernst kam; Sophie war allein, er fand sie sehr schlimm. Die Brustentzündung hatte sich erklärt; die Zerstörung der Maschine war vollendet. Von dem, was so unselig zusammengetroffen war, um sie zu vollenden, konnte Sophie nur das wenigste ihrem Arzt berichten; aber er sah sie an, und schüttelte den Kopf über den kalten Blik ihres fieberhaften Auges. Er verrichtete eine Aderlaß, die er für unverzüglich nöthig hielt, sogleich selbst. Wie die Ader geschlagen war, fragte er, immerfort die Kranke beobachtend: wo ist denn Herr von Schellberg? – Sophie fragte mit den Augen ihre Magd, die das Becken hielt. Er hat sich seit einer Stunde mit Herrn von Lehrbach eingeschlossen, antwortete das Mädchen. Sophien fuhr die Nachricht wie ein glühendes Eisen durch das Herz: die Ader stokte einen Augenblik, und den nächsten darauf schoß das Blut über das Bekken hin. Der Doktor sah tiefsinnig aus; nach dem Verbande stellte er sich still an das Fenster: Sophie sprach eben so wenig. Die Aderlaß hatte sie auf einen Augenblik abgespannt. Die Unterredung ihres Mannes mit Lehrbach durchdrang sie mit Schrecken: ihr stolzes Herz brach hülflos, stumme Thränen flossen über ihre geschwollene Augenlieder – Gestern bei der traurigen Entwickelung der Komödie im Schauspielhaus hatte sie zulezt geweint; so spät erst weinte sie nun wieder bei der Entwickelung der Komödie ihres Lebens! So dachte sie bitter, und berechnete, wie bald der Vorhang wohl fallen könnte.

Der Doktor verordnete noch einiges; ehe er gieng, trat er zur Kranken: Alles, was ich Ihnen sagen kann, liebe Frau, ist, daß Ruhe allein Sie zu heilen vermag; daß sie Ihnen Pflicht ist, müssen Sie fühlen – Sophie lächelte matt, schüttelte den Kopf, und legte die Hand auf die Brust, als wollte sie zu verstehen geben, daß das Übel mächtiger als ihr Wille wäre.

Als der Doktor fort war, hörte Sophie, daß ihr Mann schon dreimal gefragt hätte, ob sie allein wäre, und im nämlichen Augenblik trat er mit Lehrbach in das Zimmer. Er führte ihn an das Bett – Wir sind Freunde, Sophie, sagte er; so unwürdig ich gestern deiner Liebe war, so frei darf ich jezt vor Dir erscheinen, denn ich verstehe Dich: ich weiß, daß ich alle Schuld hatte – Jeder Athemzug der Kranken war stechender Schmerz; aber das Leben der Seele überwog jezt noch des Todes reissende Fortschritte: sie legte ihre Arme um Schellbergs Hals, und sprach leise und innig zu ihm, in seinen Busen verstekt. Dann strekte sie Lehrbach ihre Hand entgegen – er war der sterbenden Hand würdig; seine Erklärung mit Schellberg war offen, und männlich gewesen; er hatte sich gewaltsam gefaßt auf das, was der nächste Augenblik bringen würde: jezt sah er das Blut, das noch den Boden beflekte, hörte Sophiens keuchenden Athem – er faßte ihre Hand, und hielt sie fast kniend an seine Lippen. Lehrbach, sagte sie, ich weiß, Sie lieben mich aufrichtig; ich glaube, Sie hätten immer edel mit mir verfahren – allein so wie jezt unsre Verhältnisse waren, führten sie uns auf Irrwege. Ihr Herz, und mein schwärmendes, unbegrenztes Gefühl, das allen gefährlich ist, müßten uns doch trennen, wenn auch – Hier unterdrükte sie Worte und Thränen, nahm Lehrbachs und ihres Mannes Hand, legte beide Hände zusammen, wollte reden – drükte aber nur die benezten Augen auf die Hände, die sie hielt. Die Männer waren stumm. Schellberg weinte still, und unterstüzte mit einer Hand die matte Kranke. Nach langem bangem Schweigen hob Sophie den Kopf, und hielt nur Lehrbachs Hand: Leben Sie wohl, lieben Sie mich – sehen Sie ihn oft! – Jezt stürzte Lehrbach überwältigt vor dem Bett nieder, und verhüllte sein Gesicht. Schellberg rief: Nein, Sophie! Er soll wiederkommen, oft wiederkommen – nicht diese Feierlichkeit! Laß uns unter deinen Augen gut, Brüder, Freunde seyn – Lehrbach, fiel Sophie ein, Sie gehorchten mir früher; Sie sind mir Gehorsam schuldig – seyn Sie rechtschaffen, seyn Sie glüklich – Sie drükte seine Hand an ihren Mund; Lehrbach eilte zur Thür hinaus, und betrat das Haus nicht wieder, bis er folgenden Zettel von Schellberg erhalten hatte:

»Sie ist todt – Sie sind unglüklich wie ich, schuldig wie ich, sind ihr Vermächtniß an mich. Man behandelt mich wie einen Rasenden – wäre ich's, so wäre ich glüklich.«

Lehrbach sah sie im Sarg, geleitete sie zum Grabe, ward Schellbergs unzertrennlicher Freund, und der Gesellschafter seiner Kinder; mit diesen, von diesen, lernte er Sanftheit, aber kein Glük: das war auf immer aus dem Hause entflohen. Sich nach dem Tode sehnend, folgte Schellberg dem Rufe des Kriegs. Lehrbach blieb als Pflegvater der Kinder. Der Doktor Ernst, welcher oft der dritte Freudenlose in dem Zirkel gewesen war, sagte zu Lehrbach: Sophiens Schwester vertritt Mutterstelle bei den Kindern, sie liebte nie etwas, als ihre Schwester, jezt nichts, als ihre Grabstätte; sie wird in Ihnen Sophiens Vermächtniß lieben. – Lehrbach ward des Mädchens Gatte, ehe Schellberg zur Armee abreiste; er hat Sophiens Kinder bei sich; der lezte Brief ihres Vaters nahm am Tage einer Schlacht von ihm Abschied.

1798

Sophie Mereau

Marie

Anton Renard hatte es auf mehrern musikalischen Instrumenten zu einer seltenen Fertigkeit gebracht, und sich in verschiedenen Gegenden Deutschlands Ruhm erworben. Er war mit grosen Ansprüchen in die Welt getreten; seine Talente schienen ihn dazu zu berechtigen; aber ein feindseliges Geschik lastete auf ihm, wies seine Ansprüche zurück, und zerknikte seine schönsten Hofnungen. Mit seiner Jugend schwand sein Muth, im Kampf mit seinem Schiksal als Sieger da zu stehen; sein einziges Ziel war Ruhe, und mit den Trümmern eines kleinen Vermögens, flüchtete er in die Dunkelheit eines Dörfchens, wo ein kleiner Maierhof ihm Unterhalt und Beschäftigung gab. Bald dünkte es ihm als sei diese Lage ganz eigen für ihn gemacht; er kannte keine andere Sorge, wie die Beschäftigung des Tags, keinen andern Wechsel, als den der Jahreszeiten, den er mit der ganzen Natur zugleich empfand, keine andere Freude, als, die Früchte seiner Arbeit zu ernden. Seine Instrumente hatte er in einen öden Winkel seines Hauses verwiesen, wo er sie nur zuweilen, mit mitleidigem Lächeln, als die Monumente seiner ehemaligen Träume und grosen Erwartungen betrachtete. Die Briefe, die er in der ersten Zeit, noch von wenigen Bekannten erhalten, hatte er alle unbeantwortet gelassen; und außer einigen wenigen Lieblingsbüchern alle Lectüre ganz aus seinem Leben verbannt. »Was hilft das Lesen?« sagte er zu seinem Nachbar und Freund, dem Prediger des Dorfs, dem einzigen aus höhern Ständen, mit dem er umzugehen pflegte, »eine einzige selbst gemachte Erfahrung wiegt ganze Bände von gedrukter auf, und eine beschriebene Empfindung kömmt mir immer wie ein gemahltes Feuer vor. Es ist eine sonderbare Eigenheit unsers Zeitalters, daß wir unsere Empfindungen so bald als möglich dem Verstand übergeben, sie, indem wir sie aufschreiben, gleichsam von unserm Wesen trennen, und nun auf dem Papier als fremdartige Erzeugnisse wieder geniessen wollen. Aber es ist gewiß, daß dadurch die Wärme, die uns im wirklichen thätigen Leben beseelt, und beseelen soll, viel dabei leidet, und daß wir selbst unserm Herzen seine Nahrung entziehen, um damit in einer fremden Form unsern Verstand oder unsere Eitelkeit zu beköstigen.« – So hatte er sich selbst von der ganzen übrigen Welt geschieden; er lebte bloß für die Gegenwart, und nur die Sorge für ein einziges Kind entlokte ihm zuweilen einen ängstlichen flüchtigen Gedanken an Welt und Zukunft. Marie, seine Tochter, entfaltete sich lieblich im Schatten der Einsamkeit. Das einzige Bestreben ihres Vaters ging dahin, ihre Körper- und GeistesKräfte im Gleichgewicht zu erhalten, ihr in allen Fällen des Lebens eine kühle schnelle Besonnenheit zu verschaffen, ihr Gemüth für ein thätiges, aber einfaches Leben zu stimmen, und wo möglich alles Blendwerk der Phantasie und des Gefühls auf ewig von ihr zu entfernen. So verbarg er, als sie älter ward, selbst seine Instrumente, die er jedoch, wie ein verlassener Liebhaber das Bild der Geliebten, immer aufbewahrte, und in dem besten Zustande erhielt, mit noch größerer Sorgfalt wie bisher, damit nicht vielleicht durch sie, irgend ein schlummernder Trieb in ihrem Herzen geweckt werden möchte. »Talente«, sagte er, »geben Ansprüche an die Welt, und mit diesen ist man fast immer unglüklich.« Indessen bemerkte er, der nur durch allzu lebhafte, eigene Gefühle so mistrauisch gegen fremde Empfindungen war, und die Erfahrungen anderer nicht achtete, weil er die seinigen allzu theuer erkauft hatte, Anton bemerkte es nicht, daß er Marien denken lehrte, indem er ihr bewieß, daß denken schädlich sey, und daß sie fühlen lernte, indem er sie gefühlvoll vor den Gefahren eines fühlbaren Herzens warnte. Doch günstige Umstände übernahmen, was er wohl schwerlich ausgeführt hätte. Gesunde Luft, freie Bewegung, schöne Natur, und innerer und äußerer Friede, bildeten an Marien, und erzogen sie zu einem heitern mit sich selbst harmonischen Geschöpf. Ihr Leben war ein klarer Bach, über den sich säuselnd, wie blühende Zweige, die sanften Ahndungen der Jugend herüber bogen, und sich darinnen spiegelten. Bäume, Blumen, Vögel und Lüfte waren die Gespielen ihrer Freude, und vertraten die Stelle der Lectüre, des Unterrichts, des geselligen Umgangs. Ihre Phantasie, durch Einsamkeit und Natur geweckt, umflatterte mit leisen Schwingen die Würklichkeit; jugendlich froh, und leicht wie sie war, strebte sie, diese immer mehr zu verschönern, und natürlich, daß durch dies Bestreben auch das Gleichgültigste um sie her, ein heiteres idyllisches Ansehen gewann. Doch kamen auch Stunden, wo sie nicht ganz glüklich war. Marie hatte von der Natur jene Zartheit des Gefühls empfangen, die sich gern und leicht zu einer höhern Bildung empor hebt; und daß kein günstiger Hauch der Umstände diese Blüthe entfalten wollte, war der einzige Schmerz, den sie, ohne seinen Grund zu kennen, in gewißen Momenten empfand. Wenn sie auf ihren einsamen Spaziergängen nach der Ferne hinsah, wo ein blaues Gewölk die Welt verschloß, war ihr oft, als rief ein geheimer Zug sie dahin. Das Spiel des Lebens und des Herzens rauschte wie eine ferne Musik vor ihrer Seele vorüber, und eine dunkle Ahnung vor den Entwickelungen und Äußerungen der Gefühle, die sie jezt noch ungeübt und unzertheilt in sich verschloß, ergriff ihr innerstes Wesen.

Marie war siebzehn Jahr alt geworden, und alle Einwohner des Dorfs bekannten einmüthig: Sie sey die Krone aller schönen Mädchen ihres Orts – für sie die Welt. An einem lauen

Abend gieng sie mit ihrem Vater durch die wogenden Kornfelder, wo sie nach vollbrachter Arbeit den Lohn ihres Fleißes in froher Ansicht des reifenden Segens genoßen, und heiter der nächtlichen Ruhe entgegen träumten, als ein ängstliches Rufen ihre Aufmerksamkeit erregte, und sie bald darauf ein paar scheu gewordene Pferde, mit dem Vorderteil eines Wagens queer durch das Feld laufen sahen. Sie eilten nach der Stelle hin, woher sie sie hatten kommen sehen, und fanden nicht weit davon mit den Trümmern eines Wagens einen jungen Mann um ein Frauenzimmer ängstlich beschäftigt. Mitleidig traten sie näher und boten theilnehmend ihre Hülfe an, die auch mit Freuden angenommen ward. Die Dame hatte sich beim Umwerfen den Arm stark beschädigt, auch einige leichte Wunden am Kopf, und schien viel zu leiden. Sie brachten sie so sanft als möglich, nach Antons Haus, wo die heilsamen Umschläge, die er anordnete, und Mariens sorgsame Pflege ihre Schmerzen bald linderten. Antonie von Lauben, so nannte sich die Fremde, reiste aus der Stadt nach einem noch ziemlich fern gelegenen Landgute hin, das eine ihr bekannte Familie bewohnte. Sie wäre gern so bald als möglich weiter gereißt, da aber ihr Wagen nicht so geschwind wieder hergestellt werden konnte, und ihr Bedienter noch stärker als sie beschädigt worden war, so sahe sie sich genöthigt, noch einige Tage bei ihren freundlichen Wirthen zu verweilen.

Antonie zeigte in ihrem Ansehen, ihrer Kleidung und ihrem Betragen alle Reize der höhern Stände; eine schöne hohe Gestalt, ein liebliches Colorit und ein leichtes gebildetes Wesen machten sie in hohem Grade liebenswürdig. – Ihre Erscheinung versezte Marien ganz außer sich selbst; sie konnte sich an Antonien nicht satt sehen, ihre Gestalt, ihr Ton, ihr Betragen erwekten ganz neue Bilder in ihr; es war das erste gebildete Wesen, das sich auf ihrem Wege fand, und sie zweifelte nicht, daß es das vollkommenste sey, was sich denken ließ. Antonie begegnete ihr mit bezaubernder Huld; Mariens Unerfahrenheit, ihre Offenheit, ihre Wünsche verbreiteten ein freundliches Licht auf ihre eigenen Vorzüge, und das angenehme Gefühl von Überlegenheit trug nicht wenig dazu bei, sie recht herzlich für Marien einzunehmen. Marie hing an jedem ihrer Blicke; die Kenntnisse, welche Antonie im Gespräch zeigte, die Gemälde aus der Welt, womit sie sie unterhielt, die Sicherheit, mit der sie von Vielem sprach, was sie selbst kaum verworren zu denken wagte, alles schien ihr unerreichbar, und doch so leicht!

Ganz andre Eindrücke, ganz andre Rührungen bewegten indeß das Herz des alten Renards. Ein längeres Beisammenseyn hatte auch die Verhältnisse des jungen Mannes näher enthüllt; und er stellte sich als ein junger Virtuose dar, der als ein älterer Bekannter des Fräuleins, teils zu ihrer Bedeckung mitgereißt war, teils um durch seine Kunst die adliche Familie, wohin sie reisten, zu unterhalten. Brandem, so nannte er sich, hatte ein bedeutendes, scharfgezeichnetes Gesicht; er war mehr intereßant, als liebenswürdig, mehr für das Herz als für die Phantasie; er zeigte KünstlerWärme, und KünstlerStolz in seinem etwas düsterm Blick, und Begeisterung und drückende Kälte in seinem Gespräch, je nachdem eine der verwandten Saiten in seiner Brust, die eben nicht allzu flach lagen, berührt worden war. Menschen dieser Art wirken durch die ersten Eindrücke mehr auf die Menschenkenner, als auf junge bewegliche Herzen, die den schönen Schein mehr achten, als alles andre, und erst durch Spiele zu einer würdigern Beschäftigung geweiht seyn wollen. Auch hatte er Mariens Aufmerksamkeit im geringsten nicht erregt, so sehr sie dagegen die seinige gespannt hatte. Ihre Jugend, ihre Anmuth, ihre gänzliche Unbefangenheit erquikten ihn, wie der Anblik eines schönen, ganz rein gestimmten Instruments, worauf der Künstler die süßesten Harmonien seiner eigenen Seele verschönert wieder zu vernehmen hoft.

Anton fühlte sein Herz, das seit langer Zeit gegen alle

fremde Eindrücke verschloßsen geblieben war, auf eine wunderbare Weise, eröfnet und erwärmt. Das Bild seiner eigenen Jugend mit allen ihren fröhlichen Hofnungen und Ansichten, trat wie ein Rosengewölke vor seine Seele, und zog ihn mit süßer Gewalt an die Brust des jungen Künstlers hin. Bald waren die Berührungspunkte gefunden, die verwandten Ideen begegneten sich, und der Strom der Sympathie wallte frei durch die geöffneten Herzen. Anton, der bis jezt, vielleicht nur aus Mangel der Gelegenheit, sein Mißtrauen so hartnäckig behauptet hatte, glaubte in dem bestimmten, düstern Blik, dem ernsten, gesezten Wesen seines jungen Geistes hinlängliche Rechtfertigung für seine Offenheit zu finden; und als dieser bei dem gehabten Unfall nichts so sehr beklagte, als den Verlust einer schönen Viole d'Amour, die durch das Umwerfen des Wagens zerbrochen war, konnte er sich in der Freude seines Herzens nicht enthalten, nach einigen kleinen Bedenklichkeiten, zu der geheimnißvollen Kiste zu gehen, und aus seinem verstekten Schatze ein ähnliches Instrument hervor zu holen. Brandem war entzükt, und spielte schöner, als je, so daß er beinah seinen eigenen Beifall errang, das seltenste und liebste, was ihm begegnen konnte. Als er geendigt hatte, fragte er Antonien, ob sie ein Duett mit ihm singen wollte? Sie willigte ein, und beide sangen mit schönen biegsamen Stimmen und reinem, gefälligen Ausdruke mehrere Duets von Mozart und andern vortreflichen Meistern. – Marie war in eine andere Welt versezt. Diese ersten harmonievollen Töne durchschauderten ihre Seele mit wunderbaren, nie gefühlten Anklängen, und die ersten Stralen der Kunst wekten mit süßer Gewalt ihren schlummernden Bildungstrieb. Sie war noch nie so unruhig, und nie so glüklich gewesen, als jezt, und selbst Antoniens Gestalt ging mit allem ihrem bewunderten Liebreiz in diesen allmächtigen Taumel von neuen, grosen Gefühlen und Ahnungen unter.

Indessen waren bei Antonien alle Hinderniße ihre Reise fortzusetzen, gehoben; und Marie mußte sich von ihrer neuen Bekanntschaft, unter Ströhmen von Thränen verlassen sehen. Antonie glaubte, die ihr erwiesenen Gefälligkeiten nicht besser belohnen zu können, als wenn sie mit der ihr eignen Anmuth, den alten Renard ersuchte, ihr, wenn sie in die Stadt zurükgekehrt seyn würde, seine Tochter auf einige Zeit zu überlassen. Anton versprach es, weil er unnöthige Erklärungen haßte, aber es fiel ihm nicht ein, es halten zu wollen. Der junge Künstler sagte ihm ein bedeutendes und zärtliches Lebewohl, und begnügte sich Marien durch ein paar ausdruksvolle Blike, deren Sinn sie nicht verstand, seine Gefühle zu gestehen. – Marie fühlte sich nach dieser Trennung in den sonderbarsten Zustand versezt. Sie war so beschäftigt, und doch so leer. Alles um sie her war Gesang und Melodie, aber nur schwermüthige Töne, wie die Stimmung ihres Herzens sie angab, athmeten durch die Natur. Das Bild der grosen Welt war in ihrer Phantasie mit der gehörten Musik wunderbar verschmolzen und verknüpft. Auf ihren einsamen Spaziergängen im Buchenwäldchen und durch die Saatfelder schwebte jezt ihr bildender Sinn nicht mehr mit zahmem Flug um die einförmigen Scenen der Gegenwart; wie ein dem Käfig entflohener Vogel war er unaufhaltbar in die Ferne geflogen, und suchte sich mit unermüdeter Emsigkeit die Nahrung, die sein Instinkt ihm anzuweisen schien. Ihre gewohnten Beschäftigungen befriedigten sie nicht mehr, und leicht hätte sie sich damals einem Unmuth hingeben können, der über ihr ganzes künftiges Leben vielleicht ein trübes Colorit gehaucht haben würde, wenn nicht die Hofnung, der Jugend holde Begleiterin, sich ihrer angenommen, und in dem Nebel des Künftigen fröhliche Gestalten hingezeichnet hätte. Ihre liebste Aussicht war freilich, daß ihr Vater Antoniens Verlangen wohl noch nachgeben und die erwünschte Reise bewilligen möchte, aber außer dieser hatte sie auch noch eine andere nähere, die sie bei dem ersten günstigen Augenblik zu benutzen gedachte. Anton hatte damals, als er seinem jungen Freund das Instrument geholt, in der freudigen Verwirrung seines Herzens nicht daran gedacht, das Daseyn dieser verborgenen Schätze vor den Augen seiner Tochter so sorgfältig, wie bisher zu verbergen. Marie hatte alles gesehen, sich alles genau gemerkt, und als ihr Vater ihr nachher keine befriedigende Auskunft darüber geben wollte, bei sich beschlossen, sich eigenmächtig in den Besiz dieses Geheimnißes zu setzen. Der erste Tag, wo Anton durch seine Geschäfte vom Haus entfernt gehalten wurde, ward dazu benuzt. Alles glükte, und Marie flüchtete mit einer da gefundenen Laute in ein dichtes nicht fern gelegenes Gehölz, wo sie ahndungsvoll unbekannte seelige Genüße zu finden hofte. Hier suchte sie sich eine der romantischsten, einsamsten Stellen der Gegend aus. An dem hohen etwas steilen Ufer eines lebendigen, klaren Gewässers strekte sich sanft ein kleiner bemooster Hügel hin, den eine Gruppe von dunkeln Bäumen umgab, und vor neugierigen Bliken wie vor Sonnenstralen verbarg. Ein dichtes Gebüsch, begränzte an der einen Seite den schnell gewandten Fluß, und eine weite Aussicht auf der andern verstattete der Einbildungskraft das freiste Spiel. Der Fluß strömte heiter, als eilte er den Umarmungen einer Geliebten entgegen, dem Ufer zu, aber spröde, gefühllose Klippen stiessen ihn zurük, und zürnend mit sanftem Geräusch wallte er seitwärts. – Hier war es, wo sich Marie verbarg, wo ihre Finger zum erstenmale die Saiten durchirrten, und mit ungewißen Versuchen jene geliebten, ihr stets gegenwärtigen Töne nachzubilden strebten. Nach einiger Bemühung gelang es ihr, eine unvollkommne Ähnlichkeit hervorzubringen, und sie vermählte bald die ungewißen Accente ihrer biegsamen Stimme mit den Tönen der Laute. Welche Wollust, welcher nie beschriebene Genuß lag in diesen Momenten! – das erwachte, zum erstenmal sich übende Talent ahndete mit süßem Schauer sein eigenes Daseyn; seine kindliche Unerfahrenheit verbarg ihm die Gränzen der Kunst, und es betrat mit kühnem Schritt den Weg ins Unendliche! – Marie war nun glüklicher, obgleich nicht so zufrieden mehr, wie vormals. Eine neue Welt blühte um sie her auf, aber eine Welt voll Erinnerung, Sehnsucht, Verlangen und Wehmuth. Alle ihre einsamen Stunden widmete sie nun den Versuchen, die sie immer mehr und mehr in das Feenland der Harmonie und der Gefühle hinein zauberten, bis endlich, da ihre Fortschritte merklicher wurden, sie ihre glüklichen Gefühle nicht mehr allein zu geniessen vermochte. Sie beschloß ihrem Vater ihre Schuld und ihre Freuden mitzutheilen, und stellte sich, als er an einem schönen Herbstabend, von seiner Arbeit ruhend, in der noch dicht belaubten Buchenlaube seines Gärtchens saß, in einiger Entfernung hinter dieselbe, wo sie mit bebender Hand, und lieblicher, aber bewegter Stimme ihre gelungenste Melodie vorzutragen begann. – Antons Überraschung übersteigt allen Ausdruk, er eilte, sich durch seine Augen zu belehren, ob sein Gehör ihn täusche, oder nicht; und als er Marien mit schüchternem aber sanft berauschtem Blik und milder Erröthung, in ihrem Arm die Laute, sah, überflogen ihn seltsame Regungen. Er wollte zürnen – aber wie hätte ihn der Anblik seines einzigen, geliebten Kindes, von dessen süßen Lippen, Töne in seine Brust geströmt waren, die die schönsten Bilder derselben löseten, nicht besänftigen – nicht entzücken sollen? – Nein! es war vergebens! – der unwiderstehliche Zauber der Harmonie und der Erinnerung zerbrach die Rinde, die sein Herz umschloß; ihr Talent war unverkennbar, und wie hätte er dem Göttlichen, das sich unter seinen Schuz begab, nicht freien Aufwuchs verstatten sollen? – Er selbst lehrte nun Marien ihre natürlich harmonische Stimme in reinern Accenten zu ergiesen, und mit ihren Melodien die Forderungen der Kunst zu befriedigen. Mit welcher Leichtigkeit, mit welcher Lust betrat Marie die angewiesene Bahn!

wie süß kürzten sich ihrem Vater nun die arbeitslosen, der Ruhe geweihten Stunden! in welcher lieblichen Gestalt sah er seine erste Jugend mit ihren Ahndungen in dem geliebten Kinde ihm wieder erscheinen! Eine freundliche Sonne war aus dem trüben Gewölk seines Lebens hervorgebrochen, und bestreute mit himmlischen Farben den Abendhimmel seiner Tage. Was er bisher so sorgfältig geflohen, ward ihm Quell der schönsten Genüße.

So war der Winter beinah vorüber, und Marie glaubte, die geliebte Hofnung zu Antonien zu reisen, ganz aus ihrem Herzen verweisen zu müssen, als an einem Morgen, da sie allein eine Unterweisung ihres Vaters wiederholte, Brandem zu ihr hereintrat. Der Gedanke, welche Nachricht ihr sein Anblik verkündigte, flog pfeilschnell durch ihr Herz, und durchglühte sie mit freudigem Erschrecken. Brandem hatte sie nie so reizend gesehen; er bemerkte mit Erstaunen die Laute in ihrem Arm, und bat sie nach einer kurzen Erläuterung, ihn eine Probe ihrer Geschiklichkeit hören zu lassen. Sie tat es mit anspruchloser Gefälligkeit, und Brandem fühlte, wie der Entschluß, mit dem er gekommen war, mit jedem Augenblicke an Lebhaftigkeit und Stärke zunahm. – Anton war nun herbei gekommen, und freute sich des willkommnen Besuchs, über dessen Endzwek sich übrigens Marie nicht betrogen hatte. Der junge Künstler hatte von Antonien, bei welcher er Mariens Andenken auf mancherlei Art immer lebendig zu erhalten gewußt hatte, wirklich den Auftrag, Marien zu ihr in die Stadt zu begleiten, und ein artiger Brief von ihr erinnerte Anton an seine dazu gegebene Einwilligung. Anton lächelte, als er dieß las, und trug kein Bedenken, da Marien eben einige häusliche Geschäfte entfernt hielten, Brandem seine vollkommenste Abneigung gegen diesen Vorschlag zu erklären, und wie er entschlossen sey, seine Tochter, fern von dem Geräusche der Welt an die stille Sphäre eines einfachen, unbekannten Lebens zu gewöhnen, und fest zu halten; Brandems Blik erheiterte sich, und mit schöner Rührung sagte er: »Ich habe nichts, teurer Mann, was meinen Worten Beglaubigung und Nachdruk geben kann, als den Glauben an mich selbst und das Vertrauen auf Ihre Menschenkenntniß. Aber beides ist so stark, daß ich fest hoffe, Sie betrachten mich schon jezt als einen Menschen, der nach vieljährigem Umgang eben so bleibt, wie er sich von dem ersten Augenblik an gab. Ihre Tochter hat einen unauslöschlich tiefen Eindruk auf mich gemacht. Mariens natürliche Güte, ihre hohe Unverdorbenheit bei so viel Anmuth und Reizen war mir eine Erscheinung, die in der Würklichkeit zu finden, ich kaum zu hoffen wagte, und die ich außer ihr gewiß nicht finden werde. Wäre es möglich, daß Marie ewig in ihrer Einsamkeit, und von aller Bekanntschaft mit der Welt entfernt bleiben, und daß ihr thätiges Gemüt und ihre Talente dennoch die Wirksamkeit und die Ausbildung erhalten könnten, die sie fordern, so würde Ihr Plan untadelhaft seyn; aber wie ist dieß möglich, und wie können Sie auf der andern Seite dafür stehen, daß nicht ungünstige äußere Umstände Ihr Kind einst unvorbereitet in die Welt werfen? – Machen Sie jezt von der Gelegenheit, die Marien mit Menschen mancherlei Art in Verhältniße bringen wird, Gebrauch, und vertrauen Sie mir die Sorge für ihr Schiksal. Wie ihr schützender Genius will ich sie umgeben, und mit sorgsamer Liebe über sie wachen. – Ich habe nicht Eitelkeit genug, um zu glauben, daß sie jezt günstig für mich fühlt, und wage es kaum, die schöne Hofnung ihrer Liebe, die mich ganz glüklich machen würde, in mir zu nähren. Es wäre ungerecht und grausam, die freie Entwickelung dieses schönen Gemüths im geringsten beschränken zu wollen. Mögen ihre Gefühle alle sich in ihrer vollen Freyheit entfalten, und die schöne Blüthe ihres heitern, phantasievollen Geistes nie unter der Bedrückung einer fremden Vernunft untergehen! – ihr zarter Sinn wird sie immer auf der Bahn des wahren Schiklichen festhalten, und wie auch ihr

Herz entscheidet, so wird die Sorge für den innern und äußern Frieden ihres Lebens ewig meine liebste Sorge bleiben. – Der Moment wird nie kommen, der meine innigste, uneigennützigste Liebe von diesem holden Geschöpfe losreißen wird.« – Die schöne Röthe der Wahrheit überflog bei diesem Worte Brandems ernste Züge, indeß das Feuer seiner Gefühle und seine immer steigende Rührung sich sympathetisch dem Vaterherzen mitgetheilt hatten. »Nun wohl«, sagte Anton mit herzlichem Ausdruk, und sanft bewegtem Blik, »ich vertraue Ihnen mein Kind an; aber bedenken Sie, daß es das einzige Glück eines zärtlichen Vaters, die lezte Freude eines verlassenen Herzens ist.« Noch mancherlei Bedenklichkeiten kamen zur Sprache, aber das Resultat des Gesprächs blieb, daß Marie die Reise zu Antonien unternehmen sollte. Kaum erfuhr sie, was über sie beschlossen war, als ein Schauer von ganz anderer Art, als bei Brandems Eintritt, ihr Innerstes durchrann. Jezt da sie ihren sehnlichsten Wunsch erfüllt sah, da ihre verlangende Phantasie sich durch die nahe Befriedigung zum Schweigen gebracht fühlte, war es natürlich, daß die Vorstellung ihren Vater und ihr Dörfchen zu verlassen lebhafter und beunruhigender hervortrat. Manches drängte sich jezt vor ihre Einbildungskraft, worüber sie bisher leichtsinnig hinweggesehen hatte. Manches heimliche, romantische Pläzchen, manche stille, zufriedene Stunde, mancher einfache ruhige Genuß erhielt jezt ein Gewicht auf der Waage des Gefühls, das sie nicht geahnet hatte. Von Gefahren, die ihrer Ruhe drohen, Kränkungen, die ihrer Eigenliebe widerfahren, Eindrücken, die ihr Herz verletzen könnten, hatte sie keine deutliche Vorstellung, und wenn ja die Erinnerung an manches, was sie durch Antonien oder ihren Vater vom Leben in der Welt erfahren, ihr eine dunkle Ahndung davon gaben, so dünkte es ihr etwas leichtes, sie zu vermeiden, oder ihnen mit Kaltsinn zu begegnen.

Der zur Abreise bestimmte Morgen erschien. Anton sagte

dem geliebten Kinde wenig, aber bedeutungsvolle Worte, die das Bild des scheidenden Vaters auf ewig mit stiller Glorie in ihrer Seele feststellten. Je weniger er von ihr forderte, desto mehr versprach ihr Herz, ihm zu halten. Ein banges, beklommenes Gefühl, das sein festes Vertrauen auf Brandem, und sein einmal gefaßter Entschluß nicht zerstreuen konnten, lag wie ein dunkles Gewölk auf Antons Seele, und umzog auch Mariens heiteres Gemüt. Ängstlich und stumm hing sie am Hals ihres Vaters; zögernd stieg sie in den Wagen, der flüchtig mit ihr dahin rollte. Aber indem das bekannte Dörfchen mit seinem düsternen Kirchthurm und ruhigen Hütten vor ihren Bliken verschwand, und eine neuè Welt allenthalben wie aus Nichts hervorsprang, da zertheilten sich die Wolken, die Thräne versiegte auf der erheiterten Wange, der freundliche Gedanke des Wiedersehens erheiterte den Blik des scheidenden Vaters, und die Vorstellung dessen, was dazwischen lag, durchschauerte ihr Herz mit freudiger Erwartung. Je weiter sie kamen, je mehr erheiterte sich ihr Sinn. Es war ein heller, freundlicher Wintertag. Ein sanfter Silberglanz schwebte über der Gegend, und wie mit dem reinsten Crystall übergossen, schimmerten Bäume und Pflanzen aus dem zarten Nebelduft hervor. Marie hatte die Welt noch nie so schön, und sich selbst noch nie so gern in dieser schönen Welt gesehen, als jezt. Ein heiteres Licht goß sich aus ihrem Herzen über alle Gegenstände hin, und mit der liebenswürdigsten Zuversicht, die Unerfahrenheit und glükliches Naturell nur verleihen können, ging sie der Welt entgegen, die in jeder Rüksicht neu für sie war. Ihr Begleiter bot alles auf, um die Unterhaltung für sie so angenehm und nüzlich als möglich zu machen. Er unterhielt sie mit der Schilderung verschiedener der Personen, die sie kennen lernen sollte, und fieng schon hier an, ganz neue Ansichten und Begriffe in ihr zu entwickeln. Marie schenkte ihm eine ungetheilte Aufmerksamkeit. Durch das sichtbare seltene Zutrauen ihres Vaters, und durch die Art, wie er sich immer über ihr geäußert hatte, war schon längst eine tiefe Achtung und eine grose Meinung von seinem Werthe in ihr entstanden, und dieser Tag begründete das schönste Gefühl eines kindlichen festen Vertrauens zu Brandem in ihr. Als sie ihm diese Stimmung mit der rührendsten Unbefangenheit und fröhlicher Wahrheit darstellte, da durchwallte ein seeliges Gefühl seine Brust, und schon schwebte ein glühendes Bekenntniß seiner eigenen Empfindungen auf seinen Lippen. Aber, seinen Grundsätzen getreu, hielt er sich zurük, und sagte so wenig gespannt, als ihm möglich war: »Betrachten Sie mich immer, als ihren wärmsten Freund, theuere Marie! Gewähren Sie mir die süße Genugthuung, daß Ihr Herz in allen Fällen diese schöne Offenheit gegen mich erhält, die es im Umgang mit der Welt so oft verleugnen wird, und muß. Dieß einzige versprechen Sie mir, und ich bin glüklich!« – Marie gab ihm freundlich ihre Hand, und heftete einen so hellen, sichern, wohlwollenden Blik auf ihn, daß er fest überzeugt war, in dieser Seele könne nie Verstellung gegen ihn wohnen. Er küßte die geliebte Hand, und hauchte sanft einen glüklichen, glühenden Seufzer über sie hin.

Es war ziemlich spät, als sie in **** ankamen. Die erleuchteten, hohen Häuser, das Getümmel auf den Strasen, alles sezte Marien in Erstaunen. Die muntere Musik eines Tambourins zog durch die Strasen, und hielt bald vor diesem, bald vor jenem Hause still. Die Töne hüpften in ihr Herz. Es war ihr, als thäte sie mit einmal einen Blik in das bunte Gewühl der Welt hinein – und alles war so golden, so begehrungswerth! – sie war voll Unruhe, und wußte nicht warum? Bald gelangten sie an Antoniens Haus, die sie mit vieler Huld empfieng, und in einige erleuchtete, zierliche Zimmer hineinführte. Freundliche Gespräche und Scherze erfüllten die ersten Momente des Wiedersehens. –

Mariens Bild würde vielleicht schon längst in Antoniens Andenken erloschen seyn, wenn es nicht mit so unauslöschlichen Zügen vor Brandems Seele gestanden hätte. Dieser hatte Gelegenheit gehabt, dem Fräulein, der er Unterricht im Singen gab, wichtige Dienste zu leisten, er war im Besiz eines sie unmittelbar angehenden Geheimnißes, und Antonie bemerkte kaum seine Neigung für Marien, als sie mit Freuden diese Gelegenheit ergrif, ihn auf eine feine Art zu verbinden. Auf der andern Seite sehnte sie sich schon längst ein gefälliges Wesen um sich zu haben, das sie zu erheitern, und ihr ihren eigenen Wert fühlbarer zu machen verstünde, wenn fehlgeschlagene Hofnung und gekränkte Eigenliebe sie hier und da verstimmt hatten – und beides glaubte sie von Marien mit Sicherheit erwarten zu können. Ihr Empfang mußte daher so zärtlich seyn, als diese beiden Rüksichten nur immer bewürken konnten. – Marie hatte kaum ein wenig ausgeruht, als Antonie ihr vorschlug, noch diesen Abend den Maskenball zu besuchen; sie versprach sich von dem Eindruk, den dieß glänzende, abentheuerliche Spiel auf Marien machen würde, zu viel Vergnügen, als daß sie es auf ein andermal hätte aufschieben können. Mit gefälliger Zudringlichkeit nöthigte sie ihre verwirrte Freundin, sich einen von ihren Anzügen zu wählen, und Bescheidenheit leitete diese in der Wahl desselben. Ein weiter, schwarzer Schleier bedeckte einen Theil ihrer starken blonden Locken, und ihre helle, freundliche Stirne glänzte daraus, wie der Vollmond aus einem dunkeln Gewölke hervor. Ein einfaches Gewand von derselben Farbe, umfloß in leichten Falten ihre schlanke Gestalt, und erhob ihr reines, zartes Colorit. Sie war sehr reizend, ohne auffallend zu seyn. Ihre dunkeln Augen, ihre Wangen glühten vor Erwartung und unbekannter Sehnsucht. Das alles schien ihr ein Traum, aber der Traum war so süß, und sie wünschte, daß er nie, nie enden möchte! – Auch Antonie hatte diesmal einen einfachen Anzug gewählt, weil sie unerkannt bleiben wollte. Jezt banden sie ihre Masken vor, und fuhren hin. Brandem, der gegen sie bedauert hatte, daß er heute nicht den Maskenball besuchen könne, folgte ihnen bald, in ganz unkenntlicher Tracht.

In welche seltsame, unbeschreibliche Verwirrung gerieth das junge Herz beim Eintritt in den gefüllten Saal! – Ihre Phantasie umgaukelte das bunte Gewühl mit den wunderlichsten Spielen, und unfähig, hier Trug von Wahrheit zu unterscheiden, legte sie eine Bedeutung hinein, die nur der Unerfahrenheit verziehen werden kann. – Sie bemerkte blos; daß auch sie bemerkt werden könnte, fiel ihr mit keinem Gedanken ein. Auch war ihre Kleidung zu einfach, als daß sie unter den vielen glänzenden schönen Gestalten hätte auffallen können. Ihre Eitelkeit blieb ungewekt, doch ihr Gefühl sollte desto stärker erwachen.

Antonie war einige Stunden lang Arm in Arm mit ihr im Saal herumgestrichen, und fieng allmählig an, das Inkognito, welches ihr anfänglich sehr lustig vorgekommen war, herzlich langweilig zu finden. Sie gab sich daher einigen von ihren Bekannten zu erkennen, und da sie Lust bekam, einen Reihen mitzutanzen, empfahl sie Marien indeß der Sorgfalt eines jungen Mannes, der sich eben in ihrer Nähe befand. Sie flüsterte diesem noch ein paar Worte ins Ohr, nannte Marien den Namen Seeberg, und verließ beide so schnell, als sie oft ihren Einfällen zu folgen pflegte. Der junge Mann vollzog seinen Auftrag mit einem leichten und angenehmen Wesen, und sezte sich mit Marien in eine Ecke des Saals, wo sie die bunte, lebendige Masse freier und ungestörter beobachten konnten. Es ward ihm nicht schwer, mit Marien ein leichtes, munteres Gespräch anzuknüpfen, und die kleine Verwirrung, worinn sie sich anfangs befand, zu zerstreuen. Er wußte ihr Gelegenheit zu geben, manchen guten Einfall mit der ihr eignen reizenden Naivetät vorzutragen, und mit der angenehmsten Schüchternheit, die einen natürlich hellen aber wenig geübten Verstand nur immer begleiten mag, manches treffende Urtheil zu fällen. Seeberg hörte ihrer kunstlos wohltönenden Sprache mit einem Gefühle zu, der sanften Rührung ähnlich, womit uns in der Jugend eine zum erstenmal gelesene Idylle von Gesner erfüllt. Von Jugend, Freude und Musik gespannt, gewann Mariens liebliche Gestalt vor seinen Augen immer mehr an stiller Glorie und schmükte sich mit allen den Reizen, die er sich oft, vereint, als sein Ideal weiblicher Liebenswürdigkeit geträumt hatte. So viel tiefe Herzlichkeit der Empfindung, so viel jugendliche Regsamkeit der Phantasie, so viel Scharfsinn bei dem kindlichsten Zutrauen durch einen so reizenden Mund, ein paar so ungewöhnlich schöne geistvolle Augen, ohne die mindeste Anmassung ausgedrückt zu sehen – wie hätte ihn diese Erscheinung nicht befremden und anziehen sollen? – Auf der andern Seite hatte Marie nie ein größeres Vergnügen empfunden, als in diesen Augenblicken. Der feine, gebildete Ton ihres Gesellschafters, sein schönes einnehmendes Äußere, der romantische Duft, womit er seine Empfindungen – selbst empfunden oder nicht – zu überhauchen wußte, erwekte in ihrem Herzen eine nie gefühlte unendlich süße Rührung, die bald in ihrem ganzen Wesen sichtbar ward, ohne daß sie daran dachte, sie zeigen oder verbergen zu wollen. Unvermerkt hatte sich ihr Gespräch von manchen interessanten Gegenständen, auch auf Liebe gelenkt, und Marie ward unruhiger. – »Liebe!« sagte sie mit schüchternem, aber unendlich süßem Blik und Ton – »ich weiß nicht, warum ich erschrecke, wenn ich das Wort von Ihren Lippen höre« – Seeberg, der das schmeichelnde dieser Äußerung fühlte, küßte ihr mit Zärtlichkeit die Hand, und Marie von Neuheit, Lust und der Gewalt der jungen Neigung ergriffen und berauscht, that in diesem trunknen Moment, was ihr Herz ihr eingab, und drükte dem jungen liebenswürdigen Schwärmer, als er sich aufrichtete, einen leichten ätherischen Kuß auf seine Lippen. Seeberg sah sie befremdet an, und seine Weltkenntniß rief auf Momente einige Zweifel in sein Herz. Aber die Unschuld, die er in ihrem Auge fand, die holde Verwirrung über das, was sie gethan, und nicht zu bereuen vermochte, die Planlosigkeit ihres ganzen Wesens – alles dieß widerlegte sie, und erfüllte sein Herz mit Entzücken. Seine frühen Jugendträume, seine geliebtesten, gespanntesten Bilder kehrten auf den Flügeln der Einbildungskraft zu ihm zurük. »Wäre es möglich?« rief er mit verklärtem Blik und unbeschreiblicher Innigkeit, »führt die Liebe mir jezt das Ideal entgegen, wornach mein Herz längst mit unendlicher Sehnsucht verlangte?« – Marie glaubte nie etwas lieblicheres gehört zu haben; eine neue süße Bewegung lokte zärtliche Thränen in ihre Augen, und sie erstaunte bei sich selbst, über etwas weinen zu müßen, was sie doch mit so unendlichem Entzücken erfüllte. Beide fühlten einige Momente lang die schönen, nie beschriebenen Regungen einer jungen, wechselseitigen Neigung, als Antonie auf einmal vor ihnen stand, und sie mit einer leichten Entschuldigung über ihr langes Wegbleiben wieder in die Wirklichkeit herabzog. Sie dankte dem jungen Manne mit einem vertraulichen Wesen für seine Sorgfalt, und bat Marien, weil sie herzlich müde sey, sogleich mit ihr wegzufahren. Sie thaten es, Antonie war übellaunig, schlummerte im Fahren, und gieng in ihr Zimmer, sobald sie ausgestiegen waren.

Marie blieb allein, und überließ sich ganz den lieblichen Träumen der ersten Liebe, und des erwachten Herzens, ohne über ihren Zustand, mit dem sie noch ganz Eins war, weiter nachzudenken. Sie erwachte mit dem geliebten Bild, und kannte kein größeres Glük, und keinen andern Wunsch, als ihn wiederzusehen. Da sie indeß zur Erfüllung desselben durchaus nichts beitragen konnte, so zogen auch andere Gegenstände bald ihre Aufmerksamkeit auf sich. Sie schaute verwundrungsvoll die langen Straßen hinab, und so sehr sie das für sie neue Schauspiel der städtischen Thätigkeit unterhielt, so vermißte sie doch die gewohnte reine Winterluft, die hier in dumpfen Nebeln erstikte. Als sie endlich, dieser Unterhaltung müde, mit Gesang und Spiel die Stunden zu kürzen begann, öffnete sich die Thüre ihres Zimmers, und die holde Erscheinung von gestern trat an Antoniens Hand jugendlich schön zu ihr herein. Aber wie seltsam gemischt war ihre Lage, als ihr Antonie mit heiterm, scherzendem Ton, den Herrn von Seeberg als ihren künftigen Gemahl vorstellte! – Sie warf einen unruhigen, fragenden Blik auf Seeberg, der sich ihr mit einer angenehmen Leichtigkeit näherte, und sich zu ihrer Bekanntschaft Glük wünschte. Seine gleichmüthige Fassung gab ihr einen grosen Theil ihrer Unbefangenheit zurük, aber dennoch blieb in ihrer Brust etwas ihr selbst unerklärliches zurück, das auf ein Mißverhältnis zwischen ihren innern und äußern Verhältnißen hinzudeuten schien. Ihr sehnlichster Wunsch war jezt mit Brandem hierüber zu sprechen, und mit der größten Ungeduld sah sie der Stunde, wo er zu kommen versprochen hatte, entgegen. Er kam zur bestimmten Zeit, Marie blieb mit ihm allein, und ihre ganze Seele ergoß sich nun in vertrautem Gespräch. Mit der größten Genauigkeit schilderte sie ihm alles, was seit gestern in ihr vorgegangen; alles was sie gehört, gesehen, gethan hatte. Brandem, der in seiner Verhüllung sie keinen Augenblik verlassen, sie aufs schärfste beobachtet hatte, war von diesem ersten Beweis ihres unbegränzten Vertrauens, so schmerzlich es ihm auch in anderer Hinsicht war, angenehm gerührt. Er konnte sich über die Natur ihrer Empfindungen nicht täuschen; aber da er die Welt kannte, glaubte er, seinen übrigen Erfahrungen gemäs, eine so schnell gefaßte, flüchtige Neigung werde bald wieder endigen, und hatte Seelenstärke genug, seiner Geliebten dieß erste, freie Spiel der Empfindung grosmütig zu gönnen, und ihrem Glük seine Ruhe, wenigstens für die Gegenwart aufzuopfern. Er begnügte sich also, ihr über Seebergs Charakter einige, der Wahrheit gemäße Bemerkungen zu machen, bestätigte, daß er mit Antonien so gut wie verlobt sei, daß beider Familien diese Heyrath billigten und wünschten, und überließ nun ihrer eigenen Vernunft die Entscheidung, wie sie sich hiebei zu benehmen habe.

Seeberg war ein schön gebildeter junger Mann, der mit einem leichten gefälligen Äußern viel Reizbarkeit des Gefühls, Kenntniße mancherlei Art, und einen fein gebildeten Geschmak vereinte. Verschiedene Eindrücke, die er in den frühern Jahren seines Lebens empfangen, hatten seinen Ideen von Liebe, Glük und Verhältnissen einen romantischen Anstrich gegeben, die mit seinen nachherigen Erfahrungen, und der Sphäre der grosen Welt, worinnen er lebte, oft einen seltsamen Contrast bildeten. Er war noch in dem Alter, wo es nicht unmöglich scheint, so manchen süßen Jugendtraum in Erfüllung gehen zu sehen, und einmal gestimmt, in Allem Bedeutung zu suchen, trug er seine gespannte Empfindungsweise nicht selten in die kalten Kreise der Gesellschaft über, wo manches Unbedeutende oft dadurch eine seltsame Wichtigkeit erhielt. Er war nicht glüklich. Getheilt zwischen Schwärmerei und Wirklichkeit, machte er sich oft Plane, sein Leben auf eine ungewöhnliche Art zu geniessen, und ließ sich dann von Kleinigkeiten bestimmen, bei der gewohnten Lebensweise zu bleiben. Er wünschte einen entscheidenden Schritt zu thun, und scheute gleichwohl das Aufsehen, welches dieser unter seinen Bekannten machen würde. So hatte er, von gesellschaftlichen Verhältnißen umstrikt und bestimmt, ein rauschendes Leben ergriffen, ohne Geschmak dafür zu haben, und lebte mit aller Sehnsucht nach gefühlvoller, intereßanter Unterhaltung in einer immerwährenden leeren Zerstreuung. Ein ewiger Sclave von fremder Meinung und eigenem Gefühl ergriff er jedes Luftbild der Phantasie mit der Hofnung, sein Glük und seine Freiheit darin zu finden. Indessen gab ihm eben dieß unruhige, unbestimmte seines Gemüths, verbunden mit schönen Anlagen, mit Bildung und einer schönen Gestalt für zärtliche unbefangene Herzen einen bezaubernden unwiderstehlichen Reiz.

Antoniens Schönheit und Talente hatten zuerst Seebergs Aufmerksamkeit erregt, und ihre Feinheit, die nicht Feinheit schien, mit der sie seinen Lieblingsideen zu schmeicheln wußte, vollendete den Eindruk, den jene angefangen hatten. Antonie war das einzige Kind eines mehr glänzenden als reichen Hauses, und die größte Hofnung desselben. Sie war eine von jenen feinen, weiblichen Wesen, die ewig nur nach leichten, angenehmen Eindrücken haschen, und die entschiedenste Selbstsucht unter einer gefälligen, liebenswürdigen Aussenseite zu verbergen wissen. Da sie den Plan hatte, nach dem gemeinen Sinn, ihr Glük zu machen, so war ihre Wahl auf Seeberg gefallen; der für eine der glänzendsten Parthien galt, und leicht zu beherrschen schien. Alles gelang ihr; ihre Familie war über diese Heyrath entzückt, und Seebergs Verwandte glaubten sein Glük durch den Besitz einer so vortreflichen Gattin auf immer gesichert. – Aber welch ein gänzlicher Mangel von Harmonie, den nur Klugheit, jugendlicher Leichtsinn und gemeinschaftlicher Hang zum Vergnügen eine Zeit lang bedecken konnte, war zwischen diesen beiden! – Beide liebten die muntern Freuden des Lebens, aber wenn Seeberg überall Gefühl und Bedeutung hinein zu legen strebte, suchte Antonie diese gerade hinweg zu drängen. Wenn Antonie sich durch das Leben einen bequemen und sichern Weg zu bahnen suchte, voll ewigen Sonnenscheins, wo keine Vertiefungen, keine Krümmungen sie in ihrem ruhigen Sinnengenuß störten, wo nur die am Wege stehenden mit Verwunderung auf sie sahen, und ihr Blumen zuwarfen, so liebte Seeberg den romantischen Pfad, voll weiter, idealischer Aussichten und stiller, heimlicher Stellen, wo Schatten und Licht wechselte, und alles die Seele ergriff und rührte; und wenn seine Fehler selbst sich ein ungewöhnliches, romantisches Ansehen zu geben wußten, so waren Antoniens Fehler gerade von der Art, daß sie eben diesen Geschmak auf das schmerzlichste beleidigten.

Seeberg war durch die Art seiner Bekanntschaft mit Marien auf das lebhafteste gerührt worden, und der erste, schwärmerische Eindruk verlor nichts von seiner Stärke, da er sie bei dem freundlichen Tageslicht, und in dem sanften Morgenanzug noch unendlich reizender wieder gefunden hatte. Aber die durch den Umgang mit Menschen erlangte Gewalt, in den meisten Fällen über den Ausbruch seiner Gefühle zu gebieten, half ihm, sich bald in die neuen Verhältniße zu finden, und einen leichten, zwanglosen Ton unter ihnen festzusezen. Jener bedeutende Abend ward vor jezt nicht weiter erwähnt, und schien bald wie ein lieblicher Traum nur halb verworren, ihnen vorzuschweben. Er hatte von Antonien, Mariens nähere Verhältniße erfahren; er wußte, daß er sie täglich sehen, täglich ungezwungen mit ihr umgehen konnte, und diese nahe reizende Aussicht verbannte auch lange Zeit jeden Gedanken an die Folgen, welche ein näherer Umgang für ihn und Marien haben konnte. Die schöne Natur seiner Geliebten, die stille Nothwendigkeit ihres Werths erfüllten ihn mit schwärmerischer Achtung, und ihr frischer, unentkräfteter Sinn für alle Freuden des Lebens feßelte jede jugendliche Neigung unwiderstehlich an sie. Mit jedem Tage konnte er sie mit neuen Gegenständen bekannt machen, ihr einen angenehmen Genuß gewähren, und er genoß das höchste Glük der Erde, die, die er liebte, ganz glüklich zu machen.

Seit ihrer Unterredung mit Brandem hatte sich Marie, weil Mittheilung vieles erleichtert, um vieles zufriedner gefühlt. In ihrer Unbefangenheit schien es ihr am sichersten, sich gerade an Antonien selbst zu wenden, und diese zu fragen, ob sie Seeberg gut seyn dürfe? – Antonie, welche diesen gegenseitigen Geschmak gerade damals aus besondern Gründen vollkommen am rechten Orte fand, hatte ihr gesagt: was sie fühle, sei nur ein sehr gerechtes Wohlwollen; und es stünde überhaupt nicht in unserer Macht, unsern Empfindungen zu gebieten. Marie beruhigte sich immer mehr. »Soll ich mein Auge und mein Gefühl den göttlichen Eindrücken des Schönen und Vorzüglichen verschließen?« dachte sie. »Da ich nichts wünsche, als ihn zu sehen, ihn uneigennüzig zu lieben, was kann Antoniens Verhältniß dabei leiden?« – Regten sich hierüber ja noch Zweifel, so wußte sie die Liebe, die, wie wir wissen, ihre eigene Philosophie hat, alle befriedigend aufzulösen, und – so überließ sie sich sorgenlos einer Neigung, die sie glüklich machte. – Sie betrug sich gegen Seeberg mit aller der lieblichen Wahrheit, und Innigkeit des Gefühls, die stets die freundlichen Begleiterinnen der ersten Liebe sind. Mit stillem Vergnügen bemerkte sie an ihrem feingebildeten Freund diese höhere Cultur, deren Mangel sie an sich nur allzu wohl fühlte, und ihr Umgang gewann durch diese Verschiedenheit einen neuen Reiz. Marie lernte die Welt gerade in dem Alter kennen, wo sie uns am goldensten erscheint, und wo Entfernung von ihr die Phantasie oft schmerzhaft spannt, die Sehnsucht reizt, und die holden Tage der Jugend trübt. Wo andere kaum noch den Schatten der Freude festhielten, und von tausend Rüksichten um ihr Vergnügen betrogen wurden, genoß sie mit einer Herzlichkeit, die alles um sie her entzükte. Spazierfahrten, Schauspiel, Gesellschaft, Alles hatte für sie einen wunderbaren, süßen Reiz, denn überall fand sie den Geliebten, und überall genoß sie Alles durch ihn und mit ihm. Liebe, Neuheit, Jugend und Sorglosigkeit vereinten sich, ihr diese Zeit zum Himmel umzuschaffen. Ein harmonisches Licht umfloß vor ihrem Auge die Welt, alle Gegenstände kleideten sich in die Farbe der Liebe, und das Gemeinste, Gleichgültigste erhielt durch sie eine geheime süße Bedeutung.

Der treue Brandem sah indessen dieser dauernden Neigung mit bitterer Resignation und schmerzlicher, täglich wachsender Besorgniß zu, aber er sah auch auf der andern Seite, wie Mariens Gemüth, mitten unter diesen gefährlichen Verhältnißen und den feinen Verführungen des Beispiels an seiner ursprünglichen Reinheit und Wahrheit festhielt, und, wenn er Seebergs Glük beneidete, so tröstete ihn der Gedanke, allein der Vertraute dieser unverdorbenen Seele zu sein. Zuweilen, wenn er an sein ihrem Vater gegebenes Versprechen gedachte, überfiel ihn wohl ein Grauen, aber wenn ihn dann Marie mit immer gleicher Herzlichkeit und Freude empfieng, wenn sie alle ihr Glük, ihre Erfahrungen, und ihre Zweifel bei ihm niederlegte, und überall der Natur getreu blieb, dann faßte er wieder neue Hofnung, neuen Muth. Indessen wandte er alles an, ihr von dieser Zeit so viel Gewinn als möglich zu verschaffen. Ihr Talent für Gesang und Spiel bildete sich unter seiner Leitung zu einer seltenen Vortreflichkeit, ihr Verstand gewann täglich mehr an Reife, und noch manche Anlage entwickelte sich durch seine Sorgfalt leicht und schön bei ihr. Jezt aber zwang ihn eine Reise, die er zum Besten seiner Familie thun mußte, zu einer Entfernung, die mehrere Wochen lang dauern konnte. Der Gedanke, Marien in ihren Verhältnißen allein zu lassen, dünkte ihm mit Recht unerträglich, gleichwohl hielt er diese Regung zuweilen für eine Wirkung von Eifersucht, der er durchaus nicht unterliegen wollte. So schwankte er eine Zeit lang, bis er endlich beschloß, dem alten Anton zu schreiben, daß er seine Tochter auf einige Zeit zu sich holen möchte. Indessen war die Zeit verflossen; die Antwort blieb aus, und Brandem sah sich gezwungen, ohne sie erwarten zu können, mit düstern Ahndungen abzureisen.

Bald nach seiner Abreise erhielt Marie einen lang gewünschten Brief. Seit einiger Zeit hatte sie den Nachrichten von ihrem Vater, die sie immer mit inniger Freude empfieng, und beantwortete, vergeblich entgegen gesehen. Der Brief war von ihrem alten Freunde, dem Prediger, und enthielt den Wunsch, daß sie so schnell als möglich zurükkommen möchte, weil ihr Vater gefährlich krank sey. Marie erwachte endlich aus ihrem langen süßen Traum, und sah zum erstenmal den goldenen Schimmer des Lebens verbleichen. Gegenwart und Zukunft lagen schwer auf ihr. Mit möglichster Eil bereitete sie sich zur Reise, sagte Seeberg und Antonien ein beklommenes, inniges Lebewohl, und verließ in tiefer Betäubung den Ort, wo sie so viel Freuden genossen hatte.

Welch eine Reise war dieß für Marien! Eine Menge verworrener, düsterer Bilder umgaben, peinigten sie, und es war ihr unmöglich, zu einer klaren Vorstellung ihres Zustandes zu gelangen. Je näher sie dem Dörfchen kam, desto lebhafter ward das Bild ihres Vaters, ach! ihres, vielleicht sterbenden Vaters. Als sie an ihre Wohnung kam, war alles still und todt. Die herbstlichen Abendwinde säuselten schauerlich durch die Buchenlaube des Gärtchens. Beim Eingang empfieng sie der Prediger mit stummer Trauer. seyn Brief war liegen geblieben; Anton war nicht mehr; den Lebensmüden dekte schon seit einigen Tagen die mütterliche Erde. Marie war zerstört, zu Boden gedrükt. Der Prediger unterhielt sie die ganze Nacht durch mit sanften Tröstungen milder Theilnahme, mit den Lehren, dem lezten Willen ihres abgeschiedenen Vaters. Am andern Morgen besuchte sie sein Grab. Der Tag war hell, ohne heiter zu seyn. Eine kalte, bestimmte Beleuchtung, wie das Licht der Vernunft, wenn der holde Zauber der Jugend verweht ist, und kein lieblicher Wahn die Würklichkeit mehr vergoldet, bezeichnete die fernsten Gegenstände deutlich, und klar. Schwarz und in Trauer stand der dunkle Wald. Kein wankender Stral bekränzte seyn Haupt, kein lieblicher Duft wallte an den Bergen empor. Alles schwieg, und einsam ertönte nur zuweilen das Lied des herbstlichen Vogels über das Feld. Antons Grabhügel strekte sich einsam dahin, nur einzelne melancholische Tannen streuten sparsame Schatten über den Boden; ein einsamer schwarzer Vogel flog schüchtern auf. Mariens Herz war kalt, und schlug nicht mehr. Die Schauer des Todes giengen vor ihrer Seele vorüber. Wie ein aufgerolltes Gemählde lag das Leben ihres Vaters vor ihr da, und auf der öden Rükseite stand mit schwarzen Zügen das Grab. Ihr Herz hatte alles verlassen, allem entsagt. »O was ist es, was ist es«, rief sie schmerzhaft aus, »daß wir mit so unendlicher Sehnsucht unsern Lieben in das andere Leben nachblicken?« – So vergiengen mehrere Tage; die Natur fand ihr Herz zum erstenmale der Freude verschloßen, und eine schwermüthige Sehnsucht verlängerte die Stunden, die ehemals unter jugendlichen Hofnungen und verworrenen Phantasien oft so schnell verschwunden waren. – Indessen frischte die Zeit die Bilder der lezt vergangenen Tage gar bald wieder auf, und sie traten um so lebhafter hervor, je stärker sie gegen das Einsame und Traurige der gegenwärtigen abstachen. Wie das Auge, was ihm zu nahe liegt, nur undeutlich und ungewiß wahrnimmt, so faßt das Herz in einer glüklichen Gegenwart sich kaum. Erst in einiger Entfernung tritt das süße Bild deutlicher hervor, und der Zauberduft der Vergangenheit wirft einen idealischen Schein auf die holden Scenen, die sich in der Gegenwart verworren um uns her drängten. Dann bestimmt erst Entfernung die Stärke der empfangenen Eindrücke. Manche, die uns in der Gegenwart zu beschäftigen schienen, verwehen beim Hauch der Entfernung, wie nasse Farben sind sie weggewischt; andere sind tief in die Seele eingewurzelt, wir denken an sie ohne daran zu denken, die leiseste Ähnlichkeit malt sie uns aufs lebendigste wieder hin, sie stehen mit uns auf, und verflechten sich in unsere Träume. – Jetzt erst begriff Marie, wie teuer ihr Seeberg sey. Einsamkeit und Entfernung erhoben ihr Andenken an ihn zur Schwärmerei, ihre Neigung zur Leidenschaft, seyn Bild zum Gotte. Einst hatte sie sich zu ihren Träumereien eine der romantischsten Stellen der Gegend ausgesucht. Jenes Pläzchen war es, wo einst ihre Seele, mit voller schneller Entfaltung die ersten Versuche zur Tonkunst gewagt hatte. Die Erinnerung jener Stunde drang mit süßer Gewalt in ihr Herz, und ein schnelles, aber noch unentwickeltes Gefühl schien ihr den Einfluß und die Beziehung derselben auf ihr ganzes Leben dunkel, aber freudig anzudeuten. Dem Bilde weiter nachsinnend, sah sie in die Fluth, und das ewig fliehende und ewig bleibende Spiel der Wellen hatte sie in stille Vergessenheit gewiegt, als auf einmal die Zweige hinter ihr rauschten, und sie bei schneller Wendung den Kommenden mit süßem Schreken für Seeberg erkannte. Wie feurig war ihr Wiedersehen. – Hier in voller, ungestörter Freiheit, wo das romantische der Gegend, der rührende Reiz des Ländlichen, das Feierliche der Einsamkeit, alle Empfindungen erhöhte und spannte, dachten sie nicht daran, einander ihre Gefühle verheelen zu wollen. Mit kindlicher Genauigkeit schilderten sie sich alle Nüancen derselben, gestanden, daß dieß Liebe sey – und mit diesem Worte schienen alle Schranken der Verhältniße vor ihnen niederzufallen, und eine heilige Nothwendigkeit ihre Neigung zu rechtfertigen.

Seeberg hatte die Trennung von Marien ganz unerträglich gefunden, und Antonie, die sich seit einiger Zeit mehr gegen ihn vernachläßigt, weil ein anderer Plan sie beschäftigte, und ihm tausendfachen Stoff zu Klagen gab, der sich gleichwohl mehr fühlen, als sagen ließ, ward seinem Herzen immer fremder, und ließ ihn den Mangel an Einklang immer merklicher fühlen. Indessen war ihre Verbindung schon zu weit gediehen, beide Häuser, und mit ihnen der ganze Kraiß ihrer Bekanntschaft hielten sie für entschieden, und er glaubte, erwarten zu müßen, daß die Zeit seinen Entschluß, mit Antonien zu brechen, durch irgend einen günstigen Umstand erleichtern würde. Er ersann unterdessen ein milderes Mittel, seinen liebsten Traum, mit Marien zu leben, in Erfüllung zu sezen, und war jezt zu ihr geeilt, um seinen Plan ihr mitzutheilen. Er schlug ihr vor, nach einem seiner fern gelegenen unbewohnten Güter zu reisen, und dort in Freiheit der Liebe und dem Glük zu leben. Marie war überrascht. Mit einer neuen, sonderbaren Bewegung fühlte sie zum erstenmale die Nothwendigkeit, einen entscheidenden Entschluß zu fassen, und auf der Bühne des Lebens selbst eine von den Rollen zu übernehmen, die sie bisher nur in wahren oder erdichteten Darstellungen mit angenehmer Theilnahme von Andern hatte spielen sehen. Manches drängte sich jezt vor ihre Einbildungskraft, worüber sie sonst leicht hinweg gesehen hatte. Welch eine Beruhigung wär es ihr gewesen, jezt mit Brandem nur eine Viertelstunde lang zu sprechen? Aber dieser treue Freund war fern, und sie wußte nicht einmal seinen jetzigen Aufenthalt. Mit dem Tod ihres Vaters waren alle Bänder, die sie an die menschliche Gesellschaft banden, zerrissen; ihre Handlungen hatten auf keinen Dritten Bezug, und wer auf der ganzen Welt konnte wohl ihr näher seyn als der Geliebte, der ihr jezt zu einer schönen Existenz die Hand bot? – Dennoch war sie zweifelhaft, und Seeberg machte ihr zärtliche Vorwürfe über ihre Bedenklichkeit. »Wenn zwei verwandte, fühlende Seelen sich finden«, sagte er zu ihr, »im bunten Gewühl des Lebens, wo tausende gleichgültig an einander vorübergehen, sollen sie sich nicht lieben? sollen sie ihr Glük, das höchste, was die Natur gewährt, dem leeren Spiel der Umstände, den kalten Verhältnißen ihres Zeitalters aufopfern?« – Es ist leicht zu bestimmen, auf welche Seite sich die Waage neigte. Die Gewalt der jungen zum erstenmale empfundenen Neigung, und die Lust am raschen thätigen Genuß des Lebens unterstüzten Seebergs Gründe zu lebhaft in Mariens Herzen, als daß sie hätte lang widerstehen können. Ihr Entschluß war gefaßt. »Nun wohl denn«, sagte sie mit dem lieblichsten Ausdruk, den die vollkommenste innere Harmonie nur über ein Gesicht ausgiesen kann, »es ist ja mein einziges Glük, deine Geliebte zu seyn. Ich bin, was ich seyn will, und bin zufrieden.«

Sie reißten ab. Marie fühlte sich wieder ganz glüklich; sie fühlte, daß die schönste Zeit ihres Lebens noch nicht vorüber sey. In der lachenden Gestalt der Neuheit fand sie alle ihre frühere JugendEmpfindungen wieder. – Mit dem Geliebten in froher Ungebundenheit der freien Welt zu genießen, jede Kleinigkeit durch seine Nähe ein höheres Intereße gewinnen zu sehen, jede Unannehmlichkeit nur halb, und jede Freude doppelt zu empfinden – was hätte ihrem Glüke noch fehlen können? – Sie kamen in das Dörfchen, das in einer einsamen, düstern Gegend lag. Ein altes, lange unbewohnt gebliebenes Wohnhaus, wo sie mit lachendem Muthe keine Bequemlichkeit fanden, und keine vermißten, nahm sie auf. Sparsam gaukelten jezt die bunten Freuden des Lebens um Mariens Stunden, und manche Sorge erfüllte die leere Stelle; aber ihr waren es geliebte Sorgen, und die höhern Freuden harmonischer Seelen schienen ihr an Stärke zu gewinnen. Sie gewöhnte sich mit Lust an ein stilles, thätiges Leben. Oft kürzte Musik die Stunden, und die süße Trunkenheit der ersten Liebe drang auf den zarten Schwingen des Gesangs mächtiger in der Liebenden Herzen. – Auch Seeberg genoß, was er nur selten in seinem Leben gefühlt hatte, eines heitern, ruhigen Glüks. Seine stillen, einfachen Freuden contrastirten lang zu ihrem Vortheil mit seinen ehemaligen Genüßen, und das Selbstgefällige der freien, eigenen Wahl erhielt ihn in froher, gespannter Stimmung. An einem Nachmittage sahen sie einen wohlgebildeten, jungen Mann, von einem Bedienten begleitet, in ihr Thor herein reiten. Ihre Neugierde, wer der unbekannte Gast seyn möchte, war bald gestillt, denn er eilte rasch die Treppe herauf, und trat ins Zimmer; es war Antonie! – Eine reizende Erscheinung, trat sie herein, mit freiem, gebildeten Anstand, und nach einer kurzen Unterhaltung erklärte sie sich über den Grund ihres Besuchs. »Seeberg«, sagte sie mit bedeutendem, sichern Accente, »ich liebte dich, wie ich vielleicht keinen Mann je lieben werde. Schien ich einst kälter, so that ich mir Gewalt an, und es geschah einzig in der Absicht, dich deiner neuen Liebe frei und ungestört geniesen zu lassen. Aber immer schmeichelte mir die Hofnung, dein Herz werde einst zu mir zurükkehren. Jezt entsage ich dieser Betrügerin, mein einziger Wunsch ist, dich ganz zufrieden zu sehen, mein einziger Schmerz, so lange ein Hinderniß deines Glüks gewesen zu seyn. Ich klage nicht über dich; war es deine Schuld, daß ich deine Liebe nicht zu erhalten wußte? – der einzige Grund, der mich hierher geführt, ist, mit dir die Mittel zu verabreden, wie unsere Verbindung am leichtesten zu trennen ist, und dich zu versichern, daß ich, selbst vor der Welt, gern zuerst die Hand dazu bieten will, wenn deine Zufriedenheit es erfordert.« – Seeberg befand sich in einer sonderbaren Verwirrung. Sein treuloser Hang zum Sonderbaren legte in diese, seiner Eigenliebe so schmeichelhafte Erklärung einen geheimen Zauber, und Antoniens Bild gewann in seinem Herzen bald seine vorigen Rechte wieder. Er konnte und wollte sich über nichts erklären, und Antonie, die ihren Zweck erreicht sah, verließ ihn mit der Versicherung, daß sie nun eigenmächtig für ihn handeln werde.

Antonie hatte in Seeberg freilich nur das Mittel, ihren Ehrgeiz zu befriedigen, und sich einer bequemen, angenehmen Lage zu versichern, geliebt, und folglich den Verlust seines Herzens mit groser Ruhe ertragen können. Ihr waren die geheimen Seligkeiten und Qualen zartfühlender Seelen, die nach etwas höhern streben, und durch Irrthümer selbst sich bilden, ewig fremd; sie besaß dagegen jene bequeme Klugheit, die in der Welt so vortrefliche Dienste leistet, und verstand mit schneller Besonnenheit, bei allem, was geschah, ihren Vortheil wahrzunehmen. Als sie Seebergs Neigung für Marien zuerst bemerkte, war eben damals ein junger Prinz in ihren Cirkel getreten, der, wie ein neu aufgegangener Stern, alle Aufmerksamkeit auf sich zog. – Antonien, die in ihm bald einen Bewunderer fand, und dadurch eine weitere Sphäre für ihre Wünsche eröfnet sah, war es höchst willkommen, daß sie auf diese Art Zeit gewann, ihre Plane mit dem jungen feurigen Fürstensohne im stillen zu verfolgen, ohne deshalb Seeberg ganz aufgeben zu müßen. Indessen verschwand mit der Abreise des Prinzen diese schöne Hofnung gänzlich; die Erinnerung an Seeberg und ihre vorigen Ideen kehrten lebhafter zurük, und wenn es auch nicht Liebe war, die ihr sein

Bild zurükrief, so war doch auch ein leichtes, mehr durch Gewohnheit, als Neigung entstandenes Intereße dabei im Spiel, welches durch Entfernung und Hindernisse größern Reiz erhielt. Scharfsinnig hatte sie Seebergs Charakter durchschaut; nach diesem ihre Aufführung entworfen, und der Erfolg bewies, daß sie eine feine Menschenkennerin war.

Das Glük der beiden Liebenden war nach diesem Tage nicht das vorige mehr. Der gewaltige Zauber des Romantischen verwischte sich vor Seebergs Augen immer mehr und mehr, und mit Betrübniß glaubte er sein schwärmerisches Glük zu dem ruhigen Genuß eines gewöhnlichen Lebens herabsinken zu sehen. Seine Empfindungen, die nicht durch Grundsätze erhalten, und befestiget worden, ermatteten zulezt unter den angenehmsten Bildern. Auch fühlte er, daß er sich von den Cirkeln, die er verlassen, keineswegs ganz getrennt habe, und ihre Meinungen, ihre Urtheile machten noch tiefen Eindruk auf ihn. Noch vieles flog in seinem Innern verworren durch einander, und es schien unentschieden, ob aus dem Saitenspiel seines innern Lebens, so viel schöne Töne es auch enthielt, eine reizende Harmonie oder ein öder Misklang hervorgehen werde. Verfeinerung und Schwärmerei, Gefühl und Klugheit hatten wechselsweis an seinem Charakter gebildet; und es mußte sich noch vieles in ihm ordnen, er mußte noch mancherlei erfahren, vieles gegen einander abwägen, und von einander scheiden lernen, eh' er die ruhige, bestimmte Handlungsweise eines sich selbst verstehenden, harmonischen Menschen zu erhalten hoffen durfte. – Es konnte Marien nicht entgehen, wie sehr nach diesem Besuche das Gemüth ihres Freundes zerstört war. Zwar begegnete er ihr mit aller der Feinheit, die in seiner Gewalt war; er sagte ihr, wie glüklich sie ihn mache, aber er sagte es oft, und schön, daß sie daran zu zweifeln anfieng. Wie verschieden war es von jener Zeit, wo sie zuweilen thörichterweise gewünscht hatte, er möchte ihr sagen, daß er sie liebe, wo er es selbst nicht wußte, wie sehr er sie liebte. Jene rührenden Verräthereien des Herzens, wo kein wägender Verstand sich darein mischte, waren dahin. Jezt in mancher trüben einsamen Stunde wachte in ihrem Herzen das Andenken ihrer vorigen Lage wieder auf, und eine schwermüthige Erinnerung hauchte ein liebliches Colorit über die Scenen ihrer stillen Jugendzeit. Jezt glaubte sie die dunkle Ahnung zu verstehen, die sie so oft ergriffen hatte, wenn sie auf ihren einsamen Spaziergängen unruhig und ohne Worte in die blaue, verschwindende Ferne dahin gesehen. Aber ihr heitrer, thätiger Geist verlor auch hier, wo das schwerste, was sie bedrücken konnte, des Geliebten Kaltsinn, auf ihr lastete, seine Lebenskraft nicht, und selbst bei der Betrachtung jener harmlosen, ruhigen Tage, so reizend sie sich auch im Schleier der Vergangenheit zu zeigen wußten, war eine innere Zufriedenheit, nicht ewig in diesem unthätigen Zustande geblieben zu seyn, ihre lezte Empfindung. Sie nahm sich vor, ihren Freund mit kühler Besonnenheit schärfer als bisher zu beobachten, und alles, was in ihrer Macht stünde, zur Hebung seines Übels, wenn sie nur erst die Quellen desselben kannte, beizutragen. Von neuem freute sie sich dann, den Geist an den Scenen des wirklichen Lebens üben zu können, von neuem beschloß sie, das selbstgewählte Loos mit freier Genügsamkeit zu ertragen.

Nicht lange, so erhielt sie den gewünschten Aufschluß. Ein offner unbewachter Augenblik ließ sie tief in Seebergs Seele schauen, und sie säumte nicht, ihren Entschluß darnach zu faßen. »Ist es nur das, nur das?« sagte sie zu sich selbst mit einigem Schmerz. Vieles gieng vor ihrem Geist vorüber, Verwundrung, Unwillen, Stolz und zärtliche Schwärmerei; aber es ordnete sich, und die lebhafte Spannung, worinnen sie sich befand, erleichterte ihr die Ausführung. Er soll auch jezt durch mich von neuem glüklich werden, dachte sie. Ich folgte ihm, weil ich ihn liebte, und weil ich ihn liebe, verlaß ich ihn. Eine kleine Abwesenheit von Seeberg begünstigte ihren Plan.

Still und bescheiden, sorgte sie für ihre dringendsten Bedürfniße, machte im Hause mit gewissenhafter Genauigkeit die nöthigen Anordnungen, und verließ nicht ohne Unruhe, aber auch nicht ohne Selbstvertrauen, Seebergs Haus, ohne sich nur einem Einzigen anvertraut zu haben. Ein Brief sagte ihm ihr Lebewohl. »Glaube nicht«, schrieb sie ihm, »daß ich dich weniger liebe, weil ich dich verlaße. Ich weiß, es würde dir weh thun, diese Stelle in meinem Herzen verloren zu haben, und wenn auch dein äußeres Leben nichts mit mir verliert, so würde doch dein inneres Leben viel, sehr viel verlieren, wenn ich ganz daraus scheiden wollte. Nein, mein Freund, – was auch noch meiner wartet – das Andenken unserer Liebe wird wie das Lied der Nachtigall in dem Sturm, durch die zerstreuten Scenen meines Lebens zu mir herüber hallen. Dir dank' ich es, zu dem lebendigen Spiel der Empfindungen erwacht zu seyn, dir dank' ich meine schönsten Stunden. Du erscheinst mir immer liebenswürdig, und der trübe Schleier, den einige an sich selbst liebenswürdige Schwächen über deine Vorzüge werfen, verbirgt mir dich nicht. Doch jezt in der Stunde des Scheidens beschwöre ich dich, lerne dem Wahn entsagen, der dich bei deinen Handlungen oft fremder Meinung zu unterwürfig macht, lerne mehr auf dich selbst vertrauen. – Dein gefühlvolles Herz, dein gebildeter Verstand, dein zarter Sinn für alles Schöne in Kunst und Natur – geben sie dir nicht Vorrechte vor so vielen unbedeutenden Menschen, deren Urtheil dir jedoch so viel gilt? – Mit Freuden verließest du einst jene glänzende Welt, die du oft leer und unbefriedigend nanntest um meinetwillen, oder vielmehr um deiner Liebe willen. Diese Liebe ist nicht mehr, ich bin noch, die ich war, aber deine treulose Phantasie hat dich verlassen. – Rufe jene Stimmung zurük – wenn auch das Saitenspiel unsrer Liebe in deinem Herzen zerbrochen ist, o! es giebt noch Töne genug in der Welt, bei denen dein Gefühl in entzückenden Einklang überströmen wird! – Suche sie – ach Seeberg! mich wirst du wieder lieben, ich weis es! – Mein Daseyn wird in der Entfernung alles verlieren, was dich in der Gegenwart drükte, und die Illusion wird es dir lieblicher wieder geben, wenn es aus der Wirklichkeit gewichen ist. Unsre Gedanken werden sich froher begegnen, als unsre Blike. Du wirst mich wieder lieben – und meine Wünsche sind erfüllt!«

Seeberg las diesen Brief, den er nach der Beendigung seiner kleinen Reise erhielt, mit der innigsten Bewegung. Die zarte Schonung, mit der Marie ihm ihre Trennung darstellte, das Wohlwollen, welches den Brief durchathmete, die Feinheit, mit der sie Antonien unerwähnt ließ, obwohl er wußte, daß ihr der Einfluß, welchen ihre Erscheinung auf seinen schwankenden Sinn gehabt hatte, nicht entgangen war, – Alles dieß lehrte ihn seinen Verlust tausendfach fühlen. Seine Versuche, Mariens Aufenthalt zu entdecken, schlugen fehl, und ihr Daseyn drohte völlig aus seinem Leben zu verschwinden. Wie öde war ihm jezt sein Haus, sein Garten, die Gegend! wie kalt, leer, und abgestorben sein eignes Herz! – bei Allem vermißte er Mariens innige Theilnahme, und lernte es fühlen, daß Gewohnheit ein stärkeres Band als Neuheit ist, und wie selten das Herz im Leben Befriedigung seiner Bedürfniße zu hoffen hat.

Das meiste von dem, was wir wünschen, geschieht, aber fast nie zu der Zeit, da wir es wünschen. Was den jungen Schwärmer ein Jahr früher, ach! so glüklich gemacht hätte, was er damals so sehnlich wünschte, ein Brief von Antonien, worinnen sie ihm meldete, daß es ihr nun gelungen sei, die Aufhebung ihres Bundes beiden Familien völlig annehmlich und begreiflich zu machen, und wie es sie freue, sich endlich nicht mehr als ein Hinderniß seines Glüks ansehen zu dürfen, erschien jezt, und war - - wie niederschlagend in jeder Hinsicht für ihn! – Antoniens Lage hatte in kurzer Zeit eine andere Ansicht bekommen. Sie sah sich mit Vergnügen von einem neuen Geliebten gesucht, zu dem sie Neigung, Eigennuz und Ehrgeiz weit stärker, als zu Seeberg hinzog, und sie führte das nun würklich aus, wovon sie erst nur den Schein erkünstelt hatte. – Seeberg erfuhr durch einige seiner vorigen Freunde bald den wahren Zusammenhang, und verglich Antoniens Feinheit mit jener natürlich zarten Empfindung einer schönen Seele. Seine Sehnsucht nach Marien kehrte quälender zurük; seine Wünsche flogen oft in die Vergangenheit, und hiengen mit Wehmuth an den lieblichen Scenen, die er im Stillen mit Marien verlebt. Aber zugleich erwachten auch andre Bedürfniße, die in seiner beßern Natur gegründet waren, lebhafter und bestimmter in ihm. Der Trieb, nüzlich zu seyn, und an der Bildung seines edlern Selbsts zu arbeiten, sprach deutlicher, und mahnte ihn unabweislich, der Wirklichkeit seinen Tribut zu entrichten. Er kehrte mehr in sich selbst zurük, und suchte nun auch über die Eindrücke zu herrschen, die so lange über ihn geherrscht hatten. Er reiste, beobachtete, bildete seinen Sinn für Geschmak und Kunst, knüpfte manches Band, und zerriß es wieder, und Mariens Andenken ward unvermerkt immer schwächer in ihm. Doch bewunderte er oft, je mehr er in der Welt lebte, ihren Scharfsinn, womit sie, bei weniger Erfahrung, oft wie durch eine höhere Eingebung, über so viele Verhältniße des Lebens richtig geurtheilt, ihm so manches richtig voraus gesagt hatte. – Vieles ward ihm jezt hell, und viel, sehr viel verlor seinen glänzenden Schimmer, der es in der Ferne umgeben hatte. Die Betrügereien des Scheins wurden ihm deutlicher; die Meinung der Menschen, dieß veränderliche, seltsame Etwas gleichgültiger, und seine eigenen Phantasien mußten nur dienen, ihm die Gegenwart so viel als möglich zu verschönern. Er wählte endlich zu seinem beständigen Aufenthalt ein Landgut, das nicht weit von einer mittelmässig grosen Stadt lag, und suchte hier, ohne Rang und Tittel den Menschen so viel zu nützen, als er konnte.

Ein günstiges Schiksal hatte indessen über Marien gewaltet. Als sie das Dörfchen und Seebergs Nähe auf immer verlassen, war ihr Plan sogleich auf eine Stadt hingerichtet, die sich, wie sie wußte, durch ein wohleingerichtetes Theater empfahl. Ohne weitern Unfall, zwar von mancherlei traurigen Bildern beunruhigt, aber auf der andern Seite von einem tröstenden Selbstgefühl wieder erheitert, gelangte sie hier an, und ihre erste Sorge war, als Schauspielerin aufgenommen zu werden. Es gelang ihr; ihr groses Talent für Gesang erwarb ihr bald allgemeinen Beifall, auch als Schauspielerin bildete sich manche Anlage schön bei ihr aus, und sie sah sich bald in einer unabhängigen und sichern Lage. In dieser selbsterworbenen freien Existenz fühlte sie sich, wenn auch nicht beglükter, doch ruhiger, als je. – Fast jeder Mensch träumt sich in der Jugend eine Lage, worinnen er am liebsten leben möchte. Gönnt ihm diese sein freundliches Schiksal, so hat er dann wohl noch Wünsche, noch trübe Stunden, aber eine geheime Zufriedenheit zeigt doch immer auf die Erfüllung seines Lieblingswunsches zurük. Marie befand sich in diesem Zustande. Der einfache Gang ihres frühern Lebens hatte ihr Zeit gelassen, über sich selbst nachzudenken, und ihre Wünsche an etwas Bestimmtes zu fesseln. Ihr natürlich heller Verstand war durch den Umgang mit der Welt erleuchtet, aber nicht geblendet, ihre Phantasie war beschäftigt, aber nicht verwirrt, ihr Gefühl verfeinert, aber nicht vernichtet worden. In der darauf erfolgten Einsamkeit hatte sie über vieles reiflicher nachdenken, vieles vergleichen, sich von vielem unabhängig erhalten lernen, und einen, für ihr Alter seltenen Grad von Thätigkeit und practischer Weisheit erworben. Sie war jezt das ganz, was sie seyn wollte. – Das Leben war ihr ein angenehmes, freundliches Geschenk, das sie am liebsten durch Wort und That, ohne welche alle Gesinnungen doch ewig unfruchtbar bleiben, und alle Kraft des Gedankens verschwindet, geniesen wollte. Die Erinnerung an Seebergs Liebe schwebte noch wie ein süßer Traum vor ihrer Seele, aber lebhafter kehrte das Bild des treuen Brandem in ihr Herz zurück. Jezt erst fühlte sie bestimmt, was er für sie getan, wie wesentlich er für ihr Glük gesorgt, und die Sehnsucht etwas von seinem Schiksal zu erfahren, regte sich täglich bestimmter, und stärker in ihr.

Viel, ach! viel hatte diese edle, still, aber stark fühlende Seele unterdessen gelitten. Familienangelegenheiten, und seine gewissenhafte Besorgniß derselben, hatten ihn weit länger, als er geglaubt, von Marien entfernt gehalten, und seine Gegenwart an mehrern Orten nothwendig gemacht. Kaum hatte er bei seiner Zurükkehr Mariens Abreise und ihres Vaters Tod erfahren, so eilte er, von mancherlei Ahndungen bedrükt, nach dem Dörfchen hin. Aber was er fühlte, als er Marien nicht mehr fand, als er von dem Prediger nichts weiter, als die Nachricht erfuhr: ein junger, vornehmer Herr sei mit ihr, bald nach ihres Vaters Tode weggereist, wahrscheinlich zu dem vornehmen Fräulein in die Stadt – das beschreibt sich nicht. Brandem, der wohl wußte, daß sie dort nicht war, und Seebergs Abwesenheit erfahren hatte, begrif nun alles, und sah mit einmal alle seine Hofnungen zu Boden geschlagen. Sein Unmut ward bitterer Schmerz und Unwillen gegen sich selbst. »O! ich Thor, ich rasender Thor!« rief er aus – »daß ich mir Allwissenheit zutraute, bei so viel Kurzsicht! – warum gestand ich ihr nicht anfänglich meine Liebe? warum handelte ich planmäßig, verdekt gegen sie, die so offen war? – Die Ruhe dieser schönen Seele ist vielleicht auf immer verloren, und wie habe ich dem zärtlichen Vater mein Versprechen gehalten, der vielleicht mit Unruhe und Trauer die Welt verlassen hat?« So quälte er sich mit Vorwürfen, und klagte sich selbst wegen dessen an, was nur Schuld des Erfolgs, der nie in unserer Macht steht, war. Sein natürlicher Hang zur Schwermuth vermehrte sich; er haßte die Menschen, ohne daß er aufhörte, ihnen gutes zu thun, und bezog mit schmerzlich süßem Gefühl den kleinen Maierhof, wo er Marien zuerst gesehen hatte. Hier lebte er ein abgeschiedenes düstres Leben, und oft hörten die Dörfer des Nachts, mit geheimem Schauer, eine klagende Musik auf Antons Hügel. Indessen richtete sich sein Geist, durch Einsamkeit gestärkt, an der Hand reiner, selbsterworbener Grundsätze, unvermerkt wieder auf. Er schaute wieder frei in das Leben hin, und fand, daß er zu viel empfand, zu wenig handelte. Er fühlte neuen Drang zur Wirksamkeit in sich, und das Dörfchen, das nur aus wenig Häusern bestand, deren zufriedene Bewohner mit neuen Kenntnissen und neuem Genuß nur ihre glükliche Gleichmüthigkeit verloren haben würden, genügte ihm nicht mehr. Vor allem beschloß er, Mariens Aufenthalt zu erforschen. Der Gedanke an diese unverdorbne, reine Seele erquikte ihn von neuem, und die goldnen Tage, die er im Genuß ihres uneingeschränkten Vertrauens verlebt, ragten wie ein Licht aus dem Dunkel seines Lebens hervor, und verstreuten ihren erfreulichen Schimmer rund umher auf Vergangenheit, Gegenwart und Zukunft. Er war jezt weit entfernt, wegen einiger traurigen Tage, die ohnehin im Leben kommen, die glüklichen missen zu wollen, und das zu bereuen, was ihn einst so selig machte. Sein Verhältniß zu Marien als Freund, konnte ja durch keine äußere Veränderung leiden, und vielleicht war er ihr jezt nötiger, als je. Von neuem in die Sphäre des Lebens und der Hofnung zurückgetreten, reiste er zu Antonien, um von dieser, wo möglich, etwas näheres von Mariens Schiksal zu erfahren; aber sie war abwesend, und Niemand konnte ihm hierüber befriedigende Auskunft geben. Die Stadt, wo er bisher gelebt hatte, war ihm durch mancherlei Verhältniße zuwider geworden; er verfolgte jezt mit Freuden eine Aussicht, die sich ihm an dem Hofe eines benachbarten Fürsten zeigte, und reißte, dem erhaltenen Rufe gemäß bald dahin ab. Am Abend seiner Ankunft war Schauspiel; und als er hörte, daß man den Sturm geben würde, eilte er dahin. Miranda trat auf, und sein Herz stokte. Ihre Unerfahrenheit, die liebliche Verwirrung der ersten Liebe, alles erinnerte ihn, ergriff ihn mit süßer

Gewalt. Er lebte in einer reißend schnellen Verzückung jene schönen Stunden, wo er Marien in ihrer holden Unschuld gesehen, gehört, beobachtet hatte, noch einmal. Es war nicht die Künstlerin, die durch ihr gedachtes schönes Spiel dem Verstand Genüge leistete, es war dieß lebende, entzückende Geschöpf der göttlichen Einbildungskraft, es war Miranda selbst, die sein Gefühl in Flammen sezte. Nach und nach verschwand auch diese, und Marie trat an ihre Stelle. Mit jedem Augenblicke ward es ihm lebendiger, mit jeder Bewegung ward sie es mehr – und sie war es wirklich! In welcher süssen Betäubung erwartete er das Ende des Spiels! – Der Zauber der Kunst und das Überraschende des Wiedersehens hoben seine Gefühle zu einer schwärmerischen Höhe empor. Sobald das Spiel geendet war, eilte er zu ihr. Marie, die seine Ankunft schon vorher erfahren, die sein edles, fein und wahr fühlendes Gemüth, je mehr sie in der Welt gelebt, als eine seltene, schöne Erscheinung immer lieber gewonnen hatte, und sich mit den rührendsten Banden der Achtung und des Zutrauens an ihn gebunden fühlte, empfieng ihn mit der lieblichsten Wahrheit und kindlichem Entzücken. – Welch eine Wollust, welch ein Genuß, für ihr Herz, ihm mit der innigsten Offenheit alle, seit ihrer Trennung vorgegangenen Scenen aufs lebendigste darzustellen, ihm alle ihre Empfindungen treu und unbefangen zu entwerfen, mit ihm die neu aufgefaßten Bilder und Erfahrungen theilen und berichtigen zu können! – Sie lebten nun an einem Orte; und Brandem beobachtete Marien, deren Geist nun vollkommen erwacht war, und mit sanfter Selbstständigkeit ihren hellen Vorstellungen folgte, immer mehr. Er sah wie sie in allen Fällen des Lebens, ein heitres, reines, ofnes Gemüth zeigte, wie sie nun mit milder Stätigkeit an gewißen Grundsätzen festhielt, wie ihr Gefühl gegen ihn immer dasselbe blieb, und seine Billigung in ihrem Herzen den Beifall eines glänzenden Cirkels, welchen Jugend und Liebenswürdigkeit um sie versammelte, weit überwog.

Ein milder, harmonischer Geist berührte mit zarter Hand die süßesten Accorde ihrer Seelen, und ein dauerndes Band von Achtung, Vertrauen und Freundschaft hielt den himmlischen Einklang fest.

1798

Caroline Auguste Fischer

Krauskopf und Goldlöckchen

Die Fee Soline hatte seit mehreren Jahren über verschiedne Königreiche regiert. Ihr heller Kopf und ihr großes Herz erregten die allgemeine Bewunderung. Aber ach! sie selbst war nicht glücklich! – Größer, denn alles, was sie umgab; wie hätte sie es seyn können.

Rastlose Thätigkeit des Geistes war ihr bis jetzt der höchste Genuß; aber diese Thätigkeit schien zwecklos zu werden. Was sie auch thun mochte, die Menschen zu sich zu erheben, sie fand sie immer wieder gesunken.

»Nein! – rief sie eines Morgens – ich reiße mich los! Diesem wahnsinnigen Haufen kann es einerley seyn, von wem er regiert wird!«

Unerschütterlich gegen die Bitten ihrer Räthe, legte sie wenige Tage nachher die Krone nieder, und zog sich auf eine Insel zurück, die man seitdem die Glückliche nannte.

Sie schien diesen Nahmen nur zu verdienen, weil sie von Kindern bewohnt wurde. Sobald diese das sechszehnte, höchstens das siebzehnte Jahr erreicht hatten; wurden sie, durch irgend einen unglücklichen Zufall, von der Insel entfernt, und kehrten nie wieder dahin zurück.

Auf diese Weise hätte nun das kleine Land sehr bald entvölkert werden müssen; wäre es nicht durch die Fee immer wieder mit neuen Bewohnern versehen worden. Da ihr schönes Gemüth weit umher bekannt war; so konnte es ihr nicht an Gelegenheiten dazu fehlen.

Aber nie kehrte sie froher in ihr kleines Reich zurück; als da Krauskopf und Goldlöckchen von ihr entdeckt wurden. Die armen Kleinen stacken in einer dumpfigen Schulstube, und schwitzten große Angsttropfen. Goldlöckchen kniete auf einem mit spitzigen Steinen angefüllten Beutel, und hatte das Bild eines fürchterlich gepinselten Esels am Halse. Krauskopf saß in einem Winkel, und wurde grade jetzt der Schulmeisterin denuncirt.

Er hatte Goldlöckchens baumwollene Kinder vor den Krallen der alten Jungfer verborgen, und zeigte sie jetzt der kleinen Geliebten von ferne, um sie in ihrem Jammer aufzurichten.

Aber diese baumwollene Nachkommenschaft, hatte ja eben den Zorn der Schulmonarchin gereitzt. Statt den Gesang und das Evangelium zu lernen; war Goldlöckchen den ganzen Morgen auf die Verfertigung der kleinen Geschöpfe bedacht gewesen. Hatte jedes, wie es vollendet war, gehätschelt, in den Schlaf gebracht, und es Krausköpfchen, mit tausend Küssen, in Verwahrung gegeben.

Des Alles war dieser nun eingedenk, sprang schnell auf eine Bank, und schrie der grimmigen Atropos, da er sie mit der mörderischen Scheere gerüstet sah, entgegen:

»Komm nur wenn du Herz hast! Rühre nur eins von Goldlöckchens Kindern an! Dann magst du sehen!« –

Armer Krauskopf, wohin würde dein Muth dich geführt haben! hätte Soline nicht in dem Augenblicke dich, sammt Goldlöckchen, von allen Haselstöcken, und Kernbeuteln, gemahlten Eseln und ungemahlten Ruthen erlöset. Schnell über Thürme und Berge, flog sie mit den lieblichen Kindern, und senkte sich mitten in dem glücklichen Eilande nieder.

Welch ein Schauplatz für die armen unterdrückten Kleinen! Duftende Sträuche, und rieselnde Bäche. Die köstlichsten Früchte, über paradiesischen Lauben. Frohes Getümmel, Spiel und Gesang auf allen Seiten.

Sie glaubten, es sey ein Traum – sie betasteten die Sträuche und die Blumen, liefen allenthalben umher, riefen sich zu, stürzten dann einander in die Arme, weinten und lachten, fragten und hörten keine einzige Antwort. Ach sie waren glücklich! und Soline vergaß über den köstlichen Anblick alle Wunden ihres eigenen Herzens.

Aber dieses Herz vermochte dennoch nicht sich zur Gerechtigkeit, die keine Lieblinge duldet, zu erheben. In der That dies wurden Krauskopf und Goldlöckchen; als sie kaum ein paar Tage auf der Insel gelebt hatten.

Es war aber auch nicht möglich sich etwas anziehenderes als diese beiden idealischen kleinen Geschöpfe zu denken. Er lauter Kraft und Lebendigkeit, sie lauter Zartheit und Gefühl. Beyde mit der höchsten Empfänglichkeit für jeden äußern Eindruck! dennoch diese stille sich selbst genügende Liebe zu einander.

Spielte Goldlöckchen; dann entfernte sich der wunderbare Knabe schnell von den kleinen Gesellen, blos: um sie spielen zu sehen. Wie berauscht stand er dann hinter ihr, und schien zu seiner Freude nichts als der ihrigen zu bedürfen.

Spielte Er, dann wurde plötzlich der ganzen baumwollenen Nachkommenschaft das Schlaflied gesungen, und Goldlöckchen stand mit zärtlichem Lächeln, den muthvollen kleinen Geliebten anzuschauen.

»Ja! – rief Soline – man schwatze von gegenseitiger Aufopferung was man wolle! Die höchste Liebe äußert sich doch nur durch das höchste Wohlgefallen! –

Bis zur Aufopferung kann es die Freundschaft auch bringen. Aber ihr glücklichen Kinder! wie lange kann das dauren! – Auch ihr werdet euch von mir entfernen, und werdet elend seyn wie die Anderen.«

Ach die gute Soline! ihre Ahndung war nur gar zu richtig. Krauskopf hatte jetzt das siebzehnte, und Goldlöckchen das vierzehnte Jahr erreicht, ihre Liebe war bis zu dem höchsten

Grade von Zartheit und Innigkeit gestiegen, und die kleine Insel, ihre Welt, war ihnen ein Paradies. Oft schmeichelte sich Soline, trotz aller Ahnung, sie würden in ihrer glücklichen Unwissenheit sanft über den entscheidenden Zeitpunkt hinweggleiten. Vielleicht wäre es möglich gewesen; hätte sie nicht grade jetzt die boshafte Fee Arganto bei ihren Spielen entdeckt.

Sie war ein sogenannter Espritfort. Alle Güte hies ihr Schwäche, und nur Aufruhr und Zwietracht war ihre Freude. Nach ihrer Meinung, gelangten die Menschen nicht sowohl durch Kampf gegen die Leidenschaften; als vielmehr durch Krieg mit ihres Gleichen, zu dem ganzen Gefühl ihrer Kraft.

Es sey Raserey, wenn sie sich einbildeten: von einem wohlthätigen Geiste zur Glückseeligkeit geschaffen zu seyn. Alles widerspreche dieser tollen Schimäre; so wie der: eines verbesserten Zustandes nach dem Erdenleben.

Irgend ein höheres Wesen gebrauche sie wahrscheinlich wie eine Art von Affen und habe ihnen die Leidenschaften nur gegeben: um sie zu desto wunderlichern Sprüngen dadurch zu reitzen.

Auf ihre sogenannte Vernunft, hätten sie übrigens eben so wenig Ursache stolz zu seyn; wie der Affe auf die bunte Jacke. Diese bilde mit dem Affengesichte einen ergötzenden Kontrast, und nur deswegen habe sie das närrische Thier von dem Herrn bekommen.

Mit diesem Systeme ausgerüstet, hatte sie sich seit mehreren Jahren an verschiedenen Höfen umhergetrieben und die Angelegenheiten der Kabinette geleitet. Der Erfolg schien ihre Grundsätze zu rechtfertigen, und des Blutvergießens ward kein Ende. Grade jetzt suchte sie einen neuen Schauplatz für ihre Thätigkeit; als sie unglücklicher Weise Solinens Eiland entdeckte.

Plötzlich schossen die Greife, ihr Lieblingsgespan, vor den

betäubten Kindern daher, und Arganto nahm gleichsam Besitz von der Insel. In der That, dies verrieth ihr Anstand, und die Art wie sie die gütige Fee begrüßte.

»Nun wie gehts Madam? – rief sie dieser in einem kreischenden Nasentone entgegen – hat die Landluft Sie geheilt?« –

»Wovon?«

»Nun von der bösen Krankheit, an der Sie noch vor zwey Jahren so gefährlich darnieder lagen!« –

»Daß ich nicht wüßte«

»Himmel! welch ein kurzes Gedächtniß! – Glaubten Sie nicht damals an die Perfectibilität der Erdwürmer? und wäre dies bey einem gesunden Blutumlaufe möglich gewesen?« –

»Sie sind ja recht guter Laune!« –

»Natürlich! ich amüsire mich mit Allem was mir vorkommt. – Aber was sind denn das für ein Paar Sympathienvögel?« –

»Sie meinen Krauskopf und Goldlöckchen. Kommt her, lieben Kinder, die Fee will euch sprechen.«

»Krauskopf und Goldlöckchen! – wahrhaftig den Nahmen mit der That! – Der Bursche tritt einher als ob er die ganze Welt auffordern wolte, und das Dulcinechen glänzt ja wie die helle Sonne! Nun daraus kann etwas werden!« –

»Ich hoffe.«

»Wahrhaftig? – Sind Sie mit ihnen zufrieden? – Das wäre nun freylich eine schlimme Vorbedeutung! – Aber es ist wahr! ich erinnere mich! die Hoffnung ist ja immer Ihre Favoritgöttin gewesen!« –

»Und ist es noch.«

»Nun! nun! der Himmel gebe seinen Seegen dazu! Daß auch wir darüber stritten!« –

»Wäre in der That ganz überflüßig.«

»Freilich! freilich! aber was wolte ich doch sagen? – ja! hören Sie! ich nehme den Burschen, während meines hiesigen Aufenthalts, zu meinem Pagen an, und die kleine Donselle kann meine Toilette besorgen.«

Bey diesen Worten ergriff sie die erstaunten Kinder bey der Hand und zog sie mit sich ins Gebüsch.

»Ach die unglücklichen Kleinen! – Welch ein erbärmliches Leben! – Ohne allen Genuß! hier in dieser Wildniß!« –

So ging es in Einem fort; bis endlich Krauskopf, mit flammendem Gesichte, vor sie hintrat, und in einem ungeduldig-wehmüthigen Tone ihr zurief:

»O höre auf zu ächzen! – Wo sind die unglücklichen Menschen? – Wir wollen hin! wir wollen ihnen helfen! jetzt gleich! jetzt augenblicklich wollen wir ihnen helfen! – Nun! was starrst du mich an? – Wo sind sie?«

»Über den Tollkopf! – Wo sie sind? – *Hier* sind sie!«

»Hier! – Das ist nicht möglich! – Die Mutter müßte es wissen.«

»Sie weiß es auch; aber sie will es nicht wissen.« –

Jetzt verstummte der Knabe und seine brennenden Augen sanken wehmütig zur Erde.

»Nun begreift der kleine Dummkopf endlich: was ich meine?« –

»O ja! ich begreife: daß Du aus dem Lande bist, wo man krank wird, und wo die Gedanken sich verwirren. Komm! laß uns zur Mutter gehen! Sie wird dir helfen.«

»Das ist ja ein unverschämter Bube!« – schrie die Fee mit hochrothem Gesichte, und so war die erste Unterhaltung zu Ende.

Krauskopf hies nun ein naseweiser Grobian, und Goldlöckchen eine langweilige Dorfschöne. Der Plan war geändert, von Pagen und Toiletten gar nicht mehr die Rede.

Statt dessen aber fand Goldlöckchen, am andern Morgen einen großen Kasten in ihrer Laube. Sie glaubte Krauskopf habe ihn dahin gesetzt; aber dieser versicherte: daß er ihm eben so neu sey, wie ihr. Doch mit einem Male rief er:

»Sieh! sieh welch ein Glas da oben! Ach ich erinnere mich! – es wird ein Guckkasten seyn! Komm! komm! du sollst zuerst hinein sehen!«

Goldlöckchen lies sich das nicht zweimal sagen. Schnell ruhte ihr Näschen an dem Glase, und eine Ausrufung folgte der Anderen. Aber jetzt da sie die ganze Insel im Kleinen, und sich am Ufer derselben erblickte, verstummte sie vor Erstaunen.

Bald darauf fand sie sich in einer mit Rosen bekränzten Gondel, dann in einem fremden Lande, von jungen schönen Männern umgeben, die ihre Gewänder küßten, und sie wie eine Gottheit zu verehren schienen. In einer Art von Verzuckung schloß sie nun die Augen, und sank mit den Worten: »Aber wo bist du? Wo bist du?« in des Geliebten Arme zurück.

»Wo ich bin? – ich bin bey dir! und werde immer bey dir seyn!« –

»Ja ich weiß es wohl; aber sieh nur hinein! sieh nur hinein! Ach das hätte ich nimmermehr gedacht!«

»Was denn?« – und ehe die Frage beantwortet war, stand Krauskopf auch schon vor dem Glase.

Keine Gondeln und keine Rosen, keine schöne Herrn und keine Göttinnen mehr. Dafür aber köstliche Pferde, und schön gewapnete Ritter. Ein großes Turnier, und Krauskopf als Sieger. Kränze und Beifallszeichen die Menge. Liebe und Anbetung von allen Seiten.

Stumm und verwirrt wandte er sich jetzt von dem Glase, umarmte Goldlöckchen und sank, in sich selbst vertieft auf eine Rasenbank nieder.

So fand ihn Arganto, und kannte ihren Vortheil zu gut, um diese Stimmung ungenutzt zu lassen. Sie spielte die Unwissende, und lies sich alles auf das genaueste erzählen.

»Ja das wären freylich ganz sonderbare Erscheinungen! – Gewiß habe irgend ein höheres Wesen ihr künftiges Schicksal dadurch andeuten wollen. – Es sey auch nicht wahrscheinlich: daß ein Paar so glücklich organisirte Menschen, bestimmt seyn sollten, ein Pflanzenleben auf dieser Insel zu beschließen. Soline sey eine ganz gute Frau; aber freylich so übersättiget, finde man das genußreiche Weltleben anders als in der empfänglichen, und für den Genuß bestimmten Jugend. – Nur durch eine lange Reihe, der verschiedensten Erfahrungen könnte man zu dem möglichsten Grade von Bildung gelangen. u. s. w.« –

Das wirkte, und sogar schneller als die Fee es geglaubt hatte.

Krauskopf und Goldlöckchen suchten sich nicht mehr, sie fanden sich nur. Zum ersten Male in ihrem Leben, dachten sie darüber nach: wie sie sich unterhalten sollten. Jeder glaubte, es fehle dem Andern etwas, maß sich die Schuld davon bey, und ängstigte sich es zu finden.

Umsonst! die Verstimmung nahm überhand. Jene sorgsame Zärtlichkeit, welche nichts so sehr fürchtet: als Fehler an dem geliebten Gegenstande zu entdecken, war verschwunden. Man fühlte ein lebhaftes Bedürfniß, die drückende Last auf den Andern zu wälzen, und freute sich: da es endlich gelungen war. Der erste Vorwurf kostete nun keine Überwindung mehr, und es war da, wohin Arganto es haben wolte.

Nur wenige Tage noch, und sie konnte schon dreist ihre Vorschläge anbringen. Von der kleinen Insel, von Solinen sich entfernen, schien nun gar nicht mehr so außerordentlich. Aber woher die Erlaubniß dazu nehmen? – Arganto hatte an alles gedacht, und versprach: für alles zu sorgen.

Aber ohngeachtet aller angewandten Verschmiztheit, erschrack Soline dennoch auf das heftigste: als man mit dem eigentlichen Antrage sich hervorwagte. Das Einzige was sie liebte sollte ihr entrissen werden! – Wenigstens, beschloß sie, noch alle gute Mittel dagegen anzuwenden, und ohne weitere Rücksicht auf Arganto's Zorn schilderte sie nun den jungen Leuten was ihrer wartete. Aber leider war man auf alles gefaßt, ein wenig Verschämtheit, ein Paar Thränen die ganze Antwort.

Jetzt erstaunte Soline, und ein tiefer entsetzlicher Schmerz mahlte sich auf ihrem edlen Gesichte. Sie deutete mit der Hand nach dem Ufer und eilte, ohne sich umzusehen, in den benachbarten Wald.

»Fort! fort! – rief Arganto – sie mögte wiederkommen und bereuen. Wir haben die Erlaubniß! was bedürfen wir mehr!« –

So wurden die betäubten Kinder mit fortgerissen und befanden sich schon, ehe sie noch zum Bewußtsein kamen, in dem Lande der wahnsinnigen Träumereyen.

Hier regierte Arganto mit eisernem Scepter und das sklavische Volk gehorchte willig der Tiranney. Der uneingenommene Beobachter müßte es für einen Haufen Verrückter angesehen haben. Ohngeachtet die Natur Jedem eine Quelle der Freuden in seinem eignen Herzen eröfnet und einen unbestechlichen Richter damit verbunden hatte, der ihn warnte wenn er sie trüben wolte; suchten die Rasenden immer die Freude wo sie niemals zu finden war.

Das Götterkind! die Liebe, hatten sie ihren viehischen Lüsten aufopfern wollen. Darum war es nun auf ewig von ihnen gewichen und hatte sie der zerstörenden Selbstsucht überlassen. Ein allgemeines Wohl gab es nicht mehr, jeder suchte nur das Seinige zu befördern. List wurde daher schlechterdings nothwendig, und man hatte nun keine wichtigere Angelegenheit als sich in der Verstellung zu üben.

So betrogen sich die Unglücklichen um das schöne Erdenleben, und beschuldigten die Natur: sie habe sie zum Elende geschaffen. Gleichwohl bedienten sie sich einer Menge künstlicher Mittel dieses Elend zu verbergen.

Daher glaubten nun Krauskopf und Goldlöckchen, in das Land der Freude gekommen zu seyn. Jede Stunde führte einen unbekannten Genuß herbey, und ein betäubendes Wohlbehagen durchschauerte die jugendlichen Sinne. Ohne es zu wissen, trugen sie aus ihrer Geistesfülle immer etwas auf die umgebenden Gegenstände über, und genossen, was die Andern nicht einmal ahneten.

Aber wie lange konnte die Täuschung dauren? – Ihre Verschiedenheit von den Einwohnern war zu groß; als daß sie ihnen selbst, bey aller Verschönerungsgabe, nicht hätte sichtbar werden sollen.

Krauskopf, mit seinem lebhaften Abscheu gegen alles Unedle, fand am ersten Gelegenheit seinen Irrthum einzusehen. Nun wollte er zu Goldlöckchen, die er, ohne es zu wissen verlassen hatte, zurückkehren, aber er fand sie unter einem Schwarme von Anbetern, so zerstreut, so beschäftiget: daß er trostlos wieder davon eilte.

Womit nun die schreckliche Leere in seinem Herzen ausfüllen? – Er hatte von den Weisen des Landes gehört, und hofte sie würden es ihm sagen.

Man nahm ihn mit vieler Bereitwilligkeit auf, und versicherte: schon lange zu besitzen was er suchte. Erstaunt seinen Wunsch so bald erfüllt zu sehen, bat er nun um Belehrung, und bekam zur Antwort eine große Kiste mit Büchern.

Wie ein Heißhungriger warf er sich darüber her, und hoffte nach jedem durchlesenen Bande das Versprochne zu finden. Aber sonderbar! – in diesem war es nicht, in dem Folgenden auch nicht – endlich hatte er die ganze Kiste durchlesen, und sank trostlos auf sein Lager.

»Ihr Grausamen! – rief er, und Thränen stürzten aus seinen Augen – Ihr habt mir nicht gegeben was ihr verspracht! – aber geraubt habt ihr mir, was ich noch hatte. Eure Ruhe ist Heucheley, oder Betäubung. Ach Ihr Elenden! hätte ich Euch und Eure Weisheit niemals gekannt! –

Ihr habt mir bewiesen, daß ich nichts weiß, und nie etwas wissen kann. Was bleibt mir nun übrig für das öde Leben? –

Soll ich es, so wie ihr, mit lauter Mitteln, ohne Zweck, vertändeln? – Ich Unglücklicher! hätte ich nur die Ruhe wieder! auf Glückseeligkeit wollte ich gern Verzicht thun!« –

So klagte der betrogne junge Mann, und dem armen Goldlöckchen ging es nicht besser. Von Schmeicheley betäubt, hatte sie Anfangs ihr Herz und alles was ihm theuer war, vergessen. Doch endlich machte dieses seine Rechte doppelt wieder geltend; aber unglücklicher Weise, grade in der Zeit, wo Krauskopf sich auf die Bücher geworfen hatte.

Tief mit sich selbst beschäftigt, schien er sie kaum zu bemerken, und wenn dies ja der Fall war, sogar zu vermeiden.

Dies glaubte wenigstens einer von Goldlöckchens eifrigsten Anbetern gewahr zu werden, und ermangelte nicht, sich um so mehr zu nähern, je weiter Krauskopf sich entfernte.

»Ach er konnte, bey aller Innigkeit, doch nicht seine Liebe auf diese hinreissende Art mir äussern! – Er kam wohl meinen Wünschen zuvor; aber so fein ahnete er sie nicht – Und würde er die Anlagen in mir entdeckt haben? welche durch Lamor, zu so angenehmen Fertigkeiten entwickelt werden?« –

So dachte Goldlöckchen, und fand es alle Tage bequemer, so zu denken. Bald fing sie an, die Verbindung mit Krauskopf, für ein bloßes Kinderspiel zu halten, und überließ sich ganz der schrecklichen Leidenschaft, die Herz, Verstand und Sinnlichkeit, mit den gefährlichsten Banden umstricket.

Natürlich bekam auch hier jene Leidenschaft die Farbe des Charakters. Sie wurde durch die hohe Unschuld des tief empfindenden Mädchens so sehr veredelt; daß sie den feinen Wüstling Lamor, in wenig Monden, völlig umgeschaffen zu haben schien.

Er selbst fühlte sich geneigt es zu glauben. So vollkommen und wohlthätig war die Täuschung. Aber um so mehr bemühten sich nun seine Freunde, ihn eines bessern zu belehren.

Sie erinnerten ihn: es sey eines Mannes unwürdig, einem so durchdachten, und bewährten Systeme wie dem seinigen, untreu zu werden. Goldlöckchen sey nichts mehr und nichts weniger als eine Sterbliche, und würde es ohne Zweifel sehr langweilig finden, immer fort wie eine Göttin behandelt zu werden.

»Und welche Schande! – riefen sie einstimmig – der erfahrenste aller Ritter! so gänzlich überwunden!!« –

»Überwunden! – antwortete Lamor – Oho da mögtet Ihr Euch irren! – Meint Ihr, die schnellsten Siege wären die angenehmsten? – Wie? wenn ich um meines eignen Vergnügens willen so lange gewartet hätte? – Nicht wahr? das konnte Eure Weisheit nicht ahnen?« –

Mit diesen Worten eilte er in Arganto's Zimmer und hoffte Goldlöckchen dort zu finden. Aber die Fee hatte sie den ganzen Tag nicht gesehen, und war selbst wegen ihres Aussenbleibens besorgt. Nun eilte Lamor noch schneller wieder davon, um sie aufzusuchen.

Aber indem er durch das Vorzimmer fliegt, wird sein Auge durch einen weißen Schimmer aus der Ecke desselben angezogen. Es ist Goldlöckchen! Ausgestreckt liegt sie da auf dem Boden! ohne Bewußtseyn, bleich wie eine Leiche.

Auf Lamor's durchdringendes Geschrey stürzt alles hervor. Was mag ihr begegnet seyn? – Niemand kann Auskunft geben. Seit einer Stunde, da man sie ankommen sah, ist kein Mensch in dem Zimmer gewesen.

»Schon vor einer Stunde?« – wiederhohlte Lamor betroffen – Grade zu dieser Zeit, war das ziemlich laute Gespräch über Goldlöckchen, ganz in der Nähe vorgefallen, und er vermuthete sehr richtig: sie möge einen Theil davon gehört haben.

Gleichwohl war diese Vermuthung zu unangenehm, als daß er sich nicht mit irgend einer andern Ursach ihres Übelbefindens geschmeichelt haben sollte. Aber da Goldlöckchen, nach vielen angewandten Bemühungen, sich endlich erhohlte, sagte ihr erster Blick, noch mehr, als er gefürchtet hatte.

Mit Abscheu wandte sie sich von ihm ab, umklammerte Arganto mit ihren schönen Armen, und verbarg das Engelgesicht an den Busen der Verrätherinn.

Schon lange hatte die tückische Frau sich an der Trennung der beyden Geliebten ergötzt. Sie war es, die Lamors Freunde vereinigt hatte, seine Eitelkeit zu reizen; um, wie sie sich ausdrückte: der langweiligen Intrigue ein Ende, und die kleine Dorfschöne etwas genießbarer zu machen.

Das unglückliche Mädchen bat sie jetzt die Umstehenden zu entfernen, und schüttete nun, da sie allein waren, ihr tief gekränktes Herz vor ihr aus.

»Ach Gott! – rief sie – ich glaubte mich geliebt, und der schreckliche Mann dachte nur auf List und Betrug!« –

»List und Betrug! – wiederhohlte Arganto – liebes Kind! wozu nun dieses tragische Wesen! diese harten Benennungen! – Ein Mann, in der großen Welt gebildet, behandelt Sie mit Feinheit – nun ist er gleich: ein listiger Betrüger! – Wann werden Sie doch einmal anfangen, die Dinge im milderen Lichte zu betrachten, und diesen romanhaften Ernst abzulegen, der Ihnen eben so wenig steht, wie eine Kontusche von Anno sechszig. –

Wer sollte geglaubt haben – fuhr sie fort, da Goldlöckchen durch ein Paar naive Antworten ihren Zorn gereizt hatte – Euer kleinlicher Dorfglaube würde so tiefe Wurzel schlagen! – Bey meinem Leben! hätte ich es gewußt, Ihr solltet mir schön in Eurer Wüsteney geblieben seyn! –

Nur Undank, nur Schande hat man von Euch! – Ein liebenswürdiger Mann bewirbt sich um die Prinzessin. Aber seine Liebe ist nicht nach ihrem Geschmacke. Dazu müßte sie mit lauter Necktar, und Ambrosia, ja wohl gar, mit bloßer Luft genährt werden! –

Der sehr vernünftige Mann hat natürlicher Weise, einen ganz anderen Plan. Nun spielt man gleich die Romanheldin, wirft sich auf die Erde, bekömmt Ohnmachten, und dergleichen. Während der Pastor fido sich ganz und gar nicht um sie bekümmert, alle Leute die ihn poussiren wollen brusquirt und jetzt für gut findet, zu den Rebellen überzugehen. Ohne Zweifel weil ihm danach gelüstet, einen Kopf kürzer zu werden.« –

»Was? – rief Goldlöckchen – Krauskopf ist fort?« –

»Nun? bekommen wir nicht abermals eine Scene? – Jetzt wird es wohl an ein Haarausraufen, Vergiften und Erstechen gehen? – Aber ich will sehr bitten sich zu mäßigen, und mich mit allen Larmoyanten zu verschonen. Folgen Sie meinem Rathe und legen Sie sich zu Bette.« –

Mit diesen Worten wandte sie Goldlöckchen den Rücken, und das unglückliche Mädchen stürzte verzweiflungsvoll aus dem Zimmer. Lamor wollte sie zurückhalten; aber sie achtete nicht auf ihn, und suchte eilenden Laufs ihre Wohnung zu erreichen. Schnell holte sie nun, aus einem entlegenen Zimmer, die Kleidung ihres vorigen Standes herbey und preßte sie mit schmerzhaftem Lächeln über den blühenden Körper.

Aber der volle Busen zersprengte das kindische Mieder, und die schön gerundeten Hüften hoben das enge Röckchen bis an die reizende Wade. Mit Angst bemerkte es das liebliche Mädchen, und suchte erröthend die Fehler wieder gut zu machen. Die seidenen Haare über der blendenden Stirne in einen Kranz gewunden, ein Körbchen am Arme, ein braunes Dornenstöckchen in der Hand, so fragte nun Goldlöckchen bald hie bald da auf der Landstraße: »Sagt mir doch, wohin geht der Weg zu den Rebellen?«

»Zu den Rebellen?« – Niemand wollte davon wissen. Halb mißtrauisch, halb gerührt, gab man ihr ein Stückchen Brodt, ein Glas Wasser, hie und da einige Früchte, und lies sie mit Kopfschütteln wieder gehen.

Sechs Tage und sechs Nächte war sie nun umher geirrt. Ihre Füße bluteten, und die schönen Augen, von Thränen geschwollen, blickten trostlos in die Ferne. So an einem Baum gelehnt, wollte sie die erschöpfte Natur zu einer neuen Anstrengung zwingen; als sie unwillkührlich auf den Rasen sank und in wenigen Minuten entschlummerte.

Ihr Geliebter, den ein wohlthätiger Traum jetzt vor ihre Phantasie führte, war indessen, mit Ruhm überhäuft, vom Schlachtfelde zurückgekehrt. Aber er hatte den Tod gesucht, brauchte jetzt Liebe das Leben zu tragen; und fand nur übelversteckten Neid und hinterlistige Schmeicheley. Da erwachte die Sehnsucht nach dem glücklichen Eilande und mit ihr die erste unzerstörbare Liebe.

»Fort! hin zu Ihr! Wie war es möglich! wie konnte er sie verlassen! – Aber sie liebte ihn nicht mehr – Ach eine kurze Verirrung! gewiß nur eine Verirrung! – O Gott! wäre etwas mehr daraus geworden; er allein trüge die Schuld –

Darum – rief er – keinen Augenblick gesäumt! Wer sie auch hält, ich entreisse sie ihm! – Es liebt sie Niemand wie ich! Sie ist mein Eigenthum, und ich wage mein Leben daran!« –

Dies Selbstgespräch war noch nicht geendigt; als er sich schon in einem dicken Walde, weit von den Thoren der Stadt befand. Es war derselbe Weg, den er aus Argantos Land kommend gegangen war; gleichwohl dünkte ihn alles verändert. Mit brennender Sehnsucht, das Ende des Waldes zu erreichen, fühlte er sich unwillkührlich zurückgezogen, und befand sich immer auf Nebenwegen, wodurch er gewöhnlich nur mehr vom Ausgange entfernt wurde.

Doch endlich hatte er ihn erreicht, und wollte nun der geheimen Empfindung spottend, sich schnell von dem Walde entfernen; als er plötzlich aus der Mitte desselben eine klagende Stimme zu hören glaubte.

»Ach! - rief er, froh sich selbst zu verstehen – es sind Menschen die meiner Hülfe bedürfen! Wohl mir, daß ich gewafnet bin!« –

In der That er war mit Helm und Schwerdt davon gegangen, und eilte nun mit hastigen Schritten, den Ort woher die Stimme gekommen war, aufzusuchen.

Aber schon hatte er sich nach allen Seiten gewandt, ohne irgend etwas entdecken zu können; als er mit einem Male ein ländlich gekleidetes Mädchen vor sich hin eilen sah. Wunderbar zog es ihn hin, ihr zu folgen; aber sie ging so schnell, so leicht, kaum vermochte er sie zu erreichen.

»Liebes Mädchen! – rief er nun – warte doch ein wenig! Hast du nichts von den Menschen, die dort klagten gehört?« –

Schon bey den ersten Worten hatte sich das Mädchen furchtsam umgesehen, und war, da sie einen Mann mit Helm und Schwerdt erblickte, nur desto schneller geeilt. Aber der Mann holte sie ein. Jetzt sah sie grade in sein schwarzes, brennendes Auge, und sank mit einem lauten Rufe des freudigen Erstaunens in seine Arme.

Sie hatten sich gefunden die beyden liebenden Seelen und fühlten! daß es unmöglich seyn würde sie jemals wieder zu trennen.

Hoch über den blinkenden Helm hob er auf beyden Armen das reizende Mädchen, und schwur: daß er sich diese beste Gabe des Himmels trotz allen Widersachern erhalten wolle.

»Aber wie kamst Du hier her? – Wann erkanntest Du mich? – Wo bist Du die ganze Zeit über gewesen?« – So durchkreuzten sich nun die Fragen, und es wurde Nacht, ehe sie beantwortet waren.

Diese mußte man in dem Walde zubringen. Der junge Held sammlete dürres Laub seiner Einzigen ein Lager zu bereiten, legte sie dann behutsam darauf nieder, und entschlummerte nun zu ihren Füßen.

So erblickte sie Soline, die Beschützerin ihrer Jugend. Seitdem ihr die unglücklichen Kinder entführt wurden; hatte sie keine Bewohner mehr für die glückliche Insel gesucht; so, daß diese nun gänzlich entvölkert war. Sie gab es auf Menschen glücklich zu machen, und war unsichtbar nur bemüht, das allgemeine Elend zu mildern.

Aber jetzt sah sie die Lieblinge wieder! – Im höchsten

Schmucke der Jugend. Dem Urbilde der unentweihten Menschheit ähnlich. –

»Sie sind mir erhalten! – rief sie in Geistertönen – Ich sehe es, sie sind meiner Liebe noch würdig!« –

»Hörtest du die Musik?« – fragte Goldlöckchen.

»Nein; aber mir war so wohl, als schliefe ich auf der glücklichen Insel. Ach Goldlöckchen! weißt Du noch, wie man dort erwachte?« –

»Ja wohl! O Gott! könnten wir sie wiederfinden!« –

»Muth! Muth! meine Einzige – rief er, und drückte sie fest an sein Herz – was wir wollen werden wir können. Laß uns aufbrechen! Kannst du nicht gehen; so trage ich Dich. Trage dich, bis wir sie finden.« –

»Aber wohin sollen wir uns wenden?« – fragte das liebliche Mädchen mit ihrer Flötenstimme.

»Dorthin, wo die Sonne aufgeht« – antwortete er, und sein Auge strahlte belebend wie sie.

Aber mit einem Male ein hoher Felsen in ihrem Wege! – »Wir werden ihn ersteigen!« – sagte er, und bot ihr die Hand. Ein jäher Abhang! – »Stütze Dich auf mich – rief er abermals – ich leite Dich hinunter.« Doch jetzt waren sie am Ufer des Meeres. Hinten am äußersten Horizonte schimmerte das glückliche Eiland.

»Ich kenne es! – rief er – Komm! wir müssen hinüber! Schlinge dich fest um meinen Arm! Hier ist meine Feldbinde, ich befestige Dich damit. Wohlan! Tod, oder Leben! – Soline! wir sind reines Herzens! Hilf uns, wenn Du uns liebst!« –

Bey diesen Worten zieht er das betäubte Mädchen mit sich fort, und stürzt hoch vom Ufer, mitten in die schäumenden Fluthen.

Aber Soline sah die Gefahr ihrer Lieblinge und wehrte den drohenden Wellen. Sanft schwammen sie hinüber, und lagen schon tief in einem erquickenden Schlummer, ehe sie noch zum völligen Bewußtseyn gekommen waren.

Jetzt erwachten sie, und fühlten sich eng mit einander verbunden.

»O Gott! so ist es kein Traum! – rief Goldlöckchen – Du bist es – Hier ist die Binde! Wir sind gerettet.« –

»Gerettet! – und wo sind wir? O meine Einzige! sieh einmal um dich! – Weißt Du wo wir sind? – Weißt Du es?« –

Statt aller Antwort, schlang sie ihren Arm um seinen Hals und zog ihn mit sich nieder auf die Knie. So, die Blicke gen Himmel gerichtet, wollten sie für die Erhaltung ihres Lebens der Wohlthäterin danken; aber sie verstummten unter Thränen des Entzückens.

Die große, gütige Mutter sah mit Wohlgefallen auf sie nieder; aber sie hörte von nun an auf ihnen sichtbar zu werden. Nur vor Aufgang der Sonne flötete ein himmlischer Ton durch die Wipfel der Bäume: »liebt Euch, und seid reines Herzens.« Nachher war der Ton nicht mehr hörbar, und wenn man mehrere Tage den glücklichen Augenblick versäumt hatte, wurden die herrlichen Worte vergessen.

Dies ist wahrscheinlich der Fall bey Goldlöckchens Nachkommen gewesen. Nach wenigen Jahren konnte man die glückliche Insel nicht mehr finden; denn sie unterschied sich durch nichts von den übrigen.

1802

CAROLINE AUGUSTE FISCHER

Selim und Zoraïde

Der König Krantimor war ein so rechtschaffner Mann; daß er sich gradezu auf seinen Thron setzen mußte, um jemand zu überzeugen, er sey daran gewöhnt.

Mit unerschütterlicher Standhaftigkeit beharrte er darauf, zu seinen Verordnungen nichts als den Nahmen herzugeben, und sich dem zufolge alle Morgen einige Bücher weißes Papier reichen zu lassen, worauf er dann seine Minister das Übrige hinzusetzen lies.

Eben so eifrig trieb er seine Generale an, so viel Schlachten als möglich zu gewinnen, um dann als Vater des Volkes, das Tedeum mit der gehörigen Würde absingen, und die gewöhnlichen Glückwünsche deswegen annehmen zu können.

Von der Wichtigkeit seines Lebens überzeugt, stärkte er sich täglich durch eine wohlgeordnete Jagd. Küche und Keller wurden Abends zuvor auf das solideste besorgt, und es verstand sich von selbst: daß man, bey dieser wichtigen Staatsangelegenheit, auf einige verwüstete Saatfelder weiter keine Rücksicht nehmen konnte.

Die Königin war vor einigen dreyßig Jahren sehr schön, das heißt alles gewesen was man vernünftiger Weise von einer Königinn verlangen kann. »Nicht viel verlangt!« – wird man sagen – Aber die arme Königinn mag das Gegentheil beweisen.

»Welch ein Hals ! Welch ein Mund! Welch ein himmlisches Auge!« – riefen die grausamen Hofleute alle Abende. »Barmherziger Gott! Welche Flekken! Welche Runzeln! Welche schreckliche Vertiefungen!« – wiederhohlte der noch grausamere Spiegel alle Morgen.

Was sollte man thun? – da die Hofleute auf diese Weise andeuteten; wie wenig sie geneigt waren von ihren Forderungen abzugehen; so nöthigten sie die arme Königinn das Äußerste zu versuchen.

Man verschrieb Schönheitswasser, Faltenzieher, deutsche und spanische Schminken; die Toilette ward bei verschloßnen Thüren besorgt, und die Kammerfrauen hatten kaum Zeit, täglich einen Roman durchzulesen.

Aber wann käme ein Unglück allein? –

Prinzessin Zoraïde fing jetzt in ihrem zwölften Jahre an zu beweisen: wie sie in ihrem siebzehnten alle Schminken und Schönheitswasser der ganzen Welt zu Schanden machen würde. Hies das nun aber nicht ihrer Mutter gradezu nach dem Leben trachten? – Auch nahm es die Königinn ganz von dieser Seite, und da es sogar nach den Grundsätzen der neuesten Philosophie erlaubt ist: sein Leben zu vertheidigen; glaubte sie sich ebenfalls dazu verbunden.

Die Prinzessin ward krank, bekam Anfälle von Wahnsinn und konnte schlechterdings dem öffentlichen Urtheile nicht mehr Preis gegeben werden.

»Ob sich das alles so verhielt?« – Wer hätte danach fragen dürfen! – Genug die Königin versicherte es, und der König so eben mit den Anstalten einer Wildenschweinsjagd beschäftigt, konnte unmöglich, wider seine Gewohnheit den Ungläubigen machen.

Ein benachbarter Park ward auf das schleunigste mit hohen Palisaden eingefaßt, ein kleines Haus darin aufgebaut, und die Prinzessin unter sicherer Bedeckung dahin abgeführt.

Einige Stumme besorgten die Aufwartung, zwey Cavallerieregimenter umgaben die äußern Bezirke des Parks und die schlaflosen Nächte der Königinn schienen sich etwas zu mindern.

Nichts desto weniger verstand es sich von selbst: daß ihre Gesundheit, unter diesen häuslichen Sorgen, merklich gelitten hatte und daß der König, wenn grade böses Jagdwetter einfiel oder kein Tedeum zu singen war, manchmal nach seiner Tochter fragte.

Die Nachrichten lauteten dann immer so niederschlagend, daß man nur durch festliche Zerstreuungen einigermaßen aufgeheitert werden konnte; und so war der Pf...sche Hof bald einer der glänzendsten die es jemahls gegeben haben mag.

Jetzt hatte Zoraïde ihr funfzehntes Jahr erreicht und die Palisaden wurden mit einer Mauer umgeben, als Prinz Selim mitten unter einem großen Feuerwerke in der Residenz anlangte.

Der König empfing ihn mit einem traulichen Handschlage, und die Königinn suchte schnell Eins ihrer siegreichsten Lächeln hervor. Der trauliche Handschlag galt dem Erben eines großen Königreichs, und das Lächeln einer wirklichen apollonischen Gestalt.

Zwar wollten die Hofleute gegen das letzte einige Zweifel erheben, da sie aber von den Damen hörten: welch eine klägliche Bewandniß es mit dem Verstande des Prinzen habe, glaubten sie sich wegen der Schönheit zur Majorität schlagen zu können.

In der That waren die Hofdamen zu diesem Urtheil vollkommen berechtiget. Keiner Einzigen hatte der Prinz Gelegenheit gegeben, die Reinigkeit und Unwandelbarkeit ihrer Grundsätze zu bewähren. – Was um Gotteswillen sollte man aber von der Tugend dieser guten Kinder denken; wenn sich niemand die Mühe gab sie auf die Probe zu stellen. Rache ward daher einmüthiglich beschlossen, und der Prinz schien verloren zu seyn.

Aber unglücklicher Weise bemerkte er nichts von allen diesen Anstalten. Der Kavallerieoffizier, welcher den Park bewachte, war sein Freund, und hatte ihm einige Vermuthungen über den sogenannten Wahnsinn des lieblichen Mädchens verrathen. Da er selbst der Sache nicht weiter nachspüren durfte; so glaubte er in dem Prinzen seinen Mann gefunden zu haben und es zeigte sich bald, daß er richtig combinirt hatte.

Selim dachte wachend und träumend nichts als das unglückliche Mädchen, alle Zerstreuungen wurden ihm zum Eckel und die ganze Urbanität des Pf... schen Hofes ging an ihm verlohren.

Zwar hatte grade davon Fee Melinette, seine Beschützerinn, die letzte Politur für ihren Liebling erwartet; aber unter uns gesagt, die gute Frau hätte ihn gar wohl zu Hause lassen können. Er war, dank ihrer Sorgfalt, für einen Prinzen, überflüßig gut erzogen, und hatte mehr Verstand als für ein halb Dutzend Königreiche nöthig gewesen wäre. Rechnet man noch einen Ring dazu, durch welchen er sich unsichtbar machen konnte, wann es ihm beliebte; so wüßte ich doch nicht: was ihm, zu einem vollkommenen Prinzen damaliger Zeit, gefehlt haben sollte. –

Aber ohne diesen Ring wie unglücklich würde er bey allen Vollkommenheiten gewesen seyn! – Nur dieser machte es ihm möglich Wachen, Mauern, und Palisaden zu durchdringen, das theure Mädchen zwischen ihren Blumen wandlen zu sehen, und das süße Gift der Liebe in vollen Zügen einzuathmen.

Abends zuvor hatte Selim das Geheimniß erfahren; Morgens schon, ehe die Sonne aufging, irrte er unsichtbar in den Gebüschen des Parkes umher, und entdeckte, nach langem Schmachten, plötzlich das niedrige Häuschen von hohen Linden beschattet.

Da lag das holdseelige Mädchen, im höchsten Schmucke der Jugend. So schön und so rein, als hätte sie noch keine Stunde auf der verderbten Erde geathmet. Er fühlte es: dieser einzige Blick hatte über sein Leben entschieden, – Sie, oder den Tod! –

Aber ach! Was mußte er thun, damit sie ihn liebte? – Sichtbar, oder unsichtbar, durfte er es hoffen? – Der schöne Busen hob sich so ruhig. – In diesen Engelzügen war keine Spur irgend einer Leidenschaft zu entdecken. – Der ganze Frieden des Himmels schien sie zu umschweben. – Wozu hätte sie seiner Liebe bedurft? –

In diese Gedanken vertieft, stand er unsichtbar an ihrem Lager; als ein wunderschöner Vogel bey Zoraïdens Haupte sich niederlies. Kurz darauf folgte ihm ein Anderer, diesem ein dritter, bis in wenig Minuten das theure Mädchen von einem Vögelchore umgeben war. Unter süßem Gezwitscher, zwickten sie bald hie, bald dort, an ihrem Gewand, flatterten hin und her durch die ofnen Fenster, und schienen das Ende ihres Schlummers kaum erwarten zu können.

Jetzt! jetzt! zuckte der schöne Arm, der Rosenmund bewegte sich zum Lächeln, noch eine Secunde – und das Himmelauge war geöfnet. Dem Prinzen entfuhr ein Laut des freudigen Erstaunens, und Zoraïde sprang schnell von ihrem Lager.

Sie eilte in das Gebüsch, von den Vögeln begleitet, und schien wärend sie ihnen das Futter streute, nach allen Seiten zu forschen: woher der Laut wohl gekommen seyn mögte? – Mehr als ein Mahl war der Prinz im Begriff, ihr sichtbar zu werden, und ihre Knie zu umfassen. Doch Furcht, und Mistrauen in sich selbst hielten ihn bey jeder ihrer Bewegungen zurück.

Aber jetzt da Zoraïde den Stummen Befehl gab das Bad zu bereiten; drohten die gegen einander kämpfenden Empfindungen seine Brust zu zersprengen. Sollte er bleiben? – sollte er folgen? Noch war er zu keinem festen Entschlusse gekommen, als Zoraïde aus seinen Augen verschwunden war. Erschrocken starrte er ihr nach und – nur ein wirklich liebendes Herz wird ihn begreifen – versank in wonnevolle Träumereyen, ohne seine Stelle verlassen zu können.

Ein Geräusch weckte ihn daraus. Es war Fee Melinette,

seine Beschützerin. Sie hatte in seiner Seele den Wunsch gelesen: sie zu sehen und sie um ihre mächtige Hülfe zu bitten.

»Liebst du wirklich, Selim, – sagte sie mit ihrem gewöhnlich liebevollen Tone – so bedarfst du ihrer nicht. Thue was dir die Liebe gebietet und du wirst gefallen.« –

»Aber meine gütige Mutter! – antwortete er – Ich mögte so vieles thun; woher nehme ich aber die Macht dazu?« –

»Sey ruhig! Wenn du aus wahrer Liebe es zu thun wünschest; so wird es dir gelingen. Du weißt ich halte was ich verspreche. – Leb wohl, und vergiß nicht die Bedingung!« –

»Die Bedingung! – rief Selim – O Gott jetzt bin ich allmächtig!« –

Der gute Selim! Es wird sich ja zeigen! –

»So bald sie kommt – rief er – soll eine Wolke sich niederlassen, damit ihr Fuß die Erde nicht berühre! Ein Chor Genien soll sie umschweben, und die köstlichsten Wohlgerüche sollen zu ihr aufsteigen! Dann werde ich ...«

Sie kam und nichts von dem Allen geschah.

Was ist das? Ey, ey! Selim! steht es so um deine Liebe? –

Doch nein! Seht! dort war ein Rosenstrauch, von Zoraïden gepflanzt. Noch gestern blühten zwey der schönsten Rosen darauf; aber heute – »Ach heute – sagte Zoraïde – sind sie alle verwelkt!« –

Schmerz, ist Schmerz! mag er durch zwey verwelkte Rosen; oder durch eben so viele verlohrne Königreiche hervorgebracht werden. In Zoraïdens Nähe gab es keine größern Leiden. Selim empfand diese so lebhaft wie sie selbst, und der Rosenstrauch entfaltete plötzlich eine Menge blühender Knospen.

»Nun? – dachte Selim – liebte ich vorhin nicht eben so sehr wie jetzt? – Wo blieb aber die Wolke?« –

»Da wo sie immer bleiben wird; – flüsterte Melinette – wenn deine Eitelkeit sie begehrt.« –

»Eitelkeit! – dachte Selim – Eitelkeit bey meiner unendlichen Liebe!« –

»Erinnere dich der Worte!« – erwiederte Melinette –

Aber der Prinz sah nach Zoraïden und nach dem blühenden Strauche. – Er hatte geschaffen! – Er liebte! – Giebt es noch etwas beseeligenderes für den Menschen? kann man da auf Ermahnungen hören? –

Zwar könnte man glauben, das Schaffen habe dem Prinzen nicht viel Anstrengung gekostet; allein er befand sich wirklich dabey in einem ganz besondern Zustande.

Wünschte Zoraïde etwas, dann flammte sein Auge, sein Herz klopfte schneller, ein verdoppeltes Leben schien seinen ganzen Körper zu durchströmen, dunkle verworrne Bilder umschwebten dann seine Seele. Angstvoll suchte er sie zu erhaschen. Vergebens! sie waren dahin! – Aber nun wieder! – Noch einmal! Abermals! – Jetzt hielt er sie. Schon konnte er vergleichen, trennen, zu einem Ganzen verbinden. Jetzt! jetzt! O des wonnevollen Augenblicks! Der Gedanke war gebohren, noch eine Secunde – und er stand lebendig vor seinen Augen.

»Nun das war aber kein Wunder! – Den Dichtern, und Philosophen, Einem jeden unter uns geht es ja alle Tage so!« –

Richtig! lieben Freunde! Aber ist es denn meine Schuld; wenn das Wunderbare so natürlich, und das Natürliche so wunderbar ist? – Am Ende mußte Fee Melinette mit ihrem Zauberstabe das Beste dabey thun, und wer weiß: ob nicht irgend ein großer Zauberer es eben so mit uns macht. –

Dem sey nun wie ihm wolle, genug diese natürlichen Wunder hatten Zoraïden in einen Zustand versetzt, der ihrer schönen Ruhe sehr gefährlich zu werden drohte. Keine ihrer Lieblingsbeschäftigungen befriedigte sie mehr, ihre Vögel, und ihre Blumen wurden vergessen, und nun schien sie wirklich von einem süßen Wahnsinn ergriffen.

O Himmel! Geisterodem der jetzt an ihrer Wange vorüber

streifte und ihren Mund – ach so wunderbar – berührte! – Und des Nachts! – Nein! jetzt täuschte sie sich nicht mehr! – gewiß es waren Seufzer, die sie so oft aus dem Schlafe erweckten! –

Seufzer? kann ein Geist auch seufzen? – Nun verlor sie sich in schmerzhaft süße Träumereyn, und alles Sichtbare verschwand vor ihren Augen.

Aber desto mehr Bilder traten aus ihrem Innern hervor. Ein Geist? – Ach einen Geist kann man nicht denken! – Wenigstens einen äußerst feinen, ätherischen Körper muß man ihm geben. – Aber welch eine Form soll dieser Körper haben? – »Welch Eine?« – rief Zoraïde – nachdem sie mit geschloßnen Augen manches Bild hervorgerufen und verworfen hatte. »Welch Eine?« – rief sie abermals, und der Prinz stand wie von Raphael gezeichnet und von Titian gemahlt, zum Sprechen ähnlich, in Lebensgröße vor ihr.

Ein lauter Ruf des Schreckens wolte ihr entfahren; aber plötzlich schloß sie wieder den lieblichen Mund und sank voll Entzücken die Augen unverwandt auf das Bild geheftet bey einer Rasenbank nieder.

Armer Selim! auch jetzt durftest du ihr nicht sichtbar werden! – In der That Melinette war zu hart! – Alles was du aus wahrer Liebe zu thun wünschtest, solte dir gelingen. Wie oft hattest du gewünscht Zoraïdens Knie umfassen zu dürfen! – Nie ward es dir vergönnt! – Freilich hattest du es um deinetwillen gewünscht, aber solte das mit der Liebe schlechterdings unvereinbar seyn? – Armer Selim! dein Murren hilft nichts! – Die Feen sind keine Mädchen. –

Wie sehr bewieß dies Zoraïde! – Sie dachte nicht daran, ob das was für sie geschah, aus wahrer Liebe geschehe. –

Unbekannt mit der Welt und mit ihrem eignen Herzen, wie hätte die Reinheit irgend einer Empfindung ihr zweifelhaft werden können. Ach wenn man so liebenswürdig ist, dann wird es nicht schwer an Liebe zu glauben! – Das Mistrauen scheint sich nur mit dem Alter und mit der Häslichkeit zu verbinden und vermag leider nicht sie zu verschönern. –

Aber wie ging es dem Bilde? Es stand im Hintergrunde einer großen Jasminlaube. Anfangs hatte Zoraïde es nur von ferne angeblickt; aber ein unwiderstehliches Etwas zog sie immer näher zur Laube. Jetzt trat sie hinein. – Sonderbar! – Sie sah, sie wußte ja daß es ein Bild war, und doch konnte sie dem Verlangen nicht widerstehen, ihre Hand auf die schöne männliche Brust, an die volle blühende Wange zu legen. Dann trat sie wieder zurück, um die ganze herrliche Gestalt mit einem Blicke zu umfassen. Welch ein flammendes Auge! Welch ein lieblich majestätischer Mund! – Zoraïde ist es möglich? treibt die Natur so schnell? – Seht! seht! ihr unentweihter Mund ruht auf dem Munde des Bildes.

Und Selim? – Ach Selim wollte verzweifeln. Ging dann wieder von der Verzweiflung zum Entzücken, vom Entzücken zur Verzweiflung über. Grausame Melinette! wirst du einmal aufhören ihn zu quälen? – Warlich du verlangst, was die menschliche Natur nicht zu leisten vermag! – Ist es denn möglich sich ganz zu vergessen? –

Aber Melinette war unerbittlich. Zwar fingen Selims Empfindungen an sich zu vermischen: daß ihr eigentliches Wesen sogar dem Feenauge zweifelhaft würde. Demohngeachtet bestand Melinette darauf: der Prinz könne nur durch Zoraïdens ausdrückliches Verlangen in ihrer Nähe sichtbar werden. Vergebens berief sich dieser auf ähnliche Wünsche Zoraïdens. – Es blieb darum alles wie es war.

Hätte das liebliche Mädchen auch nur eine Ahnung hiervon gehabt; wie bald würde Selim erlöset worden seyn. Aber der Wunsch den schönen, herrlichen Mann liebeathmend in ihre Arme zu schließen, konnte nur allmählig in dem reinen Herzen sich bilden. Auch machten sie, die unschuldigen an dem Gemälde verschwendeten Liebkosungen schon unbeschreiblich glücklich.

Aber ach! die Sonne kam näher, die Nächte wurden lauer, Zoraïde hatte das sechszehnte Jahr erreicht, und ihr Schlummer ward oft unterbrochen. – Ihr dünkte, es solle sie etwas umfassen, mit Kraft, mit Heftigkeit umfassen. – Sie müsse es dann fest, fest an ihr Herz drücken, als gäbe sie sich auf ewig dahin, als solle nur der Tod sie scheiden. – Ja so mußte sie es in ihre Arme schließen. Aber ach Gott! was solte sie umfassen? – Das Bild? – es ließ sich nicht denken. – Nun irrte sie mit thränenvollem Auge in den Gebüschen umher. Ihr Glück war dahin, und das Bild stand verlassen.

Aber wenn sie nun auf dem einsamen Lager schlummerte, dann trat es wieder lebendig vor ihr hin. Kein Bild mehr! – Nein! nein! voll Liebe, voll Sehnsucht wie sie, mit hoher Kraft und himmlischer Anmuth. Jetzt wolte sie in seine Arme sinken und – erwachte.

»Wo bist du? – rief sie – wirst du dich ewig mir entziehen? – Kann ich nur im Traume glücklich seyn? – O so laß mich nie aufhören zu träumen!« – Nun sank sie zurück und schloß die Augen wieder mit ahndungsvollem Lächeln.

Aber sie bedurfte der Träume nicht mehr. Selim kniete schon, im höchsten Entzücken, an ihrer Seite, und deckte ihre Hände mit brennenden Küssen.

»Zoraïde! – rief er – O, blicke mich an, es ist kein Traum. Ich liebe dich! liebe dich unaussprechlich! – ach Zoraïde! Zoraïde! was habe ich gelitten! – O blicke mich an, damit ich dieses alles vergesse!« –

Jetzt öfnete sie die Augen und ... Wenn das Leben aus solchen Augenblicken bestände; dann könnten wir den Himmel entbehren.

Aber die Liebe erscheint dem Sterblichen nur, als Bürge für die Wirklichkeit eines höheren Lebens. Dann kehret sie schnell in das Geisterland zurück und nur ein reines Herz vermag sie zu einer augenblicklichen Rückkehr zu bewegen. So klagen selbst ihre glücklichsten Lieblinge. Auch Selim und

Zoraïde glaubten sich nur Augenblicke besessen zu haben; als ihre schöne Verbindung auf die peinlichste Art gestört wurde.

Der Genius Grumedan hatte so eben den Sieg über eine wiederspänstige Schöne davon getragen, litt noch dazu an einer Unverdaulichkeit und wolte sich in den niederen Lüften, wo er eigentlich zu Hause gehörte, eine Bewegung machen; als...

»Ein Genius der an einer Unverdaulichkeit leidet!« –

Nun ist denn das so was ausserordentliches? Man braucht nur die Perioden des verflossenen Jahrhunderts rückwärts zu zählen: so stößt man unfehlbar auf die Periode der Genies, welche sich gerade zwischen der Siegwartschen und der Pädagogischen befindet, an den Knitteln, den ungekämten Haaren und den Unverdaulichkeiten zu erkennen ist. Warlich! es steht gar nicht fein, die Leute so mitten im Erzählen zu unterbrechen. Noch dazu in einem Mährchen, wo man sich dergleichen von Rechtswegen verbitten kann. – Genug er machte sich eine Bewegung in der untern Atmosphäre; als er Zoraïden bei ihrem Hüttchen entdeckte.

Sie war eben in einen süßen Schlummer gesunken und ein wohlthätiger Traum zauberte den abwesenden Geliebten in ihre Arme. Er mußte leider, wenigstens an den großen Festen bei Hofe erscheinen, um die Königin und ihre Damen zu versöhnen. Aber der Zorn aller Königinnen der Welt, würde ihn nicht zurückgehalten haben, wenn er gewußt hätte, daß Grumedan sich jetzt bei seiner angebeteten Zoraïde befände.

»Erwachen Sie doch! mein schönes Kind! – rief dieser; indem er das zarte Mädchen sehr unsanft schüttelte – das Schlafen steht Ihnen zwar recht hübsch; aber jetzt kann es nicht helfen und macht mir wirklich Langeweile. Ich hoffe es wird sich ein vernünftiges Wort mit Ihnen sprechen lassen – und nichts befördert die Verdauung so sehr, als ein liebliches Mädchengeschwätz. Die Anderen wissen nichts als sich ein bischen wehren, unterliegen, und dann jähnen. Aber Sie sehen mir nach ganz was anderem aus. – Nun so hören Sie doch! und sperren Sie das Mäulchen nicht so auf!«

In der That Zoraïdens Mund, hielt das Mittel, zwischen Jähnen und Erstaunen. Sie maß den Genius in der Breite und in der Länge, ohne das mindeste auf seine zärtliche Anrede erwiedern zu können.

»Nun Mademoiselle! was soll denn das Angaffen bedeuten? haben Sie in ihrem Leben nichts von dem Genius Grumedan gehört? – Ich solte doch meinen, die Schönen müßten ihn kennen! – Aber Sie scheinen mir hier auch verzweifelt klösterlich zu wohnen! – Nun geben Sie sich zufrieden! Ich will Sie mitnehmen, und wenn Sie artig sind; sollen Sie es ganz gut bey mir haben.«

Bey diesen Worten schien er wegen des Mitnehmens Ernst machen zu wollen, als plötzlich Melinette mit ihrem Zauberstabe dazwischen trat.

»Ich bitte – sagte sie, ziemlich trocken – Herr Grumedan wollen sich mäßigen. Sie haben sich der Entführungen, und was dem ähnlich sieht, bey dieser Gelegenheit zu enthalten. Prinzessin Zoraïde möchte auf diese Weise schwerlich zu gewinnen seyn. Gegen alles, was Sie durch Ihre Liebenswürdigkeit erhalten können, habe ich nicht das Geringste einzuwenden. Aber auf dem anderen Wege möchte ich mir die Freiheit nehmen, gewisse Einwendungen zu machen; welche schwerlich Dero Beifall erhalten möchten.«

»Ey! ey! ganz gehorsamer Diener Madam! – antwortete der Genius, etwas betroffen – Wer hätte unter diesem Strohdache eine Prinzessin gesucht, die so glücklich ist, sich Ihres Schutzes zu erfreuen! Nun! nun! Umstände verändern die Sache! – Indessen werde ich mein Möglichstes thun, und hoffe Prinzessin Zoraïde wird Augen haben. – *A revoir* Madame! und *sans rancune* wenn ich bitten darf!«

Bey diesen Worten begann er seinen schwerfälligen Flug und streifte so plump an einem Zitronenbäumchen vorüber, daß Blüthen und Früchte in einem Augenblicke zerstört waren.

»Sehen Sie! sehen Sie! – rief Zoraïde – diesen Unhold sollte ich lieben?« –

»Lieben! – wiederhohlte Grumedan; in dessen dicke Ohren nur das letzte Wort gedrungen war – Ah ha! sie spricht schon von lieben! Seht mir doch Einer die Mädchen!« – und so arbeitete er sich unter schallendem Gelächter, stöhnend durch die Lüfte.

»Ach Madam! – rief Zoraïde – ohne Ihren Schutz sind wir verloren! – Meine Mutter wird mich aufopfern, und Selim verzweiflen!« –

»Sey ruhig liebes Kind! – antwortete Melinette - bey der kleinsten Gewaltthätigkeit halte ich mich an den Herrn Grumedan. Er weiß: daß ich in solchen Fällen nicht zu spaßen pflege. Erst vor kurzem ist er von einer sehr empfindlichen Strafe befreit worden, und mögte wahrscheinlich keine Lust haben sich einer zweiten auszusetzen. Aber ich eile deinen Geliebten zu benachrichtigen. Es ist schlechterdings nothwendig, daß er einige Zeit unsichtbar bleibe. Hüthe dich das Gegentheil zu verlangen und vertraue meinem Schutze.« –

Mit diesen Worten verschwand sie und ließ Zoraïden gedankenvoll bey ihrem Hüttchen.

»Ach Selims Liebe! – Sein Muth! – Welche Gefahren! Welche schreckliche Aussichten!« –

In der That! kaum hörte er die Unglückspost; als auch schon von Schwerdt und Lanze die Rede war. – Nichts von Mäßigung! von Unsichtbarkeit! – Ein Nebenbuhler! Bey einem Nebenbuhler unsichtbar! – Es war unmöglich! Es ließ sich gar nicht denken! –

Allein dieser Nebenbuhler war ein Genius und mußte grade wegen seiner Plumpheit mit der äußersten Vorsicht behandelt werden. Wollte der Prinz ihren sehr vernünftigen Rathschlägen kein Gehör geben; so mogte er auf Melinettens Hülfe nicht mehr rechnen.

Was war zu thun? – er mußte sich endlich ergeben. Melinette hatte Recht. – Bey Zoraïdens unwandelbarer Liebe konnte man den Genius auch wohl von der komischen Seite nehmen.

In dieser Stimmung befanden sich die Gemüther; als Herr Grumedan in einer mit Stroh angefüllten Staubwolke Zoraïden seine Aufwartung machte.

Sie rieb sich die schönen Augen und Herr Grumedan versicherte: daß es ihm jederzeit einen königlichen Spas mache, die Leute auf solche Weise bekomplimentiren zu können.

»Dort neben Ihrem Park – fuhr er fort – streifte ich an einem Haufen Spaziergänger vorbey. Da hätten Sie nur die Frauenzimmerchen sehen sollen! – Das war ein Gequiqe! ein Gekreische. Sie liefen wie die verlornen Schäfchen hin und her, und wußten nicht wie ihnen geschah; als ich sie auf meine Weise, recht tüchtig, Eine nach der Anderen abschmatzte. Die Herrn Galane standen unterdessen wie versteinert, und ich dachte vor Lachen den Geist aufgeben zu müssen.« –

»Ach da würden sie sehr wenig aufgegeben haben!« – seufzte Zoraïde mit thränenden Augen.

Glücklicher oder unglücklicher Weise hörte Herr Grumedan nichts von dieser Anmerkung. Er hatte sich laut schnaufend auf eine Rasenbank und grade auf Zoraïdens Arbeitskörbchen niedergeworfen, was er mit einigen derben Flüchen über die Erbärmlichkeit des Frauenzimmerapparats ganz zerknirscht unter sich hervorzog.

Er versicherte ein ausgemachter Feind aller dieser Nürnberger Waare zu seyn und schwur augenblicklich sein ganzes Goldservies einschmelzen zu lassen; wenn nicht jeder Senflöffel Solidität genug hätte, jeden nach Belieben damit todt zu schlagen.

»Wenn Sie Schüsseln sehen wollen! – fuhr er laut schreiend,

und mit einem entsetzlichen Schlage auf der Brust fort – da müßen Sie zu mir kommen! – Zwey meiner dicksten Genien ächzen, wenn sie sie auf den Tisch bringen, und in meinen Terrinen, kann man ein kleines Kätzchen, wie Sie, über baden.« –

»Nun nun! sehen Sie nur nicht so betrübt aus! – Ich sage ja noch nicht: daß es geschehen soll. Aber ich muß doch wirklich den Papa zum Essen bitten. – Da sollen Sie einmal Augen machen!« –

Aber wo blieb Selim während dieser schönen Unterhaltung? – Ach Selim hatte ihr vom Anfange zugehört und dachte nur auf Mittel Zoraïdens Leiden zu mildern. Er wählte dazu ihre kleinen Lieblinge die Vögel. Bald stimmten sie ein so angenehmes und die wohlklingendsten Instrumente nachahmendes Concert an: daß sie Herrn Grumedan sogar auf einige Augenblicke seine goldene Schüsseln vergessen machten.

»Hm! nicht übel! – rief er, nachdem er einige male sich recht wohlgefällig ausgedehnt hatte. – Wahrscheinlich eine kleine Galanterie Ihrer Beschützerin Signora Melinette. Indessen sehe ich doch nicht ein; daß viel Kunst dazu gehört, die Vögel musikalisch zu machen. – Wollen Sie, schlechterdings dergleichen haben; so müßte es doch närrisch zugehen, wenn man nicht etwas viel kurioseres heraus bringen sollte.« –

»Ach ich bin recht sehr mit diesem zufrieden« – erwiederte Zoraïde.

»Das will ich glauben! – fiel Herr Grumedan ein – Weil Sie nichts besseres kennen. – Aber es soll Ihnen mein Seel ganz anders zu Muthe werden, wenn ich meine Concertanten anfangen lasse!« –

Bei diesen Worten stampfte er mit seinem corpulenten Fuß auf den Boden und plötzlich stimmten einige tausend Frösche ein so fürchterliches Koaaks an: daß Zoraïde händeringend bath sie zu verschonen. Allein Herr Grumedan bezeigte sehr wenig Lust dazu und applaudirte so lange mit Hand und Mund, bis er Zoraïden bey der Rasenbank niedergesunken fand.

»Nun! nun! – rief er – wer wird denn gleich so erschrecken! Es sind ja nur Frösche! – Aber was Kukkuk tanzt denn da oben in den Lüften?« –

Es waren Zoraïdens Vögel. Mit vielen hundert Lämpchen in den Schnäbeln, brachten sie, auf Selims Gebot, die angenehmsten und mannigfaltigsten Bilder hervor.

»Poz hundert tausend – fuhr Herr Grumedan fort – das soll wohl gar ein Feuerwerk seyn? – Fee Melinette greift sich ja recht an! – Nun, morgen kann ich auch damit aufwarten. Für heute ist es besser, Sie legen sich zu Bette und künftig werden Sie sich das Erschrecken wohl abgewöhnen.« Mit diesen Worten empfahl er sich, und Zoraïde sank in ihres Selims Arme.

Aber ach! schon auf den folgenden Tag war das Feuerwerk angekündigt, und sollte nach Herrn Grumedans Versicherung, alles übertreffen, was man jemals in der Art gesehen haben mochte.

Vergebens bat, flehte Zoraïde, sie wenigstens heute nur damit zu verschonen! – Herr Grumedan war unerbittlich.

»Alle meine Leute – rief er – sind schon zur Stelle und warten nur auf das verabredete Zeichen. Ja! ein solches erbärmliches Ding als das gestrige, mach sich aufschieben lassen; aber hier ist wahrhaftig nicht zu spaßen!« –

Zoraïde verstummte, und das Feuerwerk nahm seinen Anfang. Es war nichts mehr und nichts weniger als ein ziemlich ansehnlicher Vulkan, welcher durch einige Erdstöße die Ergötzlichkeit ankündigte. Schon bey dem Ersten war Zoraïde zu Boden gesunken. Aber Herr Grumedan weit entfernt es zu bemerken, hielt sich die Seiten vor Lachen und versicherte hoch und theuer: sich in langer Zeit nicht so königlich amüsiert zu haben. Ganz vorzüglich labte er sich an den Schrecken der Wanderer in der Nähe des Parks und glaubte, besonders bey dem Geschrey der Frauenzimmer, sich ausschütten zu müssen.

Aber Fee Melinette glaubte denn auch seinen Galanterien

ein Ziel setzen zu müssen. Sie erschien mitten unter dem Geprassel des Vulkans und bat Herrn Grumedan ziemlich lakonisch die Recreation zu endigen.

»Ey von Herzen gerne, – antwortete dieser mit außerordentlicher Nachgiebigkeit. – Aber gestehen Sie daß es zum krank lachen ist!« –

»Kann seyn! – erwiederte Melinette sehr trocken – Indessen scheint es Prinzessin Zoraïde nicht von dieser Seite zu nehmen.« –

»Ja was Kuckuck soll man aber dabei anfangen! – rief Herr Grumedan ziemlich entrüstet. Ist es meine Schuld, wenn sie so erbärmlich zusammengesetzt ist?« –

»Das nicht. Aber dann wäre es doch besser, sich nach einer handvesteren Schönen umzusehen.« –

»Madame belieben zu spaßen! Sie wissen eben so gut wie ich, daß uns diese zarten Dingerchen am meisten conveniren.« –

»Sie klagen ja aber grade über diese Zartheit.« –

»›I nun! *c'est selon!* Freilich muß sie künftig meinen Geschmack besser studiren. Aber nach der Hochzeit wird sich das alles schon geben! – Denn ich werde doch wohl Ernst machen und mit dem Vater je eher je lieber sprechen müssen.

Leben Sie wohl Madam! Das Prinzeßchen wird sich mit Ihrer Hülfe schon erhohlen.« –

Bei diesen Worten verschwand Herr Grumedan nebst dem feuerspeienden Berge, und Zoraïde holte zum ersten Male wieder Athem. Sie hatte nichts von den Heyratsprojekten vernommen und glaubte wieder in ihres Selims Armen Trost finden zu können.

Aber Melinette warnte sie abermals, und versicherte: Herr Grumedan habe gewiß bei dem Vulkan eine Nebenabsicht gehabt. Es sey höchst wahrscheinlich, daß er Selim entdeckt und seinen Untergang beschlossen habe.

Doch wann hätte die Liebe auf Warnungen gehört! Kaum

war Zoraïde allein, als die Sehnsucht nach dem Geliebten von neuem erwachte. Ach! er schwebte in ihrer Nähe, schmachtete, wie sie, nach einer Umarmung, und hörte nicht sobald den Namen Selim aus ihrem Munde, als auch schon alle Feen und Genien der Welt vergessen waren.

Aber Melinette hatte richtig geahnet. Des plumpen Genius Dummheit bewahrte ihn nicht vor der Eifersucht. Er hatte den Nebenbuhler gewittert, und lauschte jetzt im Hinterhalte, seine Rache zu befriedigen. Schon hatte er die mörderische Keule gehoben; als Selim blitzschnell und mit gezogenem Schwerdte ihm entgegenstürzte.

Aber ohne Melinetten war er dennoch verloren. Sie entführte ihn plötzlich durch die Lüfte und schloß ihn, ohne auf seine Ausrufungen zu hören, in einen ihrer prächtigsten aber zugleich festesten Palläste. Dann kehrte sie schnell zu dem plumpen Genius zurück, um seine Schritte auf das genaueste zu beobachten.

Er ließ jetzt an der unglücklichen Zoraïde seine ganze Wuth aus, und schwor daß er morgenden Tages zu ihrem Vater gehen, und gleich nach der Hochzeit den frechen Laffen bis an das Ende der Welt aufsuchen würde.

In der That kaum hatte das frische Milchmädchen sich zum Gange in die Hofküche geschürzt, der König den ersten Wildenschweins- und die Königin den zweiten Verjüngungstraum angefangen: als Herr Grumedan incognito, das heißt: wie ein ordentlicher Mensch in der Residenz anlangte.

Freilich war sein Aufzug eben nicht geschickt dieses Incognito zu begünstigen. Er wurde, auf seine Keule gelehnt, mit einem jungen Wolfe unter dem Arme, von zwanzig polnischen Ochsen auf einem massiv goldenen Karren gezogen, und hatte eine zahlreiche Escorte von früh erwachten Pudergöttern und laut applaudirenden Straßenjunkern hinter sich.

Drei entsetzliche Schläge an die Schloßpforten meldeten seine Ankunft. Die Wachen entflohen mit lautem Geschrei und die Zofen wußten nicht wohin mit ihren glücklichen Liebhabern. Der König fuhr mit ungewöhnlicher Schnelligkeit in die ungesäuberten Jagdstiefel, und die Königin ergriff ein Gefäß mit rother Dinte statt des *rouge de cœur.*

In der That es war der guten Dame nicht zu verdenken. Man schrie ihr mit einem Mahle von Ochsen und Genien, von Wölfen und goldenen Wägen entgegen. Mit beiden Armen suchte sie nun das entsetzliche Crachende abzuwehren, und war so unglücklich die falsche Achsel der ersten Dame d'honneur und die kastanienbraune Perücke der Zweiten zu treffen; als Genius Grumedan mit ihrem königlichen Gemahl angekündigt wurde.

Vergebens suchte sie nebst den beyden Hofdamen zu entfliehen. Genius Grumedan verstand sich nicht aufs Warten, und noch ehe der Fehler mit der rothen Dinte, mit der Achsel, und der Perücke verbessert war, stand er dicht vor dem lieblichen Kleeblatte.

Zum Unglück waren die beiden Damen in diesem wichtigen Momente seitwärts gebeugt, und hatten die Königin mit schrecklichem Lichte im Vordergrunde zurückgelassen.

»Poz hundert tausend! Ihro Majestät – rief Herr Grumedan; als er die rothe Dinte auf den Wangen der Königin erblickte – was ist denn das für ein scheusliches Ungethüm?« –

»Meine Gemahlinn« – antwortete der König; indem er den Genius freundschaftlich in die Seite stieß. Er hatte nehmlich Herrn Grumedan schon angezeigt: wie in Ansehung der Heyrath alles von seiner Gemahlin abhänge, und der Genius fühlte jetzt, freilich etwas spät: daß er schnell wieder gut machen müsse.

»Hm... hm... – fuhr er räuspernd fort; indem er sich zum Handkusse näherte – scheußlich; aber doch angenehm.« –

Glücklicher Weise hatte die Königin in der Bestürzung nur das letzte Wort gehört, und bewillkommnete nun den Genius so gut es die Umstände erlauben wollten. Die Hofdamen restaurirten sich auch in der Geschwindigkeit und so kam denn alles noch vor Tafel in die gewöhnliche Ordnung.

Bei ihr nahm der Genius allein zwey Spanferkel und vier kalkutische Hähne, und versicherte: bey dem Gemüse eben so mäßig seyn zu wollen, um der Nachmittagsconferenz, mit ungetrübtem Geiste beiwohnen zu können.

In dieser ward nun die Heyrathsangelegenheit des breiteren verhandelt. Keine Mitgabe, und keine Rückkehr! – Darauf bestand die Königin. Nun ließ sich aber auch der König die Hochzeit in der Residenz, und eine Parforcejagd zum Abschiede nicht nehmen.

Der Genius war mit allem zufrieden; nur drang er auf ein kräftiges Mittel die Prinzessin zum Jawort zu bewegen. Die Königin übernahm dieses mit vieler Bereitwilligkeit und Herr Grumedan pfif nun seinem Wolfe, um die Prinzessin augenblicklich zu hohlen.

In der That, kaum war der vierfüßige Abgesandte verschwunden; als er schon wieder mit Zoraïden auf dem Rücken erschien, und sie zu den Füßen ihrer königlichen Eltern niederlegte. Sie war natürlich durch die sonderbare Reise des Bewußtseins beraubt, und gab dadurch der Königin die beste Gelegenheit sie unverzüglich in Verwahrung zu nehmen.

Es fehlte nicht viel, so hätte diese eben so sehr wie ihre Tochter der Hülfe bedurft. Zoraïdens Schönheit hatte sich bis zum Blendenden vervollkommnet, und machte daher die kräftigsten Gegenanstalten nothwendig. Nur durch diese sehr richtige Bemerkung, vermogte die Königin das Schrecken zu überwinden, und so ward denn alles aufgeboten, die Vermählung zu beschleunigen.

Aber eine Vermählung trotz dem Abscheu der Braut! – Auch dafür war gesorgt. Der Hofkaplan wurde angewiesen bey der entscheidenden Frage die Hand an einen Kelch zu legen, und im Falle eines Neins diesen sogleich der Prinzessin anzubieten.

Man hatte sie von diesem wichtigen Umstande benachrichtiget und ein Lächeln zur Antwort bekommen. Durch Herrn Grumedans glückliche Auslegungskunst wurde dies zu seinem Vortheile gedeutet, und so konnte man denn hoffen, eine jede Parthey zu befriedigen.

Gleichwohl war der König sehr zu beklagen. – Die Regierungsgeschäfte, welche Morgens zwey ganze Stunden anhielten, mußten fortgesetzt werden; ohne daß der gute Landesvater die mindeste Erhohlung dafür gehabt hätte.

Seit des Genius Anwesenheit war an keine ordentliche Jagd mehr zu denken. Er schlug alles mit seiner Keule nieder; was er vergaß, besorgte sein Wolf, und Ihro Majestät standen dabey und jähnten so schrecklich, daß man Ihnen in das königliche Herz hätte sehen können.

Dem mußte abgeholfen werden. Herr Grumedan sogar schien dieses zu begreifen, und beschloß daher dem Könige in der Residenz eine kleine Ergötzlichkeit zu veranstalten.

Er ließ nämlich das Trauerspiel Romeo und Julie durch lauter Thiere und größtentheils durch Bären aufführen. Romeo unter Anderen war ein gar tüchtiger Geselle. Um des Kontrasts willen hatte man ein junges Schaf für die Rolle der Julie ausersehen, alles ging vortreflich und einige Dutzend Zuschauer lagen schon vor Lachen halb unter den Bänken, als der fünfte Akt das wirkliche Trauerspiel zu eröfnen schien.

Romeo mochte in der Eile seine Rolle nicht genug einstudirt haben. Er bekam mit einem male, einen so unüberwindlichen Appetit zu seiner Julie, daß er sie bey der blonden Perücke ergriff und wirklich incorporiren wolte. Julie aber glaubte nun auch nicht mehr an ihre Rolle gebunden zu seyn und flüchtete mit hastigen Sprüngen über das Orchester mitten unter die Zuschauer hinab.

Aber einem solchen Liebhaber war nicht so leicht zu entfliehen. Er schien fest entschlossen seine Rechte geltend zu machen und verfolgte die Geliebte trotz allem, was sich ihm widersetzen konnte.

Welch ein königlicher Spas für den Herrn Grumedan. Eine geraume Zeit labte er sich an der allgemeinen Verwirrung, und würde dieses Vergnügen so bald nicht aufgegeben haben, hätte er sich nicht endlich, bey den wiederhohlten Bitten des Königs dazu entschließen müssen.

Der zärtliche Romeo ward demnach zurückberufen und die sanfte Julie suchte nun auf den königlichen Auen, einen Liebhaber, der auf eine nicht so originelle, aber für sie überzeugendere Weise seine Liebe zu erkennen gäbe.

Endlich war denn nun auch der Hochzeitstag erschienen, und alles aufgeboten, was ihn verherrlichen konnte. Die schöne königliche Braut näherte sich dem Altare mit einer Heiterkeit die Allen, ausgenommen Herrn Grumedan, kraft seiner glücklichen Selbstzufriedenheit, unbegreiflich war. – Aber siehe da! der Herr Genius hatten dennoch geirrt, und das Räthsel wurde ganz anders aufgelößt.

In dem Augenblicke wo Zoraïde das schreckliche Ja aussprechen soll, greift sie nach dem Kelche und würde ihn unfehlbar an den lieblichen Mund gesetzt haben; wäre nicht in demselben Momente Kelch und Priester von einem Blitzstrahle getroffen worden.

Unter rollendem Donner erbebte die Kirche und Melinette mit Selim stand an der Seite des göttlichen Mädchens.

»Bis dahin und nicht weiter! – rief die Fee; indem sie Herrn Grumedan bey dem genialischen Zopfe ergreifend ihn zum Zeichen ihrer Macht schwebend über dem Altare erhielt. – Es ist Zeit dich Unhold in Verwahrung zu bringen! und Sie Madam – indem sie sich zur Königin wandte – werden die Güte haben ihm Gesellschaft zu leisten. Was Ihro Majestät den König betrift; so werden Dieselben hiermit von den Tedeums und von den Unterschriften befreit. Wofür Ihnen wie billig eine gute Pension und ein ansehnliches Jagdrevier angewiesen wird.

Selim wird ein guter König werden; wenn er seine Eitelkeit, und Zoraïde eine gute Frau; wenn sie ihre Liebe überwinden kann.«

Was die Fee damit sagen wollte? – In der That ich weiß es nicht. Es sey denn, daß sie von der menschlichen Liebe gesprochen haben möchte. Bekanntlich können die Männer diese nicht gut an den Weibern ertragen; wogegen ihnen aber die göttliche – besonders wenn sie sich durch Langmuth äußert – über die Maaßen gut zu bekommen pflegt.

1802

Nachwort

1. Allgemeine Betrachtungen

Erst gegen Ende des 18. Jahrhunderts begannen in Deutschland mehr und mehr Frauen Schriftstellerinnen zu werden. Ganz anders sah es in Frankreich und England aus: Die erste Frau, die in England vom Schreiben lebte, war Aphra Behn (1640–1689), und in Frankreich gab es seit der Mitte des 17. Jahrhunderts viele große Schriftstellerinnen (Mme de La Fayette, Mlle de Scudéry) und Salonieren (Marquise de Rambouillet, Mme de Sévigné). Als in Deutschland vermehrt Autorinnen auftraten, machte die Revolution die Frauen in Frankreich wieder mundtot (im Falle einer Olympe de Gouges, die während der Französischen Revolution die Bürger- und Menschenrechte auch für Frauen forderte, sogar mehr als mundtot), in England hingegen feierten zu dieser Zeit Fanny Burney und Jane Austen große Erfolge.

In Vergleich mit den Nachbarländern stellt sich die Frage, ob es in Deutschland eine Tradition weiblichen Schreibens gab. Auch in deutschen Frauenklöstern wurden im Mittelalter Texte verfasst. Die Nonnen schrieben sowohl auf Latein als auch auf Deutsch. Die Bandbreite ihrer Produktion reichte von visionären Werken (Hildegard von Bingen) über religiöse Dichtung (Mechthild von Magdeburg) bis hin zu Theaterstücken (Hrotsvit von Gandersheim). Mit dem Niedergang der Klöster verschwand aber diese Nische der intellektuellen

Arbeit für Frauen. Es war der Aufstieg neuer religiöser Richtungen im Zuge der Reformation, der wieder mehr Frauen das Schreiben ermöglichte. Im Pietismus z. B. wurden persönliche Religions- und Gotteserfahrungen der Frauen denen der Männer gleichgestellt. Aus dem 17. und frühen 18. Jahrhundert kennen wir verschiedene Lebensberichte (Susanne Katharina von Klettenberg) und religiöse Dichtungen von Frauen (Catharina Regina von Greiffenberg). Aber alle Dichterinnen, die nach den Mystikerinnen und vor der Aufklärung schrieben, waren, obwohl nicht wenige, weitestgehend Einzelgängerinnen und fielen als Kuriosum auf. Prosa wurde, sieht man von Briefen und vereinzelten Memoiren ab, überhaupt nicht von Frauen verfasst. Warum fanden die Frauen in Deutschland später als ihre Geschlechtsgenossinnen in England und Frankreich zur Literatur?

Politische Situation

Im Gegensatz zu den gefestigten Nationalstaaten Frankreich und England bestand Deutschland aus vielen kleinen Staaten, Fürstentümern und Königreichen. Diese politische Zersplitterung hatte auch Auswirkungen auf die Kultur und ganz besonders auf die Sprache. Die Dialekte, die in den einzelnen Teilen Deutschlands gesprochen wurden, und das Fehlen einer zentralen Macht erschwerten die Ausbildung und vor allem die allgemeine Verbreitung einer Hochsprache – wir müssen uns Goethe auf Hessisch und Wieland auf Schwäbisch denken. Außerdem blieb auf diese Weise Latein als Gelehrtensprache länger erhalten. Frauen wurden aber nicht in Latein unterrichtet, die katholischen Nonnen waren die letzten Frauen, die mehr oder weniger systematisch Latein gelernt hatten. Da es keinen Nationalstaat gab, gab es auch keine Nationalsprache, in der Landessprache zu schreiben blieb unpopulär und unwissenschaftlich.

Während in England Chaucer, Milton oder Shakespeare bereits als Klassiker der englischen Sprache galten, erhielten Autoren wie Walther von der Vogelweide oder Andreas Gryphius, die in ihrer Landessprache geschrieben hatten, keinen solchen Stellenwert in Deutschland. Französische Autorinnen profitierten von der Salonkultur, in der sie eine eigene, wichtige intellektuelle Rolle innehatten. Außerdem war ihre Muttersprache die Sprache der Höfe und des Adels, auch der deutschen Höfe und des deutschen Adels. Friedrich der Große selbst hielt die deutsche Sprache gerade für gut genug, um sie mit seinen Stallknechten zu sprechen.

Buchmarkt

Die Zersplitterung in viele Einzelstaaten erschwerte auch lange Zeit die Entwicklung eines Buchmarkts. In den verschiedenen Staaten galten unterschiedliche Urheberrechte und komplizierte Zunftbestimmungen, die es z. B. Buchbindern verboten, als Buchhändler tätig zu sein, oder Druckern als Buchbinder. Es waren sehr viele Bestimmungen zu beachten und sehr viele Spezialisten zu beschäftigen, wenn man eine Druckerei oder einen Verlag gründen wollte, eine teure Angelegenheit. Erst gegen Ende des Jahrhunderts entstand eine Buchindustrie, und mit ihr stieg die Anzahl der Neuerscheinungen dramatisch an: von 755 Titeln im Jahr 1740 über 1144 Titel 1770 bis zu 2569 Titeln im Jahr 1800. Dabei vergrößerte sich vor allem die Anzahl der belletristischen Werke (Zunahme um 327% zwischen 1740 und 1770) und der Zeitschriften (1650%). Lesegesellschaften, Leihbibliotheken und Salons wurden gegründet, um die Bücher zu verbreiten und über sie zu diskutieren. Erst jetzt war es möglich, als Schriftsteller Geld zu verdienen, und damit Umsatz gemacht wurde, musste man Leser werben. Die Verlage entdeckten und förderten die Leserinnen als Zielgruppe. Viele der moralischen

Zeitschriften wandten sich explizit an Frauen und hatten einen großen Einfluss. Während der Aufklärung befassten sie sich hauptsächlich mit populärwissenschaftlichen Themen, die Bildung stand klar im Vordergrund (siehe z. B. Gottscheds *Die vernünftigen Tadlerinnen*, für die die Gottschedin etliche Artikel verfasste und übersetzte). Zur Romantik hin, nach der Französischen Revolution verschob sich der Fokus etwas, und der Schwerpunkt der Zeitschriften lag nun auf Kunst, Literatur, dem Frauenbild und Frauenschicksalen sowie Haushaltsfragen. Drei Autorinnen in diesem Band waren auch Herausgeberinnen von Zeitschriften – abgesehen von der schon erwähnten Arbeit der Gottschedin: Sophie von La Roche (*Pomona – Für Teutschlands Töchter*, die erste deutsche Zeitschrift von einer Frau für Frauen, bewusst als Gegenpol zur männlichen Sicht gegründet und sehr erfolgreich), Marianne Ehrmann (*Amaliens Erholungsstunden* und *Die Einsiedlerin aus den Alpen*, Letztere eine unabhängige Zeitschrift, die sie gründete, nachdem ihr Verleger mit dem ihm zu fortschrittlichen Stil und Inhalt der *Erholungsstunden* nicht mehr einverstanden war) und Therese Huber (Redakteurin und Chefredakteurin beim Stuttgarter *Morgenblatt*). Sowohl die Tatsache, dass man nun mit Schreiben Geld verdienen konnte, als auch die große Anzahl der Leserinnen – es bot sich geradezu an, als Frau für Frauen zu schreiben – veranlassten immer mehr Frauen, selbst zur Feder zu greifen und zu schreiben.

Erziehung und Ausbildung

Die weibliche Erziehung wurde zu einem Lieblingsthema der Aufklärung, wobei zwar die Mädchenbildung gefordert und gefördert wurde, von einer gleichwertigen und gleichberechtigten Bildung im Vergleich mit den Jungen sprach aber niemand. Mädchen wurden ausschließlich zu Hause unterrichtet, und zwar zur Vorbereitung auf ihre Rolle als Hausfrau, Gattin und Mutter. Ganz oben auf dem Lehrplan standen dabei praktische Kenntnisse in Hauswirtschaft und Handarbeiten sowie Grundkenntnisse in Lesen, Schreiben und Religion (Rechnen gehörte zur Haushaltung). *Grundkenntnisse* in Lesen und Schreiben ist übrigens keine untertriebene Formulierung: Die Analphabetenrate war in Deutschland und ganz besonders unter Frauen zu Beginn des 18. Jahrhunderts erschreckend hoch, und die meisten Autorinnen hatten zeit ihres Lebens mit der Orthographie zu kämpfen. Wie unterschiedlich selbst in diesem elementaren Bereich die Erziehung von Jungen und Mädchen war, lässt sich besonders gut am Briefwechsel Lessings mit seiner Schwester Dorothea Salome sehen: Nichts von seinem Sprachgefühl ist bei ihr sichtbar, sie hat Schwierigkeiten, sich überhaupt verständlich auszudrücken. Rechtschreibung, Zeichensetzung und Grammatik scheinen ihr völlig unbekannt.

Falls genug Geld vorhanden war, wurde der Lehrplan noch um Musik – Singen oder Klavier, gerne auch Harfe, um die schönen Arme zeigen zu können – sowie Französisch, Italienisch und Englisch erweitert. Latein oder Altgriechisch lernten Mädchen nur in Ausnahmefällen. So hatte sich die Gottschedin in ihrer Jugend geweigert, Latein zu lernen, um nicht als gelehrtes Frauenzimmer zu gelten, später lernte sie es jedoch, um ihrem Mann bei dessen wissenschaftlicher Arbeit als Sekretärin, Übersetzerin und Lektorin besser helfen zu können. Wenn Miss Kery in Sophie von La Roches Erzählung also Latein spricht und die Freundin darin auch noch unterrichtet, ist dies etwas Außergewöhnliches; weniger außergewöhnlich ist hingegen die Tatsache, dass sie mit ihrem Wissen nicht prahlt, sondern es im Gegenteil erst sehr spät zugibt.

Die fehlenden Lateinkenntnisse verwehrten den Frauen den Zugang zu wissenschaftlichen Texten, die modernen Fremdsprachen eröffneten ihnen aber die Möglichkeit, Übersetzungen anzufertigen. Die meisten Autorinnen in diesem Band haben auch übersetzt, die Gottschedin vor allem für ihren Mann, z. B. Theaterstücke aus dem Französischen, um seine Dramentheorie zu belegen, die anderen jedoch, um Geld zu verdienen. Außerdem kam über Übersetzungen der Kontakt zu Buch- und Zeitschriftenverlegern zustande und der eigene Name in diesen Kreisen ins Gespräch, so dass eigene Publikationen erleichtert wurden.

Das gelehrte Frauenzimmer

Der Typ des gelehrten Frauenzimmers erschien zum ersten Mal während der Renaissance, als immer mehr Frauen, zuerst in Italien, sich anschickten, Latein und Griechisch zu lernen, um sich dann wissenschaftlich zu betätigen. Viel später erlangten einige gelehrte Frauen die Doktorwürde (Anna Maria von Schurmann, Dorothea Christiane Erxleben) oder wurden, wieder zuerst in Italien, sogar zu Professorinnen ernannt (Laura Bassi, Maria Gaetana Agnesi). Mit der Zeit änderte sich das Ansehen der gelehrten Frauen jedoch. In der Renaissance galten sie zwar auch als Ausnahmeerscheinungen, wurden als solche aber bewundert. Zur Zeit der Aufklärung hatte sich bereits das Zerrbild des unweiblichen Blaustrumpfs durchgesetzt, das leider bis heute in vielen Köpfen spukt. Je größer der Einfluss des Bürgertums wurde, umso stärker setzte sich die Überzeugung getrennter Sphären für Männer und Frauen durch: Männer dürfen/müssen hinaus in die Welt, Frauen kümmern sich um Heim, Herd und Kinder. Die Frau wurde mehr und mehr zu einem Anhängsel des Mannes, nur geschaffen, um ihm zu gefallen und zu helfen. (Das Beispiel der Gottschedin, die sich ausschließlich als Gehilfin ihres Mannes sah, ohne individuelle Verdienste, zeigt sowohl, wie sehr die Frauen dieses Ideal verinnerlicht hatten, als auch welche negativen psychischen Folgen es hatte: Die

Gottschedin wurde gegen Ende ihres Lebens immer bitterer und unzufriedener.) Um diesem Idealbild der Helferin des Mannes zu entsprechen, war eine gewisse Ausbildung der Frauen vonnöten, aber sie sollte bloß nicht so weit gehen, sie zu selbstständigem Denken zu verleiten. Die »volle Weiblichkeit« war die Grenze der Bildung, ein Einbruch in männliche Domänen von Wissenschaft und Kunst war nicht erwünscht. Daher stammt die immer wiederkehrende Mahnung in den Schriften der Aufklärung, die eine bessere Erziehung der Mädchen forderten, nicht zu viel des Guten zu tun und nur ja nicht zu einem gelehrten Frauenzimmer zu werden. Viele Frauen versuchten fast panisch, dieser Bezeichnung aus dem Weg zu gehen, Marianne Ehrmann nannte sich z. B. eine Denkerin, nicht eine Gelehrte. Warum aber haben auch die Frauen selbst das gelehrte Frauenzimmer als Schreckgespenst gefürchtet? Die Rolle der Frau als Helferin des Mannes und das Heim als ihr einziger Wirkungskreis wurden nicht als soziale Konstrukte angesehen, sondern als gottgegebene Bestimmung und Definition von Weiblichkeit. Sobald eine Frau von dieser Rolle abwich, waren ihre Weiblichkeit und ihre Ehre in Gefahr. »Ein Frauenzimmer, das Bücher schreibt, legt seine Weiblichkeit ab«, heißt es 1790 bei Samuel Baur (Charakteristik der Erziehungsschriftsteller Deutschlands: ein Handbuch für Erzieher, Leipzig, S. XIV). Intellektuelle Frauen wurden verdächtigt, entweder ihren Haushalt und ihre Familie zu vernachlässigen (daher die stereotypen Beteuerungen vieler Schriftstellerinnen, nur in ihrer freien Zeit, nach Erledigung aller Haushaltspflichten, zu schreiben) oder aber einen Mangel an Feminität durch den Einbruch in eine männliche Domäne kompensieren zu wollen. Diese Mängel konnten verschiedener Art sein, die gängigsten Vorurteile waren ein hässliches Aussehen und das Schicksal, sitzen geblieben zu sein, also in beiden Fällen ein Versagen, den Männern zu gefallen. Ironischerweise zeigen die Porträts der

Schriftstellerinnen durchweg hübsche Frauen, die außerdem alle verheiratet waren.

Briefe und Romane

Das 18. Jahrhundert war geradezu schreibwütig. Jeden Tag verbrachten die höheren Schichten Stunden damit, Briefe zu schreiben. Bücher über den idealen Briefstil wurden veröffentlicht, besonders gelungene, interessante Briefe wurden im Freundeskreis herumgereicht oder in Gesellschaft vorgelesen. Ein Brief war nicht nur das intime, nur vom Empfänger zu lesende Schriftstück, zu dem er später ausschließlich wurde, sondern ein Medium. Briefe wurden auch ganz bewusst für eine Öffentlichkeit geschrieben, und das auch von Frauen. Diese Briefmanie half den Frauen dabei, Schriftstellerinnen zu werden, und das nicht nur, weil sie sich so im Schreiben üben konnten. Da das Bürgertum während des 18. Jahrhunderts stetig an Bedeutung und Einfluss gewann – Autoren und Leser waren überwiegend bürgerlich –, traten höfische Gepflogenheiten immer mehr in den Hintergrund und wurden abgelehnt. Der Briefstil der Frauen wurde als natürlich und ehrlich gepriesen, ihr gefühlvoller, flüssiger Stil galt als positives Gegenbeispiel zu den gekünstelten, unnatürlichen Umgangsformen des Adels. Auch Rousseaus Loblied auf die Natürlichkeit und Ursprünglichkeit trug zu dieser Bewertung bei.

Schließlich erschienen die ersten englischen und französischen Briefromane. Es verwundert nicht, dass der erste komplett in Briefen verfasste deutsche Roman von einer Frau stammt, von Sophie von La Roche (*Geschichte des Fräulein von Sternheim*, 1771). Die Gattung des Briefromans war nicht nur durch ihre Form, sondern auch durch ihren Inhalt für Autorinnen prädestiniert. Samuel Richardsons extrem erfolgreiche Briefromane z. B. heißen *Pamela* (1740) und

Clarissa (1747/8), in Deutschland hatte Gellerts *Das Leben der schwedischen Gräfin von G...* (1747/8) großen Erfolg. Im Mittelpunkt dieser Bücher standen, wie die Titel vermuten lassen, Frauen. Zum ersten Mal konnten Frauen über ihre eigenen Erfahrungen lesen, ihre eigene Lebenswelt in einem Roman finden, wenn auch mit einer romanhaften, d. h. »unrealistischen« Handlung. Wenn nun also Romane auf dem Markt waren, die Frauen und ihre ureigensten Erfahrungen zum Thema hatten und diese auch noch in Briefform geschrieben waren, der Form, die angeblich die Frauen besonders und sogar besser als die Männer beherrschten, was sprach noch dagegen, es selbst zu versuchen und einen eigenen Roman zu schreiben? Der Roman war zudem noch eine relativ neue literarische Form, was einerseits bedeutete, dass es noch nicht viele Vergleichsmöglichkeiten und Ideale gab, und andererseits, dass die Form an sich noch keine Regeln und Traditionen hatte, so dass man, ohne literarische Vorbildung, anders als z. B. bei der Lyrik, damit experimentieren konnte. Diese offene literarische Form, ohne ideologisch-wissenschaftlichen Überbau, kam den Frauen sehr entgegen, da sie, zumindest zu Anfang, nicht so sehr in direkter Konkurrenz zu bereits etablierten männlichen Autoren standen, wie es bei anderen literarischen Genres der Fall gewesen wäre.

Aufklärung, Klassik und Romantik

Während der Aufklärung wurden Frauen als vernunftbegabte Wesen – wenn auch deutlich unter den Männern stehend – angesehen, die es zu fördern galt – natürlich nicht bis zur völligen Gleichstellung, aber ihr Intellekt sollte gebildet werden. Nach der Französischen Revolution wurden viele Überzeugungen der Aufklärung in Frage gestellt; ein neues Frauenbild entstand. Überhaupt wurden die Geschlechterdifferenzen und die unterschiedlichen Rollen, die Männer und Frauen zu spielen hatten, immer wichtiger und immer genauer definiert. Dem Mann wurde die Sphäre der Vernunft, der Kultur und Kunst zugewiesen. Die Frau stand für Natur und Gefühl, für Harmonie und Ausgleich. Damit galten gelehrte, intellektuelle Frauen endgültig als unnatürlich. Klassische Größe wurde von ihnen nicht erwartet, sanft und anschmiegsam (am besten geistig und körperlich) sollten sie sein, Vermittlerinnen zwischen Gefühl und Vernunft, Natur und Kunst. Gleichzeitig träumten die Romantiker von einer androgynen Einheit als vollkommenem Zustand, den sie mit und durch eine Frau erlangen sollten (siehe z. B. Friedrich Schlegels *Lucinde*, 1799). So wurde die Frau einerseits auf einen Sockel gestellt und als Lichtbringerin verehrt, ohne die ein wahres Menschsein nicht möglich war, andererseits wurde damit ihre Rolle aber vollkommen festgelegt, sie wurde zu einer Erfüllungsgehilfin des Mannes (siehe z. B. Goethes *Wilhelm Meister*, 1795/96). Die Frau war dem Mann wichtig, um ihm zu helfen, sein Ziel zu erreichen, nicht als Person an sich; der androgyne Mann war der einzige Kulturträger, sie nur Mittel zum Zweck. Theoretisch hätte die Idee des vollkommenen androgynen Wesens natürlich auch auf die Frau angewandt werden können, aber das wurde sie nicht. Wie die Romantiker diesen Anspruch an die Frauen, der ja deren Unterordnung und Abhängigkeit beinhaltet, mit ihrem Anspruch an die Achtung des Einzelnen und die Gleichwertigkeit der Individuen verbinden wollten, blieb unklar. Im realen Leben haben sie denn auch nicht die freie, unabhängige Frau gewählt, sondern eine, die sie weiterhin Herr im Haus sein ließ (siehe z. B. Friedrich Schlegel, dessen Frau Dorothea für ihn als Sekretärin arbeitete, Übersetzungen anfertigte, um ihr finanzielles Überleben zu sichern, und die unter seinem Namen veröffentlichte, oder Clemens Brentano, der Sophie Mereau vom Schreiben abriet und große Schwierigkeiten mit ihrem Freiheitsdrang hatte).

Schließlich darf man nicht vergessen, dass die Frauen

immer unter sehr viel schwierigeren äußeren Bedingungen schrieben als die Männer. Zeit zum Schreiben fanden sie erst, nachdem sie sich um Haushalt und Kinder gekümmert hatten, und das zu einer Zeit ohne Waschmaschine und Plastikwindeln; Hausarbeit war nicht nur zeitaufwändig, sondern auch körperlich sehr anstrengend. So findet sich in Therese Hubers Tagebuch der Satz: »schrieb oft, von Mägde Arbeit müde«. Zudem bekamen alle Autorinnen, außer der Gottschedin, viele Kinder, Therese Huber z. B. zehn. Die Schwangerschaften selbst waren sowohl körperlich als auch psychisch belastend, die Frauen konnten nie sicher sein, die Geburt zu überleben. Außerdem starben viele Kinder sehr früh, Therese Huber verlor z. B. sechs, Sophie Mereau vier. So überrascht es nicht, dass der Kindstod als literarischer Topos in den Gedichten von Frauen auffallend häufig auftaucht.

Auch in der Literatur veränderte sich nach der Französischen Revolution vieles zum Nachteil der Schriftstellerinnen. Die Kunst bekam nun einen neuen Stellenwert, sie wurde erhaben, klassisch und zeitlos. Ein Kunstwerk sollte über den Dingen stehen, allgemein gültige, philosophische Themen ansprechen, das Wahre, Schöne, Gute zählte. Wirklichkeitsnahes Erzählen von alltäglichen, realen Dingen und Menschen galt nun wenig. Der ungelehrte, natürliche Stil, der noch wenige Jahre zuvor als ehrlich und direkt gelobt wurde, war jetzt als dilettantisch und plump verschrien, technische Virtuosität war gefragt. Damit traf man natürlich genau die Literatur von Frauen, sie hatten den Familienroman entscheidend mitentwickelt und geprägt, eine Form, die nun nicht mehr zeitgemäß erschien. Es wurde eine klare Trennlinie zwischen E- und U-Literatur gezogen, die Autorinnen fanden sich auf der – angeblich anspruchslosen – Unterhaltungsseite wieder. Während männliche Autoren theoretisch über das Geschlechterverhältnis schrieben, sprachen die Frauen häufig die ganz konkreten und realen Probleme an; dieser Ansatz passte aber nicht mehr in das neue Kunstverständnis. Auch diese krasse Trennung von »wahrer Literatur« und »dilettantischer« Unterhaltungsliteratur ist ein deutsches Phänomen, das es in diesem Ausmaß weder in Frankreich noch in England gab und das, leider, bis heute nachwirkt. Schriftstellerinnen wie Sophie Mereau und Benedikte Naubert machten das Beste aus dieser Situation, sie begnügten sich mit dem ihnen zugewiesenen Platz unterhalb der Genies und schrieben, in Nauberts Fall, Unterhaltungsliteratur oder füllten, wie Sophie Mereau, die mittlere Sphäre zwischen Genie und Trivialliteratur aus. Diesen Platz ließen sie sich jedoch von keinem Mann streitig machen, beide, Naubert und Mereau, haben sich und ihre Familien durch ihr Schreiben ernährt.

Goethe

Die deutschen Schriftstellerinnen in der zweiten Hälfte des 18. Jahrhunderts hatten mit einer weiteren Schwierigkeit zu kämpfen, die ihre englischen und französischen Kolleginnen nicht kannten: das Genie Goethe. In keinem anderen Land und zu keiner anderen Zeit beherrschte ein einzelner Mensch das Kulturleben und besonders die Literatur so sehr, wie Goethe es tat. Egal, was man schrieb, immer wurde es von und an Goethe gemessen. Kein Wunder, dass sich viele Frauen davon abschrecken ließen. Mehr noch, viele im Umfeld des Genies (aber auch im Umfeld anderer Künstler) wurden depressiv oder kränkelnd. Goethes eigene Schwester Cornelia litt so sehr unter der intellektuellen Unterforderung und der geschlechtsspezifisch unterschiedlichen Behandlung, dass sie in ihrer konventionellen Ehe schließlich zugrunde ging.

Bis heute spricht man von der Goethezeit, obwohl es eine Zeit großer Veränderungen und Umstrukturierungen in Deutschland war; politisch und sozial, aber auch literarisch. Von der Aufklärung über Empfindsamkeit, Sturm und

Drang, Klassik, Romantik bis zum Biedermeier reichen die literarischen Strömungen der Goethezeit, und doch wird alles unter diesem einen Namen abgehandelt. Durch diese Fokussierung auf Goethe wurden andere männliche Autoren, von Schriftstellerinnen ganz zu schweigen, im Blick auf diese Zeit vernachlässigt. Wenn man also heute diese Autorinnen des 18. Jahrhunderts liest, dann ist nicht nur ihre Beziehung zu Goethe von Bedeutung, sondern ganz besonders auch unsere. Goethe scheint alles zu überstrahlen, so dass die Literaturgeschichte für andere Ansichten aus derselben Zeit fast blind zu sein scheint.

Es geht in dieser Anthologie nicht darum, einen weiblichen Goethe zu entdecken, den gibt es nicht, auch keine deutsche Jane Austen. Trotzdem ist es wichtig, die Texte dieser Autorinnen in die Literaturgeschichte zu integrieren, um ein vollständiges Bild der Literatur der Goethezeit zu bekommen. Schließlich waren die Schriftstellerinnen zu ihren Lebzeiten wirtschaftlich erfolgreich und gesellschaftlich anerkannt oder sogar berühmt. Außerdem sollte die Tradition weiblichen Schreibens im deutschsprachigen Raum wieder ins Bewusstsein gerufen werden. Es gab zwar keine offene Opposition der Frauen, keine deutsche Mary Wollstonecraft oder Olympe de Gouges, aber wenn man die Texte aufmerksam liest, sieht man, dass sie Kritik an bestehenden Verhältnissen üben und oftmals Verbesserungsvorschläge bieten, und zwar ganz konkrete, keine abstrakt-theoretischen. Die Frauen schrieben aus einer anderen Perspektive, mit anderen Schwerpunkten als ihre männlichen Kollegen. In einer Gesellschaft, die Geschlechteridealen und -rollen sehr deutlich voneinander getrennte Sphären zuwies, war das nur natürlich. Diese andere Perspektive sollte heute wieder Leserinnen und Leser finden.

2. Zu den einzelnen Texten

Luise Adelgunde Viktorie Gottsched: *Der Witzling*

Johann Christoph Gottsched hatte sich in den 20er und 30er Jahren des 18. Jahrhunderts die Reform des Theaters zum Ziel gesetzt. Das Theater um 1700 war durchaus reformbedürftig: Feste Schauspielhäuser gab es kaum, sondern Wanderbühnen und Opernhäuser. Ein Theaterabend bestand aus einer Haupt- oder Staatsaktion, das heißt einem historisch-politischen oder mythologischen Schauspiel, und einem kürzeren, komischen Nachspiel. Tragödien wurden überhaupt nicht gegeben, auch die Staatsaktion hatte komödiantische Elemente, als Einschübe in die eigentliche Geschichte. Die komische Hauptfigur war in der Hauptaktion wie im Nachspiel der Hanswurst, der für derbe, teils improvisierte Harlekinaden stand. Wichtiger als die Handlung war auf jeden Fall der Effekt, das Theater jener Zeit war geprägt von einem pompösen Bühnenbild und einer aufwändigen Bühnentechnik, von Kostümen, Musik- und Tanzeinlagen und theatralischem, deklamatorischem Sprechen. Jeglicher didaktische Anspruch fehlte ebenso wie theoretische Reflexionen; einziges Ziel war es, die Zuschauer zu verblüffen und mit Effekthaschereien zu unterhalten.

Gottsched hingegen sah im Drama, wie in der Literatur, ein pädagogisches Instrument, mit dem man die Gesellschaft erziehen konnte. Die Ideen der Aufklärung sollten verbreitet und die Menschen moralisch gebessert werden. Es war keine Sozialkritik, die Gesellschaft sollte durch die moralische Perfektionierung des Einzelnen verändert werden, nicht durch soziale Reformen. Gleichzeitig orientierte sich Gottsched an traditionellen Regeln des klassizistischen Dramas, wie z. B. der Ständeregel, nach der in der Tragödie nur aristokratische

Figuren und in der Komödie nur bürgerliche Figuren dargestellt werden dürfen. Um zu beweisen, dass seine Ideen praktisch umsetzbar waren, arbeitete Gottsched eng mit der Wanderbühne Friederike Caroline Neubers zusammen und gab die Anthologie *Deutsche Schaubühne* heraus, eine Sammlung beispielhafter Schauspiele nach seinen Regeln. Seine Frau steuerte mehrere Übersetzungen und eigene Dramen bei, das Nachspiel *Der Witzling* ist eines davon.

Im *Witzling* lassen sich viele der von Gottsched geforderten Elemente entdecken. Die Komödie sollte einzelne Laster als lächerlich darstellen, um durch das satirische Bloßstellen eines Fehlverhaltens zum Ablegen von Untugenden und damit zur Besserung gesellschaftlichen Umgangs beizutragen. Es ist eine Verlachkomödie, der komische Effekt entsteht durch die Konfrontation der Selbstdarstellung des Lasterhaften mit seiner vernünftigen Umwelt; hier macht sich der pseudogelehrte Witzling lächerlich in den Augen der vernünftigen Jungfer Lottchen und damit auch in den Augen des Publikums. Herr Vielwitz wird jedoch nicht nur als dumm und arrogant vorgeführt, sein Fehlverhalten führt auch zu gesellschaftlichen Nachteilen und macht ihn zum Außenseiter. Er muss sein Studium aufgeben, die Aussicht auf eine Ehe mit Jungfer Lottchen ebenso. Er überwirft sich mit Herrn Reinhart und muss sich schließlich beeilen, den Brief an seinen Vater abzufangen, um es sich nicht auch noch mit ihm zu verderben. Unvernünftiges Verhalten wird nicht nur als lächerlich, sondern für den Betreffenden sogar als gesellschaftlich gefährlich dargestellt, die pädagogische Absicht ist klar erkennbar. Die Psychologie der Figuren wird ihrer didaktischen Funktion untergeordnet; der *Witzling* ist eine Typenkomödie. Die handelnden Personen sind auf einen Charakterzug reduziert, einseitig und vorhersehbar, bereits ihre sprechenden Namen deuten darauf hin.

Neben Herrn Vielwitz werden auch noch Herr Sinnreich

und Herr Jambus der Lächerlichkeit preisgegeben. Auch sie stehen für den arroganten und eitlen Pseudogelehrten, dieses Mal ein Mathematiker und ein Dichter, aber darüber hinaus wird in ihren Gesprächen auch eine weitere Kritik geübt. Die Thematisierung von Dialekt und Hochsprache, Grammatik, Latinismen und die Gründung der »denkenden Sprachschnitzer-Gesellschaft« spiegeln zeitgenössische Diskussionen wider.

Gottsched selbst war Vorsitzender der Deutschen Gesellschaft, legte den Vorsitz aber nieder, als ihm klar wurde, dass sich die Gesellschaft wohl nie zu seinem Ideal einer deutschen Akademie für klassische Bildung wandeln, sondern ein Klub dilettierender und eitler Dichter bleiben würde. Gottsched trat für eine eigenständige deutsche Sprache ein, die sich nicht an Latein oder Französisch orientieren und über feste Regeln verfügen sollte.

Obwohl der *Witzling* von Luise Adelgunde Viktorie Gottsched ist, stehen bei der Interpretation des Dramas die Ideen eines Mannes im Vordergrund, denn es ist unmöglich, ihre Werke zu besprechen, ohne auf seine Regelpoetik Bezug zu nehmen. Luise Adelgunde Viktorie Gottsched sah sich selbst als Handlangerin ihres Mannes. Er brauchte Stücke für seine Schaubühne, also schrieb sie sie – und das besser als er selbst. Als sein Interesse am Theater nachließ, schrieb auch sie nicht mehr für die Bühne, sondern nur noch Gedichte. Sie hat sich über die viele Arbeit für ihren Mann beklagt, auch darüber, keine Zeit mehr für eigene Projekte zu haben, und doch hat sie sich selbst immer wieder zur reinen Gehilfin gemacht, ohne Anspruch auf individuelle Ziele und Verdienste.

Sophie von La Roche:
Miß Kery und Sophie Gallen

Sophie von La Roches Erzählung ist vielleicht diejenige, die dem heutigen Leser am schwersten zugänglich ist: selbstlose, tugendhafte Mädchen, ein einziges Weinen und Segnen, Altäre und Denkmäler, das Ganze garniert mit indischen Abenteuern und bösen Verwandten. Es gibt aber gute Gründe, die Erzählung trotzdem in diese Sammlung aufzunehmen. Zum einen steht sie für verschiedene literarische und gesellschaftliche Modeerscheinungen, zum anderen ist das Männer- und Frauenbild für die damalige Zeit sehr interessant. *Miß Kery und Sophie Gallen* ist ein typisches Beispiel für die im 18. Jahrhundert sehr verbreitete und populäre Gattung der Moralischen Erzählung. Die zahlreich erscheinenden Zeitschriften, besonders die Frauenzimmerjournale, enthielten vornehmlich Moralische Erzählungen, was den didaktischen Anspruch der Magazine verdeutlicht. Auch diese Geschichte ist in einer solchen Zeitschrift erschienen, in *Pomona*, der ersten, die sich an Frauen wandte und von einer Frau, Sophie von La Roche selbst, gegründet und geleitet wurde. Sophie von La Roche betont bereits im Vorwort zum ersten *Pomona*-Heft, dass sie es an der Zeit findet, ein Journal für Frauen von Frauen auf den Markt zu bringen, denn die Männer hätten ihren Standpunkt zur Frauenfrage lange genug kundgetan.

Heutzutage fragt man sich nach der Lektüre dieser Erzählung schnell, wo denn der emanzipatorische Ansatz sein soll: Mädchen, die ständig weinen, sich Sorgen um ihre Schönheit machen, ihre Väter verehren und am Schluss brav heiraten und Kinder bekommen? Sieht man sich die Geschichte jedoch genauer und vor dem Hintergrund des 18. Jahrhunderts an, entdeckt man tatsächlich einige ungewöhnliche Details. Zum einen macht sich Miß Kery zwar viele Gedanken um ihre verlorene Schönheit, aber im Laufe der Geschichte lernt sie, dass Tugend und Wissen wichtiger und attraktiver sind als äußere Schönheit. Im Zeitalter der Puder, Schönheitspflästerchen und Perücken ist allein das schon bemerkenswert, noch interessanter ist allerdings, dass ihre Angst nicht als ein frauenspezifisches Problem gezeigt wird: Richard fürchtet ebenfalls, dass er, wegen seines vernarbten Gesichts, keinem Mädchen gefallen könnte. Sehr ungewöhnlich für die damalige Zeit ist auch die Ausbildung der beiden Mädchen. Bei beiden wird betont, dass ihre Eltern großen Wert auf eine gute und umfassende Bildung gelegt haben. Noch dazu unterrichtet Miß Kery Sophie in Latein, von dem zwar gesagt wird, dass es »nichts zu der Liebenswürdigkeit und Sanftmuth des weiblichen Charakters beyträgt«, dennoch lernen die Mädchen die Sprache der Gelehrten, denn, wie Miß Kery ironisch bemerkt, »dadurch theilen wir den Vorzug der Männer, auf den sie so stolz sind«. Psychologisch interessant ist ebenfalls Miß Kerys Entwicklung. Nach dem Verlust ihrer Schönheit glaubt sie, dass es in der Gesellschaft keinen Platz mehr für sie gibt. Erst Sophie kann sie eines Besseren belehren, der gute Wille des Pfarrers Watson hat nichts geholfen. Sophie erklärt es so: »Ihr Verstand konnte nur durch ihre Empfindung erleuchtet werden, und ich war durch mein Geschlecht und Alter näher bey ihr…« Auch hier wird die innere Haltung und Bildung betont. Schließlich verehren beide ihre Väter, nicht aus reiner Tochterpflicht, sondern weil diese tugendhaft sind. Bei beiden Vätern wird die Tugend und das vorbildliche Verhalten, als Gutsherr ebenso wie als Geschäftsmann, hervorgehoben. Selbst die heldenhafte Rettung der zwei Brüder in Indien steht im Zeichen der Tugend: Sir Kery kämpft nicht, sondern kauft die beiden frei, und auch Rache wird als unchristlich verworfen. Wie zur Bestätigung dieser Einstellung unterwirft sich ein Inder freiwillig und wird Richards Diener.

Tugend ist überhaupt das wichtigste Wort in dieser Erzählung und ein Hauptpunkt der Aufklärung. Glück sollte jeder erringen können, der Vernunft und Gefühl unter der Tugend vereint oder, wie Miß Kery sagt, der sein »Herz dem Glück der ausübenden Tugend« öffnet. Tugend bedeutet hier gelebte Nächstenliebe und noch nicht biedere (Pseudo-)Moral wie später im 19. Jahrhundert. Die vielen Tränen, die Rührung und das Auf-die-Knie-Fallen, alles, was uns heute besonders seltsam anmutet, ist Ausdruck der literarischen Bewegung der Empfindsamkeit. Goethes *Werther* entstand ebenfalls im Zeichen der Empfindsamkeit: Goethe schrieb die *Leiden des jungen Werthers*, nachdem ihn, wie er selbst sagte, Sophie von La Roches Roman *Geschichte des Fräulein von Sternheim* tief beeindruckt hatte.

Die wenig kunstvoll an den ersten Teil der Erzählung geknüpfte Indiengeschichte (inklusive des nicht sehr überzeugenden Auftauchens zweier Ehemänner als dei ex machina) zeigt das immer stärker werdende Interesse der vorimperialistischen Gesellschaft an fernen und exotischen Ländern. Eine weitere zeittypische Mode, die diese Erzählung aufnimmt, ist die Liebe zu England. England galt den Aufklärern als das ideale Land Europas. Es herrschte eine Englandmanie, die sich in der Literatur mit Romanen, die in England spielen, ebenso zeigte wie z. B. in der Mode des englischen Landschaftsgartens, der als höchste Form der Gartenkultur galt und den auch Sophie als Symbol von »Wahrheit und Natur« den »steifen, gezierten Kunstgärten« vorzieht.

Marianne Ehrmann:
Die unglükliche Hanne

Marianne Ehrmanns Erzählung wurde in ihrer Zeitschrift *Amaliens Erholungsstunden* als belehrendes Beispiel, als moralische Geschichte veröffentlicht. So trocken dies klingt, Hannchens Geschichte schafft es noch heute, die Leser zu bewegen. Manche Formulierungen erscheinen uns zwar schwülstig (»Ach sie erröthete, strauchelte, und fiel!«), und auch die ungewöhnliche Mischung von allwissendem Erzählen und theaterartigen Szenen sind ungewohnt, trotzdem leiden wir mit Hanne. Warum? Marianne Ehrmanns Behandlung des klassischen Topos der Kindsmörderin unterscheidet sich von vielen anderen, da sie nicht Hanne verurteilt, sondern die Gesellschaft. Ihr gefallenes Mädchen ist weder ein gerissener Ausbund an Verderbtheit noch ein engelsgleiches Wesen, das völlig gegen ihren Willen zur Mutter wird. Hanne ist einfach ein normales Mädchen, das blind vor Liebe dem Geliebten gerne Glauben schenkt und sich ihm erst nach längerem Zögern und im Vertrauen auf sein Eheversprechen hingibt. Sie ist intelligent, aber ohne den Rückhalt einer Mutter oder von Freunden fehlt ihr die Willens- und Geistesstärke, Karl zu durchschauen und an ihren moralischen Grundsätzen festzuhalten. Zusätzlich erschweren es Neid und Klatsch ihrer Nachbarinnen, Karls Tricks als solche zu erkennen. Die Erzählerin benennt sowohl mangelnde aufklärende Erziehung und fehlenden familiären Rückhalt als auch den zerstörerischen Tratsch explizit als Gründe für Hannes Fall.

Auch später, während Hannes Schwanger- und Mutterschaft, sind es wieder die Bosheit und vor allem die Gedanken- und Gefühllosigkeit ihrer Mitmenschen, die ihr Leben zerstören. Die klatschsüchtigen Nachbarn sind schuld, dass sie nicht in Ruhe und Frieden bei der Alten weiterleben kann, die habgierigen und gewissenlosen Pflegeeltern ihrer Tochter treiben sie zum Diebstahl, und der gefühllose Geiz ihrer Herrschaft bringt sie auf den Rabenstein. Immer wieder versucht Hanne ein ehrbares Leben zu führen, und immer wieder wird es durch die Unmenschlichkeit des Pöbels »in Fezzen oder Seide« vereitelt (Marianne Ehrmann urteilt hier klassenübergreifend nur nach dem Verhalten, nicht nach dem Stand, was für die damalige Zeit absolut nicht selbstverständlich war). Das Gesetz steht aufseiten der dumpfen Mehrheit und sieht nicht das menschliche Schicksal, sondern nur den Diebstahl.

Neben der Gesellschaft und dem Gesetz klagt Marianne Ehrmann noch einen Einzelnen an: Hannes Verführer. Von Anfang an ist klar, dass er Hannes Eroberung als bloßes Spiel ansieht: Das erste Mal trifft der Leser ihn in einer Kneipe, wo er mit seinen Freunden darüber diskutiert. Es wird deutlich gesagt, dass er eine Strategie verfolgt, die einer Unerfahrenen und Naiven wie Hanne keine Chance lässt. Während sie sich ehrlich verliebt, geht es ihm nur um eine weitere Eroberung. Seine und Hannes Briefe zeigen diesen Unterschied und seine Weigerung, Verantwortung für sein Handeln zu übernehmen. Überraschend ist, wie klar Hanne noch in der Nacht selbst ihre Zukunft vor Augen steht: Sie weiß, dass sie vielleicht schwanger ist, dass sie von der Gesellschaft nur Hohn und Spott zu erwarten hat, dass sie der Armut entgegensieht, und sie zweifelt bereits an Karl: »… und Karl? Was wird der tun, für ein Mädchen, die er nicht mehr hochachten kann?« Indem sie später in ihrem Brief Karl anklagt, sich aus der Verantwortung zu stehlen, klagt sie gleichzeitig die Gesellschaft an, die in ihrer Doppelmoral die Schuld allein bei den Mädchen sucht und die Männer frei ziehen lässt: »Ich weis es, und andere unglükliche Mädchen wissen es mit mir, daß auf dieser Welt für unser Geschlecht keine Gerechtigkeit ist; wir müssen das Verbrechen, das ein anderer mit uns theilte, ganz und allein büßen!« Diese Ungerechtigkeit wird später noch zweimal betont: Die Tochter der Alten hat ihr Kind umgebracht, weil die Nachbarn ihr Angst vor einer harten Strafe für uneheliche Mütter machten; Hanne wird ihre Tochter umbringen, weil sie ihr Leben und Leiden in dieser ungerechten Welt ersparen will. Marianne Ehrmann hat eine Komplementärerzählung zu *Hanne* in *Amaliens Erholungsstunden* veröffentlicht: *Karl Schwammer – Der Lohn folgt auf die Tat, Nachtrag zur*

Geschichte der unglüklichen H..., das ruhmlose Ende Karls, der sozusagen vom Schicksal in Form einer skrupellosen und geldgierigen Ehefrau bestraft wird. Im Gefängnis erst versteht er, was er den Mädchen, wie Hanne, angetan hat, und geht an seiner Reue zugrunde.

Von vielen der moralischen Grundsätze in Hannes Welt haben wir uns heute ebenso weit entfernt wie von dem schwülstigen Stil; Marianne Ehrmanns Gesellschaftskritik spricht uns aber immer noch an und ist in Teilen immer noch aktuell. Die Beschreibung des tratschsüchtigen Pöbels bei Hannes Hinrichtung könnte auch heute noch für katastrophenbegeisterte Zuschauer gelten: »Auf den wenigsten Gesichtern ruhte Mitleiden, auf den meisten Behaglichkeit am Sonderbaren, stumpfe Gedankenlosigkeit, und Mangel an Gefühl.«

Benedikte Naubert:
Die weiße Frau

Benedikte Naubert erzählt ein Märchen, aber für den heutigen Leser, der Märchen mit den Brüdern Grimm assoziiert, tut sie es auf eine sehr ungewöhnliche Weise. Ihre Geschichte scheint auf wahren Begebenheiten zu basieren. Sie kommentiert die Darstellung der weißen Frau in anderen Erzählungen, zitiert alte Urkunden, setzt voraus, dass die Erscheinung dem Leser bekannt ist, und endet mit einer Erklärung, wo sich der Geist heute zu zeigen pflegt und warum. Außerdem verteidigt sie die weiße Frau gegen Anschuldigungen, die anscheinend von anderen Autoren gegen sie erhoben wurden, und betont, dass sie sich bei ihrer Beurteilung auf deren »eigene schriftlich von sich hinterlassenen Zeugnisse« stützt. Sogar für das, von der weißen Frau selbst abgesehen, einzige übernatürliche Moment, den schwitzenden Leichenstein, wird in der Erzählung selbst eine rationale Erklärung angeboten. Um den Eindruck eines Tatsachenberichts zu verstärken, wählt Benedikte Naubert eine Hauptfigur, die nur scheinbar dem üblichen Märchentypus entspricht. Bertha ist jung und traurig, ihren Verlobten verliert sie am Tag der Hochzeit, und die Familie hat sie verstoßen, außerdem ist sie tugendhaft und unschuldig. Aber Bertha ist trotzdem nicht die klassische Jungfrau, die es zu erretten gilt. Sie ist nicht schön, und sie ist nicht wirklich unglücklich. Ihr Onkel nimmt sie auf, und sie ist mit ihrem ruhigen Leben zufrieden; der Prinz, der schließlich auftaucht, gefällt ihr nicht, sie ist kein Dornröschen oder Schneewittchen. Mehr noch, sie ist mutig und steht mit beiden Beinen im Leben. Nur das leichtgläubige Personal sieht in dem Prinzen ihren zukünftigen Gemahl, Bertha selbst kommt gar nicht erst auf diese Idee. Da sie als Kind keine Märchen gehört hat, glaubt sie nicht an übernatürliche Erscheinungen und kann sich so vorurteilsfrei auf die weiße Frau und ihre Geschichte einlassen.

Bei Benedikte Naubert ist keine Rede von einem bösartigen Geist, die weiße Frau ist ein »hauswirthliches Gespenst«, »eine wahre alte Edeldame«. Nachdem Bertha deren Geschichte in der Bibliothek gelesen hat, ist sie von der Unschuld und Redlichkeit ihrer Ahnfrau überzeugt. Nicht nur sie, die Erzählerin ebenfalls. Sie erzählt die Geschichte vom Tod des Prinzen nur unter Vorbehalt, da, »was die Sage ihr zur Last legte«, nicht recht mit ihrem Wissen um »Klugheit und Gutmüthigkeit« der weißen Frau zusammenpasst. Ihr Fazit lautet, dass »jugendliche Unbesonnenheit« zum Tode führte und die Sage um die weiße Frau nur die »Fehler der Fürsten entschuldigen« soll. Es ist auffallend, dass nur die Männer Angst vor der weißen Frau haben, Bertha jedoch nicht. Der Onkel fürchtet sie, und den Prinzen treibt sie angeblich in den Tod, vielleicht auch Berthas Verlobten, aber Bertha selbst wird von ihr beschützt, sie ist eine Art Schutzengel für sie – vielleicht weil Bertha sie als Einzige nicht verurteilt, sondern

Mitleid für sie empfindet. Interessant ist auch, dass es in der Geschichte der weißen Frau keine bösen Taten gibt, im Gegenteil: Als Halbwaise von ihrem Vater vernachlässigt, wird sie spät mit einem untreuen Ritter verheiratet, den sie einfach nicht lieben kann. Nach seinem Tod wird sie zur Wohltäterin und baut ein Schloss, den Stammsitz der Familie. Das einzig Ungewöhnliche in ihrem Leben ist ihre große Gelehrsamkeit, sie lernt »Mystic« und die »todten Sprachen«, und es heißt, dass an ihr ein Mönch (nicht etwa eine Nonne!) verloren gegangen sei. In diesem »unweiblichen« Wesenszug sucht sie denn auch selbst den Grund für das Scheitern ihrer Ehe, sie konnte sich nicht völlig unterordnen und selbst aufgeben. Ihre Nachfahrin Bertha spricht sie jedoch von jeder Schuld frei. Warum sie aber als weiße Frau, als Untote herumgeistert, bleibt unklar, schließlich besteht sogar noch die von ihr ins Leben gerufene Tradition der Armenspeisung fort. Ihre einzige Verfehlung ist das Abweichen vom Frauenideal ihrer Zeit. In der Angst der Männer vor dem Geist und der Unbefangenheit Berthas werden die Frauensolidarität und die Kritik am einengenden und vorurteilsvollen patriarchalischen System deutlich.

Die *Weiße Frau* ist ein untypisches Märchen, vorgeblich wahr und mit einem lieben, hilfsbereiten Gespenst und einer selbstbewussten Heldin, die nicht auf den rettenden Prinzen wartet, sondern schließlich eine Vernunftehe mit einem älteren, würdigen Edelmann eingeht und nicht einmal den angeblich vorhandenen Schatz bekommt.

Sophie Albrecht: *Das höfliche Gespenst*

Sophie Albrechts Geschichte ist Trivialliteratur und will auch nichts anderes sein. In der Vorrede verteidigt sie ihr Werk gegen die aufgeklärten »Kunstrichter«, nicht sie sind ihr Zielpublikum, sondern »mit [ihr] Fühlende«. Sie pocht auf das Recht dieser »freyen Wesen«, Literatur ohne Gängelung durch Kritiker als »Nahrung für Gefühle« zu betrachten. Sophie Albrecht lag mit ihrer gefühlsbetonten Unterhaltungsliteratur völlig richtig, ihre Räuber- und Gespenstergeschichten verkauften sich hervorragend.

Das *Höfliche Gespenst* soll hier stellvertretend für die große Masse an Unterhaltungsliteratur des ausgehenden 18. Jahrhunderts stehen. Für jeden Geschmack wurde Literatur produziert: Spannende, gruselige, gefühlige und auch erotische Geschichten waren auf dem Markt, oft von Frauen geschrieben und in der Mehrheit wohl auch von Frauen gelesen. Besonders auf diese Art Literatur bezogen sich die vielen Warnungen angesichts der Lesewut der Mädchen und Frauen. Es wurde befürchtet, dass Frauen einerseits ihre praktischen Haushaltspflichten über das Lesen vernachlässigten und dass sie andererseits durch zu viele Romane einen Realitätsverlust erleiden und an ihre Wirklichkeit überzogene Ansprüche stellen würden. Die Überzeugung von der konkreten, direkten Wirkung von Literatur steht auch hinter den Moralischen Erzählungen, die das Leben und Denken ihrer Leserinnen ganz bewusst beeinflussen wollten.

Auch wenn dem heutigen Leser einige Textpassagen langatmig erscheinen und ihn Katharinas extreme Trauer seltsam anmutet, so ist er doch sehr bald neugierig, was es mit dem prunkvollen Grab und der schönen nächtlichen Erscheinung auf sich hat. Sophie Albrecht gelingt es immer noch, Spannung zu erzeugen. Befremdlich wirkt heute jedoch die Trivialversion der Rhetorik der Empfindsamkeit und beginnenden Romantik.

Es fällt auf, dass in der Erzählung immer wieder von Religion die Rede ist. Katharina betet viel, trifft außer ihren Bediensteten und dem Gespenst nur Nonnen und Mönche, sie feiert Weihnachten und Ostern. Es werden aber auch die negativen Seiten der Kirche beschrieben, gekaufte Gebete und Priester, das Ablasssystem und die dekorative Frömmigkeit einiger Jungfrauen verurteilt. Ida selbst hat sich das Wohlwollen der Kirche erkauft. Katharina erscheint auch in diesem Punkt als ihr positives Gegenstück, ihre Frömmigkeit ist ehrlich und tief gefühlt. Ihr Glaube ist aber auch ein sehr privater, weit von der Institution Kirche entfernter. Bereits ihre anfängliche Weigerung, ins Kloster zu gehen, deutet darauf hin. Sie betet allein und feiert sogar ihr Osterfest allein. Gerade dieses Osterfest hat nicht mehr viel mit einer kirchlichen Feier zu tun, ihre Beobachtung des Sonnenaufgangs mutet fast heidnisch an. Hier zeigt sich eine an Rousseau und den Frühromantikern orientierte Naturreligion, die in der Natur Gott erkennt, eine damals moderne Vorstellung.

Interessant sind einige Ähnlichkeiten zu Benedikte Nauberts Märchen *Die weiße Frau*. Auch im *Höflichen Gespenst* spielen Männer kaum eine Rolle, außer als tote Verlobte oder väterliche Figur, hier Mönche, dort der Onkel. Es scheint ein rein weiblicher Kosmos zu sein, in dem die Heldin dem ebenfalls weiblichen Gespenst völlig ohne Furcht, stattdessen mit Interesse und Anteilnahme, begegnet. In beiden Fällen gelten die Protagonistinnen als aufgeklärt und frei von Aberglauben erzogen. Ein großer Unterschied ist jedoch die Figur des Gespenstes selbst: Während die weiße Frau ein guter Geist ist, ist Ida durch und durch böse. Sie hat keine Moral und lebt ohne Rücksicht auf andere nur für ihre Eitelkeit. Das Verbrechen, für das sie mit einem Dasein als Geist bestraft wurde, passt perfekt in die reine Frauenwelt der Erzählung: Ida hat ihre Mutter nicht geachtet, der mütterliche Fluch hat die unnatürliche Tochter verdammt. Katharina ist über diesen mangelnden Respekt für die Mutter, d .h. für die eigene Herkunft und das eigene Geschlecht, völlig entsetzt und flieht. Sie lebt noch ein paar Jahre für ihre Trauer und stirbt dann – es gibt keinen neuen Mann, kein Happy End für sie, sie steht nur für die Tugend der Treue bis in den Tod. Im Gegensatz zu Benedikte Nauberts Heldin bleibt Katharina eindimensional, ohne eine eigene Persönlichkeit, die über die Treue zu ihrem toten Verlobten hinausgeht.

Therese Huber: *Sophie*

Sophie erscheint fast wie eine Vorfahrin Emma Bovarys: eine Frau, die in ihrer Ehe keine Befriedigung findet und stattdessen viel Zeit mit einem Hausfreund verbringt. Aber genau wie Emma ist Sophie ein Kind ihrer Zeit, so dass es einige gravierende Unterschiede zwischen ihnen gibt. Eines jedoch bleibt gleich: Beide auktoriale Erzähler wollen für ihre Protagonistinnen Verständnis wecken, sie nicht verurteilen.

Sophies unkonventionelles Handeln und Fühlen beginnt bereits in der Kindheit. Ihre Mutter ist ein gelehrtes Frauenzimmer, im schlechtesten Sinn des Begriffs (»viel Geist und Originalität, aber wenig Annehmlichkeit«). Anstatt sich um Haushalt und Familie zu kümmern, liest sie wissenschaftliche Bücher, ihr früher Tod verändert nicht viel im Leben ihrer Angehörigen. Sophie fehlt also ein weibliches Vorbild, das ihr die traditionelle Frauenrolle vorlebt. Ihr Vater heiratet nicht noch einmal, sondern überträgt Sophie die Haushaltsführung und Erziehung ihrer jüngeren Geschwister, damit sie »so viel in der Wirklichkeit zu thun« habe, »daß sie im Gebiete der Fantasie nicht umherschweifen könnte«. Trotz dieser Vorsichtsmaßnahmen, auf dass die Tochter nicht wie die Mutter werde, beginnt Sophie sich zu bilden. Anfangs tut sie dies nur aus töchterlichem Pflichtgefühl, um ihrem Vater eine bessere Gesprächspartnerin zu sein, dann aber macht ihr die Wissenschaft selbst Spaß. Auch wenn ihr Vater den intellektuellen Austausch mit ihr zu Beginn genießt, erschreckt ihn die Tatsache, dass Sophie sich über das für Frauen übliche oberflächliche Salonwissen hinaus bildet: »besorgt für das künftige Wohl seines Kindes... schalt er es Schwärmerey, Überspannung.« Sophie gehorcht zwar und gibt die Wissenschaft auf, vergisst aber nichts, sondern »brannte es tiefer in das Herz ein«. Diese Begebenheit steht beispielhaft für das ganze Leben Sophies: Kaum hat sie etwas gefunden, das sie interessiert und begeistert – Wissen, Vergnügungen, Liebe –, kommt ein Mann und will es ihr als Schwärmerei ausreden; nach außen beugt sie sich und scheint sich anzupassen, die inneren Spannungen werden aber immer stärker und schließlich unerträglich. Sie nimmt alles mit »starrer Ergebung. Es ist das Loos der Menschheit, sagte sie gefaßt: aber ihr irrendes Auge, ihre ängstliche Geschäftigkeit, ihre wankende Gesundheit verriethen, wie unzulänglich dieser künstliche Stoizismus war«.

Sophies Welt- und Menschenbild ist erschreckend pessimistisch und fatalistisch. (»Denn ob ich gleich auch glaube, daß Liebe etwas sehr Reizendes ist, so bin ich doch überzeugt, daß sie die Hochzeit nicht überlebt, und daß es also besser ist, ohne sie anzufangen: man vermeidet immer einen gefährlichen Vergleichungspunkt.«) Ihre erste Ehe mit einem ungeliebten älteren Mann geht sie hauptsächlich ein, weil sie glaubt, sowieso keine Alternative zu haben und, wenn sie schon nicht selbst glücklich werden kann, so doch eine gewisse Befriedigung darin finden zu können, andere glücklich zu machen, aber es funktioniert nicht. Sophie ist ihrem Mann intellektuell und emotional so weit überlegen, dass sie ihn nicht glücklich machen kann. »Wenn ein ungewöhnlicher Karakter wohlthätig auf einen gewöhnlichen wirken sollte, ... so würde in jenem eine gewisse abstrakte Überlegenheit seyn müssen, die doch eher darauf aus seyn würde, Menschen zu gebrauchen oder zu beherrschen, als sie zu beglüken. Hier liegt ein Hauptgrund, warum Mädchen von schöneren Anlagen, wenn ihre Geistesblüthe nicht verwittert, so oft verkehrte

Weiber werden.« Selbst wenn sie die Überlegene ist, muss sie sich unterordnen, darf sie nicht »beherrschen«, dabei jedoch werden beide Partner nicht glücklich – Sophies Mann ist allerdings zu tumb, »des Grübelns zu wenig gewöhnt«, als dass er wirklich bewusst unglücklich würde. Nur wenn die Frau abstumpft, »ihre Geistesblüthe verwittert«, schafft sie es vielleicht, ihren Mann glücklich zu machen, da sie dann auf sein intellektuelles Niveau sinkt und sich leichter unterordnen kann. Nach vier Jahren unbefriedigender Ehe stirbt Sophies Mann, und sie fühlt sich mit dreiundzwanzig Jahren »durch ihre vierjährige Ehe fast veraltet«.

Schellberg, den Sophie bereits kurz vor ihrer Vernunftehe kennen und lieben gelernt hat, taucht wieder auf und will sie heiraten. Die von Schellberg schwangere Sophie ist sich sicher, die bevorstehende Geburt nicht zu überleben, und willigt ein, um dem Kind einen Vater zu geben. Geheiratet wird während der Geburt (!), an der Sophie nicht stirbt. Ihre zweite Ehe, eine Liebesheirat, beginnt. Die drei Kinder aus erster Ehe sterben allesamt, die ohne Liebe gezeugten haben keine Zukunft. Sophie ist zunächst glücklich (»was sie noch nie kannte, Genuß des Daseyns, empfieng sie«), aber schon bald stellt sie gravierende Unterschiede in der Auffassung der Ehe bei sich und Schellberg fest. Während sie weiterhin intensive, schwärmerische Liebe und Leidenschaft erleben will, ist Schellberg an ruhigem, zufriedenem Alltag interessiert. »Schellberg war nun im Hafen… mit heiterer Ruhe stand er am Ziele.« Sophie ist davon überzeugt, »… daß den Männern das Kleinod der Liebe, um welches sie, Wilden gleich, auf Leben und Tod kämpften, wenn sie es errungen hätten, zum alltäglichen, nur noch nützlichen Hausrath würde« und »daß die Eigenschaft als Gatte und Vater des Mannes heftige Gefühle in einen sanfteren, beschränkteren Kanal leitet, während das Weib oft erst als Frau und Mutter den höchsten Grad alles Affektes, dessen sie fähig ist, erreicht. Bey ihr wetteifern Gefühl und Erfüllung der Pflicht; bey dem Manne dämpft Befriedigung das erste, und dieser lohnt unleidenschaftlicher Genuß«. Sie selbst jedoch verlangt immer noch nach Liebesbeweisen wie in ihrer ersten verliebten Zeit, sie kann sich nicht an einen »ruhigen, heiteren« Alltag gewöhnen. Sophie fühlt sich schuldig, weil sie nicht glücklich ist, und beginnt zu grübeln; sie macht sich Gedanken über Männer und Frauen und kommt zu für die damalige Zeit überraschenden Schlüssen. Ein Grund für ihre Unzufriedenheit liegt ihrer Meinung nach in der Natur der Geschlechter: Sie nimmt an, »die Weiber stünden eine Stufe höher unter den empfindenden Wesen«, und ist der Überzeugung, dass »ihr Daseyn aus Entsagung gewoben [sei] und aus Leiden und Freuden, für welche sie die reine Sympathie, nach der sie stets trachteten, nie finden können, indeß das Daseyn der Männer, auch wo es am vollendetsten schiene, ewig nur im Wechsel von Arbeit, Genuß und Ruhe fortgienge«. Dieser grundlegend unterschiedliche Anspruch an das Leben und die Ehe macht ein gemeinsames Glück so schwer. Aber Sophie geht über diese – damals sehr populäre – Gegenüberstellung hinaus, denn sie stellt fest, »daß das Unglück der meisten Ehen keine andere Quelle hätte, als die Vernachläßigung des Betragens im täglichen häuslichen Leben«. Sie ärgert sich über verschiedene Kleinigkeiten im Verhalten ihres Mannes, vom Pfeifeausklopfen bis zu Gewohnheiten beim Essen, er hat jedoch keine Ahnung von Sophies Empfindungen. Ähnliches gilt auch für die Sexualität. Sophie behauptet, dass Frauen sich nicht aus »Wollust« hingeben, sondern »für den Dank ihres Geliebten«, sie genießen erst, wenn er »schwelgt«; doch auch davon ist in ihrer Ehe keine Spur mehr: »Aber von dem allen weiß der Ehemann bald nichts mehr: er besytzt.« Die Bedürfnisse der Frau werden in der Ehe nicht gestillt, sie kann nur hoffen, dass ihre Lage und ihr Alltag »sie ruhiges Entbehren lehren, bis bleyerne Gewohnheit ihr Wesen ihrem Verhängniß gleichstellt, oder die Hand des Alters sie fühlloser macht«.

Sophie geht noch weiter: »Sie suchte den Sinn jenes auffallenden Kontrastes zwischen dem geistigeren Schwung in der Natur des Weibes, und einem Gesetze, das sie unaufhörlich und demüthigend an ihr Geschlecht, an Materie, an Thierheit mahnt.« Dass sie immer »die untergeordnete Stelle in der Gesellschaft« einnehmen muss, steht schließlich im Gegensatz zu ihrer Vorstellung der Frau als Wesen, das höher empfinden kann als der Mann. Sie möchte diesen Widerspruch lösen, indem sie stolz darauf zu sein versucht, als Mutter für künftige Generationen verantwortlich zu sein und als Gattin für den »Werth des Mannes«. Kurzfristig hilft diese Strategie, aber es dauert nie lange, bis sie sich wieder aufs Neue Fragen stellt. Sie bricht in Tränen aus, als sie einer jungen Braut gratuliert, da ihr wieder bewusst wird, »daß wir uns selbst veräussern, und zugleich die Bestimmung unsers Gatten, unsrer Kinder von uns, die wir uns nicht mehr besitzen, abhängig machen«.

Sophie hat damit ein Hauptproblem des bürgerlichen Frauenbildes angesprochen: Um den Frauen die soziale Unterordnung schmackhaft zu machen, werden ihnen eine moralische Überlegenheit und fantastische soziale Eigenschaften zugesprochen, die sie befähigen, sich selbst aufzuopfern, da sie ja das verständigere Geschlecht sind und es daher ihre Pflicht ist, die intellektuell überlegenen Männer zu unterstützen. Einerseits gilt die Frau als moralisch hochstehender als der Mann, sie sei sensibler und als geborene Mutter verantwortungsbewusst, gleichzeitig jedoch verlangt die Gesellschaft ihre völlige Unterordnung unter den Mann sowie, trotz ihrer angeblichen Qualitäten, vollkommene Untätigkeit außerhalb des Haushaltes. Sie sei zu empfindsam, um der harten Arbeitswelt entgegenzutreten – aber die Arbeit als Mutter, Geliebte, Unterhalterin, Haushälterin und soziale Repräsentantin steht in keinem Widerspruch zu ihrer Empfindsamkeit. Ähnlich zwiespältig ist das Verhältnis zur Sexualität: Einerseits darf eine Frau kein Verlangen zeigen (»ihre Liebe blieb immer Leidenschaft, immer Bewerbung; aber diese Stimmung [war] nur in ihr, und sie [hat], wo sie bey dem Weibe allein ist, etwas Unnatürliches und Demüthigendes«), andererseits soll sie ihrer Hauptaufgabe als Mutter nachkommen, also sexuell aktiv sein. Die Liste dieser sich widersprechenden Anforderungen an die Frau ließe sich weiterführen, so muss die Frau z. B. einerseits völlig keusch im Handeln und in Gedanken leben, gleichzeitig aber zielt ihre gesamte Erziehung nur darauf, einen Ehemann zu »fangen«. Sie muss also keusch und kokett zugleich sein, eine verführerische Unschuld – keine leichte Aufgabe. Sophie zerbricht an der Unmöglichkeit, ihre ureigensten Bedürfnisse und Gefühle mit den gesellschaftlichen Anforderungen zu vereinen.

Lehrbach, der nun in ihr Leben tritt, wirkt wie ein Katalysator. Sophie verliebt sich nicht in ihn, im Gegenteil, sie betont immer wieder, dass sie nur ihren Mann liebt. Das Verhängnisvolle an Lehrbach sind seine Schwärmerei, sein Werben, seine Verliebtheit, da sie Sophie an ihren Mann erinnern, wie er vor der Ehe war, und an alles, was sie nun bei ihm vermisst. Sophie sieht keinen Ausweg, keine Abhilfe. Hatte sie früher versucht, sich mit sozialem Engagement und dem Umgang mit ihren Kindern abzulenken, so funktioniert dies nicht mehr, sie wird depressiv und wünscht sich den Tod. »Das Gefühl, nur noch zu ihrem und anderer Unglück sie selbst zu bleiben, während die unaufhaltsame Zeit, von Einsamkeit und Kummer unterstüzt, ihr längst schon andere Gesetze des Seyns vorgeschrieben hätte. ... Ich bin krank, ich bin nicht, wie ich sollte, nicht, was ich sollte!« Kein Wunder, dass Sophie depressiv wird, wenn sie das Gefühl hat, dass sie sich ständig verstellen muss, dass ihr Selbst nicht mehr genügt.

Der auktoriale Erzähler nennt *Sophie* eine »belehrende Geschichte«, sie soll Verständnis wecken und die Leser davon abhalten, andere schnell zu verurteilen. Während der gesamten Handlung schaltet sich der Erzähler immer wieder ein, um diesem Ziel Nachdruck zu verleihen. Er erläutert und verteidigt Sophies Standpunkt z. B. in einer Fußnote (»Wehe, wenn man hier Falschheit zu sehen glaubte!«) und in Einschüben (»Es verdrießt mich, den Gang dieses unseligen Schiksals zu unterbrechen, um auf einige Fragen zu antworten, die ich von allen Seiten höre.«). Sophie soll von jedem Vorwurf reingewaschen werden, der Erzähler dringt auf Verständnis, »weil sie reinen Herzens und reinen Sinnes war«. Immer wieder beteuern sowohl der Erzähler als auch Sophie selbst, dass ihr Handeln und ihre Gedanken nichts »Romanhaftes« haben, dass sie »allen Romangrillen feind« sei. Damit wird betont, dass Sophie kein überspanntes Frauenzimmer ist, das durch zuviel Romanlesen den Realitätssinn verloren hat und übertrieben hohe Ansprüche stellt, sondern dass es sich bei ihr um ehrliche, echte Gefühle und Bedürfnisse handelt. Es wird auch mehrfach ein Frauenbild vertreten, das für diese Zeit völlig untypisch ist. Bereits ein Satz wie »ich bitte Sie, lassen Sie mir die Freyheit, lustig oder mürrisch zu seyn« steht in krassem Widerspruch zum gängigen Idealbild der Frau, demgemäß zu ihren vorrangigsten Aufgaben die Unterhaltung und Entspannung des Mannes gehören, ohne Rücksicht auf eigene Launen oder Gefühle. Aber auch die folgende Beschreibung Sophies ist für die Zeit ungewöhnlich: »In ihrer Häuslichkeit, in ihrer Existenz als Mutter, in den *genialischen Ergiessungen ihres Geistes und Herzens* [Hervorh. d. Hrsg.], ... thaten sich – das fühlte sie wohl – ihre unwiderstehlichsten Reize kund.« Häuslichkeit und Mütterlichkeit gehörten zum traditionellen Frauenbild, aber genialische Ergießungen des Geistes? Hier wird eine Mischung aus traditionellen Frauenrollen und einer moderneren intellektuellen und selbstbewussten (»das fühlte sie wohl«) Frau als attraktiv propagiert. Durch diese Kombination aus traditionellem und progressivem Frauenbild wurden die zeitgenössischen Leser nicht verschreckt. Ein gelehrtes

Frauenzimmer wie Sophies Mutter ließ sich nur schwer als vorbildlich vertreten, aber eine Hausfrau und Mutter, die zusätzlich noch intelligent und gebildet ist, wirkte weniger bedrohlich. Die auffallendste Parteinahme ist aber das Urteil über eine Frau, die fremdgeht: »o dann falle der Fluch auf den selbstsüchtigen, stumpfsinnigen Ehemann, nicht auf die Unglückliche.« Das sind völlig neue Töne im 18. Jahrhundert, noch dazu aus dem Mund eines männlichen Erzählers. Nicht die Frau trifft die Schuld, nein, ihr gefühlloser Ehemann hat sie geradezu einem anderen in die Arme getrieben. Das bedeutet, dass der Mann ebenfalls für das Gelingen der Ehe verantwortlich ist und dass die Frau berechtigte Bedürfnisse und Ansprüche hat – beides sind sehr ungewöhnliche Überzeugungen für die damalige Zeit. Ähnlich wie beim gelehrten Frauenzimmer, so werden auch hier ein traditionelles und ein modernes Frauenbild vermischt: Es wird zwar ganz allgemein um Verständnis für Frauen geworben, die ihre Ehe brechen, Sophie aber geht nicht fremd, sondern bleibt ihrem Mann treu, sowohl physisch als auch psychisch. So bleiben ihr die Sympathien der Leser erhalten; hätte sie sich Lehrbach »hingegeben«, hätte sie wohl jeglichen Anspruch auf das Verständnis der Leser verwirkt.

Sophies Erfahrung lässt sich mit folgendem Satz zusammenfassen: »... weiblicher Karakter besonders findet in seinen sittlich natürlichen Berührungen mit dem andern Geschlecht leicht einen, von der Wiege bis an das Grab sich erstreckenden Fluch von Ungerechtigkeit und Verkennung.«

Sophie bietet noch viele weitere Ansatzpunkte zur Untersuchung, hier sollen abschließend zwei erwähnt werden. 1. die Rolle der Kinder. Obwohl ständig von ihnen die Rede ist, wird kein einziges, nicht einmal dem Namen nach, vorgestellt, gleichzeitig ist das Adjektiv »kindlich« eines der am häufigsten vorkommenden, es ist positiv belegt und bezeichnet fast immer einen offenen, ehrlichen, reinen und edlen (zwei ebenfalls sehr häufig vorkommende Adjektive) Charakter. Sophie wird nicht nur als kindlich, rein und edel beschrieben, sondern immer auch als stolz, aber auch »stolz« ist hier positiv besetzt und hat mehr die Bedeutung von selbstbewusst. 2. Sophies Einstellung zur Arbeit. Sophie empfiehlt Lehrbach zu arbeiten, um ein sinnvolles, erfülltes Leben zu führen, anstatt bequem von seinen Zinsen zu leben. Sie selbst hat bereits als Teenager zu Hause gearbeitet, und bevor sie mit Schellberg in die Stadt zieht, ist sie ständig sozial engagiert tätig. Gegen Ende verschlimmern Schonung und Untätigkeit ihre Krankheit, aber damals schien absolute Ruhe das einzige Heilmittel für unruhige, unkonventionelle Frauen zu sein; nur Sophie selbst weiß um die positive Wirkung der Arbeit.

Sophie Mereau: *Marie*

Alles in Sophie Mereaus Erzählung kreist um den Gegensatz von Selbstbestimmung und Fremdbestimmung. Auch wenn dies dem Zeitgeist entsprach, siehe z. B. Goethes *Wilhelm Meisters Lehrjahre*, so ist *Marie* doch etwas Besonderes, weil hier die Selbstfindung und Unabhängigkeit einer Frau beschrieben wird.

Marie wächst fern von der Gesellschaft zu einem Rousseau'schen Naturkind heran. Ihre naive, naturhafte Unschuld gefällt Antonie und Brandem. Aber auch wenn Marie naturhaft und unschuldig ist und der so genannten besseren Gesellschaft ahnungslos gegenübersteht, ist sie ganz bestimmt nicht dumm. Denn durch ihre unvoreingenommene Art durchschaut sie viele und vieles und kennt vor allem ihre eigenen Wünsche und Bedürfnisse besser als die meisten Damen (und Herren) der Gesellschaft.

Besonders überrascht den Leser ihr unverkrampftes Verhältnis zu den Männern und der Erotik: Sie verliebt sich in

Seeberg und küsst ihn direkt am Abend des Kennenlernens auf den Mund. Auf einem öffentlichen Ball einen Mann zu küssen war mehr als gewagt, wo doch schon mehrmaliges Tanzen mit demselben Partner als kompromittierend galt! Noch interessanter ist die Darstellung dieser Ungeheuerlichkeit: Der weise Brandem verurteilt Marie nicht, sondern hegt Verständnis für sie, und auch die Erzählerin bemüht sich, zu erläutern, wie es zu dem Kuss kam; Maries Alter, ihre Unerfahrenheit, die ihr fremde Ballatmosphäre, das einnehmende Wesen Seebergs, alles das und vor allem ihre Aufrichtigkeit erklären und rechtfertigen ihr Verhalten. Im Gegensatz zu den meisten ihrer Zeitgenossinnen – und ganz besonders im Gegensatz zu Antonie – spielt sie kein kokettes Spiel, sondern folgt, völlig ehrlich und unbefangen, ihren Gefühlen.

Was bei einer anderen als Rebellion ausgelegt werden könnte, zeigt bei Marie nur, wie sehr sie mit sich selbst im Reinen ist und sicher dem Weg folgt, den ihr Gefühl ihr weist. In diesem Sinn ist es nur konsequent, dass sie mit Seeberg – unverheiratet – zusammenlebt und ihn verlässt, als sie merkt, dass er sie nicht mehr liebt. Sie schreibt ihm, dass sie vor allem seinem Glück nicht im Wege stehen will, gleichzeitig aber befreit auch sie sich aus einer unbefriedigenden Beziehung. Seeberg und Antonie stehen im krassen Gegensatz zu Marie. Beide sind in der Gesellschaft groß geworden, kennen die sozialen Spielregeln genau, nutzen sie manipulierend zu ihrem eigenen Vorteil und sind, trotzdem oder deswegen, geachtet. Antonie ist selbstsüchtig, und alle ihre Handlungen zielen nur darauf ab, einen Vorteil für sich selbst zu erzielen. Maries Unschuld soll nach ihrem Kalkül ihre eigene kultivierte Raffinesse unterstreichen, und Seeberg ist für sie wichtig, um durch eine eventuelle Heirat mit ihm ihre soziale Position zu verbessern; je nach Angebotslage auf dem Heiratsmarkt will sie ihn denn auch fallen lassen oder zu ihm zurückkehren, ohne irgendwelche Gefühle zu zeigen oder zu erwarten.

Die Darstellung der Antonie enthält nicht nur eine Kritik an der zeitgenössischen Gesellschaft, Antonies Selbstsucht dient auch dazu, Maries selbstbestimmtes Leben vom puren Egoismus zu unterscheiden.

Seeberg ist hin- und hergerissen zwischen der Faszination für die unschuldige Marie und der für die gewiefte Antonie. Sein Problem ist, dass er nicht wirklich weiß, was er vom Leben erwartet: eine in sich ruhende Zufriedenheit oder gesellschaftlichen Ruhm. »Ein ewiger Sclave von fremder Meinung und eigenem Gefühl...«, genau an dieser Charaktereigenschaft zerbricht letztlich auch seine Beziehung zu Marie.

Brandem schließlich, der als positive Figur erscheint, hat feste Werte und Grundsätze und deshalb auch eine gewisse innere Ruhe und moralische Überlegenheit gegenüber Seeberg und Antonie. Sein Fehler ist es, diese Weisheit kaum praktisch umsetzen zu können. Auch wenn er in der Lage ist, Maries Wert zu erkennen, und sie nicht an gängigen sozialen und moralischen Maßstäben misst, kann er diese, wenn es um ihn selbst geht, nicht ignorieren. Er schafft es nicht, Marie seine Liebe zu gestehen, und verliert sie daher. Erst gegen Ende der Erzählung stellt er selbst fest, »daß er zu viel empfand, zu wenig handelte«. Als er sich endlich zum Handeln durchringen kann, findet er Marie wieder, und selbst wenn es keine Liebesbeziehung ist, teilen sie schließlich doch ihr Leben.

Maries Charakter wird nicht nur durch ihre unorthodoxe Jugend geprägt, sondern auch durch ihre Existenz als Künstlerin. Zu Beginn der Erzählung steht Marie – ganz konventionell – völlig unter dem Einfluss ihres Vaters (was aus ihrer Mutter geworden ist, erfährt der Leser nicht). Das Lautenspiel lässt sie dann aus ihrer behüteten Kindheit erwachen und erwachsen werden. Später dann finanziert sie ihr unabhängiges Leben als Schauspielerin. In beiden Fällen bekommt sie keine formelle Ausbildung, sie ist die geborene Künstlerin, von Anlage und Talent ist die Rede. Die Kunst, sowohl Musik als auch Theater, ist für sie eine Befreiung: Befreiung von der Abhängigkeit von ihrem engstirnigen Vater und Befreiung von der finanziellen Abhängigkeit. Wirklich unkonventionell und revolutionär in dieser Erzählung, besonders in der Darstellung Maries, sind nicht ihre erotischen Grenzüberschreitungen, sondern ihr Beharren auf ein selbstbestimmtes, eigenverantwortliches Leben, das auch noch belohnt wird. Ihre »unabhängige und sichere Lage« »in dieser selbsterworbenen freien Existenz« ist der Grund dafür, dass sie »jetzt das ganz [war], was sie seyn wollte«. Sophie Mereau betont hier die Bedeutung der finanziellen Unabhängigkeit für Frauen, wenn sie frei, selbstbestimmt und glücklich leben wollen – und das bereits 1798. Es sollte zwei Jahrhunderte dauern, bis sich diese noch lange als revolutionär geltende Einstellung allgemein durchsetzte.

Caroline Auguste Fischer:
Krausköpfchen und Goldlöckchen;
Selim und Zoraïde

Caroline Auguste Fischers Märchen sind keine Volksmärchen wie die von Benedikte Naubert, sie sind vielmehr an das Menschenbild und die Weltanschauung der Aufklärer gebunden. Dies ist auch der Grund, weshalb die beiden Märchen, obwohl sie zu Beginn des 19. Jahrhunderts veröffentlicht wurden, in diese Anthologie aufgenommen wurden. *Krausköpfchen und Goldlöckchen* spiegelt vor allem die Rousseau'sche Vorstellung wider, der Mensch erreiche umso mehr Vollkommenheit, je näher er der Natur ist. Nur die Kinder dürfen auf die glückliche Insel, nur sie sind nicht von der Gesellschaft verdorben und deshalb fähig, in der Natur glücklich zu sein. Die böse Fee Arganto macht ihnen aber die höfische Gesellschaft schmackhaft und bereitet damit den Verlust ihrer Unschuld vor. Getreu Rousseaus Theorie der Geschlechterrollen ist Goldlöckchen stärker ihren Leidenschaften ausgeliefert und weniger in der Lage, zwischen Gut und Böse zu unterscheiden. Sie bleibt völlig passiv, lässt sich verehren und versinkt dadurch immer mehr in der Oberflächlichkeit und Unmoral des Hofes. Krausköpfchen hingegen durchschaut die Gesellschaft schneller; nachdem er in der Philosophie keine Erlösung gefunden hat, sucht er auf dem Schlachtfeld (vergeblich) den Tod. Zu guter Letzt kehren zwar beide wieder auf die Insel zu Soline zurück, aber sie haben ihre Unschuld auf immer verloren, so dass die Insel schon bald nicht mehr die glückliche genannt wird und sich in nichts mehr von den anderen Inseln unterscheidet.

Selim und Zoraïde hat ein ähnliches Beinahe-Happy-End. Auf den ersten Blick ist alles wie immer im Märchen: Ein Prinz und eine Prinzessin finden sich und heiraten, aber hier macht die Fee eine ungewöhnliche Einschränkung: »Selim wird ein guter König werden; wenn er seine Eitelkeit, und Zoraïde eine gute Frau; wenn sie ihre Liebe überwinden kann.« Das ganze Märchen kann man als ein Komplementärstück zu *Krausköpfchen und Goldlöckchen* ansehen. In Selim und Zoraïde wird in aller Deutlichkeit die Verderbtheit der Gesellschaft karikiert, also genau das, was Arganto in *Krausköpfchen und Goldlöckchen* erzeugen und Soline verhindern will: die Gegenwelt zur glücklichen Insel. Auch in Selim und Zoraïde sind die Protagonisten nur glücklich, wenn sie vom Rest der Menschheit getrennt leben.

Beiden Geschichten ist ein zutiefst pessimistisches Welt- und Menschenbild zu Eigen. Die Gesellschaft, besonders ihre Herrscher und Höfe, wird als oberflächlich, dekadent, eitel und faul beschrieben. Der jagdbesessene, desinteressierte König Krantimor steht Soline gegenüber, die das Regieren aufgibt, weil sie über die Menschen Folgendes denkt: »Diesem wahnsinnigen Haufen kann es einerley seyn, von wem er regiert wird!« In beiden Märchen wird auch die Philosophie lächerlich gemacht, auch sie sei nur Schaumschlägerei, ohne Wirkung auf die Menschen. Neben dieser bissigen Sozialkritik fällt auf, dass auch die Liebe, ganz im Gegensatz zu den Überzeugungen der Romantiker, als Erlöserin ausfällt. Krausköpfchen und Goldlöckchen verspielen ihre uneigennützige Liebe, als sie anfangen, den anderen für das jeweils eigene Unglück verantwortlich zu machen, und obwohl sie wieder zueinander finden, führt kein Weg zurück in das unbeschwerte Glück der Kindheit. Über Zoraïde sagt die Fee sogar, dass sie ihre Liebe überwinden muss, da sie zu groß für die Menschen sei. Ähnlich unschuldig und von der Gesellschaft isoliert aufgewachsen wie Krausköpfchen und Goldlöckchen, muss sie lernen, dass die Männer nur die göttliche, das heißt aufopfernde, nicht aber die menschliche, das heißt gleichberechtigte, Liebe ertragen.

3. Zu den Autorinnen

Luise Adelgunde Viktorie Gottsched, geb. Kulmus
(1713, Danzig – 1762, Leipzig)

Aus einer wohlhabenden Danziger Arztfamilie stammend, erhielt Luise Adelgunde Viktorie Gottsched bereits früh Unterricht in Sprachen und Musik. Als Sechzehnjährige lernte sie den Leipziger Professor und Vorreiter der Aufklärung Johann Christoph Gottsched kennen. Während ihrer sechsjährigen Verlobungszeit bildete sie sich nach seinen Vorgaben weiter. In der kinderlosen Ehe war es ihre Hauptaufgabe, ihrem Mann mit Kopierarbeiten, Übersetzungen und bei der Herausgabe seiner Zeitschriften zu helfen. Sie klagte in Briefen über die »gelehrte Galeere« und das »Schreibejoch, welches [ihr] täglich aufliegt«. Neben ihrer Übersetzertätigkeit (u. a. Popes *Rape of the Lock* und Molières *Misanthrope*) schrieb sie Gedichte und in den vierziger Jahren einige eigene

Theaterstücke: drei Lustspiele, ein Trauerspiel und das Vorspiel *Herr Witzling*. Da diese Arbeiten in J. C. Gottscheds *Deutscher Schaubühne* erschienen, werden sie bis heute meist nur als Muster seiner Regelpoetik und nicht als eigenständiges Werk angesehen.

Die Gottschedin galt zu Lebzeiten als gelehrteste Frau Deutschlands und genoss großes Ansehen als Vertreterin der Frühaufklärung. Trotz ihres eigenen, ungewöhnlichen Lebens war sie davon überzeugt, dass die natürliche Rolle der Frau die der Mutter und Gattin sei. Sie selbst sah sich vor allem als »geschickte Helferin« ihres Mannes. Ihre gegen Ende ihres Lebens sich häufenden Klagen über die »28 Jahre ununterbrochene Arbeit« und »Gram im Verborgenen« deuten jedoch darauf hin, dass ihre Rolle sie nicht ausfüllte und sie in ihr unglücklich geworden war.

Sophie von La Roche, geb. Gutermann
(1731, Kaufbeuren – 1807, Offenbach)

Sophie von La Roche erhielt eine gute, umfassende Privaterziehung, ihrem Wunsch nach tieferer wissenschaftlicher und künstlerischer Ausbildung verweigerte sich ihr Vater, ein Arzt, jedoch. Sie sollte stattdessen früh und standesgemäß heiraten. Nach zwei gescheiterten Verlobungen, die zweite mit ihrem Cousin Wieland, dem sie zeitlebens verbunden blieb, heiratete sie den Hofrat La Roche. Durch acht Kinder und viele gesellschaftliche Verpflichtungen als Ehefrau eines Diplomaten kam sie erst spät zum Schreiben. Ihr Roman *Geschichte des Fräulein von Sternheim* erschien 1771, zunächst anonym, und wurde ein durchschlagender Erfolg, ein Kultbuch der Empfindsamkeit und Natürlichkeit, das Goethe, unter anderem, zu seinem *Werther* inspirierte. Sophie von La Roche blieb bis zu ihrem Tod schriftstellerisch aktiv und veröffentlichte zahlreiche Romane, Reiseberichte,

Autobiografisches sowie die erste von einer Frau herausgegebene und sehr erfolgreiche Frauenzeitschrift *Pomona – Für Teutschlands Töchter*. Sie war eine der bekanntesten und geachtetsten Frauen im Deutschland ihrer Zeit, auch wenn sie nie mehr einen so großen Erfolg wie mit der *Geschichte des Fräulein von Sternheim* hatte. Ihre Tochter Maximiliane ist die Mutter von Clemens Brentano und Bettine von Arnim, so dass Sophie von La Roche nicht nur im übertragenen Sinn als Großmutter der deutschen Literatur gilt. Durch den Erfolg ihres Debütromans und ihr fortgesetztes Schreiben hat sie den Weg für viele Schriftstellerinnen nach ihr geebnet.

Marianne Ehrmann, geb. von Brentano
(1755, Rapperswil – 1795, Stuttgart)

Marianne Ehrmann stammte aus einer vermögenden Schweizer Kaufmannsfamilie. Sowohl ihre neun Geschwister als auch ihre Eltern starben, bevor sie zwanzig wurde. Ein verwandter Geistlicher nahm sie auf und unterrichtete sie auch. Da sie fast völlig mittellos war, lebte sie anschließend zunächst als Hausjungfer (eine Mischung aus Gouvernante und Dienstmädchen) bei verschiedenen Verwandten. Schließlich heiratete sie mit zweiundzwanzig einen Offizier, der sich nicht nur als Spieler entpuppte und sie mit seinen Schulden sitzen ließ, sondern sie während ihrer kurzen Ehe auch misshandelte. Nach ihrer Scheidung arbeitete Marianne Ehrmann als Schauspielerin. Als Bühnennamen wählte sie Sternheim, aus Bewunderung für Sophie von La Roches gleichnamigen Roman. Bereits während ihrer Zeit als Schauspielerin begann sie zu schreiben und, zunächst anonym, zu veröffentlichen. 1785 heiratete sie, gegen den Willen seiner Eltern, den Straßburger Juristen, Geographen und Reiseschriftsteller Theophil Friedrich Ehrmann. Er hatte ihre *Philosophie eines Weibes* – ohne sie damals zu kennen – positiv rezensiert.

Das Paar zog nach Stuttgart, wo beide schriftstellerisch und publizistisch tätig waren. Marianne Ehrmann veröffentlichte Abhandlungen, Schauspiele, Romane und Erzählungen, bekannt wurde sie jedoch vor allem durch die Herausgabe der Zeitschrift *Amaliens Erholungsstunden*. Die Zeitschrift wurde ein Erfolg, doch Streitigkeiten mit dem Verleger Cotta führten dazu, dass sie 1792, nach nur zwei Jahren, wieder eingestellt wurde. Marianne Ehrmann setzte ihre Arbeit in der Zeitschrift *Die Einsiedlerin aus den Alpen*, die bei einem Schweizer Verlag erschien, fort. 1795 starb sie an einer Lungenentzündung. Posthum gab ihr Mann ihren Nachlass und den autobiografisch geprägten Roman *Antonie von Warnstein* heraus. Marianne Ehrmanns Kennzeichen ist der sehr ironische, satirische – damals oft als provozierend empfundene – Ton ihrer Zeitschriften, in denen sie unter anderem Glossen über die Torheit der Frauen und Männer schrieb. Ihr Ziel war, ganz im Sinne der Aufklärung, die Vernunft zu stärken und die Maßlosigkeit zu zügeln. Auch wenn sie die »natürliche Bestimmung« der Frau als Ehefrau und Mutter nie in Frage stellte und jede »übertriebene« Gelehrsamkeit ablehnte, war sie doch eine vehemente Kämpferin für eine bessere Bildung von Frauen und Mädchen und gegen die weit verbreitete Doppelmoral.

Christiane Benedikte Eugenie Naubert, geb. Hebenstreit
(1756, Leipzig – 1819, Leipzig)

Benedikte Naubert war eine der produktivsten deutschen Schriftstellerinnen, sie veröffentlichte über fünfzig Romane, dazu Erzählungen und Märchensammlungen. Erst kurz vor ihrem Tod wurde ihre Identität bekannt, vorher erschienen alle ihre Werke anonym oder mit dem Hinweis auf ein früheres Buch. Ihre historischen Romane waren sehr erfolgreich und beeinflussten viele Schriftsteller, wie z. B. Sir Walter

Scott, der sie als Einfluss nannte. Ihre Märchen wurden von den deutschen Romantikern nicht nur bewundert, sondern oftmals auch als Quelle für deren eigene Texte genutzt.

Benedikte Naubert wurde hauptsächlich von ihren älteren Brüdern erzogen, da der Vater, ein Arzt, früh starb und die Mutter zu krank war, um sich um ihre Kinder zu kümmern. Sie erhielt daher eine für ein Mädchen damals ungewöhnliche Bildung, die neben frauentypischen Tätigkeiten wie Handarbeiten, Harfen- und Klavierspiel Latein und Griechisch, Geschichte und Philosophie einschloss sowie die modernen Sprachen, Französisch, Italienisch und Englisch. Als auch ihre älteren Brüder starben, verdiente sie den Lebensunterhalt für ihre Familie durch ihr Schreiben, zwischen 1786 und 1797 veröffentlichte sie mindestens einen Roman pro Jahr, 1787 sogar drei. 1797 heiratete sie, wurde aber bereits nach zwei Jahren Witwe und heiratete 1802 ein zweites Mal. Selbst als sie fast blind und taub war, arbeitete sie weiter und diktierte ihre Romane, bis sie schließlich 1819 an einer Lungenentzündung starb.

Sophie Albrecht, geb. Baumer
(1757, Erfurt – 1840, Hamburg)

Aufgewachsen und erzogen in bürgerlichen Verhältnissen, wurde Sophie Albrecht mit vierzehn zur Halbwaise, als ihr Vater, ein Medizinprofessor, starb. Sophie verließ früh das bürgerliche Elternhaus, heiratete den Arzt, Unterhaltungsschriftsteller und Theaterdirektor Friedrich August Albrecht und ging mit ihm nach Reval. Nach ihrer Rückkehr nach Deutschland wurde sie eine erfolgreiche Schauspielerin und Mitglied in verschiedenen Theatergesellschaften. So spielte sie 1787 in der Premiere von Schillers *Don Karlos*. Mit Schiller blieb sie bis zu seinem Tod befreundet.

Ende der neunziger Jahre wurde ihre Ehe geschieden, nach

dem Tod ihres zweiten Mannes heiratete sie Albrecht ein zweites Mal. Bereits in Reval begann sie mit dem Schreiben von Gedichten und veröffentlichte später erfolgreiche Erzählungen und Schauspiele. Wie ihr Mann schrieb auch sie die damals sehr populären Räuber- und Geistergeschichten. Heute wird Sophie Albrecht vor allem wegen ihrer Gedichte geschätzt. Als ihr Erfolg nachließ und sie sich von der Bühne zurückzog, musste sie sich ihren Lebensunterhalt als Wäscherin, Dienstbotin und Autorin eines Kochbuches verdienen. Sie starb völlig verarmt.

Therese Maria Wilhelmine Forster-Huber, geb. Heyne
(1764, Göttingen – 1829, Augsburg)

Therese Huber wurde in ein intellektuelles Umfeld geboren: Im Haus ihres Vaters, eines Professors in Göttingen und bekannten Altphilologen, erhielt sie trotz fehlender systematischer Erziehung eine umfangreiche Bildung und lernte von A. W. Schlegel über die Humboldts bis hin zu Goethe die bekanntesten Intellektuellen ihrer Zeit kennen. Mit neunzehn heiratete sie Georg Forster, der als Weltreisender berühmt wurde, da er Cook auf einer Weltumsegelung begleitet hatte. Das Ehepaar zog zunächst nach Polen, wo Forster eine Professorenstelle angenommen hatte. 1788 wechselte er nach Mainz an die Universitätsbibliothek. Als in Mainz im Zuge der Französischen Revolution die Republik ausgerufen wurde, wurde Forster Mitglied und zeitweise Präsident des Jakobinerklubs. Obwohl Therese eine leidenschaftliche Anhängerin der Revolution war, floh sie 1792 mit ihren Kindern vor der französischen Besetzung und ihrem Mann nach Straßburg. Ihre Ehe mit Forster war bereits seit langem zerrüttet, nun verlangte sie die Scheidung. 1793 zog sie mit Ludwig Ferdinand Huber, einem Freund der Familie, in die Schweiz, da sie vorerst weder nach Deutschland noch nach

Frankreich zurückkehren konnte. Nach Forsters Tod 1794 in Paris heiratete sie. In der Schweiz begann Therese Huber zu schreiben, und zwar aus finanziellen Gründen und, wie sie selbst sagt, um ihr Lesepublikum zu belehren. Zunächst veröffentlichte sie unter dem Namen ihres Mannes, erst nach seinem Tod, 1805, unter ihrem eigenen.

Sie heiratete nicht wieder, sondern lebte allein mit den vier überlebenden ihrer zehn Kinder und arbeitete weiter. Therese Huber hat viele Erzählungen und mehrere Romane geschrieben, darunter *Die Familie Seldorf*, 1795, einen der ersten deutschen Romane, der während der Revolution spielt. Sie war Journalistin in Stuttgart und von 1817 bis 1823 alleinige Redakteurin des *Morgenblatts*. Außerdem hat sie Reiseberichte und Georg Forsters Briefwechsel herausgegeben. Ihre Romane und Erzählungen thematisieren immer wieder aktuelle gesellschaftspolitische Probleme; neben der Revolution vor allem die Stellung der Frau, wie schon die Titel zeigen: *Luise. Ein Beitrag zur Geschichte der Konvenienz* (1796), *Die Frau von vierzig Jahren* (1800), *Die Ehelosen* (1829).

Sophie Mereau-Brentano, geb. Schubert
(1770, Altenburg – 1806, Heidelberg)

Die Tochter eines Steuerbeamten erhielt eine fundierte Erziehung. Nach dem frühen Tod ihrer Eltern heiratete sie den Jenaer Juraprofessor Mereau. Nach wenigen Jahren trennte sie sich von ihrem Mann und ernährte sich und ihre Tochter durch ihre schriftstellerische Tätigkeit. In Jena hatte sie Kontakt zu den geistigen Größen ihrer Zeit, wie den Schlegel-Brüdern mit ihren Frauen, Fichte, Schelling und dem Kreis um Schiller. Sie veröffentlichte Übersetzungen, Erzählungen und Gedichte, z. B. in Schillers *Horen*, und gab für kurze Zeit eine eigene Zeitschrift sowie Romankalender und Musenalmanache heraus. Mehrere ihrer Gedichte wurden vertont,

u. a. von Beethoven. 1803 heiratete sie nach längerem Zögern Clemens Brentano. Während ihrer Ehe »zwischen Himmel und Hölle« kam sie kaum noch zum Schreiben. 1806 starb sie bei der Geburt ihres fünften Kindes. Sophie Mereaus Werke zwischen Klassik und Romantik betonen immer wieder die Bedeutung von Freiheit, Selbstständigkeit und Unabhängigkeit, hierin spiegelt sich nicht nur ihre Auseinandersetzung mit den Idealen der Französischen Revolution, sondern auch mit der gesellschaftlichen Rolle der Frau. So verteidigte sie z. B. in einem für ihre Zeit gewagten Artikel über die französische Saloniere Ninon de Lenclos deren erotische Emanzipation als Bedingung für ihre individuelle Freiheit.

Caroline Auguste Fischer, geb. Venturini, gesch. Christiani
(1764, Braunschweig – 1842, Frankfurt a. M.)

Caroline Auguste Fischers Biografie ist nur lückenhaft nachgewiesen. 1764 wurde sie als Tochter eines Hofmusikers in Braunschweig geboren und erhielt zusammen mit ihren Geschwistern eine fundierte, für ein Mädchen außergewöhnlich umfangreiche Bildung. Spätestens seit 1792 lebte sie mit ihrem Mann Christoph Christiani in Kopenhagen, wo er deutscher Hofprediger war und außerdem ein Erziehungsinstitut gründete. Eine Tochter starb früh, 1797 wurde ein Sohn geboren. 1798 erfolgte die Trennung von ihrem Mann, ein Jahr später kehrte Caroline Auguste Fischer nach Deutschland, nach Dresden, zurück. 1801 wurde die Ehe geschieden, das Sorgerecht für den Sohn bekam ihr Mann zugesprochen, sie hatte nie wieder Kontakt zu ihm. Caroline Auguste Fischer begann zu schreiben und veröffentlichte erfolgreiche Romane und Märchen. Wann und wo sie Christian August Fischer, Schriftsteller, Journalist und Universitätsprofessor, traf, ist nicht bekannt, 1803 wurde ihr gemeinsamer Sohn geboren. Erst 1808 heirateten sie, die Ehe wurde aber bereits nach sieben Monaten wieder geschieden. Ab 1809 lebte sie mit ihrem Sohn in Heidelberg, danach in Würzburg. Sie arbeitete weiter als Schriftstellerin und eröffnete, als zusätzliche Geldquelle, eine Leihbibliothek. Nach 1820 veröffentlichte sie nichts mehr. Über die letzten acht Jahre ihres Lebens ist nichts bekannt. 1842 starb sie in Frankfurt, wahrscheinlich verarmt. Ihre gesellschaftskritischen und oft satirischen Romane und Erzählungen zeigen immer wieder den Konflikt auf, in den eine Frau, besonders als Berufstätige, gerät, die nicht das gesellschaftliche Weiblichkeitsideal der Häuslichkeit und altruistischen Aufopferung lebt.

Anmerkungen

Luise Adelgunde Viktorie Gottsched: *Der Witzling*

10 *macht Knötchen*: eine Handarbeitstechnik namens Occhi oder Frivolité, bei der Spitzen geknüpft werden
abgeschmackt: wohlschmeckend, hier: interessant, amüsant
creditiren: Sein Vermögen ist groß genug, um als Garantie für einen Kredit zu dienen

14 *Gottschedische Schaubühne*: Sammlung von Theaterstücken (1740–45), die J. C. Gottsched als Musterbeispiele für seine Dramentheorie und Theaterreform dienten

17 *kützelhärig*: derb
poculiren: saufen
Hippokrene: Quelle auf dem Helikon, Poseidon und den Musen geweiht. Der Sage nach durch den Hufschlag des Pegasus entstanden, gilt sie als Stätte dichterischer Inspiration

18 quackerisch: wie die Quäker, die während ihrer Messen ekstatisch rufen und zittern
Stentor: Sagengestalt in Homers *Ilias*; er konnte so laut rufen wie fünfzig Männer
Cordegarde: eigentlich Corps de garde, Leibwache

19 *Collegia*: Universitätsinstitute

Präceptores: Hauslehrer, Erzieher

21 *Scribenten*: Autoren

21 f. *ins Gelag hinein*: mit wenig Bedacht

24 *Leibnitzens Theodicee*: Versuch der philosophischen Rechtfertigung Gottes. *Essais de théodicée sur la bonté de Dieu, la liberté de l'homme et l'origine du mal*, 1710

z. E.: zum Exempel, d. h. zum Beispiel

25 *Docti male pingunt!*: Die Gelehrten malen schlecht!

26 *Pope*: Alexander Pope (1688–1744), englischer klassizistischer Dichter. Die Gottschedin hat eines seiner Hauptwerke, *The Rape of the Lock* (1712/4), übersetzt

Gebhardi: Georg Christoph Gebhardi (1667–1693), Mathematikprofessor

Opitz: Martin Opitz (1597–1639), Dichter und Literaturtheoretiker des Barock, der für eine Nationalliteratur und den ausschließlichen Gebrauch des Hochdeutschen eintrat

Canitz: Friedrich Rudolf Ludwig Freiherr von Canitz (1654–1699), Diplomat und Hofdichter der Frühaufklärung

Besser: Johann von Besser (1654–1729) Dichter und Zeremonienmeister Augusts des Starken

Neukirch: Benjamin Neukirch (1665–1729), satirischer Modedichter

Günther: Johann Christian Günther (1695–1723), Lyriker

27 *Abgezogenes*: Abstraktes

Schellhaferischer Saal: Weinschenke von Johann Schellhafer in Leipzig

körnicht: gehaltvoll, gediegen

28 *Beest* : Biest

29 *bonus dormitat Homerus*: Der gute Homer lässt sich gehen. Zitat des römischen Dichters Horaz (65 – 8 v. Chr.)

ubi plura nitent in carmine etc.: wo mehreres in einem Gedicht hervorsticht, ebenfalls ein Horaz-Zitat

30 *Schöps*: kastrierter Hammel, d. h. Dummkopf

Banise: Heinrich Anselm von Ziegler und Kliphausen (1663–1696): *Asiatische Banise* (1689), beliebter und einflussreicher Barockroman, oft nachgeahmt und bearbeitet, z. B. als Oper, Haupt- und Staatsaktion und klassizistische Tragödie

31 *Mückensäuger*: ein bösartiger Kleinkrämer

33 *Epistolis obscurorum virorum*: Dunkelmännerbriefe (1515–17) von Crotus Rubianus und Ulrich von Hutten, satirische Streitschrift des Humanismus, absichtlich in schlechtem Latein geschrieben, verspottet Scholastik, katholischen Klerus sowie das »Küchenlatein« der Mönche

Habemus valde calidam Aestatem: Wir haben einen sehr warmen Sommer

34 *Pindar*: (522 oder 518 – nach 446 v. Chr.), griechischer Lyriker

Persius: (34–62), römischer Satiriker

36 *Chloris*: Chloris ist die griechische Göttin der Blumen und Pflanzen, vgl. die römische Flora

37 *Martial*: Marcus Valerius Martialis (um 40–102), Epigrammatiker, Satiriker gegen großstädtische Laster

Ovenus: John Owen (um 1560–1622), englischer Dichter, besonders für seine lateinischen Epigramme bekannt

Sophokles: (496/7–405/6 v. Chr.), griechischer Tragödiendichter

Euripides: (480–406 v. Chr.), griechischer Tragödiendichter

Wolf: Christian Freiherr von Wolff (1679–1754), Philosoph der deutschen Aufklärung, Hauptvertreter des Rationalismus

Bülfinger: Georg Bernhard Bilfinger (1693–1750), Philosoph der deutschen Aufklärung, Schüler Christian Wolffs

Euler: Leonhard Euler (1707–1783), bedeutender Mathematiker des 18. Jahrhunderts

39 *in die Hundstage gebohren*: närrisch. Die Hundstage als heißeste Tage des Jahres hatten den Ruf, Leute närrisch werden zu lassen

Pasquill: Schmäh- oder Spottschrift

41 *Domestiksachen*: alltägliche Haushaltssachen

42 *englisch*: engelsgleich

Witz: Geist, Scharfsinn

43 *sind Sie der Haare?*: So einer sind Sie?

Sophie von La Roche: *Miss Kery und Sophie Gallen*

47 *Weißzeug*: Bettwäsche

48 *Thomson*: James Thomson (1700–1748), englischer Dichter, der großen Einfluss auf die Mode des Pittoresken und der Naturschwärmerei hatte. Sein bekanntestes Werk ist der Gedichtzyklus *The Seasons* (1726–1730), auf den sich auch Sophie bezieht

Hagley: Landsitz des im folgenden Genannten in Worcestershire

Litleton: George first baron of Lyttelton (1709–1773), Politiker und Literaturmäzen, den Thomson in seinen *Seasons* anspricht und der Thomson zu einer Pension verhalf

49 *Caprice*: Laune

weil man mit Recht vermuthete: weil man verständlicherweise vermutete

50 *littest*: leiden im Sinn von erlauben, zulassen

58 *in Gichter fiel*: Sie hatte krampfartige Zuckungen. Gichter bezeichneten unterschiedliche Gliederschmerzen und Krämpfe

60 *die artige Zeichnung*: die hübsche, schöne Zeichnung

67 *Hydepark und Ranelagh*: Ranelagh Gardens in Chelsea existierte von 1742 bis 1804 und war ein Vergnügungspark, in dem z. B. Orchester spielten. Hydepark und Ranelagh wurden von der Londoner Gesellschaft besucht, um sich zu amüsieren, aber auch, um einfach nur zu promenieren; Sehen und Gesehenwerden im 18. Jahrhundert

76 *Sophie gab ihr Geist zu riechen*: ein streng riechender Alkohol, eine Art Riechsalz, damit sie wieder zu sich kommt

80 *Maratten*: ursprünglich eine Kriegerkaste im indischen Teilstaat Maharashtra. Im 17./18. Jahrhundert hatte Maharashtra unter brahmanischen Ministern eine Großmachtstellung, wurde aber 1818 von den Engländern unterworfen

86 *Flor*: feines, durchsichtiges Gewebe

Marianne Ehrmann: *Die unglükliche Hanne*

89 *Lärvchen*: eigentlich Maske, hier Gesicht

die feilen Mietlinge: die käuflichen Bediensteten

grillenhafte Laune: extravagante, unstete Laune

91 *ein gemeines Mensch*: ein einfacher, durchschnittlicher Mensch

allerlei Gespräche und Auftritte: Gespräche und Szenen, d. h. Gerüchte und Gerede

Kabalen: Intrigen

95 *jezuweilen*: ab und zu

96 *englisch*: engelsgleich
97 *entwikkelt*: erklärt
101 *Aufführung*: Benehmen
Du Lose!: Du Schelmin!
102 *Mir ahndet*: Ich ahne
Grillenfängerinn: Grüblerin, jemand, der seltsame Ideen hat
milzsüchtige Moral: Milzsüchtig bedeutet eigentlich hypochondrisch, die Milz galt als Sitz der Krankheit. Hier sind übertriebene, unnötige moralische Bedenken gemeint
109 *konvulsivisch*: krampfartig, zuckend
111 *schwachnervicht*: mit schwachen Nerven
117 *Luftpassaschier*: Luftikus, unzuverlässiger Mann
120 *Zehrpfenning*: Reisekasse
124 *honnet*: ehrlich, ehrenhaft, anständig
125 *wenn ihn das Ungefähr in den Weg führt*: wenn er zufällig über den Weg läuft
128 *Gukkelchen*: Augen

Benedikte Naubert:
Die weiße Frau

135 *einiger Besitzer*: einziger Besitzer
Es war … Herkommens bey ihm: Es war Tradition bei ihm
136 *Muhme*: ursprünglich die Tante, im 18. Jahrhundert bezeichnet Muhme allerdings unterschiedslos alle weiblichen Verwandten
139 *hatte die sittsame Bertha allemahl Vergunst auf ihren Zimmern zu bleiben*: Sie hatte die Erlaubnis, auf ihren Zimmern zu bleiben.
Schmerzen des Podagras: Podagra ist das Grundgelenk der großen Zehe, sehr oft beginnt die Gicht dort

142 *Es ist doch artig*: Es ist doch nett, schön
Es läßt fast, als: Es scheint fast, als
O, *dies ahndete mein Herz!*: Oh, dies ahnte mein Herz!

144 *psalmodiren*: im Sprechgesang vor sich hinsingen, ursprünglich Psalmen singen
auf das künstlichste: sehr kunstvoll

145 *Phönix*: Vogel in der griechischen Mythologie, der sich alle 1000 Jahre verbrennt und aus seiner eigenen Asche wieder aufersteht. Hier bedeutet das Bild, dass Bertha aus sich selbst heraus zu leben versucht, ohne äußere Stimulation oder Ablenkung
Tapetenarbeit: Gobelinstickerei

148 *ohne dem*: sowieso

149 *Ausgeberin*: Haushälterin

150 *schnäutzte die Kerzen*: Sie kürzte den Docht der brennenden Kerzen mit einem scherenartigen Instrument, damit die Kerzen heller und gleichmäßiger brannten

151 *in nuce*: zusammengefasst
körnigt: gediegen, gehaltvoll
weidlich: kräftig

154 *Eltervater*: Großvater

164 *vollwangicht*: vollwangig

165 *Begabte*: Beschenkte

169 *in Affektion genommen*: ins Herz geschlossen

179 *nicht uneben*: nicht ohne Grund

Sophie Albrecht: *Das höfliche Gespenst*

182 *Wahlstatt*: Schlachtfeld

183 *Graf von Turn*: Heinrich Matthias Graf von Thurn (1567–1640), Führer der Protestanten Böhmens, war persönlich am Prager Fenstersturz beteiligt

in jenen blutigen Tagen, die Prag sah: Der Prager Fenstersturz: 1618 drangen Abgesandte des Protestantentages in das Prager Schloss ein und warfen zwei kaiserliche, katholische Statthalter aus dem Fenster. Der Prager Fenstersturz gilt als Auslöser des Dreißigjährigen Krieges

186 *heimzusuchen*: zu besuchen

187 *Muhme*: ursprünglich die Tante, im 18. Jahrhundert bezeichnet Muhme aber unterschiedslos alle weiblichen Verwandten

der hohe Altan: der hohe Balkon

189 *Grillen*: Launen

191 *Schwibbogen*: eine bogenförmige Wölbung

197 *Atlas*: satinartiger Seidenstoff

198 *Beichtiger*: Beichtvater

201 *die ein etwas weniger fernes Auge hatte*: die nicht so gut sehen konnte

Prämonstratenser: katholischer Orden

204 *kam ich … ihr zur rechten Hand. so wand sie sich gleich mit ängstlicher Eile zur linken*: Bei einem gemeinsamen Spaziergang ging der zu Ehrende (z. B. der oder die Ältere oder die Frau, falls ein Mann und eine Frau zusammen gingen) rechts. Ida fühlt sich also Katharina standesmäßig unterlegen

207 *Zähre*: Träne

211 *dreust*: dreist

218 *Drute*: Truhe

Gewalt: Macht

219 *nur ihre Farbe durfte siegen*: Bei einem Turnier ritt ein Ritter in den Farben, d. h. mit dem Wappen seiner Dame.

Therese Huber: *Sophie*

236 *konvulsivisch*: krampfartig, zuckend
237 *spanisches Rohr*: Spazierstock
Weiber..., die ... schon sur le retour sind: ältere Frauen
238 *Pallasch*: Reiterschwert, von den preußischen Kürassierregimentern getragen
zahlreiche Assemblee: große Gesellschaft
239 *L'Hombre*: Kartenspiel für zwei Paare und den Hombre als Spielführer
243 *nehmen*: benehmen
246 *das Thörige*: das Törichte
247 *Zierlichkeit*: Geziertheit, Gekünsteltes
249 *Dekorum*: Schicklichkeit, Verhaltensmaßregeln
250 *sie hielt Schellbergs Versprechen, keine Ansprüche zu machen, für ihre Ägide*: Schellbergs Versprechen erscheint ihr als Schutz (Ägide), als Garantie dafür, dass er sie nicht unter Druck setzen wird und sie ihm deshalb vertrauen kann
schraubte sich auf: regte sich auf
251 *mein Regiment ist an England verkauft, ich soll nach Amerika*: Die Landesherren von Hessen und Braunschweig verkauften 17 000 Söldner an die britische Kolonialarmee, damit sie gegen die amerikanischen Truppen im Unabhängigkeitskrieg kämpften
252 *Exaltation*: Überschwänglichkeit
255 *Schlagfluß*: Schlaganfall
257 *Konvenienz*: Schicklichkeit
261 *Reisbley*: Bleistift, reißen bedeutet hier zeichnen
262 *unzierlich*: ungehobelt
268 *gescheut*: gescheit
Konnexionen: Verbindungen
269 *Diskordanzen*: Missstimmungen

271 *dessen Züge sie nicht unterscheiden konnte*: dessen Züge sie nicht wiedererkennen konnte

aus bloßer Liebe für die Sache, La Fayette nach Amerika gefolgt: Marie Joseph Motier Marquis de La Fayette (1757–1834) kämpfte ab 1777 gegen die Engländer aufseiten der Amerikaner für deren Unabhängigkeit. Später war er zunächst ein Anhänger der Französischen Revolution, er legte unter anderem der Nationalversammlung den Entwurf für die Erklärung der Menschenrechte vor, lehnte die Republik jedoch ab und kämpfte für eine konstitutionelle Monarchie. Lehrbach und Schellberg haben also in Amerika auf verschiedenen Seiten gekämpft, Lehrbach aufseiten der Amerikaner, Schellberg aufseiten der Kolonialherren

273 *rangsichtig*: rangsüchtig

275 *deroutirt*: verwirrt, durcheinander

So fühlte sich Lovelace bey seinem Rosenknöspchen entsühnt: Lovelace ist eine Hauptfigur in Samuel Richardsons (1689–1761) Briefroman Clarissa (1748). Lovelace, ein skrupelloser Lebemann, entführt die tugendhafte Clarissa Harlowe und versteckt sie in einem Londoner Bordell. Er verliebt sich schließlich in Clarissa, aber sie verweigert sich ihm und seinen Heiratsabsichten standhaft. Lovelace betäubt und vergewaltigt Clarissa. Während sie das Geschehene nicht verwinden kann und sich auf ihren Tod vorbereitet, wird Lovelace von Gewissensbissen geplagt und stirbt zuletzt in einem Duell. Der extrem lange Roman war einer der einflussreichsten im 18. Jahrhundert. Rosenknöspchen ist eine junge Gastwirtstochter, die Lovelace begegnet. Ihre Unschuld und Naivität, die er ausnahmsweise respektiert und achtet, veranlassen ihn gleichzeitig, über seine Verderbtheit zu philosophieren

286 *kirrte*: lockte

288 *Salomone*: nach König Salomon, dem Sohn Davids und Inbegriff des weisen Herrschers: Männer wie Salomon, Weise

289 *vorgekommen*: begegnet

retranchirt: verkürzt, beschnitten

Medea: Zauberin der griechischen Mythologie, die Jason half, das Goldene Vlies zu erringen. Die beiden heiraten und bekommen zwei Kinder. Nach ein paar Jahren verstößt Jason sie, um die Königstochter Kreusa zu heiraten. Medea rächt sich mit ihren Zauberkünsten und tötet Kreusa, Jason aber entkommt ihr. In rasender Wut vollendet sie ihre Rache, indem sie die Kinder von ihr und Jason tötet; Jason bringt sich daraufhin um, und Medea fliegt in einem Schlangenwagen davon. Wie Sophie diese Sage auf sich bezieht, ist unklar. Sie identifiziert sich mit Jason, der seine erste Frau wegen einer anderen verlässt, aber sie scheint auch anzudeuten, dass sich ihre Situation nur noch mit Magie lösen ließe. Mit Jasons Schicksal ist sein Selbstmord gemeint, über Selbstmord denkt Sophie im Laufe ihrer Ehe immer wieder nach

Aeson: König von Jolkos in Thessalien und Vater des Jason

291 *Sophismen*: spitzfindige Scheinargumente

Baumwolle: Watte

peroriren: mit Nachdruck sprechen

Raynal: Guillaume-Thomas Abbé de Raynal (1713–1796), französischer Schriftsteller, dessen Geschichtsbücher sehr populär waren (allein seine Geschichte der Kolonien in Indien und Amerika, an der Denis Diderot mitgearbeitet hat, erfuhr dreißig Auflagen). Seine radikalen historischen Interpretationen sollen der Revolution den Weg bereitet haben. Von 1781 bis 1790 waren seine Bücher in Frankreich verboten und er selbst verbannt, die Gewalt der Französischen Revolution lehnte er jedoch entschieden ab

292 *Lorsque je vis Elisa...*: Als ich Elisa sah, empfand ich ein mir unbekanntes Gefühl: Es war zu lebhaft, um bloß Freundschaft zu sein, es war zu rein für Liebe. Wenn es eine Leidenschaft gewesen wäre, hätte Elisa sie mir vorgeworfen: Sie hätte versucht, mich zur Vernunft zu bringen, und ich hätte sie schließlich verloren

in die Schanze zu schlagen: aufs Spiel zu setzen

293 *Zufall*: Anfall

gleichgültig: harmlos

294 *La Peyrouse's Abfahrt*: Jean François de Galaup, Comte de La Pérouse (1741–1788), französischer Seefahrer, der die Küsten des nördlichen Pazifiks befuhr und die La-Pérouse-Straße zwischen Sachalin und Hokkaido entdeckte

295 *von Geschlecht zu Geschlecht*: von Generation zu Generation

296 *Pilot*: Lotse, Steuermann

297 *Hazardspiel*: Würfelspiel

299 *Plutarch*: (45–125), griechischer Philosoph und Schriftsteller, der in seinen Werken unter anderem Fragen der Ethik und allgemein menschliche Probleme erörtert

308 *legte ihre Arbeit hin*: Arbeit bedeutet hier Handarbeit. Wenn von Frauen und Arbeit die Rede ist, bezeichnet das im gesamten 18. und 19. Jahrhundert Handarbeit

309 *querelle d'allemand*: ein vom Zaun gebrochener Streit, ein willkürlicher, provozierter Streit

310 *Redouten*: Tanzveranstaltungen, besonders Maskenbälle

croyez moi, – le diable n'y perdrait rien!: Glauben Sie mir, der Teufel verlöre dabei nichts!

312 *Organisation*: Zustand

315 *PoltronsKriegslist*: Poltron, Feigling, d. h. keine ehrenvolle, offene Tat, sondern die Hinterlist eines Feiglings

eau de noyaux: Nusslikör

316 *küzlich*: empfindlich

bergen: verbergen

318 *Puntiglio*: Eigensinn

320 *Valmont*: Valmont ist eine Figur im Roman *Les liaisons dangereuses* (1782) von Choderlos de Laclos (1741–1803). Der Roman zeigt den Sittenverfall im Ancien Régime. Eine dekadente Pariser Gesellschaft ignoriert jegliche Moral und lebt nur für das persönliche Vergnügen. Valmont ist eine der Hauptfiguren, ein skrupelloser Verführer, der schließlich an den echten Gefühlen, die er für sein Verführungsopfer entwickelt, zugrunde geht

321 *Egmont*: Trauerspiel von Goethe (1749–1832), erschienen 1788. Mit den »zärtlichen Stellen« sind die Szenen zwischen Egmont und seiner Geliebten Klärchen gemeint.

322 *Crebillon*: Claude Prosper Crébillon (1707–1777), Autor gesellschaftskritischer Erzählungen, Märchen und Romane. Seine Werke sind ironisch-satirisch und propagieren philosophische Positionen, gelten aber auch als galant-erotisch

Roué: Wüstling, skrupelloser Lebemann

Beate: eine reine, unschuldige Frau

Diversion: Zerstreuung

323 *Fronte*: erste Reihe

324 *Kouvert*: Gedeck

Sophie Mereau: *Marie*

334 *Viole d'Amour*: Liebesgeige, eine Sonderform der Bratsche, entstanden im 17. Jahrhundert in England, mit besonders weichem Klang

336 *verstatten*: gestatten

345 *Idylle von Gesner*: Salomon Geßner (1730–1788), Züricher Dichter und Maler, der die pastorale Dichtung des Rokoko mit empfindsamen Naturschilderungen verband. Als Idylle wurden kurze Vers- oder Prosadichtungen bezeichnet, die ein einfaches Leben in ländlichem Frieden verklärten. Geßner veröffentlichte selbst illustrierte Idyllen in zwei Bänden (1756/72). Sophie Mereau hat ebenfalls Idyllen verfasst

366f. *den Sturm*: *The Tempest* (1611), Shakespeares Alterswerk, erzählt die Geschichte des Zauberers und Herzogs von Mailand, Prospero, und seiner Tochter Miranda. Beide leben seit einem Schiffbruch vor zwölf Jahren auf einer einsamen, nur von Zauberwesen bewohnten Insel, als der unrechtmäßige Herzog von Mailand mit seinem Gefolge ebenfalls durch einen Schiffbruch auf ihre Insel gelangt. Marie ist dazu prädestiniert, die Miranda zu spielen, da sie ihre Jugend ähnlich isoliert mit ihrem Vater verbracht hat; sie ist ebenso unerfahren und von den Menschen, die sie trifft, fasziniert. Außerdem hat sie sich, wie Miranda, eine natürliche Unschuld und Größe bewahrt

Caroline Auguste Fischer: *Krauskopf und Goldlöckchen*

370 *baumwollene Kinder*: Puppen aus Watte

Atropos: eine der drei Schicksalsgöttinnen der griechischen Mythologie. Klotho spinnt den Lebensfaden, Lachesis teilt ihn zu, und Atropos schneidet ihn ab

372 *dieser tollen Schimäre*: diesem verrückten Trugbild

373 *Perfectibilität*: Fähigkeit des Menschen zur Vervollkommnung

Dulcinechen: Don Quijote nennt das Bauernmädchen Alonza Lorenzo Dulcinea del Toboso und erwählt sie zu seiner Herzensdame

374 *Donselle*: Frauenzimmer

377 *mögte*: könnte

381 *Intrigue*: Handlung, Geschichte

Kontusche: loses Überkleid der Barockzeit

382 *der Pastor fido*: der treue Hirte

poussiren: schmeicheln

385 *Feldbinde*: ein militärisches Abzeichen, das um den Arm oder den Leib getragen wird

Caroline Auguste Fischer: *Selim und Zoraïde*

392 *Genien*: hier: Geister

397 *der Siegwartschen und der Pädagogischen*: *Siegwart*, 1776, ein Briefroman von Johann Martin Miller (1750–1814). Die Pädagogik spielte in der Aufklärung eine große Rolle nicht nur in Bezug auf Kinder und Schule. Kunst und Literatur sollten im Allgemeinen pädagogischen Zwecken dienen, d. h. bilden

jähnen: gähnen

398 *sans rancune*: nichts für ungut

400 *Nürnberger Waare*: Spielzeug

403 *Recreation*: Zeitvertreib

conveniren: passen, gefallen

c'est selon!: Das kommt ganz darauf an!

404 *Laffe*: eitler, alberner Mensch

405 *rouge de cœur*: Wangenrouge

falsche Achsel: Schulterpolster

406 *kalkutische Hähne*: Truthähne

407 *incorporiren*: sich einverleiben

Bibliographische Hinweise

Bakshi Gokhala, Vibha: Walking the Tightrope: A Feminist Reading of Therese Huber's Stories. Columbia: Camden House, 1996.

Beaujean, Marion: Der Trivialroman in der zweiten Hälfte des 18. Jahrhunderts. Bonn: Bouvier, 1969.

Becker-Cantarino, Barbara: Der lange Weg zur Mündigkeit. Frau und Literatur (1500–1800). Stuttgart: Metzler, 1987.

Behnke, Dorothea: »daß dem weiblichen Geschlechte an Tapfferkeit, Klugheit, Gelehrsamkeit und anderen Haupt-Tugenden, gar nichts fehle«. Lexika zu Schriftstellerinnen aus dem deutschsprachigen Raum. Osnabrück: Zeller, 1999.

Blackwell, Jeannine, und Zantop, Susanne: Bitter Healing: German Women Writers from 1700–1830. Lincoln: University of Nebraska Press, 1990.

Bovenschen, Silvia: Die imaginierte Weiblichkeit. Exemplarische Untersuchungen zu kulturgeschichtlichen und literarischen Präsentationsformen des Weiblichen. Frankfurt: Suhrkamp, 1979.

Brandes, Irma, und Mauch, Ursula (Hrsg.): Ich habe viel gelebt in diesen wenigen Tagen: Frauen der Romantik. Berlin: Ullstein, 1990.

Brinker-Gabler, Gisela (Hrsg.): Deutsche Literatur von Frauen. Erster Band: Vom Mittelalter bis zum Ende des 18. Jahrhunderts. München: Beck, 1988.

Christadler, Marieluise (Hrsg.): Freiheit, Gleichheit, Weiblichkeit: Aufklärung, Revolution und die Frauen in Europa. Opladen: Leske + Budrich, 1990.

DiFino, Sharon Marie: The Intellectual Development of German Women in Selected Periodicals from 1725 to 1784. New York: Lang, 1990.

Felden, Heide von: Marianne Ehrmann und die Bildung der Frauen durch Schriften im ausgehenden 18. Jahrhundert. In: Elke Kleinau (Hrsg.): Frauen in pädagogischen Berufen. Band 1: Auf dem Weg zur Professionalisierung. Bad Heilbrunn: Klinkhardt, 1996.

Fredriksen, Elke (Hrsg.): Women Writers of Germany, Austria, and Switzerland. An Annotated Biographical Guide. New York: Greenwood Press, 1989.

Friedrichs, Elisabeth: Deutschsprachige Schriftstellerinnen des 18. und 19. Jahrhunderts. Ein Lexikon. Stuttgart: Metzler, 1981.

Gallas, Helga, und Heuser, Magdalene (Hrsg.): Untersuchungen zum Roman von Frauen um 1800. Tübingen: Niemeyer, 1990.

Gnüg, Hiltrud, und Möhrmann, Barbara (Hrsg.): Schreibende Frauen. Frauen Literatur Geschichte. Stuttgart: Metzler, 1985.

Goodman, Katherine R., und Waldstein, Edith (Hrsg.): In the Shadow of Olympus. German Women Writers around 1800. Albany: State of New York Press, 1992.

Hahn, Andrea (Hrsg.): Therese Huber: Die reinste Freiheitsliebe, die reinste Männerliebe. Berlin: Henssel, 1989.

Hahn, Andrea, und Fischer, Bernhard (Hrsg.): »Alles ... von mir!« Therese Huber (1764–1828): Schriftstellerin und Redakteurin. Marbach: Deutsche Schillergesellschaft, 1993.

Hechtfischer, Ute, Hof, Renate, Stephan, Inge, Veit-Wild, Flora: Metzler Autorinnenlexikon. Stuttgart: Metzler, 1998.

Kammler, Eva: Zwischen Professionalisierung und Dilettantismus. Romane und ihre Autorinnen um 1800. Opladen: Westdeutscher Verlag, 1992.

Kirstein, Britt-Angela: Marianne Ehrmann. Publizistin und Herausgeberin im ausgehenden 18. Jahrhundert. Wiesbaden: Deutscher Universitäts-Verlag, 1997.

Klüger, Ruth: Gegenströmung: Schreibende Frauen. In: Dies.: Frauen lesen anders. München: dtv, 1996.

Kubli, Sabine, und Stump, Doris (Hrsg.): »Viel Köpfe, viel Sinn«. Texte von Autorinnen aus der deutschsprachigen Schweiz 1795–1945. Zürich: eFeF-Verlag, 1994.

Kügler, Clementine: Caroline Auguste Fischer (1764–1842). Eine Werk-Biographie. Dissertation: Berlin, 1989.

Langner, Margrit: Sophie von La Roche. Die empfindsame Realistin. Heidelberg: Winter, 1995.

Meise, Helga: Die Unschuld und die Schrift. Deutsche Frauenromane im 18. Jahrhundert. Frankfurt a. M.: Helmer, 1992.

Paulsen, Wolfgang (Hrsg.): Die Frau als Heldin und Autorin. Neue kritische Ansätze zur deutschen Literatur. Bern: Francke, 1979.

Runge, Anita: Literarische Praxis von Frauen um 1800. Briefroman, Autobiographie, Märchen. Hildesheim: Olms 1997.

Sadji, Ute: »Ein Frauenzimmer, das Bücher schreibt, legt seine Weiblichkeit ab, wird Gelehrter«? Deutsche Autorinnen des ausgehenden 18. Jahrhunderts und ihr Publikum. In: Eijiro Iwasaki (Hrsg.): Begegnungen mit dem »Fremden«: Grenzen – Traditionen – Vergleiche. Akten des VIII. Internationalen Germanisten-Kongresses, Tokyo, 1990. München: Iudicium-Verlag, 1991.

Schumann, Sabine: Das »lesende Frauenzimmer«: Frauenzeitschriften im 18. Jahrhundert. In: Barbara Becker-Cantarino (Hrsg.): Die Frau von der Reformation zur Romantik. Die Situation der Frau vor dem Hintergrund der Literatur- und Sozialgeschichte. Bonn: Bouvier, 1980.

Söhn, Gerhart: Frauen der Aufklärung und Romantik. Von der Karschin bis zur Droste. Düsseldorf: Grupello, 1998.

Stipa Madland, Helga: Marianne Ehrmann. Reason and Emotion in Her Life and Works. New York: Lang, 1998.

Tebben, Karin (Hrsg.): Beruf: Schriftstellerin. Schreibende Frauen im 18. und 19. Jahrhundert. Göttingen: Vandenhoeck und Ruprecht, 1998.

Vorderstemann, Jürgen: Sophie von La Roche. Eine Bibliographie. Mainz: v. Hase & Koehler, 1995.

Walter, Eva: »Schrieb oft, von Mägde Arbeit müd'«: Lebenszusammenhänge von Schriftstellerinnen im deutschsprachigen Raum Ende des 18. Jahrhunderts. Düsseldorf: Schwann, 1985.

Widmer, Maya: Mit spitzer Feder gegen Vorurteil und gallsüchtige Moral. Marianne Ehrmann, geb. von Brentano. In: Elisabeth Ryter, Liliane Studer, Doris Stump, Maya Widmer, Regula Wyss (Hrsg.): Und schrieb und schrieb wie ein Tiger aus dem Busch: Über Schriftstellerinnen in der deutschsprachigen Schweiz. Zürich: Limmat Verlag, 1994.

GOLDMANN KLASSIKER MIT ERLÄUTERUNGEN
Deutschsprachige Autoren

Wilhelm Hauff (1802 – 1827)

Sämtliche Märchen. Inhalt: Die Karawane (Die Geschichte von Kalif Storch – Die Geschichte von dem Gespensterschiff – Die Geschichte von der abgehauenen Hand – Die Errettung Fatmes – Die Geschichte von dem kleinen Muck – Das Märchen vom falschen Prinzen) – Der Scheik von Alessandria und seine Sklaven (Der Zwerg Nase – Abner, der Jude, der nichts gesehen hat – Der Affe als Mensch – Die Geschichte Almansors) – Das Wirtshaus im Spessart (Die Sage vom Hirschgulden – Das kalte Herz I – Saids Schicksale – Die Höhle von Steenfoll – Das kalte Herz II). Nachwort, Zeittafel zu Hauff, Erläuterungen und bibliographische Hinweise: Professor Dr. Hanne Castein, Universität London. (7666)

Eduard Mörike (1804 – 1875)

Sämtliche Novellen und Märchen. Inhalt: Lucie Gelmeroth – Der Schatz – Der Bauer und sein Sohn – Die Hand der Jezerte – Das Stuttgarter Hutzelmännlein – Mozart auf der Reise nach Prag. Nachwort, Zeittafel zu Mörike, Erläuterungen und bibliographische Hinweise: Professor Dr. Hannelore Schlaffer, Universität Freiburg im Breisgau. (7602)

Adalbert Stifter (1805 – 1868)

Bunte Steine. Erzählungen. Inhalt: Granit – Kalkstein – Bergkristall – Turmalin – Katzensilber – Bergmilch. Nachwort, Zeittafel zu Stifter, Erläuterungen und bibliographische Hinweise: Professor Dr. Hannelore Schlaffer, Universität Freiburg im Breisgau. (7547)

Der Nachsommer. Eine Erzählung. Nachwort, Zeittafel zu Stifter, Erläuterungen und bibliographische Hinweise: Professor Dr. Joachim Bark, Universität Stuttgart. (7544)